Der Schleuser

BoD™

BOOKS on DEMAND

MELISSA DAVID

KRUENTO

DER SCHLEUSER

Bibliografische Information der Deutschen Nationalbibliothek:
Die Deutsche Nationalbibliothek verzeichnet diese Publikation in
der Deutschen Nationalbibliografie; detaillierte bibliografische Daten
sind im Internet über http://dnb.dnb.de abrufbar.

Umschlaggestaltung: Juliane Schneeweiss
www.juliane-schneeweiss.de
Bildmaterial: © Depositphotos.com

Lektorat/Korrektorat: Jana Oltersdorff

Herstellung und Verlag: BoD – Books on Demand, Norderstedt

ISBN: 978-3-7481-3370-4

KAPITEL 1

Thor parkte den SUV mit den verdunkelten Scheiben direkt vor dem Backsteinhaus der sicheren Unterkunft und stieg aus. Die Abläufe waren ihm inzwischen in Fleisch und Blut übergegangen. Er streckte sich auf geistiger Ebene aus und suchte die Umgebung ab. Keine Gefahr zu spüren. Die Anwesenheit der vierköpfigen Familie war gut verborgen in der sicheren Unterkunft und damit nicht spürbar – genau so, wie es sein sollte. Er war der einzige weitere Kruento in der Nähe. Während er über die Straße zum Haus ging, blieb er wachsam und suchte routiniert weiter sein Umfeld ab. Er durfte nicht unachtsam werden, nie. Jede noch so kleine Nachlässigkeit konnte verheerende Folgen haben. Die New Yorker Kruento hatten es schon einige Male geschafft, ihn aus dem Hinterhalt anzugreifen. Er konnte es sich nicht leisten, die sichere Unterkunft zu verlieren. Die Vampirfamilie wäre dagegen entbehrlich, sie waren ohnehin dem Tod geweiht. So zu sterben hatten sie allerdings nicht verdient, und deswegen würde er alles daransetzen, dass sie im Verborgenen blieben.

Mit schnellen Schritten betrat er das Haus. Es verfügte über keinen Aufzug, was ihn nicht störte. Mühelos ließ er die drei Stockwerke hinter sich. Von außen sah die Wohnungstür aus wie jede andere. Nur er wusste von dem Maca-Depot im Türblatt, das den Duft der Kruento verschleierte. Thor hämmerte in einem vorher ausgemachten Rhythmus gegen die doppelt verstärkte Holztür, die auch den Kräften eines Kruento für ein paar Minuten standhalten würde.

Er liebte seinen Job als Schleuser. Er gehörte einem Clan an und hatte seine Leute dennoch nicht ständig um sich. Aufgrund der Distanz von Boston zu New York gab es etliche Verpflichtungen, die er als Soya nicht wahrnehmen musste, ohne dass es ihm jemand übel nahm. Die Kruento, die in sein Leben traten, verschwanden spätestens nach ein paar Tagen wieder. Er war sein eigener Herr, bestimmte seine Arbeit und sein Tempo. Niemand redete ihm rein. Die Schleusertätigkeit war der perfekte Job für ihn. Dennoch gab es Schattenseiten, zum Beispiel die Tatsache, dass der New Yorker Clan nichts unversucht ließ, um ihn zu sabotieren und er deshalb immer auf der Hut sein musste. Auch die eine oder andere Entscheidung verabscheute er und doch hatte er bisher jeden Auftrag zu Ende ausgeführt.

Mori Esmu, ein rundlicher Vampir, um einiges kleiner als der Schleuser und mit einem deutlichen Bauchansatz, ließ ihn eintreten.

„Schleuser", grüßte der Mori ihn ehrfürchtig und vermied Blickkontakt.

„Packt eure Sachen, wir müssen los!", sagte Thor tonlos und verschränkte die Arme vor der Brust, während er auf die Familie wartete.

„Natürlich!" Hastig wies der Mori seine Frau und die beiden Kinder an, sich fertig zu machen. „Ich bin so froh, dass der Dominus es sich anders überlegt hat", sagte das Familienoberhaupt erleichtert.

„Hm", brummte Thor. Es lag ihm fern, dem Mori die Illusion zu nehmen. Sollte er daran doch glauben. So würden sie freiwillig mitgehen. Wenigstens das. Für ihn war es auch so schon schwer genug, diese Aufgabe zu erledigen.

Missmutig drehte er sich um und sah in das kleine Wohnzimmer mit der Couch und dem altertümlichen Röhrenfernseher. Warum brauchte die Familie so lange? Wie die meisten Flüchtlinge hatten auch sie kein Gepäck dabei, nur das, was sie am Leib trugen.

Eine hochgewachsene Vampirin, die Samera des Moris, betrat den Flur. Sie überragte ihren Mann um mindestens einen Kopf. Die langen blonden Haare trug sie sorgfältig hochgesteckt. Eine hübsche Vampirin, aber selbst sie hatte er nicht unterbringen können.

„Fertig?" Die Ungeduld war seiner Stimme deutlich anzumerken.

Der Mori nickte, und Thor wies mit einer Kopfbewegung Richtung Tür. Sie sollten voran gehen, er musste die Wohnung verschließen.

Der Mori ging als Erster, seine Samera Damer folgte ihm. Dann kam ihr Sohn Riu, der erst vor kurzem die Renovation überstanden hatte. Leider war seine Dominanz nicht sonderlich ausgeprägt. Kämpferische Fähigkeiten besaß er auch nicht. Thor hatte sich wirklich Mühe gegeben, aber es war unmöglich, den Jungen zu vermitteln.

Dann kam seine Schwester Nasana. Sie war nicht ganz so hochgewachsen wie ihre Mutter, hatte aber ihre großen Augen und die feinen Gesichtszüge geerbt. Die blonden Haare waren akkurat hochgesteckt. Nur Vampirinnen aus der Alten Welt steckten ihre Haare auch im Alltag hoch, in der Neuen Welt wurde das nur noch zu offiziellen Anlässen praktiziert. Thor hatte in seiner Tätigkeit als Schleuser inzwischen schon so viel gesehen und längst aufgehört, sich zu wundern. Andere Länder, andere Sitten. Ob und wie die Flüchtlinge sich anpassten, gehörte nicht zu seinem Job. Das überließ er den Clans, die die Verantwortung für die Flüchtlinge übernahmen.

Nasana hatte das Ephebenalter bereits hinter sich gelassen. Warum hatten ihre Eltern es versäumt, sie zu verheiraten? Eine ungebundene Vampirin in dem Alter, noch dazu völlig mittellos – welche Chancen hatte sie schon?

Thor schluckte und schloss für einen Moment die Augen. Er konnte sie nicht alle retten. Was ihm möglich war, tat er. Er war nur der Schleuser, sein Aufgabengebiet hatte Grenzen, die ihm an diesem Tag einmal mehr vor Augen geführt wurden. Er hatte wirklich alles versucht. Es gab einfach keinen anderen Ausweg. Er musste es zu Ende bringen.

Thor zog die Tür zur sicheren Unterkunft hinter sich zu und schloss sorgfältig ab. Schon morgen würde er wieder hier sein. Die nächste Lieferung traf noch diese Nacht ein. Ein Vater mit seiner Tochter. Er konnte nur hoffen, dass der Vampir dominanter war als Mori Esmu und dass Blance, der Dominus aus Los Angeles, Verwendung für die beiden Flüchtlinge hatte.

Thor rüttelte an der Tür, schindete damit noch ein paar Sekunden Zeit, ehe er sich umdrehte und der Familie folgte, für die es in der Neuen Welt keine Zukunft gab.

* * *

Wie ein verzaubertes Märchenschloss tauchte das herrschaftliche Anwesen des Blutfürsten vor Delina auf. Die Limousine kroch im Schritttempo den anderen imposanten Wagen hinterher. Dadurch hatte Delina genügend Zeit, die schillernde Umgebung in sich aufzusaugen. Marmorskulpturen lockerten die Blumenbeete zu ihrer Rechten auf, während die dicht stehenden Rotbuchen die Sicht auf das Dahinterliegende versperrten.

Die Einfahrt vor ihnen war mit unzähligen, im Boden eingelassenen Spots ausgeleuchtet, ebenso wie der Fjord zu ihrer Linken. Die Gäste, die nicht wie sie mit dem Auto fuhren, kamen mit dem Boot, und so hatte sich auch dort eine lange Schlange gebildet.

Je näher Delina dem imposanten Haus kam, umso nervöser wurde sie. Diese Nacht würde ihr Leben verändern.

Es hatte niemanden sonderlich überrascht, als der Blutfürst verkündete, sich abermals zu verbinden. Schon vor ein paar Jahren war die Nachricht in aller Munde gewesen, bis die Auserwählte spurlos verschwand. Eine Welle an Gerüchten folgte. Mina Nellisha habe die Renovation nicht überlebt. Andere behaupteten, das Mädchen habe sich ins Ausland abgesetzt. Wieder andere glaubten, sie sei mit einem Vampir durchgebrannt. Welche Version der Wahrheit entsprach, schien niemand zu wissen und da den Gerüchten keine neue Nahrung geliefert wurde, verstummten sie bald wieder.

Sie würde nie die Nacht vergessen, als ihr Vater freudestrahlend nach Hause kam und begeistert erzählte, dass der Vetusta persönlich um Delinas Hand angehalten hatte. Nach der ersten Überraschung blieb die Freude, aber auch ein gewisses Unbehagen. Es war schön, ihren Vater so überglücklich zu sehen. Durch die bevorstehende Verbindung war sie nun endlich keine Enttäuschung mehr für ihn. Der Soya hatte sich sehnlichst einen Sohn gewünscht, stattdessen war sie, ein Mädchen, geboren worden. Egal, was Delina tat, egal, wie sehr sie sich anstrengte, der Soya ließ sie stets spüren, dass eine Tochter nicht gut genug war.

Gleichzeitig wuchsen die Bedenken. Sie hatte den Vetusta bisher nicht persönlich kennengelernt. Sie hatte immer gewusst, dass der Tag kommen würde, an dem ihr Vater ihr einen Homen suchte. Mit einem aufstrebenden Dan, der eines Tages den Titel als Soya erben würde, hätte sie durchaus gerechnet, oder möglicherweise einem der unverheirateten Soyas, aber nie mit dem Blutfürsten selbst. Würde sie überhaupt den Ansprüchen gerecht werden können, die an die Samera des Vetusta gestellt wurden? Sein Titel und seine Macht flößten ihr eine riesige Portion Respekt ein.

In ihren Kleinmädchenfantasien hatte sie sich gewünscht, eines Tages eine Verbindung aus Liebe einzugehen, und noch war sie nicht bereit, ihren Traum aufzugeben. Vielleicht war der Vetusta ganz anders als sein ihm vorauseilender Ruf. Schließlich war sie ihm noch nie begegnet. Bestimmt entsprachen die Gerüchte, die sich um ihn rankten, nicht den Tatsachen. Der Blutfürst konnte privat sicher auch ganz anders sein, als er sich in der Öffentlichkeit zeigen musste. Dort wurde von ihm erwartet, dass er keine Schwäche zeigte und einen Clan führte. Hinter verschlossenen Türen mochte er dennoch sanft sein.

Sie hatten das Haus beinahe erreicht. Auf der Fahrerseite kam ein ausladender Springbrunnen in Sicht. Drei steinerne Frauen saßen auf einem Becken und hielten auf ihren Händen ein weiteres Wasserbecken, auf dem eine vierte Frau thronte. Tauben zierten den Brunnen, aus den Mündern spritzten kleine Fontänen. Delina hatte schon viel über diesen Brunnen gehört. Er war das Gesprächsthema Nummer eins gewesen, als er vor zwei Jahrzehnten gebaut worden war. Böse Zunge behaupteten damals, die drei Frauen seien die ehemaligen Gefährtinnen des Blutfürsten, die vierte Frau, der die Gesichtszüge fehlten, sollte die zukünftige Samera darstellen. Delina duckte sich, um an ihrem Vater vorbei einen Blick auf die Frauenskulptur in der Mitte erhaschen zu können und wirklich, sie hatte kein Gesicht. Würden die Steinmetze eines Tages dieser Frau ein Antlitz geben? Sollte Delina die Vorlage dafür sein?

Endlich hatten sie das Ende der Schlange erreicht. Die Tür der Limousine wurde geöffnet. Zuerst stieg der Mori aus und reichte seiner Samera die Hand. Dann durfte Delina folgen. Es tat gut, sich nach zwei Stunden Autofahrt endlich wieder bewegen zu können. Das schneeweiße Kleid, ein Traum für jedes Mädchen, war so eng geschnürt, dass Delina nicht tief einatmen konnte. Das mit winzigen Perlen bestickte Kleid hatte ihre Tante Aril, die unverheiratete Schwester ihres Vaters, ausgesucht und dabei keinen Gedanken an Delinas Bewegungsfreiheit verschwendet. Gut, dass ihre Rasse auch über längere Zeit ohne Luft auskam, sonst wäre sie längst in Ohnmacht gefallen.

Ihre Mutter drehte sich zu ihr um. Seit der Nachricht, dass Delina sich verbinden würde, war ihre Mutter immer blasser geworden. Beinahe die gesamte Zeit der Nacht verbrachte sie auf ihrem Zimmer. Das vom Weinen aufgeschwollene Gesicht konnte auch heute durch eine dicke Schicht Make-up nicht vollkommen verborgen werden. Ein trauriges Lächeln umspielte ihre Lippen, dann wandte sie sich wieder ihrem Homen zu und schritt stumm an seiner Seite der breiten Freitreppe entgegen. Mori Jerric hatte den Kopf hoch erhoben und strahlte vor Glück. Delina spürte die neugierigen Blicke der Gäste. In der Einladung war unmissverständlich um Abendrobe in bunten Farben gebeten worden. Das Privileg der weißen Kleider war den Heiratskandidaten vorbehalten. Eine sjütische Tradition, deren Sinn sich Delina nicht erschloss. Schließlich wusste sie bereits, dass der Blutfürst sie wählen würde. Warum dann eine Auswahl, aus der sie gewählt wurde?

Noch bevor sie die breite Freitreppe erreichten, kam eine unscheinbare Vampirin in einem schwarzen Hosenanzug und weißer Bluse direkt auf sie zu.

„Mi!", grüßte sie ehrfurchtsvoll. „Ich bin hier, um dich abzuholen. Bitte folge mir!"

Fragend sah Delina ihren Vater an, der sich zu ihr umgedreht hatte. Er nickte und gab ihr damit die Erlaubnis, der Vampirin zu folgen.

Delina hatte damit gerechnet, dass sie an den anderen Gästen vorbei ins Haus gehen würden, doch die Vampirin führte sie an der Treppe vorbei.

„Wohin bringst du mich?", erkundigte Delina sich angespannt.

Sie folgten einem schmalen Weg, der zwischen den Rotbuchen verschwand. Als sie durch den Sichtschutz traten, erstreckte sich vor ihnen ein riesiger Garten. Blumen, wohin das Auge nur reichte. Das war kein Garten mehr, das war vielmehr ein Park.

„Bitte!", ermahnte die Vampirin Delina, die fasziniert stehen geblieben war, um die überwältigenden Blumenbeete und Figuren aus Buchsbäumen zu bewundern. „Wir müssen uns beeilen. Der Blutfürst wird ungehalten werden, wenn er auf dich warten muss."

Delinas Augen weiteten sich. Sie würde den Vetusta treffen? Noch vor der Zeremonie? Hastig schloss sie zu der Vampirin auf, die sie zielstrebig weiterführte. Sie spürte, wie die Nervosität zunahm und die Begeisterung für den wunderbaren Park erlosch. Ihre Gedanken konzentrierten sich nun ganz auf ihren zukünftigen Homen. Sie wollte einen guten Eindruck bei ihm hinterlassen. Er sollte zu dem Entschluss kommen, dass sie die Richtige war. Sie wollte ihren Vater und ihre Familie stolz machen. Und vielleicht … vielleicht war er ein Mann, den sie lieben konnte, auch wenn er sechshundert Jahre älter war als sie und sie seine vierte Samera werden würde. Wenn sie ihm nur schnell einen Sohn gebären konnte oder für den Anfang wenigstens eine Tochter. Denn das sollte der Grund gewesen sein, warum er Desideria, die dritte Samera, verstoßen hatte. In Schande war sie zu ihrer Familie zurückgekehrt, bis ihr Vater starb. Da ihr Bruder Toke Borg, das neue Familienoberhaupt, nicht bereit gewesen war, für sie zu sorgen, hatte sie sich das Leben genommen. Eine traurige Geschichte und ein Schicksal, das ihr hoffentlich erspart bleiben würde.

Eine weiß gestrichene, mit Gaslichtern beleuchtete Holzterrasse kam in Sicht. Die Vampirin ging direkt darauf zu.

Delina wunderte sich etwas über den ungewöhnlichen Treffpunkt, wagte jedoch nicht, ihre Verwunderung in Worte zu fassen. Sie wollte nicht, dass ihre Klage dem Vetusta zu Ohren kam und er, noch ehe sie ihm persönlich gegenübertreten konnte, ein schlechtes Bild von ihr hatte. Sie war keine hochnäsige und verwöhnte Vampirin. Ihre Eltern hatten sie gut erzogen, und sie beherrschte alle Regeln der Innoka.

„Bitte, warte hier einen Moment, Mi", bat die Vampirin und verschwand durch eine angelehnte Terrassentür im dunklen Haus.

Delina blieb zurück. Hoffentlich musste sie nicht zu lange warten. Sehnsüchtig sah sie sich nach einer Sitzgelegenheit um.

Die Pfennigabsatz-Schuhe bereiteten ihr schon nach dem kleinen Fußmarsch Unwohlsein. Gerne hätte sie sich hingesetzt, um ihren Füßen etwas Erholung zu gönnen. Leider war nur weit und breit kein Stuhl oder eine Bank zu sehen, und die Steinbrüstung sah nicht sonderlich einladend aus. Sie fürchtete außerdem, ihr weißes Kleid dadurch schmutzig zu machen.

Ein Schatten löste sich aus der Dunkelheit, und Delina schrak zusammen, als ein Mann die Terrasse betrat. War das der Blutfürst? Sie war sehr behütet aufgewachsen, und ihre Eltern waren stets bemüht gewesen, ihre Reinheit zu bewahren. Nie war sie mit einem ungebundenen Vampir allein gewesen. Wenn ihre Eltern nicht dabei sein konnten, dann begleitete Tante Aril sie. Doch nun war sie ganz allein. Der Vampir trat ins Licht. Sie sah die blonden Haare und blickte in azurblaue Augen. Ängstlich wich sie zurück. Das war nicht der Blutfürst, dennoch war ihr der Mann nicht gänzlich unbekannt. Es handelte sich um Soya Ducin, einen ungebundenen Vampir. Schon allein deshalb hätte ihr Vater sie nie in seine Nähe gelassen.

„Berne Nox", grüßte er sie höflich.

„Berne Nox", murmelte sie und schlug die Augen nieder. Was wollte der Soya hier? War er gekommen, um sie zu holen? Würde er sie zum Blutfürsten führen? Wo war die Vampirin, die sie hergebracht hatte? Ein Anflug von Panik keimte in ihr auf.

„Du bist also die Auserwählte", stellte er fest und runzelte die Stirn.

War das gut oder schlecht? War er ein Feind oder ein Freund? Delina konnte ihn nicht einschätzen. Sie wusste lediglich, dass er als Soya einer der einflussreichsten Vampire im Clan war. Ihr Vater hatte nie ein schlechtes Wort über den blonden Vampir verloren, der in der Gunst des Blutfürsten ganz oben stand.

„Wie geht es dir?", erkundigte er sich höflich, und Delina war froh, dass er noch immer auf Distanz blieb.

„Ich bin überglücklich, die Samera des Vetusta zu werden", entgegnete sie tonlos. Die Worte hatte sie so oft vor dem Spiegel geübt, aber dennoch wusste sie, dass sich die Phrase in diesem Augenblick hohl anhörte.

Die Lippen des Soyas verzogen sich zu einem spöttischen Lächeln. „Gewiss." Seine azurblauen Augen bohrten sich tief in sie, schienen bis in ihr Innerstes vorzudringen. Gleichzeitig spürte sie seinen mächtigen Geist, der über ihren strich. Hastig vergewisserte sie sich, dass ihre Schutzwälle intakt waren, und atmete erleichtert auf, als sie diese unversehrt vorfand. Der Soya versuchte nicht, in sie einzudringen, zog sich im nächsten Augenblick sogar komplett zurück.

„Alles Gute, Delina." Ein letzter eindringlicher Blick, dann drehte er sich um und verschwand in der Dunkelheit.

Verblüfft stand Delina da, starrte dem Soya hinterher. Was war das für eine seltsame Begegnung gewesen? Was …?

Bevor sie noch weiter darüber nachgrübeln konnte, kehrte die Vampirin zurück, um Delina abzuholen.

* * *

Es war weit nach Mitternacht. Auch wenn der Verkehr in einer Großstadt wie New York nie ganz zum Erliegen kam, spürte man doch, dass deutlich weniger Autos unterwegs waren. Auf direktem Weg hätte Thor gut eine halbe Stunde gebraucht, doch er hatte beschlossen, sich viel Zeit zu lassen. So drehte er eine Extrarunde durch Harlem und machte einen Abstecher in die Bronx. Sie waren jetzt bereits eine Stunde unterwegs, und noch länger konnte er die Fahrt kaum hinauszögern, ohne Fragen aufzuwerfen. Sämtliche – nicht vorhandene – Verfolger hatten sie ohne jede Frage abgeschüttelt. Innerlich resignierend beschloss er, dass die Zeit gekommen war. Bis zu ihrem Zielort am Rande von New York war es nicht mehr weit.

Nicht nur seine Anspannung, sondern auch die der Familie wuchs mit jeder verstreichenden Minute. Er wusste, wie das Unvermeidliche aussah, das auf ihn zukommen würde. Die Familie, die mit ihm im Auto saß, war dagegen absolut ahnungslos. Sie schwankten zwischen Hoffen auf eine Zukunft in der Neuen Welt und Bangen, ob der Dominus aus Dallas sie aufnehmen würde. Thor würde ihnen nicht sagen, dass Dominus Donell bereits nach Dallas zurückgekehrt war. Er hatte sich die Familie vor zwei Tagen angesehen, war dazu sogar persönlich aus Dallas hergekommen. Allerdings hatte er sich gegen Mori Esmu entschieden, weil dieser ihm viel zu unterwürfig war. Er brauchte Leute mit Rückgrat, mit Kampfwillen, die die Zähne zusammenbeißen konnten. Und damit war die Familie raus aus dem Rennen.

Thor erreichte das etwas abseits gelegene Industrieviertel. Ein paar Querstraßen weiter gab es einige verlassene Fabrikgebäude. Der perfekte Ort für das, was er plante. An einen ähnlichen Platz, ein anderes Industriegebiet am anderen Ende von New York, hatte er die Familie bereits vor zwei Tagen gebracht. Dort hatten sie sich mit Dominus Donell getroffen. Thor bog ab, umfuhr im großen Bogen den Zielort, ehe er sich ihm von hinten näherte. Die Einfahrt stand offen. Er gab noch einmal Gas, schoss durch das geöffnete Metalltor und bremste erst direkt vor dem Gebäude scharf ab. Das schockierte Aufkeuchen der weiblichen Familienmitglieder nahm er mit einem kleinen Lächeln zur Kenntnis.

„Hier sind wir!", erklärte er und deutete auf die Metalltür, die direkt vor ihnen lag.

Sie stiegen aus. Der Mori schob seine Familie ungeduldig vorwärts. Thor wartete, bis sie hinter der Tür verschwunden waren. Er musste noch etwas aus dem Kofferraum holen und öffnete die Heckklappe. Nie würde er das, was jetzt kam, routiniert ausführen. Es war jedes Mal anders, und es fiel ihm jedes Mal schwer. Er hatte gelernt, damit umzugehen, wusste, dass er seinen Verstand ausschalten musste. Keine Gewissensbisse, keine Reue. Das gehörte zu seinem Job. Es gab Dinge, die getan werden mussten. Für den Clan und auch für seine Rasse. Nichts wäre für den Frieden gefährlicher als eine Reihe Clanloser, die unkontrolliert durch die Neue Welt streiften.

Der Kofferraum war so gut wie leer. Er enthielt nur einen Benzinkanister und ein japanisches Langschwert, eingehüllt in eine Decke. Thor griff nach dem Katana, einer Maßanfertigung, die perfekt in der Hand lag. Seine Hand schloss sich fest um das Saya, die Schwertscheide. Beherzt schloss er den Kofferraum und betrat die Fabrikhalle.

„Sind wir hier richtig?", fragte Mori Esmu irritiert.

„Ja."

„Wann wird der Dominus eintr…" In diesem Moment fiel der Blick des Moris auf die Waffe in der Hand des Schleusers. „Was …?", stammelte er entsetzt und wich zurück.

Der Moment war gekommen. Er musste handeln, und zwar schnell. Jede Sekunde, die er zögerte, verlängerte er das Leiden der Familie. Mit einer geschmeidigen Bewegung zog er das Katana aus der Scheide. Ihm am nächsten stand der Mori, schützend vor seiner Frau und der Tochter. Thor hob das Schwert, rannte auf sie zu. Er sah, wie der Mori panisch den Arm hob, seine Familie schützen wollte. Er holte aus und durchtrennte mit einem einzigen Schlag die Hälse der drei Vampire. Der durchdringende Schrei von Riu hallte durch die Halle. Der Ephebe versuchte fortzulaufen. Doch er hatte keine Chance, nicht gegen einen Soya wie ihn. Mit einem gezielten Schlag gegen die geistigen Schutzschilde des Jungen drang er in dessen Kopf ein und nötigte ihn stehenzubleiben. In Bruchteilen von Sekunden war er hinter ihm, sodass er dem Epheben nicht ins Gesicht sehen musste, während er ihm den Kopf abtrennte. Er holte aus und köpfte ihn. Der Schädel schlug mit einem dumpfen Geräusch am Boden auf und rollte noch etwas weiter. Der Körper fiel in sich zusammen. Auch wenn der Ephebe nicht viel Blut in seinem Körper gehabt hatte und in den nächsten Stunden hätte trinken müssen, war noch genug von dem roten Lebenssaft vorhanden, um den Beton zu tränken.

Es war geschafft! Reglos verharrte Thor, sah zu, wie das Blut sich verteilte. Ein paar Meter weiter lagen in einer riesigen Blutlache die anderen drei Körper. Er schloss die Augen, wollte das Bild, welches sich schon jetzt in seinem Kopf eingebrannt hatte, nicht sehen. Es war noch nicht ganz vorbei. Der schwierigste Teil seines Auftrags war erledigt, aber noch konnte er sich nicht dem Vergessen hingeben. Er hatte noch etwas zu tun. Das blutverschmierte Katana wischte er an dem noch halbwegs sauberen T-Shirt des Epheben ab. Dann erhob er sich, steckte das Schwert zurück in die Scheide und verließ die Fabrikhalle. Aus dem Kofferraum holte er den Benzinkanister und ging zurück zu den Leichen. Großzügig verteilte er den Inhalt des Kanisters zwischen den leblosen Körpern. In ein paar Minuten würde alles in Flammen aufgehen und so heiß und vollständig verbrennen, dass die anrückende Feuerwehr alle Hände voll zu tun hatte, den Brand einzudämmen. Die Fabrik war verlassen, dem Eigentümer würde er sogar einen Gefallen damit tun, das alte Gebäude niederzubrennen. In den Trümmern würde man keine Überreste finden – zumindest nicht von den Kruento. Seine Rasse war robust, aber sie hatten eine Schwäche: Sie brannten gut. Er zog ein Streichholz heraus, zündete es an und ließ es zu Boden fallen. Schnell breiteten sich die Flammen aus, züngelten am Boden entlang. Thor stand vor einem Meer aus Feuer und sah zu, wie die Körper von der Hitze verzehrt wurden. Langsam drehte er sich um und verließ das Gebäude. Er fühlte nichts, als er in sein Auto einstieg und in die dunkle Nacht davonbrauste. Dieser Zustand sollte möglichst lang anhalten, deswegen würde er sich auf direktem Weg nach Manhattan machen. Dort, in einem unscheinbaren dreistöckigen Mietshaus, verbarg sich sein Stammbordell. Nur exklusiven Mitgliedern wurde der Zugang gewährt. Es waren immer ein paar Mädchen frei. Zwei von ihnen würde er heute beglücken. Die eine konnte sich um seine körperlichen Bedürfnisse kümmern, von der Zweiten würde er sich nähren. Die restliche Nacht wollte er nur vergessen.

In der Ferne hörte er Sirenengeheul. Er wusste, wohin sie fuhren. Er war jedoch in entgegengesetzter Richtung unterwegs. Die Straßen waren frei, und so drückte er aufs Gas, auch wenn das hieß, ein paar Verkehrsregeln zu brechen.

KAPITEL 2

Das Haus war von innen mindestens so beeindruckend wie von außen. Durch die Terrassentür waren sie in das Haus gelangt. Sie befanden sich in einer Bibliothek oder etwas Ähnlichem. Unmengen von Büchern drängten sich in Regalen bis unter die Decke. Gerne hätte Delina sich in einen Sessel gesetzt und in den Büchern geschmökert, doch ihre Begleiterin drängte sie zum Weitergehen. Der Flur mit seinem Marmorboden und den weiß gestrichenen Wänden war schlicht gehalten. Nur der Stuck mit den goldenen Verzierungen ließ die Exklusivität des Hauses erahnen. Die Vampirin wählte ein flottes Tempo. Delina gab sich Mühe, den Anschluss nicht zu verlieren, und wäre beinahe in die junge Frau hineingelaufen, als diese abrupt stehen blieb.

„Warte hier noch einen Moment. Der Vetusta wird gleich kommen", erklärte sie und schob Delina in ein geräumiges Wohnzimmer. Die Tür wurde hinter ihr zugezogen, und sie war allein. Unbehaglich sah sie sich um, musterte die barocken Möbel. Überall sattes Purpur und verschnörkeltes, golden gestrichenes Holz. Die farblich passenden Vorhänge und der dekadente Kronleuchter ließen den Raum nur noch überladener wirken.

Ihr Blick glitt zur Standuhr. Noch eine halbe Stunde bis Mitternacht, dann sollte die Zeremonie beginnen. Wann würde der Vetusta kommen? Sie musste doch noch zu den anderen Mädchen gebracht werden, die gemeinsam mit ihr in die Halle einzogen. Erst dort würde er sie offiziell erwählen. Drei Stunden lang würde die Feier dauern, den krönenden Abschluss bildete ihre Verbindung mit dem Blutfürsten. Während für sie ein neues Leben begann, würden die Gäste nach Hause gehen, in ihre gewohnte Umgebung, und die morgige Nacht würde für sie wie jede sein.

Delinas Hände zitterten. Sie sah auf das samtene Sofa und überlegte, ob sie es wagen sollte, sich zu setzen. Aber dann würde das Kleid ihr das Atmen noch mehr erschweren. Ein Umstand, der nicht unbedingt dazu beitrug, dass sie ruhiger wurde. Quälend langsam verstrichen die Minuten. Es war beinahe eine Erlösung, als Delina Geräusche hörte. Die Tür wurde polternd aufgerissen. Ihr Hals war wie zugeschnürt, und sie musste das Atmen nun völlig einstellen. Der Vampir vor ihr war so ganz anders, als sie ihn sich vorgestellt hatte. Haldor Salverson war kleiner als erwartet. Durch die hohen Absätze und die aufgesteckten Haare war sie vermutlich ebenso groß wie er. Unter seinem schwarzen Frack spannten sich die Muskeln, als er sich in Bewegung setzte und eintrat. Mit einem lauten Knall warf er die Tür hinter sich ins Schloss. Trotz seiner geringen Größe war unverkennbar, dass er der Vetusta war. Seine Ausstrahlung schüchterte sie auf der Stelle ein. Eine dichte Aura aus Macht und purer Dominanz umgaben ihn. Dieser Mann machte durch seine bloße Präsenz klar, dass er Widerspruch nicht duldete und alles nach seiner Vorstellung laufen musste.

Langsam kam er näher. Delina hatte Angst, ihn direkt anzublicken, und so klebten ihre Augen auf den blank polierten Lackschuhen.

„Du bist also Delina." Seine Stimme war kalt und berechnend und jagte ihr einen Schauer über den Rücken.

„Sieh mich an!", donnerte er ihr einen unmissverständlichen Befehl entgegen.

Delina tat, was er verlangte, und blickte in wässrig grüne Augen, denen jedes Mitgefühl fehlte. Ehe sie es sich versah, stand er direkt vor ihr, seine Hand umfing ihr Kinn und hob es an. Der Druck seiner Finger schmerzte, doch sie würde keinen Laut von sich geben.

Hätte er nicht diesen harten Zug um den Mund gehabt, hätte er mit seinen rötlich-blonden Locken, die sein aristokratisches Gesicht mit den hohen Wangenknochen umrahmten, gut ausgesehen. Selbst für einen Vampir war er eine Schönheit, ein geheimnisvoller Engel. Ein direkter Kontrast zu der Kälte in seinen Augen. In diesem Moment wurde ihr klar, dass er nie in der Lage sein würde, sie zu lieben. Da war nichts Weiches in ihm, alles war hart, ein Mann, der nicht anders konnte, als mit Brutalität zu herrschen – in allen Bereichen.

„Nett", erklärte er abfällig grinsend. „Ich denke, wir werden eine ganze Menge Spaß zusammen haben. Ich hatte schon lange keine Jungfrau mehr im Bett, und vielleicht taugst du zum Kinderkriegen."

Delina stand reglos da. Sie hätte ihm auch nicht antworten können, wenn sie gewollt hätte, da er sie noch immer festhielt. Unvermittelt trat er zurück und ließ sie los. Sie schwankte und konnte sich glücklicherweise an einem Sessel abstützen.

„Wir sehen uns!" Etwas Unheilvolles schwang in seiner Stimme mit. Ohne ein weiteres Wort verließ er den Raum und ließ Delina irritiert und verängstigt zurück.

Fassungslos starrte sie dem Blutfürsten hinterher, unfähig, das soeben Erlebte zu begreifen. Das sollte der Mann sein, mit dem sie eine Verbindung einging, mit dem sie fortan ihr Leben teilte? Alles in ihr schrie auf. Es wäre Selbstmord, sich mit einem Vampir wie ihm zu verbinden. Er würde sie umbringen. Sie wollte nicht seine Samera werden. Sie hatte den Gerüchten nicht glauben wollen und musste nun feststellen, dass die Realität noch viel, viel schlimmer werden würde. Ein unvorstellbares Grauen, das sie sich nicht einmal in ihren Albträumen hätte ausmalen können.

Der Fluchtinstinkt drohte sie zu überwältigen. Doch es gab keinen Ort, an dem sie sich verstecken konnte. Nichts, wo er sie nicht finden würde. Es gab keinen Ausweg!

Als die Tür erneut geöffnet wurde, befürchtete sie schon, der Vetusta sei zurückgekehrt. Es war glücklicherweise nur die Vampirin, die sie abholen und zu den anderen Mädchen bringen wollte.

„Bitte folge mir!", bat sie mit leiser Stimme.

Delina blinzelte den Tränenschleier fort, was ihr allerdings nur notdürftig gelang. Mit gesenktem Kopf folgte sie der Vampirin. Für die Schönheit der Räume hatte sie diesmal kein Auge. Sie konnte nur an den Vetusta denken und fürchtete sich mit jeder Sekunde mehr vor ihm.

„Hier sind wir!" Die Vampirin öffnete eine Tür zu ihrer Linken.

Wortlos trat Delina ein. Eine Reihe von neugierigen Augenpaaren musterten sie. Es waren fünf Mädchen, vermutlich ähnlich alt wie sie. In ihren weißen Kleidern und sorgfältig zurechtgemacht, waren sie hübsch anzusehen. Es gelang Delina jedoch nicht, sich ihrer Vorfreude anzuschließen. Liebend gern hätte sie ihren Platz als Auserwählte an eine von ihnen abgetreten. Andererseits wünschte sie diese Zukunft keiner von ihnen.

„Macht euch bereit!", drängte die Vampirin zum Aufbruch. Ihre Stimme war so leise, dass sie im aufgeregten Getuschel der Mädchen unterging.

„Bitte, stellt euch auf!", versuchte sie es noch einmal, diesmal etwas lauter.

Die Mädchen verstummten, beeilten sich, sich in eine Reihe zu stellen. Es gab ein kleines Gerangel um die Reihenfolge, die Delina vollkommen egal war. Mutlos nahm sie den letzten Platz ein.

„Es geht los!", strahlte das dunkelhaarige Mädchen, das vor Delina stand. Sie kannte die Vampirin nur vom Sehen. Sie wohnte am anderen Ende des Sjütenreiches. Ihr Vater hatte auch keinen so hohen Posten inne wie Delinas Vater.

„Hm ..." murmelte sie tonlos. Sie konnte die Freude einfach nicht teilen, dazu war ihr zu elend zumute. Fühlte sich so das Vieh, wenn es zur Schlachtbank geführt wurde? Delina schluckte, doch der dicke Kloß in ihrem Hals löste sich einfach nicht auf.

Mechanisch setzte sie sich in Bewegung und folgte den anderen Mädchen.

* * *

Sie befanden sich auf der Empore. Unter ihnen wartete die Innoka ungeduldig. Über die Brüstung erhaschte Delina einen kurzen Blick und erschauderte, als sie die Massen der versammelten Vampire sah. Kein Mitglied der Innoka glänzte durch Abwesenheit. Sie waren gesammelt der Einladung ihres Vetustas gefolgt und warteten nun gespannt auf seine neue Braut.

Delina verspürte einen Anflug von Übelkeit, als sie die breite Treppe sah, die sie in wenigen Minuten mit den anderen

Mädchen hinabschreiten würde. An einer von unten nicht einsehbaren Stelle hielten sie an.

„Wenn der zwölfte Glockenschlag verklungen ist, werdet ihr hinuntergehen."

Die Erste in der Reihe war eine kleine Rothaarige, von der Delina nur wusste, dass sie Siv hieß.

„Woher wissen wir, wo wir anhalten müssen?", erkundigte sie sich nervös.

„Das werdet ihr schon merken." Die Vampirin nickte ihnen noch einmal aufmunternd zu, warf Delina noch einen bedauernden Blick zu und verschwand in die Richtung, aus der sie gekommen waren.

Die Glocke ertönte, und mit jedem Schlag wurde es ruhiger im Saal. Beim elften Glockenschlag waren alle Stimmen verstummt. Der zwölfte Schlag erklang, und Siv setzte sich in Bewegung. Delina zögerte, wusste jedoch, dass es für sie kein Entrinnen gab und beeilte sich aufzuschließen, während Siv bereits hoheitsvoll die Treppe hinab schritt. Delina schluckte. Irgendwo dort unten standen ihre Eltern. Ihre Mutter, die wohl eine vage Ahnung gehabt hatte, was auf sie zukommen würde, und ihr Vater, den sie zum ersten Mal in ihrem Leben stolz gemacht hatte. Diese beiden konnte sie unmöglich enttäuschen. Wie es von ihr erwartet wurde, nahm sie sich zusammen, verbarg alle Unsicherheit, alle Zweifel tief in ihrem Inneren. Blieb nur zu hoffen, dass das aufgesetzte Lächeln echt genug wirkte, um alle zu täuschen.

Unter Beifall bewegten sie sich durch die Menge. Delina hielt nach ihren Eltern Ausschau, konnte sie bei den vielen Vampiren jedoch nicht entdecken. Schließlich erreichten sie den Thron. Rechts und links davon warteten aufgereiht alle sechs Soyas des Clans. Erleichtert entdeckte sie ihren Vater neben Soya Ducin, der zur Rechten des Blutfürsten stand. Hastig wandte sie den Blick von ihm ab und musterte den Vampir, der auf den Thron saß – ihren zukünftigen Homen. Haldor Salverson war in einen eleganten Frack gekleidet. Die rot-blonden Locken waren in der Tat ein wenig zu lang, was ihm jedoch einen verwegenen Ausdruck verlieh. Seine wässrig grünen Augen waren direkt auf sie gerichtet, als er seinen Mund zu einem spöttischen Lächeln verzog und sich mit einer geschmeidigen Bewegung erhob. Alles an ihm zeugte von Kraft und Dominanz. Die mächtige Aura, die ihn umgab, legte sich um sie und ließ sie erneut erschaudern. Er war furchteinflößend.

Der Blutfürst würdigte die anderen Mitbewerberinnen keines Blickes, sondern kam direkt auf sie zu.

„Demanda mi Samera", erklärte er in der alten Vampirsprache.

Ihr Vater trat einen Schritt nach vorn. „Loka mimare", antwortete er stolz.

Versteinert stand Delina da, unfähig, sich zu regen. Sie starrte zuerst nur auf den Boden, dann fiel ihr ein, dass das unhöflich aufgefasst werden konnte, und hob den Kopf. Sie wagte es jedoch nicht, den Vetusta anzublicken. Stattdessen begegnete sie Soya Ducins Blick. Für einen Moment hatte sie das Gefühl, er wollte ihr etwas sagen. Vielleicht schickte er ihr eine Botschaft, doch sie hatte keine mentale Verbindung zu ihm. Die Präsenz des Blutfürsten war außerdem so allumfassend, dass sie sich nicht traute, sich auf geistiger Ebene auszustrecken. Davon abgesehen konnte sie ohnehin nur mit ihrem Vater auf diesem Weg kommunizieren.

Unsanft packte der Vetusta ihre Hand, und Delina konnte ein schmerzhaftes Aufkeuchen gerade noch unterdrücken. Grob schob er ihr einen goldenen Ring mit einem riesigen, blutroten Rubin an den Finger. Entgeistert starrte Delina auf den viel zu großen Stein, der einfach nicht zu ihrer Hand passen wollte, und fragte sich, was nun von ihr verlangt wurde. Ihr Kopf fühlte sich an wie Watte, sie war kaum in der Lage, ihre Umgebung wahrzunehmen. Da spürte sie ein Fordern auf geistiger Ebene. Es war ihr nicht möglich, sich dem zu entziehen.

Bedanke dich gefälligst!, hörte sie die erboste Stimme ihre Vaters.

Das war es, was sie tun sollte.

„Lita", murmelte Delina. Jetzt konnte sie es nicht länger vor sich hinschieben, sie musste ihren zukünftigen Homen ansehen. Sie hatte gedacht, sie sei vorbereitet, doch die Kälte in seinen Augen ließ sie erneut frösteln. Ein eiskalter Hauch strich über ihren Geist, fuhr die Konturen ihrer Schutzmauern nach. Nicht mehr lange, dann würde er nicht nur ihr Äußeres abtasten. Er würde in ihrem Inneren sein, und sie würde durch seine Kälte erfrieren.

„Nur noch wenige Stunden, dann wirst du mein sein!", sagte er leise, so dass nur sie ihn verstand. Es war kein Versprechen, mehr eine Drohung.

Reglos stand sie da, ließ alles über sich ergehen und kämpfte gegen den unbändigen Drang an, sich von ihm loszureißen und fortzulaufen. Doch wohin sollte sie fliehen? Ihre Familie würde sie nicht vor diesem gefährlichen Vampir beschützen können. Sie wollte sich nicht mit ihm verbinden. Tapfer blinzelte sie und hoffte, dass er ihre Verzweiflung nicht bemerkte. Sie rang sich zu einem Lächeln durch.

Langsam ließ er ihre Hand los. „Drei Stunden", murmelte er verheißungsvoll. „Ich werde von dir trinken, also sorge dafür, dass du genug Blut in dir hast." Ohne auf ihre Reaktion zu warten, ließ er ihre Hand los und wandte sich von ihr ab.

Mit dem Abgang des Blutfürsten zerstreute sich auch die Menge schnell. Die Vampire strömten in alle Himmelsrichtungen davon. Aus den Nebenräumen erklang Tanzmusik, sie hatte gehört, dass es Spieltische gab, und sicher würden auch die Blutsklaven nicht fehlen. Ihr Vater hatte darauf bestanden, dass sie sich vor dem Ankleiden nährte. Das hatte sie getan und war ihm unendlich dankbar für seine Umsicht. Unter diesen Umständen, hier auf der Feier, wäre es ihr unmöglich gewesen, auch nur einen einzigen Schluck Blut herunterzubekommen. Sie hatte geahnt, dass heute die Nacht sein würde, in der ein Vampir von ihr trank. Noch nie hatte sie es zugelassen. Ein einziges Mal hatte ihr Vater von ihr getrunken, bei ihrer Renovation, aber das hatte nichts Sexuelles an sich gehabt. Schon allein bei dem Gedanken daran, dass der Blutfürst sie berühren würde, erfasste sie Übelkeit.

Delina war froh, nicht mehr im Mittelpunkt zu stehen. Noch immer fühlte sich alles absolut surreal an. War das der Schock? Sie suchte gerade nach einer Möglichkeit, sich die nächsten Stunden unsichtbar zu machen, als sie angesprochen wurde.

„Herzlichen Glückwunsch, meine Liebe", erklärte eine Vampirin, die eine weitläufige Bekannte ihrer Eltern war. Das Kleid schien etwas zu eng zu sein, zumindest sahen die Brüste aus, als wollten sie jeden Moment aus dem Dekolleté hüpfen.

„Du kannst dich wirklich glücklich schätzen", pflichtete ihre Begleiterin, eine rundliche Vampirin mit einer quietschenden Stimme, bei.

Delina nickte hastig und drängte sich an den beiden Frauen vorbei. Auch wenn es unhöflich war, die deutlich älteren Vampirinnen einfach so stehen zu lassen, sie fühlte sich dieser Art von Konversation im Augenblick einfach nicht gewachsen. Sie brauchte einen Moment für sich, etwas Ruhe und Zeit durchzuatmen.

Weit kam Delina jedoch nicht, da wurde sie von einer weiteren Gruppe Vampiren aufgehalten, die sie überschwänglich beglückwünschten. Es dauerte, bis sie sich mit einer Entschuldigung verabschieden und flüchten konnte. Die nächstgelegene Tür zum ersten Nebenraum hatte sie beinahe erreicht. Dort wurde getanzt. Eilig, bevor sie jemand aufhalten konnte, ging sie weiter, direkt auf die nächste Tür zu. Sie hielt sich am Rand des Raumes. Eine Nische, halb hinter einer Säule verborgen, schien ihr geeignet, um einen Moment innezuhalten und sich zu sammeln. Sie schloss die Augen und wünschte sich, sie möge aus diesem Albtraum erwachen.

„Du solltest eine glücklich strahlende Braut sein", schreckte sie eine männliche Stimme auf.

Hastig riss sie die Augen auf. Sie wollte allein sein, und doch hatte man sie entdeckt. An die Säule gelehnt, mit dem Rücken zu ihr stand ein Vampir. Der Geruch kam ihr bekannt vor, und sie brauchte einen Moment, um ihn Soya Ducin zuzuordnen. Was wollte der Soya von ihr, und warum unterhielt er sich nicht offen mit ihr?

„Ich bin überglücklich", erklärte sie wenig überzeugend.

„Wer kann es dir verübeln?"

Delina war überrascht, dass er ihr die Worte abnahm, aber gleichzeitig auch erleichtert.

„Ich bin hier, um dir ein Angebot zu machen."

Sie horchte auf. Was konnte der Soya ihr schon anbieten? Er hatte sich wohl kaum in der letzten halben Stunde unsterblich in sie verliebt und war bereit, den Zorn des Blutfürsten auf sich zu ziehen, indem er sie vom Fleck weg heiratete.

„Dieses Angebot werde ich dir genau einmal machen. Draußen steht ein Wagen, der dich weit fortbringen kann."

Sie glaubte, sich verhört zu haben. War das ein Fluchtangebot? Für eine Sekunde war sie versucht, freudestrahlend auf das Angebot einzugehen, doch dann fiel ihr ein, dass sie nicht fliehen konnte. Egal, wo der Soya glaubte, sie in diesem Clan verstecken zu können, ihr Vater würde sie finden und zu dem Blutfürsten zurückbringen.

„Du musst nur alles hinter dir lassen."

Delina schloss die Augen. Das hörte sich so wundervoll an. Ein Traum von Freiheit. Einer Freiheit, die es jedoch nie für eine Vampirin geben konnte. Sie konnte nicht allein überleben, das war schlichtweg unmöglich. Sie brauchte einen Rinoka, einen männlichen Vampir, der sie beschützte.

„Du kannst mich nicht weit genug fortbringen", murmelte sie traurig und verdrückte eine Träne.

„Der Schleuser kann es." Er stieß sich ab, wandte sich nicht zu ihr um und verschwand in der Menge.

Es war gut, dass sie in der Nische verborgen stand, denn sonst hätte man ihr die Überraschung deutlich angesehen. Sekunden verstrichen, ehe ihr Körper so sehr zu zittern begann, dass sie sich an der Wand abstützen musste. In ihren Ohren rauschte es. Soya Ducin hatte den Schleuser erwähnt. Jener ungreifbare Vampir, der ihresgleichen in die Neue Welt brachte, ihnen dort zu einem Neuanfang verhalf. Sie hatte die fantastischsten Geschichten von dort gehört. Einer Welt, die so unglaublich schien, dass sie unmöglich Realität sein konnte. Und das Beste daran, sie war so weit fort, dass der Vetusta keinen Einfluss haben würde. Kannte der Soya den Schleuser tatsächlich? Sie musste alles hinter sich lassen, ihre Freunde, ihre Eltern, das Leben, wie sie es bisher gekannt hatte. Doch was würde nach der Vereinigung mit dem Vetusta davon noch übrig bleiben? Unwillkürlich beschleunigte sich ihr Herzschlag und wenn es Delina gekonnt hätte, hätte sie tief Luft geholt. Doch in diesem verdammten Kleid war das einfach nicht möglich. Sie schloss die Augen, rang um Fassung. Die Lösung all ihrer Probleme war zum Greifen nahe. Eine Flucht. Warum zögerte sie eigentlich noch? Schließlich wollte sie nicht die Samera des Blutfürsten werden. Er würde sie umbringen. In einen goldenen Käfig gesperrt, wäre nur die Frage, ob sie an seiner Grausamkeit oder seiner Kälte starb. Aber was würde sie in der neuen Welt erwarten? Welche Chancen hatte sie als Vampirin? Ganz allein in einem fremden Land, vollkommen ausgeliefert? Ausgeliefert war sie hier jedoch auch. Schlimmer als die Willkür des Blutfürsten konnte die Neue Welt nicht sein. Delina öffnete die Augen. Sie hatte eine Entscheidung getroffen. Sie musste das Risiko eingehen, war bereit, alles aufs Spiel zu setzen. Denn alles andere würde sie jeden einzelnen Tag ihres Lebens bereuen.

* * *

Delina brauchte drei Anläufe, bis es ihr gelang, eine Tür zu finden, durch die sie den Feierlichkeiten entkommen konnte. Es war allerdings eine Terrassentür, und so fand sie sich im Garten wieder. Es war ihr egal. Wichtig war nur, dass die Freiheit zum Greifen nahe war und sie alles daransetzen musste, um von hier fortzukommen. Der Garten war schon ein erster Schritt, es war besser, als im Haus zu sein. Ratlos sah sie zur einen, dann zur anderen Seite. In welcher Richtung lag die Einfahrt, wo dieses Auto parkte? Wohin sollte sie gehen? Sie lief los. Mehr als falsch liegen konnte sie nicht und wenn sie jemandem in die Arme lief, würde sie einfach behaupten, sie wollte ein wenig frische Luft schnappen und hätte sich dabei verlaufen. Der Weg schlängelte sich durch üppige Blumenbeete. Überall tauchten die Gasleuchten die Umgebung in warmes, angenehmes Licht. Delina befürchtete schon, sich falsch entschieden zu haben, als sie um die Ecke bog und vor sich die hell erleuchtete Einfahrt erblickte. Erleichtert verlangsamte sie das Tempo und blieb hinter einem hochgewachsenen Busch stehen, der die Form einer riesigen Eule hatte. Von hier aus konnte sie die gesamte Einfahrt überblicken, ohne gesehen zu werden. Suchend sah sie sich nach dem wartenden Fahrzeug um. Hatte der Soya sie in eine Falle gelockt? Hatte er nur testen wollen, wie weit sie gehen würde? Nein, das durfte nicht sein. Er war ihr einziger Ausweg.

Eine Limousine fuhr vor. Einige Vampire entstiegen ihr und eilten die Eingangstreppe hinauf, wo sie von den Bediensteten in Empfang genommen wurden. Die Limousine umfuhr den Brunnen und kroch dann in Schrittgeschwindigkeit die lange Auffahrt hinunter.

Delinas Mut sank. Der Hoffnungsschimmer, an den sie sich so verzweifelt geklammert hatte, zerplatzte wie eine Seifenblase. Eine Flucht war unmöglich. Ihr würde nichts anderes übrig bleiben, als sich dem Unvermeidlichen zu stellen. Ihr Schicksal war besiegelt.

Delina wollte sich gerade abwenden, als ihr Blick auf einen schwarzen Mercedes fiel, der unauffällig etwas abseits parkte. Sollte das …? Sie wagte nicht zu atmen, hatte Angst, dass sich das schwarze Gefährt als Täuschung herausstellte. Als ob sie dadurch das Auflösen der Illusion vermeiden könnte, fokussierte sie mit zusammengekniffenen Augen den Mercedes. Auf dem Fahrersitz saß jemand. Die Seiten- und die Heckscheibe waren verdunkelt. War das das richtige Auto? Sollte sie es wagen? In leicht geduckter Haltung schlich sie vorwärts, achtete peinlich genau darauf, dass niemand sie sah. Die Bediensteten waren im Inneren des Hauses verschwunden. Der Vorplatz und die Einfahrt lagen verwaist da. Nur Sekunden, dann hatte sie den parkenden Mercedes erreicht.

Delinas Nerven waren zum Zerreißen gespannt. Ihre Zukunft, ihr ganzes Leben hing von den nächsten Augenblicken ab. War dieses Auto ihre Rettung?

Sie klopfte zaghaft. Nichts rührte sich. War die Rückbank leer? Sie nahm all ihren Mut zusammen, legte die Hand um den Türgriff und zog die Tür auf.

„Bitte lass es das richtige Auto sein!", betete sie wie ein Mantra vor sich hin.

„Es ist das richtige Auto", sagte eine inzwischen schon vertraute Männerstimme, und der Duft des Soyas hüllte sie ein. „Steig ein!"

Delina ließ sich das kein zweites Mal sagen und kletterte zu Soya Ducin auf die Rückbank. Kaum hatte sie die Autotür zugezogen, fuhr der Mercedes auch schon an.

Jetzt gab es kein Zurück mehr. Sie hatte ihr Leben in die Hände eines Soyas gelegt, den sie kaum kannte, ja, der sogar dafür bekannt war, ein enger Vertrauter des Vetusta zu sein. Wie hoch standen ihre Chancen, dass er sie tatsächlich zu dem Schleuser bringen konnte? Bestand überhaupt die Möglichkeit, dass er ihn kannte - einen Vampir, der einen Ozean entfernt auf der anderen Seite der Welt lebte? Wenn der Soya ihr nun eine Falle gestellt hatte, war sie soeben zielgerichtet hineingelaufen. Ängstlich blickte sie zu ihm.

„Ich wusste, dass du kommst." Er lächelte sie freundlich an. Völlig entspannt saß er da, als ob er schon unzählige Male die zukünftige Samera des Blutfürsten außer Reichweite gebracht hatte. Delina erstarrte, musste an ihre Vorgängerin denken, die kurz vor der Vereinigung spurlos verschwunden war.

„Steckst du auch hinter dem Verschwinden von Mi Nellisha?"

„Bedaure", der Soya schüttelte den Kopf. „Der Mi bin ich nie begegnet. Sie fortzubringen, wäre jedoch sehr viel komplizierter gewesen als bei dir. Du bist kein Blutmädchen mehr."

Delina sah Soya Ducin mit großen Augen an. „Du kennst den Schleuser wirklich", stellte sie fest.

„Ja!"

Ungläubig schüttelte Delina den Kopf. Sie konnte es noch immer nicht fassen. Ausgerechnet ein nahestehender Vertrauter des Blutfürsten kannte den Schleuser. Sie versuchte sich zu erinnern, was sie über den Soya wusste. Es war kläglich wenig. Weder wusste sie, wie nah er tatsächlich dem Vetusta stand, noch womit er seinen Lebensunterhalt bestritt.

„Wohin bringst du mich?" Sie hatte sich diesem Vampir vollkommen ausgeliefert. Mit einem einzigen Schlag könnte er sie vernichten, er musste nur anhalten und die Innoka rufen.

„Du musst die Verbindung zu deinem Vater lösen", sagte der Soya noch immer vollkommen gelassen.

Das war nicht möglich. Die Verbindung zu ihrem Rinoka war ihr Halt, ihr sicherer Anker. Sie war eine Vampirin, sie konnte nicht allein überleben. „Das kann ich nicht", stammelte sie.

„Da vorne endet Haldors Grundstück. Wenn wir das Tor passieren, musst du alle Verbindungen gekappt haben. Ich habe dir gesagt, dass du alles hinter dir lassen musst."

Delina schluckte.

„Das sind die Bedingungen. Trennst du dich nicht, brechen wir ab und halten an."

Beide Optionen waren nicht berauschend, aber den Zorn des Blutfürsten auf sich zu ziehen, wäre schlimmer als jedes andere Szenario. Delina konnte die Tränen nicht mehr zurückhalten. Ihr Leben lag in Trümmern, und nichts würde es je wieder kitten können. Nichts würde sein wie zuvor. Wenn sie sich von ihrem Vater löste, gab es kein Zurück mehr.

Durch den Tränenschleier blickte sie den Soya an.

„Jetzt", sagte er bestimmt und hielt ihren Blick fest.

Sie vertraute ihm. Nicht nur sie riskierte bei dieser Flucht eine ganze Menge, auch er ging ein hohes Risiko ein. Im Gegensatz zu ihr hatte er sogar die Wahl gehabt. Er hätte ihr die Möglichkeit zur Flucht nicht anbieten müssen.

Delina schloss die Augen, zog sich in ihren Kopf zurück und suchte den Ort auf, wo das Band in ihrer Seele verankert war. Sie war selten hier gewesen. Der Ursprung ihrer Verbindung war ihr bisher belanglos erschienen. Er war existenziell, immer da, aber bedeutungslos. Sie starrte das zarte Band an, trat näher an die Verbindungsstelle heran. Eine unglaublich wichtige Verbindung, von außen unzerstörbar. Nur sie oder ihr Vater konnten es lösen. Wenn sie es durchtrennte, wüsste ihr Vater sofort, dass etwas nicht stimmte und würde umgehend den Vetusta informieren. Sie musste eine Entscheidung treffen. Bevor sie es sich doch noch einmal anders überlegen konnte oder der Soya seine Drohung anzuhalten wahrmachte, zog sie an dem Band. Ein scharfer Schmerz durchfuhr sie. Einem Reflex folgend, griff sie nach dem losen Ende der Verbindung, wollte es sich wieder einverleiben. Doch ihre Hände griffen ins Dunkel, das Band entschwand in der Dunkelheit. Die Schwärze erfüllte sie, hüllte sie ein. Erdrückend und beinahe übermächtig. Hilflos streckte sie sich auf geistiger Ebene aus, suchte nach Halt.

Es fühlte sich an, als fiele sie in ein unendliches schwarzes Loch. Da war niemand, der sie auffing. Sie war vollkommen allein. War das der Zustand, an den sie sich gewöhnen musste? Konnte man sich daran überhaupt gewöhnen? Vielleicht wäre eine Verbindung mit dem Blutfürsten doch besser gewesen als dieses endlose Nichts, das Alleinsein. Es zehrte schon jetzt an ihren Nerven und würde sie in den Wahnsinn treiben.

Eine starke Präsenz tauchte vor ihr auf, zog sie zu sich. Ihre Schilde waren weit geöffnet. Sie war ein hilfloses Opfer. Problemlos drang die Präsenz in sie ein. Mächtig und stark, hell leuchtend. Das warme Licht erfüllte sie, als eine neue Verbindung ihre Seele vervollständigte. Noch bevor sie es richtig realisieren konnte, war ihr neuer Rinoka bereits wieder aus ihrem Kopf verschwunden.

Delinas Sicht klärte sich. Sprachlos starrte sie den Soya an. Sie fühlte die Verbindung zu ihm, die unglaubliche Ruhe, die er ausstrahlte und die nun auch ihr Innerstes erfüllte. Was hatte sie getan? Prüfend tastete sie ihn ab, fand jedoch nur feste Schilde vor.

„Unsere Verbindung wird nicht von Dauer sein", erklärte er scharf, und Delina zog sich von den Schutzmauern zurück, als hätte sie sich verbrannt. Nicht dauerhaft? Was sollte das heißen? Er würde doch mit ihr kommen, sie begleiten?

„Wir sind auf dem Weg zum Flughafen. Du wirst nach New York fliegen."

Und er? Er konnte sie doch nicht allein lassen.

„Was ist mit dir?", keuchte sie.

„Mein Platz ist hier. Du wirst die Reise in die Neue Welt allein antreten."

Nein! Das war unmöglich. Sie konnte nicht allein gehen. Er war ihr Halt, wer hielt sie, wenn er nicht mitging?

„Es soll sehr schön dort sein." Seine Aufmunterung war vergebens.

„Du wirst nicht mitkommen?", fragte sie ängstlich.

Er schüttelte leicht mit dem Kopf. „Das ist leider nicht möglich."

Aber sie konnte diese Reise nicht allein antreten. Sie brauchte einen männlichen Vampir, der sie beschützte. Allein war sie verloren. Niemand würde einer schutzlosen Vampirin helfen. Wie sollte sie allein in einer ihr völlig unbekannten Welt zurechtkommen?

„Sobald du im Flugzeug bist, werde ich das Band lösen", fuhr der Soya unbeirrt fort. „In New York wird dich der Schleuser in Empfang nehmen. Er wird dein Rinoka sein, bis geklärt ist, wo du in Zukunft leben wirst."

„Der Schleuser?", hauchte Delina und konnte es einfach nicht fassen. Natürlich hatte sie von dem Vampir gehört, von dem jeder nur hinter vorgehaltener Hand sprach. Er war die Eintrittskarte in die Neue Welt. Er entschied, ob man eine Zukunft hatte. Niemand von denen, die Delina kannte, hatte ihn je zu Gesicht bekommen, denn die, die ihn sahen, kamen nicht zurück. Seine Macht war so viel weitreichender als die des sjütischen Blutfürsten. Mit diesem mächtigen Vampir sollte sie sich verbinden - wenn auch nur auf Zeit?

„Du musst dich nicht vor ihm fürchten. Er ist ein Freund", versicherte ihr der Soya.

Das half Delina jedoch nicht wirklich. Nervös blickte sie aus dem Fenster, sah in der Ferne bereits die Lichter des Flughafens. Hatte sie die richtige Entscheidung getroffen? Sie musste ihre

Zweifel beiseiteschieben, denn für eine Rückkehr war es jetzt zu spät.

„Wann hast du das letzte Mal gegessen?"

„Am frühen Abend", antwortete sie wahrheitsgemäß.

„Gut, dann sollte der Hunger auf dem Flug kein Problem sein. Du wirst sieben Stunden in der Luft sein. Gegen vier Uhr morgens solltest du in New York ankommen. Der Schleuser holt dich und die anderen direkt am Flughafen ab."

Delina schluckte. Der Plan hörte sich vernünftig an und konnte sogar funktionieren.

„Warum tust du das?", fragte sie und blickte Soya Ducin neugierig an. Der Soya hatte in ihrem Clan eine gute Stellung, musste sich lediglich dem Blutfürsten beugen. Er war ein Mann, hatte niemanden, auf den er Rücksicht nehmen musste. Warum also verriet er ihren Clan, indem er ihr zur Flucht verhalf? So ruhig und selbstsicher, wie er sich verhielt, war ihr klar, dass er das nicht zum ersten Mal tat. Vermutlich war er derjenige, der all die Vampire in die Neue Welt brachte.

Völlig unbeeindruckt zuckte der Soya die Schultern. „Weil ich der Ansicht bin, dass jeder Vampir das Recht hat, sein Leben selbst zu gestalten."

Delina starrte ihre Hände an, die verkrampft in ihrem Schoß lagen. Warum war er erst jetzt in ihr Leben getreten? Warum waren sie sich nicht schon viel früher begegnet? Er wäre ein Mann gewesen, dem sie vertrauen und in den sie sich verlieben könnte. Er war ein guter Vampir, und als Soya wäre er eine akzeptable Partie für ihren Vater gewesen.

„Nein, Delina", sagte er sanft und legte seine Hand auf ihre verkrampften Finger. „Höre auf, darüber nachzudenken. Ich bin nicht der Richtige für dich. Mein Leben ist gefährlich, das kann ich keiner Samera zumuten. Du hast etwas Besseres verdient."

Er hatte es natürlich über das Band gespürt. Traurig nickte sie, auch wenn sie dem Soya nicht ganz zustimmen konnte. Sie wäre bereit gewesen, das Risiko an seiner Seite einzugehen. Dann hätte sie den Clan der Sjüten nicht verlassen müssen. Aber das spielte jetzt keine Rolle mehr. Die Würfel waren gefallen.

KAPITEL 3

Thor liebte diesen exklusiven Club. Niemand vermutete in dem dreistöckigen Mietshaus ein Etablissement dieser Art. Die Kundschaft war erlesen, ebenso wie ihre Wünsche. Pearl hatte ihre Mädchen fest im Griff, und ihre oberste Priorität war die Kundenzufriedenheit. Kein Wunsch blieb unerfüllt, war er auch noch so ausgefallen.

Parkplätze waren in der Tiefgarage ausreichend vorhanden, so dass Thor ohne großes Aufsehen die Örtlichkeiten betreten konnte. Er nahm die Mädchen immer im Doppelpack – welche, das war ihm egal. Sie hatten alle reichlich Alkohol intus, wodurch das Blut schal schmeckte. Solange sie jedoch keine Drogen nahmen, störte er sich nicht daran.

Er meldete sich am Empfang an und erledigte dort die Formalitäten. Dann betrat er den großen Raum im Erdgeschoss, der auf den ersten Blick eher einem Restaurant glich.

Er sah auf die Uhr. Drei Stunden blieben ihm, bevor er mit den Vorbereitungen für seinen nächsten Auftrag beginnen musste. Genug Zeit, um zu vergessen.

Es mochte an seiner vampirischen Ausstrahlung liegen oder einfach an der Tatsache, dass seine Haut so dunkel wie Schokolade war. Die weiblichen Wesen flogen auf ihn wie Motten auf das Licht. Und so war es auch diesmal. Im Nu war er umringt von sechs eifrigen Schönheiten. Gelangweilt ließ er seinen Blick über die Mädchen schweifen, bis sein Blick an einer feurigen Rothaarigen hängen blieb. Kennen war übertrieben, aber er erinnerte sich an sie. Bereits zwei Mal hatte er sie mit auf ein Zimmer genommen und es kein einziges Mal bereut. Sie konnte ausgezeichnet mit dem Mund umgehen und mochte es auch ein wenig heftiger. Er wurde bereits hart, wenn er nur daran dachte. Für heute wäre sie die richtige Wahl. Er legte einen Arm um das Mädchen, das ihn mit einem eingeübten Augenaufschlag ansah und ihn anstrahlte, als hätte sie soeben im Lotto gewonnen. Ein Hauch von Vorfreude ergriff ihn. Drei Stunden konnten unter Umständen viel zu kurz sein. Achtlos griff er mit der freien Hand nach einem der anderen Mädchen. Es war eine kurvige Blonde, die sich im unschuldigen Lolita-Stil zurechtgemacht hatte. Normalerweise nicht unbedingt seine erste Wahl, denn er mochte wilden, ungestümen Sex, bei dem er zu jeder Zeit die Kontrolle hatte. Das Beste daran war jedoch der Moment, wenn er zum Höhepunkt kam, sich alles um ihn in Luft auflöste und diese verdammte, beschissene Welt für Sekunden den Atem anhielt. Er musste an nichts denken, die Erde blieb einfach stehen, bevor das Hier und Jetzt ihn wieder einholte. Das war der Grund, warum er hier war. Aber das Blut schmeckte bei allen gleich, daher war es völlig einerlei, ob Lolita oder nicht.

Wortlos dirigierte er seine Ausbeute in den hinteren Bereich zu den Räumen, die den Gästen zur Verfügung standen. Es gab verschieden eingerichtete Zimmer, je nach Neigung. Thor hatte keine großen Ansprüche. Ein Bett, zur Not auch nur ein Sessel. Deshalb störte es ihn nicht, dass seine Begleiterinnen eine Wahl trafen. Er realisierte allerdings auch erst, wo sie sich befanden, als sich die Zimmertür hinter ihnen geschlossen hatte. Für den Bruchteil einer Sekunde überlegte er umzudrehen. Er war hier schon einmal gewesen, und die Erinnerungen daran waren nicht allzu prickelnd, dafür aber noch äußerst lebhaft. Er musterte das große Bett mit den angeblich so stabilen Metallpfosten und dem Gestänge an der Decke. Keine zehn Pferde würden ihn ein zweites Mal auf dieses Bett bringen. Hastig sah er sich um und war beinahe erleichtert, als er einen Sessel entdeckte, der etwas abseitsstand. Eigentlich war er für einen Beobachter gedacht, doch heute würde er ihn zur Spielwiese machen. Er zog die beiden Mädchen mit.

„Zeig mal, was deine flinke Zunge kann", bat er die Rothaarige, die sich mit einem lasziven Augenaufschlag zu Boden sinken ließ und sich an seiner Hose zu schaffen machte. Aufreizend langsam fuhr sie über seine Erregung. Er schloss die Augen und wollte nur vergessen. Als er jedoch die Augen öffnete und das verdammte Bett vor sich sah, versteifte er sich unwillkürlich, und die Erinnerung an seinen zweiten Besuch hier holte ihn ein.

Er kannte seine Schwächen, wusste, dass er nie die Kontrolle abgab. Dingen, die er nicht beherrschen konnte, ging er aus dem Weg. Keine Ahnung, wie er auf die Idee gekommen war, dass es ganz nett wäre, den unterwürfigen Part einzunehmen. Er hatte sich von dem Mädchen ans Bett fesseln lassen, hatte sogar auf die Eisenketten bestanden. Vor seinem geistigen Auge erschien das Mädchen mit den langen, klimpernden Ohrringen, deren Anblick sich tief in sein Gedächtnis eingebrannt hatte. Sie saß rittlings auf ihm, hatte ihn tief in sich aufgenommen. Es war ihm wahnsinnig schwergefallen, reglos dazuliegen, ihre wippenden Bewegungen über sich ergehen zu lassen. Er kämpfte gegen das Verlangen an, sich einfach loszureißen. Hilfesuchend fokussierte er ihre wippenden Ohrringe. Das half allerdings auch nicht lange.

Mit einem Ruck wurde sein Reißverschluss aufgezogen, und eine warme Hand wanderte in seine Shorts. Augenblicklich war er zurück in der Gegenwart. Er stöhnte, tief und kehlig, und wünschte sich, dass sich die Kleine etwas mehr beeilte. So nahm er ihren Kopf zwischen seine Hände und dirigierte sie in seinen Schritt. Sie verstand sofort und beeilte sich, ihm die Hose abzustreifen. Die Shorts fielen gleich mit zu Boden. Um es ihr etwas leichter zu machen, stieg er aus der Hose heraus und positionierte sich auf dem Sessel.

Die Blonde hielt es für eine gute Idee, sich aufs Bett zu legen und sich dort zu räkeln. Er betrachtete sie, musste aber wieder an das Mädchen mit den wippenden Ohrringen denken, als sie kurz davor war, den Gipfel der Lust zu erklimmen. Er hatte eigentlich ziemlich lange durchgehalten, ziemlich lange gegen das Gefühl der Machtlosigkeit angekämpft. Dann war es zu viel gewesen. Er hatte sich nicht mehr unter Kontrolle gehabt. Die Eisenstangen, die ihn hätten halten sollen, bogen sich wie schmelzendes Plastik unter Wärmeeinstrahlung. Selbst das Deckengestänge gab einfach nach, riss aus seiner Verankerung und hätte sie beinahe auf dem Bett begraben, wenn er seine Gespielin nicht gerade noch rechtzeitig davongezogen hätte.

Nein, er wollte sie nicht länger auf dem Bett liegen sehen.

Komm her!, befahl er ihr wortlos.

Sie setzte sich auf, erhob sich und kam mit wiegenden Hüften auf ihn zu. Er klopfte auf die Lehne neben sich und gab ihr zu verstehen, dass sie sich dort niederlassen sollte. Hingebungsvoll reckte sie sich ihm entgegen, und er griff an ihre vollen Brüste. Sie biss sich auf die Lippen und stöhnte. Thor griff fester zu. Von wegen Lolita. Sie war ein Biest, wie die anderen hier auch, und er würde keine Hemmungen haben, sich an ihr zu laben. Mit einer Hand streifte er den störenden BH nach unten und widmete sich ihrem entblößten Fleisch.

Die Rothaarige kniete noch immer vor ihm am Boden, leckte und saugte abwechselnd an ihm. Er griff in ihre vollen Haare und dirigierte ihren Kopf. Gehorsam folgte sie seinen wortlosen Anweisungen. Er zog sie wieder ein Stück von sich weg, denn wenn sie so weiter machte, würde er gleich in ihren Mund kommen, und das wollte er heute nicht. Bevor er sich jedoch einer ihrer anderen Körperöffnungen zuwandte, würde er erst einmal seinen Durst stillen.

Sein Handy vibrierte. Es lag am Boden, steckte in der Gesäß-tasche seiner Hose. Nein, jetzt nicht! Er vergrub seinen Kopf zwischen den vollen Brüsten seiner Gespielin. Die Fänge kribbelten bereits vor Vorfreude im Kiefer, das Wasser lief ihm im Mund zusammen. Gleich durfte er der süßen Verlockung nach-geben, durfte von ihrem Blut kosten. Sein Mund schloss sich um eine der Brustwarzen, während seine Hand die andere Brust knetete. Da er die Hand vom Kopf der anderen genommen hatte, hatte sie nun wieder alle Freiheiten, die sie ausreizte. Es kostete ihn all seine Selbstbeherrschung, um an sich zu halten. Die Kleine wusste verdammt gut mit ihrer Zunge umzugehen. Ein kehliges Gurgeln entwich seiner Brust. Das Tier war entfesselt. Mühelos drang er in den Geist der Blutwirtin ein, verbot ihr, einen Laut von sich zu geben. Seine Fänge schossen hervor, bohrten sich in das weiche Fleisch ihrer weiblichen Rundungen. Er spürte, wie das Blut in seinen Mund schoss, und trank gierig. Die Menschen-frau reckte sich ihm entgegen, war völlig benebelt. Die Nahrungs-aufnahme, verbunden mit der oralen Behandlung, steigerte seine Libido ins Unermessliche. Hastig beendete er seine Mahlzeit, schloss die Wunde mit seinem Speichel und leckte genüsslich alle

Spuren auf. Dann hob er den Kopf und sah sie direkt an. Noch immer schwebte sie zwischen den Welten, unansprechbar. Doch für seine mentalen Befehle war sie dennoch empfänglich.

Vergiss die letzte Stunde!

Sie nickte dümmlich.

Und verschwinde!

Mit einem glücklichen Lächeln erhob sie sich, zupfte ihre Kleidung zurecht und verließ den Raum.

Etwas irritiert aufgrund des schnellen Abgangs der Kollegin, hob das andere Mädchen den Kopf. Thor nutzte die Pause, um sie an den Haaren von sich zu ziehen. Ihr knallroter Lippenstift war ziemlich verschmiert. Er stand auf, drängte sie, sich auf den Sessel zu knien. Sie hatte deutlich weniger Brustumfang als ihre Freundin. Er probierte aus, wie weit sie sich vorbeugen konnte. Ihr Po lag halb entblößt vor ihm. Mit dem Zeigefinger fuhr er unter den dünnen Stoff, der ihre Scham bedeckte, und zog daran. Er gab augenblicklich nach. Es würde ihm großes Vergnügen bereiten, sie von hinten zu nehmen. Als er mit dem Finger durch ihre Nässe strich, grunzte sie versonnen auf. Sie war bereit, mehr als bereit. Mit beiden Händen umschloss er ihr Gesäß und brachte sie in Position, während er sich langsam in sie schob.

„Ja!", quiekte sie.

Thor spürte zuerst die Vibration und hörte dann das Surren seines Handys. Schon wieder versuchte jemand, ihn anzurufen. Er warf einen bösen Blick auf die Hose, als könnte er dadurch das Handy zum Verstummen bringen. Es summte natürlich weiter. Der verfluchte Anrufer konnte warten.

Mit Eifer stieß er weiter in die Kleine, gab seine Zurückhaltung immer mehr auf. Er wollte verdammt noch mal einfach vergessen. Immer wieder stieß er in sie, suchte nach seinem Vergnügen. Dass das Mädchen stöhnte und keuchte, turnte ihn nur noch mehr an. Er mochte es, wenn die Frauen ihre perfekten Masken ablegten und zu rolligen Tieren wurden. Dann fühlte er sich nicht mehr ganz so allein auf der Welt. Denn auch in ihm schlummerte eine Bestie, die er nur mühsam unter Kontrolle halten konnte.

Sein Höhepunkt nahte. Er musste aufpassen, dass er nicht in ihr kam, schließlich wollte er keinen Bastard riskieren. Immer wieder zog er sich beinahe ganz aus ihr zurück, um dann wieder tief in sie zu stoßen. Unnachgiebig bewegte er sich in ihr. Als er spürte, wie seine Eier sich zusammenzogen, wusste er, dass er nicht mehr lange aushalten würde. Ein letzter Stoß, noch einmal kostete er die wunderbare Enge und die angenehme Wärme aus. Mit einem hemmungslosen Knurren zog er sich aus ihr heraus und ergoss sich auf ihrem Rücken. Der selige Zustand des Vergessens. Nichts zählte mehr, die Welt stand für einen Moment still. Er verspürte das Bedürfnis, auch auf geistiger Ebene mit ihr zu verschmelzen, wusste aber gleichzeitig, dass der Verstand des Mädchens das nicht verkraften würde, ohne sie zu einer willenlosen Sklavin zu machen. Viel zu schnell holte die Realität ihn wieder ein. Leere breitete sich in ihm aus. Reglos starrte er auf die milchige Flüssigkeit, die sich langsam verteilte und auf den Sessel tropfte.

„Ich habe noch nie etwas so Geiles erlebt", stöhnte seine Gespielin und drehte ihm ihr verschwitztes Gesicht zu, das von nassen Haarsträhnen umrahmt wurde. Ihre Augen waren noch immer glasig, die Wonne der Vereinigung stand ihr ins Gesicht geschrieben.

Er fühlte sich schmutzig und verspürte das dringende Bedürfnis nach einer Dusche. Jedes der Zimmer hatte ein angeschlossenes Bad. Er erhob sich und machte sich auf die Suche. Er dauerte nicht lange, und er wurde fündig. Ohne sich nach dem Mädchen umzusehen, ging er hinein und hoffte, dass sie verschwunden war, wenn er zurückkam.

* * *

Als Thor aus dem Bad kam, war das Zimmer tatsächlich leer. Seltsamerweise erfasste ihn eine gewisse Erleichterung. Nackt wie er war, ging er zum Sessel, bückte sich und hob seine Kleidung auf. Noch ehe er die Hose anziehen konnte, begann sein Handy abermals zu vibrieren. Er zog das Mobiltelefon aus der Tasche und warf einen schnellen Blick auf das Display.

„Testa", murmelte Thor, als er Ducins Namen las. Wenn der Soya es so oft versuchte, musste es wichtig sein Thor nahm das Gespräch an.

„Ja?"

„Dir auch Berne Nox", grüßte der Sjüte.

„Was willst du?" Mit Ducin hatte er durch seine Schleuser-tätigkeit viel zu tun. In den letzten Monaten war Ducin jedoch mehr als ein wichtiger Verbündeter geworden. Und vor allem hatte er mehr als einmal sein Leben für den Bostoner Clan riskiert. Er hatte Sam, Jendrael und Arnika zur Ausreise verholfen. Auch Etina und Rastus hatte er bei deren Flucht maßgeblich unterstützt. Dafür hatte er nicht nur Thors Respekt bekommen, sondern war auch so etwas wie ein Freund geworden. „Ist das Paket unterwegs?", fragte Thor. War etwas mit den Flüchtlingen schiefgegangen? War er zu spät? Eine Uhr am Handgelenk war nur hinderlich, deswegen las er die Uhrzeit von seinem Mobil-telefon ab. Er lag absolut in seinem Zeitplan, was also veranlasste den Soya zu diesem Anruf?

„Es gab eine Planänderung."

Also doch. Vielleicht kamen die Flüchtlinge nicht. Dann musste er unverzüglich Blance anrufen und hoffen, dass der Dominus noch nicht auf dem Weg war.

„Was meinst du damit?", fragte Thor nach, hörte jedoch nur mit halbem Ohr zu.

„Das Paket ist unterwegs und ein Päckchen ebenfalls."

Der Sjüte konnte sich seiner Aufmerksamkeit jetzt sicher sein.

„Testa!" Thor fuhr sich über seinen raspelkurz geschorenen Hinterkopf. „So war das nicht abgemacht." Er war auf einen männlichen Vampir mit einer Tochter eingestellt. Mehr würde er auf die Schnelle auch nicht unterbringen können. Es hatte ihn ohnehin einiges an Mühe gekostet, die Neuankömmlinge nach Los Angeles zu vermitteln. Zumindest standen die Chancen dafür ganz gut. Blance Beersfood, der dortige Dominus, war anfänglich nicht sonderlich begeistert gewesen, und es hatte Thor einiges an Überredungskünsten gekostet, sich zumindest die beiden Flücht-linge anzusehen.

„Welches Päckchen?", hakte er deshalb unwillig nach. In den letzten Monaten waren unglaublich viele fränkische Vampire zu ihnen geflohen. Alleinstehende Vampire, die sich in der Neuen Welt einen höheren Rang versprachen, ganze Familien, die sich um die Sicherheit ihrer Kinder sorgten, und sogar Mitglieder der Innoka. Die Fluchtwelle stellte die Neuweltler vor ein Problem. Er tat alles, was in seiner Macht stand. Jendrael hatte alle möglichen Verbindungen spielen lassen, und auch Darius, der

Anführer ihres Clans, hatte mobilisiert, was ging. Nach reiflicher Überlegung wurden zwei neue Clans gegründet, das funktionierte allerdings nur, weil die Soyas Aneng und Werner mit ihren Familien übersiedelten. Gerade bei Neugründung konnte man nicht uneingeschränkt weiter Vampire aufnehmen, und auch die Belastbarkeit der anderen Clans war nahezu ausgereizt.

„Etwas ganz Besonders", erklärte Ducin.

Thor schnaubte. Besonders waren Flüchtlinge alle, dennoch half ihm das nicht, wenn er keine Heimat für sie fand. Das Päckchen würde er wohl oder übel in eine Lagerhalle bringen müssen, wo es das Schicksal der Familie von heute Morgen teilen würde.

„Ich habe bereits unzählige Male versucht, dich zu erreichen."

Thor ignorierte den Vorwurf. Er stieg mit dem Telefon am Ohr in seine Hose. Er war beschäftigt gewesen. Mehr als genug Zeit opferte er für die Schleusertätigkeit, da konnte er doch einmal eine halbe Nacht unerreichbar sein.

„Wie alt ist er?" Im Kopf ging er bereits die Clans durch, die einen einzelnen Vampir noch verkraften konnten. Nur sehr ungern überließ er einen Vampir seinem Schicksal. Wenn das Päckchen Kampferfahrung hatte, könnte er ihn eventuell Arjun nach Chicago schicken. Der dortige Dominus hatte immer noch Probleme mit einem nicht autorisierten Clan.

„Sie", korrigierte Ducin ihn.

Thor glaubte, sich verhört zu haben. Er hatte sich gerade das T-Shirt über den Kopf gezogen.

„Kannst du das nochmal sagen?"

„Sie."

„*Sie?*" Sämtliche Alarmglocken sprangen an. Eine allein reisende Vampirin? Ein Albtraum. Was sollte er mit ihr? Es war unmöglich, sie in einem Clan unterzubringen. Ein Vampir war schon schwierig, aber eine Vampirin gänzlich unmöglich.

„Es tut mir verdammt leid, dass es so kurzfristig ist. Ich hätte dich gerne vorgewarnt."

„Und wie stellst du dir das jetzt vor? Was soll ich mit *ihr* machen?" Thor war richtig angepisst. Er schlüpfte in seine Lederjacke und schickte sich an, das Zimmer zu verlassen. Ein kurzer Zwischenstopp in seiner Wohnung, dann musste er sich auf den Weg zum Flughafen machen.

„Ich habe sie nicht ihrem Schicksal überlassen können."

„Und was denkst du, welches Schicksal sie hier erwartet?" Er schüttelte fassungslos den Kopf.

„Sie ist die Auserwählte."

Thor stieß einen leisen Pfiff aus. „Du hast die Kleine deines Chefs gekidnappt?"

„Nein", brummte Ducin. „Erstens war sie noch nicht mit ihm verbunden, und zweitens war ihre Flucht freiwillig. Sie hat etwas Besseres verdient als diese Verbindung."

Im Prinzip konnte Thor die Beweggründe des Sjüten verstehen, doch er fragte sich immer noch, was die Sache mit ihm zu tun hatte. Sie waren kein Wohltätigkeitsverein, und er konnte nicht unbegrenzt Vampire hier aufnehmen, noch dazu eine alleinstehende Vampirin. Sie war nicht einmal überlebensfähig.

„Das ist nicht mein Problem, wenn du den Samariter spielen musst. Warum hast du sie nicht behalten?"

„Das weißt du sehr gut." Ducin blieb ruhig.

Thor hatte eine ungute Vorahnung. Es würde noch etwas kommen.

„Was soll *ich* mit ihr tun?", wollte er genervt wissen.

„Sie in Empfang nehmen und auf sie aufpassen."

Gut, dass er sich gerade im Aufzug befand und nichts in Reichweite war, gegen das er treten konnte. „Bist du völlig übergeschnappt?", blaffte er Ducin an.

„Du kannst dich bestimmt ein paar Tage um sie kümmern."

Thor fehlten die Worte. Sich um Flüchtlinge zu kümmern, war sein Job. Das bedeutete, sie in die sichere Unterkunft zu bringen und sie zu vermitteln. Das, was Ducin von ihm verlangte, ging weit darüber hinaus. Diese Vampirin brauchte einen Babysitter, einen männlichen Beschützer, und dafür war er gänzlich ungeeignet. Er würde sich keine Frau ans Bein binden, schon gar keine Angehörige der verdammten Innoka.

„Das kannst du nicht von mir verlangen", stieß er mühsam beherrscht hervor.

„Nur vorübergehend. Betrachte es als einen persönlichen Gefallen unter Freunden."

Thor kniff die Augen zusammen. Er hasste den verfluchten Sjüten dafür, dass der gerade sein As ausspielte. Beide wussten sie genau, dass er unter diesen Umständen dem anderen Soya die Bitte nicht abschlagen konnte. Sie standen in Ducins Schuld und hatten alle gewusst, dass der Tag kommen würde, an dem er einen Gefallen einfordern würde. Warum musste Thor derjenige sein? Dennoch verbot es ihm sein Stolz, dem Freund die Bitte abzuschlagen. Auch wenn sie – und das konnte er schon förmlich riechen – nichts als Ärger einbringen würde.

„Eine Woche und keine Sekunde länger", stimmte Thor missmutig zu.

„Perfekt. Ich werde zwischenzeitlich mit dem Anführer sprechen, vielleicht hat er noch ein Zimmer für sie frei."

Dort würde er also einen weiteren Gefallen einfordern. Er hatte keine Ahnung, wie der Anführer sich entscheiden würde, und unterm Strich war ihm dies auch reichlich egal. Er würde sieben Tage den Babysitter spielen und keine Sekunde länger. Entweder er würde sie innerhalb dieser sieben Tage irgendwo abliefern, oder ihre Reise würde doch in einer Lagerhalle enden.

Ein anderer Gedanke keimte in Thor auf. Was bedeutete diese Frau dem sjütischen Soya? Dass er sie nicht bei sich behalten konnte, ohne in direkte Konfrontation mit seinem Blutfürsten zu gehen, war ihm natürlich klar. Brachte er sie deswegen in die Neue Welt, damit sie auf ihn warten konnte? Liebte er diese Frau? Seine Neugier war zumindest geweckt.

„Da ist noch etwas", warf Ducin ein.

Thor schwante Böses. Er schloss schon einmal vorsorglich die Augen. „Hm …?"

„Sie wird völlig verängstigt ankommen."

Eine abfällige Antwort, warum er eine Vampirin in einem solchen seelischen Zustand auf die Reise schickte, lag ihm bereits auf den Lippen. Doch er konnte sich die Spitze gerade noch verkneifen.

„Ich habe ihr eingeschärft, sich mit niemandem außer dir zu verbinden."

Als ihm die Tragweite von Ducins Worten bewusst wurde, stieß er einen ganzen Schwall wüster Verwünschungen aus.

„Nur vorübergehend."

Sie war also wirklich allein. Hatte keinen männlichen Begleiter dabei. Nicht einmal einen nichtsnutzigen unterwürfigen Vampir. Und weil Ducin wegen der Dringlichkeit nicht einmal in der Lage gewesen war, für dieses Problem eine Lösung zu suchen, sollte er nicht nur ihr Babysitter, sondern auch noch ihr Rinoka sein. Das war absolut unmöglich. Er wusste, was es hieß, als Soya für einen Mori Verantwortung zu übernehmen, aber eine Vampirin war etwas völlig anderes. Das war Familie, und damit hatte er absolut nichts am Hut. Er war einfach nicht dafür gemacht. Er war ein Einzelgänger, verdammt.

„Bitte!"

Thor wusste, dass er verloren hatte. Er konnte Ducin unmöglich diese Bitte abschlagen.

„Ich hasse dich dafür", murmelte er verdrossen.

Am anderen Ende hörte er das amüsierte Auflachen des Sjüten. Wenn er ihm gegenübergestanden hätte, hätte er ihm definitiv eine verpasst. Aber er schwor sich, es Ducin eines Tages heimzuzahlen.

„Sollte ich sie kennen?", brummte er übellaunig.

„Nein, sie ist völlig unbedarft."

Wenn sie die Auserwählte des Blutfürsten war, musste sie der Innoka angehören. Er hasste diese Vampire, die sich allesamt für etwas Besseres hielten.

„In drei Tagen bekomme ich eine neue Ladung von den Spaniern. Ich brauche drei, maximal vier Tage, dann kann ich dein Päckchen nach Boston bringen."

„Ich danke dir, Thor."

Er fühlte sich schlecht. Ducins Worte waren aufrichtig, und dennoch konnte er sie nicht annehmen. Es gab nichts, wofür man ihm danken musste. Er würde es nicht gern machen, aber er würde es tun. Schon jetzt wusste er, dass die nächsten sieben Tage die Hölle werden würden. Aber er würde zu seinem Wort stehen und auf die Vampirin aufpassen. Er würde sogar ihr verdammter Rinoka werden. Sieben Tage – nur sieben Tage. Danach war wieder alles wie davor.

„Bye", verabschiedete er sich knapp und legte auf. Gedankenverloren stand er noch einen Moment da, dann besann er sich auf seine Aufgabe. Er würde einen Abstecher in seine Wohnung machen und anschließend das Paket und das Päckchen in Empfang nehmen.

KAPITEL 4

Delina saß zusammengekauert in der Enge. Sie zitterte am ganzen Körper, Schweißperlen standen ihr auf der Stirn. Ihr Körper rebellierte, und je länger dieser Zustand andauerte, umso elender fühlte sie sich. Das Schlimmste war jedoch die furchtbare Leere, die sie verspürte und die ihr den Verstand vernebelte. Konnte eine Vampirin durchdrehen, weil sie keinen Rinoka hatte? Sie hatte so viel Angst wie noch nie in ihrem Leben, und das lag weder an der Dunkelheit noch an dem beengten Raum.

Die Taschenlampe, die ihr Soya Ducin gegeben hatte, lag achtlos neben ihr. Sie brauchte kein Licht, das würde auch nicht helfen, die Panikattacken zu besiegen. Auch wenn es keinen Unterschied machte, schloss sie die Lider und ging zum wiederholten Male das Geschehen durch. Dabei fragte sie sich verzweifelt, ob sie nicht den dümmsten Fehler ihres Lebens begangen hatte. Der Soya hatte ihr versichert, dass alles gut werden würde, und daran klammerte sie sich. Denn das war die einzige Hoffnung, die ihr geblieben war.

Soya Ducin war mit ihr zum Flughafen gefahren. Die kleine Frachtmaschine war bereits startklar gewesen. Bis auf eine Luke waren alle geschlossen. Als sie aus dem Auto stiegen und mit schnellen Schritten auf das Flugzeug zu hasteten, spürte sie die Anwesenheit von weiteren Vampiren. Je näher sie kamen, umso deutlicher nahm sie deren Präsenz wahr. Der Soya half ihr beim Einsteigen und drückte ihr eine Taschenlampe in die Hand.

„Wenn du in der Luft bist, werde ich dich loslassen", erklärte Soya Ducin ihr.

Das Entsetzen musste ihr ins Gesicht geschrieben sein, denn er fügte hastig hinzu: „Du musst dich nicht fürchten. Bleib einfach bei dir." Er warf einen vielsagenden Blick auf eine Ladeluke und sprach weiter: „Du darfst dich nicht auf geistiger Ebene ausstrecken, hörst du. Er mag ein männlicher Vampir sein, aber er wird dir nichts geben können. Sein Bestreben liegt darin, eine Zukunft für seine Tochter zu schaffen."

Delina versuchte, tapfer zu sein, und nickte.

„Es wird nicht leicht werden, aber du schaffst das. Wenn du landest, wird der Schleuser dich in Empfang nehmen. Mit ihm wirst du dich verbinden."

Sie erschauderte. Sie sollte sich mit dem Schleuser verbinden? Dem Vampir, der über das Leben und Scheitern der Flüchtlinge entschied? Ein weiterer Umstand bereitete ihr Sorge.

„Woran erkenne ich ihn?"

„Er ist der einzige dunkelhäutige Vampir, den ich je gesehen habe."

Delina war verwirrt. Es gab keine dunkelhäutigen Vampire. Sie hatten alle eine helle Hautfarbe. Bevor sie nach dem Namen des Schleusers fragen konnte, schloss der Soya die Luke.

Hastig knipste sie die Taschenlampe an, doch gegen die Stahlwände, die immer näher rückten, konnte sie nichts tun. Da war es ihr doch lieber, in der Dunkelheit zu sitzen. Sie schaltete die Lampe aus.

Der schwere Vogel rollte über das Startfeld und erhob sich in die Luft. Tief durchatmen war in dem engen Kleid noch immer nicht möglich. Für eine Reise war sie ohnehin gänzlich unangemessen gekleidet. Sie versuchte, eine bequeme Position zu finden, was nahezu unmöglich war. Egal, wie sie saß, das Atmen schmerzte, und mit jedem Zug hatte sie das Gefühl, dass die Schnürung sich enger um ihren Oberkörper schloss. Daher versuchte sie, das Atmen auf ein Minimum zu reduzieren.

Der Moment, in dem sich das Rinokaband auflöste, veränderte alles. Delina schrie auf, versuchte sich irgendwo festzuhalten, doch da war nichts, was ihr Halt gab. Das drängende Gefühl, sich auf die geistige Ebene zu begeben und einen Anknüpfungspunkt zu suchen, war so überwältigend, so übermächtig, dass sie all ihren Willen benötigte, um sich dagegen zu wehren. Es war furchtbar zu wissen, dass ein männlicher Vampir in Reichweite war, sie sich ihm jedoch nicht öffnen durfte. In diesem Zustand verharrte sie. Einmal spürte sie, wie etwas über sie strich. Ihre Schilde waren fest geschlossen, und sie wagte auch nicht, sie nur ein winziges Stück zu öffnen, um hinaussehen zu können. Völlig in sich zurückgezogen, wartete sie auf die Ankunft in der Neuen Welt.

Tränen rannen über ihre Wangen, ihr Körper zitterte immer schlimmer. Sie sehnte sich danach, Ruhe zu finden, wünschte sich, dass die Dunkelheit sie verschluckte und jeden Gedanken, jede Qual fortspülte.

Wie lange der Flug nun schon andauerte und wie lange sie bereits vor sich hin wimmerte, wusste sie nicht. Jeder Muskel ihres Körpers schmerzte. Aber sie durfte nicht nachlässig werden, sich nicht auf die geistige Ebene begeben. Sie musste stark bleiben, sich auf das Hier und Jetzt konzentrieren. Ihr Kopf flog unsanft gegen die Stahlwand, als das Flugzeug abrupt an Höhe verlor. Ein Absturz? Oder waren sie im Begriff zu landen? Delina hoffte, dass Letzteres der Fall war. Sie hob ihre Arme schützend über den Kopf, damit sie einen weiteren Schlag abfangen konnte. Normalerweise hätte sie ihren Kopf zwischen die Knie gelegt, aber mit dem Kleid war das nicht möglich.

Das Flugzeug sank noch immer und neigte sich nun auch noch gefährlich auf eine Seite. Delina versuchte, alles um sich herum auszublenden. Wenn sie richtig lag, hatte sie es bald geschafft. In Kürze würde sie die Neue Welt betreten. Tapfer schluckte sie die Angst hinunter, verbot sich jeden Gedanken an die Zukunft. Zuerst einmal musste sie lebend aus dem Flugzeug steigen und den Schleuser finden. Einen unbekannten Vampir, einen mit schwarzer Hautfarbe. Ein Neger, wie ihre Eltern diese Bevölkerungsgruppe stets nannten, ein Afroamerikaner, wie er nach den derzeitigen ethischen Maßstäben genannt werden sollte.

Wie sollte sie ihn ansprechen? Welchen Titel trug er? Hörte er auf Schleuser? Wie war sein Name? Unzählige Fragen schossen ihr durch den Kopf und lenkten sie von der Tatsache ab, dass sie noch immer an Höhe verloren. Völlig unvorbereitet ging ein Ruck durch das Flugzeug. Es hatte zur Landung angesetzt. Die Bremsen unter ihr quietschten, und sie musste sich mit den Armen abstützen, um nicht quer durch den Raum geschleudert zu werden.

Angespannt wartete Delina ab. Die Turbinen erstarben, und das Flugzeug stand. Sie lauschte, soweit es mit dem Rauschen in ihren Ohren möglich war. Nichts. Quälende Minuten wartete sie, fürchtete, dass sie die letzten in ihrem Leben waren, bevor ihr Verstand sich verabschiedete.

Ein Scheppern. Metall, das verschoben wurde und dabei ein langgezogenes Quietschen von sich gab. Es war ziemlich laut, ganz in ihrer Nähe.

Licht fiel zu ihr herein. Erst nur ein Spalt, dann wurde die Luke weit geöffnet. Es war viel zu hell. Delina musste die Augen zusammenkneifen und hob schützend eine Hand. Zumindest war es kein Sonnenlicht. Das erkannte sie daran, dass die Lichtstrahlen auf ihrer Haut nicht stachen. Echtes Sonnenlicht vertrug sie nicht sonderlich gut, dazu war sie noch zu jung.

Langsam gewöhnten sich ihre Augen an die Helligkeit. Sie blinzelte, versuchte das Verschwommene scharf zu stellen. Die Konturen gingen immer noch ineinander über, dann schärfte sich ihr Blick. Ein afroamerikanischer Militärangehöriger mit Woodland-Tarnmuster-Anzug stand vor ihr. Die tief ins Gesicht gezogene Mütze verbarg seine Augen. Als er den Kopf hob und sie unverwandt aus unergründlichen braunen Augen anstarrte, war sie sich sicher, dem Schleuser gegenüberzustehen. Da spürte sie auch schon, dass etwas auf geistiger Ebene bei ihr anklopfte. Sie hatte sich so lange danach gesehnt, nicht mehr allein zu sein, dass sie sich ohne weiteres Nachdenken öffnete. Sie war schutzlos und verwundbar, völlig der Gnade des fremden Vampirs ausgesetzt, und im Gegensatz zu Soya Ducin war er kein Angehöriger ihres Clans.

Sie spürte die fremde Präsenz, die sich zwischen ihren halboffenen Schilden hindurchzwängte und in ihren Kopf eindrang. Sie hatte keine Zeit, sich zu fragen, ob sie das wirklich wollte, ob sie bereit war, sich ihm völlig zu offenbaren. Doch er war viel zu schnell. In atemberaubender Geschwindigkeit durchforstete er sie und fand schließlich ihre schutzlose Seele. Etwas blitzte auf, und hastig griff Delina nach dem Rettungsanker. Es war nicht schwer, das Band in ihrer Seele zu verankern. Sekundenlang sprühten Regenbogenfunken vor ihren Augen, ehe ihre Welt wieder ins Lot gerückt wurde. Es war gut, dass sie noch immer saß, sonst hätte es ihr unweigerlich den Boden unter den Füßen weggezogen. So heftig hatte sie die Verbindung zu Soya Ducin nicht mitgenommen. Lag es daran, dass sie so lange völlig allein gewesen war?

„Die Reise ist vorbei, Mi", erklärte der Schleuser mit einer rauen Stimme, die ihr eine angenehme Gänsehaut verursachte. Er streckte ihr auffordernd die Hand entgegen.

Delina starrte ihn an, brauchte einen Moment, ehe sie zögernd ihre kleine Hand in seine große legte. Mühelos zog er sie zu sich heran, umfasste ihre Taille und stellte sie neben sich auf den Boden. Sie war groß, doch er überragte sie trotz ihrer hochhackigen Schuhe noch um einige Zentimeter. Im nächsten Augenblick spürte sie eine Hand auf ihrem Brustbein. Langsam fuhr er ihren entblößten Hals entlang, strich über ihre Wange. Delina erzitterte. Noch nie hatte ein Mann sie je so berührt, noch nie hatte sie jemandem solche Körperprivilegien gestattet. Doch er war ihr Rinoka, und sie konnte sich ihm nicht entziehen.

Endlich trat er zurück, ließ von ihr ab. Reglos starrte sie ihm hinterher, als er das Flugzeug entlangging und eine weitere Klappe öffnete. Ein männlicher Vampir und eine dunkelhaarige Vampirin kletterten aus der Maschine heraus.

„Wir müssen los!" Ohne auf jemanden zu warten, marschierte der Schleuser auf das parkende Militärfahrzeug zu.

„Komm!", drängte der Vampir und schob seine Begleiterin vor sich her.

Delina sah sich nach dem Schleuser um, der bereits in seinem Fahrzeug saß. Angst erfasste sie, dass er sie in diesem fremden Land allein zurücklassen würde. Hektisch rannte sie auf das Auto zu, dabei war es ihr völlig egal, dass sich so ein Verhalten nicht geziemte. Sie musste einsteigen, bevor er ohne sie abfahren konnte.

* * *

Sein schlimmster Albtraum war wahr geworden. Thor fragte sich, wie Ducin, der sich als sein Freund bezeichnet hatte, ihm so etwas Grausames antun konnte. Ihm waren fast die Augen aus dem Kopf gefallen, als er die Ladeklappe öffnete und darin die hübscheste Vampirin vorfand, die er je gesehen hatte. Selbst das schmutzige Hochzeitskleid und die ramponierte Frisur konnten nicht darüber hinwegtäuschen, dass sie eine Schönheit war.

Delina. Der Name passte wirklich zu ihr. Mit großen, weit aufgerissenen blau-grauen Augen hatte sie ihn ängstlich angeblickt. Kein aufreizendes Wimpernklimpern, kein unechter Haarkranz auf dem Augenlid.

Thor hatte Ducin versprochen, die Vampirin unter seinen Schutz zu stellen. Er roch den ihr noch anhaftenden schwachen sjütischen Geruch, spürte aber auf geistiger Ebene, dass sie mit niemandem verbunden war. Nur wenige Meter von ihr entfernt befand sich ein anderer männlicher Vampir. Sie hätte sich jederzeit nach ihm ausstrecken können, hatte dies jedoch nicht getan. Das zeugte von einem starken Verstand. So verkrampft, wie sie dasaß, den Geist hinter dicken Schutzschilden versteckt, hatte sie lange in diesem Zustand ausgeharrt.

Wortlos starrte sie ihn an, und die Frage, ob er derjenige war, der ihr Schutz bieten würde, war ihr deutlich ins Gesicht geschrieben. Er streckte sich geistig nach ihr aus, und kaum berührte er ihre Mauern, öffnete sie sich ihm. Ohne Hindernisse konnte er in ihren Kopf vordringen. Verdammt. Ihr Geist war noch viel schöner als ihr äußeres Erscheinungsbild. Egal, wo er hinblickte, sah er makellose Reinheit. Nie zuvor hatte er etwas so Prunkvolles gesehen. Sie glich einem sauberen Tuch, und er hoffte, dass er sie durch das Band zu ihm nicht verschmutzte, dass seine Fehlerhaftigkeit nicht auf sie abfärbte. Er erreichte ihr Innerstes, den Kern ihrer Seele, und hielt für einen kurzen Augenblick inne. Ihr Wesen war so fehlerlos, so unnahbar schön. Sie war einfach perfekt.

Er bot ihr die Verbindung an und sah zu, wie sie das lose Ende ergriff und es in sich verankerte. Als ob der Teufel hinter ihm her war, verließ er ihren Kopf und schwor sich, ihn nie wieder zu betreten. Hastig vergewisserte er sich, dass seine Schutzschilde standen, und zog noch ein paar zusätzliche Schutzwälle hoch. Sie mochten zwar verbunden sein, aber er würde nie zulassen, dass sie in seinen Kopf gelangte. Nie durfte sie erfahren, wie vermurkst er war, wie kaputt und schmutzig.

„Die Reise ist vorbei, Mi." Seine Stimme war viel zu rau, und er brachte ihren Namen nicht über die Lippen. Als sie ihm die Hand reichte, zog er sie aus ihrem Gefängnis, umfing ihre Hüfte und stellte sie sicher auf den Boden. Sie war groß für eine Frau. Lange, schlanke Glieder und eine wunderbare porzellanfarbene

Haut. Er konnte nicht anders, als sie zu berühren, rechtfertigte sich damit, dass er ihr Rinoka war und sie markieren musste. Ihre Haut war so unglaublich zart, so verletzlich, und gleichzeitig war sie doch nicht so zerbrechlich wie die Menschenfrauen, mit denen er sich sonst vergnügte. Augenblicklich wurde er hart. Er biss sich auf die Zunge, um einen derben Fluch zu unterdrücken. Er musste sie loslassen. Sofort. Thor floh regelrecht vor ihr, öffnete die Klappe, um die anderen Passagiere herauszulassen.

„Wir müssen los!", sagte er kurz angebunden und steuerte auf das Militärfahrzeug zu, das er immer benutzte, um die Flüchtlinge abzuholen. Damit kam er am schnellsten auf das Flughafengelände und wieder zurück. Zeit war kostbar. Wenn er zu lange brauchte, würde der New Yorker Clan sich ihnen in den Weg stellen, allen voran ihr Dominus Radim. Darauf konnte er getrost verzichten.

Er setzte sich in den Militärjeep mit den vier Plätzen, die Hände gegen das Lenkrad gestemmt und wartete, bis die Flüchtlinge sich bequemten einzusteigen. Im Rückspiegel sah er, wie Delina auf ihn zurannte. Spöttisch verzog er den Mund. Als ob er ohne sie fortfahren würde. Ducin würde ihn mindestens zwei Köpfe kürzer machen. Er wäre nicht einmal überrascht, wenn er deswegen postwendend in die nächste Maschine nach Boston stieg.

In diesem Augenblick erreichte Delina den Jeep und kletterte hinter ihm ins Fahrzeug. Er wollte nicht, dass sie hinten saß. Sie gehörte ihm - zumindest auf Zeit. Und solange sie zu ihm gehörte, war ihr Platz neben ihm.

„Komm vor!", grummelte er. Sollte doch der Vampir mit seiner Tochter hinten Platz nehmen.

Er spürte, wie Delina erstarrte. Im Rückspiegel sah er, dass die anderen den Jeep gleich erreichen würden.

„Wird's bald!", donnerte er.

Delina schickte sich an, nach vorne zu klettern. Ihr Kleid war ihr dabei ziemlich im Weg. Dann saß sie neben ihm. Thor musterte sie von der Seite. Sie musste tatsächlich ziemlich überstürzt aufgebrochen sein, wenn sie sich nicht einmal die Zeit genommen hatte, sich umzuziehen. Inzwischen war der ehemals weiße Stoff ziemlich ergraut und würde nur noch für die Tonne zu gebrauchen sein.

Als endlich alle einen Platz gefunden hatten, gab er Gas. Sie fuhren ein Stück über das Rollfeld, direkt zu einem Seiteneingang. Ständig wechselte er die Route, verließ das Gelände nie auf demselben Weg, auf dem er gekommen war. Die New Yorker mochten alles daransetzen, ihn aufzuhalten, aber er setzte alles daran, es ihnen so schwer wie möglich zu machen.

An der Kontrollstelle verlangsamte er sein Tempo, griff neben sich, um dem diensthabenden Wachmann die Unterlagen zu geben. Er hatte ein Jahr gebraucht, bis er darauf gekommen war, dass es mühsamer war, falsche Pässe anfertigen zu lassen. Diplomaten und Militärangehörige mit den richtigen Dokumenten reisten außerhalb der Kontrollinstanzen. Der Wachmann richtete seine Taschenlampe auf die Vampire und versank dann wieder in den Papieren. Etwas schien ihm nicht ganz zu behagen. Nicht wirklich verwunderlich, denn die Dokumente waren vollkommen zusammenhanglos.

„Ich fürchte …", begann der Wachmann zögernd und blickte auf. Ein fataler Fehler. Thor hatte darauf gewartet und nutzte den Zeitpunkt, um in den Verstand des Menschen einzudringen. Es war keine große Sache. So ähnlich hatte er es bereits unzählige Male gemacht. Ein paar falsche Erklärungen hier, ein paar verzerrte Erinnerungen da, und schon reichte ihm der Wachmann die Unterlagen zurück und wünschte ihnen eine gute Fahrt.

Sie hatten das Flughafengelände verlassen und reihten sich zügig in den zähfließenden New Yorker Verkehr ein.

„Mein Name ist Egan Brunet, und das ist meine Tochter Christelle", stellte der Vampir sich vor.

Es war Thor vollkommen egal. Er wusste bereits, wie sie hießen. Außerdem musste er sich auf den Verkehr konzentrieren. Sie mussten schleunigst das Militärauto gegen den SUV tauschen.

„Wohin bringst du uns?" Egan begriff einfach nicht, dass es an der Zeit war, den Mund zu halten. Thor kannte diese Art von Vampiren. Früher oder später würde der Typ Ärger machen, und er hoffte, dass es später der Fall sein würde. Optimalerweise dann, nachdem er die beiden an Dominus Blance übergeben hatte.

„Wer ist die Vampirin? Sie riecht nach ihm!", wisperte die Tochter, die direkt hinter ihm saß. Sie konnte noch so leise flüstern, er hatte ein verdammt gutes Gehör.

„Psst."

Zumindest der Mori besaß einen gewissen Grad an Anstand.

„Warum steht sie unter seinem Schutz und wir nicht? Sie kam doch auch mit uns an", beschwerte sich Christelle nun schon etwas lauter.

Auch Delina musste ihre Worte gehört haben, denn sie versteifte sich wieder. Gerne hätte er eine Hand nach ihr ausgestreckt, sie getätschelt und ihr versichert, dass sie sich um das Geschäft der dummen Pute keine Gedanken zu machen brauchte.

„Du hast gesagt, ich finde hier einen starken Homen."

„Christelle!" Unmissverständlich machte Mori Egan deutlich, dass sie endlich still sein sollte. Beinahe erleichtert registrierte Thor, dass sie sich daran hielt. Sie mochte nun verstummt sein, aber dennoch wusste er, dass er vorsichtig bleiben musste. Und noch etwas wurde ihm klar. Er würde Delina nicht bei ihnen in der sicheren Unterkunft lassen können.

Die nächste Kurve nahm er besonders scharf. Seine Passagiere wurden nach rechts gedrückt. Delina streckte reflexartig den Arm aus, um sich festzuhalten und ihren Körper auszubalancieren. Aus dem Augenwinkel nahm er jede ihrer Bewegungen wahr. Er hätte nichts dagegen gehabt, wenn sie ihn berührte hätte.

Ohne sein Tempo zu verringern, fuhr er in die Tiefgarage, in der er den zweiten Wagen geparkt hatte. Er benutzte nie nur ein Auto und selten zweimal denselben Ort zum Wechseln. Die Parklücke neben dem schwarzen SUV war frei. Er bremste erst im letzten Moment ab. Delina neben ihm keuchte erschrocken auf. Er unterdrückte ein Grinsen. Sie konnte schließlich nicht wissen, dass er alles unter Kontrolle hatte.

* * *

„Aussteigen!", gab Thor den knappen Befehl.

„Warum? Was wollen wir hier?", verlangte Egan zu wissen.

Thor ignorierte den Vampir. Er sah, dass Delina ihm Folge leistete, und das reichte ihm für den Moment. Er würde ohnehin ein paar Minuten benötigen, um sich umzuziehen. Doch zuerst öffnete er Delina die Beifahrertür und gab ihr mit einem Kopfnicken zu verstehen, dass sie dort einsteigen sollte. Dann ging er zum Kofferraum und zog seine Wechselwäsche hervor. Achtlos warf er die Kappe und die Militärjacke hinein, ebenso wie die

Hundemarke. Über das beigefarbene T-Shirt zog er seine schwarze Lederjacke. Die Hose wechselte er nicht. Das brauchte er auch nicht. Solche Hosen waren derzeit in Mode und wurden von vielen Zivilisten getragen. Binnen kürzester Zeit wurde aus einem Angehörigen des Militärs ein ganz normaler Bürger.

„Einsteigen!", bellte Thor. Er würde es ihnen nicht noch einmal sagen.

Egan verstellte ihm den Weg zur Fahrerseite. Breitbeinig stand er da, die Arme vor der Brust verschränkt. Glaubte er etwa, damit Eindruck auf ihn zu machen? Thor hatte bei weitem andere Kaliber vor sich gehabt, gegen die er sich behaupten musste. Besonders dominant war Egan Brunet nicht.

„Nicht bevor ich weiß, wohin es geht!", verlangte er zu wissen.

Thor seufzte. Es lag ihm fern, einen Kampf herauszufordern. „Ich bringe euch in eine sichere Unterkunft." Er hoffte, dass sich der Mori mit dieser Aussage zufriedengeben und endlich einsteigen würde. Sein Tag war lang gewesen, und er war müde. In ein paar Stunden würde die Sonne aufgehen, und bis dahin musste er mit Delina zu Hause sein.

„In eine sichere Unterkunft?", schnaubte Christelle. „Ich dachte, wir bekommen ein neues Zuhause."

„Wie hast du dir das vorgestellt? Du kommst her und setzt dich ins gemachte Nest? Es wäre sinnvoll, wenn du anfängst, deine Zunge im Zaum zu halten, denn so bezweifle ich, dass der Dominus bereit ist, dich in den Clan aufzunehmen." Thor hatte es einfach nicht mehr ausgehalten. Er hatte es wirklich versucht, hatte sich beherrscht. Aber genug war einfach genug.

„So sprichst du nicht mit meiner Tochter. Hast du eigentlich eine Ahnung, wer wir sind? Ich bin ein respektabler Mori, einem mächtigen Soya direkt unterstellt", brauste Egan auf.

Thor seufzte und verdrehte innerlich die Augen. So viel zu dem Ärger, der sich nun früher einstellte, als ihm lieb war. Eigentlich hatten sie keine Zeit für eine Auseinandersetzung, aber wenn der Mori unbedingt darauf bestand.

„*Du*", begann er und schob in Seelenruhe den linken Ärmel seiner Lederjacke nach oben, „bist in *meiner* Welt ein Niemand. Du bist keinem Soya unterstellt, keinem Clan angehörig. Weißt du, wie wir in der Neuen Welt mit Clanlosen wie dir gewöhnlich verfahren? Wir jagen sie und machen sie einen Kopf kürzer."

Die Augenbraue des Moris zuckte verdächtig, doch noch hatte er nicht aufgegeben. In aller Seelenruhe schob Thor den zweiten Ärmel nach oben.

„Mein Name ist Soya Thorvid, und ich gehöre dem Bostoner Clan an. Ich bin hier der Schleuser und wenn du auf einen Kampf aus bist, sollst du ihn haben. Aber wir haben keine Zeit, ich werde nicht zimperlich sein."

Unauffällig duckte der Mori sich und beeilte sich, seine Tochter zum Auto zu schieben und ihr hastig ins Innere zu folgen. Thor wartete, bis die Tür hinter ihnen zugeschlagen war, dann ging er zur Fahrerseite und setzte sich hinter das Steuer. Über den Rückspiegel warf er dem Mori noch einen finsteren Blick zu. Dieser wirkte nun nicht mehr so aufgeblasen. Er hatte gemerkt, dass er zu weit gegangen war, wusste nun, wo sein Platz war. Thor hoffte, dass er nicht noch einmal Ärger machte. Christelle dagegen war noch immer uneinsichtig. Er überlegte einen Augenblick, ob er auch ihr eine Abreibung verpassen sollte, entschied jedoch, dass sie es nicht wert war. Unzufrieden saß sie auf der Rückbank und starrte ihren Vater finster an. Von ihm nahm sie keine Notiz. Das nutzte er, um sie etwas genauer in Augenschein zu nehmen. Sie war ein ganzes Stück kleiner als Delina und viel rundlicher. Ihre aufgesteckten dunkelbraunen Haare wirkten stumpf. Ihr Gesicht war langweilig. Sie war weder eine besondere Schönheit, noch besaß sie etwas, das ihm in Erinnerung bleiben würde. Thor wollte gerade fortsehen, als sie ihn durch den Rückspiegel direkt anblickte. Die Augenbrauen zornig zusammengezogen. Die Situation gefiel ihr eindeutig nicht. Aber das war nicht sein Problem. Sie sollte dankbar sein, dass sie es bis hierher lebend geschafft hatte. Andere hatten nicht so viel Glück gehabt. Manchmal kamen ihm trotz aller Vorsicht die New Yorker zuvor, manchmal fingen diese sie später noch ab.

Thor fuhr am IFC Center vorbei. Gleich würden sie die sichere Unterkunft erreichen, dann wäre er sie endlich los und musste sich nur noch mit Delina auseinandersetzen. Doch zumindest tat sie, was er ihr sagte. Er hielt den SUV vor dem Eingang des roten Backsteingebäudes, in dem sich unzählige Wohnungen befanden. Die sichere Unterkunft befand sich im dritten Stock, eine kleine Zweizimmerwohnung.

Wir liefern die zwei hier hab, dann fahren wir weiter. Ich möchte, dass du trotzdem mit hochkommst! Er sah, wie Delina zusammenzuckte, als er das erste Mal ihre Verbindung zur Kommunikation nutzte. Mit großen Augen sah sie ihn an und beeilte sich auszusteigen. Thor wartete, bis sie das Auto umrundet hatte und begleitete sie zum Eingang. Egan und seine Tochter folgten.

Der Aufzug war immer noch defekt, aber er benutzte ohnehin lieber die Treppe. Er spürte Delinas Präsenz dicht hinter sich. Was mochte in ihrem Kopf vorgehen? Ja verdammt, er war echt versucht, in ihren Kopf einzudringen und nachzusehen. Er war ihr Rinoka und genoss dadurch gewisse Privilegien. Nur zu gerne wollte er wissen, was sie über ihn dachte. Doch auch wenn er hin und wieder ein Arschloch und sich für nichts zu schade war, das würde er nicht tun.

Sie waren vor der Wohnungstür angekommen. Er kramte den Schlüssel hervor und sperrte auf. Eigentlich benötigten sie kein Licht, dennoch knipste er die Deckenleuchte an und ließ die Flüchtlinge eintreten. Der Flur war und blieb klein und als er sich nach Delina auch noch hineinquetschte und die Tür hinter sich zuzog, musste er verdammt nah an sie heranrücken. Er brauchte mehr Platz und stieß wahllos eine Tür auf, die am nächsten lag. Hastig stolperte er hinein, nur um festzustellen, dass er im Schlafzimmer gelandet war. Das alte Doppelbett mit dem blau-karierten Bezug lud zum Verweilen ein. Nein, hier konnte er nicht bleiben. Thor wollte gerade das Zimmer verlassen, als er beinahe mit Christelle zusammenstieß und dies nur vermeiden konnte, indem er zurückwich.

„Hier sollen wir bleiben?", fragte sie entsetzt. „Und so soll ich schlafen?" Abfällig betrachtete sie das Bett.

„Im Wohnzimmer steht eine Couch", zischte er. „Oder ein Küchenstuhl tut es zur Not auch." So ein verwöhntes Miststück! Es brodelte gewaltig in ihm.

Noch ehe Christelle aus der Haut fahren konnte, ließ er sie stehen und flüchtete in den Flur. Sein Blick fiel auf Delina, die dort stand und wartete. Kein einziges Wort hatte sie verloren. Hätte er es nicht besser gewusst, hätte er Christelle für eine Angehörige der Innoka gehalten und nicht Delina. Zumindest, bis sie sich bewegten, denn wo die rundliche Vampirin ungelenk und behäbig war, strahlte Delina eine unglaubliche Grazie aus, die ihre makellose Herkunft bescheinigte. So etwas wurde einem nicht in die Wiege gelegt, so wurde man erzogen.

„Vater", hörte er Christelle sich im Nebenraum beschweren. „Ich kann hier nicht bleiben. Es gibt nur ein einziges Schlafzimmer und keinen Ort, an den ich mich zurückziehen kann."

„Du kannst das Zimmer haben, ich werde auf der Couch schlafen", besänftigte Mori Egan seine Tochter.

„Aber es ist so schäbig."

„Einen Tag wird es schon gehen", beschwichtigte ihr Vater sie. „Denk an das, was ich dir versprochen habe."

Thor hätte wirklich gerne Mäuschen gespielt. Es interessierte ihn brennend, was der Mori seiner Tochter versprochen hatte.

Er trat in die Küche. „Ich wünsche euch angenehme Ruhe und melde mich morgen wieder. Geht nicht aus dem Haus, öffnet niemandem die Tür. Ich werde zweimal klopfen und nach einer Pause nochmal dreimal lang. Erst dann werdet ihr öffnen, sonst nicht."

Artig nickte der Mori, und Thor hoffte, dass sie sich wirklich daranhielten. Er hatte keine Lust, den Dreck hinter ihnen wegzuräumen.

„In der Küche liegt ein Handy. Meine Nummer ist eingespeichert, sollte ein Notfall sein. Keine Anrufe ins Ausland!" Wieder nickte der Mori. Es war schon häufiger vorgekommen, dass Flüchtlinge versuchten, in ihre Heimat zu telefonieren. Sollten sie es versuchen, würde er eine Nachricht bekommen.

Er wandte sich um und nickte Delina zu. Gemeinsam verließen sie die Wohnung und ließen Mori Egan mit seiner nervigen Tochter endlich hinter sich.

KAPITEL 5

Delina war erleichtert, als sie dem Schleuser durch das dunkle Treppenhaus folgte und Christelle und ihr Vater zurückblieben. Sie hatte die Feindseligkeit der Vampirin deutlich gespürt, dabei hatte sie ihr doch nichts getan. Anstatt eifersüchtig zu sein, sollte Christelle sich glücklich schätzen, ihre Familie um sich zu haben. Sie hatte einen Vater, der bereit war, alles für sie zu tun, der alles für sie aufgegeben hatte, um ihr ein Leben in der Neuen Welt zu ermöglichen. Und Christelles Zukunftsaussichten waren bei weitem rosiger als ihre. War das der Vampirin nicht bewusst? Mit einem männlichen Vampir an ihrer Seite war Christelles Leben in sicheren Händen. Delina hätte sich nichts sehnlicher gewünscht als einen Vater, der sie an die Hand genommen hätte und mit ihr geflohen wäre. Sie musste schlucken und die Tränen zurück blinzeln. Sie wusste nur zu gut, dass das ein Traum war und bleiben würde. Soya Jerric hätte sich nie gegen den Blutfürsten gestellt, so viel Rückgrat besaß er nicht. Selbst wenn er nicht alles gut fand, was der Vetusta tat, würde er es nie wagen, ihn zu kritisieren. Selbst wenn sie als seine Tochter leiden würde. Christelle wusste wirklich nicht, welches Glück sie hatte.

Delinas Blick heftete sich auf den breiten Rücken des vor ihr gehenden Vampirs. Auf Gedeih und Verderb war sie dem Schleuser ausgesetzt, einem absolut fremden Vampir. Es war ihr bereits vor dem Abflug klar gewesen, dass der Schleuser ein dominanter Vampir sein musste, schließlich musste er sich bei Bedarf durchsetzen können. Optisch war er eine beeindruckende Erscheinung, aber auch äußerst beängstigend. Womit sie nicht gerechnet hätte, war der Titel eines Soyas, den er trug, noch dazu nicht nur eines beliebigen Clans, sondern dem ersten in der Neuen Welt. Den Bostoner Clan kannte jeder, und sie war wirklich gespannt darauf, ob das, was sie darüber gehört hatte, tatsächlich der Wahrheit entsprach. Ein Rat, der einen Clan führte, bestehend aus acht Soyas, und der Schleuser war ein Teil davon. Sie war definitiv neugierig, mehr über den Schleuser zu erfahren. Aber sie würde nicht den Mut aufbringen, ihn zu fragen. Sie traute sich ja noch nicht einmal, ihn direkt anzusehen. Wenn er sie musterte, hatte Delina das Gefühl, er konnte in ihr lesen wie in einem offenen Buch. Das ängstigte sie mehr, als sie zugeben wollte.

Sie erreichten das parkende Auto. Wortlos stieg sie ein, ebenso der Schleuser. Er ließ seinen Blick über das Backsteingebäude schweifen, dann startete er den Motor und fuhr los.

Von der Beifahrerseite hatte sie einen guten Beobachtungsposten. Während er sich auf die Straße konzentrieren musste, hatte sie Zeit, ihn aus dem Augenwinkel zu beobachten.

Er war ziemlich groß, musste in etwa zwei Meter messen. Unter seinem enganliegenden Shirt zeichneten sich deutliche Muskeln ab, und Delina zweifelte keine Sekunde daran, dass er äußerst fit und durchtrainiert war. Anders würde er den Job als Schleuser wohl kaum bewältigen können. Sie musste an den Augenblick denken, als er beinahe auf den Mori losgegangen wäre. Beschämt drehte sie den Kopf und blickte aus dem Fenster. Er sollte nicht sehen, dass sie heimlich gehofft hatte, sie würden miteinander kämpfen. Zu gerne hätte sie ihn in Aktion gesehen. Gleichzeitig erschrak sie über ihre Gedanken. Wie konnte sie sich so etwas nur wünschen? Voller Scham über sich selbst schloss sie die Augen.

„Du musst müde sein."

Seine tiefe Stimme passte unglaublich gut zu ihm, seiner geradlinigen, manchmal etwas ruppigen Art. Aber gerade das gefiel ihr. Er hatte es nicht nötig, sich zu verstellen, musste niemandem gefallen. Er meinte jedes Wort so, wie er es sagte. Dort wo sie herkam, in der Innoka, war es anders. Sie hatte es schon immer gehasst, jedes einzelne Wort sorgfältig abzuwägen. Aufzupassen, dass man sich keine Feinde machte, denn das konnte der Untergang in ihrer Welt sein.

„Wir sind bald da."

Jetzt fühlte sie sich genötigt, ihm zu antworten. „Das ist gut", murmelte sie verlegen, wusste nicht, was sie sonst sagen sollte. Aber es war zumindest keine Lüge. Sie fühlte sich wirklich vollkommen erschöpft. Der Flug hatte ihr ziemlich viel Energie geraubt. Der Kampf gegen den inneren Drang, sich zu verbinden, war kräftezehrend gewesen. Wenn sie daran zurückdachte, welches schreckliche Gefühl es gewesen war, ohne Rinoka zu sein, wollte die Panik sie wieder überrollen. Das konnte sie nicht zulassen, nicht in der Nähe des Schleusers, der so stark und unbesiegbar wirkte. Bei ihm durfte sie sich keine Schwäche erlauben.

Es war wirklich keine lange Fahrt mehr. Bevor Delina es sich versah, war der Schleuser scharf nach links abgebogen und brauste die Einfahrt einer Tiefgarage hinab. Sie waren angekommen. War das eine weitere sichere Wohnung? Würde er sie den Tag über allein lassen? Delina wusste nicht, was sie mehr fürchtete. Den ganzen Tag mit ihm zusammen zu sein oder alleingelassen zu werden, in einer ihr völlig unbekannten Großstadt, in der sie sich nicht zurechtfand.

Mit gemischten Gefühlen folgte sie ihm und betrat den Aufzug. Die Türen schlossen sich, als der Schleuser einen Schlüssel ins Schloss steckte und eine Nummer drückte. Sie hasste Aufzüge. Sie waren eng, und so ganz vertraute sie dieser Technik nicht. Sie hatte zwei gesunde Beine und konnte diese benutzen. Doch im Beisein des Schleusers wagte sie nicht, Kritik zu üben. Starr stand sie da, wagte kaum zu atmen. Er war ihr viel zu nahe. Im Schneckentempo krochen die Sekunden dahin, dann – endlich – öffneten sich die Aufzugtüren, und sie befanden sich direkt in einem Apartment. Erleichtert stolperte Delina aus dem Aufzug.

„Da wären wir", sagte der Schleuser, ging an ihr vorbei und warf seine Lederjacke auf eine Kommode im Eingangsbereich. Er würde also hierbleiben.

Die Wohnung sah so ganz anders aus als die sichere Unterkunft. Dort war alles schäbig, etwas in die Jahre gekommen. Die Möbel waren zusammengeschustert. Dieses Apartment war großzügig geschnitten, modern eingerichtet, die einzelnen Elemente perfekt aufeinander abgestimmt. Der Holzboden verlieh der Wohnung etwas Warmes. Die ausgesuchten Möbel, ein Couchtisch und eine Essecke, waren aus noch dunklerem Holz. Die weißen Wände waren größtenteils kahl. Vereinzelt hingen moderne Kunstwerke, die ebensogut in eine Galerie gepasst hätten. Eine überdimensionale Skulptur füllte eine ganze Ecke aus. Die auf Hochglanz polierte weiße Küche wirkte vollkommen unbenutzt. Genau so hätte sie in einem Katalog abgebildet werden können.

„Das Bad", murmelte er in diesem Augenblick und stieß die Tür auf. Das weiße Keramikwaschbecken und die gleichfarbigen Badezimmermöbel hoben sich kaum von den weißen Fliesen ab. Etwas Abwechslung boten die grauen Handtücher, aber davon abgesehen, sah auch das Bad völlig unbenutzt aus.

Die nächste Tür führte in ein Schlafzimmer, der einzige bewohnte Ort in dieser Wohnung. Wieder derselbe Holzboden, dazu schwarze Möbel, aber auch ein paar persönliche Gegenstände auf dem Sideboard. Über einem Stuhl hing eine Tarnjacke, ähnlich der, die der Schleuser am Flughafen getragen hatte.

Das war seine Wohnung, wurde Delina mit einem Mal klar. Er hatte sie in sein privates Reich gebracht.

„Du kannst hier schlafen", erklärte er, ging zum Kleiderschrank und holte ein paar zusammengelegte Kleidungsstücke hervor. Er sammelte noch ein paar persönliche Gegenstände ein und war gerade im Begriff, das Zimmer zu verlassen.

„Nein", stieß Delina verzweifelt hervor. Das war sein Zimmer. Sie konnte doch nicht sein Zimmer nehmen, in seinem Bett schlafen. Sie war …

„Doch." Er ging mit den Sachen auf dem Arm an ihr vorbei. „Du schläfst hier! Am besten sofort!" Die Tür fiel krachend hinter ihm ins Schloss, noch ehe Delina ihm widersprechen konnte. So stand sie reglos da und wusste nicht, was sie tun sollte. Mit großen Augen starrte sie das Bett an, als ob es jeden Moment zum Leben erwachen könnte. Sie konnte unmöglich auf der Matratze schlafen, wo er sonst schlief. Das war sein Bett, und er war ein völlig Fremder. Ein Fremder, der aber nun ihr Rinoka war. Würde er am Tag zu ihr kommen und mit ihr das Bett teilen wollen? War das sein Preis dafür, dass er sie unter seinen Schutz stellte? Sie hatte von solchen Deals gehört, in ihrer Heimat allerdings noch nie eine Vampirin getroffen, die so ein Arrangement eingegangen war. Doch das Land der Sjüten war weit fort. Sie konnte sich den

Luxus nicht leisten, Träumen hinterherzujagen. Sie musste sich der Realität stellen und wenn er zu ihr kam, würde sie ihm geben müssen, was er wollte. Sie erschauderte, wenn sie nur daran dachte, wie er sie berührt hatte. Sie wusste, wie eine Vereinigung funktionierte - zumindest so rein theoretisch. Ihre ungebundene Tante hatte ihr in allen Einzelheiten erläutert, was ein Homen von ihr erwartete. Schweißperlen bildeten sich auf ihrer Stirn. Delina stand zitternd vor dem Bett und fürchtete sich davor, sich darauf niederzulassen. Dort würde sie keine Ruhe finden. Ihr Blick fiel auf den schwarzen, langflorigen Teppich, der vor dem Bett lag. Sie griff nach dem Kopfkissen und legte es auf den Boden. Dann holte sie sich noch die Decke vom Bett und machte es sich auf dem Teppich gemütlich. Der Duft des Schleusers, der in der Decke hing, hüllte sie ein. Es war ein tröstliches Gefühl, denn es versprach Sicherheit.

Die viel zu lange Nacht forderte ihren Tribut, und ihr fielen die Augen zu.

* * *

Unruhig wälzte Thor sich von der einen auf die andere Seite und fand einfach keine bequeme Position. Die Decke war zu kurz, das Kissen zu klein. Zuerst hatte er sich auf das Sofa gelegt, aber seine Beine hingen weit über die Lehne hinaus. Deshalb hatte er sich den Sessel zurechtgerückt, sodass er die Beine auf dem Sofa ablegen konnte.

Er lauschte dem Ticken der Uhr und dem monotonen Rauschen des Verkehrs. Schlaf fand er nicht. Die Frau, die ein Zimmer weiter lag, beschäftigte ihn viel zu sehr. Zum ersten Mal überhaupt hatte er eine Frau mit in sein Apartment gebracht. Schon allein das war eine Premiere. Dass es sich dabei noch um eine Vampirin handelte, machte die Sache nicht weniger kompliziert. Der absolute Supergau jedoch war, dass sie die schönste, reinste und perfekteste Person war, die ihm je begegnet war. Zehn Meilen gegen den Wind war ihr anzusehen, dass sie der Innoka angehörte, dass sie ein Teil dieser selbstherrlichen, sich für etwas Besseres haltenden Vampire war. Jede ihrer Bewegungen war anmutig, jedes Wort, das aus ihrem Mund kam, wohl überlegt. Sie hatte ein untrügliches Gefühl dafür, wann es an der Zeit war, etwas zu sagen und wann es besser war zu schweigen. Alles was sie tat, machte sie perfekt. Mit jedem Atemzug führte sie ihm unbewusst nur allzu deutlich vor Augen, was für ein Bastard, ein Nichtsnutz er doch war. Er konnte seine Herkunft nicht leugnen, das dunkle Erbe seiner afrikanischen Mutter, einer Sklavin. Er war in einer Zeit geboren worden, als die schwarze Bevölkerung unter der Knechtschaft der Weißen schuften musste, als es eine Zwei-klassengesellschaft gab. Dieses Denken war so tief in ihm ver-ankert, dass er sich noch heute damit schwertat. Manchmal beneidete er die Menschen für ihre kurze Lebensdauer, für das Vergessen über die Generationen hinweg. So war es den Menschen in diesem Jahrtausend möglich, einen schwarzen Präsidenten an die Spitze des Landes zu wählen. Er dagegen konnte sich noch daran erinnern, wie sie für einen Hungerlohn auf den Baumwollfeldern in der Hitze geschuftet hatten, ihren Herrn vollkommen ausgeliefert.

Auch wenn er anders war, das Erbe seines Vaters nach seiner Renovation die Oberhand gewann, blieb er diesen schwarzen Sklaven in Gedanken doch immer verbunden.

Hastig erhob Thor sich. Er konnte es einfach nicht mehr länger ertragen. Ziellos streifte er durch die Räume. Er ging in die Küche, den Ort, den er in seinem Apartment am seltensten betrat. Aber eine Wohnung ohne Küche zu finden, war schlicht-weg unmöglich. Und ab und an war ein Wasserhahn in der Nähe auch ganz gut. Ein klarer Kopf war eine gute Idee. Er ließ das kalte Wasser über die Hände laufen und spritzte es sich ins Gesicht. Doch auch das half ihm nicht wirklich. Sein Blick fiel auf die geschlossene Zimmertür seines Schlafzimmers. Warum er genau darauf zuging und leise die Tür öffnete, konnte er nicht sagen. Er erstarrte, als er das leere Bett sah. Wo war Delina? Hastig kam er näher und wäre dabei beinahe über die am Boden zusammengerollte Vampirin gestolpert. Warum um Himmels Willen schlief sie auf dem harten Boden? War das eine Tradition im sjütischen Clan? Sie gehörte verdammt noch mal ins Bett. Vorsichtig tastete er sich auf geistiger Ebene vor, stellte fest, dass sie tief und fest schlief. Kein Wunder. Sie hatte eine harte Nacht hinter sich. Sollte er es wagen, sie ins Bett zu legen, würde er sie dabei wecken?

Musik unterbrach seine Gedanken. Er blickte auf, brauchte nur den Bruchteil einer Sekunde, um zu realisieren, dass das die Notfallmelodie seines Handys war. Er fluchte, machte kehrt und verließ das Schlafzimmer. Im Wohnzimmer auf dem Couchtisch lag das Mobiltelefon, das unbeirrt vor sich hin dudelte.

„Ja?", bellte er hinein, ohne auf das Display zu sehen. Es gab genau zwei Möglichkeiten. Die Flüchtlinge versuchten, ins Ausland zu telefonieren, oder es gab in der sicheren Unterkunft einen Notfall. In beiden Fällen wusste er, dass Mori Egan oder seine Tochter am anderen Ende der Leitung sein würden.

„Schleuser?", keuchte der Mori aufgeregt.

Eine seltsame Ruhe überkam Thor, während er sich in den Sessel sinken ließ. Wenn der Mori noch in der Lage war zu telefonieren, konnte es ganz so schlimm nicht sein. „Was ist los?"

„Meine Tochter ist verschwunden."

Thor blinzelte. „Verschwunden?", hakte er nach. Er hatte eine vage Vermutung, konnte es jedoch nicht glauben. Das dumme Ding würde doch nicht so unvernünftig sein, die sichere Unterkunft zu verlassen. Noch dazu bei Tageslicht.

„Sie hat die Wohnung verlassen."

Sie war so unvernünftig. „Vollia!" Wie konnte sie nur so dumm sein?

„Es geht ihr gut, ich spüre sie."

Thor fragte sich, warum der Mori seine Tochter nicht aufgehalten hatte.

„Dann hol sie verdammt nochmal zurück", schnaubte er. Ein mentaler Befehl, und ihr blieb nichts anderes übrig, als den Befehlen ihres Rinokas Folge zu leisten.

„Das habe ich bereits versucht, aber sie kommt nicht zurück. Ich weiß nicht, was ich jetzt tun soll."

Diverse mögliche Szenarien schossen Thor durch den Kopf. Er hoffte, dass etwas ziemlich Harmloses dafür verantwortlich sein mochte, warum die Vampirin dem Ruf nicht folgte. Er ärgerte sich über dieses dumme, verzogene Gör. Indem sie die sichere Unterkunft verließ, riskierte sie ihr Leben. Es kam durchaus auch vor, dass ein Krieger des New Yorker Clans am Tag unterwegs war und wenn sie auf so einen traf, konnte er für nichts garantieren.

„Ich kann sie suchen", schlug der Mori hilflos vor.

„Nein!", beeilte Thor sich zu sagen. „Ich mache mich auf den Weg. Bleib, wo du bist und wage es ja nicht, einen Fuß vor die Tür zu setzen."

„Ja." Es klang beinahe so, als wäre der Mori über diesen Befehl froh, als hätte er Angst, sich bei Tageslicht hinauszuwagen.

Jede Minute zählte, daher musste Thor sich beeilen. Er schlüpfte aus der Jogginghose. Normalerweise schlief er nackt, aber in Anbetracht der Tatsache, dass nebenan eine Vampirin lag, hatte er darauf verzichtet. Schnell zog er noch das verschwitzte T-Shirt aus und streifte sich ein frisches über. Auf dem Couchtisch lag der Dolch, den er stets am Körper trug und nur zum Schlafen abnahm. Er schnallte ihn sich wieder um und griff nach seiner Lederjacke. Erst dann besann er sich darauf, dass er nicht allein war. Sollte er einfach gehen? Er wollte nicht, dass Delina erwachte und sich fürchtete, weil er verschwunden war. Einen Zettel wollte er ihr auch nicht einfach so hinterlassen. Auch wenn die Zeit drängte, lief er ins Schlafzimmer und rüttelte Delina wach.

„Was ist?", murmelte sie schlaftrunken und rieb sich die Augen.

Verdammt, wie konnte man in diesem Zustand so unverschämt gut aussehen?

„Ich muss weg. Es ist mitten am Tag. Egal wie lange es dauert, ich möchte, dass du hierbleibst."

Delina riss die Augen auf und starrte ihn ängstlich an.

Schon bereute er die Entscheidung, sie geweckt zu haben. „Keine Sorge, ich komme wieder. Du bist hier in Sicherheit, versprochen. Niemand kann dich aufspüren, solange du in diesen vier Wänden bleibst."

Artig nickte sie.

Es war mehr ein Reflex, den er nicht unterdrücken konnte und der ihn wohl ebenso verwunderte wie sie. Er beugte sich über sie und küsste sie auf die Stirn. Es war eine völlig harmlose Berührung, dennoch schossen tausend Blitze durch seinen Körper. Eilig erhob er sich und verließ Delina, war froh, die Wohnung verlassen zu können.

Um diese Uhrzeit würde er mit dem Auto ewig brauchen. Auch wenn er ungern am Tag rannte, würde er heute eine Ausnahme machen. Es war der schnellste Weg, um an sein Ziel zu gelangen. Er musste zur sicheren Unterkunft. Von dort konnte er

Christelles Spur aufnehmen. Dann blieb ihm nur zu hoffen, dass er das unglaublich dumme Frauenzimmer fand.

* * *

Von der sicheren Unterkunft aus war es nicht schwer, Christelles Weg nachzuvollziehen. Mit Schirmmütze und Sonnenbrille nahm Thor die Verfolgung auf. Bei Tageslicht war es um einiges anstrengender, als es bei Nacht gewesen wäre. Er musste sich unauffällig verhalten. In menschlichem Tempo ging er durch die Straßen. Die Hände in die Taschen der Lederjacke gesteckt, sah er aus wie ein ganz normaler Mann, der durch die Gegend spazierte. Vielleicht etwas ziellos und an seiner Umgebung desinteressiert. Der äußere Schein trog. Hinter den dunklen Gläsern seiner Sonnenbrille versteckt, musterte er die Umgebung genau. Keine Winzigkeit, keine noch so kleine Belanglosigkeit entging ihm. Er atmete tief ein, analysierte die einzelnen Gerüche und folgte diesem überaus süßen Kokosduft, der beinahe schon unangenehm in der Nase stach. Eine Spur zu künstlich, etwas zu überladen für seinen Geschmack. Aber das kam ihm jetzt zugute. Der penetrante Geruch war relativ einfach nachzuverfolgen.

Thor kam die Gegend bekannt vor, aber erst als er die vielen Studenten erblickte, wusste er, dass er sich in der Nähe einer Uni befand. Unglaublich, wie viele Menschen zu dieser Uhrzeit unterwegs waren. Wenn er nachts durch die Straßen streifte, waren sie viel leerer. Nur hier und da beeilte sich ein Student, der die Zeit in der Bibliothek vergessen hatte, nach Hause zu kommen. Ein paar Straßen weiter reihten sich Cafés und Bars aneinander. Auch dort war Thor schon häufiger gewesen. In der Nacht waren die Tische immer voll besetzt, jetzt war beinahe nichts los.

Thor ging weiter und wunderte sich, wie weit Christelle gekommen war. Was hatte sie in dieser Gegend gewollt? Warum war sie überhaupt hierhergekommen? Das Ganze auch noch bei Tageslicht. Er konnte einfach nicht verstehen, warum sie die Wohnung verlassen hatte. Gut, es war kein Fünfsternehotel, aber eine saubere Unterkunft und verdammt nochmal sicher.

An einer Ecke hielt er an und blieb irritiert stehen. Er atmete nochmal tief ein und runzelte die Stirn. Der eindeutige Kokosduft, dem er bis hierher gefolgt war, war plötzlich verschwunden.

Hatte er die Spur verloren? Er fluchte ausgiebig in sämtlichen Sprachen, die er beherrschte, und steckte seine Nase noch einmal in den Wind. Aber auch jetzt konnte er nicht mit Sicherheit sagen, ob sie hier gewesen war. Leise vor sich hin schimpfend, ging er die Straße zurück. Nur ein paar hundert Meter, dann blieb er abermals stehen. Hier war der Kokosduft ganz eindeutig wahrzunehmen. Langsam machte er kehrt und lief den Weg wieder zurück. Ganz bewusst ließ er sich viel Zeit, konzentrierte sich ganz auf seinen Geruchssinn. Als er wieder an der Kreuzung stand, war der Geruch verschwunden. Das konnte doch nicht sein. Christelle hatte sich doch nicht einfach in Luft auflösen können. Verdammt. Da war nichts mehr. Kein Duft von Kokos, nicht einmal ein Hauch davon. Aufmerksam blickte er sich um, suchte die Umgebung erst mit den Augen, dann auf geistiger Ebene ab. Wenn ein Geruch von jetzt auf gleich so spurlos verschwand, gab es nur eine Erklärung dafür, und die gefiel ihm überhaupt nicht. Nur die Maca-Pflanze konnte den Geruchssinn von Vampiren dermaßen täuschen. Er benutzte die Pflanze selbst sehr gerne, um sich vor den New Yorker Vampiren zu verbergen. Aber da er die Pflanze definitiv hier nicht benutzt hatte, konnten nur die New Yorker dahinterstecken. Wenn sie Christelle in die Finger bekommen hatten, dann konnte er für sie nichts mehr tun. Unschlüssig blickte er in alle Himmelsrichtungen, wusste nicht, wo er mit der Suche weitermachen sollte. Schließlich entschied er sich, nach Norden zu gehen, stellte jedoch schon nach einigen hundert Metern fest, dass er in dieser Richtung nichts finden würde. So machte er kehrt und lief die Straße in die entgegengesetzte Richtung. Immer weiter. Aber auch dort konnte er keinen Kokosduft finden. Unschlüssig, ob er wieder zum Ausgangspunkt zurückkehren oder ganz aufgeben sollte, stand er da, als sein Telefon klingelte. Die Notfallmelodie. Hoffentlich hatte der Mori bessere Nachrichten als er.

„Ja?"

„Sie ist weg!" Der Vampir war völlig aufgebracht, und Thor musste den Hörer vom Ohr nehmen, sonst fürchtete er, sein Trommelfell würde platzen.

„Ich bin schon dabei, sie zu suchen." War Egan jetzt völlig verwirrt? Er hatte doch schon vor einer Stunde angerufen, dass seine Tochter verschwunden war. Deshalb hatte Thor sich doch erst auf den Weg gemacht.

„Nein, sie ist weg!" Der Mori ließ sich nicht beruhigen.

„Weg?" Thor beschlich eine üble Vermutung.

Er hoffte, dass Mori Egan sie nicht bestätigte, doch genau das tat er. „Die Verbindung ist abgebrochen. Einfach so."

Thor schloss die Augen. Es hatte keinen Sinn weiterzusuchen. Wenn Christelle das Rinokaband gelöst hatte, war es aus. Mit dem Mori an seiner Seite hätte er vielleicht noch eine Chance gehabt, sie in New York zu finden, doch so war jede Hoffnung verloren. Wenn Christelle Glück hatte, hatten die Vampire mit ihr Erbarmen gezeigt und sie schnell getötet. Alternativ war sie gezwungen worden, das Band zu ihrem Rinoka zu durchtrennen, und hatte nun einen Neuen. Der New Yorker Clan war nicht gerade zimperlich mit der Auswahl von neuen Rekruten. Sie nahmen alles, was sie fanden. Den Vampiren nahmen sie den Blutschwur ab, die Frauen wurden einem loyalen Vampir unterstellt. Sie waren brutal. Wer nicht gehorchte, wurde kurzerhand geköpft. Radim führte seinen Clan mit harter Hand und duldete keinen Widerspruch. Thor hoffte wirklich für Christelle, dass ihr dieser Weg erspart geblieben war.

„Ich breche die Suche ab." Er konnte noch Stunden hier herumstehen, die Straßen ein oder auch zwei Dutzend Mal ablaufen, aber bringen würde es dennoch nichts. Radim war nicht dumm. Er wusste, wie er das Maca benutzen musste. Die Suche war aussichtslos. Er würde Christelle nicht finden. Dieses Schicksal war ihrer eigenen Dummheit geschuldet.

„Nein!" Wieder brüllte der Mori ins Telefon. „Du musst etwas tun. Du musst sie finden. Sie ist meine Tochter."

Thor hatte Mitleid mit dem Mann. Er mochte Christelle nicht sonderlich, und es lag ihm fern, um sie zu trauern. Aber seit Delina in sein Leben getreten und er ihr Rinoka geworden war, konnte er halbwegs nachvollziehen, was es hieß, für einen anderen verantwortlich zu sein. Würde Delina etwas zustoßen - und er kannte sie kaum - würde er Himmel und Hölle in Bewegung setzen, um sie zu retten. Die Beziehung zwischen dem Mori und seiner Tochter musste noch viel intensiver sein. Das war Familie, da herrschte noch einmal ein ganz anderer Zusammenhalt.

„Es tut mir sehr leid", murmelte Thor. Er hätte sich ebenfalls einen anderen Ausgang der Geschehnisse gewünscht, doch ihm waren die Hände gebunden.

Er hörte Egan am anderen Ende schluchzen und konnte sich bildlich vorstellen, wie der Mori zusammenbrach. Er war ein Vater, der alles für seine Tochter getan hatte, der sein Leben für Christelles Zukunft aufgegeben hatte. Und jetzt hatte er alles verloren. Thor wusste, dass er das Schicksal der Flüchtlinge nicht so nah an sich heranlassen durfte. Er war der Schleuser. Wenn ihn jede Tragödie so mitnahm, würde er daran zugrunde gehen. Er konnte diesen Job nur machen, wenn er sich emotional zurückzog, sich komplett abschottete.

„Ich komme nach Einbruch der Dunkelheit", sagte er.

Der Mori brauchte Zeit für sich, musste den Verlust seiner Tochter verarbeiten. Auch Thor brauchte etwas Abstand, musste sich sammeln.

In Gedanken noch bei Christelle, steckte er sein Handy in die Hosentasche. Inzwischen war es ziemlich warm geworden. Die Menschen liefen in T-Shirts herum. Thor zog seine Lederjacke aus und warf sie über die Schulter. Einen Vorteil hatte seine dunkle Hautfarbe. Er war gegen Sonnenlicht viel weniger empfindlich als seine weißen Brüder. Schon als Ephebe hatte die Sonneneinstrahlung seine Haut nicht verbrannt. Es stach unangenehm, aber ein Zischen und Verbrennen, wie er es bei Gleichaltrigen gesehen hatte, war ihm fremd. Er konnte nicht behaupten, dass er es liebte, am Tag spazieren zu gehen, aber es machte ihm auch nichts aus.

Ziellos ging er die Straße entlang. Block um Block ließ er hinter sich. Er wollte nicht nach Hause gehen. Dort würde nur Delina auf ihn warten - vermutlich schlafend - und er würde wieder keine Ruhe finden, so lange er sie in seiner Nähe wusste.

KAPITEL 6

Der Thronsaal war abgedunkelt, wie zu der Zeit, als der alte Blutfürst noch lebte. Von dem Glanz und der Macht, die damals das Château beherrschten, war nicht mehr viel übrig geblieben. Die riesigen Säulen hatten lange Risse abbekommen, in den Steinwänden klafften riesige Löcher. Der Schutt lag am Boden und zeugte von dem Kampf der Vampire.

Sebum, der auf dem steinernen Thron saß, der wie durch ein Wunder nichts abbekommen hatte, starrte vor sich hin. Die Haut war fahl, der Körper abgemagert. Da saß er, der gestürzte Blutfürst. Ganz allein in der Ruine seiner Herrschaft.

Er hatte resigniert. Der Kampfesfunke, der stets in seinen Augen geglommen hatte, war erloschen. Sein Reich lag in Trümmern. Sie hatten ihm alles genommen, für das es sich zu kämpfen lohnte. Nichts war ihm geblieben. Müde schloss er die Augen. Schlaf fand er schon lange nicht mehr. Der Tag glich der Nacht. Er saß einfach hier und ließ die Zeit vorbeirinnen. Es gab nichts mehr zu tun. Diese verdammten Bastarde hatten alles zerstört, was er so mühsam aufgebaut hatte. Von ihrem ehemals starken Clan existierte nichts mehr. Seine Soyas, die Grundpfeiler seiner Macht, waren tot, verschwunden oder hatten sich dem Feind angeschlossen.

Schritte waren zu hören. Ohne aufzublicken wusste Sebum, dass Itan kam. Er war der Einzige, der sich hier außer ihm aufhielt. Alle anderen hatten das Weite gesucht. Selbst die Blutsklaven hatten sie fortgeschafft.

Itan war der Einzige, der mit ihm die Reise in die Neue Welt überlebt hatte. Sein Sohn, weil er ihn zum Hafen vorgeschickt hatte, und er, weil er in letzter Sekunde aus dem explodierenden Haus springen konnte. Die Rückreise war mühsam gewesen. Es war ein Wunder, dass sie auf der Überfahrt nicht draufgegangen waren. Ihre Nahrungsquellen hatten ebenso wenig überlebt wie seine besten Männer, seine Leibgarde. Auch Hip hatte es erwischt und erst jetzt, wo er fort war, merkte er, wie sehr er sich doch auf den Soya verlassen hatte.

„Vater?" Die große Tür zum Saal stand offen. Es war niemand da, der sich darum kümmerte, sie zu schließen, und soweit war Sebum noch nicht gesunken, als dass er in seinem Château den Hausmeister spielte.

„Vater?" Itan kam näher, dann verstummten seine Schritte.

Noch immer saß er mit geschlossenen Augen da. Wartete. Eigentlich wollte er Itan nicht sehen, wollte viel lieber allein sein. Es roch nach Mensch. Itan hatte Nahrung dabei. Seit Wochen hatte er den Thronsaal nicht mehr verlassen, doch jetzt, wo ihm jedoch der verführerische Duft eines Mannes in die Nase stieg, meldete sich der Hunger mit Vehemenz. Er blickte auf, sah seinen Sohn an.

„Du siehst schrecklich aus", verkündete Itan und stieß ihm den Menschen entgegen.

Sebum kniff die Augen zusammen. Er hatte keine Lust, sich mit Itan zu unterhalten. Er konzentrierte sich auf die Nahrungsquelle, die auf ihn zutaumelte. Mit einer schnellen Bewegung, die seiner Rasse innewohnte, schnellte er vor, ergriff sich die Beute und zog sie zu sich. Das Wasser lief ihm im Mund zusammen, seine Fänge waren längst ausgefahren. Grob stieß er sie in den Hals des Mannes und begann hastig zu trinken. Er schämte sich für seine Unbeherrschtheit und wandte sich von Itan ab. Der hingegen schien sich daran nicht zu stören.

„Du musst aufhören, dich hier zu verkriechen! Wir müssen uns etwas überlegen."

Noch immer trank er gierig und versuchte, die nervige Stimme seines Sohnes zu verdrängen. Das Blut rauschte in seinen Ohren. Er musste sich erst wieder an die Blutmenge gewöhnen, die nun durch seinen Körper gepumpt wurde. Es überraschte ihn, dass er so ausgehungert gewesen war. Viel hätte wohl nicht mehr gefehlt, und er wäre in eine Starre verfallen.

Der Mensch in seinen Armen wurde immer schwerer, sank in sich zusammen. Er hielt ihn mit eisernem Griff fest, war nicht bereit, auch nur einen Blutstropfen zu verschwenden. Er spürte genau den Moment, als das Herz aufhörte zu schlagen. Gleich war es vorbei. Viel Blut befand sich nicht mehr in diesem menschlichen Körper. Es wurde zunehmend schwerer zu trinken. Aber das machte nichts. Er hatte genug. Ohne die Wunden am Hals zu verschließen, ließ er den Blutsklaven los. Er fiel seltsam verdreht zu Boden, die Augen weit geöffnet, und blieb reglos liegen. Mit dem Fuß stieß er den Körper an, schubste ihn von seinem Thron. Er war Abfall, eine leblose Hülle, die entsorgt werden musste.

„Bist du nun bereit, endlich etwas zu unternehmen?"

Sebum schluckte seinen Ärger hinunter. Ihm missfiel, wie Itan mit ihm sprach. „Es gibt nichts, was ich unternehmen könnte."

„Du bist der Blutfürst!" Verärgert streckte Itan die Hand nach ihm aus, deutete mit dem Finger auf ihn.

„Der Blutfürst von was?" Er machte eine ausladende Bewegung und deutete auf den Staub und Schutt um ihn herum.

„Du bist der Blutfürst der Franken, es wird Zeit, dass du dein Reich zurückeroberst, Vetusta."

Schon sehr lange hatte ihn niemand mehr so genannt.

„Steh endlich auf von deinem Thron und beginne wieder zu leben."

„Wofür?"

„Sie haben uns bestohlen. Sie haben uns den Thron fortgenommen. Das kannst du doch nicht einfach so hinnehmen. Wir müssen ihn uns zurückholen. Du bist der rechtmäßige Blutfürst."

Müde verzog Sebum den Mund zu einem abfälligen Grinsen. „Hast du vergessen, was uns bei unserer Rückkehr hier erwartet hat?", erinnerte er Itan.

„Nein, das habe ich nicht", ereiferte sein Sohn sich. „Die Chevalier-Brüder haben uns hier aufgelauert. Jourdain, der dir den Blutschwur abgeleistet hat und der sich selbst zum neuen Vetusta gekrönt hat, ist von der Bildfläche verschwunden. Er hat Angst vor dir, weil er weiß, dass du ihn besiegen kannst. Du hast Macht über ihn."

Sebum wandte den Kopf ab. Er wollte nicht an den Kampf zurückdenken, als sie das Château betreten hatten. Justinian, Clarentine, Keylan und eine ganze Reihe ihrer Untergebenen hatten ihnen aufgelauert. Sie waren nur zu zweit gewesen. Müde und abgekämpft von der langen Reise, völlig unbewaffnet. Es war ein ungleicher Kampf gewesen, den sie nur verlieren konnten.

„Du musst wieder zu Kräften kommen, regelmäßig trinken. Wir werden trainieren und uns Verbündete suchen."

Freudlos lachte Sebum auf. „Verbündete? An wen hast du gedacht? Etwa an Dioméde, der von Gale gestürzt wurde? Oder Fredolin und Diego, die in der Versenkung verschwunden sind? Werner und Aneng sollen in die Neue Welt geflohen sein und Josef ist zu den Sjüten übergelaufen. Sag mir, wer uns ein guter Verbündeter sein könnte?"

Itan ließ sich nicht aus der Ruhe bringen. Er zog aus seinem Gürtel einen Dolch hervor und warf ihn Sebum vor die Füße. Er starrte das silberne Ding an und fragte sich, was er damit machen sollte.

„Drüben in Frankreich sind deine Moris, die Männer, die dir den Blutschwur geleistet haben, die dir direkt unterstellt sind. Wenn du wieder zu Kräften gekommen bist, brechen wir auf und versammeln sie um uns."

„Ein neuer Soya soll dort herrschen", wandte Sebum ein.

Itan verschränkte die Arme vor der Brust. „Pépe wurde von Jourdain zum Soya ernannt. Du kennst ihn. Er wird der Erste sein, den du unterwirfst. Und wenn wir genug Leute zusammen haben, werden wir die Soyas Fredolin und Diego suchen. Die Chevalier-Brüder können sich noch so sehr schützend vor Jourdain stellen. Wir brauchen nur genug Männer, um an ihm vorbeizukommen. Wenn du Jourdain gegenübertrittst, kannst du ihn herausfordern, und diesen Kampf kann er nicht gewinnen."

Sebum blickte seinen Sohn nachdenklich an, ließ sich das, was er gesagt hatte, durch den Kopf gehen. Immer und immer wieder. Der Plan war eigentlich gar nicht so übel. Je länger er darüber nachdachte, musste er sich eingestehen, dass er nahezu brillant war.

Langsam erhob er sich, ergriff den Dolch, den Itan ihm vor die Füße geschmissen hatte. „Wann brechen wir auf?"

Itan lächelte. Er wusste, dass er gewonnen hatte. „In einer Woche. Du musst trinken und wieder zu Kräften kommen."

Sebum nickte. Er war bereit dazu. Wenn es eine Möglichkeit gab, seinen Thron zurückzubekommen, würde er es versuchen. Und wenn es Jahrzehnte dauern sollte, er würde Jourdain zwischen die Finger bekommen und ihn zerquetschen wie ein lästiges Insekt.

* * *

Delina schlug die Augen auf und starrte an die Decke. Sie war weiß. In ihrem Kopf begann es zu rattern. Das war nicht ihr Zimmer. Wo war sie? Was machte sie hier? Hatten ihre Eltern sie … Abrupt setzte sie sich auf, sah sich um. Alles war ihr fremd, unbekannt. Mit einem Mal kamen die Erinnerungen zurück, stürzten auf sie ein. Der Blutfürst und das Gespräch mit ihm, ihre Flucht und Soya Ducin, der lange Flug und der Schleuser. Alles fiel ihr wieder ein. Der unbekannte Duft, der ihr aber gleichzeitig so vertraut war. Der ganze Raum roch nach ihm. Nach einem fremden Clan, nach Macht und Dominanz. Eindeutig männlich. Sie mochte den Geruch nach feuchter Erde, er war so urtümlich, so bodenständig – genau wie der Schleuser.

Delina stand auf. Ihre nackten Füße sanken in den langflorigen Teppich ein, und sie stutzte. Hatte sie sich nicht zum Schlafen auf den Boden gelegt? Sie drehte sich um und starrte das Bett an. Wie war sie dorthin gekommen? Eine verschwommene Erinnerung kehrte zurück. Der Schleuser hatte sie geweckt, ihr gesagt, dass er fortmüsse. Hatte sie zu dem Zeitpunkt im Bett gelegen? War sie nachts aufgestanden oder hatte er sie herübergetragen? Die Vorstellung, wie er zu ihr kam, während sie schlief, ließ Delina unruhig werden. Von einem Mann berührt zu werden – noch dazu von ihm. Sie schluckte. Normalerweise hätte sie jetzt Angst verspüren müssen, aber das tat sie nicht. Lag es daran, dass ihr Körper ihn als Rinoka akzeptierte, dass er sich Freiheiten und Körperprivilegien herausnehmen durfte? Delina hatte darauf keine Antwort.

Sie lauschte, aber in der Wohnung waren keine Geräusche zu hören. Er war also noch unterwegs. Perfekt. Sie brauchte eine Dusche und etwas zum Anziehen. Das ramponierte grauschimmernde Kleid konnte sie unmöglich noch einmal anziehen. Es war reif für die Mülltonne. Unschlüssig, ob sie sich einfach am Kleiderschrank bedienen durfte, ging sie hinüber und schob die Türen langsam auf. Der Schrank war groß, die sich darin befindende Kleidung überraschend übersichtlich. Ein paar Jeans und Lederhosen und T-Shirts. Mehr nicht. Delina zog eine Hose heraus, die war jedoch nicht nur viel zu lang, sondern auch viel zu groß. Darin würde sie versinken. Die T-Shirts waren auch nicht viel besser, aber zumindest tragbar. Sie musste sich nur vorstellen, es wäre ein kurzes Kleid, die passende Länge hatten sie durchaus. Aus Mangel an Alternativen nahm sie ein graues T-Shirt mit und machte sich auf den Weg ins Bad. Sie wollte sich beeilen, denn sie hatte keine Ahnung, wann der Schleuser zurückkam.

Das Badezimmer war ebenso spartanisch eingerichtet wie der Rest der Wohnung. In einem der Schränke fand sie schließlich Shampoo und Duschgel. Sollte es sie verwundern, dass es in diesem Haus Duschgel mit Pfirsichgeruch gab? Nein, es stand ihr nicht zu, sich darüber Gedanken zu machen. Was der Schleuser in seiner Wohnung trieb, ging sie nichts an. Sie legte Handtücher bereit und betrat die Dusche. Es war herrlich, das angenehm temperierte Wasser auf der Haut zu spüren, aber die Sorge, der Schleuser könnte jeden Moment zurückkommen, veranlasste sie zur Eile. Delina stieg gerade aus der Dusche und griff nach einem Handtuch, als sie hörte, wie die Aufzugtür sich öffnete. Er war zurück.

So schnell sie konnte, rubbelte sie sich trocken und zog das T-Shirt über. Sie brauchte unbedingt anständige Kleidung, vor allem Unterwäsche. Schließlich konnte sie diese nicht ewig tragen. Suchend sah Delina sich um, aber ein Föhn war nirgendwo zu finden. So knotete sie die Haare einfach so zusammen und band sie fest.

Sie war fertig und konnte sich nicht länger im Badezimmer verkriechen. Sie musste sich ihrem Rinoka stellen. Mit klopfenden Herzen öffnete sie die Tür und trat hinaus.

Ihre Blicke begegneten sich, und Delina war froh, den Türrahmen im Rücken zu spüren. Er saß im Wohnzimmer in einem der Sessel und schien auf sie gewartet zu haben. Sein Gesicht wirkte abgespannt und müde, aber dennoch sahen seine Augen sie viel zu aufmerksam an.

„Hast du gut geschlafen?", fragte er mit seiner dunklen Stimme, die ihr eine Gänsehaut über den Rücken jagte.

Delina nickte.

„Ich habe dir etwas zum Anziehen besorgt", erklärte er und deutete auf eine großformatige Papiertüte, die er auf dem Esstisch abgestellt hatte.

„Danke", murmelte Delina. Könnte sie sich einfach die Tüte schnappen und im Schlafzimmer verschwinden, um sich anzuziehen? Oder erwartete er … Sie erstarrte. Wie verhielt sie sich angemessen? Er war ihr Rinoka, ihr Beschützer.

„Geh und zieh dich an. Wir müssen bald los."

Reglos stand Delina da, starrte den Schleuser an. Er wollte mit ihr fortgehen? Wohin? Musste sie sich Sorgen machen?

Er verdrehte die Augen, erhob sich und kam auf sie zu. Delina wäre gern zurückgewichen, doch das ging nicht, ohne die Tür zu öffnen. So sah sie ihn mit erschrockenen, weit aufgerissenen Augen an. Vielleicht wäre es besser, keine Angst zu zeigen. Sie versuchte diese zu verdrängen, was ihr nur notdürftig gelang. Der Schleuser war jedoch auch ihr Rinoka, und sie würde ihm nicht entrinnen können.

Er griff im Vorbeigehen nach der Papiertüte. Dicht vor ihr blieb er stehen und drückte ihr die Tüte in die Hand. Gleichzeitig beugte er sich leicht über sie, sodass sie seinen Duft noch intensiver wahrnahm. Tannennadeln und feuchte Erde. Sein Geruch umgab sie, hüllte sie vollkommen ein.

„Ich kann deine Angst riechen", raunte er ihr ins Ohr.

Delina zuckte zusammen.

„Nicht ich bin es, vor dem du dich fürchten musst. Ducin würde mich einen Kopf kürzer machen, wenn ich dich nicht unversehrt in Boston abliefere."

„Boston?", stieß Delina atemlos hervor. Der Bostoner Clan, der Erste in der Neuen Welt, war legendär. Dort sollte sie hinkommen? Sie hatte gehört, es sei ein Privileg, dort aufgenommen zu werden.

Der Schleuser trat einen kleinen Schritt zurück, damit er sie anblicken konnte.

„Ducin hat Himmel und Hölle für dich in Bewegung gesetzt und eine ganze Reihe an Gefallen eingefordert. Ich hoffe, du bist es wert."

Mit großen Augen sah sie zu ihm auf.

„In welcher Beziehung stehst du zu Ducin?", verlangte der Schleuser zu wissen.

Delina öffnete den Mund und schloss ihn gleich wieder, wie ein Fisch auf dem Trockenen. Sie hatte absolut keine Ahnung, wie sie ihm das erklären sollte. „Ich ... ich kenne ihn nicht", stammelte sie. „Wir sind uns gestern zum ersten Mal begegnet."

Der Schleuser kniff die Augen zusammen, als müsse er prüfen, ob er ihren Worten trauen konnte.

„Ich bin sehr froh, dass er mich hergebracht hat." Sie schluckte. „Ich bin froh, dass du ..." Sie brach ab, wusste nicht, wie sie es formulieren sollte.

„Dass ich ...?"

Hastig blickte sie zu Boden, fixierte ihre nackten Füße. „Dass du mich beschützt", flüsterte sie leise und wusste, dass er jedes Wort verstand.

Er streckte die Hand aus, umfing ihr Gesicht und drückte mit dem Daumen ihr Kinn nach oben, sodass sie ihn ansehen musste.

„Mein Schutz hat einen Preis, aber den hat Ducin bereits bezahlt."

Delina musste an sich halten, damit sie vor Erleichterung nicht einfach zusammenbrach. Sie musste ihm nichts geben, davon abgesehen, dass sie nicht wirklich etwas zu bieten gehabt hätte. Soya Ducin hatte sich darum gekümmert. Was mochte der Preis gewesen sein? Was verlangte der Schleuser sonst? Körperprivilegien? Ihr wurde beängstigend warm. Seine Hand lag noch immer auf ihrer Wange, und er machte auch keine Anstalten, sie fortzunehmen.

„Du bist so unglaublich beherrscht. Was bringt dich aus der Fassung?", fragte er nachdenklich und brachte Delina damit auf den Boden der Tatsachen zurück.

Sie spürte die Hitze. Ihr Körper schien zu glühen. Sie musste von hier fort! Er. Sie war kurz davor, die Kontenance zu verlieren. Hastig machte sie sich von ihm los und brachte ein paar Meter Abstand zwischen sie.

„Warum solltest du mich aus der Fassung bringen wollen?", fragte sie unsicher. Spürte er, wie nahe er daran gewesen war? Doch was hatte er davon, wenn sie völlig verzweifelt wäre? Sie kämpfte mit jedem Atemzug darum, Haltung zu bewahren. Nie würde sie ihm eingestehen, dass er sie längst aus dem Gleichgewicht gebracht hatte. Schon seit seinem ersten Auftauchen war sie völlig neben der Spur.

„Deine undurchdringliche Maske, wie es nur ein Mitglied der Innoka beherrscht." Angewidert spuckte er die Worte aus, und Delina war entsetzt über den Hass, der in seiner Stimme mitschwang. „Ich frage mich, was dahintersteckt."

Jetzt bekam es Delina mit der Angst zu tun. Sie wussten beide, dass er einen Zugang zu ihrem Kopf hatte, dass er hineinspazieren konnte, wann immer er es wollte. Es gab kein Geheimnis, das sie vor ihm verbergen konnte.

Delina nahm all ihren Mut zusammen und reckte das Kinn. „Ich frage mich, wer der Schleuser wirklich ist. Gibt es einen Vampir, der dich richtig kennt?" Sie war in die Offensive gegangen. Ein letzter verzweifelter Versuch, sich zu wehren.

Thor ballte die Fäuste und Delina befürchtete schon, sie sei zu weit gegangen. „Touché", murmelte er und drehte sich um.

Verwirrt blinzelte sie. Das war es gewesen? Ein einfacher Schlagabtausch? Keine Rüge, dass sie es gewagt hatte, so mit ihm zu sprechen? Keine Zurechtweisung, weil sie ihre Grenzen eindeutig überschritten hatte? Ihr Vater hätte ihr sehr deutlich gezeigt, dass ihr Verhalten unerwünscht war und sie mit einem mentalen Schlag bestraft.

„Zieh dich an, wir sind schon spät dran!", schickte der Schleuser sie fort.

Das ließ Delina sich kein zweites Mal sagen. Die Tüte fest an ihre Brust gedrückt, drehte sie sich um und lief ins Schlafzimmer. Sie war regelrecht froh, als die Tür hinter ihr zufiel und sie sich nicht länger verstecken musste. Tränen rannen ihr die Wangen hinab, und sie konnte nicht einmal sagen, warum.

Dieser Vampir, der Schleuser, verwirrte sie ungemein. Sie wusste einfach nicht mit ihm und seiner Art umzugehen. Er war beeindruckend und gefährlich, aber dennoch verspürte sie in seiner Nähe keine Angst. Egal, was er auch tun würde, er hatte ihr versprochen, ihr nicht zu schaden, und das glaubte sie ihm.

Sie musste an Soya Ducin denken und fragte sich, was er getan hatte, dass der Schleuser so tief in seiner Schuld stand. Und warum forderte er jetzt mit ihr diesen Gefallen ein? Was sah er in ihr? Diese Frage hatte ihr der Schleuser gestellt, und sie hatte darauf keine Antwort.

* * *

Es fühlte sich gut an, saubere und frische Kleidung zu tragen. Delina mochte sich nicht vorstellen, woher der Schleuser ihre Größe wusste. Schon allein bei dem Gedanken, dass er für sie Unterwäsche gekauft hatte, wurde es in ihrem Magen flau. Die schwarze Spitze saß wie angegossen, ebenso die enge Jeans und die weiße Bluse mit den schwarzen Punkten, die alltagstauglich, aber dennoch elegant wirkte.

Kaum war sie fertig, brachen sie auf. Delina war ein wenig enttäuscht, dass vom Schleuser überhaupt keine Reaktion zu ihrem Erscheinungsbild gekommen war. Doch was hatte sie erwartet?

Nun saß sie schweigend neben ihm und wusste nicht, worüber sie sich mit ihm unterhalten sollte. Die Stille wurde unangenehm, drückend.

Sie bogen in eine Straße ein, und Delina erkannte die Umgebung. Hier waren sie in der vergangenen Nacht gewesen, um den Mori und Christelle in die sichere Unterkunft zu bringen.

„Holen wir die anderen Flüchtlinge?", fragte Delina scheu.

Das rote Backsteingebäude kam in Sicht, und der Schleuser parkte den SUV direkt davor. Er stellte den Motor ab, machte jedoch keine Anstalten, das Auto zu verlassen.

„Wir holen den Mori ab", informierte der Schleuser.

„Und Christelle?" Die Frage war ihr einfach so herausgerutscht.

Der Schleuser seufzte. Delina spürte, dass es wohl besser gewesen wäre, die Frage nicht zu stellen, und wollte sich schon dafür entschuldigen, als er doch noch zu einer Erklärung ansetzte: „Christelle hat am Tag die sichere Unterkunft verlassen."

Delinas Augen weiteten sich. Das hatte sie nicht gewusst. War er deswegen verschwunden? Sie konnte es einfach nicht glauben. Christelle konnte doch nicht einfach so auf die Straßen gehen – am helllichten Tag, in einer fremden Stadt.

„Ich habe sie gesucht, aber sie ist verschwunden." Der Schleuser stieg aus.

Delina brauchte ein paar Sekunden, bis sie den Schock verarbeitet hatte. Christelle war fort. Delina wusste, was das bedeutete. Sie hatte die Vampirin nicht sonderlich gemocht, dennoch hatte sie so einen Tod nicht verdient. Wie war sie ums Leben gekommen? Hatte sie freiwillig das Haus verlassen, oder hatte jemand nachgeholfen?

Delina saß noch immer im Auto, als der Schleuser bereits das Haus betrat. Da endlich kam Bewegung in sie. Sie schnallte sich ab, stieg aus und beeilte sich, ihm zu folgen.

„Warte!", rief sie ihm hinterher.

Er blieb stehen.

„Bist du sicher, dass sie freiwillig gegangen ist?" Sie musste die Frage stellen, sich versichern.

Der Schleuser kniff die Augen zusammen und musterte sie eindringlich. Sie waren an einem wichtigen Punkt angekommen. Sie musste die Wahrheit wissen, musste wissen, ob sie ihm vertrauen konnte. Deswegen konnte sie seinem Blick nicht ausweichen. Wenn sie jetzt klein beigab, würde er sie weiterhin wie ein kleines Kind behandeln. Aber das wollte Delina nicht. Sie war vielleicht noch keine völlig erwachsene Vampirin, aber sie war nicht mehr so grün hinter den Ohren, und dumm war sie schon zweimal nicht.

„Ich habe nichts mit ihrem Verschwinden zu tun", sagte er ruhig und hielt ihrem Blick stand. „Durch mein Schwert sind viele Flüchtlinge ums Leben gekommen, aber an Christelles Verschwinden bin ich nicht schuld."

Eine feine Gänsehaut zog sich über Delinas Nacken. Sie wusste, dass er die Wahrheit sprach, konnte es in seinen Augen ablesen. Ohne mit der Wimper zu zucken, hatte er zugegeben, für das Ableben von Vampiren verantwortlich zu sein. Doch er war immer ehrlich zu ihr gewesen. Er hatte gesagt, er würde sie beschützen. Was auch immer geschehen mochte, er würde zu seinem Wort stehen. Bei ihm war sie nicht in Gefahr, er bedeutete für sie Sicherheit.

„Gibt es noch etwas, das du wissen möchtest?", fragte er nach.

Delina schüttelte den Kopf. Es tat ihr fast ein wenig leid, ihn darauf angesprochen zu haben, ihm etwas so Furchtbares unterstellt zu haben. Ihr schlechtes Gewissen meldete sich.

Sie betraten das Treppenhaus und liefen die Stufen bis in den dritten Stock hinauf. Der Schleuser klopfte einige Male an die Tür. Es blieb alles ruhig. Sie warteten. Schließlich klopfte er noch einmal. Nichts rührte sich. Ein weiteres Mal klopfte er, doch noch immer öffnete niemand die Tür. Aus einer Tasche kramte der Schleuser umständlich einen Schlüssel und schloss auf. Die Wohnung lag wie in der vergangenen Nacht im Dunkeln. Delina folgte dem Schleuser und machte das Licht an.

„Schließ die Tür!", wies er sie an. Sie sah das Blitzen eines Dolchs in seiner Hand, als er die Tür aufschob und das Wohnzimmer betrat. Das war jedoch leer. Er durchsuchte auch die übrigen Räume. Zuerst die Küche, dann das Schlafzimmer. Mori Egan war nirgends zu finden. Der Duft des Fränkischen Clans hing deutlich in der Wohnung. Der Mori konnte nicht weit sein, alles roch nach ihm. Der Schleuser drückte die Tür zum Badezimmer auf und erstarrte. Ein derber Fluch ging ihm über die Lippen.

Neugierig geworden kam Delina näher, spähte an der eindrucksvollen Gestalt des Schleusers vorbei. Blut. Das gesamte Bad war voll Blut. Eine Pfütze am Boden, unzählige Spritzer an den Wänden, selbst der Duschvorhang hatte einiges abbekommen. Vor der Toilette, direkt neben der Dusche lag ein lebloser Körper. Der Kopf fehlte. Delina schluckte. Ihr Magen verkrampfte sich unangenehm. Hastig trat sie einen Schritt zurück. „Vollia!", fluchte der Schleuser noch einmal.

Was hier geschehen war, war leicht zu erraten. Der Mori hatte sich umgebracht, sich selbst geköpft. Dazu brauchte es nur eine Drahtschlinge um den Hals und genug Absprungkraft, die ein Vampir in der Regel besaß. Der dünne Draht fungierte wie ein Messer und zerschnitt alles: Fleisch, Sehnen, Knochen. Es ging schnell und war halbwegs schmerzlos. Für Vampire die einfachste Art abzutreten. Delina hatte schon viel über diese Art des Freitods gehört, doch sie hatte noch nie einen gesehen. Und wenn es nach ihr gegangen wäre, hätte sie auch gern weiterhin auf diese Erfahrung verzichtet. Ein entsetztes Keuchen entwich ihrer Kehle.

Der Schleuser zog mit einem festen Ruck die Badezimmertür hinter sich zu und murmelte einen weiteren Fluch. Seine Faust schnellte vor und bohrte sich in die Wand neben dem Türstock.

Die fest aufeinander gepressten Lippen bebten, als er sich zu ihr umwandte.

Sie schluckte, starrte noch immer entsetzt an ihm vorbei auf die geschlossene Tür. Das grausige Bild hatte sich fest in ihren Kopf eingebrannt. Tränen liefen ihr die Wangen hinab, und ihre Beine zitterten unkontrolliert.

Hastig ging er zu ihr, nahm sie in die Arme und zog sie fest an sich. Sie spürte seinen schützenden Körper, seinen Geist, der über ihren strich. Zuerst verkrampfte sie, doch nach und nach entspannte Delina sich.

„Das hättest du nicht sehen sollen", murmelte er und streichelte ihren Nacken. Es war, als ob er mit dieser einfachen Bewegung auch ihre Seele liebkoste, und führte dazu, dass sie ruhiger wurde. Delina schloss die Augen, ließ das wunderbare Gefühl zu, das er in ihr auslöste. Sie wollte vergessen und wenn er ihr dabei half, würde sie das gerne annehmen. So standen sie. Minutenlang.

„Alles okay?", vergewisserte sich der Schleuser.

Tapfer nickte sie. Sie fühlte sich schon viel besser.

„Das ist gut. Wir müssen los!" Sanft schob der Schleuser sie von sich. Delina ließ es geschehen, gleichzeitig vermisste sie seine Umarmung, die vertraute Nähe. Was blieb, war die Ruhe. Das eingebrannte Bild der kopflosen Leiche und des vielen Blutes war noch immer präsent, aber es versetzte sie nicht mehr in Panik.

„Wir sollten den Dominus nicht warten lassen", drängte er nun zum Aufbruch.

Delina warf einen zweifelnden Blick in Richtung der geschlossenen Badezimmertür.

„Dafür haben wir jetzt keine Zeit. Ich werde später aufräumen", sagte er bestimmt.

Delina hatte kein gutes Gefühl dabei, den Toten in der Wohnung zurückzulassen, doch sie folgte dem Schleuser, der es nun ziemlich eilig hatte.

KAPITEL 7

Thor hatte sich wieder halbwegs unter Kontrolle. Er verstand immer noch nicht, wie das Ganze so aus den Fugen geraten konnte, aber er war es gewohnt aufzuräumen. Und auch diesmal würde er das tun. Dominus Blance würde mit Sicherheit nicht gerade erfreut darüber sein, hatte er sich umsonst auf den Weg gemacht. Er konnte ihm nur anbieten, ein paar Tage hier zu bleiben, die nächsten Flüchtlinge würden sicher nicht lange auf sich warten lassen.

Thor hatte sich mit Blance Beersfood im *Ten Miles*, einer Galerie, verabredet. Er traf sich mit dem Dominus aus Los Angeles immer in einer Galerie. Der Dominus hatte ein Faible für Kunst, etwas, das Thor absolut fehlte. Für ihn sah jedes Bild gleich aus, jede Skulptur war ein Objekt, und mit der modernen Kunst konnte er erst recht nichts anfangen. Aber der Treffpunkt war gut gewählt. Sie waren unter Menschen und fielen nicht groß auf. Es gab zwar bei der Vernissage immer ein paar Häppchen und etwas zu trinken, aber niemand störte sich daran, wenn er dies ablehnte.

Heute würde er mit Delina hingehen. Nicht ganz die Begleitung, die er sich gewünscht hätte. Die Vampirin im Auto sitzen zu lassen, war ihm jedoch zu heikel. Er hatte sie lieber in seiner Nähe, wo er auf sie aufpassen konnte.

Er parkte den SUV in der Nähe und stieg aus. Die Galerie befand sich in einem unscheinbaren Gebäude zwei Häuser weiter. Die Eingangstüren standen weit offen. Thor sah auf seine Uhr und stellte fest, dass sie bereits ein paar Minuten überfällig waren.

Er hasste Unpünktlichkeit. In seinem Job konnte er sich das nicht leisten. Alles musste auf die Sekunde genau getaktet sein. Die Unpünktlichkeit heute verbuchte er unter außerplanmäßige Umstände.

„Bist du fertig?", fragte er und schob Delina, ohne eine Antwort abzuwarten, über die Straße. Dabei legte er seine Hand auf ihren Rücken. Ein Fehler. Sie zu berühren, war keine gute Idee. Dabei schossen ihm Gedanken durch den Kopf, die nicht angemessen waren. Zum Beispiel wollte er sie wieder in seine Arme ziehen, und das war völlig fehl am Platz. Hastig zog er seine Hand zurück und vergrub sie in seiner Hosentasche. Zumindest konnte er dann keinen Unsinn damit anstellen.

Am Eingang der Galerie wurden sie von einer jungen Frau empfangen, die ihnen ein Glas Sekt anbot. Dankend lehnte er ab und betrat das Gebäude. Es war warm hier drinnen, und er ärgerte sich, dass er die Lederjacke nicht ausziehen konnte. Es hätte aber sicher seltsam auf die anderen Gäste gewirkt, wenn er in voller Kampfmontur durch die Galerie gestiefelt wäre.

Delina hatte sich ebenfalls mit einem entschuldigenden Lächeln an der Kellnerin vorbeigeschoben und trat nun an seine Seite. Neugierig sah sie sich um. Konnte sie mit Kunst etwas anfangen? Man mochte ihn einen Banausen nennen, doch für ihn sahen die Objekte wie zufällig hingeschmissen aus. Die Ausstellung interessierte ihn einfach nicht. Stattdessen ließ er seinen Blick über die Menschen schweifen. Am anderen Ende des Raumes stand ein extravagant gekleideter Mann, der von einigen neugierigen Menschen in eleganter Kleidung umlagert wurde. Vermutlich der Künstler. Er ging weiter, betrat den nächsten Raum. Hier war schon deutlich weniger los. Ein paar Menschen, die in kleinen Grüppchen zusammenstanden und sich leise unterhielten. Er roch bereits den etwas aggressiveren Duft des Los Angeles Clans und sah sich suchend um. Von weiter hinten betrat in diesem Moment ein Hüne den Raum. Ihre Blicke begegneten sich, und sie nickten sich respektvoll zu. Thor kannte Aseem, er war einer von Blance' Leuten und einer seiner engsten Vertrauten. Der Vampir war damals einer der ersten Flüchtlinge gewesen, die unter seiner Aufsicht als Schleuser in New York ankamen. Aseem zu vermitteln, war leicht gewesen. Er brachte alles mit, was gesucht wurde. Er war ein junger gesunder Vampir, nicht mehr grün hinter den Ohren und mit einer ganzen Portion Kampfer-fahrung.

Thor ging auf Aseem zu, und sie reichten sich zur Begrüßung die Hand.

„Wo ist er?", fragte er.

„Ganz hinten."

Thor warf einen Blick über die Schulter, wusste jedoch auch so, dass Delina noch da war. Er spürte sie zu jeder Zeit. Es war, als ob sich, seit er ihr Rinoka war, unsichtbare Antennen gebildet hätten, die nur nach ihr Ausschau hielten. Mit einem Kopfnicken bat er sie, ihm weiter zu folgen. So betraten sie den nächsten Raum und durchquerten ihn. Die Galerie endete drei Räume weiter. Ganz am Ende war eine große Fläche abgesperrt. Von der Decke hingen Alltagsgegenstände an unterschiedlich langen Fäden. Am Boden war eine größere Menge Metall drapiert. Mit dem Rücken zu ihm gewandt, stand dort ein Mann mit langen blonden Locken, die bis zur Hüfte reichten. Da war er, der Dominus des Los Angeles Clans.

Thors Ankunft war nicht unentdeckt geblieben. Der Vampir drehte sich zu ihm um.

„Thor", begrüßte der Dominus ihn mit Namen.

Delina war hinter ihm stehen geblieben – wie es sich für eine unterwürfige Vampirin aus der Alten Welt geziemte, stellte er amüsiert fest. Als hinter ihm die Türen geschlossen wurden, sah er sich kurz um. Es war Ronson, ein weiterer Mitarbeiter des Dominus, der dafür sorgte, dass sie sich ungestört unterhalten konnten.

„Berne Nox", grüßte Thor und reichte dem Dominus die Hand.

„Es ist immer wieder schön, dich zu sehen, Schleuser."

Thor grinste. Er kannte bereits das hochnäsige Gehabe, das Blance gerne zur Schau stellte.

„Lass stecken", murmelte er.

Der Dominus grinste und ließ dabei eine Reihe weißer Zähne sehen. „Was hast du mir mitgebracht?" Interessiert spähte er an ihm vorbei und musterte Delina.

„Ich fürchte", begann Thor mit einer Erklärung, „du hast die Reise umsonst gemacht."

„Das wird sich zeigen", lächelte Dominus Blance vieldeutig und marschierte um ihn herum auf Delina zu.

Über das Band spürte Thor Delinas Unsicherheit. Es gefiel ihm außerdem überhaupt nicht, wie der Dominus sie ansah. Demonstrativ schob er sich zwischen Blance und Delina.

„Sie gehört aber nicht den Franken an", stellte der Dominus fest.

„Nein, sie ist auch nicht diejenige, wegen der du hier bist. Es war ein Vater mit seiner Tochter. Sie ist heute am Tag verschwunden, und er hat sich umgebracht", fasste Thor die Ereignisse zusammen.

„Tatsächlich." Der Dominus maß noch immer Delina von oben bis unten, sehr zu Thors Missfallen. Ihn schien die Tatsache, dass er umsonst gekommen war, nicht sonderlich zu stören.

„Du kommst aus der Alten Welt", stellte Blance fest und sprach Delina nun direkt an. „Sjüten?"

Verwundert nickte sie und blickte ihn mit großen Augen an.

Thor presste die Lippen fest zusammen. Die Entwicklung gefiel ihm absolut nicht. In der Jeans und der Bluse machte sie eine verdammt gute Figur. Er hätte ahnen müssen, dass das auch Blance auffallen würde. Verflucht. Er hätte Delina zurück in seine Wohnung bringen sollen.

„Wie ist dein Name?"

„Ich bin M… Delina Högelund."

Er konnte sich ein Schmunzeln nicht verkneifen. Mit der Macht der Gewohnheit hätte Delina sich beinahe mit Titel vorgestellt. Gerade rechtzeitig schien ihr eingefallen zu sein, dass sie hier, in der Neuen Welt, keinen Titel vorzuweisen hatte. Auch die Zugehörigkeit zu einem männlichen Vampir ließ sie weg.

„Sie gehört zu mir", sagte Thor bestimmt. Eigentlich musste er mit dem Dominus darüber sprechen, ob er auf die nächsten Flüchtlinge warten wollte. Dummerweise hatte er noch keine Anfrage für die nächsten, aber das konnte unter Umständen auch mal ziemlich flott gehen.

„Wie lange bist du schon hier?" Blance hatte nichts Besseres zu tun, als Delina auszufragen.

„Seit gestern", antwortete sie wahrheitsgemäß.

Das Lächeln des Dominus wurde breiter. „In unserem Clan wäre eine so hübsche Vampirin sehr gut aufgehoben. Los Angeles ist wundervoll und wird nicht umsonst die Stadt der Engel genannt. Es wäre mir eine Ehre, dir alles zu zeigen. Ich würde mich persönlich um dein Wohl kümmern."

Thor kam die Galle hoch, und es kostete ihn seine sämtliche Überwindungskraft, ruhig zu bleiben. Der Clan in Los Angeles war dafür bekannt, dass sie sehr freizügig in Bezug auf Familiendefinitionen und Sexualität waren. Es war ein offenes Geheimnis, dass der Dominus – trotz einer Samera – für jede Abwechslung zu haben war.

„Letzte Woche hätte ich eine gehabt", stieß Thor verärgert hervor.

„Die war nichts Besonderes. Die Kleine hier aber ..." Er hob seine Hand und wollte Delina berühren.

Das war zu viel. Ein tiefes bedrohliches Grollen entwich Thors Brust. Der Dominus stutzte und ließ die Hand wieder sinken.

„Das wusste ich nicht. Ich dachte, du hast dich nur ein wenig mit ihr vergnügt."

Thor kniff die Augen zusammen. „Sie steht unter meinem Schutz und ist damit ein Mitglied des Bostoner Clans", entgegnete er scharf.

Abwehrend hob Blance beide Hände und trat vorsorglich den Rückzug an. „Da liegt ein Missverständnis vor. Ich entschuldige mich."

Noch immer mit zusammengekniffenen Augen starrte er den Dominus an, der sich nun äußerst defensiv verhielt. Er mochte zwar den Titel eines Dominus tragen, wusste jedoch nur zu gut, dass Thor als Schleuser und als Soya ihm durchaus ebenbürtig war.

„Fakt ist, ich habe aktuell niemanden für dich. Bleibst du ein paar Tage in New York?" In der Luft lag noch deutlich die Spannung der letzten Sekunden, auch wenn sie sich zunehmend auflöste.

„Ich denke nicht", überlegte Blance laut. „So dringend ist es nun auch nicht gewesen. Wenn du wieder einen unterwürfigen Vampir mit einer hübschen Tochter hast, melde dich."

Thor atmete tief durch. Er wusste, er würde keine Wahl haben. Es kamen zu viele an, er würde nicht alle unterbringen können. Und ein Leben im Los Angeles-Clan war noch immer besser als der Tod.

„Das werde ich", versprach er deshalb. „Wenn es nichts mehr zu besprechen gibt, verabschiede ich mich jetzt."

Blance nickte, während Ronson aus dem Hintergrund auftauchte und die Flügeltür zum Rest der Galerie wieder öffnete.

Thor drehte sich um. Er konnte nicht anders, musste Delina jetzt berühren. Sie gehörte zu ihm, und jeder der hier Anwesenden sollte es nicht nur riechen, sondern auch sehen. Besitzergreifend legte er einen Arm um sie und zog sie an sich. Er spürte ihr Erschrecken, ignorierte es jedoch.

„Gehen wir!", sagte er leise.

* * *

Delina war erleichtert, als sie die Wohnung des Schleusers erreichten und sich die Aufzugtüren hinter ihnen schlossen. Ihre Gefühlswelt war vollkommen durcheinander. Sie brauchte etwas Zeit für sich allein, um sich zu sortieren. Zuerst war da die Sache mit dem toten Mori gewesen und dann das seltsame Treffen mit dem Dominus.

„Ich muss nochmal los", erklärte der Schleuser in diesem Moment. Er stand in der Küche und hantierte in der obersten Küchenschublade herum. Nach und nach legte er ein paar Utensilien auf die Küchentheke.

Delina nickte. Ihr war alles egal, so lange sie nur nicht mitmusste.

„Delina!" Es war ein unmissverständlicher Befehl. Es war das erste Mal, dass er ihren Namen aussprach, und es klang seltsam fremd.

„Schleuser?", entgegnete sie zögerlich und betrat den Küchenbereich.

Er sah kurz hoch, musterte sie. Hatte sie einen Fehler gemacht? Hätte sie ihn anders ansprechen sollen?

„Soya?", fragte sie kleinlaut. Wollte er lieber mit seinem Titel angesprochen werden? Sie hatte keine Ahnung.

Er winkte sie näher. Zögernd folgte sie der Aufforderung.

„Ich bin dein Rinoka. Mein Name ist Thor", sagte er schlicht und legte ein Handy vor sie hin.

Delina sah auf, versuchte, ihr Entsetzen zu kaschieren. Sie sollte den Schleuser mit Namen ansprechen? Ohne Titel, ohne irgendetwas? Es kam ihr falsch vor, viel zu vertraut, intim.

„Das Handy hat eine eingespeicherte Nummer. Meine. Auslandsanrufe gehen nicht raus, du kannst es dir also sparen, mit deiner Familie zu telefonieren", erklärte er knapp angebunden und legte einen Schlüsselbund daneben. „Wenn jemand hier auftauchen sollte, schieb den Schrank im Schlafzimmer zur Seite. Dahinter ist eine Tür." Er hielt einen magnetkodierten Schlüssel hoch. „Am Ende des Tunnels befindet sich ein Auto. Das Ziel ist einprogrammiert." Jetzt hielt er den Autoschlüssel hoch. Ein weiteres Utensil aus der Küchenschublade folgte. Ein Dolch.

„Kannst du damit umgehen?", fragte er und schob ihn ihr zu.

Sie schüttelte den Kopf, sah die Waffe an, als würde sie sich jeden Moment in eine eklige Spinne verwandeln.

„Steck ihn ein. Wenn du ihn benutzen musst, ziel auf die Kehle."

Delina wollte keine Waffe tragen, hatte noch nie in ihrem Leben eine besessen. Doch er war so bestimmend, dass sie es nicht wagte, ihm zu widersprechen.

„Ich denke, ich bin bis Sonnenaufgang zurück."

Ihre Kehle war wie zugeschnürt. Der Gedanke, dass sie allein zurückbleiben sollte, versetzte sie nun doch in Panik. Noch dazu in der Wohnung des Schleusers – Thors Wohnung, verbesserte sie sich still. Es fühlte sich so absolut falsch an, sich in seinen vier Wänden aufzuhalten und ihn mit Vornamen anzusprechen. Er war der Schleuser, ein Vampir mit unglaublich viel Macht. Er entschied nicht nur über ihr Schicksal, sondern auch über das von vielen anderen Flüchtlingen. Er war die Eintrittskarte in die Neue Welt, und mit ihm sollte sie jetzt nicht nur verbunden sein, sondern ihn auch beim Vornamen nennen?

Thor hatte sie stehen gelassen, war in das Schlafzimmer gegangen, nur um Minuten später in schwarzer Lederhose, Kampfstiefeln und T-Shirt zurückzukehren. An seinem Gürtel war nicht nur ein Dolch, sondern auch ein kleiner Lederbeutel befestigt.

Er sah zu ihr herüber. Hastig griff sie nach dem Schlüssel, dem Telefon und dem Dolch. Letzteren wollte sie eigentlich überhaupt nicht anfassen. Er war scharf, sie hatte viel zu viel Respekt davor.

„Bis dann", verabschiedete er sich.

Er trat in den Aufzug, und die Türen schlossen sich hinter ihm. Erleichtert atmete Delina auf. Endlich war sie allein. Die massive Präsenz des dominanten Vampirs war verschwunden. Sie war so froh, dass er auf ihrer Seite stand, dass er sie beschützte, dennoch war es anstrengend, sich in seiner Nähe aufzuhalten, ständig auf der Hut zu sein.

Delinas Neugier erwachte und trieb sie ins Schlafzimmer. Das Bett war so, wie sie es am Abend verlassen hatte. Sie legte das Telefon, den Dolch und die Schlüssel auf die Kommode und war froh, die Waffe nicht länger in den Händen halten zu müssen. Wer sollte schon kommen? Sie musste den Dolch bestimmt nicht einsetzen. Das würde sie nicht tun, das konnte sie einfach nicht. Sie war eine Vampirin, es gehörte sich nicht für eine Mi, eine Waffe in die Hand zu nehmen. Das hatte man ihr eingebläut, immer und immer wieder. Aber jetzt war sie keine Mi mehr, jetzt war sie ein Niemand. Die Regeln der Alten Welt gab es nicht mehr, und Delina fragte sich, über welche Dinge man sie noch belogen hatte.

Gespannt auf die Fluchttür, schob sie den Kleiderschrank zur Seite und begutachtete die stabile Holztür mit dem Knauf. Sollte sie den Zugang sicherheitshalber gleich offenlassen? Nein, das kam ihr doch zu übertrieben vor, also rückte sie den Schrank wieder an seinen ursprünglichen Platz zurück.

In diesem Moment ertönte ein Klingeln, und Delina zuckte zusammen. Die Haustür? Wer kam? Hatte der Schleuser etwas vergessen? Dann fiel ihr auf, dass das melodiöse Klingelgeräusch von der Kommode kam. Das Handy summte und vibrierte. Es konnte nur Thor sein. Erleichtert griff sie nach dem Telefon und nahm das Gespräch an.

„Ja?"

Schweigen. Delina fragte sich gerade, ob sie einen Fehler gemacht hatte, ob sie nicht ans Handy hätte gehen sollen.

„Delina?" Der Anrufer klang äußerst überrascht und auch ein klein wenig verunsichert.

Wer war das? Die Stimme gehörte mit absoluter Sicherheit nicht Thor. Dennoch schien der Fremde am anderen Ende sie zu kennen.

„Wer ist da?", fragte sie vorsichtig. Ihr Blick ruhte auf dem Dolch. Sie war bewaffnet, konnte jederzeit fliehen. Wobei Flucht wohl die bessere Alternative wäre als ein Kampf.

„Hier ist Ducin."

Überrascht schnappte sie nach Luft. Der Soya? Warum rief er sie an.

„Ist Thor da?"

„Nein." Mist, ihre Stimme zitterte. Hoffentlich hörte er das nicht.

„Geht es dir gut?", erkundigte er sich ehrlich besorgt.

„Nein. Ja", stammelte Delina und ließ sich auf dem Bett nieder. Sie war vollkommen durcheinander.

„Es tut mir leid, dass deine Abreise so überstürzt war, aber es war die richtige Entscheidung. Bei Thor bist du in Sicherheit, und Darius hat mir versprochen, dich in den Clan aufzunehmen."

Delina blinzelte, versuchte sich zu erinnern, wer Darius war. „Wie geht es meinen Eltern?", fragte sie stattdessen.

„Das ist nicht wichtig. Wichtig ist, dass du in Sicherheit bist. Der Vetusta hat getobt, den ganzen Laden auseinandergenommen."

Delina schloss die Augen. Sie konnte sich die Szene bildlich vorstellen. Der Blutfürst war sicher nicht angenehm, wenn er schlechte Laune hatte.

„Ich hoffe, es fällt nicht auf dich zurück, Soya."

Soya Ducin lachte laut. „Lass den Soya sein, Mi." Mit Absicht nutzte er den Titel, den sie in der Alten Welt getragen hatte. „Dort wo du jetzt bist, ist das alles nichtig", erinnerte er sie.

Sie biss sich auf die Lippe. Damit hatte er recht. Sie war ein Nichts, angewiesen auf die Barmherzigkeit einiger mächtiger Vampire. Und Ducin war einer von ihnen.

„Warum hast du das für mich getan?"

„Weil es mein Job ist."

Die Antwort war so einfach, und Delina hätte ihm gerne geglaubt. Die Delina, die in dem weißen Kleid nach Fredrikstad gefahren war, um die Samera des Blutfürsten zu werden, hätte das vermutlich auch getan. Die Delina, die jedoch mutterseelenallein in einem Flugzeug in die Neue Welt geflogen war, die sich dem Schleuser vollkommen ausliefern musste, konnte ihm das nicht einfach so abnehmen. Dazu hatte sie zu viel mitangehört. „Du hast für mich etliche Gefallen eingefordert."

„Das bringt das Leben mit sich", wich er ihr aus.

Delina konnte es nicht einfach so hinnehmen. Sie musste es genauer wissen.

„Warum hast du das für mich getan?", wiederholte sie ihre Frage.

Ducin schwieg, und sie rechnete schon damit, dass sie keine Antwort bekommen würde, doch dann sagte er: „Du hast mich an jemanden erinnert."

Das sollte alles gewesen sein? Er hatte sie gerettet, weil sie ihn an jemanden erinnerte? Die Person musste ihm ziemlich wichtig gewesen sein. Lebte sie heute noch?

„Wer?"

„Meine Schwester."

Sie hatte nicht gewusst, dass der Soya eine Schwester hatte. Noch nie hatte sie von ihr gehört, dabei hätte sie sich eigentlich an sie erinnern müssen, selbst wenn sie eine ganze Ecke älter gewesen wäre als sie selbst.

„Ich hätte mir gewünscht, dass es jemanden gegeben hätte, der sie in Sicherheit gebracht hätte." Bedauern schwang in seiner Stimme mit. „Aber was geschehen ist, ist geschehen. An der Vergangenheit können wir nichts mehr ändern, wir können nur die Zukunft gestalten."

Seine Worte ließen eine unschöne Geschichte erahnen. Delina wollte nicht weiter bohren. Es war ohnehin schon ein Geschenk, dass er so offen und ehrlich mit ihr gesprochen hatte und ihr so viel erzählt hatte.

„Lita", war alles, was sie dazu sagen konnte.

„Eines Tages wirst du dich revanchieren können."

Delina glaubte das zwar nicht, aber sollte der Fall eintreten, würde sie es tun – ohne mit der Wimper zu zucken.

„Sagst du Thor, dass ich angerufen habe? Er soll sich melden."

„Mache ich", versprach sie.

„Berne Nox", verabschiedete Ducin sich.

Delina erwiderte den Gruß. Dann knackte es in der Leitung, und das Telefongespräch war beendet.

* * *

Gähnende Leere. Das war das erste, was Christelle wahrnahm. Sie konnte sich nicht rühren. Ihre Hände und Füße fühlten sich taub an. Viel schlimmer war jedoch die Einsamkeit. Sie tastete nach dem Band zu ihrem Vater, ihrem Rinoka, doch es war verschwunden. Ängstlich betrachtete sie die geistige Umgebung. Nichts als Schwärze. Sie hatte Angst, fühlte sich so allein wie noch nie auf der Welt.

Sie fand zurück in ihren Körper, ignorierte das bohrende Stechen in ihrem Kopf und öffnete die Augen. Zuerst sah sie nur verschwommene, undeutliche Schemen. Dann klärte sich das Bild langsam. Ein kahler Raum. Dunkel. Ohne Fenster, ohne Lichtquelle. Ihre Hände und Füße waren zusammengebunden. Deswegen fühlten sich ihre Gliedmaßen so taub an, deshalb konnte sie diese nicht bewegen.

Wo war sie? Was war geschehen? Christelle versuchte sich zu erinnern, was ihr zuerst nur bruchstückhaft gelang. Die risikoreiche Flucht. Sie schluckte, hatte Tränen in den Augen, als sie daran zurückdachte, was sie alles aufgeben musste, dass sie alles zurücklassen musste. An den Flug konnte sie sich erinnern, an die andere Vampirin. Angewidert verzog sie den Mund. Delina. Warum war die alleinreisende Vampirin von dem Schleuser so bevorzugt worden?

Christelle fühlte sich ungerecht behandelt. Sie und ihren Vater hatte man in diese Absteige gebracht, allein zurückgelassen, während die wunderschöne und ach so privilegierte Delina nicht bei ihnen bleiben musste. Sie war so zornig, es war einfach nur maßlos ungerecht.

Der Schleuser hätte sich um sie kümmern sollen. Es war ihr Plan gewesen, ihm schöne Augen zu machen, ihn zu bezirzen und um den kleinen Finger zu wickeln. Doch mit der Anwesenheit der anderen Vampirin, die einer blonden Elfe glich, hatte sich dieser Plan in Luft aufgelöst.

Ja, sie war wütend gewesen, als der Schleuser sie mit ihrem Vater in der kleinen Wohnung zurückgelassen hatte, aber das war nicht der Ausschlag dafür gewesen, dass sie die Wohnung verlassen hatte. Sie hatte Durst gehabt, so unglaublich großen Durst, dass sie das Trinken nicht länger aufschieben konnte. Schuld daran war die Tatsache, dass sie sich in der Nacht vor ihrer Abreise nicht, wie sie ihrem Vater erzählt hatte, auf Nahrungssuche befand, sondern die Zeit lieber mit ihrem heimlichen Freund, einem anderen Vampir, verbracht hatte. Das Hungergefühl war nun so übermächtig gewesen, dass sie es nicht mehr länger aushielt. Deshalb war sie nach Tagesanbruch fortgegangen.

Wo war ihr Vater? Sie suchte ihn. Die Verbindung zu ihm war immer da gewesen, sie konnte doch jetzt nicht einfach so plötzlich verschwunden sein. Sie schrie nach ihm. Immer und immer wieder, doch ihr Schrei verhallte, nichts drang durch diese schwarze Wand.

Christelle erinnerte sich weiter. An den Sonnenschein, der unangenehm auf ihrer Haut stach. Sie war in einem Viertel mit vielen Studenten. Um die Uhrzeit eigentlich perfekt. Sie wollte sich gerade ein Opfer aussuchen, als sie eine starke Präsenz spürte. Zuerst dachte sie an Gefahr, doch dann machte sie andere Vampire aus. Ergeben wollte sie sich ihrem Vater und dem Schleuser stellen. Zu spät bemerkte sie ihren Irrtum, als sie zwei unbekannten Vampiren gegenüberstand. Dann war da nichts als Schwärze. Sie mussten sie bewusstlos geschlagen haben oder dergleichen.

Das Alleinsein nagte an ihr. Als Vampirin war sie es nicht gewohnt, ganz auf sich gestellt zu sein. Sie konnte nicht vollkommen abgeschnitten von allen anderen existieren. Sie brauchte eine Verbindung zu einem männlichen Vampir. Das hatte man ihr von klein auf eingebläut. Sie konnte nicht allein überleben.

Leise weinte sie vor sich hin. Es war niemand da, der ihre Tränen sehen konnte, also musste sie sich dafür auch nicht schämen.

Geräusche waren zu hören. Gepolter. Schritte, die sich ihr näherten. Ängstlich verharrte sie, war nicht einmal in der Lage, sich weiter in die Ecke zu kauern, um so vielleicht ungesehen zu bleiben. Diese Machtlosigkeit war furchtbar.

Die Tür zu ihrem Gefängnis wurde aufgeschlossen. Zuerst fiel nur ein schmaler Streifen Licht zu ihr herein. Sie blinzelte. Ihre Augen gewöhnten sich langsam an die Helligkeit. Dann wurde die Tür weit aufgestoßen. Geblendet schloss Christelle die Lider.

Suchend tastete sie im Geist die Eindringlinge ab. Es waren drei männliche Vampire. Zaghaft hielt sie inne, doch der Drang nach einer Verbindung ließ sie ihre Fühler ausstrecken. Mit

Brutalität wurde sie abgeschmettert, die Schilde der Vampire waren mächtig und absolut intakt.

„Sie ist auf der Suche", meinte der eine amüsiert.

„Was meinst du?", fragte eine andere Männerstimme.

Sie standen immer noch im Licht, sodass Christelle sie nur schemenhaft wahrnehmen konnte.

Einer von ihnen löste sich und kam auf sie zu. Mit großen Augen blickte sie ihn an, versuchte sich zu erinnern, ob sie ihm auf der Straße begegnet war. Er war stämmig, breites Kreuz, richtig gut durchtrainierte Oberarme, über die sich sein schwarzes T-Shirt spannte. Die roten Haare waren etwas zu lang, und der Bart am Kinn wirkte ungepflegt. Durch die Lippe des Vampirs war ein Ring gestochen, ebenso durch die Augenbraue. Selten piercten sich Vampire. Die Löcher wuchsen zu, sobald der Schmuck entfernt wurde. Das ständige Nachstechen war vielen zu mühsam.

Der Kerl kam auf sie zu, ging neben ihr in die Hocke und blickte sie an. Christelle wich seinem bohrenden Blick aus, konzentrierte sich lieber auf die abgewetzten Lederriemen an seinen Händen.

Er hob ihren Kopf, blickte sie durchdringend an.

Christelle wollte es nicht, doch ihre Seele drängte so sehr nach einer Verbindung. Sie tastete nach ihm und bekam abermals eine rüde Abfuhr.

Tränen rannen ungehindert ihre Wangen entlang. Gepeinigt schloss sie die Augen.

„Bitte!", murmelte sie flehend. Ihre Kehle war vollkommen ausgetrocknet, und der nagende Hunger machte die Situation nicht unbedingt erträglicher.

Würden die Vampire sie hier verrotten lassen, bis sie in vollkommene Starre verfiel?

„Sie ist willig", stellte der Rothaarige grinsend fest und kniff ihr in die Wange. „Ich nehm sie."

Er erhob sich und entfernte sich von ihr.

Christelle wollte ihm hinterher brüllen, er solle ihr endlich sagen, was sie von ihr wollten. Sie würde alles tun, solange sie nur eine Verbindung und Blut bekam. Doch ihre Kehle war völlig trocken. Nur ein Winseln kam über ihre Lippen.

Die Tür hinter ihnen wurde zugeschlagen, und Dunkelheit hüllte sie ein. Sie war wieder vollkommen allein, sowohl hier im Raum, als auch auf geistiger Ebene. Der Zustand machte sie verrückt. Sie wusste nicht, wie lange sie so überleben konnte, ohne wahnsinnig zu werden.

KAPITEL 8

Sie kamen wieder. Christelle spürte ihre Anwesenheit, noch ehe sie diese hörte oder sah. Diesmal hielt sie sich zurück, wagte nicht, sich ein weiteres Mal auf geistiger Ebene auszustrecken. Dieser furchtbare Zustand war kaum zu ertragen. Die völlige Isolation und gleichzeitig der Hunger zerfraßen sie von innen heraus. Es war die reinste Folter. Sie brauchte Nahrung, nur ein klein wenig Blut und einen Vampir, mit dem sie sich verbinden konnte.

Die Tür öffnete sich. Zwei Vampire betraten den Raum. Es waren andere als beim ersten Besuch. Der eine war ziemlich klein für einen Vampir, in etwa auf Augenhöhe mit ihr, wenn sie stand. Der zweite hatte eine Glatze und etwas schiefe Schneidezähne. Ohne ein Wort zu sagen, kam der Kleinere auf sie zu. Christelle sah das Messer in seiner Hand aufblitzen. Es blieb ihr jedoch keine Zeit zum Ausweichen. Ergeben schloss sie die Augen und war bereit zu sterben, auch wenn sie an ihrem Leben hing.

Christelle spürte die kalte Klinge an ihren Handgelenken. Das war falsch. Sie müsste sie doch an ihrer Kehle spüren. Verwirrt öffnete sie die Augen und spürte, wie die Handfesseln zu Boden fielen und sie frei war. Der Vampir bückte sich und zerschnitt auch ihre Fußfesseln. Langsam spürte sie, wie das wenige Blut, das noch in ihrem Körper vorhanden war, durch ihre Glieder zu zirkulieren begann und sie das Gefühl darin zurückerlangte.

Der Glatzköpfige ragte neben ihr auf, umfasste ihren Arm und zog sie hoch. Christelles Beine gaben nach, und sie schwankte. Das schien den Kerl jedoch nicht sonderlich zu beeindrucken.

„Nehmen wir sie mit!", sagte er zu seinem Kollegen.

Dieser packte nun Christelles anderen Arm. Sie hing zwischen den beiden Vampiren, die sie einfach mit sich zogen. Sie stolperte, ihre Beine trugen ihr Gewicht noch nicht. Unbarmherzig wurde sie durch einen langen Flur geschleift.

Christelle spürte ganz in der Nähe die geballte Präsenz vieler Vampire. Die Angst verstärkte sich. Was wollten die Männer von ihr?

Eine Tür wurde geöffnet, und Christelle wurde von ihren Bewachern hindurchgeschoben. Dahinter lag ein großer Raum mit unzähligen Vampiren. Sie schluckte, sah sich suchend um. Aber hier gab es kein vertrautes Gesicht, niemand, den sie kannte. Sie blickte in grimmige, verkniffene Gesichter. Wer waren diese Vampire?

Christelle hob den Kopf. Auch wenn ihre Beine sie nicht trugen, sie war noch immer eine stolze Vampirin. Sollten die Vampire sie doch angaffen, sie würde ihnen trotzen.

„Oh, die Kleine hat Feuer", grinste ein dicker Vampir, dessen Gesicht unter seiner Behaarung kaum zu erkennen war. „Kingman, wenn du es dir anders überlegst und sie doch nicht willst, nehme ich sie."

Christelle funkelte ihn wütend an, die einzige Art, wie sie sich verteidigen konnte. Sie wusste nicht, wer Kingman war und es interessierte sie auch nicht. Sie war allein, ohne einen Rinoka und das in einem Raum voller männlicher Vampire. Es kostete sie zwar einiges an Konzentration, aber bisher gelang es ihr, sich gegen das Verlangen, sich zu verbinden, zu wehren.

Sie erreichten das Ende des Raumes. Die stützenden Hände rechts und links verschwanden, und Christelle sank in sich zusammen. Sie musste sich am Boden abstützen. Trotzig hob sie den Kopf, sah den Vampiren, die vor ihr saßen, in die Augen. Ja, sie hatte Angst, verdammt viel sogar, aber sie war bereit zu kämpfen.

Auf der einen Seite saß der Rothaarige, der ihr vorhin einen Besuch abgestattet hatte, und grinste sie dümmlich an. Daneben saß ein äußerst beeindruckender Vampir. Er war glatt rasiert, hatte eindeutig osteuropäische Gesichtszüge und aschblonde kurzgeschnittene Haare. Im Gegensatz zu der doch sehr einfachen Kleidung der anderen trug er einen schwarzen eleganten Anzug, dem man ansah, dass er nicht von der Stange kam. Das Hemd war schneeweiß und ebenfalls makellos. Eine mächtige Aura umgab ihn, und Christelle musste sich wirklich zusammennehmen, sich ihm nicht auf geistiger Ebene entgegenzustrecken und sich ihm zu unterwerfen. Er war eindeutig die Person im Raum, die das Sagen hatte. Mit ihm musste sie sich also gut stellen. Sie lächelte ihn aufreizend an. Er verzog jedoch keine Miene. Hastig ging ihr Blick weiter zu dem dritten Vampir. Er war zierlich, beinahe schon feminin. Die dunkelblonden Haare waren kunstvoll gestylt. Aus dem dunkelbraunen Nadelstreifenanzug schloss sie, dass er sehr auf sein Äußeres bedacht war.

Er warf ihr ein verschmitztes Grinsen zu und legte demonstrativ die Hand auf den Oberschenkel des mächtigen Vampirs, der neben ihm saß. Auch ohne Worte verstand sie seine Botschaft. Mit dieser einfachen Geste machte er seine Besitzansprüche geltend. Der Anführer dieser Vampire war nicht mehr zu haben.

Für einen kurzen Moment war sie verunsichert. An wen sollte sie sich wenden? Sie brauchte Hilfe und würde das Beste aus dieser Situation machen. Aufmerksam betrachtete sie die Vampire, versuchte herauszufinden, wer neben den blonden Vampiren vor ihr etwas zu sagen hatte.

„Knie nieder vor deinem Herrn und bitte um Aufnahme in den Clan.“

Christelle saß doch bereits am Boden. Sie verstand nicht.

„Na los, Püppchen.“ Der Glatzköpfige fasste ihr in die Haare und zog ihren Kopf noch oben. Sie konnte nicht anders, als sich hinzuknien.

„Du weißt doch, wie es geht. Bitte um Aufnahme in den Clan“, zischte er ihr ins Ohr. Christelle spürte, wie er mit jedem Wort feine Spucketröpfchen in ihren Nacken sprühte, und ekelte sich. Sie kannte die rituellen Worte, schließlich hatte sie eine gute Erziehung genossen. Es gehörte zu den Grundkenntnissen eines jeden Blutkindes, ein paar Floskeln der alten Vampirsprache zu lernen.

„Riu ab omare“, stammelte sie.

Der beeindruckende Vampir, der in der Mitte saß erhob sich. „Woma el mimare?“, fragte er in die Runde.

Schweigen breitete sich aus. Selbst der letzte Vampir war verstummt und sah nun gespannt zu.

„No Mimare", erklärte der Rothaarige und erhob sich langsam. Sein Blick war direkt auf sie gerichtet.

Christelle erschauderte. Diesem Vampir sollte sie zugesprochen werden. Nun ja, er war vermutlich ebenso gut wie jeder andere auch. Prüfend sah sie ihn an. Wie dominant, wie mächtig mochte er sein?

Er strich sich über den Bart und grinste sie breit an. „Loka mimare."

Viel lieber wäre ihr natürlich der Anführer gewesen, aber ihre Lage war nicht unbedingt so, dass sie große Forderungen stellen konnte. Sie brauchte einen Vampir, um zu überleben, vielleicht ergab sich dann noch etwas. Vampire waren auch nur Männer, und mit denen konnte sie umgehen. Sie würde sie einfach um den Finger wickeln. Mit wenigen Ausnahmen hatte ihr bisher niemand widerstanden.

Ergeben schlug sie die Augen nieder. „Lita."

„Darf ich gleich fortfahren?", fragte der Rothaarige.

„Sicher, Kingman."

Das war also Kingman. Der Vampir, der ihr soeben Asyl gewährt hatte.

„Sono Samera letare", fuhr er fort.

Sie erstarrte. Er wollte sie wirklich zu seiner Samera machen. Sich mit ihr verbinden, so richtig. Sie saß noch immer vor ihm auf dem Boden. Es gab kein Zurück mehr, wenn sie ihrerseits die Worte sprach.

„Na los", drängte der Glatzköpfige sie und rammte seine Fußspitze in ihre Seite.

Christelle keuchte und hielt sich den Unterleib. Hatte sie überhaupt eine Wahl? Sie musste überleben. „Sono Homen letar", antwortete sie mechanisch.

Sie spürte den Hauch, der über ihren Geist streifte und kurz darauf mit solcher Wucht gegen ihre Schilde krachte, dass diese zerbarsten. Der Vampir war in ihrem Kopf, fegte alles leer. Überall wo er hinging, hinterließ er ein riesiges Chaos. Ihm schien die Verwüstung egal zu sein. Dann fand er ihr Innerstes, ihre Seele, die ihm schutzlos ausgeliefert war. Er rammte das Rinokaband in sie hinein.

Christelle schrie auf, glaubte zu zerbrechen.

Christelle, sprach er direkt in Gedanken mit ihr. Seine raue, unheilverkündende Stimme ließ sie erschaudern. Er kannte sie – vollständig. Nicht nur ihren Namen, wusste alles von ihr. Ihre geheimsten Sehnsüchte, ihre Wünsche, ihre Gedanken. Nichts hatte sie vor ihm verbergen können. Er kannte ihre Vergangenheit, ihre Träume und Ziele. Sie dagegen wusste überhaupt nichts von ihm. Seine Schilde waren fest verschlossen und für sie unüberwindbar.

Lass uns unsere Vereinigung feiern, meine Samera.

Lächelnd kam er auf sie zu, zog sie hoch. Sie klappte nicht zusammen. Vielleicht lag es auch an seiner besitzergreifenden Hand, die er um ihre Taille gelegt hatte und mit der er sie stützte.

„Viel Spaß mit ihr!", rief einer seiner Kumpane Kingman zu. Es war ein ungepflegter zotteliger Kerl, der nicht nur anzüglich grinste, sondern sich auch noch ungeniert in den Schritt fasste.

„Wenn du nicht mehr kannst, springe ich gerne für dich ein", bot sich ein anderer Freund an.

„Nimm sie nur ordentlich hart ran."

Christelle versuchte die Umgebung auszublenden. Sie wollte die Anzüglichkeiten nicht hören. Unnachgiebig zog ihr Homen sie durch die Menge.

„Beschaffen wir dir erst einmal Blut, damit ich etwas Spaß haben kann mit dir", sagte er zu ihr und schob sie durch eine Seitentür.

Christelle antwortete nicht. Was hätte sie ihrem Rinoka auch entgegensetzen können?

* * *

Den Tag über hatte Thor ausgesprochen gut geschlafen. Es waren mehr als sechs Stunden Schlaf am Stück gewesen, weit mehr, als er sonst abbekam. Es mochte daran liegen, dass er den Tag davor überhaupt nicht geschlafen hatte. Oder er hatte sich inzwischen an Delinas Anwesenheit in seiner Wohnung gewöhnt.

Die Sonne war bereits untergegangen, als die Vampirin aus ihrem Zimmer kam. Er hatte ihr auf dem Heimweg eine Handvoll Kleidungsstücke besorgt. Die Jeans und die Bluse, die sie trug, standen ihr ausgezeichnet. Sie betonten ihre wunderbaren Augen. Fehlte gerade noch, dass ihm der Sabber aus dem Mund lief. Vorsichtshalber kniff er die Lippen fest zusammen und wandte den Kopf ab. Er hatte besseres zu tun, als Delina anzuschmachten. Außerdem mochte er sie nicht, versuchte er sich einzureden. Schließlich verkörperte sie all das, was seinem Vater gefallen hätte. War das, was er so sehr hasste. Sie war blond, sie war unglaublich hübsch, und sie war eindeutig eine Tochter des Vampiradels.

„Gut geschlafen?", murmelte er.

„Ja." Etwas schwang in ihrer Stimme mit, das er nicht deuten konnte. Er musste sich vergewissern, dass es ihr gut ging. Er war für sie verantwortlich. Nur deshalb ging er auf sie zu, zog sie in seine Arme. Ihr blumiger Duft hüllte ihn ein. Sinnlich und verdammt süchtig machend. Hastig gab er ihr einen Kuss auf das Haar und ließ sie wieder los. Er brauchte Abstand zu ihr. Sie in seinen Armen zu halten, war keine gute Idee.

„Geht es dir gut?" Er spürte, dass da etwas war.

„Natürlich."

Und auch jetzt wusste er, dass sie log.

Sollte er nachhaken oder sie zurechtweisen? Es gefiel ihm nicht, wenn sie nicht ganz ehrlich zu ihm war.

„Ich möchte …" Sie brach ab, betrachtete nachdenklich ihre ineinander verschlungenen Finger. „Kannst du mir den Umgang mit dem Dolch zeigen?"

Überrascht starrte Thor sie an. Sie wollte was? Er musste sich verhört haben.

„Bitte." Langsam hob sie den Kopf und blickte ihn nun direkt an. Er sah die Unsicherheit in ihrem Blick und gleichzeitig auch die Angst. Vor ihm? Es war ihm unerträglich. Sie brauchte keine Angst vor ihm zu haben. Er war da, um sie zu beschützen. Dennoch konnte es nicht schaden, ihr den Umgang mit dem Dolch zu zeigen.

„Okay", stimmte er zu. „Pack ihn ein und zieh dir etwas über."

Delina stutzte kurz, dann drehte sie sich um und eilte zurück in ihr Zimmer. In *sein* Schlafzimmer. Seine Gedanken schweiften ab. Zu Delina, wie sie friedlich schlafend in seinem Bett lag. Sein Blut schoss in bestimmte Körperteile. Er schloss die Augen und versuchte die Erregung im Zaum zu halten. Verdammt, er war auch nur ein Mann, und seit Delinas Ankunft hatte er sein Stammbordell nicht mehr aufgesucht. Er nahm sich vor, einen

Besuch zeitnah einzuplanen. Wenn er etwas Druck ablassen konnte, würde es ihm bestimmt besser gehen, und Delina würde ihn endlich kalt lassen.

Er beeilte sich, seine Sachen zusammenzusuchen, und schnürte die Stiefel. Sein Dolch lag griffbereit neben dem Handy auf dem Wohnzimmertisch. Er schnallte ihn sich um, ließ das Handy in die Hosentasche gleiten und griff nach seiner Jeansjacke. Er kannte einen Ort, an dem man um diese Uhrzeit wunderbar trainieren konnte und dabei unbehelligt blieb.

Delina kam zurück. Sie hatte noch immer die Jeans an. An den Füßen trug sie jetzt Turnschuhe, die Bluse hatte sie gegen ein T-Shirt getauscht, darüber hatte sie die dünne Jacke angezogen. Aus dem Augenwinkel beobachtete er sie und beglückwünschte sich insgeheim zu dem Kauf. Die Jacke stand ihr ausgezeichnet. Es war eine gute Wahl gewesen.

Aus einem Impuls heraus ging er in die Küche, ließ einen kleineren Dolch in seinen rechten Stiefel gleiten und befestigte den kleinen Lederbeutel mit den Wurfsternen ebenfalls am Gürtel.

„Gehen wir!" Er hatte bereits auf den Aufzugknopf gedrückt und wartete darauf, dass sie ihm folgte.

„Wohin gehen wir?" Mit großen Augen sah sie ihn an. Und wieder sah er ihre Angst. Es missfiel ihm zutiefst. Was hatte er getan, dass sie sich vor ihm fürchtete? Er kannte die Antwort bereits. Es war weder seine Größe, noch sein Erscheinungsbild. Es war seine Hautfarbe, sein verdammtes afrikanisches Erbe. Was sah sie in ihm? Einen ehemaligen Sklaven? Einen Vampir, der es nicht würdig war, den Titel eines Soyas zu tragen?

Sie war wie alle anderen, würde ihn nie als das akzeptieren, was er war. Aber das war auch egal. Lange war sie nicht mehr hier. In Kürze würde er sie nach Boston bringen, und dann war seine Mission beendet.

Er atmete ihren süßen Duft ein und musste sich beherrschen, sie nicht zu berühren. Das Recht dazu hatte er als ihr Rinoka. Aber es war schlauer, den Körperkontakt auf ein Minimum zu reduzieren, zumindest bis er seine Hormone wieder unter Kontrolle hatte. Delina war keine Frau, mit der man sich einfach so vergnügen konnte. Sie brachte Verpflichtungen und Enge mit sich, zwei Dinge, die er überhaupt nicht gebrauchen konnte.

Außerdem war sie eine Vampirin, und er hatte keinen Sex mit Vampirinnen. Das war viel zu kompliziert. Er bevorzugte einfache Menschenfrauen, die sich danach nicht mehr an ihn erinnerten. Nur Sex, keine Verantwortung.

Die Aufzugtür öffnete sich. Erleichtert trat er ein, verfluchte im nächsten Moment jedoch die Enge. Delina stand neben ihm – viel zu nah.

Er schloss die Augen und rasselte in Gedanken das Periodensystem herunter.

„Ducin sagte, du wirst mich nach Boston bringen."

Thor lag ein derbes Schimpfwort auf der Zunge. Gerade noch rechtzeitig konnte er sich bremsen.

„Der verfluchte Soya", murmelte er verdrossen.

Es hatte ihn maßlos geärgert, dass der Soya ausgerechnet auf dem Handy anrief, das er bei Delina gelassen hatte. Unabhängig von dem Anruf bei ihr, hatte er sich auf dem Rückweg von der sicheren Unterkunft bei ihm gemeldet. Ducin hatte ihm mitteilen wollen, dass er eine junge Familie schickte, die am morgigen Abend ankommen würde.

Die Familie war jedoch nicht das, was ihm so furchtbar missfiel. Es war die Tatsache, wie Delina über den sjütischen Soya sprach, ihn beim Vornamen nannte. Ihn dagegen hatte sie mit Schleuser und Soya angesprochen. In der Tat legte er Wert auf Anonymität und blieb für die meisten der Schleuser. Je weniger die Flüchtlinge über ihn wussten, umso besser. Delina war jedoch eine Ausnahme. Schließlich hatte er sie unter seinen Schutz gestellt und in sein Apartment mitgenommen. Näher hatte er noch keinen Flüchtling an sich herangelassen.

„Ducin sagt viel, wenn die Nacht lang ist." Seine Laune sank von Minute zu Minute. War sie so scharf darauf, von ihm fortzukommen? Konnte sie es überhaupt nicht mehr erwarten, ihn zu verlassen? Er ballte die Fäuste, damit er nicht die Aufzugkabine demolierte.

„Hat er mir nicht die Wahrheit gesagt?", wollte Delina besorgt wissen.

„Ich werde dich nach Boston bringen", brummte Thor. Er überlegte, ob er noch mehr sagen sollte. Verdammt ja, sie hatte es eigentlich verdient. „Unser Anführer hat Ducin versprochen, dich aufzunehmen. Es ist nur noch nicht abschließend geklärt, welchem Soya du unterstellt wirst." Er warf ihr einen prüfenden Blick zu. Sie ließ sich nichts anmerken, doch er hatte das Zucken um ihren Mundwinkel bemerkt. Sie würde froh sein, wenn sie ihn endlich los war.

Die Aufzugtür öffnete sich, und er war noch nie so erleichtert, die unterirdische Garage betreten zu können.

* * *

Delina saß neben Thor im SUV und betrachtete fasziniert die nächtlichen Straßen von New York, die an ihr vorbeizogen. Was für eine unglaubliche Stadt! Immer war etwas los, überall waren auch nachts Menschen unterwegs. Das kannte sie von zu Hause nicht. Die Beleuchtung war in manchen Gegenden regelrecht taghell. Es war faszinierend und gefiel ihr zunehmend. Wie Boston sein mochte? Sie stand der Stadt in Massachusetts mit gemischten Gefühlen gegenüber. Was würde sie dort erwarten? Der nächste beeindruckende und gleichzeitig abweisende Soya? Sie sehnte sich nach etwas Vertrautem, einer Person, die ihr zugewandt war, einem sicheren Hafen. Im Moment war dies Thor, auch wenn sie bei ihm immer noch nicht wusste, wie sie ihn einschätzen sollte.

Delinas Blick fiel auf den Dolch, der in ihrem Schoß lag. War es eine gute Idee gewesen, den Schleuser zu bitten, ihr den Umgang mit der Waffe zu zeigen? Die Angst, in eine Situation zu geraten, in der sie sich verteidigen musste, hatte sie dazu bewogen, alle Zweifel beiseite zu schieben. Sie hatte ihren ganzen Mut zusammengekratzt und den Schleuser gefragt. Wenn sie ehrlich war, hatte sie fest mit einer Absage gerechnet, stattdessen saß sie nun mit ihm im Auto, auf dem Weg zum ersten Kampftraining ihres Lebens.

Die Worte ihres Vaters hatte sie noch allzu deutlich in Erinnerung. Eine Mi musste nichts von Waffen verstehen, es ziemte sich für ihren Stand nicht, schließlich war sie nur ein Mädchen. Aber jetzt war sie keine Mi mehr, jetzt war sie eine Vampirin, die in einer völlig fremden Welt vollkommen auf sich allein gestellt war. Da konnte es nur von Vorteil sein, mit einem Dolch umgehen zu können.

Sie bogen in eine Straße ein, und Delina erhaschte einen Blick auf das Straßenschild. Columbus Ave. Wohin fuhren sie? Sie hatte nicht gewagt, sich danach zu erkundigen, nicht nachdem sie Thor mit ihrer Frage nach Boston so verstimmt hatte.

Der Schleuser parkte am Straßenrand in einer Parklücke. Der Motor erstarb, doch der Soya blieb reglos sitzen. Da er sich nicht rührte, wagte Delina nicht auszusteigen. Die Sekunden verstrichen.

„Dort drüben beginnt der Central Park", erklärte Thor und deutete zwischen zwei mächtigen Backsteinhäusern hindurch. „Um die Uhrzeit ist er geschlossen. Ganz leer ist er zwar nie, aber ich kenne eine Lichtung, wo wir ungestört sein werden."

Delinas Hände krampften sich fester um den Dolch. Langsam wurde es ernst. War es wirklich eine gute Idee gewesen, den Schleuser zu fragen?

„Gehen wir!" Thor stieg aus, ging nach hinten und öffnete die Heckklappe des SUVs. Er kramte darin und zog etwas hervor. Was, konnte Delina nicht genau erkennen, da sie sich entschied auszusteigen. Als sie Thor erreichte, schloss er den Kofferraum gerade wieder.

„Können wir?"

Sie nickte.

Im zügigen Tempo überquerte der Schleuser die Straße. Delina beeilte sich, mit ihm Schritt zu halten. Sie liefen eine kleine Querstraße entlang, zwischen riesigen Backsteingebäuden hindurch und erreichten eine weitere Straße. Dahinter kamen bereits Sträucher und Bäume in Sicht. Ohne nach rechts und links zu sehen, überquerte Thor die breite, mehrspurige Straße. Delina versuchte, ihm zu folgen und wich dabei einem Auto aus. Dann erreichten sie den Park. Geteerte Wege schlängelten sich durch die gepflegte Natur. Ihnen kamen kaum noch Menschen entgegen, als ob sie sich vor der Dunkelheit des Parks fürchteten. Natürlich erstrahlte das Grün nicht so intensiv wie am Tag, aber das Mondlicht reichte aus, um sich gut zurechtzufinden. Delina musste sich immer wieder daran erinnern, dass Menschen nicht das Sehvermögen ihrer Rasse hatten. Für sie musste es hier im Park dunkel und unübersichtlich sein. Kein Wunder also, dass sie diesen Ort nachts mieden.

Die Wiesen zu beiden Seiten verschwanden, wurden durch hohe Sträucher ersetzt. Zielstrebig lief Thor weiter, ein unbekanntes Ziel direkt vor Augen. Plötzlich blieb er stehen, bog ein paar Äste zur Seite und forderte Delina stumm auf, durch das Gebüsch zu gehen.

Sie tat es und spürte, wie er ihr folgte. Immer wieder waren seine Hand und sein Körper neben ihr, um sie vor schwingenden Ästen zu schützen. Dann traten sie auf eine versteckte Lichtung.

„Hier sind wir ungestört", sagte Thor. Er zog seine Jacke aus und warf diese auf den Rasen. Delina wusste nicht, ob sie es ihm gleichtun sollte. Sie zögerte, zog dann langsam die Jacke aus, faltete sie zusammen und legte sie sorgfältig neben die Lederjacke.

Thor war inzwischen ein Stück auf die Wiese gelaufen und winkte Delina nun zu sich. „Schauen wir mal, was du instinktiv schon kannst."

Delina zog den Dolch aus der Lederscheide. Sie konnte das leichte Zittern nicht ganz verbergen, versuchte, sich die Unsicherheit so wenig wie möglich ansehen zu lassen. Die Scheide fiel zu Boden, landete auf ihrer Jacke. Die rechte Hand fest um den Griff geklammert, ging sie mit erhobenem Dolch auf Thor zu.

Unzufrieden schüttelte dieser den Kopf. „Damit kommst du nicht weit", sagte er amüsiert. Delina betrachtete die Waffe in ihrer Hand und verstand nicht, was er meinte.

„Bleib stehen!", forderte er sie auf und umrundete sie. Von hinten trat er an sie heran. Sie spürte seine Nähe, das Vibrieren seiner Dominanz, die sie einhüllte, beschützte. Wie sollte sie sich auf etwas konzentrieren, wenn er so nahe war? Seine Hand schloss sich um ihre.

„Wenn du den Dolch so hältst, läufst du Gefahr, dir in die Schulter zu stechen." Er führte ihre Hand, bis sich die Dolchspitze leicht in ihre Schulter bohrte. Nicht schmerzhaft, aber doch so, dass sie verstand, was er ihr sagen wollte. Dann nahm er ihr die Waffe ab, drehte sie um und drückte sie ihr wieder in die Hand. Nun zeigte die Spitze nach unten.

„Der Dolch ist eine Stichwaffe", erklärte er und korrigierte dabei ihre Haltung.

Delina folgte seinen Anweisungen, setzte einen Fuß nach vorne, nahm die Schulter zurück und richtete sich auf.

„Die Schneide ist zwar auf zwei Seiten scharf, aber in erster Linie ist er zum Zustoßen gedacht. Damit fangen wir auch an." Er führte ihre Hand nach oben und ließ sie mit Geschwindigkeit niedersausen, ehe er sie abbremste. Diesen Ablauf wiederholte er einige Male.

„Jetzt allein."

Sie spürte, wie er sich von ihr zurückzog. Unwillkürlich fühlte sie sich allein, verletzlich. Sie kämpfte die unwillkommenen Gefühle nieder, versuchte, sich ganz auf den Bewegungsablauf zu konzentrieren. Gehorsam führte sie die Bewegung nun allein aus.

„Das ist gut!", lobte er sie.

Delina freute sich darüber. Sie hatte schon befürchtet, nachdem sie den Dolch zuerst falsch hielt, sie würde sich furchtbar dumm anstellen. So dumm, dass er das Training abbrechen würde. Sie wollte eine gute Schülerin sein, aufmerksam und viel von ihm lernen.

Thor umrundete sie wieder, stand ihr nun mit etwas Abstand gegenüber.

„Jetzt versuch, mich anzugreifen!"

Delina ging mit erhobenem Arm auf ihn zu, ließ zögernd ihre Waffe auf ihn zuschnellen.

„Mit dem Arm nicht zurückzucken!" Er korrigierte ihre Haltung, und sie versuchte es erneut. Die Dolchspitze hielt kurz vor seinem Bauch an.

„Genauso. Noch einmal."

Wieder und wieder führte Delina dieselben Handlungsabläufe aus, wurde dabei immer sicherer und schneller. Thor zeigte ihr, wie man einen Dolchstoß abwehrte, indem er ihre Hand nach unten drückte. Er erläuterte ihr und ließ sie ausprobieren, wie sie sich mit einer Drehung befreien konnte. Aufmerksam hörte sie ihm zu, prägte sich alles ein. Sie gab ihr Bestes, wollte ihn keinesfalls enttäuschen. Immer routinierter spulte sie die Bewegungsabläufe ab. Thor griff nach ihrer Hand, drückte sie nach unten, und im nächsten Augenblick hatte sie eine Dolchklinge an der Kehle. Mit entsetzt aufgerissenen Augen starrte sie ihn an.

„Du bist unaufmerksam", wies er sie zurecht, nahm den Dolch von ihrem Hals fort und trat einen Schritt zurück.

„Entschuldigung", murmelte sie und stellte sich wieder in die Ausgangsposition.

Thor kehrte ebenfalls zurück, und sie spielten das bewehrte Handlungsmuster erneut ab. Aber auch diesmal endete es damit, dass am Ende eine Klinge auf sie gerichtet war.

„Schluss für heute!", sagte Thor und steckte seinen Dolch zurück in die Scheide an seinem Gürtel.

Delina war enttäuscht. Sie wollte noch nicht aufgeben, wollte weiter lernen. „Bitte", flehte sie.

„Es ist genug für heute." Er ließ sie einfach stehen, ging zu den Jacken und hob sie auf.

Delina blieb nichts anderes übrig, als ihm zu folgen. Er warf ihr ihre Jacke zu, die sie etwas unbeholfen – noch immer den Dolch in der Hand – auffing. Während Thor sich die Lederjacke überstreifte, verstaute sie die Waffe in der Scheide und zog dann, den Dolch zwischen die Beine geklemmt, ihre Jacke an.

„Wann hast du das letzte Mal getrunken?", fragte er völlig unvermittelt.

Sein durchdringender Blick, dem nichts entging, maß sie von oben bis unten.

„Vor ein paar Tagen", antwortete sie wahrheitsgemäß. Sie hielt es noch ein oder zwei Tage aus, aber sie spürte bereits ein leichtes Brennen in der Kehle.

„Dann machen wir auf dem Weg zum Apartment einen Abstecher in einen Club."

Delina nickte und beeilte sich aufzuschließen. Er war nämlich bereits auf dem Rückweg.

Von sich aus hätte sie nie darum gebeten, trinken zu dürfen, aber es sprach für ihren Rinoka, dass er so aufmerksam war und die ersten Anzeichen bei ihr erkannt hatte.

KAPITEL 9

Sie betraten Thors Stammclub. Er kam gerne her, weil die Location bis in die frühen Morgenstunden geöffnet war. Auch wenn der Club nicht mehr so voll war wie vor ein paar Stunden, tummelten sich noch genügend Menschen auf der Tanzfläche.

„Kommst du allein zurecht?" Er beugte sich über Delinas Schulter, damit sie ihn leichter verstehen konnte.

„Ja."

Sie hatte die Jacke im Auto gelassen, warf nun ihre langen blonden Haare über die Schulter und marschierte Richtung Tanzfläche.

Ich warte auf dich an der Bar, rief er ihr in Gedanken hinterher. Er wunderte sich ein wenig, dass sie so zielstrebig davon ging, aber ihm sollte es recht sein. Er hatte keine Lust, ihr auch noch eine Nahrungsquelle zu suchen. So beherzt wie sie davon gestürmt war, befand sie sich nicht zum ersten Mal in einem Nachtclub.

Thor ging an die Bar und suchte nach einem geeigneten Platz, von wo aus er Delina gut im Blick hatte. Der Barhocker, den er sich auserkor, war besetzt, aber so etwas hielt ihn nicht auf.

„Hallo!", begrüßte er die Blondine mit der Kurzhaarfrisur, die auf seinem Platz saß. *Du möchtest mir deinen Stuhl anbieten!*, schob er in Gedanken nach.

„Hallo, ich bin Sophia. Möchtest du dich setzen?" Sie rutschte vom Hocker und machte ihm Platz.

Dankend nickte er ihr zu und setzte sich. Ja, es war genau der richtige Platz. Von hier aus konnte er wunderbar Delina beobachten. Sie stand etwas unschlüssig am Rande der Tanzfläche und beobachtete.

„Einen Whiskey", bestellte er beim Barmann, der ihn fragend ansah.

„Für mich bitte einen Martini", bestellte die Blondine mit. Es war ihm egal. Er würde ihr den Drink auch zahlen, solange sie ihn nur in Ruhe ließ.

„Bist du öfter hier?", fragte sie und stellte sich dicht neben ihn.

Sein Whiskey kam und kurz darauf auch der Martini. Er nahm die Getränke entgegen, zahlte und stellte das Whiskeyglas vor sich ab.

„Auf einen netten Abend." Sophia hob das Glas und wartete, bis er mit ihr anstieß.

Du musst jetzt gehen! Er hatte keine Lust, ihre Anwesenheit noch länger zu ertragen. Es war ihm einfach zu lästig.

Sie nahm ihr Martiniglas und schob sich an ihm vorbei. Erleichtert entspannte er sich. Mit den Händen umfasste er das Whiskeyglas. Er würde nichts trinken, aber es ersparte ihm dumme Fragen, und er wollte nicht auffallen – zumindest so wenig wie möglich. Als Vampir fiel man immer auf, das war leider unvermeidbar. Er spürte deutlich die interessierten Blicke der Damenwelt auf sich. Doch er war nicht da, um Spaß zu haben. Er war wegen Delina hier.

Er suchte den Rand der Tanzfläche ab, wo sie vorhin gestanden hatte. Sie war fort. Seine Muskeln spannten sich an, und er wollte sich gerade auf den Weg machen, sie zu suchen, als sein Blick von einer Frau auf der Tanzfläche angezogen wurde. Sie erregte ziemlich viel Aufmerksamkeit. Die Männer starrten sie an. Sie gab sich ganz der Musik hin, tanzte völlig vergessen. Die Jeans saß wie eine zweite Haut, betonte ihren weiblichen Po. Das T-Shirt war kurz. Jedes Mal, wenn sie die Hände hob, konnte man etwas nackte Haut sehen. Sie sah atemberaubend aus, wie sie auf der Tanzfläche stand, sich im Takt der Musik hin und her bewegte. Nicht nur ihm gefiel der Anblick, etliche männliche Nachtclub-besucher gafften sie unverblümt an. Das war also die unschuldige Mi, die er aus dem Flugzeug geholt hatte? Er konnte es kaum glauben. Die junge, anmutig tanzende Frau hatte so gar nichts mehr gemein mit der zurückhaltenden Vampirin, die er unter seinen Schutz gestellt hatte. Völlig fasziniert saß er da und sah ihr zu.

Als ein junger Kerl ganz mutig wurde und begann, Delina anzubaggern und ihr sogar an den Hintern zu fassen, kostete es ihn einiges an Selbstbeherrschung, ruhig zu bleiben. Seine Zähne pochten im Kiefer, wollten sich nach vorne schieben. Er ballte die Fäuste, atmete tief durch. Er würde dem Kerl seine Meinung sagen. Langsam erhob er sich. Doch da hatte Delina bereits ohne seine Hilfe die Situation geklärt, indem sie den Typ böse anfunkelte, sodass er eilig das Weite suchte. Zufrieden ließ er sich zurück auf den Hocker sinken.

Jetzt ließ er sie nicht mehr aus den Augen, verfolgte jede einzelne Bewegung. Sie war unglaublich grazil, tanzte wie eine Elfe. Nicht, dass er jemals eine Elfe gesehen hatte, aber wenn es solche Wesen gab, müssten sie aussehen und sich bewegen wie Delina.

Er fragte sich, welche Art von Beute sie wählen würde? Wer würde Delinas Ansprüchen genügen? Er konnte sich niemanden von den zappelnden und stinkenden Menschen vorstellen, aber einer von ihnen würde Delina sehr nahekommen. Es missfiel ihm, wenn er dabei an einen Mann dachte. Vielleicht würde sie auch eine Frau wählen. Das sagte ihm deutlich mehr zu.

Aus dem Augenwinkel sah er einen weiteren jungen Mann, der sich von hinten an Delina heranschob. Er mochte Mitte zwanzig sein, kurz geschnittene Haare, Durchschnitt. Die Gesichtszüge waren noch etwas kindlich, aber dafür zeichneten sich unter seinem T-Shirt ein paar durchtrainierte Muskeln ab. Diesen Typen würde Delina sicher ebenso abservieren wie den davor. Da war er sich ganz sicher. Der Kerl tanzte sie von hinten an, schob sich immer näher und ging dann auf Tuchfühlung. Wann würde sie …? Sie würde doch …?

Sie tat es nicht.

Anstatt ihn mit einem vernichtenden Blick in die Flucht zu schlagen, lächelte sie ihn an, als sie ihm den Kopf zudrehte. Er lächelte verschmitzt zurück und legte nun seine Hände um ihre Hüften, um sie an sich zu ziehen. Delina ließ es zu.

Wieder pulsierten die Fänge in Thors Kiefer. Er spannte sich an, war es gewohnt, über jede Situation die Beherrschung zu behalten. Es gelang ihm auch diesmal, auch wenn es ihm nicht gerade leichtfiel, den Drang zu unterdrücken, dem Typen die Kehle zu zerfetzen. Er musste mit Logik an die Sache herangehen, sich bewusst machen, dass er Delina hergebracht hatte, um auf Nahrungssuche zu gehen. Und genau das tat sie. Der Kerl war ihr im Prinzip egal, es ging ihr nur um sein Blut. Wie nah sie ihn an sich heranließ, war ihre Entscheidung, nicht seine. Er war nur ihr Rinoka, war dazu da, sie zu beschützen. Er hatte keinen Einfluss auf ihre Nahrungswahl. Warum machte es ihm eigentlich so viel aus, dass ihr der Kerl gefiel? Dass er ihr gefiel, war klar und deutlich zu sehen. Eine sanfte Ballade erfüllte den Club. Delina hatte sich zu dem Kerl umgedreht und ihre Arme um seinen Hals gelegt. Eng umschlungen tanzten sie zu der langsamen Musik.

Thor versuchte zu ignorieren, dass die Hand des Menschen besitzergreifend auf Delinas Po lag. Dazu hatte er kein Recht. Diese minderwertige Gestalt, dieser dumme Mensch sollte verdammt nochmal seine Finger von Delina lassen. Sie gehörte zu ihm. Er war nur eine Nahrungsquelle, ein Blutlieferant. Was also missfiel ihm so sehr an dem Kerl? Vermutlich weil er all das verkörperte, was Thor nicht war. Er war ein Weißer, war für menschliche Verhältnisse gutaussehend und stylisch gekleidet und kam, nach der Uhr und dem Goldkettchen, das er trug, aus reichem Elternhaus. Sein Lächeln war aufgeschlossen und gewinnend, und er schmachtete Delina an.

Thor ertrug es nicht länger und wandte sich ab. Er musste die Wut niederkämpfen, durfte sie nicht zulassen. Sonst würden seine Augen leuchten wie der Weihnachtsbaum vor dem Rockefeller Center und damit den ganzen Club in Panik versetzen.

„Na, so ganz allein hier?", fragte eine schlanke Brünette und blieb dicht neben ihm stehen. „Ich bin Mia." Sie grinste ihn keck an, griff an ihm vorbei und nahm einen Schluck von seinem Whiskey.

Etwas überrumpelt starrte er die Frau an, die so unverfroren war, ihren natürlichen Fluchtinstinkt außer Acht zu lassen und mit ihm in Kontakt zu treten.

„Ich bin nicht interessiert", murmelte er und wandte sich von ihr ab.

Er musste nach Delina sehen. Der Beat war schnell, und in der tanzenden Masse auf der Bühne konnte er Delina nicht auf

Anhieb sehen. Er suchte die Tanzfläche ab und musste feststellen, dass sie nicht mehr da war.

Wo mochte sie nur hin sein? Er war kurz davor, den Club auseinanderzunehmen, da fiel ihm ein, dass sie zum Trinken hier war. Sicher hatte sie den Kerl Richtung Toiletten geschleppt, um sich dort an ihm zu laben.

Dummerweise beruhigte ihn das kein bisschen. Er musste nachsehen, sich vergewissern, dass es ihr gut ging. Zumindest redete er sich das sein. Aber das hier war New York. An jeder Ecke konnten die verdammten Vampire des New Yorker Clans lauern. Delina wäre ein gefundenes Fressen. Er durfte sie nicht aus den Augen verlieren, nicht so lange er für sie verantwortlich war.

Er spürte deutlich die Verbindung zu ihr, wusste durch das Band, dass bei ihr alles in Ordnung war. Dennoch musste er es mit eigenen Augen sehen.

Er ließ die Brünette mit seinem Whiskey an der Bar zurück und marschierte in Richtung der Toiletten.

Thor fragte sich gerade, ob er einfach in die Damentoilette stürmen und jede Kabinentür aufreißen sollte, als er Delina entdeckte. Sie stand mit dem Kerl in einer Ecke. Er hatte sie gegen die Wand gedrückt, ihr Gesicht an seinen Hals geschmiegt. Für einen unwissenden Beobachter sah es wie ein Paar aus, das ein paar Intimitäten austauschte. Thor jedoch wusste, dass sie von ihm trank. Und er wusste auch verdammt gut, was das im Körper des Menschen auslöste. Der Kerl war von den Zehen bis zur Haarspitze erregt. Seine Hand war unter Delinas T-Shirt, er rieb seine Mitte an ihr. Sein Stöhnen war bis zu ihm zu hören.

Wie konnte sie nur? Wut erfasste ihn, war nicht mehr kontrollierbar. Er schnellte auf die zwei zu und zerrte den Typ von Delina weg. Ihre Fänge waren ausgefahren, der Mund blutverschmiert. Mit leuchtenden blau-grauen Augen blitzte sie ihn feindselig an.

Er starrte zurück. Für ein paar Sekunden war seine Wut verraucht, hatte sich in Luft aufgelöst. Alles, was übrig blieb, war Verlangen nach diesen blau-grauen Augen. Delina war ihm nie schöner erschienen als in diesem Moment. Er wollte sie in den Arm nehmen, mit seiner Zunge die Blutspuren von ihrem Mund lecken.

Der Kerl zu seinen Füßen stöhnte und kam langsam zur Besinnung. Thor blickte nach unten, und der Bann war gebrochen.

„Was tust du da?" Delina war zornig.

Der Mensch registrierte das Blut an seinem Hals und hielt sich panisch die Wunde zu. „Verdammt, ich blute."

Thor griff ihn am Arm und zog ihn mühelos hoch. Seine Augen bohrten sich in die des Menschen, die sich angstvoll weiteten. Er wusste, was der Mann sah. Unnatürlich glühende braune Augen, unmenschlich.

Lass deine Wunde versorgen. Vergiss mich und die Frau. Stattdessen pflanzte er dem Kerl Erinnerungen an eine kleine Gothic-Lady mit unechten Vampirzähnen ein. Dann ließ er den Mann los. Er hielt noch immer seine Wunde am Hals und rannte davon.

„Wir gehen!" Seine Worte waren unnachgiebig, ebenso der Griff, mit dem er Delina am Arm packte.

Die Funken in ihren Augen sprühten, und er rechnete damit, dass sie sich ihm widersetzen würde. Wo verdammt kam diese kleine Wildkatze plötzlich her? Sie gefiel ihm ungemein gut. Er wollte sich mit ihr messen, herausfinden, wer von ihnen den Kürzeren zog.

Doch dann senkte Delina den Kopf, brach den Blickkontakt ab. Ihre Fänge zogen sich zurück, und sie leckte sich eilig über die Lippen. Als sie wieder zu ihm hochblickte, war sie vollkommen beherrscht, vollkommen menschlich.

„Dann sieh zu, dass du nicht auffällst." Sie schob sich an ihm vorbei und ließ ihn einfach stehen.

Sprachlos starrte er ihr hinterher. Verdammt, was war das gewesen? Davon abgesehen, dass sein Verhalten keinesfalls gerechtfertigt war, war das nicht die stille, in sich gekehrte Vampirin. Er hatte das Feuer in ihren Augen gesehen, den Widerstand und den Drang, die strengen Regeln der Innoka hinter sich zu lassen. So wie sie sich in diesem Nachtclub verhalten hatte, wie sie mit dem Kerl umgegangen war, mit ihm gespielt hatte, war er sich fast sicher, dass sie das nicht zum ersten Mal tat.

Delina Högelund warf mehr Fragen auf, als er Antworten parat hatte. Was verbarg sich hinter der Fassade der kühlen Vampirin?

* * *

Schweigend saß Delina mit gesenktem Kopf neben Thor im Auto. Sie schämte sich und wünschte sich von ganzem Herzen, die blöde Situation im Club rückgängig machen zu können. Was er jetzt von ihr nur dachte?

Sie wusste, sie hatte sich nicht verhalten, wie sie es zu Hause gelernt hatte, wie die Innoka es gutheißen würde. Sie war mit ihren Freunden einige Male in Drammen unterwegs gewesen. Dort gab es genau zwei Nachtclubs. Nicht besonders groß, eher klein und überschaubar. Sie hatte dort mit einigen Männern getanzt. Sie war auch mit einigen von ihnen Richtung Toiletten verschwunden. Sie hatte von ihnen getrunken, hatte auch einige Male die Erregung der Männer gespürt. Doch nie hatte sie es zugelassen, dass einer von ihnen sie berührte und sich an ihr rieb. Noch nie, bis auf heute.

Es hatte sich gut angefühlt. Tobias, wie der junge Mann hieß, sah ganz passabel aus. Er war höflich und nett, hatte ihr Schmeicheleien ins Ohr geflüstert. Es war ihr richtig erschienen, ihm gewisse Freiheiten zuzugestehen. Ja, sie wäre auch noch weiter gegangen. Sie wäre bereit gewesen, ihre Unschuld an den Kerl zu verlieren, in einem Nachtclub mitten in New York. Ihr altes Leben lag hinter ihr, es gab keinen einflussreichen Soya oder Blutfürsten mehr, für den sie sich aufheben musste. Sie konnte nun selbst über ihr Schicksal bestimmen.

Tränen traten ihr in die Augen. Zumindest hatte sie das gedacht, bis der Schleuser aufgetaucht war. Jetzt schämte sie sich vor ihm in Grund und Boden. Wie sollte sie ihm je wieder in die Augen sehen können? Er musste sie für eine Canicula halten. Ein weiterer Gedanke kam ihr. War er deswegen so verstimmt wegen Ducin gewesen? Glaubte er etwa, sie hatte sich ihm hingegeben, damit er sie in die Neue Welt schaffte? Was musste er nur von ihr denken?

Sie wandte den Kopf ab. Thor sollte die Tränen in ihren Augen nicht sehen. Sie musste sich zusammenreißen. Bis sie in ihrem Zimmer war und sich dort einsperren konnte, musste sie noch durchhalten. Dann konnte sie weinen. Vor Thor wollte sie sich jedoch keine Blöße geben. Es war ihr viel zu wichtig, was er von ihr hielt.

Viel zu schnell erreichten sie die Tiefgarage. Wortlos stiegen sie aus und betraten den Aufzug. Noch immer wagte Delina nicht, Thor anzusehen. Sie schämte sich viel zu sehr. Quälend langsam setzte der Aufzug sich in Bewegung. Es schien eine Ewigkeit zu dauern, bis sich die Aufzugtüren endlich öffneten. Delina wollte sich hastig an Thor vorbeischieben und in ihr Zimmer stürmen.

„Warte!", sagte er.

Sie erstarrte. Deutlich spürte sie seine Anwesenheit in ihrem Rücken, die dominante allgegenwärtige Präsenz. Sie blieb stehen und schloss ängstlich die Augen. Was mochte er nur von ihr wollen?

„Ich habe wohl etwas überreagiert."

Delina hob den Kopf, sie glaubte, sich verhört zu haben. Entschuldigte er sich gerade bei ihr? Wofür? Sie hatte sich doch unangemessen verhalten, die Grenzen überschritten.

Er trat hinter sie, berührte sie jedoch nicht. „Von mir aus fick mit jedem dahergelaufenen Menschen." Seine Worte trafen sie wie Peitschenhiebe. Er dachte wirklich, sie wäre eine Hure. „Aber wage es nie wieder, mich einfach so irgendwo stehen zu lassen." Seine Stimme war ruhig, vollkommen kontrolliert.

Delina erschauderte, als sie seinen Atem im Nacken spürte.

„Wer bist du wirklich, Delina?"

Sie erstarrte, als sie seine Lippen an ihrem Hals spürte. Besitzergreifend legte sich eine Hand um ihre Kehle. Er kontrollierte sie, konnte jederzeit zudrücken. Ja, er hätte sogar die Kraft dazu, ihr jegliche Luftzufuhr abzuschneiden. Ein feines Prickeln breitete sich in ihrem Körper aus, elektrisierte sie. Aufreizend langsam fuhr er mit seiner Zunge ihren Hals entlang, dort, wo ihre Ader pulsierte. Delina erschauderte, als sich seine freie Hand um ihre Mitte legte, sie an sich drückte. Sein Körper war hart und unnachgiebig, so ganz anders als ihrer. Aber gerade das fühlte sich ziemlich gut an.

Er war angespannt. Sein Atem kam stoßweise, und sie spürte die Erregung, die sich an ihren Po presste.

Ihr Widerstand schmolz in sich zusammen. Sie redete sich ein, ohne ihn keine Chance zu haben. Er war viel mächtiger als sie, er war ihr Rinoka. Wenn er Körperprivilegien einforderte, war sie ohnehin machtlos. Als er an ihrem Ohrläppchen zu knabbern begann, schloss sie die Augen und gab sich den fremden und unglaublichen Gefühlen hin. Seine Hand fuhr unter ihr T-Shirt, erkundete die weiche Haut. Delina hörte ein kehliges Stöhnen und brauchte einen Moment, um zu begreifen, dass sie es war. Seine Hand legte sich auf ihre Brust, knetete sie durch den BH hindurch. Delina wand sich. Ihr Körper stand in Flammen, brannte lichterloh. Sie sehnte sich nach mehr, auch wenn sie nicht genau wusste, wie dieses Mehr aussah. Instinktiv bog sie sich ihm entgegen. Seine Hand löste sich von ihrer Kehle, folgte der anderen unter ihr T-Shirt. Sie ließ es geschehen, drängte sich nur noch näher an ihn. Mit einer schnellen Bewegung hatte er den Saum ihres T-Shirts erfasst und zog es ihr über den Kopf. Willig hob sie die Arme, ließ sich von ihm ausziehen. Nur mit dem Spitzen-BH stand sie da und fühlte sich dabei kein bisschen entblößt. Seine schokoladenbraunen Hände auf ihrer blassen Haut bildeten einen hübschen Kontrast. Es war schön, ihn auf sich zu spüren.

Delina bekam nicht mit, wann er ihren BH öffnete, aber im nächsten Augenblick streifte er ihn ihr ab. Er fiel achtlos zu Boden und blieb neben ihren Füßen liegen. Seine Hände umfingen nun ihre nackten Brüste, entlockten ihr abermals Töne, von denen sie nicht gewusst hatte, dass sie diese zustande brachte. Sie war Wachs in seinen Händen und hoffte unablässig, er möge nie damit aufhören, sie zu streicheln. Wenn sie gedacht hatte, sie würde schon auf Wolken schweben, wurde sie eines Besseren belehrt, als Thor ihre Jeans öffnete und eine Hand in ihre Hose gleiten ließ. Zielsicher tastete er sich vor, streichelte sie. Delina war nicht mehr dazu in der Lage, klar zu denken. Sie war froh, dass er sie hielt. Ihre Beine waren viel zu weich, als dass sie sie noch getragen hätten.

Er knurrte ihr ins Ohr, und Delina spürte, wie seine Fänge über die sensible Haut kratzten. Anstatt in Panik auszubrechen, wünschte sie sich, er würde zubeißen, von ihr trinken. Das Verlangen verunsicherte sie. Nur einmal hatte sie einem Vampir erlaubt, von ihr zu trinken, einmal hatte sie selbst von einem Vampir getrunken. Das war in der Nacht, als ihr Vater sie verwandelte, und es hatte absolut nichts Sexuelles gehabt. Allein die Vorstellung, er würde von ihr trinken, erregte sie jedoch aufs Äußerste.

Thor ließ von ihr ab, und Delina wollte sich schon beklagen. Sie vermisste seinen starken Körper in ihrem Rücken, den Halt. Er zerrte an ihrer Hose und ehe sie es sich versah, hatte er nicht nur die Jeans, sondern auch den Slip abgestreift. Seine Hände strichen über ihre Beine, den Po, wanderten über ihren nackten Rücken und legten sich schützend um sie. Delina wusste nicht mehr, was sie fühlen sollte. Irgendwo in ihrem Verstand war ihr klar, dass sie im Begriff war, ihre Unschuld zu verlieren. Aber das war in Ordnung. Sie wollte es und spürte, dass da noch mehr war, dass sie bisher nur an der Spitze des Eisbergs gekratzt hatte.

Plötzlich waren Thors Hände fort, und sie schwankte. Als sie hinter sich blickte, sah sie, wie er sich hastig seiner Hose entledigte und auch das T-Shirt über den Kopf zog. Ein leiser Zweifel keimte auf. Jetzt fühlte sie sich nackt, verletzlich. Er war so verdammt groß, so kräftig. Seine Muskeln tanzten unter der glatten Haut, ließen seine Stärke erahnen. Die dunkle Hautfarbe verlieh ihm etwas Raubtierhaftes. Delina war hin- und hergerissen zwischen dem Verlangen, ihre Hände über seinen Körper gleiten zu lassen, um ihn zu erforschen, und einfach fortzurennen und sich in ihrem Zimmer vor ihm zu verstecken.

Er trat auf sie zu, umfing sie abermals. Er drehte sie in seinen Armen, bis er sie wieder von hinten umarmte. Leichtes Unwohlsein breitete sich in ihr aus. Sie konnte ihn nicht mehr sehen, ihn nur spüren. Doch als seine erigierte Männlichkeit sich an ihr rieb, waren alle Zweifel fortgespült. Seine Hände legten sich von vorn auf ihre Scham, spielten mit ihr. Völlig verzückt drängte Delina sich näher an ihn. Sie wollte mehr von den köstlichen Empfindungen. Sie wollte ihn endlich spüren.

„Bitte!", krächzte sie flehend und wand sich in seinen Armen.

Nur zu gern kam er ihrer Aufforderung nach. Er beugte sie ein Stück nach vorne und streichelte ihren Po. Mit einem kehligen Knurren versenkte er sich ihn ihr. Delina schrie auf, hatte das Gefühl, als würde er ihren Körper von innen auseinanderreißen. Er hielt sie fest, strich über ihren Geist hinweg. Er war da, in ihrem Kopf, liebkoste sie. Der kurze Schmerz war vergessen. Anfänglich war es etwas befremdlich, als er begann sich in ihr zu bewegen, aber mit jedem Stoß wurde es angenehmer.

Vertrau mir!, bat er in Gedanken.

Sie vertraute ihm, mehr als jedem anderen vor ihm. Ihr Leben lag vorbehaltlos in seinen Händen, warum sollte sie mit ihrem Körper und ihrer Seele nicht ebenso verfahren?

Ich will, dass es dir gefällt!

Es gefällt mir! Es war tatsächlich so. Sie hatte kaum Kontrolle, er beherrschte die Situation, beherrschte sie. Aber das war in Ordnung.

Immer wieder stieß er in sie. Seine Hände wanderten unablässig über ihren Körper. Delina merkte, wie sie immer näher an den Rand einer Klippe gedrängt wurde. Panisch klammerte sie sich an ihn.

Lass dich fallen!

Ja, sie vertraute ihm. Wenn er es sagte, würde es das Richtige sein. Sie tat es. Ließ jede Vernunft außer Acht und ließ einfach los. Er war überall. Auf ihrem Körper, in ihr, in ihrer Seele. Sie atmete heftig, verlor völlig die Orientierung. Nur er war da, wie ein fixer Stern am Himmel. Ihr Halt.

Thor!, keuchte sie. Was machte er mit ihr?

Sie spürte seine Fänge über ihren Hals kratzen, dann biss er zu, in das weiche Fleisch ihrer Schulter. Seine Lippen legten sich auf ihre Haut, und er begann zu saugen. Delina verlor den Boden unter den Füßen. Mit jedem Schluck, den er nahm, fraß sich das Brennen durch ihre Adern. Es war das berauschendste Gefühl, das sie je erlebt hatte. Ihr Unterleib zog sich beinahe schmerzhaft zusammen. Dann explodierten tausend Sterne vor ihren Augen.

Sie schrie nach Thor, klammerte sich an ihm fest und fiel.

* * *

Das war zu viel für ihn. Er war in ihr, spürte ihren biegsamen Körper, der bei Weitem nicht so zerbrechlich war wie der von Menschenfrauen. Er hatte nicht widerstehen können und trank von ihr. Mit ihrem berauschenden Geschmack im Mund war er nicht mehr fähig, einen klaren Gedanken zu fassen. Sie hatte sich ihm vorbehaltlos geöffnet, und er hatte sich genommen, was sie ihm so bereitwillig dargeboten hatte. Sie war so wunderschön und hatte ihm ein kostbares Geschenk gemacht: Ihre Unschuld. Er hatte ihre Unerfahrenheit bemerkt. Doch da war es zu spät gewesen. Angestachelt von dem Wunsch, ihr Freude zu bereiten, wollte er ihr Lust schenken. Und als sie dann in seinen Armen erzitterte und auf ihrem Höhepunkt seinen Namen schrie, war es auch um ihn geschehen. Er ergoss sich in ihr. Jetzt stand er zitternd da, spürte die Nachbeben in seinem Körper. Verdammt, das war der beste Sex, den er je in seinem Leben gehabt hatte.

Die Realität holte ihn ein. Schlagartig wurde ihm bewusst, was er hier tat. Er hatte sich in ihr vergossen. Eilig zog er sich aus ihr zurück und sah sich gleichzeitig nach seiner Hose um. Ihre Kleidungsstücke lagen verstreut um sie herum. Verdammt! Er hatte einen Fehler begangen. Hastig schnappte er sich seine Hose und zog sie an. Dabei wagte er nicht, Delina anzublicken. Ohne ein Wort ließ er sie stehen und ging ins Bad. Erst als er die Badezimmertür hinter sich zugeschlossen hatte, atmete er auf.

Welche verdammte Scheiße hatte er da verzapft? Er hatte eine vampirische Jungfrau gevögelt. Freudlos verzog er den Mund, stützte sich auf dem Waschbecken ab und starrte den Abfluss an, als könnte ihm dieser die Absolution erteilen. Für seine Fehler gab es keine Vergebung. Kopfschüttelnd stand er da, begriff einfach nicht, wie er so die Kontrolle hatte verlieren können. Ausgerechnet Delina, die wunderschöne und perfekte Delina. Die all das verkörperte, was er hasste.

Er starrte sich voller Abscheu im Spiegel an. Diesen großen dunkelhäutigen Kerl, der sich wie ein Tier aufgeführt und sie in demütigender Haltung von hinten genommen hatte. Und das bei ihrem ersten Mal.

Es hat ihr gefallen, meldete sich eine schwache zaghafte Stimme in seinem Inneren.

Aber nur, weil sie keinen Vergleich hat, meldete sich die Vernunft mit Vehemenz.

Was geschehen war, war geschehen, daran konnte er nichts mehr ändern. Er würde nun alle Hebel in Bewegung setzen, dass das nicht noch einmal passierte. Er musste sich einfach von ihr fernhalten, möglichst schnell die Verantwortung für sie loswerden. Zum Glück war es äußerst unwahrscheinlich, dass Delina schwanger wurde. Er könnte es sich nie verzeihen, wenn sie ein Kind von ihm empfangen hätte. Kein Kind sollte für seine Fehler bezahlen. Die Verfehlung hatte er zu verantworten.

Thor drehte den Wasserhahn auf und wusch sein Gesicht. Er musste nachdenken. Wenn die Familie morgen ankäme, brauchte er mindestens zwei weitere Tage, um sie zu vermitteln. Das bedeutete drei weitere Tage, die Delina bei ihm sein würde. Nein, das konnte er nicht durchstehen. Er sah auf seine Uhr, rechnete nach. Dann kam Bewegung in ihn. Er benötigte sein Handy, er musste Ducin anrufen. Dieser musste den Flug verschieben. Wenn die Familie ankam, wäre nämlich kein Schleuser in der Stadt, der die Flüchtlinge in Empfang nehmen konnte. Er würde in Boston sein. Die Abreise duldete keinen Aufschub, sie würden sofort losfahren.

Als er in den Wohnbereich zurückkehrte, war Delina verschwunden, ebenso ihre Kleidungsstücke. Sein T-Shirt und die Lederjacke hatte sie aufgehoben und über den Sessel gelegt. Er ging an der Schlafzimmertür vorbei und spitzte die Ohren. Keine Geräusche drangen an sein Ohr, jedoch ihr unverwechselbarer süßer Duft nach Johannisbeere und Sonne. Wenn Sonne einen Geschmack hatte, musste sie wie Delinas Haut schmecken. Er schluckte, als er eine weitere deutliche Duftnote ausmachte. Delina roch nach dem Bostoner Clan und nach ihm. Er hatte sie markiert. Jeder, dem sie in den nächsten Stunden begegneten, würde riechen, was sie getrieben hatten. Stolz erfasste ihn, und gleichzeitig wusste er, er musste ihre Abreise auf die nächste Nacht verschieben. Das war vermutlich ohnehin besser. Zwei Stunden bräuchten sie nach Boston. Bis dahin würden alle schon schlafen. Er wollte niemanden tagsüber aus dem Bett klingeln, und vermutlich würden sie sich nur über sein überraschendes Auftauchen wundern und Antworten verlangen. Antworten, die er ihnen nicht geben konnte oder wollte. So viele Flüche wie er in diesem Moment brauchte, gab es in keiner Sprache.

Er ging zum Sessel, kramte in seiner Lederjacke nach dem Handy und wählte in den Kontakten den sjütischen Soya aus.

„Thor", grüßte Ducin ihn gut gelaunt. „Gibt es Probleme?"

„Zumindest eine Planänderung", informierte Thor ihn, ohne sich mit einer Begrüßung oder sonstigen Floskeln aufzuhalten. „Wir fahren bei Dämmerungseinbruch nach Boston. Du musst die Ankunft der Flüchtlinge verschieben."

Ducin war wenig begeistert davon. „Sie sind bereits auf dem Flugplatz."

„Ich kann sie nicht in Empfang nehmen, ich werde nicht da sein." Er würde nicht mit sich reden lassen. Sein Plan stand fest.

„Okay, ich halte den Flug auf. Wann kann ich sie dir schicken?"

„Das kann ich nicht genau sagen", wich Thor einer konkreten Aussage aus. „Ich kann mich gerne bei dir melden, wenn meine Rückkehr nach New York abzusehen ist."

„Gut", murmelte Ducin abwesend. Vermutlich ging er im Kopf bereits die Dinge durch, die er in die Wege leiten musste.

„Ich melde mich." Damit legte Thor auf.

Je weniger er dem Soya erzählen musste, umso besser. Fragen würden noch genug auf ihn einprasseln, wenn er erst wieder in Boston war.

Bevor er sich schlafen legte, um für die kommende Nacht ausgeruht zu sein, musste er einen weiteren Anruf tätigen. Er scrollte durch seine Kontakte, verharrte einen Moment über der Hauptzentrale und wählte dann. Natürlich hatte er auch Darius' Privatnummer, aber er kannte seinen Anführer gut genug, um zu wissen, dass er sein Mobiltelefon nie dabeihatte. Sicherer war es, direkt in der Zentrale anzurufen. Dort war immer jemand.

„Soya", hörte er Virus sagen. „Wie kann ich dir helfen?"

Thor stutzte. Rief er immer nur an, wenn es Probleme gab? Wenn er mit Virus telefonierte, musste er etwas mit dem Rat klären oder benötigte eine Auskunft, die ihm das Computergenie immer recht zeitnah lieferte.

„Ich wollte nur mitteilen, dass ich morgen Nacht bei euch eintreffen werde."

„Ich dachte, du kämst erst in ein paar Tagen."

„Meine Pläne haben sich etwas verschoben. Kannst du das unserem Anführer ausrichten?"

„Selbstverständlich", versprach Virus.

„Und ich werde Delina mitbringen."

Virus schwieg, und Thor überlegte gerade, ob der Ephebe nicht im Bilde war.

„Die alleinreisende Vampirin, die Soya Ducin geschickt hat?", erkundigte Virus sich.

„Ja."

„Gut. Ist notiert." Virus wirkte geschäftig. „Sonst noch wichtige Informationen?"

„Nein."

„Dann freue ich mich, dich bald wieder in Boston zu sehen, Soya", verabschiedete sich Virus.

„Ich freue mich auch." Er verschwieg, dass er vor allem froh sein würde, Delina im Hauptquartier, der unterirdischen Festung unter Darius' Haus, abliefern zu können. Dann hätte er endlich den dringend benötigten Abstand zu ihr.

Erleichterung erfasste ihn. Noch einen Tag in ihrer Nähe, in nicht mal zwölf Stunden wäre er sie los und damit die Verantwortung, die er für sie übernommen hatte. Sie würde so schnell aus seinem Leben verschwinden, wie sie hineingestolpert war. Sie verdiente etwas Besseres als ein dunkelhäutiges Tier, das nicht in der Lage war, ihr das zu geben, was sie brauchte. Er kannte sich mit gefühlsduseligen Dingen nicht aus. Dafür war er einfach nicht gemacht. Er hatte Sex, gerne wild und hemmungslos, aber immer ohne Verpflichtungen, und Delina war keine Frau für diese Art von Beziehung. Es war besser, jetzt einen Schlussstrich zu ziehen, bevor es zu kompliziert wurde.

Warum fühlte es sich dann nur so verdammt falsch an? Er tat das Richtige, davon war er felsenfest überzeugt.

Er entledigte sich der Waffen und legte sie griffbereit auf dem Wohnzimmertisch ab. Dann machte er es sich vollkommen angezogen auf dem Sessel bequem und schloss die Augen.

Er musste schlafen. Schnell. Und er musste Delina vergessen.

KAPITEL 10

Schweigend saßen sie im Auto. Delina war völlig durcheinander. War sie wütend? Enttäuscht? Fühlte sie überhaupt etwas? Sie kam sich vor wie in einer Blase, völlig betäubt.

Thor hatte sie nach ihrer Vereinigung einfach stehen gelassen und war verschwunden. Hatte sie etwas falsch gemacht? Hatte sie sich zu dumm angestellt? Ihr war klar gewesen, dass der Schleuser sich nicht unsterblich in sie verlieben und ihr die Welt zu Füßen legen würde. Dennoch schmerzte es, dass er sich einfach so von ihr abgewandt hatte.

Wenn sie doch nur wüsste, warum.

Sie hatten Sex gehabt. Punkt. Delina wollte daraus auch keine große Sache machen, aber sie hätte gerne mit ihm über die Situation geredet. So hing es unausgesprochen zwischen ihnen. Sie wusste nicht genau, was sie erwartet hatte, aber sicher doch mehr, als am nächsten Abend mit dem Worten „Geh packen, wir brechen in zwanzig Minuten nach Boston auf!" empfangen zu werden. Sie tat, was er ihr befohlen hatte, und so packte sie die wenigen Kleidungsstücke, die er ihr gekauft hatte, in einen kleinen Koffer, der auf ihrem Bett lag. Ohne Umschweife waren sie losgefahren. Seitdem saß sie nun schweigend neben ihm im Auto.

Wie lange fuhren sie bereits? Wann würden sie ihr Ziel erreichen? Die angespannte Atmosphäre zehrte an ihren Nerven. Gerne hätte sie ein Gespräch begonnen, doch worüber sollte sie mit ihm sprechen?

Nein, sie bereute es nicht, sich ihm hingegeben zu haben, sie würde es auch jederzeit wieder tun. Es war einfach fantastisch gewesen. Noch nie hatte sie etwas Vergleichbares erlebt. Jede schöne Begebenheit in ihrem bisherigen Leben verblasste gegen die Erinnerung an die Empfindungen, die Thor in ihr ausgelöst hatte.

Sie richtete ihren Blick auf die Straße. Das mulmige Gefühl in ihrem Magen nahm zu, je näher sie Boston kamen. Natürlich war sie neugierig auf den legendären Clan, doch gleichzeitig fürchtete sie sich vor Ablehnung. Diese Vampire kannten sie nicht und nahmen sie nur Ducin zuliebe auf. Und nur weil sie aufgenommen wurde, hieß das noch nicht, dass sie ein gutes Leben führen konnte. Thor hatte angekündigt, sie würden ihr einen Soya zuweisen, und sie hatte keine Ahnung, wie dieser sie behandeln würde. Sie konnte keine Ansprüche stellen und wäre ihm völlig ausgeliefert. Mit etwas Glück würde sie auf dem Abstellgleis landen und irgendwann als alte Jungfer enden – so wie ihre Tante Aril. Eindeutig die bessere Alternative, als ihr zukünftiges Leben als Ancilla zu fristen und das Bett eines Soyas zu wärmen. Vor allem, wenn er bereits liiert war. Sie wollte keiner Vampirin den Homen abspenstig machen, aber sie wollte auch nicht das fünfte Rad am Wagen sein.

Die Sorge über ihre Zukunft nagte an ihr und machte das untätige Warten immer unerträglicher. Delina zählte die Sekunden, Minuten, und dann endlich erreichten sie die ersten Ausläufer von Boston. Unruhig rutschte sie auf ihrem Sitz hin und her. Es dauerte noch einmal eine halbe Stunde, ehe Thor langsamer wurde. Sie fuhren durch eine wohlhabende Gegend mit riesigen Grundstücken und hielten vor einer Sprechanlage. Thor öffnete das Fenster und klingelte. Von ihrer Position aus war lediglich eine breite Einfahrt zu erkennen. Dichte Bäume verbargen das Haus und den Garten vor neugierigen Blicken. Eine kleine Kamera surrte, als sie sich zu ihnen drehte.

„Willkommen in Boston", erklang eine männliche Stimme aus der Sprechanlage, bevor sich das Eisentor automatisch aufschob.

Thor grinste, murmelte ein „Lita" und fuhr in gemächlichem Tempo die Einfahrt entlang.

Gespannt sah Delina aus dem Fenster. Wann kam endlich das Haus in Sicht? Wie groß war eigentlich dieses Anwesen? Als sie um die nächste Biegung fuhren, zeigte sich ein Gebäude. Es war nicht riesig, aber architektonisch sehr interessant. Der Mittelteil, ein achteckiger Turm, war etwas höher als der Rest des Hauses. In jede Himmelsrichtung schloss sich ein zweistöckiger lang gezogener Bau an. Die Eingangstür befand sich im Mittelteil und war halbrund überdacht. Eine breite Treppe führte auf eine ausladende Veranda.

Thor fuhr an dem Haus vorbei, umrundete es halb und brauste dann eine steile Abfahrt hinunter, die in einer verborgenen Tiefgarage mündete.

Delina staunte. Die Tiefgarage war riesig. Unzählige unterschiedliche Autos parkten dort. Wem gehörten all diese Fahrzeuge? Wie viele Vampire wohnten in diesem Haus?

Thor stellte seinen SUV neben einen schwarzen BMW und stieg aus.

„Da wären wir also", verkündete er. Es war das Erste, was er seit der Abfahrt in New York mit ihr sprach. Schwang in seiner Stimme Erleichterung mit?

Bedrückt senkte sie den Kopf. Sie hatte sich unter Kontrolle, niemand würde ihr anmerken, wie nah ihr die Sache ging.

Schweigend folgte sie ihm. Er führte sie zu einem Aufzug und trat hinein. Die Kabine war ziemlich groß, sodass Delina einen großen Abstand wahren konnte. Thor drückte auf einen Knopf und die Türen schlossen sich.

Delina stutzte. Anstatt nach oben Richtung Erdgeschoss zu fahren, hatte Thor das Untergeschoss ausgewählt. Verwundert, was sie dort unten wollten, starrte sie den gelb leuchtenden Knopf an. Bilder von einem Verlies, von Kerkerräumen tauchten vor ihrem inneren Auge auf. Unwillkürlich fröstelte sie.

Sie könnte natürlich versuchen zu fliehen, aber das wäre sinnlos. Mit einem einzigen Gedanken konnte Thor ihre Flucht stoppen. Ihr blieb keine Wahl. Sie musste gehen, wohin er sie brachte.

Die Aufzugtüren öffneten sich, und sie trat hinaus. Neugierig, ihre Umgebung genauestens in Augenschein nehmend, folgte sie Thor. Wo auch immer sie waren, das hier hatte mit einem Verlies nichts zu tun. Die Wände und die Decke waren weiß gestrichen, der helle Boden auf Hochglanz poliert. Die Beleuchtung erinnerte Delina an Tageslicht, stach aber nicht unangenehm auf der Haut.

„Komm mit!", forderte Thor sie auf, nachdem sie ein ganzes Stück zurückgefallen war.

Der Schleuser war flott unterwegs, rannte beinahe. Er musste sich hier unten gut auskennen. In diesem Irrgarten von Gängen hätte sie sich bereits heillos verlaufen.

Endlich erreichten sie einen Flur, an dessen Ende zwei Türen zu sehen waren. Wie selbstverständlich ging Thor zur linken Tür, riss sie einfach auf. Delina blieb hinter ihm stehen, wollte an ihm vorbeispähen, doch da schlug er die Tür bereits wieder zu und zog dafür die daneben auf.

„Soya", wurde er begrüßt und trat ein.

Delina war unschlüssig. Sollte sie ihm folgen? Er hatte nichts gesagt, ihr keine Befehle gegeben. Die Tür vor ihr schloss sich, hastig hielt Delina sie auf und zwängte sich noch schnell hindurch. Sie wollte nicht allein sein, nicht abgestellt vor der Tür warten.

Verunsichert sah sie sich um. Überall hingen Bildschirme. Teilweise waren sie schwarz, teilweise zeigten sie, was irgendwo von Überwachungskameras aufgezeichnet wurde. Ein riesiger, lang gezogener Schreibtisch, eher ein Pult, auf dem Monitore, Tastaturen und Computerutensilien standen.

„Wo finde ich Darius?", fragte Thor gerade den blonden Vampir, der hier zu arbeiten schien.

„Hi!" Schwungvoll drehte er sich um und blickte Delina neugierig an. Thors Frage hatte er überhört oder er war einfach nicht gewillt, sie zu beantworten.

„Hallo!", sagte Delina unsicher. Wer war das? Sicher nicht der Anführer des Bostoner Clans, oder? Ihn hätte sie sich ganz anders vorgestellt. Der Vampir vor ihr hatte etwas zu lange Haare, die ihm wirr vom Kopf abstanden. Das verlieh ihm ein jungenhaftes Aussehen. Sein Lächeln war durchaus gewinnend. Im Gegensatz zu Thor war er weder durchtrainiert noch sonderlich muskulös, und auch die absolute Dominanz in seiner Ausstrahlung fehlte. Nein, das konnte unmöglich der Anführer sein.

„Ich bin Virus", stellte er sich augenzwinkernd vor. Kein Titel? Kein Nachname, wobei der ihr vermutlich nicht viel weitergeholfen hätte. Sie konnte ihn noch immer nicht einordnen.

„Delina", stellte sie sich nun ihrerseits vor.

„Delina Högelund, einzige Tochter des sjütischen Soyas Jerric. Von Geburt an Mitglied der Innoka. Zukünftige Samera des sjütischen Blutfürsten. Deshalb hat Ducin dir zur Flucht verholfen", ratterte er ihre persönlichen Fakten herunter. Delina staunte. Woher wusste er so viel über sie? Unsicher nickte sie.

„Also, wo ist Darius?", unterbrach Thor den Vampir ungeduldig.

„Unterwegs." Virus warf Thor einen flüchtigen Blick zu und wandte sich dann seinen Computern zu.

„Wo finde ich ihn?"

Es näherte sich jemand der Tür. Delina roch es. Sie wandte den Kopf, überlegte gerade, ob sie sich in Thors Nähe flüchten sollte, da wurde die Tür auch schon geöffnet.

Eine hübsche Vampirin mit dunkelbraunen Haaren, die sie zu Delinas großer Verblüffung offen trug, betrat den Raum. Sie war leger in Jeans, T-Shirt und Sneakers gekleidet. Ihr aufmerksamer Blick glitt über die Anwesenden.

„Thor." Sie nickte dem Schleuser zu. „Wir haben dich eigentlich erst in ein paar Tagen erwartet."

Delina blickte verwundert zwischen dem Schleuser und der Vampirin hin und her. Wer war sie, dass sie hier auftrat, als hätte sie etwas zu sagen, dass sie mit Thor sprach, als wären sie sich ebenbürtig?

„Pläne ändern sich."

Die Vampirin nickte, wandte sich dann Delina zu. „Nachdem der Soya es nicht für nötig hält, uns einander vorzustellen: Ich bin Sam." Sie streckte ihr die Hand entgegen.

Delina war verunsichert. Sie wusste noch immer nicht, wer die Vampirin war, der sie gegenüberstand. Wohnte sie hier? War sie eine Bedienstete?

„Delina", murmelte sie und gab ihr die Hand. Sie hatte einen kräftigen Händedruck und lächelte ihr herzlich zu, bevor sie Delina wieder losließ.

„Freut mich, dich kennenzulernen. Du bist also aus der Alten Welt?"

„Ja, du etwa auch?" Sie hoffte, eine Gemeinsamkeit zu finden, sich der Vampirin näher zu fühlen.

„Nein."

Delinas Hoffnung zerbrach.

„Ich bin in Boston geboren und auch noch nicht so lange ein Mitglied in diesem Clan. Ich war eine Verlorene."

Delinas Augen wurden größer. Sie hatte Geschichten über Verlorene gehört, war aber davon ausgegangen, dass das alles Ammenmärchen waren, denn noch nie war sie einem Vampir begegnet, der nicht in den schützenden Kreisen der Kruento aufgewachsen war.

„Aber das ist völlig egal. In unserem Clan sind alle willkommen", versicherte Sam und drückte Delinas Schulter.

Das hoffte sie, das hoffte sie so sehr. Denn dieser Clan war ihre einzige Überlebenschance.

* * *

„Darius und Jendrael sind mit Arjun unterwegs", informierte ihn Sam in einem Nebensatz.

Thor glaubte sich verhört zu haben. Was machte Arjun in Boston?

„Der Dominus ist hier?" Er sollte doch in Chicago sein. Was verschlug ihn an die Ostküste, und warum hatte er davon nichts mitbekommen?

„Die van der Bakkers sind zu Besuch." Bei Sam hörte sich das an, als ob es das Normalste auf der Welt wäre und so, wie sie es sagte, lag die Vermutung nahe, dass nicht nur der Dominus hier war, sondern die restliche Familie ebenfalls.

Sam bestätigte seine Vermutung: „Serita und Luna sind auch mit dabei."

Ihm schwante Böses. Nicht, weil der Dominus seine Mi und die Mina mitgebracht hatte, sondern weil das zwangsläufig bedeutete, dass das Clanoberhaupt mit etlichen Leibwächtern unterwegs sein musste. Wenn die Besucher alle in der unterirdischen Festung untergebracht waren, konnte er sich abschminken, Delina in Darius' Obhut zu lassen.

Thor wollte gerade etwas erwidern, als er eine Mischung aus Bostoner und Chicagoer Geruch aufschnappte. Sie waren wohl schon zurück. Er verkniff sich eine Antwort. Selbstverständlich respektierte er Sam. Sie hatte viel für ihren Anführer und auch für ihren Clan getan. Er schätzte sie als Kämpferin und hatte bereits eine Schlacht Seite an Seite mit ihr geführt. Aber trotz allem war sie nur die Samera ihres Anführers und auch wenn sie als seine Seelengefährtin in gewisser Weise Teil von Ekklesia war, war doch Darius derjenige, der in letzter Konsequenz Entscheidungen treffen und auch umsetzen musste. So beschloss Thor, sich noch ein wenig zu gedulden.

Während er auf das Eintreffen des Anführers wartete, beobachtete er Delina. Er hatte sich in den letzten Stunden ihr gegenüber äußerst abweisend verhalten. Er wusste, so ein Benehmen hatte sie nicht verdient. Aber genau das war schließlich das Problem an der Sache. Sie hatte jemanden wie ihn nicht verdient. So sehr es ihm auch das Herz zerriss, er wünschte ihr alles erdenklich Gute, und dazu gehörte mehr als das Leben, das er ihr bieten konnte. Sie sollte glücklich sein, die Chance auf einen ebenbürtigen Gefährten haben. Er war nur der Abschaum, ein Bastard, eine Laune der Natur.

Die Tür wurde geöffnet, und mit einem Mal war es in Virus' Reich ziemlich voll. Darius, Jendrael und Arjun betraten den Raum, gefolgt von den Mis Serita und Arnika und den Minas Luna und Delaria. Durch die geöffnete Tür konnte er die Leibgarde des Chicagoer Dominus sehen. Thor kannte sie alle, den einen besser, den anderen weniger gut. Chet, Gaetan, Chancellor und Dagan hatte er bereits als Schleuser in New York in Empfang genommen. Evan war unter Bethou in der Neuen Welt angekommen, und Thor Johannson – bei dem der Name, im Gegensatz zu ihm, keine Abkürzung, sondern sein voller Name war – als Darius noch die Schleusergeschäfte geführt hatte.

„Thor, es freut mich, dich hier anzutreffen", begrüßte der Dominus ihn.

Thor mochte den Dominus. Er war geradlinig und von seinen Wertvorstellungen sehr nahe am Bostoner Clan. Der Respekt beruhte augenscheinlich auf Gegenseitigkeit.

„Gleichfalls."

Sie tauschten einen festen Händedruck.

Thor ließ seinen Blick weiter schweifen, verweilte auf Serita. Er kannte ihre Geschichte. Darius hatte sie ihm einmal erzählt. Er selbst war damals bereits Soya gewesen. Solange jedoch der alte Dominus – Darius' Vater – ihrem Clan vorstand, hatten die Soyas keinen Einblick in die Regierungsgeschäfte gehabt. Serita war mit ihrer Familie aus den Gotenreich geflüchtet. Am Flughafen in

New York wurden sie von einigen gotischen Kriegern überfallen. Seritas Bruder und ihre Schwägerin starben. Nur sie und ihre Nichte Luna überlebten. Für Darius war es eine Herkules-Aufgabe gewesen, eine mittellose Vampirin mit einem Kind zu vermitteln. Arjun von der Bakker, der Dominus des Chicagoer Clans, hatte sich breitschlagen lassen und Serita nicht nur in seinem Clan aufgenommen, sondern sie auch unter seinen Schutz gestellt und zu seiner Samera gemacht. Auch wenn sie kein Seelengefährtenpaar waren, erweckten sie den Eindruck, sehr glücklich miteinander zu sein. Luna war inzwischen eine erwachsene junge Frau, die ihre Renovation längst überstanden hatte.

Der Reihe nach stellte Thor die Vampire Delina vor und umgekehrt. Einer nach dem anderen nickte ihr wohlwollend zu.

„Ich dachte, wir sehen dich erst in ein paar Tagen", sagte nun auch Jendrael ziemlich überrascht. Er hatte seiner Samera Arnika das quengelnde Kind abgenommen.

Thor kniff die Augen zusammen. Die kleine Mina war, seit er das letzte Mal in Boston gewesen war, ziemlich gewachsen. Es war unglaublich, wie schnell Kinder wuchsen. Oder es lag einfach daran, dass er davon keine Ahnung hatte. Er hatte für Kinder nichts übrig, hatte sich also noch nie mit dem Thema auseinandergesetzt. Alles, was er wusste, war, sie waren anstrengend, tagaktiv und nervtötend. Und sie erinnerten ihn an das, was er nie haben würde. Er blickte fort, verdrängte die Bilder von einer nackten Delina, die ihm den Rücken zuwandte und ihren herrlichen Po entgegenstreckte. Sie war eine Vampirin, und er war nur einmal in ihr gekommen. Höchst unwahrscheinlich, dass sie ein Kind empfangen hatte.

„Meine Pläne haben sich geändert. New York ist zu gefährlich für Delina, deswegen habe ich sie schon jetzt hergebracht." Er wusste nicht, warum er das Bedürfnis hatte, sich zu erklären. Er war doch niemandem Rechenschaft schuldig.

„Dann wirst du wohl ein paar Tage in Boston bleiben müssen." Darius klopfte ihm auf die Schulter. „Lucio ist gerade abwesend."

Thor fluchte innerlich. Daran hatte er nicht gedacht. Solange der Soya nicht zurück war, würde Ekklesia keine Entscheidung bezüglich Delina treffen.

„Aber ihr habt wirklich ein perfektes Timing", sagte Sam lächelnd. „Zu Ehren von Serita und Arjun findet in den nächsten Tagen ein Fest statt. Das ist perfekt, um Delina in den Clan einzuführen."

Er fragte sich, ob es überhaupt noch schlimmer kommen konnte. Das Bedürfnis, augenblicklich ins Auto zu steigen und zurück nach New York zu fahren, wuchs rasend schnell. Er hasste gesellschaftliche Verpflichtungen. Wenn er sich in Boston aufhielt, musste er dort aufkreuzen. Er hasste diesen verdammten Soya-Status. Warum konnte niemand anderes diesen verdammten Titel erben, warum ausgerechnet er? Er kannte die Antwort nur zu gut. Er war zu dominant. Wider alle Logik, wider alle Vererbungslehre kam es vor, dass Vampire wie er, mit einem menschlichen und vampirischen Elternteil, ungewöhnlich dominant wurden.

„Auf ein Wort, Darius?", fragte er seinen Anführer, anstatt Sam eine Antwort zu geben. Abwartend blickte er den anderen Soya an, der nickte und nach nebenan deutete.

Der Besprechungsraum war eine der wenigen Räumlichkeiten, die absolut schalldicht waren. Nichts, was darin gesprochen wurde, konnte nach außen dringen, selbst geräuschempfindliche Vampirohren hatten keine Chance.

Er nickte Delina kurz zu, gab ihr so zu verstehen, dass sie hier warten sollte, und folgte Darius in den Besprechungsraum.

„Nun, was gibt es?" Darius lehnte sich gegen den Tisch, verschränkte die Arme vor der Brust und blickte Thor neugierig an.

„Es geht um Delina." Er wusste nicht so richtig, wie er das Thema anpacken sollte.

„Was ist mir ihr? Sie macht einen netten Eindruck."

„Könnte sie vielleicht bei dir bleiben?", platzte es einfach aus ihm heraus.

Verwundert zog Darius eine Augenbraue nach oben, musterte ihn aufmerksam.

„Du tauchst früher als geplant hier auf und kannst sie kaum ansehen. Was ist vorgefallen?"

Thor fühlte sich ertappt, wie ein Schuljunge, der etwas Verbotenes getan hatte. So hatte er sich nicht mehr gefühlt, seit er als Ephebe ziemlich über die Stränge geschlagen war. Es war das erste und einzige Mal gewesen, dass sein Vater bei ihm und seiner Mutter aufgetaucht war und ihm eine Strafpredigt hielt. Er hatte sich damals geschworen, sich nie wieder so fühlen zu wollen. Thor kämpfte gegen die Erinnerungen an. Es war lange her. Er war nicht mehr der Ephebe von damals.

„Nichts", knurrte er. Es war ihm egal, ob Darius wusste, dass er log.

„Thor", seufzte Darius und stieß sich vom Tisch ab. „Hier sind alle Zimmer belegt. So lange Arjun mit seiner Familie und seinen Leuten zu Gast ist, habe ich keinen Raum frei. Mein Bruder Rastus mit Etina und Care wohnen auch noch hier, zumindest bis ihr Haus fertig renoviert ist."

Thor räusperte sich. Er hatte noch eine einzige Karte, die er ausspielen konnte, und das würde er tun. Dabei hoffte er auf Darius' Verständnis. „Du weißt, was ich von gesellschaftlichen Anlässen halte."

Dafür erntete er abermals einen zornigen Blick. „Du weißt, was *ich* von solchen Anlässen halte", stieß der Anführer verstimmt hervor. „Du glänzt die meiste Zeit durch Abwesenheit. Das ist auch in Ordnung, denn du machst in New York einen verdammt guten Job. Aber jetzt bist du da und somit wirst du deinen Verpflichtungen nachkommen. Ich erwarte dich morgen im *fiftyfive*. Du bist ein Soya, deine Leute erwarten, dass du dich zeigst. Delina kannst du natürlich auch mitbringen."

Er hatte es geahnt. Seine Bitte war abgeschmettert worden. Er würde Delina mitnehmen müssen. Er presste die Lippen fest aufeinander. Sie um sich zu haben, war nicht gut, vor allem nicht im Haus seines Vaters, das er mit dem Titel des Soyas geerbt hatte. Seine Besuche dort schlugen ihm aufs Gemüt. Er hasste jeden Quadratzentimeter dieses Hauses, dennoch hatte er es nie verkauft. Jetzt fragte er sich weshalb. Es lag in einer guten Gegend. Schon allein für das Erdgeschoss mit seiner antiken Einrichtung würde er ein Vermögen bekommen. Aber was war schon Geld, wenn man Jahrhunderte lebte?

„Danke für deine Zeit", murmelte er verstimmt.

„Wie läuft es in New York?", erkundigte sich Darius geschäftsmäßig. Jeder Zoll an ihm war nun der Anführer des Bostoner Clans.

Er war also noch nicht ganz entlassen. „Der Flüchtlingsstrom reißt nicht ab. Immer häufiger kommt es vor, dass ich Flüchtlinge nicht vermitteln kann."

„Das tut mir leid, mein Freund." Darius' Worte waren ehrlich gemeint. Niemand sonst verstand, was es bedeutete, Kruento auf dem Gewissen zu haben. Darius war selbst Schleuser gewesen, er kannte die Schattenseiten des Jobs. Thor wusste auch, dass der Anführer daran beinahe zerbrochen war.

„Vielleicht kann Jendrael dich auf politischer Ebene noch mehr unterstützen."

Thor schüttelte den Kopf. „Wenn es nicht passt, passt es nicht. Kein Clan kann unbegrenzt weitere Vampire aufnehmen. Sie müssen langsam wachsen."

„Vielleicht sollten wir Neugründungen mehr ins Auge fassen", überlegte Darius laut.

Der Vorschlag war gut, aber ziemlich schwer umzusetzen. Die Kruento, die in einem Clan verwurzelt waren, gaben ungern ihre Heimat auf. Und diejenigen, die aus der Alten Welt kamen, waren bis auf wenige Ausnahmen einfach nicht dominant genug, um den Rangeleien, die es durchaus immer wieder gab, standzuhalten. Ekklesia hatte dem selbsternannten Dominus von Chicago, Them, bereits mehrmals eine alternative Stadt angeboten, aber der Kerl und seine Anhänger weigerten sich und machten nach wie vor Arjun das Leben schwer.

„Nur, wenn wir starke Kruento haben, und das waren bisher die rühmlichen Ausnahmen."

Darius nickte nachdenklich. „Und Radim?"

„Die New Yorker halten gerade ihre Füße ziemlich still. Letzte Woche haben sie eine Vampirin in die Finger bekommen, aber sie war selbst schuld, mitten am Tag die sichere Unterkunft zu verlassen. Ihr Vater hat den Freitod gewählt", fasste er die Ereignisse kurz zusammen.

„Bedauerlich", murmelte Darius, machte jedoch nicht den Anschein, als ob ihm das sonderlich nahe ging.

„Ich hoffe, du kannst in der nächsten Ratssitzung etwas mehr über die Flüchtlinge berichten."

Thor nickte. Das tat er immer, wenn er hier war. Mit Darius und vor allem mit Jendrael hielt er stets engen Kontakt. Aber es war auch wichtig, die anderen Ratsmitglieder regelmäßig zu informieren.

„Dann fahr jetzt nach Hause. Ruht euch etwas aus, wir sehen uns morgen im Club." Darius klopfte Thor gegen die Schulter, ehe er zur Tür ging und sie ihm aufhielt.

Das Gespräch war beendet. Es blieb ihm nichts anderes übrig, als Delina einzusammeln und mit ihr nach West End zu fahren. Für einen Moment spielte er mit dem Gedanken, sie in einem Motel einzuquartieren, aber dann müsste er ebenfalls dort bleiben, um für ihren Schutz zu sorgen. Das Haus am Charles River dagegen war sicher.

Und wenn er Arek anfragte, ob Delina bei ihm unterkommen könnte? Nein! Es gefiel ihm absolut nicht, Delina weiterhin in seiner Nähe zu haben, aber er würde nicht von Soya zu Soya laufen und wie ein Kleinkind darauf hoffen, dass ihm jemand die Verantwortung für die Vampirin abnahm.

Er musste nur auf Abstand bleiben, sie nicht mehr berühren. Und er sollte mit ihr über den Vorfall reden. Zerknirscht gab er zu, dass er dieser Konfrontation gerne aus dem Weg gegangen wäre. Aber hatte er eine andere Wahl? Grimmig beschloss er, gute Miene zum bösen Spiel zu machen. Er würde seinen Verpflichtungen nachkommen.

Sie kehrten zu den anderen zurück. Seine Laune besserte sich keinen Deut, als er feststellen musste, dass Jendrael viel zu nahe bei Delina stand. Auch wenn der Vampir gebunden war, ja sogar mit einer Seelengefährtin zusammen, hatte er kein Recht dazu. Nicht, solange er da war und ein Wörtchen mitzureden hatte. Entschlossen schob er sich zwischen den Soya und Delina.

„Du entschuldigst uns", sagte er zu Jendrael und fasste Delina am Arm. Er spürte ihre weiche Haut unter seinen Fingern, musste an die vergangene Nacht denken. An ihren anschmiegsamen Körper, ihren wunderbaren runden Po. „Wir müssen jetzt gehen!", keuchte er gehetzt.

Verwundert blickte Delina ihn an. Dann wandte sie sich an Jendrael, streckte ihm sogar die Hand zum Abschied entgegen. „Es hat mich sehr gefreut, dich kennenzulernen. Ich hoffe, wir können unser Gespräch bei Gelegenheit fortsetzen."

Ohne Delina die Chance zu lassen, sich von den anderen zu verabschieden, zog er sie mit sich davon.

* * *

Delina bemühte sich, Thor nicht noch mehr zu verärgern. Das Gespräch mit dem Anführer hatte ihn aufgewühlt. Gerne hätte sie ihn gefragt, warum er so sauer war, aber sie traute sich nicht.

Das Gespräch mit Soya Jendrael war interessant gewesen. Sie hätte sich gerne mit ihm noch weiter unterhalten. Auch die Vampirinnen Arnika und Serita machten einen netten Eindruck. Sie bedauerte es, dass sie so schnell aufbrechen mussten.

Zügig erreichten sie die Tiefgarage. Thor entriegelte den SUV und stieg ein. Delina beeilte sich ebenfalls einzusteigen. Kaum hatte sie die Tür zugezogen, fuhr Thor im halsbrecherischen Tempo die Ausfahrt hinauf. Das Tor am Ende der Einfahrt war bereits offen und so fuhr er, einem alten Ford die Vorfahrt nehmend, auf die Straße. Zwar hätte Delina einen Unfall auf jeden Fall überlebt, aber musste Thor das Glück so herausfordern?

„Wohin fahren wir?", erkundigte sie sich. Es sollte beiläufig wirken, doch sie war dafür zu angespannt.

„Wir sind gleich da."

Unter dieser vagen Angabe konnte Delina sich nicht viel vorstellen, vor allem, weil sie sich in Boston nicht auskannte.

Tatsächlich dauerte die Fahrt nicht lang. Die Straße wurde von alten Stadthäusern gesäumt, die ein ganz besonderes Flair ausstrahlten. Thor hielt vor einem zweistöckigen, langgezogenen Backsteingebäude und wartete, bis das automatische Garagentor sich öffnete, ehe er hineinfuhr. Dort standen bereits ein Motorrad und ein roter Sportwagen, hinter dem sie parkten. *McLaren* las Delina und überlegte, ob ihr die Automarke etwas sagen müsste.

„Delina", begann Thor und zog den Schlüssel aus der Zündung.

Delina atmete tief durch. Er war den ganzen Tag schon komisch gewesen. Sie wusste nicht, was besser war: Sein Schweigen oder das, was jetzt kommen würde.

Er fuhr sich mit der Hand über den Kopf, eine Bewegung, die sie bisher bei ihm nicht gesehen hatte. Es zeugte von Unsicherheit, und sie hatte den Schleuser noch nie unsicher erlebt.

„Es tut mir leid, dass ich dir Umstände mache", entschuldigte sie sich kleinlaut.

Sie fühlte seinen bohrenden Blick auf sich gerichtet, wünschte sich, sich in einem Mäuseloch verkriechen zu können.

„Nein!", stieß er ungehalten hervor. Er stieg aus, umrundete den SUV und riss auf Delinas Seite die Beifahrertür auf.

Er wartete, bis sie ausgestiegen war. Hastig ließ Delina ihren Blick durch die Garage gleiten, suchte einen Fluchtweg. Doch der Schleuser versperrte ihr den Weg. Er ragte über ihr auf, starrte sie nach wie vor an.

„Du machst mir keine Umstände", knurrte er und kam immer näher.

Erst ließ er sie stehen, dann ignorierte er sie, und nun war er ihr wieder so nahe. Das überforderte sie. Wie sollte sie damit umgehen? Das Bedürfnis, sich in seine Arme zu schmiegen, bis sein Zorn verraucht war, überwältigte sie.

„Delina." Seine Stimme war tief, kehlig. Seine Augen glühten von innen, als er sie an sich zog.

„Was habe ich falsch gemacht?" Sie biss sich auf die Lippe, aber da hatte sie die Frage schon gestellt.

„Nichts."

Seine starken Arme legten sich um sie, hielten sie. Delina barg sich in seiner Umarmung, saugte den Moment in sich auf.

„Es liegt nicht an dir. Es ist alles meine Schuld", erklärte er sich.

Sie wollte sich die Ohren zuhalten, wollte nicht hören, dass er die Nacht mit ihr bedauerte.

„Das letzte Nacht war ein Fehler."

Atemlos stand Delina da. Sie konnte nicht einmal Luft holen, so sehr verkrampfte sie sich.

„Es war ein idiotischer Fehler, und es wird nicht mehr vorkommen. Es tut mir leid, dass ich dir zu nahegetreten bin."

Es hatte sich nicht wie ein Fehler angefühlt, und sie bereute rein gar nichts. Sie stand hier mit ihm, war ihm so unglaublich nahe, und er sprach nur davon, dass es falsch war. Dann fiel es ihr wie Schuppen von den Augen. Sie war ungenügend. Sie hatte ihm nicht das geben können, was er wollte. Aber Thor war ein Gentleman, deswegen nahm er die Schuld auf sich. Zu wissen, dass sich das von letzter Nacht nicht mehr wiederholen würde, tat weh. Sie hatte auf ganzer Linie versagt.

„Ich werde dich in die Gesellschaft einführen und dich dann einem der Soyas übergeben."

Sie wollte nicht weg von ihm. Warum konnte sie nicht einfach bei ihm bleiben? Sie stellte keine Ansprüche, sie wollte nur in seiner Nähe bleiben.

Delina schluckte die Tränen hinunter und machte sich von ihm los. „Du brauchst dich nicht zu entschuldigen, ich verstehe dich." Ihre Zunge fühlte sich wie Sandpapier an.

„Danke."

Delina konnte nicht mehr. Sie wollte die Unterhaltung nicht weiterführen. Sie fühlte sich schuldig. Thor wollte sie nicht, damit musste sie klarkommen. Es fiel ihr nur so wahnsinnig schwer. Wie sollte sie die nächsten Tage überleben?

„Ich bin müde", verkündete sie und hoffte, dass er sie schnell ins Haus bringen würde. Seine Umarmung ertrug sie nicht länger.

Noch schlimmer war es jedoch, als er zurücktrat. Sie vermisste den Körperkontakt sofort. Mit Tränen in den Augen wandte sie sich ab.

„Komm, ich zeig dir dein Zimmer."

Aus dem Kofferraum holte er ihren Koffer und warf sich seinen Seesack über die Schulter. Die Garage hatte keine Verbindung zum Haus. Sie schien erst nachträglich gebaut worden zu sein. Delina folgte dem Schleuser, der am Gehweg entlang auf die Haustür zumarschierte. Ein Surren hinter ihr erklang. Aus dem Augenwinkel sah Delina, wie sich das Garagentor automatisch schloss.

Das Haus war alt. Die hölzerne Eingangstür war vor nicht allzu langer Zeit neu gestrichen worden und strahlte nun in einem kräftigen Hellblau. Die Fenster waren aus dunklem Holz, Roll- oder Klappläden gab es keine. Die Dachrinne sah aus, als ob sie im Nachhinein montiert worden war.

Thor sperrte auf, und Delina folgte ihm in das Innere des Hauses. Es war kühl darin und roch leicht modrig, nicht allzu intensiv, aber dennoch wahrnehmbar. Delina kam sich vor, als hätte sie eine Zeitreise unternommen – und wäre am Anfang des zwanzigsten Jahrhunderts gelandet, dem Eingangsbereich nach zu urteilen: Dunkler Holzboden, eine schlichte Nussbaumgarderobe für Jacken und Hüte. Die Wände waren zur Hälfte mit Holz vertäfelt und vor vielen Jahren weiß gewesen. Inzwischen blätterte die Farbe an einigen Stellen ab, und ein Grauschleier hatte sich darübergelegt.

Etwas langsamer folgte sie Thor. Sie gingen an einer Kommode mit rostigen Eisenbeschlägen vorbei. Darauf stand eine Metallschüssel, in die Thor seinen Schlüssel fallen ließ. Ihr Blick blieb an einem ledergebundenen Buch hängen, das daneben lag. Sie wäre gerne stehen geblieben, um sich das kostbare Stück näher anzuschauen, doch Thor hatte schon die Treppe erklommen. Bei jedem Schritt knarrten die Stufen. Eine vergilbte Ornament-Tapete löste die Holzvertäfelung ab. Bedauernd spähte Delina den Flur entlang. Zu gerne wollte sie sehen, was hinter den Türen verborgen lag.

Thor war stehengeblieben und hatte sich nach ihr umgedreht. Hastig ging sie die Treppe hinauf, damit er nicht länger auf sie warten musste.

Das obere Stockwerk sah komplett anders aus. Die Wände waren einfarbig in blau gestrichen und wirkten aufgeräumt und modern. Die Stuckdecke strahlte in reinem Weiß.

„Hier ist dein Zimmer", erklärte Thor und öffnete die erste Tür. Er trat zur Seite, damit Delina an ihm vorbeigehen konnte. Sie stutzte etwas, als sie die violett gestrichenen Wände sah, und fragte sich einen Moment, wem dieses Zimmer gehörte. Sie konnte sich einfach nicht vorstellen, dass Thor diese Farbe ausgesucht hatte. Alles wirkte modern, selbst das große Boxspringbett, auf dem eine weiße Tagesdecke lag. Thor legte kommentarlos ihren Koffer darauf.

„Fühl dich ganz wie zu Hause. Das Bad ist gegenüber. Ich schlafe in dem Zimmer am Ende des Flurs." Er war schon beinah zur Tür hinaus, als er sich noch einmal umdrehte. „Du brauchst für die nächsten Tage Kleidung. Möchtest du gerne shoppen gehen?"

Delina bekam große Augen. Sie war noch nie selbst einkaufen gegangen. Eine Schneiderin kam für gewöhnlich ins Haus. Sie brachte Stoffmuster mit, und in der Regel wählten ihre Mutter oder ihre Tante die Stoffe aus.

„Ich lass dir etwas herbringen", beschloss Thor, als er ihren entsetzten Blick sah. Dann deutete er auf die schweren Vorhänge. „Du musst sie ordentlich zuziehen. Dieses Haus besitzt keine

Rollläden. Die Vorhänge sind schwer, schützen dich vor den Sonnenstrahlen."

Brav nickte sie.

Die Tür fiel ins Schloss, und Delina war endlich allein.

KAPITEL 11

Zur Feier des Tages gab es Bier. Younes erlaubte es nicht oft, dass Alkohol ausgeschenkt wurde, doch heute hatten es sich seine Leute redlich verdient.

Er stand oben an der Treppe vor seinem Büro und blickte von dort hinunter in die Lagerhalle. In aller Eile waren die Maschinen und das Werbematerial zur Seite geräumt und Bierbänke und -tische aufgestellt worden. Cody war beim Metzger gewesen – bei zwei, um genau zu sein – und hatte eine riesige Ladung an Fleisch gekauft.

Die Männer saßen zusammen, lachten, aßen und genossen ihren Sieg. Die drei enthaupteten Kruento lagen etwas abseits in einer Ecke. Sie würden nicht mehr aufstehen. Bei diesen verdammten Blutsaugern heilten alle Wunden, alles wuchs nach – außer der Kopf. War dieser erst einmal abgetrennt, starben die Bastarde. Jetzt lagen die kopflosen Körper da und warteten auf ihre endgültige Vernichtung.

Younes war zufrieden, so zufrieden wie schon seit langem nicht mehr. Heute hatten sie eine wichtige Etappe geschlagen. Seine Leute hatten ein Dreiergespann der Ekklesia-Krieger verfolgt, sich ihnen zum Kampf gestellt und gesiegt. Zwei der Krieger waren seiner Einschätzung nach noch sehr junge Vampire. Mit langjährigen Kriegern, kampferprobt und durchtrainiert, hätten sie heute keinen Sieg errungen. Die ersten beiden Kruento hatten seine Männer – sie waren zu fünft – recht flott erledigt. Mit dem dritten hatten sie es schwerer gehabt. Letztendlich waren sie ihm überlegen gewesen, aber auch nur aufgrund ihrer deutlichen Überzahl.

Wichtig war jedoch das Ergebnis. Sie hatten den Ekklesia-Trupp vernichtend geschlagen. Das musste gefeiert werden. Seine Leute hatten sich dieses Fest mehr als verdient.

Kayden trat neben ihn und streckte ihm eine Bierflasche entgegen.

„Auf die glorreiche Schlacht!" Sie stießen mit den Flaschen an und nahmen beide einen tiefen Zug.

„Das Fest ist wichtig. Es unterbricht die Routine und hebt die Stimmung."

Anerkennend nickte Kayden. „Die Kruento werden sich grün und blau ärgern."

„Sollen sie doch." Younes grinste breit und nahm noch einen Schluck.

Schweigend standen sie zusammen, jeder hing seinen Gedanken nach.

„Wie geht es Natalie?", erkundigte sich Kayden eher beiläufig.

Younes fühlte sich ertappt. Jeden anderen Inimicus hätte er zusammengefaltet. Sein Privatleben ging niemanden etwas an. Natalie und Jaron, sein Sohn, waren allein seine Sache. Kayden gehörte jedoch zu seinen engsten Vertrauten. Er hatte sich diese Position hart erarbeitet, und nur deshalb duldete Younes diese Frage. Nur deshalb beantwortete er sie auch.

„Es ist schwierig mit Natalie. Sie begreift einfach nicht, was unser Sohn wirklich braucht, und verhätschelt ihn wie ein Menschenkind."

„Hast du ihr gesagt, dass wir keine Menschen sind?"

Younes schüttelte den Kopf. „Das würde sie nicht verstehen. Sie ist dumm wie Brot."

Kayden zog fragend eine Augenbraue nach oben. Er schien etwas sagen zu wollen, überlegte es sich dann aber anders. Diese Besonnenheit schätzte er an Kayden. Viele der Inimicus waren impulsiv, brausten auf. Richtig schlimm wurde es allerdings dann, wenn sie ihren Verstand verloren. Jeden von ihnen würde es eines Tages treffen – auch ihn. Aber er war klug. Er hatte vorgesorgt. Gegen seine biologische Uhr, die erst kurz vor dem Wahnsinn einen Inimicus dazu trieb, sich fortzupflanzen, hatte er bereits für Nachwuchs gesorgt. Es war eine bewusste Entscheidung gewesen, denn er hatte Großes vor. Sein Sohn sollte bei ihm aufwachsen. Er würde der Erste ihrer Art sein, der unter Seinesgleichen groß wurde. Im Gegensatz zu ihnen allen würde Jaron mit einem Vater aufwachsen, der ihn lehrte, was es hieß, ein Inimicus zu sein. Eines Tages würde sein Sohn das, was er aufgebaut hatte, fortführen. Eines Tages würde er die Inimicus in eine neue Welt führen. Und wenn es ihm nicht gelang, die Kruento vernichtend zu schlagen, würde Jaron es zu Ende führen.

„Ich werde ihn zu mir holen, sobald er alt genug ist", sagte Younes nachdenklich.

„Wird Natalie das zulassen?"

Das war ihm egal. Natalie war kein Hindernis für ihn. Entweder sie akzeptierte, dass Jaron bei ihm lebte, oder er musste sie aus dem Weg räumen. Er würde nicht zulassen, dass diese Frau sich zwischen ihn und Jaron stellte. Sie war nichts Besonderes, eine Menschenfrau. Nur weil seine Rasse ausschließlich aus Männern bestand, war er gezwungen, auf sie zurückzugreifen.

Younes fiel ein, dass er Kayden noch immer keine Antwort gegeben hatte. „Das wird die Zukunft zeigen." Damit beendete er das Thema. Alles Wichtige war gesagt, er hatte ohnehin schon mehr offenbart, als er eigentlich vorgehabt hatte.

„Die Taktik mit den Ekklesia-Kriegern war gut. Wir sollten sie beibehalten."

Er wusste, warum er Kayden mochte. Der Kerl verstand jeden Wink.

„Ich weiß nicht, ob es noch einmal so funktioniert", gab Younes zu bedenken,

„Von den Kruento hat keiner überlebt, der sein Wissen weitergeben könnte. Die Taktik hat gut funktioniert. Warum sollte es uns nicht ein weiteres Mal gelingen, einen Trupp zu schlagen?"

Younes überlegte, wie ehrlich er zu Kayden sein sollte. Der Inimicus hatte ihm zu jeder Zeit den Rücken gestärkt und seine Anweisungen nie in Frage gestellt. „Wir hatten diesmal verdammtes Glück, dass zwei von ihnen noch ziemlich unerfahren waren. Sonst hätte dieser Kampf ganz anders ausgesehen. Wir können es uns nicht leisten, beliebig viele unserer Leute zu verlieren."

„Hey, Younes!", rief Bernan von unten. „Wann dürfen wir mit dem Lagerfeuer beginnen?"

Erwartungsvolle Gesichter blickten zu ihm auf. Keiner von ihnen würde wagen, ohne seine Erlaubnis die Vampirleichen zu verbrennen, auch wenn sie alle noch so scharf darauf waren.

„Schafft sie hinters Haus, hier drinnen nebeln wir nur alles zu."

Das ließen sich die Inimicus nicht zweimal sagen. Sie schnappten die Körper, trugen sie zu zweit nach draußen. Die Köpfe waren die besonderen Trophäen. Der Inimicus, der sie abgeschlagen hatte, durfte sie unter Jubelrufen hinters Haus tragen. Younes und Kayden stiegen die Treppe hinab und folgten der grölenden Menge hinter die Fabrikhalle. Dort türmten sie die Körper auf und dekorierten die Leiber mit den Köpfen.

Younes kam näher, blieb dicht vor den toten Feinden stehen. Aus einer Hosentasche zog er eine Schachtel Streichhölzer. Es war ein Privileg, die Besiegten endgültig zu vernichten. Er konnte sie selbst entzünden oder die Ehre einem seiner Leute überlassen. Was wäre am wirkungsvollsten?

„Ich bin stolz auf euch. Wir haben heute einen großartigen Sieg errungen, und ich verspreche euch, dass es nicht der Letzte sein wird. Wir werden Boston von der Kruento-Plage heilen." Er riss seine Faust in die Höhe.

Seine Männer taten es ihm gleich und jubelten.

„Wir werden uns unsere Stadt zurückerobern."

Die Inimicus schrien noch lauter, bejubelten sich selbst.

Younes traf eine Entscheidung darüber, wer die Leiber entzünden würde. Er würde ein Zeichen setzen. So warf er dem überraschten Stuart die Streichholzschachtel zu. Reflexartig fing er sie auf und starrte Younes mit großen Augen an. Auffordernd nickte er dem Inimicus zu.

Stuart Bryars war neu bei ihnen. Er war noch ziemlich jung, kam mit der Tatsache, dass er kein Mensch war, noch nicht so ganz zurecht. Auch seine außerordentlichen Kräfte konnte er noch nicht gezielt einsetzen. Deshalb hatte er ihn noch auf keinen Einsatz geschickt, was die Motivation des Inimicus ziemlich herunterzog. Ihm die Ehre des Feuerentzündens zuteilwerden zu lassen, war von seiner Seite aus Kalkül. Er wollte den Jungen an ihre Bruderschaft binden, und wie ging das besser, als wenn er ihn vollkommen von ihrer Sache überzeugte?

Acer, der den Jungen unter seine Fittiche genommen hatte, schlug ihm auf die Schulter. „Na los!" Er schubste ihn leicht nach vorn.

Unter lauten Anfeuerungsrufen entzündete Stuart ein Streichholz und warf es auf die toten Kruento-Körper.

Zuerst sah es so aus, als würde das Streichholz ohne Auswirkung erlöschen, doch dann fing das T-Shirt Feuer. Zunehmend breiteten sich die Flammen aus. Die Kruento brannten wie Zunder, und es dauerte nicht lange, da stand der komplette Haufen in Flammen. Es sah aus wie ein Lagerfeuer. Fasziniert schauten die Inimicus ins Feuer und sahen zu, wie ihre Feinde, die Kruento, zu Staub zerfielen.

* * *

Delina wälzte sich im Bett herum. Sie konnte einfach nicht mehr schlafen. Durch die Vorhänge fiel ein schmaler Streifen Sonnenlicht. Es war also noch nicht Abend. Wieder drehte sie sich um, starrte vor sich hin. Sie schloss die Augen, wartete. Es war unmöglich, noch einmal einzuschlafen. So beschloss sie aufzustehen. Sie zog sich an und blickte sich gelangweilt im Zimmer um. Es gab hier nichts zu tun, weder etwas zu lesen, noch einen Fernseher. Absolut nichts. Das Zimmer war sauber und aufgeräumt, hatte jedoch keine persönliche Note. Wie sollte es ihr gelingen, sich hier wohlzufühlen? Außerdem vermisste sie Thors Geruch. Dadurch hatte sie sich beschützt gefühlt.

Delina beschloss, sich ein wenig umzusehen. Sie öffnete die Zimmertür, trat hinaus auf den Flur und lauschte. Schlief Thor? Es war nichts zu hören. So leise wie möglich schlich sie weiter, blieb vor Thors Zimmertür stehen und spitzte die Ohren. Nichts. Sie hörte weder ein regelmäßiges Atmen, noch sonst etwas. Vielleicht war er überhaupt nicht in seinem Zimmer. Neugierig öffnete sie die Tür einen Spalt und spähte hinein. Das Bett war leer. Wider besseres Wissen schob Delina die Tür auf und betrat das Zimmer. Es war riesig, der Fensteraufteilung nach mussten es früher zwei Räume gewesen sein. Delina trat hastig in den Schatten zurück. Die Vorhänge waren nicht zugezogen, und Tageslicht fiel herein. Zum Glück war es ein ziemlich bewölkter, regnerischer Tag, dennoch kribbelte ihre Haut unangenehm. Der vertraute Geruch von Thor umhüllte sie und ließ sie schmerzlich die Geborgenheit seiner Laken in New York vermissen. Sein Bett war so groß, dass darauf locker eine halbe Armee Platz fand. Das Kopfkissen war aufgeschüttelt, die Tagesdecke darüber gezogen. Thor hatte achtlos seinen Seesack darauf geworfen, der noch immer unausgepackt war. Gegenüber dem Bett prangte ein riesiger Flachbildschirm, der die gesamte Wand einnahm. Zu ihrer Linken befand sich ein Schreibtisch mit Computer, zu ihrer Rechten eine gemütliche Sitzecke mit einem kleinen Glastisch. Spartanisch, aber dennoch pragmatisch, so wie sein Besitzer. Sie hatte genug gesehen und verließ Thors Zimmer.

Wo konnte er nur sein? Sollte sie ihn suchen? Hier oben gab es keine weiteren Türen. War er im Erdgeschoss? Was würde sie dort unten finden? Delina brannte darauf, das Haus zu erkunden. Die Treppenstufen knarrten, als sie hinabstieg. Mit jedem Schritt tauchte sie in eine andere Welt ein, fühlte sich in ihre Kindheit zurückkatapultiert.

Sie war noch kein halbes Jahrhundert alt, war hineingeboren in eine Welt, in der Elektrizität ebenso dazugehörte wie fließend Wasser. Freunde ihrer Eltern, die sie regelmäßig besuchten, lebten zurückgezogen. Dort hatte es nur Gaslampen und anstatt Waschbecken nur Waschschüsseln und Krüge gegeben. Die Toilette, ein einfaches Plumpsklo, stank furchtbar. Sie hatte sich als Kind wahnsinnig davor geekelt. Die Atmosphäre, die im Erdgeschoss herrschte, erinnerte sie an diese Zeit. Neugierig öffnete Delina eine der Türen und betrat den Salon. Antike Möbel aus dunklem Holz, unzählige Sitzgelegenheiten, eine schwere Wandvitrine mit Porzellan und ein gut erhaltener Perserteppich. Die pompösen Vorhänge waren zugezogen und aus demselben hässlichen Stoff wie die blaugoldenen Sofakissen. Zwischen den Fenstern war ein deckenhoher Spiegel angebracht, in dem Delina sich selbst sah. Sie wirkte in der Jeans und dem T-Shirt vollkommen fehl am Platz.

Sie setzte ihren Rundgang durchs Haus fort. Deckenhohe Bücherregale säumten die Wände des nächsten Raums. Aber auch einen geräumigen Schreibtisch gab es dort. Delina war sich nicht ganz sicher, ob es sich um eine Bibliothek oder ein Arbeitszimmer handelte. Vielleicht auch beides. Der alte Ohrensessel mit einem Beistelltischchen und einer Stehlampe sowie die unzähligen in

Leder eingebundenen Bücher luden zum Verweilen ein. Welche Schätze mochten sich in all den Bücherregalen verstecken? Gerne hätte sie hier ein wenig Zeit verbracht, doch alles wirkte so unbenutzt, dass sie es nicht wagte, sich zu setzen. Außerdem wollte sie auch noch den Rest des Hauses sehen.

Während sie sich fragte, warum Thor hier unten alles so belassen hatte, obwohl das Obergeschoss den modernen Standards entsprach, fand sie sich in der Küche wieder. Diese hatte wirklich Museumswert. Das Spülbecken bestand aus einer herausnehmbaren Emailleschüssel. Der Wasserhahn war eine abenteuerliche Konstruktion, die aussah, als würde sie jeden Moment zusammenbrechen. Kam überhaupt noch Wasser aus der Leitung?

Die Kochstelle bestand aus einem Holzherd mit einem einfachen Backrohr. Einen Kühlschrank suchte man vergebens. Nicht, dass sie einen gebraucht hätte, vermutlich ebenso wenig wie Thor. Diese Küche war schlicht und ergreifend seit vielen Jahrzehnten nicht mehr benutzt worden.

Als nächstes betrat Delina ein Schlafzimmer. Auch hier waren die Vorhänge zugezogen, deshalb sah sie die dicke Staubschicht auf dem Sideboard und dem Sekretär erst, als sie direkt davorstand. Das Bett, ein Holzgestell mit dicker Matratze, war ziemlich hoch und hatte allgemein ein seltsames Format. Definitiv keine Standardgröße. Die aufgestellten Kissen wirkten stumpf, ebenso der Teppich darunter.

„Was machst du hier?"

Delina zuckte zusammen und fuhr herum.

Ihr gegenüber stand Thor. Er trug eine Trainingshose und ein schwarzes T-Shirt, das durchgeschwitzt an seinem Oberkörper klebte.

„Du hast hier unten nichts zu suchen." Er zog sie unsanft am Handgelenk zurück in den dunklen Flur und schloss die Tür. Sein intensiver Duft hüllte sie ein, sie spürte seinen unverhohlenen Ärger.

„Es tut mir leid", stotterte sie und wollte sich an ihm vorbei schieben, um nach oben zu flüchten. Doch er versperrte ihr den Weg. Sein Anblick war bedrohlich. Die dunkle Haut hob sich kaum von ihrer Umgebung ab, die schwarze Kleidung machte ihn noch unsichtbarer. Lediglich seine Augen glühten. Braune Kohlen, die sie zu verschlingen drohten.

„Ich habe dich gesucht", flüsterte sie hilflos.

„Ich war nicht hier unten." Seine Stimme war tief, kehlig, als er noch ein Stückchen näher an sie heranrückte. „Ich bin nie hier unten."

Sie konnte nicht weiter zurückweichen. Im Rücken spürte sie bereits die Tür des Raumes, aus dem er sie soeben gezogen hatte.

„Das wusste ich nicht. Es wird nicht wieder vorkommen." Betreten senkte sie den Blick, spürte seinen Atem an ihrer Wange.

Er war ihr nah, roch so gut nach Tannennadeln und feuchter Erde. Sie liebte diesen Duft, den sie mit Schutz verband. Dieses Gefühl stand im direkten Widerspruch zu dem Gebaren, das er an den Tag legte. Thor war zornig auf sie. Sie hatte einen Fehler gemacht, hatte ohne seine Erlaubnis das Erdgeschoss betreten. Von Kindesbeinen an hatte sie gelernt, sich unterzuordnen. Sie hatte eine anständige Erziehung genossen und wusste, wo ihr Platz war. Sie schloss die Augen, war bereit für die Strafe, die er ihr auferlegte. Ob nun körperliche Prügel oder mentale Schläge, sie würde ihre Lektion lernen und nie wieder ungefragt …

Der Gedanke war verschwunden, als er sie in die Arme nahm, sie an sich zog. Delina spürte seine festen Muskeln unter dem dünnen Stoff, die versteckte Kraft, die sich in jeder Bewegung abzeichnete. Seine Hand legte sich um ihre Kehle. Das fühlte sich nicht nach Bestrafung an. Sengende Hitze brannte in ihren Adern, zog in ihren Unterleib. Ihr wurde schwindelig, und so war sie froh, dass er sie festhielt.

Seine Lippen waren auf ihrer Wange, liebkosten sie, wanderten zu ihrem Ohr. „Egal was du tust, ich werde dir nie wehtun. So bin ich nicht."

Delina erschauderte, wusste, dass er die Wahrheit sprach. Er musste niemandem seine Stärke beweisen, er war pure Kraft. Seine Ausstrahlung allein genügte.

Sie schmiegte sich in seine Umarmung, die sie auch auf geistiger Ebene deutlich spürte. Er war da, ein sicherer Fels in einer Welt mit einer ungewissen Zukunft.

Seine Hand griff in ihr Haar. Sie spürte, wie er die Nadeln herauszog und ihre Haare über die Schultern fielen.

„Lass deine Haare heute offen. Sie gefallen mir so", raunte er ihr zu.

Noch einmal legten sich seine Lippen auf ihren Hals, küssten sie zärtlich. Dann ließ er sie los.

„Ich muss duschen." Hastig wandte er sich ab. „Zieh dich um, ich habe dir Kleidung ins Zimmer gelegt!", rief er ihr zu.

Verblüfft stand Delina da, sah ihm hinterher. Ihre Beine waren noch immer weich, zitterten. Was war das eben gewesen? Einerseits zog er sie an sich, andererseits stieß er sie weg. Sein Verhalten war so widersprüchlich wie die Gefühle, die sie für den Schleuser hegte.

* * *

Thor hatte es für eine gute Idee gehalten, Autumn, die Samera eines seiner Moris, mit dem Kleiderkauf für Delina zu beauftragen. Als sie ihm den schwarzen Rock und die Bluse präsentierte, war er immer noch der Ansicht gewesen, das wäre das richtige Outfit für den Besuch im *fiftyfive*. Nachdem er Delina jedoch darin gesehen hatte, war es schon zu spät gewesen, seine Meinung zu revidieren. Der Rock war verdammt kurz und bot einen herrlichen Ausblick auf Delinas unwahrscheinlich lange Beine und den perfekt gerundeten Po. Ein Anblick, den er sehr genoss, der allerdings auch den anderen Männern nicht entgehen würde, und genau das war das Problem. Er wollte nicht teilen. Dabei half es auch nicht, dass er sich einredete, dass Delina nicht ihm gehörte. Doch, das tat sie. Noch für ein paar Tage gehörte sie zu ihm. An das Danach wollte er im Augenblick nicht denken.

Thor wählte den McLaren. Er wollte Delina ein wenig beeindrucken. Bald hatte er jedoch den Eindruck, dass ihr der Sportwagen völlig egal war.

Hinter dem Nachtclub hatte Jendrael immer ein paar Parkplätze für die Soyas reserviert. Anstatt wie sonst den Club durch die zweite Ebene zu betreten und ein wenig von der Partystimmung der Menschen aufzusaugen, führte er Delina über die Treppe direkt in die dritte Ebene.

„Nach dir", murmelte er und ließ ihr den Vortritt. Eine hervorragende Entscheidung, denn so konnte er ihren wundervollen Hintern bewundern. Definitiv würde er heute viel hinter ihr laufen, zum einen, um diesen Anblick zu genießen, zum anderen, um sicherzustellen, dass es niemand anderes tat.

Aus der Ferne war gedämpfte Discomusik zu hören. Sie gingen an den Pausenräumen des Personals vorbei und erreichten schließlich die Tür mit der Aufschrift: Ebene 3 – Zutritt für Unbefugte verboten!

Thor öffnete die Tür und ließ Delina als Erste hindurchtreten.

„Das ist der Bereich für die Kruento", erklärte er.

Zu ihrer Linken befand sich eine Bar. Der Ephebe Colan war heute der Barkeeper. Auch wenn er seit über sechzig Jahren keinen Cocktail mehr getrunken hatte, mixen konnte er sie ziemlich gut. Die Mädchen, die er bisher mit hergebracht hatte, hatten sich zumindest nie beschwert. Auf der gegenüberliegenden Seite gab es kleine Sitzgruppen. Etwa die Hälfte war bereits besetzt. Es musste sich herumgesprochen haben, dass er heute Abend hier sein würde, denn unter den Anwesenden entdeckte er etliche Moris, die ihm unterstellt waren. Sein schlechtes Gewissen meldete sich. Er hatte seine Leute in den letzten Monaten sträflich vernachlässigt. Er war ein mieser Soya, taugte einfach nicht dazu.

Weiter hinten lagen die Separees, geschlossene Sitzgruppen, von denen aus man in die zweite Ebene blicken konnte. Sehnsüchtig blickte er die Schiebetüren an, wusste jedoch, dass er sich nicht gleich dorthin zurückziehen konnte. Er musste seinen Leuten die Chance geben, ihn anzusprechen.

Neugierig sahen sie bereits zu ihnen herüber, musterten Delina. Um keinen Zweifel aufkommen zu lassen, dass die Vampirin zu ihm gehörte, legte er besitzergreifend einen Arm um sie.

„Ich muss meinen Pflichten als Soya nachkommen", flüsterte er ihr zu und wurde langsamer.

Zale Kalucki erhob sich, um ihn zu begrüßen. Wohlwollend nickte Thor ihm zu, signalisierte ihm so, dass er bereit war, ein paar Worte mit ihm zu wechseln.

Er trat zu ihnen. „Soya." Respektvoll neigte er den Kopf. „Wir freuen uns so sehr, dass du es möglich gemacht hast, ein paar Tage in Boston zu bleiben."

„Selbstverständlich", nickte Thor. Wann war er das letzte Mal hier gewesen und hatte sich Zeit genommen? Es war definitiv viel zu lange her.

„Wie geht es deiner Samera?", erkundigte er sich höflich.

„Sie ist zu Hause bei unserem Sohn. Er macht sich wirklich gut."

Scheiße! Jendrael hatte ihn informiert, dass der Mori vor ein oder zwei Monaten Nachwuchs bekommen hatte. Und er als sein Soya hatte der Familie noch immer nicht seine Aufwartung gemacht. Das musste er dringend nachholen.

„Bestell deiner Samera die besten Grüße. Ich werde in den nächsten Tagen gerne vorbeikommen, um das neue Clanmitglied zu begrüßen."

Der Mori strahlte über das ganze Gesicht. „Danke, Soya." Dann verabschiedete er sich und kehrte zu seinem Tisch zurück.

Sie kamen nicht weit, genau zwei Schritte, dann wurden sie ein weiteres Mal aufgehalten. Noch ein Kruento kam auf ihn zu. Er kramte in seiner Erinnerung nach dem Namen des Epheben. Als er ihn das letzte Mal gesehen hatte, war er noch ein Blutkind gewesen. Augenscheinlich hatte er die Renovation überlebt.

„Herzlichen Glückwunsch", begrüßte Thor ihn und streckte ihm die Hand entgegen.

„Lita", nuschelte er und grinste breit.

Malin. So hieß der Ephebe. Er stand etwas unsicher da, hatte den Kopf gesenkt.

„Was liegt dir auf dem Herzen, mein Junge?", fragte er nach.

„Ich … Da gibt es … sie heißt Ladonna", stotterte er. Seine Wangen röteten sich leicht. Er musste gerade erst getrunken haben, sonst liefen Vampire nicht purpurrot an.

„Du möchtest also eine Familie gründen", stellte er fest.

„Ja, Soya."

Nachdenklich musterte er den Epheben, der doch noch ziemlich jung war. Er war sich nicht ganz sicher, ob der Junge bereit war, die Aufgabe eines Familienvorstands zu übernehmen.

„Ich erhebe nur dominante Vampire in den Status einen Moris", belehrte er den Jungen.

Delina, die bisher reglos in seinem Arm gestanden hatte, wurde unruhig.

Eigentlich hatte er dem Jungen eine Abfuhr erteilen wollen, doch er spürte, dass Delina das nicht gefallen würde. Er wusste nicht genau warum, aber ihre Meinung war ihm wichtig.

Was meinst du dazu?, fragte er sie spontan.

Thor spürte ihre Überraschung und ihr Zögern. Überlegte sie, ob sie ehrlich zu ihm sein sollte? Er wollte unbedingt ihre Meinung wissen.

Was sagt dein Bauchgefühl?

Er scheint mir sehr gewissenhaft zu sein.

Unwillkürlich musste er lächeln und freute sich zugleich über den Austausch mit Delina.

„Ich werde mir deine Bitte durch den Kopf gehen lassen. Du wirst meine Entscheidung erfahren."

Er nahm sich vor, den Epheben zu sich einzuladen, seine Dominanz zu testen. Wenn er es vertreten konnte, würde er ihn zum Mori ernennen.

„Lita", murmelte Malin erleichtert und wollte sich schon zurückziehen.

„Reden wir von Ladonna Olfson?", fragte Thor nach. Er kannte Allerd Olfson, der ein enger Vertrauter von Pierrick war und, seit er mit Isada verbunden war, für ihren Schutz sorgte.

„Du kennst sie?" Verwirrung spiegelte sich in Malins Gesicht. Er schien hin- und hergerissen zu sein, ob er es gut finden sollte, dass der Soya seine Auserwählte kannte, als ob er fürchtete, dass er sie ihm abspenstig machen würde. Ladonna stammte wie Thor väterlicherseits von den Wikingern ab. Bei ihm hatten sich die afroamerikanischen Gene seiner Mutter durchgesetzt, bei Ladonna das Südländische. Die Vampirin war von kleiner Statur und eher rundlich. Sie hatte lange dunkle Haare und war ein zurückhaltender Typ. Ladonna war ihm bei einer Feierlichkeit vorgestellt worden, aber da sie ihn nicht interessierte, hatte er keinen weiteren Gedanken an sie verschwendet.

„Flüchtig", murmelte er. „Ich kenne eher den Mori."

Erleichtert nickte Malin.

„Du hörst von mir", entließ er den Epheben.

Er hatte genug. Zwei Bittsteller mussten für den Moment reichen. Bevor der Nächste mit einem Anliegen kommen konnte, schob er Delina in Richtung der Separees. Die ersten zwei waren belegt, also würden sie das dritte nehmen. Später konnten seine Leute gerne noch mal auf ihn zukommen, aber jetzt wollte er ein paar Minuten für sich haben. Nur er und Delina. Schon jetzt hatte er genug von den Kruento und wünschte sich zurück nach New York, wo es keine Verpflichtungen und viel weniger Verantwortung gab. Die Flüchtlinge blieben nur kurz und verschwanden dann wieder aus seinem Leben.

„Ich habe nicht geahnt, welche Verantwortung du als Soya in diesem Clan hast", sagte Delina bewundernd.

Er sonnte sich in diesem Lob und lechzte nach mehr. Fast schon war er versucht, mit ihr zur Bar zurückzukehren, nur damit weitere seiner Leute auf ihn zukommen konnten und er in Delinas Augen noch mehr Bewunderung las.

„Setz dich!", bat er sie und schob hinter ihr die Tür zu. Endlich waren sie allein. Solange die Türen geschlossen waren, würde es niemand wagen, sie zu stören.

Gerade wollte er sich neben Delina setzen, die fasziniert den durchsichtigen Boden begutachtete, als er eines Besseren belehrt wurde. Die Tür wurde aufgeschoben, und Pierrick steckte seinen Kopf herein.

„Du brauchst wohl eine Extraeinladung?"

Verwirrt sah Thor den anderen Soya an.

„Ekklesia sitzt nebenan. Wir warten auf dich."

Thor stöhnte innerlich. Er hatte die Gerüche der anderen überhaupt nicht wahrgenommen oder sie völlig ausgeblendet. Darius hatte ihn natürlich über die Ratssitzung informiert.

„Wir sind wie gewohnt im ersten Abteil. Im zweiten sind Sam, Etina und Serita. Dort kannst du Delina abliefern."

Er hatte keine Lust auf eine langwierige Sitzung. Er wollte bei Delina bleiben. Aber er war auch ein Soya und hatte Pflichten. Er schwor sich, seinen Posten ab sofort wieder gewissenhafter auszuführen, und diese Ratssitzung war ein Anfang.

„Ich bin gleich bei euch."

Pierrick nickte und verschwand. Die Tür ließ er gleich offen.

„Komm, ich bringe dich zu den Frauen."

Delina erhob sich gehorsam und ließ sich von ihm zu den drei Sameras führen.

Dann folgte Thor Pierrick ins erste Separee, wo Dominus Arjun und der versammelte Ekklesia-Rat auf ihn warteten. Nur Lucio fehlte, aber dieser hielt sich derzeit nicht in Boston auf und war damit entschuldigt.

KAPITEL 12

Unsicher blickte Delina die Frauen an. Sam und Serita hatte sie bereits kennengelernt. Neugierig musterte sie die dritte. Sie saß kerzengerade und trug ihre roten Haare – ebenso wie die anderen beiden – offen.

Seit Thor ihr die Haarnadeln herausgezogen hatte, fürchtete sie sich davor, auf die ungewöhnliche Frisur angesprochen zu werden. Aber nachdem die anderen Vampirinnen die Haare ebenfalls offen trugen, war sie erleichtert. In Boston legten die Vampire anscheinend keinen Wert auf die alten Prinzipien.

„Setz dich!", lud Sam Delina ein.

„Lita." Vorsichtig ließ sie sich auf dem weichen Polster nieder.

„Serita kennst du ja schon. Das hier ist Etina, die Seelengefährtin von Rastus, meinem Schwager."

Delinas Augen weiteten sich unmerklich. Sie konnte die Überraschung unmöglich verbergen. Den Namen des Vampirs hatte sie nur noch am Rande mitbekommen. „Seelengefährtin?", hauchte sie ungläubig.

Milde lächelte Etina sie an. „Hier in Boston gibt es einige Seelengefährten." Sie hatte eine angenehme Stimme, doch der europäische Akzent war deutlich herauszuhören. „Sam und Darius haben ebenfalls eine Seelengefährtenverbindung. Ebenso wie Jendrael und Arnika und Pierrick und Isada."

Unwillkürlich streckte sie sich auf geistiger Ebene aus, musste diese ungewöhnliche Verbindung der beiden Frauen in Augenschein nehmen. Die Verbindung glich äußerlich jedem anderen

Gefährtenband, doch Delina nahm die Kraft wahr, die davon ausging.

„Ich habe noch nie …"

„Ich auch nicht – zumindest, bis ich hierher kam", fiel ihr Etina ins Wort.

„Wie kann so etwas sein?" Es war einfach unglaublich. Jedes Kind kannte die beinahe magischen Geschichten von Seelengefährten, jedoch hatte noch nie jemand eine gesehen, geschweige denn erlebt.

Sam zuckte mit den Schultern. „Wenn wir das nur wüssten. Sie kamen einfach. Vor einigen Jahren gab es hier auch noch keine. Darius und ich waren die Ersten."

„Hat jeder Vampir einen Seelengefährten?"

„Nein", beeilte Sam sich zu sagen. „Die meisten Verbindungen sind vollkommen normal. Bisher gab es nur vier Seelengefährten, davon drei Soyas und Rastus."

Delina überlegte. Auch Thor war ein Soya. Wartete er auf seine Seelengefährtin? Hatte er sie schon gefunden? Woran erkannte man Seelengefährten? Gab es auch Soyas ohne Seelengefährtinnen? Delina hatte so unendlich viele Fragen und wusste nicht, welche sie zuerst stellen sollte.

„Eine Seelengefährtenverbindung mag zwar ganz nett sein, aber auch eine ganz normale Verbindung zweier Liebender ist wunderbar", schaltete Serita sich in die Unterhaltung mit ein. „Nur die Bostoner Soyas sind in der Beziehung etwas extravagant. Und natürlich ihre Brüder", schob Serita nach.

„Es macht keinen Sinn, darüber zu sinnieren. Es ist, wie es ist", beendete Sam kurzerhand das Thema.

„Ducin hat dich hergeschickt, oder?", fragte Etina.

Delina nickte.

„Der Soya ist großartig. Er hat auch mir zur Flucht verholfen. Wenn wir ihn nicht gehabt hätten …" Sie beendete den Satz nicht. „Wie geht es unserem Kontinent?"

Also hatte sie doch richtig mit ihrer Vermutung gelegen, dass Etina nicht von hier stammte. Was sollte sie erzählen? Vom politischen Gebaren hatte sie wenig Ahnung. Der Blutfürst suchte eine neue Samera. Der Friede mit den Nachbarn hing an einem seidenen Faden, seit der Blutfürst der Franken in der Versenkung verschwunden war. Das war selbst an ihr nicht vorbeigegangen. „Die Zeiten sind schwierig."

Wissend nickte Etina. „Alte Machtstrukturen bröckeln, Seelenverbindungen werden Realität. In dieser neuen Welt können nur die Anpassungsfähigsten überleben."

Es steckte so viel Wahres in diesen Worten. Unwillkürlich fröstelte sie, obwohl die Temperatur unverändert warm blieb.

„Wir freuen uns auf jeden Fall, dass du hierbleiben wirst. Es wird dir sicher gefallen."

Das hoffte Delina sehr.

„Deine Ängste sind völlig unbegründet", pflichtete Sam Etina bei. „Jede von uns hat ihre eigene Geschichte, und die beinhaltet nicht nur Glitzer und heile Welt."

Erwartungsvoll blickte Delina die rothaarige Vampirin an und fragte sich, was sie erlebt haben mochte.

„Ich war die Samera eines Blutfürsten."

Delina bekam große Augen. War sie …?

„Sebum Potestas", erklärte sie beinahe schon entschuldigend.

Sie hatte Gerüchte gehört, eine völlig absurde Geschichte, die sie als unwahr abgetan hatte. War doch mehr an der Sache dran, als sie angenommen hatte?

Etina erzählte davon, wie sehr sie unter ihrem Homen gelitten hatte, wie sie bereit gewesen war, ihr Leben zu beenden und wie sie dies hatte umsetzen wollen. Sie hatte Rastus um Hilfe gebeten. Anstatt sie jedoch umzubringen, nahm er sie einfach mit. Gebannt lauschte Delina den Ausführungen der Vampirin, die mit so viel Witz und Charme von ihren ersten Schritten in der neuen Welt erzählte, dass sie alle herzhaft lachen mussten. In vielen Kleinigkeiten fand Delina sich wieder. Die Krönung der Erzählung war die Entdeckung, dass sie zu Rastus eine Seelenverbindung hatte und ihr ehemaliger Homen unverrichteter Dinge wieder abreisen musste. Ein traumhaftes Happy End.

„Ich habe hier in Boston als Detective beim Bostoner Morddezernat gearbeitet", begann Sam ihren Werdegang zu erzählen. Sie schilderte ihre schöne Kindheit, die Probleme während der Jugend und wie sie schließlich als Frau bei der Bostoner Polizei landete. Völlig naiv war sie damals auf Darius gestoßen und in die Welt der Kruento hineingestolpert. Um ein

Haar wäre unbemerkt geblieben, dass Sam überhaupt kein Mensch war, und das hätte sie das Leben gekostet.

Als Sam dann auch noch von ihrer Schwester erzählte und den Besuch bei ihrem Großvater, der niemand anderes als Etinas Schwiegervater war, war sie ganz begierig darauf, Arnika kennenzulernen.

„Wo ist Arnika jetzt?", wollte sie wissen.

„Sie ist zu Hause bei ihrer Tochter."

„Ein Seelenverbindungskind?"

Sam nickte.

So langsam begriff Delina, was das Besondere an diesem Clan war. Sämtliches, was unmöglich schien, war in Boston längst Realität. Ein Rat, der einen Clan anführte. Seelengefährten. Diese Vampire hier hatten beschlossen, ihre Welt zu formen, sie zu verändern und besser zu machen. Dadurch hatten sie etwas in Gang gesetzt, etwas Wunderbares, das große Auswirkungen auf ihre gesamte Rasse hatte.

Delina wünschte sich, ein Teil davon zu werden. Sie empfand zum ersten Mal tiefe Dankbarkeit, dass das Schicksal sie hergebracht hatte. Jetzt sah sie ihre Zukunft in positive Bahnen gelenkt. Ja, sie wollte hierbleiben, ihr Leben gestalten.

Als Nächstes erzählte Serita ihre Geschichte. Von der Flucht über den gotischen Kontaktmann nach New York. Wie sie dort in den Hinterhalt geraten waren und wie nur sie und ihre Nichte überlebten. Sie erzählte, wie sie auf Arjun traf und wie er sie nach anfänglicher Ablehnung mit nach Chicago nahm. Auch ohne eine Seelengefährtenverbindung wirkte die Vampirin glücklich und zufrieden. Ihre Augen leuchteten, wenn sie von ihrem Homen sprach, und mit jeder Faser merkte man, wie sehr sie ihn liebte.

„Und nun zu dir", forderte Etina Delina auf, von ihr zu berichten.

Delina hatte nicht viel zu erzählen. An ihr war nichts besonders. Sie war mit Ducins Hilfe hergekommen. Das war eigentlich schon alles.

„Da gibt es nicht so viel zu erzählen. Mein Vater ist ein Soya im Sjütischen Clan. Ich bin sehr behütet aufgewachsen. Es war klar, dass ich eines Tages gewinnbringend für die Familie liiert werden sollte. Als unser Blutfürst mich als seine Samera auserwählte, sagte mein Vater zu. Ich wurde dem Vetusta versprochen." Sie legte den

Kopf schräg, erinnerte sich an das Treffen mit Vetusta Haldor. Er hatte ihr eine solche Angst eingejagt.

„Soya Ducin hat mir eine Alternative geboten, die habe ich sofort ergriffen."

„Du erinnerst mich an mich selbst, vor vielen, vielen Jahren", sagte Etina und lächelte sie freundlich an.

„Mit dem Unterschied, dass ich nicht die Samera des Blutfürsten wurde."

Etina war absolut gelassen, mit sich im Reinen. „Das hat mich zu dem gemacht, was ich heute bin, und dafür bin ich dankbar."

Delina bewunderte die andere für ihre Stärke. Eine Stärke, die sie nicht bewiesen hätte. Sie wäre zerbrochen.

„Was hast du für die Zukunft geplant?", erkundigte Sam sich beiläufig.

Darüber hatte Delina noch nicht nachgedacht. Sie hatte angenommen, dass andere die Entscheidung für sie trafen. So wie es sich bei den Frauen anhörte, gingen diese davon aus, dass Delina eine Wahl hatte. Eine völlig fremde Vorstellung.

„Das weiß ich noch nicht. Thor meinte, es muss erst noch darüber entschieden werden, welcher Soya mich aufnimmt."

Etina und Sam tauschten ein paar vieldeutige Blicke, die Delina nicht so recht einordnen konnte.

„Natürlich", meinte Etina und lächelte sie aufmunternd an. „Warte die Entscheidung erstmal ab. Danach wirst du auch noch viel Zeit haben, um dir zu überlegen, was du möchtest. Wenn du Hilfe benötigst oder Fragen hast, kannst du dich jederzeit bei mir melden. Aber ich denke, du wirst dich hier sehr schnell zurechtfinden."

Sam bestätigte die Worte ihrer Freundin mit einem kräftigen Kopfnicken.

„Und nun!", kündigte Sam an und erhob sich. „Lasst uns eine Runde feiern, bis die Männer fertig sind."

Serita schlug das Angebot aus. Sie wollte stattdessen nach ihrer Luna sehen, die sich im offenen Bereich der dritten Ebene mit einigen Epheben zusammengesetzt hatte. Etina und Sam bestanden darauf, dass Delina mitging, so hatte sie kaum eine Chance, es abzulehnen.

„Wohin gehen wir?"

„In die zweite Ebene", raunte Etina ihr vergnügt zu. „Es wird dir gefallen."

Delina liebte Nachtclubs. Sie liebte die laute Musik, den Beat und die vergnügten Menschen. Es erinnerte sie an die einzige Freiheit, die sie in der Alten Welt besessen hatte. Die einzigen Gelegenheiten, bei denen sie ohne ihre Eltern unterwegs sein durfte. Aber auch nur, weil sie mit einer ganzen Gruppe Epheben unterwegs war.

Ihr Weg führte sie am ersten Separee vorbei, und Delina stutzte. Was würde Thor dazu sagen? Er war das letzte Mal nicht begeistert davon gewesen, dass sie Spaß hatte und sich amüsierte.

„Na komm!" Sam nickte in Richtung Treppe, die direkt nach unten führte. „Thor wird dich schon finden."

Delina wollte Thor unter keinen Umständen verärgern, aber die Aussicht, ein wenig zu tanzen und Spaß zu haben, war einfach zu verlockend. Sie schob alle Zweifel beiseite und beschloss, es einfach auf sich zukommen zu lassen und bis dahin jede Sekunde zu genießen.

* * *

Thor nickte den versammelten Soyas zu. Auch Dominus Arjun und Rastus waren unter ihnen.

„Tut mir leid für die Verspätung", murmelte er.

„Zur Abwechslung ist es ganz nett, dich in Fleisch und Blut unter uns zu haben", scherzte Arek.

„Du darfst auch jederzeit nach New York kommen und mich besuchen", konterte er und grinste den anderen Soya an.

„Ihr dürft euer Gespräch später fortsetzen, aber ich würde jetzt gerne beginnen", unterbrach Darius.

Thor nahm Platz und wandte sich dem Anführer zu. Dieser blickte in Jendraels Richtung, wartete darauf, dass dieser begann.

„Es gab einen unschönen Vorfall", sagte der Diplomat. „Eine Truppe unserer Ekklesia-Krieger ist spurlos verschwunden."

War der ein oder andere von ihnen bis eben noch nicht bei der Sache, so hatte Jendrael jetzt ihre ungeteilte Aufmerksamkeit.

„Drei Kruento sind verschwunden. Die Familien haben keinen Kontakt mehr zu ihnen. Es betrifft die Epheben Kenneth von

Rosario und Jarman von Lucio. Die jeweiligen Moris haben keine Verbindung mehr."

„Und wer ist der dritte?", wollte Rastus wissen.

„Blagden", sagte Pierrick.

Thor kniff die Augen zusammen. Das war wirklich ungewöhnlich. Blagden hatte jahrzehntelang für Pierrick gearbeitet, war für den Schutz seiner ersten Samera zuständig gewesen. Nach ihrem Tod hatte er sich dazu entschieden, den Ekklesia-Kriegern beizutreten, und führte seitdem einen ihrer besten Trupps an. Die anderen zwei mochten noch etwas unerfahren sein, aber Blagden war ein gestandener Kruento mit jahrelanger Erfahrung. Er würde kein Risiko eingehen, und es sah ihm nicht ähnlich, einfach wortlos zu verschwinden.

„Dann können wir davon ausgehen, dass sie tot sind", sprach Darius das aus, was ihnen allen durch den Kopf ging, was jedoch keiner wahrhaben wollte.

„Gibt es Vermutungen, was ihnen zugestoßen sein könnte?", wollte Prosper wissen.

Jendrael schüttelte bedauernd den Kopf. „Vielleicht haben die Inimicus sie in eine Falle gelockt oder hinterrücks angegriffen. Anders könnte ich es mir nicht erklären. Oder …" Der Soya blickte Thor an. „Könnten die New Yorker dahinterstecken?"

Thor runzelte die Stirn. Radim hatte die Bostoner bereits einmal angegriffen. Damals in aller Öffentlichkeit. Der Dominus der New Yorker suchte gerne Streit, aber er konnte sich nicht vorstellen, dass er noch einmal Boston betreten würde – zumindest nicht ohne die Aussicht auf sicheren Erfolg.

„Schwer vorstellbar, aber möglich." Er wollte es nicht komplett ausschließen. Radim hatte ihn schon einige Male mit Entscheidungen überrascht, die nicht immer logisch waren. Zuzutrauen wäre es ihm, aber Thor konnte es sich nicht vorstellen. Er schüttelte den Kopf. „Das passt einfach nicht."

Pierrick verschränkte die Arme vor der Brust und lehnte sich zurück. „Blagden hätte Verstärkung geholt, hätte sich in der Zentrale gemeldet."

„Und wenn er dazu keine Zeit hatte?", warf Arek ein.

Pierrick beugte sich wieder vor, um den blonden Soya anschauen zu können. „Dann war es ein Überfall aus dem Hinterhalt, und das lässt eher auf die Inimicus schließen. Die waren mir in letzter Zeit ohnehin viel zu passiv."

Schweigen breitete sich aus.

„Wie gehen wir damit um? Wir müssen etwas nach außen geben, ich möchte nicht, dass Panik im Clan ausbricht." Darius hatte stets das Wohl des Clans im Auge. Genau deshalb war er ein so guter Anführer. Thor fand, dass er einen hervorragenden Job machte. Es war gut gewesen, ihn an ihre Spitze zu wählen.

„Ausgangssperre", schlug Prosper vor. Der Soya hatte gern alles unter Kontrolle, übte gerne Macht aus. Das lag vermutlich auch daran, dass er nicht zu den dominantesten Vampiren gehörte und stets Sorge um seine Position hatte. Thor mochte den Soya nicht sonderlich, aber es lag ihm fern, ihn aus dem Ekklesia-Rat zu schmeißen. Jeder, der hier saß, hatte seine Berechtigung.

„Nein!", widersprach Jendrael. „Damit lösen wir Panik aus, und das müssen wir vermeiden. Es ging gezielt gegen unsere Krieger, nicht gegen Privatpersonen."

„Was schlägst du dann vor?" Prosper schien heute entsprechend angriffslustig zu sein.

„Wir stocken die Gruppen auf." Die Blicke der Soyas richteten sich auf ihn. „Vier Kruento sind schwieriger anzugreifen als drei. Völlig egal, ob der Angriff auf Kosten der New Yorker oder der Inimicus ging."

Sein Vorschlag wurde wohlwollend zur Kenntnis genommen.

„Das halte ich für eine gute Idee", stimmte Arek zu, und auch Rastus nickte eifrig. Die beiden Vampire trugen die Hauptverantwortung für die Krieger.

„Lasst uns abstimmen", schlug Darius vor. „Wer ist dafür?" Sämtliche Hände gingen nach oben. Lediglich Rastus, der dem Rat zwar beiwohnte, allerdings nur in beratender Funktion, und Arjun, der als Dominus des Chicagoer Clans kein Ekklesia-Mitglied war, enthielten sich.

„Vorschlag einstimmig angenommen. Ihr könnt euch noch heute Nacht an die Umsetzung machen", stellte Darius zufrieden fest.

Arek und Rastus nickten zustimmend.

Der Anführer fuhr fort: „Ich habe Arjun als Gast zu uns eingeladen und ihn gebeten, ein wenig über seine derzeitigen Probleme in Chicago zu berichten."

Eine Bewegung unter ihm lenkte Thor ab. Er mochte den Glasboden, von dem aus man in die zweite Ebene blicken konnte, sehr gerne. War das tatsächlich Delina? Eine hochgewachsene blonde Frau schob sich durch die Menge und zog dabei große Aufmerksamkeit auf sich. Sam und Etina waren bei ihr. Es war also wirklich Delina. Was machte sie dort unten? Zumindest war sie nicht allein, aber das machte die Sache nicht besser. Nur zu gut hatte er noch in Erinnerung, wie sie von diesem Kerl trank, sich ihm regelrecht darbot.

Such dir von mir aus eine Nahrungsquelle, aber warte auf mich, bevor du trinkst. Ich möchte anwesend sein.

Sein Befehl war klar und deutlich. Von seiner Position aus sah er, wie Delina zusammenzuckte. Sie sah direkt zu ihm hinauf, konnte ihn jedoch nicht sehen.

Gib dir keine Mühe, du siehst mich nicht. Aber ich sehe jeden deiner Schritte.

Suchend sah sie sich weiter um, auch wenn sie ihn nicht finden konnte.

Und ich darf mir jeden aussuchen, den ich möchte?, fragte sie zurück.

Ihre kecke Rückfrage überraschte ihn, und eine kindliche Vorfreude erfasste ihn wie schon lange nicht mehr. Er wollte mit ihr spielen, sich mit ihr messen – und dabei ging es nicht um Kraft.

Selbstverständlich. Einzige Bedingung, du trinkst erst in meinem Beisein. Deine Beute kannst du gerne nach oben bringen, in ein Separee bringen und mit Getränken versorgen.

Gut.

„Thor?"

Eine Stimme drang langsam in seine Gedanken. Sie gehörte definitiv nicht Delina.

„Thor?"

Er blickte auf.

„Was meinst du dazu?", wollte Darius wissen.

Thor hatte keine Ahnung, worüber sie gerade sprachen. „Bitte?"

Darius stutzte. „Wo bist du mit deinen Gedanken, Schleuser?", wies er ihn zurecht. Von seinem Anführer ließ er sich so etwas sagen, bei allen anderen hätte er eine äußerst scharfe Antwort parat gehabt.

„Die Frage war, ob du zwischen Chicagos selbsternanntem Dominus und Radim eine Verbindung siehst."

Erleichtert stellte Thor fest, dass das eine Frage war, die er leicht beantworten konnte. Darüber hatte er sich schon ausführlich Gedanken gemacht. Er hatte hin und her überlegt, war im Kopf sämtliche Kruento durchgegangen, die er nach Chicago geschickt hatte.

„Ich bin mir ziemlich sicher, dass es da keine Verbindung gibt", sagte er bestimmt. „Ich habe sämtliche Möglichkeiten in Betracht gezogen, jedoch keine Übereinstimmung gefunden."

Sein Blick schweifte ab, suchte Delina in der Menge. Sie hatte sich auf die Tanzfläche begeben und war nun umringt von ungeduldigen jungen Männern. Keiner stach besonders hervor, alle waren sie Mittelmaß. Für welchen von ihnen würde sich Delina entscheiden?

„Gut, dann hätten wir alles besprochen", erklärte Darius in diesem Moment.

Mist, er hatte die Hälfte verpasst. Warum war er auch so wahnsinnig unkonzentriert? Wie gelang es den anderen Kruento, bei der Sache zu bleiben, während sich ihre Sameras eine Ebene tiefer tummelten? Es war vollkommen an den Haaren herbeigezogen, Delina mit den anderen Sameras zu vergleichen. Delina war ihm unterstellt, aber er hatte keine Beziehung zu ihr. Ihr Arrangement war auf Zeit und würde in ein paar Tagen enden.

„Gibt es noch Anliegen?"

Keiner hatte etwas vorzubringen.

„Dann schließe ich die Sitzung und wünsche euch noch einen schönen Abend", verkündete Darius.

Als ob sie sich abgesprochen hätten, erhoben Arek und Rastus sich.

„Ihr dürft gerne noch bleiben", lud Jendrael sie ein.

„Danke, wir haben noch Arbeit", entschuldigte Soya Arek sich.

„Du darfst dir gerne eine Nahrungsquelle suchen", wies Jendrael den Dominus explizit darauf hin. „Nur mein Personal ist tabu."

„Ich werde zuerst nach Serita sehen, aber vielen Dank für deine Gastfreundschaft", bedankte sich der Chicagoer Dominus.

Thor erhob sich und schloss sich Arek und Rastus an. Er hatte es eilig, zu Delina zu kommen. In den letzten Minuten hatte er sie nicht mehr gesehen. War sie bereits in der dritten Ebene? Hatte sie sich ein Opfer ausgesucht?

Unschlüssig stand er vor dem Separee, war gerade dabei, sich zu orientieren und anhand Delinas Duft auszumachen, ob sie bereits wieder hier oben war, da kam sie ihm auch schon entgegen.

Er kniff die Augen zusammen. Natürlich war sie nicht allein. Im Schlepptau hatte sie einen jungen Kerl, Mitte zwanzig vielleicht. Es war ein Weißer. Schon allein das machte ihn unsympathisch. Seine Haut war so hell, dass er gegenüber der Kruento kaum auffiel. Seine Haare waren ziemlich lang, fielen ihm andauernd in die Augen. Ständig zuckte sein Kopf, um die Haare fortzuschütteln.

„Darf ich dir Thor vorstellen. Thor, das ist Dustin", machte sie die Männer miteinander bekannt.

Ihm entging nicht ihr unterdrücktes Grinsen. Verdammt! Sie hatte genau gewusst, wie er auf den Typen reagieren würde, und deshalb hatte sie ihn ausgewählt.

Wenn er etwas konnte, dann eine gleichgültige Maske aufzusetzen, und genau die stellte er zur Schau.

„Das dritte Separee ist frei", erklärte er tonlos und deutete mit dem Kopf in die entsprechende Richtung.

Delina ließ er dabei nicht aus den Augen. Das Spielchen war noch nicht gewonnen, und er war nicht gewillt, klein beizugeben. Sie wollte ihn also herausfordern. Gut, das konnte sie haben. Aber er war nicht bereit aufzugeben. Er gab nie auf. Am Ende konnte es nur einen Gewinner geben, und das würde er sein.

„Hey Alter, hier oben ist es echt fett", stellte der Mensch fest und sah sich bewundernd um.

Thor verdrehte die Augen. Der Kerl machte ihn aggressiv. Er musste sich richtig beherrschen, ihm nicht an die Gurgel zu springen.

Warum ausgerechnet dieser Kerl?, wollte er wissen.

Er spürte ihr Grinsen viel mehr, als dass er es sah. *Weil ich wusste, er würde dich auf die Palme bringen.*

Seine Wangenmuskeln zuckten.

Du sagtest, ich darf mir jemanden aussuchen. Stehst du etwa nicht zu deinem Wort?

Er atmete tief ein.

Drittes Separee, war alles, was er antwortete. Er musste sich einen Moment sammeln, brauchte ein paar Augenblicke für sich. Delina hatte ihn herausgefordert. Er würde kontern, er hatte nur noch keine Ahnung wie.

* * *

Delina bezweifelte immer mehr, ob es wirklich eine gute Idee war, Thor herauszufordern. Jetzt war es jedoch zu spät, es zu bereuen. Sie tat ja auch nichts Verbotenes. Das seltsame Gefühl blieb jedoch, auch als sie Dustin in das dritte Abteil lotste.

Der Barkeeper kam und brachte den bestellten Fiftyfive.

„Du möchtest nichts trinken?", fragte Dustin und nahm den Strohhalm in den Mund, um einen großen Schluck zu trinken.

„Momentan nicht, aber du wirst sicher mit mir teilen, wenn ich durstig bin", sagte Delina und setzte sich neben ihn.

Dustin lachte und schob sein Cocktailglas demonstrativ zwischen sie, sodass Delina bequem zugreifen konnte.

„Danke", murmelte sie. Sie würde nichts trinken, zumindest nicht aus dem Glas.

Dustin rückte etwas näher an sie heran, legte einen Arm auf die Lehne hinter ihr.

„Erzähl mal, wer ist dieser Kerl? Dein Macker?"

Wie sollte sie ihm erklären, was Thor war. Er passte einfach in keine Kategorie. „Nein."

„Das ist gut. Ich stehe nämlich nicht auf Kerle."

In diesem Moment betrat Thor das Separee. Seine Anwesenheit füllte den ganzen Raum. Es war unglaublich, welche Präsenz er ausstrahlte. Er blieb an der Tür stehen und musterte sie. Delina wusste, er hatte die letzten Worte gehört. Wie würde er darauf reagieren?

„Ich stehe auch nicht auf Kerle", entgegnete Thor und nahm ihnen gegenüber Platz. „Aber ich schaue gerne zu."

Seine Worte waren mit Bedacht gewählt und verfehlten nicht ihre Wirkung. Dustin neben ihr bekam Schnappatmung.

„Das macht dir doch nichts aus, oder?" Herausfordernd blickte Thor ihn an.

Der Mensch hatte keine Chance. „Äh ..." krächzte er. „Ich denke nicht."

Langsam beugte Thor sich vor, griff nach dem Cocktailglas und stellte es in aller Seelenruhe etwas von ihm entfernt auf den Glasboden. Er drückte einen Schalter neben der Tür, und der Tisch versenkte sich im Boden. Da war nichts mehr zwischen ihnen, sie saßen sich nun direkt gegenüber

Wie sind die Spielregeln?

Delina wollte nichts falsch machen und hoffte, er merkte ihr die Nervosität nicht an.

Trink von ihm, ohne sein Gedächtnis zu manipulieren, während ich hier sitze und dir dabei zusehe. Und ich möchte nicht, dass er dich begrabscht.

Delina schluckte. Auf was hatte sie sich da nur eingelassen?

Kneifst du?

Das würde sie nicht tun. Es war eine Herausforderung, aber sie war bereit, sie anzunehmen.

Nein.

Die Aufgabe war schwer. Menschen zu beeinflussen, gehörte einfach dazu, minimierte das Sicherheitsrisiko. Es war das Erste, was Epheben lernten. Delina war nicht sonderlich gut darin, aber die Grundkenntnisse besaß sie.

Jetzt musste sie sich jedoch an ihn heranmachen, ohne dass er sie anfasste. Das würde schon schwierig genug sein. Das Ganze unter Beobachtung war doppelt so schwer. Thor machte sie unglaublich nervös. Auch Dustin neben ihr rutschte unruhig hin und her.

Sie würde es tun, würde es Thor beweisen.

Worauf wartest du? Seine Stimme in ihren Gedanken hörte sich spöttisch an.

Es fühlte sich vollkommen falsch an, als sie sich in Dustins Arme schmiegte.

Thor hatte sich gemütlich zurückgelehnt, blickte sie erwartungsvoll an. Auch sie ließ ihn nicht aus den Augen, als sie eine Hand auf Dustins Brust legte und von dort in kreisenden Bewegungen Richtung Schlüsselbein strich.

„Du gehst ja echt ran", lachte Dustin und warf Thor einen unsicheren Blick zu.

Demonstrativ drehte Delina sein Gesicht zu sich. Er sollte sie ansehen, sich nicht von Thor ablenken lassen. Die Bedingung war, er durfte sie nicht anfassen, also musste sie die Initiative ergreifen. Sie drängte sich noch näher an ihn und küsste seinen Hals. Seine Haut schmeckte herb und leicht salzig. Dustin stöhnte zufrieden, erleichterte ihr den Zugang, als er sich ein wenig weiter zurücklegte. Es gefiel ihm, und das war gut.

„Schließ die Augen!", flüsterte sie ihm zu, und er tat es. Delina streichelte seine Brust, leckte immer wieder über seine Halsbeuge und hauchte kleine Küsse darauf.

Dustin genoss es. Er hatte den Kopf weit nach hinten gelehnt und hielt die Augen geschlossen. Er umklammerte fest ihre Schulter. Wäre sie zartbesaiteter gewesen, hätte er ihr wehgetan, blaue Flecke auf ihrer Haut hinterlassen. Sein Atem ging stoßweise, und seine Erregung wuchs. Er streckte seine freie Hand nach ihr aus, wollte sie berühren. Delina fing ihn geschickt ab und lenkte seine Hand zu seinem Schritt.

„Ich mag Männer, die sich selbst anfassen", säuselte sie ihm ins Ohr.

Er schien ihr zu glauben, denn seine Hand legte sich auf die Ausbeulung in seiner Hose. Er streichelte sich selbst, stöhnte dabei leise.

Delinas Zunge glitt über seine Haut. Sein Puls war deutlich zu hören und zu spüren, ließ ihr das Wasser im Mund zusammenlaufen. Wie von selbst fuhren ihre Fänge aus. Wenn Dustin jetzt die Augen öffnete, würde er ihr wahres Gesicht sehen, glühende Augen und messerscharfe Eckzähne. Und er würde in Panik geraten. Normalerweise hätte sie dem Menschen schon längst geistige Fesseln angelegt, sichergestellt, dass er sich nicht wehrte. Doch so blieb das Risiko, dass er mitbekam, was mit ihm geschah.

Delina küsste die sensible Stelle in der Halsbeuge, leckte mit der Zunge darüber. Dann konnte sie es nicht länger aushalten. Wie von selbst versenkten sich ihre Fänge in seine Haut. Kräftig biss sie zu.

Dustin keuchte auf, wollte sich erheben, doch sie drückte ihn mühelos in die Kissen zurück. Sie schmeckte Blut, trank begierig.

Er hatte schon einiges an Alkohol zu sich genommen, was seinem Blut einen bitteren Nachgeschmack verlieh. Beinahe hätte sie auf geistiger Ebene zu ihm gesprochen. Gerade noch rechtzeitig konnte sie sich selbst daran hindern. Sie hatte eine Abmachung mit Thor getroffen und wollte ihn nicht gewinnen lassen. Schon aus Prinzip nicht.

Es war ihr bewusster denn je, dass er ihr gegenübersaß, sie genauestens beobachtete. Das Trinken war ein sehr intimer Moment, und es widerstrebte ihr, ihre Verletzlichkeit dabei zu zeigen. So versuchte sie, die Tatsache seiner Anwesenheit zu verdrängen, was allerdings nur mäßig gelang.

Dustin rutschte etwas weiter nach unten, gab sich ihr vollkommen hin. Er keuchte abgehackt. Aus den Augenwinkeln sah Delina, dass er sich immer noch selbst streichelte. Im schnellen Tempo rubbelte er über seine Hose. Fehlte noch, dass er sein bestes Stück auspackte.

Der Akt des Trinkens ließ auch Delina nicht kalt. Sie spürte, wie sich in ihrem Inneren etwas zusammenzog. Ihr Körper erinnerte sich an das Zusammensein mit Thor, sehnte sich nach Händen, die sie an Stellen berührten, die äußerst sensibel waren.

Genug! Sein Befehl war laut und deutlich.

Nein! Ihr Widerspruch erschreckte sie selbst. Normalerweise widersetzte sie sich den Befehlen eines männlichen Vampirs nicht. Doch in diesem Moment war sie einfach nicht in der Lage aufzuhören. Sie hatte noch nicht genug, wollte noch mehr trinken.

Dustin, der halb unter ihr lag, keuchte immer lauter. Er war kurz davor zu kommen, doch es war ihr herzlich egal.

Schluss!, donnerte Thor.

Delina zuckte zusammen und ließ Dustin los. Sie hatte keine andere Wahl, musste sich den Wünschen ihres Rinoka beugen. Hastig glitt ihre Zunge über die Löcher, verschloss sie.

Verwirrt blinzelte Dustin sie an. „Nicht aufhören", jammerte er. „Ich bin so scharf. Wenn du nicht aufgehört hättest, wäre ich gekommen."

„Verschwinde von hier." Thors Stimme war rau.

„Hör mal, Mann, ..." richtete Dustin sich frustriert an Thor. Mitten im Satz verstummte er. Delina wusste, dass der Soya auf geistiger Ebene mit dem Menschen kommunizierte. Sie sah es an seinem glasigen Blick. Er stand auf und verließ wortlos das Separee.

Zurück blieb Delina, die noch immer Blut auf der Zunge schmeckte und deren Hunger noch längst nicht gestillt war.

„Komm rüber!"

Sie starrte Thor an, als hätte er nicht mit ihr gesprochen.

„Du kannst von mir trinken", schob er nach.

Seine Augen hatten einen leichten Glanz. Würde es ihn erregen, wenn sie von ihm trank? Die Erinnerungen an die Gefühle, die sie empfand, als er von ihrem Blut gekostet hatte, überschwemmten sie. Sie hatte noch nie richtig von einem anderen Vampir getrunken und fragte sich, ob es ähnliche Empfindungen in ihr auslösen würde.

Sie stand auf, konnte den Blick nicht von Thor abwenden. Er beobachtete sie. Sie beobachtete ihn. Langsam ging sie auf ihn zu und blieb vor ihm stehen.

„Ich bin durstig." Ihre Stimme war kratzig, hörte sich beinahe heiser an.

Wortlos beugte er den Kopf zur Seite, bot ihr seinen ungeschützten Hals an.

Sie rückte näher an ihn heran, nahm sein Bein zwischen ihre. Auf der einen Seite kniete sie sich auf das Polster, mit dem anderen Bein streifte sie Thors Mitte und spürte deutlich seine Härte. Es erregte ihn ebenso sehr wie sie. Langsam beugte sie sich zu ihm herab, stützte sich dabei auf der Lehne hinter ihm ab. Ihre Haare fielen ihr ins Gesicht, bedeckten auch ihn. Prüfend fuhr Delina mit ihrer Zunge über seine Haut, schmeckte ihn. Ihr Verlangen stieg ins Unermessliche. Wie von selbst bohrten sich ihre Zähne durch seine Haut. Sie schmeckte Blut, ungemein köstlich. Diesmal war da kein bitterer Nachgeschmack von Alkohol. Das Trinken berauschte sie. Sein Blut war so viel stärker, und mit jedem Schluck übertrug sich seine Kraft auf sie.

Zufrieden brummte Thor. Sein Brustkorb vibrierte. Seine Hände schlangen sich um ihre Mitte, zogen sie näher. Mit einem Ruck saß sie auf seinem Bein, spürte noch deutlicher seine Erregung, die er ihr entgegendrängte. Unruhig rutschte sie hin und her und verschlimmerte das Brennen zwischen ihren Beinen nur noch. Als seine Hände unter ihren Rock glitten und sich um ihren Po legten, verwünschte sie die Kleidung, die sich zwischen ihm und ihr befand.

Sie wollte ihn, wünschte sich nichts sehnlicher, als noch einmal die wundervollen Höhen zu erklimmen, die er ihr gezeigt hatte.

Sie wollte mehr.

Sie wollte ihn.

KAPITEL 13

Es war die dümmste Idee seines Lebens gewesen, Delina auf diese Weise herauszufordern. Er hätte wissen müssen, dass es nach hinten losgehen würde, wenn sie von ihm trank. So scharf war er noch nie im Leben gewesen. Es war einfach unmöglich, der wunderschönen Vampirin zu widerstehen. Sie so nah bei sich zu haben, ihre Haare, die ihn leicht kitzelten, ihre süßen Lippen, die sich auf seine Haut legten, und das Saugen an seinem Hals brachten ihn vollkommen um den Verstand. Längst war es egal, dass sie sich noch immer im Club befanden. Es war ihm auch vollkommen egal, dass sein Duft Delina anhaften würde und jeder meilenweit riechen würde, was sie getrieben hatten. Er musste sie haben.

Jetzt.

Sofort.

Seine Hände fuhren unter ihren Rock, kneteten ihr weiches Fleisch. Sein Geist strich über ihre mentalen Barrieren, und sie öffnete sich ihm wie eine Blume. Er stöhnte auf. Sie war so unglaublich schön. Sie hieß ihn mit offenen Armen willkommen. Er konnte nicht anders, als einzutreten. Seine Hose spannte unangenehm im Schritt. Ohne Delina loszulassen, öffnete er den Verschluss, schob das Gesäß hoch, um die Hose wenigstens ein Stück herunterziehen zu können. Thor wollte sie auf seinem Schoß, wollte von ihr geritten werden. Die Situation war so vollkommen ungewohnt. Er gab nicht gern die Kontrolle ab, und Delina auf sich zu haben, bedeutete genau das. Im Moment heizte ihn diese Aussicht jedoch noch mehr an. Er umfing ihren

Fuß und platzierte ihn neben sich, sodass sie nun rittlings auf ihm saß. Testa! Fühlte sich das gut an.

Vielleicht würde er später den Tisch wieder hochfahren und Delina daraufsetzen. Aber jetzt wollte er sie erst einmal so genießen. Er hielt sie an den Hüften fest, drückte sie auf seine Männlichkeit.

Delina stöhnte an seinem Hals. Es fehlte nicht mehr viel, und er wäre schon gekommen. Wenn es nach ihm ging, konnte sie ewig an ihm saugen, bis er keinen Tropfen Blut mehr im Leib hatte und in Starre verfiel. Das wäre es ihm sogar wert. Allerdings würde Delina zuvor in einen Blutrausch verfallen, und das konnte er nicht riskieren. Er wollte keine kopflose Vampirin jagen.

Es ist genug.

Sanft strich er durch ihren Geist, liebkoste sie.

Delina hob den Kopf, strich sich die langen Haare aus dem Gesicht. Mein Gott, sah sie schön aus. Ihre Augen leuchteten in einem atemberaubenden Blau, das hinter grauen Nebelschleiern verborgen lag. Ihre Haut war rosig, ein Zeichen, dass sie viel Blut zu sich genommen hatte. Ein paar Blutspritzer glitzerten auf ihrer Lippe, und er zog ihren Kopf zu sich herab, um sie fortzuküssen. Sein eigenes Blut zu schmecken, fühlte sich ungewohnt an und hatte etwas sehr Intimes an sich.

Thor brauchte mehr, wollte ihre weiche Haut spüren. Hastig knöpfte er die Bluse auf, bemühte sich um Geduld. Sie würde es ihm sicher übelnehmen, wenn er alle Knöpfe abriss. Dann endlich konnte er ihr den Stoff über die Schultern streifen. Nur Sekunden später folgte der BH. Endlich hatte er ihre wunderbaren Brüste direkt vor Augen. Er umfing sie, strich bewundernd mit den Daumen über die empfindsamen Knospen.

Delina wimmerte, was ihn noch mehr ansporte. Er hielt es nicht länger aus, streifte ihren Slip zur Seite und drang mit einer einzigen geschmeidigen Bewegung in sie ein. Ihm schwindelte. Sie fühlte sich so unglaublich gut an. Er wollte ihr Wonne bereiten, so wie sie ihm. So beugte er sich vor und nahm ihre Brustspitze in den Mund, saugte daran. Mit glühenden Augen blickte er sie an, sah das Verlangen, das er empfand, auch in ihren. Er biss zu, schmeckte ihr Blut, schmeckte sein Blut.

Völlig losgelöst von Raum und Zeit saßen sie hier. Delina hatte einen schnellen Rhythmus gefunden, ritt ihn wild und zügellos.

Es war so berauschend, ihr zuzuschauen. Es steigerte sein Verlangen ins Unermessliche. Er war nicht nur körperlich mit ihr verbunden, er war auch in ihrem Kopf. Ihre Seele umfing seine mit so viel Wärme und Licht. Er badete förmlich darin. Behutsam strich er durch ihren Kopf. Dann war er dort, in ihrem Innersten, dem Ort, wo seine Verbindung zu ihr seinen Ursprung nahm. Ihre Seele. Er spürte eine tiefe Verbundenheit, ließ sich von ihr anziehen, umgab sich mit ihr. Und dann lösten sie sich beide auf, verschmolzen zu einem Geist.

Delina schrie auf und erbebte auf ihm. Er hielt ihren zuckenden Körper, wollte warten, bis sie fertig war. Doch er konnte nicht mehr an sich halten und verströmte sich in ihr.

Sie umklammerten einander, ließen sich forttragen in eine andere Welt, in der alles möglich erschien. Mit geschlossenen Augen lag er da, genoss Delinas Gewicht auf seinem Körper. Er wollte nicht, dass sie aufstand, und so schlang er die Arme um sie. Vorbehaltlos schmiegte sie sich an ihn, schenkte ihm ihr Vertrauen.

Dieser Augenblick war es wert gewesen, stellte er befriedigt fest und genoss das Nachbeben in seinem Körper. Er war zufrieden mit sich und der Welt. Es genügte ihm, sie in den Armen zu halten. Es fühlte sich einfach richtig an.

Dann begann sein Verstand wieder zu arbeiten. Was tat er hier eigentlich? Hatte er den Verstand verloren? Hastig zog er sich aus ihrem Kopf zurück, wollte nicht, dass sie seine Gedanken mitbekam. Was hatte er getan? Er war noch immer in ihr, hielt sich an ihr fest, während die Konsequenzen ihm deutlich vor Augen standen.

Er war in ihr gekommen – nun schon zum zweiten Mal. Dabei hatte er alles um sich herum vergessen. Mindestens genauso schlimm wie die Möglichkeit, sie geschwängert zu haben, war die Endgültigkeit seiner Tat. Er konnte die Verantwortung für Delina nicht mehr von sich schieben. Sobald er das Separee verließ, würden alle wissen, was er getan hatte. Vermutlich rochen sie es schon jetzt. Kein Soya würde die Verantwortung für Delina übernehmen, nachdem offensichtlich war, dass er eine Beziehung mit ihr führte. Ein unglaubliches Hochgefühl machte sich in ihm breit, doch er hasste sich dafür. Sie gehörte zu ihm – für immer. Kein anderer Vampir würde es wagen, sie zu berühren. Zumindest das löste in ihm eine gewisse Genugtuung aus. Gleichzeitig breitete sich aber auch Wehmut in ihm aus. Er hatte Delina jeglicher Zukunftsaussichten beraubt. Sie hatte sich ihr Leben sicher anders vorgestellt, als an der Seite des Schleusers ein riskantes Leben zu führen. Noch viel schlimmer war jedoch, dass sie nie eine Familie haben würde, denn er war nicht dazu bereit. Er war ein verdammtes, egoistisches Arschloch, das Delina für sich beanspruchen und sie damit ins Verderben stürzen würde. Sie war so wunderschön, so rein, sie hatte etwas Besseres verdient als den schwarzen Bastard, der er war. Doch er konnte nicht anders. Er brauchte sie und auch wenn er sie nicht zu seiner Samera machen konnte, würde sie bei ihm bleiben, weil sie keine andere Wahl hatte.

„Delina?"

„Hm …", brummte sie unwillig.

„Lass uns aufstehen."

Er spürte ihren Widerwillen, als sie sich erhob, den Rock zurecht zupfte und nach ihrem BH und der Bluse angelte.

Dass sie dabei Blickkontakt vermied, war ihm nur zu deutlich bewusst, und es schmerzte ihn. Bereute sie es bereits? Vermutlich.

Er stand auf, zog seine Hose hoch und brachte etwas Abstand zwischen sie beide. Das Separee war eindeutig zu klein. Er konnte kaum atmen. Jetzt spürte er auch den ordentlichen Blutverlust.

„Ich muss noch trinken", informierte er sie. „Ich brauche nicht lange, dann können wir zurückfahren."

„Ich warte auf dich", sagte Delina, ohne ihn anzublicken und strich sich die langen Haare über die Schultern.

Bevor er zu ihr gehen, sie in die Arme reißen und bis zur Besinnungslosigkeit küssen konnte, schob er die Tür auf und verließ das Separee. Er wollte nicht gehen, wollte Delina nicht zurücklassen, aber es war das einzig Richtige.

* * *

Delina zitterte am ganzen Körper und hatte das Gefühl, sie würde sich niemals wieder beruhigen können. Das zweite Mal war noch viel besser gewesen. Sie hatte keine Ahnung gehabt, dass es so sein konnte. Nicht nur ihre Körper waren bei ihrem gemeinsamen Höhepunkt miteinander verschmolzen, auch ihr Geist war zu einem geworden. Etwas so Wunderbares hatte sie sich in ihren kühnsten Träumen nicht vorstellen können.

Es war traumhaft gewesen, bis die Realität sie mit voller Wucht wieder eingeholt hatte. Thor hatte nicht schnell genug verschwinden, ihr nicht einmal in die Augen sehen können. Das tat wohl am meisten weh.

Bevor ihre Füße nachgeben konnten, ließ sie sich auf das Polster fallen. Überall roch es nach ihnen, nach grandiosem, vollkommenem Sex.

Sobald Thor verschwunden war, hielt Delina es nicht länger in dem Separee aus. Alles erinnerte sie an Thor und führte ihr gleichzeitig vor Augen, dass sie dem Soya nicht genügte.

Sie floh hinaus in den offenen Bereich, suchte nach einem vertrauten Gesicht, jemandem, den sie kannte. Doch es waren alles Fremde, die dort saßen und sie mit unverhohlener Neugier anblickten. Delina wusste, was sie in ihr sahen, und senkte verlegen den Kopf. Die Ancilla von Soya Thor. Denn genau das war aus ihr geworden. Eine mittellose Vampirin, die sich für den Schutz eines Soyas diesem körperlich hingab. Es fühlte sich furchtbar erniedrigend an.

Tränen standen ihr in den Augen, und sie sah sich suchend um. Sie musste hier fort, wollte allein sein. Zurück ins Separee wollte sie nicht, es erinnerte sie nur an die wundervollen Momente, die sie geteilt hatten und den Schmerz darüber, was am Ende davon übrig geblieben war. Bei den anderen Vampiren wollte sie jedoch auch nicht bleiben. Delinas Blick fiel auf die Tür, die zum Treppenhaus führte, von wo aus sie gekommen waren. Ein guter Ort, um auf Thor zu warten. Hastig stieß sie die Tür auf. Die Beleuchtung war – im Gegensatz zur dritten Ebene – äußerst dezent und angenehm. Langsam ging Delina die Stufen hinab. Ein Stockwerk und noch eines. Dort setzte sie sich. Sie hielt inne, sog die Ruhe und den Frieden, die sie hier umgaben, in sich auf. Es war weit weniger tröstlich, als sie gehofft hatte. Aber es war gut, endlich allein zu sein. Sie musste die Tränen nicht länger zurückhalten, konnte ihnen freien Lauf lassen. Es war das erste Mal, dass sie darüber nachdachte, ob ihr Leben nicht besser verlaufen wäre, wenn sie in der Alten Welt geblieben wäre. Nein. Sie hatte das Richtige getan, hatte richtig gehandelt. Lieber lebte sie in Thors Schatten in Schande, als die hochbejubelte, aber gebrochene Samera eines Blutfürsten zu sein. Thor hatte sie immer gut behandelt, er würde ihr nie körperlichen Schaden zufügen. Das war so unumstößlich wie das Gesetz der Schwerkraft. Sie hatte seinen Geist gespürt, hatte die Verletzlichkeit gesehen.

Das Öffnen und Zuschlagen einer Tür ließ Delina zusammenzucken. Schritte kamen näher. Hastig wischte sie sich über das Gesicht, wollte nicht völlig verheult aussehen. Eine junge Frau bog um die Ecke. Sie trug schwarze Hotpants und dazu ein rotes T-Shirt mit dem Logo des *fiftyfive*. Seltsam an der jungen Frau war, dass sie keinen eigenen Duft zu haben schien, das verwirrte Delina etwas. Aber augenscheinlich war sie eindeutig menschlich.

„Na, blöde Nacht gehabt?", fragte sie freundlich.

Delina nickte und rutschte zur Seite, damit die Frau an ihr vorbeigehen konnte. Doch anstatt weiterzugehen, setzte sie sich zu Delina.

„Ein Kerl?"

Wieder nickte Delina.

„Ich bin Nell." Sie nahm die Flasche mit Wasser in die Linke und streckte Delina die rechte Hand hin.

„Delina."

„Die Typen sind doch alle gleich", seufzte Nell. Sie schraubte die Wasserflasche auf und nahm einen großzügigen Schluck. Dann bot sie Delina die Flasche an.

Diese schüttelte den Kopf. Sie hatte heute schon mehr als genug getrunken, und Wasser war ohnehin nicht nach ihrem Geschmack.

„Kein Kerl ist es wert, dass du ihm eine Träne nachweinst. Vor allem nicht die Typen aus der dritten Ebene."

Nachdenklich blickte Delina Nell an. Die dunkelblonden Haare waren an der Seite kunstvoll geflochten. Sie fragte sich, wie viel die Kellnerin über die Kruento wusste.

„Du kennst die Typen aus der dritten Ebene?", fragte sie vorsichtig nach.

Gelassen zuckte Nell mit den Schultern. „Sie sind unglaublich gutaussehend, mächtig und reich. Geld und Macht bringen zwei Dinge mit sich. Sie sind alle Arschlöcher und behandeln Frauen, als gehörten sie ihnen."

Delina fragte sich, woher so viel Hass kam, der in Nells Stimme mitschwang.

„Arbeitest du hier?", fragte sie stattdessen. Dem Top nach zu urteilen, erübrigte sich diese Frage eigentlich.

„Ja." Sie nahm noch einen tiefen Zug. „Der Job ist gut bezahlt, die Hütte ist immer voll und das Trinkgeld lässt sich sehen."

„Warst du schon einmal in der dritten Ebene?", wollte Delina wissen.

Nell schüttelte heftig den Kopf. „Nein, und ich würde da freiwillig auch nie hingehen. Ich mache einen großen Bogen um diese Kerle." Sie nahm noch einen Schluck und schraubte dann die Flasche zu.

„Kennst du einen von ihnen?"

„Ich kenne Jendrael. Er ist mein Chef, und als solcher ist er ganz okay. Außerdem ist er verheiratet." Sie lächelte Delina an. „Die Unverheirateten sind die, vor denen man sich in Acht nehmen muss."

Vielleicht hatte Nell recht, aber wenn Thor verbunden wäre, sähe die Sache noch viel dramatischer aus. Denn dann würde sie die Gefühle einer anderen Vampirin verletzen. Eine unerträgliche Vorstellung.

„Ich weiß, du hast keine Wahl, aber wenn es dir möglich ist, nimm einen einfachen Kerl und mache einen großen Bogen um die Soyas." Nell erhob sich, lächelte ihr noch einmal zu und ging dann nach oben.

Delina blieb sitzen, legte den Kopf zur Seite und dachte über das, was Nell gesagt hatte nach. Warum sollte sie um die Soyas einen Bogen machen? Sie wollte die Worte einer unwissenden Frau schon abtun, da fiel es ihr wie Schuppen von den Augen. Nell kannte das Geheimnis der Kruento. Sonst hätte sie nichts von den Soyas gewusst. Sie wusste, dass sie die dominantesten waren. Ihr Rat war gewesen, sich an einen weniger dominanten Vampir zu binden. Aber warum?

Über ihr öffnete und schloss sich eine Tür. Delina blickte nach oben, rechnete damit, das Nell zurückkam. Sie wollte die Kellnerin noch einige Fragen stellen. Doch es war Thor, der ihr entgegenkam. Sie erhob sich hastig. Wenn sie aufrecht stand, hatte sie zumindest das Gefühl, ihm halbwegs gewachsen zu sein.

Schnell fuhr sie sich über die Haare, hoffte, dass sie halbwegs passabel aussah.

„Können wir gehen?", fragte er verstimmt. Er klang, als hätte er eine unschöne Begegnung gehabt.

Delina wagte nicht, ihn danach zu fragen, sondern nickte einfach nur.

Wie selbstverständlich legte er einen Arm um sie, zog sie besitzergreifend an sich und küsste sie auf die Stirn. Es war eine so einfache Geste, wie sie jeder Rinoka hunderte Male tat. Dennoch war es für Delina immer besonders. Sie klammerte sich an die Hoffnung, dem Soya nicht vollkommen egal zu sein. Wenn er sie als Ancilla so behandelte, nähme sie diesen Platz gerne ein. Sie musste nur ihr Herz schützen, denn sonst bekäme er die Macht, sie vollkommen zu zerstören.

Arm in Arm verließen sie den Club.

* * *

Sebum fühlte sich so gut wie lange nicht mehr. Er hatte hart an sich gearbeitet, regelmäßig getrunken und trainiert, um seine alten Fähigkeiten wiederzuerlangen. Es war ihm wie eine Ewigkeit erschienen, doch er hatte nicht aufgegeben. Das lag zum Großteil an Itan, der ihn immer wieder anspornte. Aber das würde er nie im Leben zugeben.

Jetzt standen sie hier vor dem Haus, das der neue Soya bewohnte. Es war abgelegen und umgeben von einem hohen Zaun. Dieser war kein Hindernis für sie gewesen. Mit Leichtigkeit waren sie darüber gesprungen und hatten den Rest des Weges zu Fuß zurückgelegt. Als das Haus in Sichtweite kam, hielten sie im Schatten einer alten Eiche an, um sich noch ein letztes Mal abzusprechen.

„Wir werden hineinspazieren", erklärte Itan den Plan. „Ich kümmere mich um die Rückendeckung. Die meisten von ihnen werden deine ehemaligen Leute sein, vor ihnen brauchen wir keine Angst zu haben. Die Einzigen, die dir gefährlich werden können, sind die neuen Rekruten."

Sebum lockerte die Schultern. Er war bereit, freute sich auf den Kampf. Er würde den neuen Soya herausfordern, ihn unterwerfen und den Überlebenden den Blutschwur abnehmen, sofern noch

nicht geschehen. Es war an der Zeit, sich die Macht zurückzu-
holen.

„Gehen wir!" Er ließ noch einmal den Kopf nach links und
rechts fallen, hörte das leise Knacken im Gelenk. Er war heiß,
fieberte der bevorstehenden Schlacht entgegen.

Itan zog sein Schwert aus der Scheide. Auch er war bereit.
Sebum sah das Funkeln in den Augen seines Sohnes. Er konnte es
ebenfalls kaum erwarten. Dennoch hielt er sich zurück, wusste,
wo sein Platz war. Die Befehle gab Sebum. Er war der Blutfürst,
er war derjenige, der kämpfen würde. Doch Itan nahm
schweigend die Position im Hintergrund ein. Sebum war nicht
auf den Kopf gefallen, er wusste, dass sein Sohn davon profitierte,
wenn er wieder der unangefochtene Blutfürst war. Ihm sollte es
recht sein. Wenn der Plan aufging, hätte Itan einen guten Posten
verdient. Er brauchte loyale Leute, warum nicht sein eigen Fleisch
und Blut?

Seine Hand schloss sich um den Griff seines Schwertes. Es ging
los. Entschlossen schritt er auf die Eingangstür zu, trat sie einfach
ein. Es war nicht schwer, dem Geruch zu folgen. Sebum warf
einen Blick hinter sich, vergewisserte sich, dass Itan dort war,
damit ihm niemand in den Rücken fallen konnte und er sich
vollkommen auf das vor ihm Liegende konzentrieren konnte.

„Hey, was soll das?" Ein Vampir kam ihm mit gezücktem
Dolch entgegen.

Als der den Blutfürsten sah, blieb er mit offenem Mund stehen.

„Wo ist Pépe?", fragte er Michel Lefevre, einen seiner ehemaligen Moris.

Wortlos deutete dieser den Flur entlang.

Sebum fixierte die Tür und zog die Luft in seine Nase. Er
wollte wissen, wie viele Vampire bei dem Soya waren. Er tippte
auf fünf. Drei davon kamen ihm bekannt vor, vermutlich seine
Moris. Als er an Michel vorbeiging, verbeugte der sich tief.

„Ich bitte um Entschuldigung, Vetusta."

Sebum beachtete ihn nicht. Im Moment war der Mori ihm
egal. Zuerst musste er sich um den Soya kümmern. Zielstrebig
ging er auf die Tür zu, trat auch diese ein.

Die Vampire, die im Beisein einiger Blutsklaven gemütlich auf
dem Sofa gelümmelt hatten, sprangen auf. Pépe Passeron, der von
Jourdain ernannte Soya, zog hastig seine Hose hoch und schloss

sie. Es verschaffte Sebum eine gewisse Genugtuung, ihn ausgerechnet in so einem Moment gestört zu haben.

Mit einem Blick erfasste er die Situation. Außer dem Soya befanden sich Tobin Raft, Simon Bonnet und Johnathon Fizz bei ihm. Alles seine Moris. Außerdem Merten Flotage, dessen Vater ihm unterstellt gewesen war, und ein weiterer Vampir, den er nicht kannte, sowie drei Menschenfrauen, die sich ängstlich in eine Ecke drängten.

„Selu di midoare, Soya", forderte er Pépe in der alten Vampirsprache zu einem Duell auf Leben und Tod heraus.

Der Soya wurde eine Spur blasser. „Mo seluno questu", murmelte er. Es war ihm anzusehen, dass er alles andere als begeistert war. „Ort und Zeit?"

„Jetzt. Hier." Sebum würde ihn nicht davonkommen lassen. „Wähle die Waffen."

„Das Schwert", krächzte Pépe und machte Merten ein Zeichen. Eilig verschwand der Vampir.

Zufrieden nickte Sebum und grinste den Soya an. Dieser wusste genau, in welcher Lage er sich befand. Er hatte keine andere Wahl, als um sein Leben zu kämpfen. Indem er ihn offiziell herausgefordert hatte, erkannte er ihn als Soya an und nahm ihm die Chance, sich zu unterwerfen. Das war seine Rache dafür, dass er übergangen worden war. Er war der Blutfürst, er bestimmte über die Titel, er ernannte die Soyas. Niemand hatte das Recht, ihn zu übergehen.

Merten kam zurück, in der Hand das Schwert des Soyas. Itan trat vor und prüfte Pépes Waffe. Zufrieden nickte er und zog sich wieder in den Hintergrund zurück. Merten trat nun seinerseits vor, nahm Sebums Waffe in Augenschein. Es war ein ganz normales Schwert, nichts Besonderes.

„Dann zeig mal, was du kannst." Er winkte den Soya näher zu sich. Die Angst spiegelte sich in seinen Augen, als er auf den Blutfürsten zutrat und das Schwert erhob.

Sebum beugte sich vor, ging in Angriffsstellung. Sollte er als Erster angreifen oder erst einmal abwarten? Er schnellte auf den Soya zu. Es war kein ernstzunehmender Schlag, er wollte lediglich die Schnelligkeit des Gegners prüfen. So war es für Pépe auch nicht besonders schwer, ihm auszuweichen. Allerdings gewann er dadurch etwas mehr Selbstvertrauen. Zwei Angriffe seinerseits folgten.

Sie beäugten sich, maßen einander mit Blicken.

„Ist das alles, was du zu bieten hast?", fragte Sebum herausfordernd.

Der Kiefer des Soyas klappte nach unten, dann pressten sich seine Lippen fest aufeinander. Er hob das Schwert, machte sich bereit für den nächsten Angriff.

Sebum kam ihm zuvor. In einer blitzschnellen Bewegung griff er den Soya an, schlug einige Male auf ihn ein, bis sein Schwert klirrend zu Boden fiel. Pépe sank zu Boden, unbewaffnet.

„Habe Erbarmen, Vetusta", flehte er.

Sebum zögerte, das Schwert erhoben. Er kniff die Augen zusammen, überlegte einen Moment. Dann ließ er es auf den Vampir niedersausen, trennte den Kopf vom Körper ab. Blut spritzte. Die Menschenfrauen kreischten, als wären sie abgestochen worden. Er wischte sich mit dem Handrücken über das Gesicht und erhob sich. Es war geschafft. Die erste Schlacht war gewonnen, das erste Etappenziel erreicht. Dem Soya gegenüber hatte er keine Gnade walten lassen können, er hatte Jourdain zuerst den Blutschwur abgenommen. Dieser würde immer über seinem stehen. Das war der einzige Grund, warum er den Kampf nicht unblutig hatte beenden können.

„Hoch lebe der Vetusta!", rief Itan und reckte die Hand in die Höhe.

„Hoch lebe der Vetusta!", wiederholten seine Moris im Chor.

Merten Flotage trat auf ihn zu, kniete vor ihm nieder. „Riu ab summo di Mori", bat er, sich ihm unterordnen zu dürfen. Der unbekannte Vampir ließ sich hastig neben Merten sinken. „Ich bin Lev Dull. Auch ich bitte darum, Vetusta. Riu ab summo di Mori."

Zufrieden lächelte Sebum auf die beiden hinab. Ein paar mehr Moris wären nett gewesen, aber die beiden waren zumindest ein Anfang. „No Mimare."

Itan trat vor, hielt den Knienden einen Dolch hin. Entschlossen griff der Vampir danach, zog die Klinge über seinen Unterarm und sah zu, wie das Blut den Boden benetzte.

„El me lu sangius al to, Lev Dull, misu ab", legte er den Blutschwur ab.

Sebum spürte, wie der Vampir seine geistigen Schranken öffnete, ihn in seinen Kopf eindringen ließ. Er verankerte sich, sodass eine feine Verbindung entstand, die ihm Macht über diesen Vampir verlieh. Was auch immer die Zukunft bringen würde, er könnte diesen Mori zu Dingen zwingen, die er nicht tun wollte. Sebum spürte Kraft, die durch ihn hindurchströmte, und es fühlte sich verdammt gut an. Er wollte mehr und wartete ungeduldig darauf, dass Lev den Dolch weitergab.

Merten ritzte sich ebenfalls und wartete, bis sein Blut zu Boden tropfte. Dann sprach er die rituellen Worte, die Sebum Zutritt zu seinem Geist gewährten. So bekam er auch über ihn Macht.

Es war vollbracht. Mit einer Handbewegung wies er die zwei Vampire an, sich zu erheben.

„Tretet näher, meine Freunde", lud er alle anderen ein. Er stand im Mittelpunkt, er war ihr Anführer, ihr Vetusta. Er war zurück.

„Jeden einzelnen Vampir, der sich uns in den Weg stellt, werden wir köpfen. Dies ist mein Fürstentum, und ich werde es mir zurückholen."

„Ja!", brüllte Itan begeistert. Die anderen Moris sahen sich ängstlich an. Schreckten sie vor der Aussicht, mit ihm in den Kampf zu ziehen, zurück? Diese Männer waren entscheidend, er musste sie motivieren und wusste auch schon wie.

„Jedem, der mir treu zur Seite steht und sich gut schlägt, stelle ich einen Posten als Soya in Aussicht."

Das zeigte Wirkung. Ein Raunen ging durch die versammelten Vampire. Die Begeisterung war beinahe spürbar. Nicht alle würden einen Posten als Soya bekommen. Michel war beispielsweise nicht dominant genug. Aber von Merten war er positiv überrascht gewesen, und auch Lev war eine interessante Option. Er würde sehr genau hinsehen, wie die beiden sich im Kampf schlugen und dann eine Entscheidung treffen.

„Auf unseren Vetusta!", rief Michel begeistert.

Nun reckten auch die anderen Moris ihre Fäuste in die Höhe. „Auf den Vestusta!", erwiderten sie.

Zufrieden lächelte er. Die Tage von Jourdain als Blutfürst waren gezählt.

KAPITEL 14

Thor hatte einen unruhigen Tag hinter sich und kaum geschlafen. Immer wieder träumte er von Delina, ihrem wunderschönen Körper und wie sie auf ihm gegessen hatte. Jedes Mal, wenn er aufwachte, war er hart und sehnte sich mit jeder Faser seines Körpers danach, sich wieder mit ihr zu vereinigen. Er war beinahe froh, als es zu dämmern begann und die Nacht hereinbrach.

Es musste ihm gelingen, die Gedanken an Delina aus seinem Kopf zu bekommen. In der vergangenen Nacht hatte er ihr Schicksal besiegelt, er war zu egoistisch, sie gehen zu lassen. Vielleicht eines Tages, aber noch war er dazu nicht bereit. Er bot ihr seinen Schutz und genoss dafür Körperprivilegien. Er wusste, wie man so ein Arrangement in ihrer Welt nannte, und das Wort gefiel ihm überhaupt nicht. Es würdigte Delina herab, das hatte sie nicht verdient. Eigentlich hätte er die Schmach tragen müssen. Keiner im Club hatte etwas gesagt, dennoch hatten sie es alle gewusst.

Mit einem Ruck erhob er sich und schlüpfte in die Jogginghose. Er griff nach dem Handtuch, das auf der Kommode lag, und warf es sich über die Schulter. Die Türklinke bereits in der Hand, überlegte er es sich noch einmal anders. Ein normales Training würde ihm heute nicht genügen. Er trat zur Kommode, zog die oberste Schublade auf und holte die Bandagen und die Boxhandschuhe heraus. Im Stehen begann er die Hände zu umwickeln. Bei der ersten Hand gelang es ihm ganz gut, bei der zweiten wurde es etwas schwieriger, doch er hatte genug Übung darin. Es sah zwar nicht ganz so perfekt aus, erfüllte jedoch seinen

Zweck, und mit den Handschuhen darüber, war es ohnehin einerlei. Er schnappte sich die Handschuhe und verließ sein Zimmer.

Über eine schmale Treppe gelangte er in den ausgebauten Dachboden. Die Holzbretter unter seinen Füßen knarrten. Dennoch wusste er, dass Delina ihn einen Stock tiefer dank der gut gedämmten Zwischendecke nicht hören würde. Der Dachboden erstreckte sich über die gesamte Länge des Hauses. Er hatte diesen Trainingsraum schon vor Jahren, noch zu der Zeit, als Ruwen Wesley ihr Dominus gewesen war, einrichten lassen. Hätte er damals schon geahnt, dass Darius ihr neuer Anführer werden würde und eine riesige, moderne Trainingshalle zur Verfügung stellte, hätte er sich die Mühe gespart. Die wenige Zeit, die er in Boston verbrachte, hätte er auch bei Darius trainieren können. Aber an Tagen wie diesem freute er sich über den Komfort.

Während die Hälfte des Raumes leer war und genug Platz für ausschweifende Trainingseinheiten bot, befanden sich auf der anderen Seite diverse Übungsgeräte, darunter auch ein Boxsack, der sowohl in der Decke als auch im Boden verankert und doppelt verstärkt war.

Achtlos ließ Thor das Handtuch zu Boden gleiten, zog sich die Boxhandschuhe über und ging auf den Sack zu. Er tänzelte zuerst ein wenig herum, dehnte die Muskeln und wärmte sich etwas auf. Dann holte er aus und landete einen ersten Treffer. Der Boxsack schwang beträchtlich hin und her. Thor tänzelte weiter um ihn herum, holte ein weiteres Mal aus und traf erneut. Er erhöhte das Tempo. Wie besessen drosch er auf den Sack ein. Mit der Zeit spürte er die Anstrengung, die Müdigkeit in seinen Händen. Doch er war noch nicht bereit aufzugeben. Noch immer hatte er viel zu viel Energie. Sein Kopf würde wieder zu grübeln beginnen, und das war es, was er vermeiden musste. Solange er jedoch in Bewegung blieb, hatte er keine Zeit zum Nachdenken.

Der sanfte Duft von Sonne und Johannisbeere umfing ihn. Delina war da. Er blickte auf und sah sie im Türrahmen stehen. Seine Arme sanken nach unten, und er musste sich eingestehen, dass jegliche Anstrengung vergebens gewesen war. Es war unmöglich, Delina zu ignorieren. Er machte einen Schritt zur Seite, wich dem zurückfedernden Boxsack aus. Dabei konnte er Delina nicht aus den Augen lassen. Ihre wunderschönen Haare, die ihm offen so gut gefielen, hatte sie wieder zu diesem hässlichen Knoten gebunden. Sie sah damit so streng aus, wie ein perfektes Mitglied der Innoka. Die Kleidung war dagegen alles andere als standesgemäß. Eine weite Stoffhose, Turnschuhe und ein einfaches T-Shirt. Doch selbst in diesen unförmigen Klamotten sah sie einfach nur anbetungswürdig aus.

„Was willst du hier?" Im nächsten Moment taten ihm seine ungehobelten Worte leid. Doch da hatte sie schon betreten den Kopf gesenkt.

„Entschuldigung", murmelte sie und wollte sich gerade abwenden.

„Warte!" Er wollte nicht, dass sie ging, wollte, dass sie hierblieb.

„Warum bist du gekommen?"

Unsicher betrachtete sie ihre Schuhspitzen. „Ich hatte gehofft, dass du mir eine weitere Trainingseinheit im Umgang mit dem Dolch geben könntest", brachte sie schließlich zögernd hervor.

Er schluckte. Sein Mund war wie ausgetrocknet. In der Tat wollte er ihr viele Dinge beibringen, aber die hatten ziemlich wenig mit Waffen zu tun. Seine Gedanken schweiften ab. Delina, wie sie ihm ihren süßen Hintern entgegenreckte. Delina, wie sie ihn ritt. Delina, wie sie vor ihm kniete und ihn in den Mund nahm.

Hastig wandte er sich ab, bevor sie seine glühenden Augen sah. Er war steinhart. Delina konnte Abhilfe schaffen und wenn er sie darum bitten würde, würde sie es auch tun. Aber er wollte sie nicht so demütigen. Das hatte er schon genug getan.

„Hast du ihn dabei?" New York war weitaus gefährlicher als Boston, und der Gedanke, dass Delina nicht nur bewaffnet war, sondern auch halbwegs mit der Waffe umgehen konnte, klang durchaus vernünftig.

„Ja."

Aus dem Augenwinkel sah er, wie sie mit einem unsicheren Lächeln den Dolch hinter dem Rücken hervorzog.

Er wandte ihr noch immer den Rücken zu, während er die Boxhandschuhe abstreifte und sie einfach zu Boden gleiten ließ. In aller Seelenruhe begann er, die Bandagen abzuwickeln. Mit dem Kopf deutete er auf die freie Fläche, die ihm als Kampfplatz diente. Er musste ihr eine Halterung kaufen, am besten für den

Oberschenkel. So konnte sie den Dolch bequem unter einem Rock tragen. Für eine Hose wäre es aber unpraktisch. Egal, dann trug sie ab sofort eben nur noch Röcke. Die konnte er bequem nach oben schieben, um sie …

Thor trug einen kleinen Dolch in seinem Stiefel, doch vorerst wollte er Delina ohne Waffe gegenübertreten. Er atmete tief durch und sammelte sich. Als Krieger war er es gewohnt, alles andere auszublenden und sich ganz auf den Kampf zu konzentrieren, und das gelang ihm auch diesmal. Zuerst wollte er sehen, was sie vom letzten Mal noch behalten hatte.

„Na, los!" Er winkte sie zu sich.

„Du bist nicht bewaffnet." Die Unsicherheit war ihr deutlich anzumerken. Das war schon ihr erster Fehler.

„Woher weißt du das?", forderte er sie heraus.

Ihre Augen wurden größer. Sie ließ abschätzend ihren Blick von oben nach unten wandern, suchte die Waffe an ihm.

„Du bist nicht bewaffnet", wiederholte sie schließlich.

Spöttisch verzog sich sein Mund. „Und deswegen bin ich weniger gefährlich?" Es war eine eindeutige Herausforderung.

Delina reckte den Kopf nach oben. Ihre Körperhaltung wurde gerader. Sie hob den Dolch. Zufrieden registrierte er, dass ihre Ausgangshaltung passte. Sie hatte beim letzten Training aufgepasst.

Mit zwei schnellen Schritten war sie bei ihm. Er parierte den Angriff, indem er ihre Hand mit dem Dolch nach unten drückte, sie drehte. Sein freier Arm legte sich um ihren Hals, drückte leicht zu. Kräftemäßig war er ihr überlegen. Aus diesem Griff konnte sie sich nicht mehr befreien.

„Das hast du mir das letzte Mal nicht beigebracht", beklagte sie sich.

Er lockerte den Griff und ließ sie los. „Und du glaubst, der Angreifer hält sich an unseren Trainingsplan?"

Wortlos ging Delina in die Ausgangsposition zurück, schüttelte die Arme aus. Sie wartete nicht, bis er bereit war, sondern griff sofort an. Überrascht machte er einen Satz zur Seite und duckte sich, als sie bereits herumwirbelte. Stolz erfüllte ihn. Sie lernte unglaublich schnell. Er wich noch einem weiteren Angriff aus, dann gelang es ihm, ihr den Dolch aus der Hand zu nehmen, sich hinter ihr zu positionieren und ihr von vorne die Waffe an die Kehle zu halten.

Ihr herrlicher Duft hüllte ihn ein, und er spürte ihren anschmiegsamen Körper an seinem. Mit seiner Konzentration war es augenblicklich vorbei. Sein Blut sammelte sich in seinen Lenden. Delina war ihm so nah, dass ihr seine Erregung nicht verborgen blieb. Anstatt vernünftig zu sein, drängte sie sich an ihn, rieb sich aufreizend an ihm.

„Verdammtes Frauenzimmer", murmelte er. „Du weißt schon, dass ich einen Dolch an deinen Hals halte."

„Nur weil ich keine Waffe habe, heißt das nicht, dass ich unbewaffnet bin."

Er schnappte nach Luft. Diese verfluchte Vampirin. Er schmiss den Dolch weit fort. Ein paar Meter von ihnen entfernt fiel er scheppernd zu Boden. Mit einer ruckartigen Bewegung riss er Delina herum, schob sie gegen die Wand und drängte sich gegen sie. Sein Kopf beugte sich zu ihr. Seine Lippen legten sich auf ihre. Sie sollte ruhig spüren, was sie in ihm anrichtete. Hart presste er seinen Körper gegen sie. Er nahm von ihrem Mund Besitz, strich ungeduldig über ihre Taille, den Po und das Bein entlang. Nicht weniger begierig reckte sie sich ihm entgegen. Er wollte sie, er wollte sie so sehr. Während ihre Zungen einen süßen Kampf ausfochten, hob er sie hoch, setzte sie sich auf die Hüfte.

Delina stöhnte, kratzte mit ihren Fingernägeln über seinen Rücken, streichelte seinen Nacken und strich über seinen Kopf. Diese Frau machte ihn wahnsinnig.

Ein lautes Klingeln war zu hören. Die Türglocke. Sie erstarrten beide. Thor schloss die Augen und senkte den Kopf. Er wusste, wer da vor der Tür stand, denn er selbst hatte Malin noch vor Morgengrauen angerufen und ihn für heute Nacht herbestellt, und er hatte einen weiteren Anruf getätigt. Er hatte Ducin darüber informiert, dass er die Flüchtlinge losschicken konnte. Viel gab es für ihn nicht mehr in Boston zu tun. Er würde am nächsten Tag diese offizielle Veranstaltung von Darius besuchen und dann konnte er nach New York zurückkehren. Davor wollte er noch den Epheben prüfen und entscheiden, ob er bereit war, die Verantwortung als ein Familienoberhaupt zu übernehmen.

Vorsichtig ließ er Delina an der Wand hinunterrutschen, darauf bedacht, ihr nicht wehzutun.

„Das ist Malin", erklärte er kurz angebunden und wandte sich ab. Er musste sich möglichst schnell unter Kontrolle bringen, konnte dem Epheben nicht mit einem steifen Schwanz und vor Erregung glühenden Augen die Tür öffnen. „Geh und zieh dir etwas Vorzeigbares an!", wies er sie barsch an.

Delina senkte den Kopf und huschte davon.

Beinahe hätte er sie zurückgerufen, es sich anders überlegt und Malin vor der Tür warten lassen. Er wollte Delina an die Wand drängen, sich in ihr versenken und den Himmel auf Erden erleben. Thor presste die Lippen zusammen, rang um Kontrolle. Er musste sich beruhigen.

Wieder ertönte die schrille Glocke, zeugte von einem ungeduldigen Besucher vor der Tür.

Thor atmete tief durch und machte sich langsam auf den Weg in den Eingangsbereich.

* * *

Zitternd lehnte Delina sich mit dem Rücken an ihre geschlossene Zimmertür. Es war ein Wunder, dass ihre Beine sie überhaupt bis in ihr Zimmer zurückgetragen hatten. Sie schloss die Augen und kämpfte gegen die Scham, die sie empfand, an. Was war nur in sie gefahren, dass sie sich Thor so hemmungslos an den Hals warf? Sie hatte es regelrecht herausgefordert.

Eine einzelne Träne rann über ihre Wange. Mit dem Handrücken wischte Delina sie fort. Sie wollte nicht weinen, nicht wegen Thor. Sie war ja selbst schuld an der Situation. Warum nur führte sie sich auf wie eine Canicula? Sie hatte einfach nicht anders gekonnt, hatte sich in seiner Nähe so wohl gefühlt. Jede Faser ihres Körpers sehnte sich nach diesem großen, gutaussehenden Vampir. Ihr gefielen seine harten Muskeln, die glatte, schokoladenfarbene Haut, und am meisten mochte sie seine wundervollen Augen, wenn er sie mit solcher Glut ansah, dass sie dachte, verbrennen zu müssen.

Sie war so unglaublich tief gesunken. Ihre Eltern würden sich ihretwegen in Grund und Boden schämen. Sie war Mitglied der Innoka, als solche erzogen. Doch kaum war sie außer Landes, führte sie sich auf wie eine Hure, die von Sex nicht genug bekam.

Delina fühlte sich schmutzig, aber eine Dusche würde auch nicht helfen, die Schande abzuwaschen. Traurig zog sie das T-Shirt über den Kopf, warf es achtlos auf den Boden. Sie sollte sich standesgemäß kleiden. Er hatte sie herumkommandiert wie eine Dienstmagd. Aber war sie nicht genau das für ihn? Es war so demütigend, wenn man etwas anderes gewohnt war. Trotzig öffnete sie ihren Kleiderschrank und zog ein bodenlanges hellblaues Kleid hervor. Damit sollte sie doch den Ansprüchen, die Thor an sie stellte, genügen. Der Rock war etwas weiter, umspielte ihre Beine. An der Taille war er jedoch eng gefasst. Lange Ärmel und auch am Hals hochgeschlossen. Sie hoffte, die richtige Wahl getroffen zu haben, und schlüpfte in das Kleid hinein. Wie schön wäre es, barfuß hinaufzugehen, aber das würde Thor sicher nicht dulden. Darum schlüpfte sie in die dunkelblauen Slipper und machte sich auf den Weg zum Dachboden.

Diesmal registrierte Thor ihr Kommen. Er drehte sich zu ihr um, noch ehe sie durch die Tür treten konnte. Wohlwollend nickte er ihr zu. Erleichtert lächelte sie zurück. Es schien, als habe sie alles richtig gemacht. Wenn ihr einziger Lebensinhalt darin bestehen sollte, ihm zu gefallen, würde Delina sich fügen.

Malin, der junge Vampir von gestern Nacht, war bei ihm.

„Berne Nox", grüßte er sie.

Delina rang sich zu einem unverbindlichen Lächeln durch und erwiderte den Gruß. Der Ephebe konnte nichts für ihre Situation, konnte nichts dafür, dass es ihr nicht mehr zustand, mit Mi angesprochen zu werden. Sie hatte in diesem Clan keinen Status, sie war ein Nichts. Damit musste sie sich abfinden.

„Bist du bereit?", fragte Thor den Epheben und ging vor, in die Mitte des Raumes.

Unterwegs bückte er sich und hob den Dolch auf, den er vorhin achtlos auf den Boden geworfen hatte. Sein Blick traf den ihren, und sie sahen sich für ein paar Sekunden wortlos in die Augen, bis Delina ergeben den Blick senkte. Sie kannte ihren Platz, wollte ihn nicht herausfordern, vor allem nicht vor seinen eigenen Leuten.

„Soya", murmelte der Ephebe verlegen. „Wir wissen doch beide, wie der Kampf ausgehen wird."

Thor legte den Kopf schief, wie immer, wenn er entweder nachdachte oder sich über etwas amüsierte, so wie jetzt. „Du weißt, wie es ausgeht?" Eine Augenbraue zog sich demonstrativ nach oben. „Ich nicht, denn ich werde die Entscheidung davon abhängig machen, ob ich dir die Verantwortung als Familienoberhaupt zutraue."

Malins Augen weiteten sich vor Schreck.

„Dabei geht es mir nicht darum, dich in deine Schranken zu weisen oder zu gewinnen. Ich will sehen, was du kannst. Beherrschst du den Umgang mit dem Dolch?"

Delina spürte die Wand im Rücken, verschränkte die Arme vor der Brust. Sie war begierig darauf, einen richtigen Kampf mit dem Dolch zu sehen. Selbst Malin konnte damit sicher besser umgehen als sie nach zwei Trainingseinheiten.

Thor streckte dem Epheben den Dolch entgegen. Er griff danach. Mit einer geschmeidigen Bewegung bückte der Soya sich und zog einen weiteren Dolch aus seinem Stiefel. Delina schnappte unbewusst nach Luft. Der Mistkerl. Er war doch die ganze Zeit bewaffnet gewesen.

Währenddessen zog Malin sein T-Shirt aus und warf es zur Seite. Nur mit Jeans bekleidet trat er in die Mitte. Nun hatten die Vampire beide dieselben Voraussetzungen. Malin war ein schlaksiger Vampir. Ihm fehlten sowohl die muskulösen Oberarme als auch der klar definierte Sixpack, den Thor aufweisen konnte. Gegen den Soya konnte Malin nur verlieren.

Unbeweglich standen die Kruento sich gegenüber, beäugten einander und warteten darauf, dass der andere zuerst angriff. Malin machte einen Schritt nach vorne. Blitzschnell wich Thor aus, wirbelte herum und schnellte mit erhobenem Dolch auf Malin zu. In letzter Sekunde warf sich Malin auf den Boden und entging somit Thors Angriff. Der Soya trat zurück, wartete, bis der Ephebe wieder auf die Beine kam. Erneut wirbelten sie aufeinander zu, drehten sich ein ums andere Mal. Sie hatten ein ungeheures Tempo drauf, sodass Delina ihnen kaum folgen konnte. Klirrend fiel ein Dolch zu Boden. Malin war entwaffnet. Der Ephebe lag wehrlos am Boden. Thor kniete über ihm, hielt ihm seinen Dolch an die Kehle. Der Kampf war vorbei. Wie vorauszusehen, war Thor der deutliche Gewinner. Er trat zurück und reichte Malin die Hand zum Aufstehen. Dankbar ließ er sich hochziehen.

Delina dachte, der Kampf wäre zu Ende, doch da bemerkte sie, dass beide Vampire sich wortlos anstarrten. Sie waren keineswegs fertig, fochten nun auf geistiger Ebene miteinander. Von Thor war ein dunkles Knurren zu hören. Der Ausgang stand jedoch schon fest. Auch auf geistiger Ebene würde der Soya als klarer Sieger hervorgehen. Es dauerte nicht lange, und Malin fiel auf die Knie. Keuchend beugte er sich vor, stützte sich mit den Armen ab. Erschöpft senkte er den Kopf. Es war ihm anzusehen, dass er völlig erledigt war. Thor hatte ihn unterworfen. Nicht nur körperlich, sondern auch im geistigen Zweikampf.

„No mimare", erklärte Thor und streckte dem verdutzten Epheben seinen Dolch entgegen.

Mit großen Augen blickte Malin zu ihm auf. Dann breitete sich große Freude auf seinem Gesicht aus.

„Lita." Überglücklich nahm er den Dolch in Empfang und ritzte sich damit in die Handfläche. Blut tropfte zu Boden.

Wie gebannt stand Delina da und sah zu, wie der Ephebe das Ritual durchführte. Sie hatte den Akt des Blutschwurs schon etliche Male bei ihrem Vater gesehen, der den Schwur seinen Moris abnahm.

„Riu ab summo di Mori."

Doch diese Situation war anders. Ihr Vater hatte die Moris stets unterworfen. Es war ein Kapitulieren gewesen. Auch hier war der Soya eindeutig der Gewinner, dennoch hatte sie das Gefühl, dass Thor stolz auf den jungen Vampir war und es als Ehre ansah, ihn in den Stand eines Moris zu erheben.

„El me lu sangius al to, Malin Thomason, misu ab", bat er demütig.

Das was nun geschah, war nicht zu sehen. Es fand auf geistiger Ebene statt. Delina merkte, dass etwas vor sich ging, weil sich ihre Nackenhaare aufstellten.

„Summo di Mori", verkündete Thor.

Malin gab ihm seinen Dolch zurück und erhob sich. Kameradschaftlich klopfte Thor seinem neuen Mori auf die Schulter.

„Du wirst es jetzt eilig haben. Bevor du zu Ladonna und ihrer Familie gehst, informiere deine Eltern", empfahl er dem Epheben.

„Ja, Soya. Danke, Soya. Für alles."

Hastig gab Malin Thor die Hand, nickte Delina zum Gruß zu und hatte es dann sehr eilig fortzukommen.

Delina bewunderte Thor noch mehr. Er war ein großartiger Soya und verstand es, achtungsvoll mit seinen Untergebenen umzugehen. So wie er den Epheben behandelt hatte, war er auch immer mit ihr umgegangen. Es war egal, welche Position Thor ihr zugedacht hatte, er würde sie immer respektvoll behandeln. Bei ihm zu leben, war wirklich nicht die schlechteste Zukunft, die sie sich vorstellen konnte. Aber es schmerzte noch immer. Sie atmete tief durch und schluckte ihren Stolz hinunter. Vielleicht würde es ihr eines Tages leichter fallen, die ihr zugedachte Rolle einzunehmen.

* * *

Ducin saß in seinem Osloer Büro und ging gerade die Bücher durch. Die Abrechnung stimmte mit seinen Berechnungen nicht ganz überein. Es war kein großer Betrag, dennoch wollte er unbedingt herausfinden, woher die Differenz kam.

Der Duft seines Clans umhüllte ihn, und er blickte irritiert auf. Er hörte die sich nähernden Schritte. Nora Larsen, seine Sekretärin, war eine zierliche Person, die unglaublich eindrucksvoll wirken konnte und es schaffte, gestandene Geschäftsmänner in ihre Schranken zu verweisen. Mit dem, was in diesem Augenblick auf sie zurollte, war selbst sie überfordert.

Ducin wappnete sich gegen den Ansturm. Nur Sekunden später wurde seine Tür aufgerissen, und ein Trupp stürmte in sein Arbeitszimmer.

Verdammt! Das war alles andere als gut. Langsam erhob Ducin sich. Für den Hinterausgang war es bereits zu spät. Das Einzige was ihm blieb, war die Flucht nach vorne.

Die Überraschung, so einen Aufmarsch vor sich zu haben, war nicht einmal gespielt.

„Danke, Nora. Es ist alles in Ordnung. Ich kümmere mich um sie", wandte er sich an seine Sekretärin, während er den Schreibtisch umrundete. Sie war ein Mensch und auf ganzer Linie ahnungslos. Er mochte die energische Frau und wollte sie nicht in die Sache mit hineinziehen.

Sie kräuselte die Nase, wie sie es immer tat, wenn sie nachdachte. Dann schob sie mit dem Zeigefinger ihre Brille nach oben, machte auf dem Absatz kehrt und verließ auf ihren hochhackigen Schuhen sein Büro. Allerdings war sie so umsichtig, die Tür hinter sich zu schließen. Hervorragend.

Was in seinem Büro gesprochen wurde, ging niemanden etwas an.

„Vetusta", begrüßte er seinen Blutfürsten und neigte demütig den Kopf.

Haldor Salverson war eine eindrucksvolle Gestalt. Er hätte auch allein kommen können, es hätte dieselbe Wirkung auf ihn gehabt.

„Was kann ich für dich tun?", erkundigte er sich und bemühte sich um Gelassenheit. Vielleicht war der Besuch des Blutfürsten vollkommen harmlos. Dagegen sprach allerdings, dass er in Begleitung von zwei Soyas und drei Kriegern war. Leif war die rechte Hand des Blutfürsten und in alles verwickelt, was schmutzig war. Erck Valkonen war dem Vetusta ebenso unterwürfig ergeben. Er hatte sogar mit seiner Schwester gebrochen und sie in den Tod getrieben, nur um seine Treue zum Blutfürsten zu beweisen. Die Moris Jonte, Olve und Rangar waren kampferprobte Krieger.

Haldor musterte ihn scharf, kam langsam auf ihn zu.

„Mir ist da ein Gerücht zu Ohren gekommen."

„Seit wann gibst du etwas auf Gerüchte?", schnaubte Ducin.

„Hast du etwas mit den Flüchtlingen zu tun?"

Darauf konnte er nur falsch antworten. Wie war der Blutfürst dahintergekommen? Hatte er noch eine Chance, aus dieser Situation mit heiler Haut herauszukommen? Wenn der Blutfürst ihm etwas nachweisen konnte, war sein Leben verwirkt. Haldor Salverson war für seine Kompromisslosigkeit und seine Brutalität bekannt. Er würde nicht zögern, ihn umzubringen, auch wenn er über ein Jahrhundert als Soya treu an seiner Seite gedient hatte. Ducin wusste, dass er immer in der Gefahr lebte, enttarnt zu werden und dass der Tag kommen würde, an dem er auffllog. Doch er hatte nicht damit gerechnet, dass heute der Tag war. Es waren noch so viele Dinge unerledigt, Sachen, die er noch regeln wollte.

Er war noch nicht bereit abzutreten.

„War es nicht dein Vorschlag, im Exportgeschäft tätig zu werden?" Er war damals ein junger Vampir gewesen, hatte den Status des Soyas erlangt und war dringend auf der Suche nach einer Geldquelle gewesen. Es war die Zeit, in der das meiste Gut mit der Eisenbahn oder Schiffen transportiert wurde. Erst später hatte er sich auch Richtung Flugverkehr ausgestreckt. Zuerst einfach aus dem Grund, um konkurrenzfähig zu bleiben. Die Sache mit den Flüchtlingen kam erst nach und nach.

Gespannt wartete er auf Haldors Reaktion. Entweder ihm würde ohnehin alles um die Ohren fliegen, und dann kam es auf diese Herausforderung auch nicht mehr an, oder er es gelang ihm, hoch genug zu pokern.

„Vielleicht muss ich meine Meinung revidieren", überlegte der Vetusta laut.

„Das sind schwere Vorwürfe", sagte Ducin nachdenklich. „Welche Beweise hast du?" Wenn er wusste, was ihm vorgeworfen wurde, bestand eventuell die Möglichkeit, den einen oder anderen Vorwurf zu entkräften. Oder es war ohnehin zu spät, und er konnte sich die Luft sparen. Das konnte er allerdings erst beurteilen, wenn der Blutfürst die Karten auf den Tisch legte.

„In diesem Moment sind einige Krieger auf dem Flughafengelände, um deine Fracht zu überprüfen."

Testa. Seine Chancen standen gleich Null. Wenn die Familie an Bord war – und er hatte mit Mikkel vereinbart, dass er die drei dorthin brachte – würde er auffliegen, und dann würden auch keine Erklärungsversuche noch etwas ausrichten können.

„Und was haben sie dort gefunden? Metallteile? Italienische Tomaten?", scherzte er.

Ungerührt blickte der Vetusta ihn an. „Das werden wir herausfinden. Es kann sich nur um Minuten handeln, bis ich Nachricht bekomme."

Ducin seufzte. Er gab sich geschlagen. Er konnte nur noch abwarten.

„Ich habe leider keine Blutsklaven bei der Hand, um euch die Wartezeit zu verkürzen." Dabei machte er eine ausladende Handbewegung, die alle Anwesenden miteinschloss.

„Spar dir deine Sprüche!", fuhr Haldor ihn gereizt an.

Ducin verstummte. Er umrundete den Schreibtisch und nahm Platz. Es war ihm zu blöd, vor den Vampiren auf und abzugehen. Die Unruhe, die ihn erfasst hatte, konnte er nicht mehr lange verbergen. Sein Blick fiel auf die Papiere. Der Fehlbetrag erschien ihm eine Nichtigkeit, und er fragte sich, warum er so viel Zeit damit vergeudet hatte. Er war in Gedanken damit beschäftigt zu überlegen, was er heute anders gemacht hätte, wenn er gewusst hätte, dass dieser Tag so enden würde. Er war mit seiner Liste im Kopf noch nicht weit gekommen, als das Vibrieren eines Handys ihn aufhorchen ließ. Der Vetusta nahm das Gespräch an. Es gab keine Begrüßungsfloskel, nichts. Stumm hörte er zu, machte ein paar zustimmende Geräusche.

Leifs Blick war düster. Der Soya ließ ihn keine Sekunde aus den Augen. Jede seiner Bewegungen hatte er verfolgt, seit er das Büro betreten hatte. Ducin mochte den Soya nicht, ging ihm, soweit es ihm möglich war, aus dem Weg. Steckte er hinter der Hetzjagd gegen ihn? Zuzutrauen wäre es ihm. Leif hatte ihn schon immer als Konkurrent gesehen.

„Ich verstehe", beendete der Blutfürst das Gespräch und legte auf. Das Telefon behielt er in der Hand.

Er drehte sich Ducin zu, maß ihn mit einem langen Blick. Ducin wagte nicht zu atmen. Das Urteil des Blutfürsten würde über seine Zukunft entscheiden.

„Wie du sagtest: Metall und Tomaten."

Ducin blinzelte. Das war nicht möglich. Die Krieger konnten die dreiköpfige Familie unmöglich übersehen haben. Wer …?

„Ich wusste, dass du mir gegenüber loyal bist", behauptete Haldor.

Ducin musste sich beherrschen, um nicht einen abfälligen Pfiff auszustoßen. Dieser verdammte Vampir, der sich einbildete, sich alles herausnehmen zu können. Dummerweise konnte er das.

„Wir gehen!", kündigte der Blutfürst an, drehte sich um und marschierte – als ob nichts gewesen wäre – aus Ducins Büro. Die Krieger beeilten sich, ihm zu folgen. Leif bedachte ihn noch einmal mit einem grimmigen Blick.

„Ich werde dich eines Tages dran bekommen", zischte er ihm zu.

„Wo nichts ist, kannst du auch nichts finden", erklärte Ducin lächelnd. Nun wusste er, wem er diesen Besuch zu verdanken hatte. Es würde ihm eine Warnung sein. Er musste noch vorsichtiger sein.

Nora blickte den muskelbepackten Männern hinterher. Als alle fort waren, huschte sie in sein Arbeitszimmer.

„Alles in Ordnung, Mr. Norew?", erkundigte sie sich besorgt.

„Natürlich. Leider sind die Herrschaften umsonst gekommen", informierte er seine Sekretärin. „Lass uns weiterarbeiten."

Sie nickte eifrig und eilte geschäftig davon.

Ducin saß an seinem Schreibtisch und überlegte, wie es für ihn weiterging. Auf die Papiere könnte er sich im Moment sowieso nicht konzentrieren. Sein Handy vibrierte. Er zog es aus der Tasche und sah Mikkels Nummer.

„Du hattest heute Besuch auf dem Rollfeld", sagte er anstatt einer Begrüßung.

„In der Tat."

Sie wussten beide, dass die Möglichkeit bestand, dass die Leitung abgehört wurde. Ein sicheres Telefon hatte er nur in dem verborgenen Raum in seiner Hütte auf dem Land.

„Sie haben die ganze Flugzeugladung auseinandergenommen. Als ob wir Flüchtlinge außer Landes bringen würden. Kannst du dir das vorstellen, Soya?"

Ducin musste über die Entrüstung schmunzeln. Er war froh, einen so fähigen Vampir wie Mikkel an seiner Seite zu haben, der mit derselben Überzeugung wie er zu dem Flüchtlingsthema stand. Auch er wäre bereit gewesen, sein Leben zu lassen, und das rechnete er Mikkel hoch an.

„Jedenfalls konnte das Flugzeug mit einer kleinen Verspätung starten. Es ist alles an Bord, nur ein paar der guten italienischen Tomaten sehen nicht mehr so ganz appetitlich aus."

Das konnte Ducin verschmerzen. Er verstand ohnehin nicht, warum die Amerikaner so scharf auf italienische Tomaten waren. Als ob diese anders schmecken würden als ihre eigene Zucht. Die wichtige Information, die ihm Mikkel weitergeben wollte, hatte er verstanden. Die Familie war an Bord der Maschine und befand sich jetzt weit draußen auf dem Meer. Sie würden wie geplant in einigen Stunden in Boston landen, wo der Schleuser sie in Empfang nahm. Sie hatten getan, was getan werden musste. Ihr Job war damit erledigt.

„Lita", murmelte er. Mehr gab es nicht zu sagen. Ducin legte auf und steckte sein Handy wieder ein. Entschlossen sammelte er die Papiere zusammen und verstaute sie in einer Aktentasche. Er hatte einen Entschluss gefasst und musste nur noch Nora darüber informieren, dass er für die nächsten Tage nicht erreichbar sein würde. Er brauchte eine Auszeit und würde aufs Land fahren.

KAPITEL 15

Thor stand am Rande des großen Saals und gönnte sich eine Verschnaufpause. Wie er solche Festlichkeiten hasste. Für ihn waren sie die reinste Tortur. Die ganze Nacht war schon vollgepackt mit Pflichtterminen gewesen. Er hatte endlich die ausstehenden Besuche erledigt, die neuen Erdenbürger begrüßt und zwei Paare, die sich verbunden hatten, besucht. Ein kurzer Abstecher nach Hause, wo er sich schnell umzog und Delina abholte, um hierher zu fahren. Delina sah in der blassblauen Abendrobe atemberaubend aus. Die Haare hatte sie kunstvoll nach oben gesteckt. Kein Vergleich zu dem verhassten Knoten, den sie sonst immer trug. Mehr als einmal war er auf der kurzen Fahrt versucht gewesen, umzudrehen und Delina auf sein Zimmer zu schleppen. Er selbst hatte sich in seinen Frack gezwängt. Er hasste den gestärkten Kragen und die Fliege. Damit konnte er sich nicht richtig bewegen. Es hatte außerdem ewig gedauert, den Dolch an seiner Wade festzuschnallen. Unbewaffnet würde er nicht gehen, aber in diesen Schuhen konnte man keinen Dolch verstecken.

Mit Abscheu betrachtete er die tanzenden Paare vor sich. Keine zehn Pferde würden ihn auf die Tanzfläche bringen. Er war da, um gesehen zu werden. Sein Blick schweifte über die Menge, suchte die anderen Soyas. Er fand jedoch keinen. Vor dem offiziellen Akt hatten sie sich noch einmal zurückziehen wollen. Aber das würden sie doch nicht ohne ihn tun. Er blickte auf seine Armbanduhr. In zwei Stunden, nach dem offiziellen Akt, plante er, mit Delina nach New York zurückzukehren. Er hatte nicht ewig Zeit. Ducin hatte die nächsten Vampire angekündigt, und er musste noch ein paar Dinge erledigen, bevor sie eintrafen.

„Hier steckst du."

Thor fuhr herum und sah Jendrael an.

„Wir treffen uns im Besprechungsraum", informierte dieser ihn.

Dankbar atmete Thor auf. Er hatte es beinahe geschafft, die Veranstaltung zu überleben. Nicht mehr lange, und er konnte gehen.

Er folgte Jendrael zum Aufzug, der sie hinunter in die Zentrale brachte.

Als Thor mit Jendrael den Raum betrat, waren alle anderen schon versammelt. Es war ein ungewohntes Bild, weder Rastus noch Virus noch eine der Sameras vorzufinden. Lediglich die Soyas saßen dort. Darius nickte ihnen zu und deutete auf die zwei freien Sitzplätze neben Prosper.

„Setzt euch!", sagte er mit ernster Stimme.

Etwas am Ton des Anführers ließ Thor aufhorchen. Er setzte sich und sah erwartungsvoll ihren Anführer an.

„Danke für euer Kommen", sagte er und blickte sie alle der Reihe nach an. „Ich weiß, die dezimierte Form ist ungewohnt, aber Ducin hat darum gebeten."

Das ließ nichts Gutes ahnen. Thor sog scharf die Luft ein. Auch Jendrael, der davon ebenfalls nichts gewusst hatte, war die Überraschung anzumerken.

„Gibt es Anlass zur Sorge?", erkundigte der Diplomat sich.

Darius atmete tief durch. Seine Hände waren mit einem Kugelschreiber beschäftigt, den er unablässig zwischen Zeige- und Mittelfinger hin- und hertanzen ließ. „Ducin wäre beinahe enttarnt worden. Es war wohl ziemlich knapp, und er verdankt nur Mikkels umsichtigem Eingreifen, dass er noch am Leben ist."

Thor spürte, wie sich seine Fänge verlängern wollten. Er mochte den Soya gern, zählte ihn sogar zu seinen wenigen Freunden. In den letzten Monaten hatten sie unheimlich eng zusammengearbeitet. Noch vor wenigen Stunden hatten sie telefoniert. Warum hatte er kein Wort darüber verloren?

„Was ist konkret vorgefallen?", erkundigt Pierrick sich.

„Ducin möchte, dass es hierbleibt. Ich weiß, vor unseren Seelengefährtinnen können wir es nicht verbergen, aber ansonsten darf es diesen Raum nicht verlassen. Auch Rastus und Virus sollen davon nichts erfahren."

Die Soyas nickten widerwillig. Der Rat war bisher mit allem offen umgegangen. Dass sie jetzt anfingen, Geheimnisse vor anderen zu haben, gefiel Thor nicht. Das war der erste Schritt zu einer Zweiklassenliga, und so etwas mochte er überhaupt nicht.

„Haldor Salverson muss mit etlichen bewaffneten Kriegern in Ducins Büro gestürmt sein."

Thors Kiefer schmerzte, so sehr biss er die Zähne zusammen.

„Scheiße!", stieß Arek wütend hervor.

„Gleichzeitig haben sie die Frachtmaschine durchsucht, jedoch nichts gefunden. Mikkel kam die Situation seltsam vor, er hatte die Flüchtlinge vorsichtshalber fortgebracht."

„Und jetzt?" Auch Lucio war vollkommen fassungslos.

„Ich habe ihm angeboten, zu uns in die Neue Welt zu kommen."

Damit hätten sie zwar eine wichtige Verbindung in die Alte Welt verloren, einen Kontaktmann, der nicht so ohne weiteres zu ersetzen war, aber Ducin wäre zumindest in Sicherheit. Das war schließlich das, was zählte.

„Selbstverständlich. Ich habe ihm gesagt, dass er bei uns in Boston ebenso willkommen ist wie in jeder anderen Stadt ohne Dominus."

Beide Soyas, Ducin und Darius, waren ziemlich dominant. Wenn der Sjüte auf Dauer in Boston leben würde, gäbe es früher oder später einen Konflikt mit dem Anführer. Thor hatte keine Ahnung, wer von beiden als Sieger aus einem Duell hervorgehen würde. So etwas herauszufordern, war unklug, denn bisher verstanden sich die beiden dominanten Vampire gut und schätzten einander.

„Und das hat er dankend abgelehnt", schlussfolgerte Thor. Denn ihm war klar, dass auch Ducin um das Problem wusste.

Darius nickte stumm.

Aufgebracht fuhr Thor sich über seine Stoppeln. Der verdammte Mistkerl. Er musste doch einsehen, dass er in Gefahr schwebte und auf sich aufpassen. Niemandem war geholfen, wenn er aufflog. „Flüchtlingsstopp aus dem Sjütenland? "

„Auch das hat er abgelehnt."

Damit hatte Thor gerechnet. Er verstand die Beweggründe des Soyas, aber er fand sie nicht gut. Wenn er weitermachte wie bisher, war das für den Sjüten sehr gefährlich, und Thor war nicht bereit, ein Selbstmordkommando zu unterstützen.

„Hat er einen Plan, um abzuhauen, bevor die Sache eskaliert?", wollte Jendrael wissen.

„Wir haben darüber gesprochen", sagte Darius nachdenklich. „Es ist schon einige Zeit her. Der Plan war nicht bis ins letzte Detail durchdacht und weist noch ein paar Lücken auf."

„Dann wird es Zeit, diese Lücken zu stopfen", entgegnete Pierrick.

„So sehe ich das auch." Darius holte geräuschvoll Luft.

„Ich werde mit ihm telefonieren, wenn ich wieder in New York bin", kündigte Thor an. „Wir werden auf jeden Fall die Flüchtlinge reduzieren. Ich bin nicht bereit, unter diesen Umständen sehenden Auges Beihilfe zu leisten."

Der eine oder andere Soya nickte zustimmend.

„Lasst uns das Beste hoffen", seufzte Darius. „Und bitte, behaltet es für euch, das war Ducin wichtig."

Der Anführer wartete, bis er von allen ein zustimmendes Gemurmel oder wie bei Thor ein unwilliges Kopfnicken bekam.

„Sprechen wir über erfreulichere Dinge", leitete Darius zum nächsten Thema über. „Delina hat es geschafft, aus der Alten Welt zu fliehen. Ich habe Ducin meine Zusage gegeben, dass wir sie aufnehmen. Ungewöhnlich, eine alleinreisende Vampirin zu haben, aber ich denke, sie fügt sich ganz gut in unseren Clan ein. Sie muss einem von uns unterstellt werden."

„Müssen wir überhaupt darüber sprechen? Ich dachte, die Sache ist klar", wunderte Rosario sich und blickte etwas ratlos zwischen Darius und Thor hin und her.

„Wir müssen offiziell darüber abstimmen. Sie soll heute noch in den Clan eingeführt werden."

„Gut." Rosario deutete direkt auf ihn. „Ich bin für Thor."

Es war ihm klar gewesen, dass es so ablaufen würde. Spätestens nachdem er Delina im Club so eindeutig als die Seine markiert hatte, war für alle klar gewesen, dass er die Aufgabe übernehmen würde. Inzwischen hatte er sich damit abgefunden. Er wollte Delina nicht gehen lassen.

„Willst du sie dann mit nach New York nehmen?" Lucio, der die letzten Tage außerhalb von Boston verbracht hatte, gab sich absolut ahnungslos.

„Du kannst auch gerne die Verantwortung für sie übernehmen", stieß Thor verärgert hervor. Er meinte es zwar nicht so, dennoch wollte er sich nicht nachsagen lassen, die anderen hätten keine Wahl gehabt.

„Bist du lebensmüde?" Pierrick lachte laut auf. „Du hast sie für dich beansprucht. Niemand würde es wagen, sich zwischen dich und die Vampirin zu stellen."

Genau so war es, und es verschaffte ihm eine gewisse Genugtuung, dass Pierrick es ebenso sah. Jeden Vampir, der meinte, sich zwischen Delina und ihn zu drängen, würde er zu einem Kampf auf Leben und Tod herausfordern. Nicht, dass Delina ihm mehr bedeutete, aber er war schließlich ihr Rinoka und hatte deshalb das Recht dazu.

„Lasst es uns kurz machen. Wir stimmen ab. Wer ist dafür, dass Delina offiziell Thor unterstellt wird?", fragte Darius und hob seine Hand.

Auch die Hände der Soyas hoben sich. Bis auf Thor hatten sich alle dafür ausgesprochen. Natürlich, es war ja auch für alle das Bequemste.

„Ist das von deiner Seite aus ein Nein, oder enthältst du dich nur?", wollte Darius wissen.

Zögernd hob auch er die Hand. Er wollte sich nichts nachsagen lassen. Delina gehörte zu ihm, und durch diese Abstimmung stand es eindeutig fest. Wenn sie später offiziell in den Clan aufgenommen wurde, war es unumstößlich.

„Gut, dann lasst uns die Aufnahme in den Clan durchführen und den Dominus und seine Familie offiziell verabschieden", schloss Darius die Sitzung und erhob sich.

Die Soyas Arek und Pierrick standen auf und verließen als Erste den Raum. Thor wollte ihnen folgen, doch da spürte er eine Hand auf seiner Schulter.

„Bitte warte noch einen Augenblick, ich möchte noch kurz mit dir unter vier Augen sprechen."

* * *

Thor erstarrte. Darius' Bitte war ungewöhnlich. Ungeduldig wartete er darauf, dass alle den Besprechungsraum verließen. Die Situation gefiel ihm nicht, er kam sich in dem Besprechungsraum wie ein gefangenes Tier vor. Er wollte nach oben, wollte zu Delina. Durch das Band spürte er, dass es ihr gut ging. Doch dort oben waren viele ungebundene Vampire. Wenn niemand bei ihr war und auf sie aufpasste, wer wusste schon, was passierte? Und am Ende fand sie einen, der ihr gefiel. Der vielleicht kein Soya war, aber der eine makellose Herkunft vorweisen konnte und nicht so ein Bastard wie er war.

Seine Zunge fühlte sich pelzig an, als er schluckte. Die Gedankenspirale drehte sich weiter. Er war nicht bereit, Delina gehen zu lassen, sie war sein. Alles andere war keine Option.

Endlich war der Besprechungsraum leer. Darius trat auf ihn zu.

„Was gibt es?", knurrte er ungeduldig.

„Ich muss mit dir über Delina reden."

Thor räusperte sich. „Was ist?" Er war genervt und wollte das Gespräch möglichst schnell hinter sich bringen.

„Was ist das zwischen euch?"

Fragte der Anführer ihn das gerade tatsächlich? Er kam sich vor wie im falschen Film. „Was willst du von mir?", stieß er verärgert hervor.

„Das war eine ernstgemeinte Frage. Was ist das zwischen euch?"

„Nichts." Er war nicht bereit, mit Darius darüber zu reden. Der Anführer, in einer Seelengefährtenverbindung, hatte keine Ahnung, und es ging ihn auch nichts an. Delina war allein seine Sache.

„Wirst du sie zu deiner Gefährtin machen?"

Thor bekam einen Hustenanfall. Er wusste nicht, wie er sonst mit der absurden Frage umgehen sollte. Er knurrte Darius an. Das hatte er noch nie gemacht, aber jetzt war es unumgänglich. „Was fällt dir eigentlich ein?"

„Sie ist bald ein Mitglied meines Clans", entgegnete Darius völlig unbeeindruckt. „Und als Clanmitglied habe ich auch ihr gegenüber eine gewisse Sorgfaltspflicht."

„Willst du damit andeuten, dass du mir nicht zutraust, mich um Delina zu kümmern?" Seine Fänge schoben sich hervor, und nur seiner perfektionierten Geduld war es zu verdanken, dass er seinen Anführer nicht auf den Metalltisch legte.

„Du erinnerst mich an mich selbst."

Thor lachte. „Glaub mir, ich bin nicht wie du."

„Ich würde es sehr begrüßen, wenn du dich mit Delina verbindest."

Er musste sich verhört haben. Darius hatte gerade nicht wirklich vorgeschlagen, dass er offiziell eine Verbindung mit Delina eingehen sollte.

„Das werde ich nicht tun!" Er ballte die Hände zu Fäusten.

„Was ist dann zwischen euch?"

Bitterbös starrte Thor seinen Anführer an. „Nichts!", stieß er zwischen zusammengebissenen Zähnen hervor.

„Ich mische mich ungern in deine Angelegenheiten ein, Thorvid Odinkarsson, aber ich werde nicht zulassen, dass du dich über die Regeln unseres Clans hinwegsetzt."

Seinen vollen Namen hatte er schon seit sehr langer Zeit nicht mehr gehört. Es erinnerte an die wenigen Male, die sein Vater ihn zu sich zitiert hatte.

„Ich habe sie unter meinen Schutz gestellt, das ist alles."

„Du hast mit ihr geschlafen. Im Club. Jeder hat es riechen können. Wenn das kein Statement ist."

Thor knurrte. „Ist ja gut. Ich werde sie unter meinen Schutz stellen und mit nach New York nehmen."

„Das genügt nicht."

Er war wie vor den Kopf gestoßen.

„Das hat zu genügen. Mit welchem Recht …"

Der Anführer hob die Hand, und Thor brach ab.

„Du schläfst mit ihr. Kannst du gerne tun, aber in meinem Clan werde ich keine Ancilla dulden."

Thor schnaubte. Die Wut war so übermächtig, dass er sich nicht einmal rühren konnte. Delina war keine Ancilla. Es war ein hässliches Wort und hatte mit der liebreizenden, absolut reinen Vampirin nichts gemein. Es lag ihm fern, ihr seinen Schutz im Austausch von Körperprivilegien zu geben. Sie war ihm unterstellt und ja, verdammt, er wollte mit ihr Sex haben.

Er wurde ruhiger, war aber weiterhin auf der Hut. „Deswegen muss ich sie nicht gleich zu meiner Samera machen."

„Die Entscheidung liegt natürlich bei dir", räumte Darius ein. „Allerdings werde ich nicht dulden, dass du sie unter diesen Umständen mit nach New York nimmst."

Der Ärger schnürte ihm die Kehle zu. Die Vorstellung, Delina zurückzulassen, lag genauso außerhalb des Möglichen wie die, sie nicht mehr anfassen zu dürfen. Dass dies unmöglich war, so ehrlich war er mit sich selbst.

„Sie bleibt in Boston oder begleitet dich nach New York als deine Samera", sagte Darius bestimmt. „Die Entscheidung liegt bei dir."

„Wie willst du das verhindern?" Er ging im Kopf bereits alle Möglichkeiten durch.

Der Anführer sah ihn direkt an. „Ich werde ihr ebenfalls meinen Schutz anbieten." Es fühlte sich an wie ein Eimer mit eiskaltem Wasser, der über seinen Kopf ausgegossen wurde.

Darius ließ ihn einfach stehen und verließ den Besprechungsraum.

Er stand einfach nur da, schloss die Augen und hoffte, der Albtraum würde sich in Luft auflösen. Natürlich tat er das nicht. Als er nur Sekunden später die Lider wieder öffnete, war alles beim Alten. Er konnte nicht zulassen, dass Darius ihr seinen Schutz anbot. Womöglich würde Delina sogar auf sein Angebot eingehen. Schon allein der Gedanke, ein anderer Vampir könnte Anspruch auf Delina erheben, machte ihn rasend. Stünde Darius noch neben ihm, hätte er jetzt für überhaupt nichts mehr garantieren können. Wie würde Delina sich entscheiden? Wollte sie überhaupt mit ihm nach New York gehen, oder zog sie ein ruhiges Leben in Boston vor?

Er konnte sie einfach nicht gehen lassen. Sie war sein!

* * *

Für gewöhnlich mochte Delina Veranstaltungen wie diese sehr gern. Sie fand es schön, sich mit Freunden zu treffen, sich zu unterhalten und Spaß zu haben. Doch hier kannte sie niemanden, und Thor war ziemlich beschäftigt. Er bemühte sich zwar, in ihrer Nähe zu bleiben, war jedoch die meiste Zeit in Gespräche verwickelt.

Als sie Sam erblickte, die in einer wunderschönen bodenlangen Abendrobe in dunkelgrün auf sie zukam, war Delina ziemlich erleichtert. Die Samera des Anführers hakte sich bei Delina unter und stellte sie einer ganzen Reihe an Vampiren vor, überwiegend weibliche Vampire und alles Angehörige des Bostoner Clans. Die Familie van der Bakker waren die einzigen Gäste auf diesem Fest, das zu ihrem Abschied veranstaltet wurde. Die Feier war lange nicht so pompös wie die rauschenden Feste, die sie aus ihrer Heimat kannte, aber gerade das fand sie sehr angenehm. Weniger Vampire, weniger Programm und vor allem weniger Blutsklaven. Diese gab es zwar, doch sie befanden sich in den Nebenräumen. Delina fand das äußerst angenehm, denn es war ihr schon immer zuwider gewesen, anderen Vampiren beim Trinken zuzusehen.

Nach einiger Zeit entschuldigte sie sich bei Sam und zog sich an den Rand des großen Saals zurück. Sie war erschöpft und wollte keinen weiteren Namen mehr hören, sich keine weiteren Gesichter mehr einprägen. Sie konnte sich ohnehin nicht merken, wer derjenige war und zu wem er gehörte. Von ihrem Beobachtungsposten hielt sie nach Thor Ausschau, doch er blieb verschwunden. Auch als die andern Soyas zurückkehrten, war er nicht unter ihnen. Es verwunderte sie, und je länger sie auf ihn wartete, umso unruhiger wurde sie. Was, wenn er es sich anders überlegte, wenn er sie nicht mehr wollte? Würde sie dann ein anderer Soya unter seinen Schutz stellen? Wollte sie das? Sie kannte keinen von ihnen richtig, fürchtete sich davor, die einzige Bezugsperson, die sie hatte, zu verlieren. Furcht umklammerte ihr Herz.

Auf ein unsichtbares Zeichen hin füllte sich der Saal. Die Musik verstummte, und aus allen Richtungen strömten die Vampire zusammen. Das Gedränge um sie herum nahm zu. Verwundert sah sie sich um. Es waren doch etliche Vampire anwesend, mit so vielen hatte sie nicht gerechnet. Etwas verloren stand Delina zwischen all den Unbekannten und fühlte sich immer unwohler. Es war jedoch auch niemand da, den sie fragen konnte. Sie wusste, dass an diesem Abend ihr Aufnahmeritual stattfinden würde. War es jetzt soweit? Wohin musste sie?

„Komm mit!", rief Sam ihr zu. „Wir müssen nach vorne."

Delina drängte sich zu der Vampirin durch. Eine korpulente Vampirin warf ihr einen vernichtenden Blick zu, als sie sich an ihr vorbei quetschte. In Sams Beisein war es viel leichter, sich durch die Masse zu drängen. Alle kannten die Samera ihres Anführers und machten ihr bereitwillig Platz. Ganz vorne in der ersten Reihe hatte sich Dominus Arjun mit seiner Familie versammelt. Serita stand bei Etina und zwei weiteren Vampirinnen. Auf diese kleine Gruppe von Frauen steuerte Sam zu.

„Ich habe Delina mitgebracht", sagte sie vergnügt. „Delina, darf ich dir meine Schwester Arnika und Isada vorstellen?"

Verwirrt reichte Delina den beiden Vampirinnen die Hand.

„Schön, dich kennenzulernen", sagte die blonde Arnika und war ihr damit sofort sympathisch. Aber auch Isada machte einen sehr netten Eindruck.

Mit einem Mal ebbte die Geräuschkulisse um sie herum ab. Die Vampirmenge teilte sich, und die Soyas schritten hindurch. Ein paar Meter vor Delina war ein Podest, auf dem vorher die Musiker gesessen hatten. Die Instrumente und Stühle waren ebenso verschwunden wie die Musiker. Dort reihten sich nun die Soyas auf; Darius, der Anführer, stand in der Mitte. Zu seiner Rechten Jendrael, Pierrick und ein blonder Vampir, den sie zwar kurz im Club gesehen hatte, dessen Name sie jedoch nicht kannte. Zu seiner Linken standen Thor und drei weitere Soyas, deren Namen ihr ebenfalls nicht geläufig waren.

„Freunde", begrüßte Darius seine Gäste. „Ich freue mich sehr, dass ihr alle meiner Einladung gefolgt seid, um Dominus Arjun, seine Samera Serita und ihre Tochter Luna zu verabschieden. Wir möchten dieses Fest heute Abend aber auch nutzen, um ein neues Clanmitglied in unseren Reihen willkommen zu heißen."

Delina spürte Sams Hand in ihrem Rücken, die sie nachdrücklich vorwärts schob. War Delina vorher schon nervös gewesen, war es nun noch schlimmer. Sie zitterte, als sie vor den Rat trat, und war froh, dass sie die ganzen Vampire, die hinter ihr standen, nicht auch noch ansehen musste. Sie stand so ungern im Mittelpunkt.

Sie wusste, was sie zu tun hatte, war mit Thor den Ablauf und die zeremoniellen Worte noch einmal durchgegangen.

Sie kniete sich mit dem langen Kleid etwas umständlich hin. Den Kopf demütig gebeugt, blickte sie zu Boden. Mit zitternder Stimme bat sie: „Riu ab omare."

Darius trat vor. Aus dem Augenwinkel sah sie, dass er die Arme ausbreitete. Er fragte laut: „Woma el mimare?"

Jeder Soya, jeder Mori konnte ihrer Bitte stattgeben. Keiner der Moris würde es wagen, ungefragt zu antworten, und die Soyas hatten sich mit Sicherheit abgesprochen.

Atemlos wartete sie. Warum ließen sie sich so lange Zeit?

Darius fragte ein weiteres Mal in die Runde: „Woma el mimare?"

Was war mit Thor los? Worauf wartete er? Panik ergriff sie. Was sollte sie tun, wenn es sich der Bostoner Clan doch anders überlegte und sie nicht aufnahm? Sie hatte keine anderen Optionen, das war ihr einziger Weg.

„No mimare", sagte eine vertraute Stimme.

Delina traten vor Erleichterung Tränen in die Augen. Er hatte es getan. Langsam hob sie den Kopf und sah Thor an. Er war vorgetreten, blickte auf sie herab. Dabei wirkte er alles andere als zufrieden. Es war, als ob er durch sie hindurchblickte. Delinas Herz rutschte ihr bis in die Kniekehlen. Hatte Thor die restlichen rituellen Worte vergessen? Er musste ihrer Bitte zustimmen.

Ängstlich wanderte ihr Blick zu Darius. Warum tat er denn nichts? Es war, als würde Thor auf etwas warten. Schließlich drehte er sich fragend zu Darius um. Schweigend starrten die Vampire sich an, schienen einen wortlosen Kampf auszufechten.

„Loka mimare!", kamen endlich die erlösenden Worte über Thors Lippen.

Erleichtert stieß Delina die angehaltene Luft aus und murmelte ein leises „Lita".

Thor kam auf sie zu, reichte ihr die Hände und zog sie hoch. Er wich ihrem Blick aus, wandte sich seinem Anführer und den versammelten Soyas zu. „Riu ab Delina Samera letare."

Ein aufgeregtes Raunen ging durch die Menge hinter ihr. Delina hatte das Gefühl, ihr würde der Boden unter den Füßen weggezogen. Thor hatte Darius gebeten, sie zu seiner Ehefrau machen zu dürfen. Alles in ihr drehte sich. Das war nicht abgesprochen, das konnte er doch nicht so einfach tun. Das war unmöglich real. Wie durch einen dichten Schleier nahm sie wahr, wie Darius zustimmte.

Sie hatte sich damit abgefunden, bei ihm zu bleiben. Die Anziehung zwischen ihnen war nicht zu leugnen. Sie hatte sich sogar mit dem Posten als Ancilla arrangiert. Warum machte er das jetzt? Und warum wurde sie das Gefühl nicht los, dass er es eigentlich überhaupt nicht wollte?

„Loka mimare! Benenne deine Zeugen", forderte der Anführer Thor auf.

„Als Zeugen berufe ich die Soyas des Bostoner Clans", erklärte er.

Geschlossen traten besagte Soyas einen Schritt nach vorne, sodass sie nun an der äußersten Kante des Podests standen.

Darius nickte Thor zu, forderte ihn auf weiterzumachen.

Thor wandte sich ihr zu. Sie hatte Angst, ihn anzusehen, Angst davor, was sie in seinen Augen lesen würde. Seine Miene war verschlossen, absolut reglos, doch Entschlossenheit glomm in seinen dunklen Augen. Delina wusste, er würde sich nicht davon abbringen lassen und die Zeremonie bis zum Ende durchfechten.

„Sono Samera Letare." Seine Stimme war fest, zitterte kein bisschen. Aber es fehlte die Wärme, die sie sonst einhüllte, wenn er mit ihr sprach.

Delina schluckte, wusste, dass sie jetzt an der Reihe war. Ihre Kehle war völlig ausgetrocknet. Würde sie überhaupt einen Ton herausbringen? „Sono Homen letar", sagte sie mit brüchiger Stimme.

Thors Lippen verzogen sich zu einem triumphierenden Lächeln. Er zog sie besitzergreifend an sich, küsste sie vor aller Augen direkt auf den Mund. Es gab kein Zurück mehr. Sie hatten ihre Verbindung besiegelt.

Die Vampire um sie herum applaudierten. In Delinas Ohren schwoll die Geräuschkulisse zu einem einzigen Ton an. Sie konnte das Geschehene noch immer nicht ganz begreifen. Wie in Trance nahm sie wahr, dass die Sameras zu ihren Soyas traten und sich der Reihe nach aufstellten, um ihnen zu gratulieren.

Sie war froh, dass ihr Verstand unabhängig von ihrer Gefühlslage arbeitete, dass sie wusste, was sie tun musste. Als das Anführerpaar vor sie trat, machte sie einen tiefen Knicks. Soya Darius trat auf sie zu, zog sie hoch und umarmte sie. Die Glückwünsche, die er ihr zuraunte, nahm sie kaum war. Dann ließ er sie los, trat auf Thor zu und schloss diesen in eine Umarmung. Sam fiel ihr um den Hals.

„Welche Überraschung", flüsterte die Vampirin ihr zu.

Das war es in der Tat, am allermeisten für sie. Delina stand noch immer unter Schock, ließ die Glückwünsche über sich ergehen. Die halbe Nacht stand sie neben Thor, von allen Seiten drängten sich die Vampire um sie, wünschten ihnen alles Gute für die Zukunft.

Vor Erleichterung hätte sie beinahe geweint, als er ihr ein Zeichen gab, dass sie aufbrechen sollten. Sie fühlte sich so erschöpft wie schon lange nicht mehr und konnte sich nichts Schöneres vorstellen, als sich zu setzen.

KAPITEL 16

Thor genoss nach dem ganzen Trubel die Ruhe. Delina neben ihm hatte ihren Kopf zur Seite gelegt und schlief. Während er über die beinah leere Interstate fuhr, hatte er genügend Zeit, seinen Gedanken nachzuhängen. Die Ereignisse in dieser Nacht hatten sich überschlagen, und er konnte es immer noch nicht glauben, dass er nun mit Delina verbunden war. Scheiße.

Aus dem Augenwinkel sah er zu ihr hinüber, musste sich vergewissern, dass er das nicht alles geträumt hatte, dass sie wirklich neben ihm saß. Sie trug noch immer das hellblaue Kleid, das ihr so gut stand. Die Schuhe hatte sie abgestreift, sie mussten sich im Fußraum vor ihr befinden. Mit nackten Füßen saß sie da, hatte ihm halb den Rücken zugewandt und schlief wie ein Baby. Sie sah so unglaublich unschuldig aus, so wunderschön.

Er spielte mit dem Gedanken, an der Seite anzuhalten und seine Rechte als Homen einzufordern. Schon allein wenn er daran dachte, wurde er hart. Es war ein befreiendes Gefühl zu wissen, dass Delina sein war. Sie gehörte ihm mit Haut und Haar, und kein anderer Vampir würde es jemals wagen, sie anzufassen. Er hatte festgestellt, dass er seit ihrer offiziellen Verbindung ruhiger geworden war. Es hatte ihm nichts ausgemacht, zuzusehen, wie die Soyas seines Clans sich die Freiheit herausnahmen, Delina zu umarmen und sie so in der Familie willkommen zu heißen. Es war in Ordnung gewesen, denn er hatte die Sicherheit, dass sie ganz sein war und dass sie ihm nie jemand wegnehmen würde.

Gleichzeitig konnte er den nagenden Zweifel nicht völlig abschütteln. Er hatte das alles nicht gewollt, nicht so. Er war diesen Schritt nur gegangen, weil Darius ihm die Pistole auf die Brust gesetzt hatte. Die Vorstellung, Delina zu verlieren, hatte ihn dazu getrieben. Ob es jedoch für Delina besser war, in diese Verbindung mit ihm gedrängt zu werden, bezweifelte er. Er würde sie unglücklich machen, viel schneller, als ihm lieb war. Er war kein Familienmensch, konnte ihr nicht das geben, was sie sich zwangsläufig wünschte.

Er war kein guter Homen und vor allem war er ihrer nicht würdig. Früher oder später würde sie das herausfinden, und dann würde sie ihn hassen. Er schluckte, konnte die Vorstellung nicht ertragen, Verachtung in ihrem Blick zu sehen. So hatte sein Vater ihn immer angesehen. Er würde sich nie völlig anpassen können. Nach außen konnte er sich gut verstellen, den weltgewandten abgeklärten Schleuser und Soya spielen, doch tief in seinem Inneren, in seinem Kern, blieb er das, was er war: Der Bastard einer schwarzen Sklavin. Nie würde er Delinas Ansprüchen genügen können, die traditionell mit den Werten der Innoka erzogen worden war. Hätte Delina eine Wahl gehabt, hätte sie ihn nie freiwillig ausgewählt. Jetzt hatte er sich ihr aufgedrängt, sie in diese Verbindung gezwängt. Für sie gab es kein Entrinnen. Thor fühlte sich mies bei dem, was er ihr angetan hatte. Sie hatte keine Familie, keinen Vater, der sich schützend vor sie stellen konnte und verhindert hätte, dass sie sich mit einem Schwarzen verbinden musste.

Thor hasste sich in diesem Moment selbst so sehr, dass er sich beherrschen musste, ruhig zu bleiben. Seine Finger schlossen sich fester um das Lenkrad, und er spürte, wie das Leder und das Plastik darunter drohten nachzugeben.

Delina regte sich, lenkte seine Aufmerksamkeit auf sie. Er nahm die Ablenkung gerne an, sog ihren unglaublichen Anblick tief in sich auf. Dieses Bild würde er für alle Zeit tief in seiner Seele verankern, sich daran festhalten.

Sie war sein. Zufrieden lehnte sich das Raubtier in ihm zurück, sonnte sich in seinem Triumph. Jetzt konnte er Delina in sein Bett zerren, all die schmutzigen Fantasien, die ihn seit Tagen beschäftigten, mit ihr ausprobieren. Er würde sie nehmen, immer und immer wieder, bis er genug von ihr hatte und bis er diese wunderschöne, liebreizende Vampirin zerstört hatte.

Thors Handy vibrierte, kündigte einen Anruf an. Er war dankbar für die Ablenkung und nahm das Gespräch an.

„Ich hoffe, du sitzt noch immer in deinem unterirdischen Bunker und nutzt eine sichere Leitung", begrüßte er den Sjüten.

„Und ich hoffe, du bist bereits auf dem Weg nach Boston", konterte Ducin.

Thor lächelte. „Das bin ich", sagte er versöhnlich.

„Ich auch."

„Ich bin verdammt froh, dass du am Leben bist und hoffe, dass das auch so bleibt." Thor warf einen flüchtigen Blick zu Delina, vergewisserte sich, dass sie noch immer schlief.

„Lass uns nicht länger darüber reden", wich Ducin ihm aus.

„Aber über deine Fluchtpläne sollten wir noch mal sprechen." Thor würde nicht lockerlassen. Er würde erst die nächsten Flüchtlinge von ihm annehmen, wenn er genau wusste, wie Ducin sich im Notfall in Sicherheit bringen konnte.

„Ich genieße das Vertrauen des Blutfürsten."

Thor schnaubte verächtlich. Dass der Vetusta bei ihm im Büro erschienen war, war ein deutliches Zeichen dafür, dass er Ducin nicht völlig vertraute. Zweifel waren gesät worden und keimten. Es war eine Frage der Zeit, bis er erneut unter Verdacht geraten würde.

„Weißt du schon, wohin mit der Familie?", erkundigte Ducin sich.

Thor verneinte. „Ich wollte noch darauf warten, was du mir über sie erzählen kannst."

„Deswegen rufe ich an. Tarleton Clistern ist ein Mori der Britangeln. Seine Samera Aislinn hat vor einem Dreivierteljahr Nachwuchs bekommen. Sie sind also nicht nur zu zweit, sondern auch mit einem Kleinkind unterwegs, ihrem Sohn Cobb."

„Der Grund ihrer Flucht?"

„Tarleton sorgt sich um die Zukunft seiner Familie, speziell die seines Sohnes. Deswegen haben sie beschlossen, die Insel zu verlassen und auf den neuen Kontinent überzusiedeln. Hier erhoffen sie sich ein ruhigeres Leben."

„Und ich dachte, bei den Britangeln wäre noch alles in Ordnung", wunderte Thor sich.

„Augenscheinlich ja, aber Llywelyn ist als sehr brutaler Blutfürst bekannt."

„Gibt es Anzeichen, dass es dort intern kriselt?" Das war eine berechtigte Frage, denn wenn auch noch ein Ansturm von den Britangeln auf sie einprasselte, würde es endgültig ihr Fassungsvermögen sprengen. So viele Vampire konnten sie unmöglich integrieren. Außerdem durfte es nicht sein, dass noch mehr Flüchtlinge über Ducin ausflogen. Es wäre sein Job als Schleuser, einen Kontakt vor Ort herzustellen, über den die Britangeln ausreisen konnten.

„Ich habe keine Ahnung, wie Vetusta Llywelyn seinen Clan führt. Ich bin froh, wenn ich weiß, was bei uns abläuft."

Das verstand Thor, und mehr erwartete er auch nicht von dem Sjüten. Er würde mit Tarleton darüber sprechen, versuchen herauszufinden, wie es um das Reich der Britangeln stand. Erst dann würde er entscheiden, wie er in der Sache weiter vorging.

„Wie schätzt du seine Dominanz ein?" Das war eine der wichtigsten Fragen. Denn nur, wenn Thor den Flüchtling einschätzen konnte, konnte er eine sinnvolle Vermittlung anbahnen. Sonst bestand die Gefahr, dass der zuständige Dominus in letzter Sekunde noch einen Rückzieher machte. Auch das hatte Thor schon häufiger erlebt, allerdings immer nur dann, wenn er nicht genug Informationen hatte, die er weitergeben konnte.

„Er ist noch nicht so lange ein Mori. Sie leben sehr traditionell und er hat seine Frau im Griff, behandelt sie aber gut. Vom Auftreten ist er sehr unterwürfig, keine großartigen Kampferfahrungen, ziemlich angepasst."

Solche Vampire gab es unzählige, und etliche von ihnen waren geflüchtet. Es war immer schwierig, diese Art von Vampir zu vermitteln. Nachdenklich runzelte Thor die Stirn, ging im Kopf die einzelnen Dominus durch und überlegte, beim wem er die meisten Chancen sah.

Vielleicht erweichte die Tatsache, dass sie ein Blutkind mitführten, den einen oder anderen Dominus. Im Prinzip brauchte er ja nur einen, der bereit war, die Familie aufzunehmen.

„Ich bin in zwanzig Minuten in New York", informierte er den Sjüten. „Ich muss noch mal zu meiner Wohnung und ein paar Sachen holen, dann mache ich mich auf den Weg zum Flughafen." Er verschwieg, dass der Hauptgrund war, Delina dort abzuliefern. Flüchtlinge in Empfang zu nehmen, bedeutete immer Gefahr. Jederzeit konnten die New Yorker zuschlagen. Er wäre ruhiger, könnte sich besser auf seine Aufgaben konzentrieren, wenn er wusste, dass Delina in Sicherheit war.

„Okay. Meldest du dich noch mal, wenn die Familie angekommen ist?"

„Nur wenn du dortbleibst, wo du gerade bist." Er würde den Soya nicht mehr auf dem Handy anrufen, auch wenn die Verbindung schwer nachzuvollziehen war und über zig Stationen überall auf der Welt ging.

„Ich werde noch ein paar Tage hierbleiben."

„In Ordnung. Dann melde ich mich in ein paar Stunden", versprach Thor und legte auf.

Der Verkehr wurde dichter. Sie hatten New York beinahe erreicht. Egal zu welcher Tages- oder Nachtzeit – Big Apple schlief nie.

Delina begann sich zu rühren und blinzelte verschlafen. Das Verlangen, sie in die Arme zu ziehen und ihr den Schlaf fortzuküssen, war übermächtig. Es kostete ihn seine ganze Willenskraft weiterzufahren.

Sie setzte sich auf, rieb sich die Augen und sah sich um.

„Sind wir schon da?", fragte sie.

„Bald."

Sie lehnte sich im Sitz zurück, zog die Beine an. Er hätte gerne gewusst, was in ihrem hübschen Kopf vorging. Obwohl er wusste, dass er zu jeder Zeit in ihre Gedanken spazieren könnte, würde er das nie ohne ihre Erlaubnis tun.

Nicht mehr lange, und sie würden seine Wohnung erreichen. Ihre gemeinsame Wohnung, korrigierte er sich in Gedanken. Fühlte sie sich dort überhaupt wohl? Sollte er ihr die Freiheit lassen, die Wohnung neu einzurichten? Er hing an nichts dort, hatte es damals möbliert gekauft. Oder war es besser, sich nach einem Haus in New York umzusehen, in dem sie völlig ungestört waren?

Den Blick auf die Straße gerichtet, lenkte er den SUV sicher durch den immer dichter werdenden Verkehr. Erst einmal musste sie ankommen, und dann hätte er noch einen Job zu erledigen, bevor er sich mit Delina beschäftigen konnte.

* * *

Delina war wach, fühlte sich aber noch immer wie zerschlagen. Die Nacht hatte an ihren Nerven gezehrt. Das Auf und Ab, das Hoffen und Bangen, in den Clan aufgenommen zu werden. Thor hatte sie offiziell unter seinen Schutz gestellt und noch viel mehr. Nie hätte sie damit gerechnet, dass er sie zu seiner Samera machte, ihre Beziehung damit legitimierte. Damit hatte er ihr mehr gegeben, als sie je zu hoffen gewagt hatte. Sie war nicht nur Mitglied des Bostoner Clans, sie gehörte damit auch wieder der höheren Gesellschaft an. Als seine Ehefrau war sie nicht nur eine geachtete Vampirin, sondern durfte den Titel einer Mi führen. Er hatte ihr damit etwas zurückgegeben, was sie nur schweren Herzens in der Alten Welt gelassen hatte. Doch davon wusste niemand, und sie würde es auch keinem erzählen.

Zur Dankbarkeit gesellte sich aber auch ein Funke Misstrauen. Sie fühlte sich nicht als seine Samera, ganz und gar nicht. Seit sie mit Thor verbunden war, hatte er sie auf Abstand gehalten, noch mehr als davor. Das Rinokaband bestand nach wie vor. Sie hatte erwartet, dass es sich irgendwie veränderte. Es war gefestigter als am Anfang, aber das rührte eher von den Intimitäten, die sie ausgetauscht hatten, als von der Tatsache, dass er sie zu seiner Samera gemacht hatte.

Erleichtert atmete Delina auf, als sie Thors Wohnung erreichten. Sie konnte die Stille zwischen ihnen nicht länger ertragen.

„Ich muss gleich wieder los", erklärte er ihr. Beiläufig warf er seinen Seesack auf die Couch und trug ihren Koffer ins Schlafzimmer. Die Tür war offen, doch sie wagte nicht hinterherzugehen. Es dauerte, und sie fragte sich schon, was er dort tat, als er zurückkehrte. Die schicke Abendrobe war seinem Militäroutfit gewichen. Wie bei ihrem ersten Zusammentreffen trug er Stiefel, Tarnhose und -hemd und diese alberne Kappe. Er befestigte im Vorbeigehen einen Lederbeutel am Gürtel. Er sah ungemein gut aus, und ihr Körper stand augenblicklich in Flammen. Doch das würde sie sich nicht anmerken lassen.

„Wo ist dein Dolch?", wollte er von ihr wissen, ohne sie eines Blickes zu würdigen.

„Im Koffer."

Jetzt blickte er auf, sah sie an und verzog missbilligend das Gesicht. „Du solltest ihn stets bei dir tragen."

Und wie stellte er sich das vor? Sie trug für gewöhnlich keine Stiefel wie er, in denen sie so eine Waffe problemlos verstecken konnte. „In meine Handtasche hat der Dolch leider nicht mehr hineingepasst." Schon als die Worte über ihre Lippen kamen, bereute sie diese. Wie konnte sie nur so mit ihm sprechen? Sie erwartete eine Rüge, eine Zurechtweisung, denn das hätte sie eindeutig verdient. Nichts dergleichen geschah, stattdessen schickte er sie den Dolch holen.

Um ihn nicht noch mehr zu verärgern, rannte sie ins Schlafzimmer, holte die Waffe aus dem Koffer und kehrte in den Wohnbereich zurück.

„Hier ist er." Zum Beweis streckte sie ihm die Waffe entgegen.

Er würdigte sie keines Blickes. „Halte ihn griffbereit. Ein Handy habe ich auf den Küchentresen gelegt. Nur in absoluten Notfällen. Die geheime Tür kennst du."

Sie nickte brav. Ja, sie hatte sich alles eingeprägt. Es war nicht das erste Mal, dass er sie hier allein zurückließ.

„Wann kommst du wieder?" Sie biss sich auf die Lippe, schämte sich. So eine Frage stand ihr nicht zu. Sie wusste, dass ihr Homen der Schleuser war und dass wichtige Aufgaben auf ihn warteten. Da musste sie ihre Bedürfnisse hintenanstellen, und ihn zu fragen, wann er zurückkäme, gehörte eindeutig dazu.

„Sobald ich fertig bin. Du musst nicht auf mich warten."

Er ging an ihr vorbei, zog sie kurz an sich und drückte ihr einen flüchtigen Kuss auf die Stirn. Dann ging er.

Enttäuscht blieb Delina zurück. Tränen brannten in ihren Augen, doch sie weigerte sich, diese zu vergießen. Sie war nun seine Samera, dennoch schenkte er ihr nicht mehr Beachtung als davor. Er hatte sie einfach so zurückgelassen. Keine Abschiedsworte, kein …

Sie wandte sich ab, konnte schließlich nicht die ganze Nacht herumstehen und die Aufzugtüren anstarren. Stattdessen blickte sie sich in der Wohnung um, als ob sie zum ersten Mal hier war. Alles war ihr vertraut, war wie vor ihrer Abreise, und dennoch fühlte es sich befremdlich an, da es nun auch ihr Heim war.

„Delina Odinkarsson." Sie musste ihren Namen einfach laut aussprechen, musste hören, wie er klang. War das wirklich sie?

Sie konnte es noch nicht so recht fassen. Sie sollte dankbar sein, anstatt sich zu beklagen. Ihr Leben an Thors Seite war tausendmal besser als das Leben, das sie als Haldors Gefährtin erwartete hätte. Dennoch blieb da diese Leere. Keine überschäumende Freude, kein Bis-über-beide-Ohren-Verliebtsein. Es hatte keinen Sinn, weiter darüber zu grübeln. Sie musste die unerfreulichen Gedanken verbannen und sich auf die Gegenwart konzentrieren. Sie würde alles dafür tun, um Thor eine gute Samera zu sein. Doch ... sie zögerte. Was erwartete der Soya von ihr als seine Gefährtin?

Sollte sie sich um die Wohnung kümmern, sie aufräumen? Suchend sah sie sich um, doch es war alles sauber. Ihr Blick blieb an dem Seesack hängen, den der Schleuser achtlos auf den Sessel im Wohnzimmer gestellt hatte. Jetzt da sie verbunden waren, würde er doch nicht länger auf dem Sofa nächtigen. Eine feine Gänsehaut überzog sie, als sie daran dachte, wie es sein musste, neben Thor zu liegen. Sie hatten noch nie das Bett miteinander geteilt. Sie schluckte, hob den Seesack auf und brachte ihn ins angrenzende Schlafzimmer. Würde er sich darüber freuen, wenn sie seine Sachen aufräumte, oder wäre er sauer, dass sie seinen Sack durchwühlte? Sie beschloss kein Risiko einzugehen und zu warten, bis er zurückkam. Dann würde sie ihn fragen, wie sie sich verhalten sollte.

Ruhelos lief Delina durch die Wohnung. Öffnete ein Fenster und blickte hinaus. Noch war es dunkel, doch es würde nicht mehr lange dauern, bis die ersten Sonnenstrahlen am Himmel erschienen. Gedankenverloren starrte sie hinaus. Diese Stadt war nun ihr Zuhause. Sie versuchte, sich die Zukunft in New York vorzustellen. Es würde sehr einsam hier werden. Sie vermisste Sam und die anderen Frauen des Bostoner Clans, die sie nur kurz kennenlernen durfte, die jedoch alle sehr nett schienen. Hier war sie ganz allein. Nein, das war sie nicht, korrigierte sie sich. Thor war da, er war ihre Familie. Es gehörte zu ihren Pflichten, hier zu sein und auf ihn zu warten. Er war als Schleuser ziemlich eingebunden und würde froh sein, wenn sie sich um alles außen herum kümmerte. Ihr Platz war an der Seite ihres Homens. Sie würde nicht klagen, würde ihr Schicksal schweigend annehmen. Ihr Lebensinhalt war Thor geworden, und sie würde alles tun, um ihn glücklich zu machen. Er hatte ihr eine Perspektive, ein neues Leben geschenkt, und das würde sie dankbar annehmen.

Delina schloss das Fenster, ging noch eine Runde in der Wohnung auf und ab und beschloss dann, sich hinzulegen. Obwohl sie während der Fahrt ein ausgiebiges Nickerchen gehalten hatte, fühlte sie sich noch immer ausgelaugt.

* * *

„Ich bin da!"

Abrupt setzte Christelle sich auf. Sie war so müde gewesen, und ihre Füße schmerzten so sehr, dass sie sich erlaubt hatte, sich im oberen Salon kurz hinzusetzen und auszuruhen. Dabei musste sie eingeschlafen sein.

„Wo bist du?", brummte die verstimmte Stimme ihres Homens von unten.

Christelle war augenblicklich hellwach. Hastig erhob sie sich, raffte den Rock und eilte ihrem Gatten entgegen. Im Geiste ging sie all die Dinge durch, die sie heute zu erledigen gehabt hatte. Sie hatte die Eingangshalle geschrubbt, sein Arbeitszimmer gesaugt und Staub gewischt. Das Badezimmer war auf Hochglanz poliert. Frische Handtücher und eine Auswahl an Badezusätzen lagen bereit, wenn er den Wunsch verspürte, sich in der Badewanne von seiner anstrengenden Nacht zu erholen.

„Ich bin hier!", rief sie und eilte die Treppenstufen hinunter.

„Gut!" Seine Stimme kam aus dem unteren Salon.

Christelle schluckte, als sie die Dreckspuren im Eingangsbereich erblickte. Kingman hatte es natürlich nicht nötig gehabt, seine Schuhe auszuziehen. Ihre Schritte wurden langsamer.

„Wo bleibst du?"

Panik schnürte ihr die Kehle zu, doch sie kämpfte tapfer dagegen an. Vielleicht hatte er heute einen guten Tag, und es wurde überhaupt nicht schlimm. Geräuschlos betrat sie den Salon. Seit sie hier lebte, hatte sie es sich angewöhnt, so unauffällig wie möglich zu sein.

Der Vampir saß in seinem Lieblingssessel. Die Schuhe hatte er auf dem Tisch abgelegt.

„Ja, wen haben wir denn da. Meine Samera lässt sich gnädigerweise herab, ihren Homen zu begrüßen", scholt er sie.

Sie schlug die Augen nieder. Ihm zu widersprechen, hatte sie längst aufgegeben. Es hatte nur Schläge zur Folge.

„Soll ich dir aus den Schuhen helfen?", fragte sie, ganz die demütige Ehefrau, jedoch nicht ganz ohne Hintergedanken. Wenn sie ihm jetzt die Schuhe ausziehen konnte, würde er nicht weiter Dreck in der Wohnung verteilen. Sie würde ohnehin gerügt werden, dass sie den Eingangsbereich nicht ordentlich sauber gemacht hatte. Vielleicht gelang es ihr, noch schnell zu fegen, bevor er es bemerkte.

Langsam nahm er die Schuhe vom Tisch, stellte sie vor sich auf den Teppich und blickte sie erwartungsvoll an.

Christelle sank vor ihm zu Boden und schnürte die Schuhe auf. Er half kein bisschen mit, und sie musste sich quälen, bis sie ihm endlich die schweren Stiefel von den Füßen ziehen konnte. Endlich hatte sie es geschafft. Sie wollte sich gerade erheben, um die Schuhe aufzuräumen, da fasste er in ihr Haar und drückte ihren Kopf seinem Schoß entgegen.

Es tat weh, und sie schnappte geräuschvoll nach Luft.

„Mach dich nützlich!", wies er sie an.

Christelle starrte auf seine Hose. Er wollte heute Abend kein Bad zur Entspannung nehmen, er wollte, dass sie ihm Entspannung bot. Ergeben strich sie über seine Hose, fühlte seine Erregung.

„Na los!" Er wurde ungeduldig, schlang sich mit einer schnellen Bewegung ihre langen Haare um die Hand.

Eilig knöpfte sie die Hose auf. Sein erigiertes Glied sprang ihr bereits entgegen. Sie zögerte, nur eine Sekunde, aber das war schon zu lang.

„Muss ich dich an deine Pflichten erinnern?", brüllte er sie an und zog grob an ihrem Haar, sodass Christelle die Tränen in die Augen schossen.

Es hatte keinen Sinn, sich zu widersetzen, dadurch würde sie alles nur schlimmer machen. Gehorsam öffnete sie den Mund und umschloss seinen aufgerichteten Phallus.

Zufrieden stöhnte Kingman, und das Zerren an ihren Haaren ließ nach.

Christelle bemühte sich, ihn nach allen Regeln der Kunst zufriedenzustellen. Er mochte es, wenn sie mit der Zunge immer wieder über seine Spitze fuhr, aber auch, wenn sie ihn tief in den Mund nahm. Ein zufriedenes Grunzen seinerseits zeigte ihr, dass sie ihre Sache gut machte und bestätigte sie darin fortzufahren.

Ihr Körper funktionierte mechanisch, und solange er nicht in ihren Geist eindrang, war sie in Sicherheit. Sie schloss die Augen, träumte sich fort aus der Realität, flüchtete an den Ort, wo sie sich immer sicher und geborgen gefühlt hatte. Le Havre in der Normandie, dort war sie in einem kleinen Häuschen direkt am Meer aufgewachsen. Ihr Vater, ihre Mutter und sie. Häufig verbrachte sie die Nacht damit, am Ufer zu stehen und auf das dunkle Meer hinauszublicken. Sie liebte es, den Wind im Gesicht zu spüren, den salzigen Geschmack im Mund zu haben und die Ruhe zu genießen.

Canicula!, polterte Kingman in ihrem Kopf.

Er war da! Augenblicklich lösten sich die Erinnerungen in Luft aus. Ihre Heimat verblasste, ohne dass sie daran etwas ändern konnte. Nein!

Sie spürte seine Anwesenheit, kalt wie Polarwind. Er strich über ihren Geist, unangenehm. Christelle flüchtete. Sie musste fortlaufen, sich in Sicherheit bringen. Doch wo immer sie sich auch versteckte, am Ende fand er sie trotzdem. Kingman hatte nicht lange gebraucht, um herauszufinden, wie er sie am meisten verletzen konnte. Und auch jetzt war er auf dem Weg dorthin. Sie wünschte sich, dass ihn etwas aufhielt, doch er drang ungehindert tief in ihr Innerstes vor. Sie konnte nichts gegen ihn unternehmen, musste hilflos mit ansehen, wie er ihre Seele fand. Hier war sie am verletzlichsten. Sie erzitterte, betete im Stillen dafür, dass er sie heute verschonen würde, es sich doch anders überlegte und einfach wieder umkehrte. Sie wusste, es war vergebens. Der erste Schlag traf sie heftig. So sehr sie darauf wartete, nie war sie vorbereitet. Für Sekunden wurde alles schwarz, schwanden ihr die Sinne. Dann kam alles mit unglaublicher Intensität zurück. Der pochende Schmerz an ihrem Hinterkopf, wo Kingman an ihren Haaren zog. Unbarmherzig drückte er ihren Kopf gegen seine Erektion, stieß heftig in sie hinein, dass bereits ihr Mund schmerzte. Ein zweiter heftiger Schlag. Ihre Seele schrie gequält auf. Sie spürte seine Zufriedenheit, das höhnische Lächeln, als weitere Schläge folgten. Bei jedem Mal zuckte sie zusammen und spürte seine Genugtuung.

Warum schlug er sie nicht körperlich? Das würde sie ertragen, ihr Körper konnte heilen. Auch ihre Seele wurde wieder ganz, vernarbte aber jedes Mal ein Stückchen mehr. Sie war schon längst innerlich gebrochen.

Christelle wartete darauf, dass er kam, dass es endlich vorbei war. Erbarmungslos zog er an ihren Haaren, riss ihren Kopf zurück, nur um ihn gleich wieder herunterzudrücken. Ihre Kehle brannte, und sie musste würgen.

Ein weiterer Schlag. Es war, als ob ihr Kopf explodierte. Sie hatte keine Kraft mehr, sich zu wehren und wimmerte vor sich hin.

Warum wurde ich mit dir gestraft? Zu nichts taugst du!

Ein weiterer Schlag. Sie schrie, konnte nicht anders, als ihm den Triumph zu gönnen.

Ich bin gestraft mit einer unfähigen Samera.

Sie röchelte. Alles brannte. Ihr gesamter Körper schien in Flammen zu stehen.

Du Hure!

Zu einer Hure hatte er sie gemacht, bot sie bereitwillig jedem seiner Kumpanen an. Lediglich in ihren Geist vorzudringen, gestattete er niemandem, vermutlich weil er Angst hatte, dass seine Freunde sehen könnten, was für ein Monster er wirklich war.

Abermals drückte er ihren Kopf auf seine Mitte, hielt sie dort fest. Sie spürte, wie er erneute ausholte und noch einmal auf sie einschlug. Ihr Geist schrie, flehte um Gnade. Sie spürte sein Grinsen, als der heftige Schlag ihr für einen Moment wieder alle Sinne raubte.

Unter ihr versteifte sich sein Körper, und dann entlud er sich mit einem befreienden Stöhnen in ihrer Kehle. Christelle verharrte in dieser unbequemen Position, konnte sich immer noch nicht rühren. Dann endlich ließ er ihren Kopf los, und Christelle taumelte zurück. Sie fühlte sich völlig zerschunden. Wieder einmal hatte er sie gebrochen. Sie war nur noch ein Schatten ihrer selbst, existierte und vegetierte vor sich hin. Alles drehte sich darum, ihn zufriedenzustellen, alles zu tun, dass er sich nicht ein weiteres Mal an ihr verging. Und wieder einmal waren alle ihre Bemühungen umsonst gewesen.

„Ich bin müde und durstig", grunzte er und erhob sich.

Achtlos stieß er dabei gegen seine Stiefel, die quer durch den Raum flogen.

„Bring mir eine der Frauen aufs Zimmer!", befahl er ihr und verließ den Salon.

Christelle konnte sich noch nicht bewegen, wusste aber, dass sie es gleich tun musste, sonst würde sie erneut seinen Zorn auf sich ziehen.

Die Amicas waren im Keller untergebracht, Frauen, die er mit Sex gefügig gemacht hatte. Derzeit lebten drei bei ihnen. Es gehörte zu Christelles Aufgaben, sie mit Nahrung und Wasser zu versorgen und die Kellertür stets geschlossen zu halten. Eine von ihnen, diejenige, die gestern an der Reihe gewesen war, hatte sie heute Morgen in einem erbärmlichen Zustand vorgefunden. Sie war die nächsten Tage nicht einsatzfähig. Blieb nur zu hoffen, dass er heute Nacht gnädiger gestimmt war, denn ihr Vorrat war nicht unbegrenzt.

Und letztendlich wäre sie die Leidtragende, wenn den Menschenfrauen etwas zustieß.

Mühsam rappelte sie sich auf, um eine von ihnen zu holen.

KAPITEL 17

Thor ärgerte sich. Er war unkonzentriert, und das durfte er eigentlich nicht sein. Wo waren die verdammten Papiere hin? Er hatte die Dokumente, die er zum Durchfahren aufs Flughafengelände brauchte, ganz sicher dabei. Doch wo waren sie jetzt, da er sie brauchte?

Der Wachmann stand ungeduldig neben ihm und sah ihm dabei zu, wie er hektisch den Jeep durchsuchte.

Erleichtert zog er das Bündel Papier hervor, das unter den Beifahrersitz gerutscht war, und reichte sie dem Uniformierten. Der Mann nahm seinen Job ganz genau, als müsse er Thor jetzt mindestens doppelt so lange warten lassen wie dieser vorher ihn. Mit Argusaugen besah er sich die Dokumente ausgiebig, runzelte die Stirn und steckte seine Nase tiefer in die Unterlagen.

Thor stöhnte. Er war schon jetzt unglaublich knapp dran. Wenn sich der Kerl noch länger Zeit ließ, war das Flugzeug gelandet, bevor er die Rollbahn erreichte.

„Die Namen der Einreisenden gehen nicht genau aus dem Dokument hervor", erklärte ihm der Wachmann.

Thor schloss die Augen, bemühte sich, Ruhe zu bewahren. Die Namen standen mit Absicht nicht darin, denn sonst könnte er nicht jedes Mal andere Vampire durchschleusen, und bisher hatte sich auch noch niemand daran gestört. Auch jetzt würde sich keiner daran stören, denn er hatte einfach keine Zeit.

Als Schleuser war er stets bemüht, sich in der Welt der Menschen so unauffällig wie möglich zu bewegen, kaum Spuren zu hinterlassen. Doch heute würde er eine Ausnahme machen.

Mühelos drängte er sich in den Kopf des Mannes, befahl ihm, die geprüften und für vollständig befundenen Papiere zurückzugeben. Widerstandslos gehorchte der Mann und wünschte ihm eine gute Fahrt.

Thor gab Gas. In der Ferne sah er bereits das kleine Transportflugzeug über die Piste rollen. Wie ein Besessener raste er über das Rollfeld, wich einer Putzkolonne und einem Bus mit Passagieren aus und zog dabei den Unmut der beiden Fahrer auf sich, die im letzten Moment abbremsen mussten. Es war ihm egal. Mit quietschenden Reifen kam der Jeep zum Stehen, nur wenige Meter vom Transportflugzeug entfernt. Ihm blieb keine Zeit zu verschnaufen. Hastig sprang er aus dem Auto, rannte dem Flugzeug entgegen. Noch bevor der Pilot aus dem Cockpit herauskam, öffnete er bereits die Ladeklappe.

Zwei ängstliche Augenpaare blickten ihn an. Dem Geruch nach gehörten sie zwar einem anderen Clan an, aber es waren eindeutig Kruento.

„Beeilt euch!", wies er sie an.

Die Vampirin hielt ein Bündel eng an sich gepresst. Das musste das Baby sein.

„Schleuser?", fragte der männliche Vampir vorsichtig.

„Ja?" Ungeduldig trat er von einem Bein auf das andere. Sie hatten keine Zeit für eine lange Vorstellungsrunde. Der Pilot würde gleich unten sein, und bis dahin wollte er die Familie in den Jeep verfrachtet haben.

Ein Geruch stieg ihm in die Nase. Verhasst und bekannt. New Yorker Vampire waren im Anmarsch.

„Beeilt euch, wir bekommen gleich unfreundliche Gesellschaft."

Die Vampirin riss die Augen auf, aber immerhin bemühte sich nun ihr Homen, aus dem Flugzeug zu klettern. Dann nahm er seiner Samera das Kind ab, während Thor der Vampirin beim Aussteigen behilflich war.

„Zum Jeep!", rief er den Vampiren zu und wartete, bis sie losliefen. Er bildete das Schlusslicht, die Hand unmerklich an seinem Dolch. Ununterbrochen suchte er die Umgebung ab. Der Geruch der näherkommenden Vampire wurde immer intensiver.

„Einsteigen!", bellte er und schwang sich bereits auf den Fahrersitz.

Am anderen Ende des Rollfeldes sah er drei Männer, die sich ihm schnell näherten. Die Dunkelheit hatte sie lange geschützt, doch nun traten sie in einen Lichtkegel. Sie verlangsamten ihr Tempo, passten sich dem der Menschen an, um keine Aufmerksamkeit auf sich zu ziehen.

Thor fuhr los. Er hatte eigentlich geplant, einen Ausgang an der Ostseite zu nehmen, doch nun steuerte er auf die nächstbeste Ausfahrt zu, und das war die, durch die er gekommen war. Die Schranke war geschlossen, der Wachmann lümmelte in seinem Häuschen. Thor ging im Geist die Optionen durch, die er hatte. Er könnte anhalten und darauf warten, bis der Wachmann sich bequemte, die Schranke zu öffnen. Das würde einige Minuten dauern, und bis dahin hätten sie die Kruento längst eingeholt. Er fuhr einen geländetauglichen Jeep. Der musste doch in der Lage sein, etwas auszuhalten. Die Schranke fixierend versuchte er abzuschätzen, wie viel es brauchte, um sie zu durchbrechen. Ein Blick in den Seitenspiegel genügte. Die drei Vampire waren deutlich nähergekommen. Hinter ihm saß die junge Familie, die er beschützen musste. Seine Chancen in einem Kampf wären sehr gering. Er war ein guter Kämpfer, und drei New Yorker wären schon eine Herausforderung, aber gleichzeitig die Familie beschützen war beinahe unmöglich. Er musste es einfach riskieren.

„Festhalten!", brüllte er und drückte das Gaspedal durch. Der Jeep schoss auf die Absperrung zu. Metall ächzte, Holz splitterte, und der Jeep machte einen bedrohlichen Satz. Thor behielt die Kontrolle, und kaum drehten die Räder nicht mehr durch, schossen sie davon.

Im dichten Verkehr war es weitaus schwieriger, an ihnen dranzubleiben. Überall waren Menschen. Thor bog häufig ab, fuhr einen Block sogar drei Mal ab, weil er sich unsicher war, nicht doch die Präsenz eines New Yorker Vampirs gespürt zu haben. Erst als er sich absolut sicher war, dass ihnen niemand mehr folgte, visierte er die Tiefgarage an, um das Fahrzeug zu wechseln.

„Sind wir in Sicherheit?", fragte der Vampir hinter ihm vorsichtig.

„Noch nicht ganz." Aufmerksam behielt Thor die Umgebung im Auge, suchte mit allen Sinnen. Vor ihm lag die Tiefgarage. Er fuhr ins zweite Untergeschoss und parkte direkt neben dem schwarzen SUV.

„Wo sind wir hier?" Nervös blickte der Vampir sich um.

„Wir steigen um", informierte Thor sie knapp.

Er stieg aus, öffnete den Kofferraum des SUVs. Unzählige Male hatte er das schon gemacht, kannte die Handgriffe in – und auswendig. Die Hundemarke, Mütze und das Hemd verschwanden im Kofferraum. Stattdessen zog er ein Baseballcap auf. Er öffnete die hintere Tür und wartete, bis die Familie sich bequemte, das Fahrzeug zu wechseln. Unsicher stiegen sie ein. Thor schloss hinter ihnen die Tür, umrundete den Wagen und nahm auf dem Fahrersitz Platz.

„Wo bringst du uns hin?"

„In eine sichere Unterkunft."

„Man hat uns gesagt, du vermittelst uns weiter?", vernahm er zum ersten Mal die zaghafte Stimme der Vampirin.

„Hm …", brummte er.

Er ertappte sich bei dem Wunsch, Delina an seiner Seite zu haben. Sie war redegewandt und hätte die Familie viel besser über alles aufklären können als er. Sie wusste, wie es sich anfühlte, in einem Transportflugzeug über den Ozean zu flüchten. Hastig verwarf er den Gedanken wieder. Er würde Delina nicht mitnehmen, um Flüchtlinge abzuholen. Das war viel zu gefährlich.

„In den nächsten Tagen. Bis dahin bleibt ihr in der sicheren Unterkunft."

„Aber wir brauchen Nahrung und Kleider für unser Kind", klagte die Vampirin.

„Habe ich", knurrte er.

Das hatte er tatsächlich. Einen Satz Wechselwäsche – vielleicht eine oder zwei Nummern zu groß, aber woher sollte er wissen, wie groß ein Kind mit ein paar Monaten war –, Windeln und Milch. Das sollte für die nächsten Tage reichen.

„Danke", sagte der Vampir und gab seiner Samera einen leichten Stoß, um ihr zu signalisieren, dass sie sich ruhig verhalten sollte.

Thor fragte sich, ob sein Job schon immer so nervenaufreibend gewesen war. Als er den SUV vor dem rotem Backsteingebäude parkte, war er regelrecht erleichtert.

„Folgt mir!", wies er die Familie an, stieg aus, holte die Plastiktüte aus dem Kofferraum und ging auf die Eingangstür zu. Er wartete, bis die Vampirin mit dem Kind und ihr Homen zu ihm kamen, und führte sie hinauf in die sichere Wohnung.

Erst als die Tür geschlossen war, machte er Licht im Flur. Das Baby regte sich und fing an zu quengeln. Thor öffnete die Türen zu den angrenzenden Räumen, ließ der Familie Zeit, sich umzusehen. Die Vampirin betrat die Küche. So sorgfältig inspizierten nur Flüchtlinge mit Blutkindern diesen Raum. Thor stellte die Plastiktüte auf dem kleinen Holztisch ab und kehrte in den Flur zurück. Bevor er gehen konnte, musste er noch mit dem Vampir sprechen. Dieser kam gerade aus dem Badezimmer. Dort erinnerte nichts mehr an das Ableben des Moris. Er hatte jede einzelne Fuge geschrubbt.

„Vielen Dank, Schleuser. Wir sind so froh, dass wir in Sicherheit sind."

Thor nickte widerwillig. New York war gefährlich und solange er noch keinen Clan für die Familie gefunden hatte, waren sie auch nicht ganz in Sicherheit. Aber er sagte nichts, ließ den Kruento in dem Glauben.

„In der Küchenzeile ganz hinten in der obersten Schublade liegt ein Handy. Eingespeichert ist eine Nummer: Meine. Wenn etwas ist, rufst du an."

Gehorsam nickte der Vampir.

„Ins Ausland telefonieren geht nicht. Behalte das Handy im Auge, ich melde mich bei dir."

„Das werde ich", versprach der Kruento überzeugt.

„Ihr verlasst nicht die Wohnung. Unter keinen Umständen."

„Okay."

Thor hoffte, dass die Familie sich daranhalten würde. Ohne sich zu verabschieden, drehte er sich um und verließ die Wohnung. Als die Tür ins Schloss gefallen war, seufzte er erleichtert auf. Er hatte es geschafft.

Für gewöhnlich besuchte er nach einer erfolgreichen Unternehmung seine Lieblingslocation in Manhattan. Das Bordell hatte um diese Uhrzeit noch offen. Er stieg ein und fuhr los. Ganz automatisch nahm er die Straße Richtung Manhattan. Nur weil Delina nun Teil seines Lebens war, würde er es nicht komplett auf den Kopf stellen. Er war nicht bereit, alles wegen dieser Frau aufzugeben.

Doch als Thor in die Straße einbog, wusste er, dass er dort nicht Halt machen würde. Es fühlte sich nicht richtig an. Er wollte keine dumme Hure ficken, nur um zu vergessen. Was wollte er eigentlich vergessen? Es kam ihm plötzlich alles so sinnlos vor.

Zu seiner Linken befand sich das Gebäude, in dem die freizügigen Damen auf ihn warteten und gerne seine Bedürfnisse befriedigen würden. Er empfand rein gar nichts, als er im Schritttempo daran vorbeifuhr.

Tief in seinem Magen grummelte es, und mit einem Mal erfasste Vorfreude ihn. Wenn er nach Hause fuhr, würde ihn nicht nur Leere erwarten. Delina war dort, wartete auf ihn. Wenn er heimkommen würde, hätte er jedes Recht dazu, Sex mit ihr zu haben. Unwillkürlich hatte er ihren wundervollen Po vor Augen. Er wurde hart.

Hinter ihm hupte es. Thor warf einen eiligen Blick in den Rückspiegel. Sein Hintermann war ziemlich dicht aufgefahren. Dann registrierte er mit einem Blick auf den Tacho, dass er viel zu langsam fuhr und beschleunigte rasch.

Doch anstatt auf kürzestem Weg nach Hause zu fahren, fuhr er ein anderes Ziel an. Er musste noch eine Besorgung machen und hoffte, dass er das finden würde, was ihm vorschwebte.

* * *

Delina erwachte. Verschlafen blinzelte sie und brauchte einen Moment, um sich zu orientieren. Sie war wieder in New York. Mit Thor. Als seine Samera.

Kerzengerade setzte sie sich im Bett auf, sah sich hastig um. Von Thor keine Spur. So unbenutzt, wie das Bett neben ihr wirkte, hatte er sich nicht zu ihr gelegt.

Erleichterung und Enttäuschung machten sich gleichzeitig in ihr breit. Sie stand auf und trat ans Fenster. Die Rollläden waren geschlossen, und so betätigte sie den Schalter, um sie hinaufzufahren. Es war dunkel. Über ihr stand der beinahe volle Mond und erhellte den Nachthimmel. Sie hatte lange geschlafen, war von den Ereignissen der letzten Tage und Nächte doch erschöpfter gewesen, als sie angenommen hatte. Sie hatte nicht einmal bemerkt, wann Thor gekommen war. War er überhaupt gekommen? Sie spürte ihn durch das Band, konnte jedoch nicht sagen, in welcher Entfernung er sich befand.

Nachdenklich blickte sie an sich hinab. Am Morgen war es ihr richtig erschienen, eines von Thors T-Shirt überzuziehen. Sein Duft umgab sie. Sie hatte sich dadurch beschützt gefühlt und war schnell eingeschlafen. Sie beschloss, nach ihm zu suchen und verließ leise das Schlafzimmer.

Sie entdeckte ihn schließlich im Wohnzimmer. Er musste im Lauf des Tages zurückgekehrt sein. Warum war er dann nicht zu ihr ins Schlafzimmer gekommen, sondern hatte den unbequemen Sessel bevorzugt? Es versetzte ihr einen Stich im Herzen. Sie versuchte dagegen anzukämpfen, doch die Vermutung, er habe kein wirkliches Interesse an ihr, verfestigte sich in ihrem Kopf. Aber warum hatte er sie dann zu seiner Samera gemacht? Sie verstand es einfach nicht.

Er regte sich. Die dünne Decke, die er über sich gezogen hatte, rutschte von den Schultern und entblößte nackte Haut. Delina starrte auf die definierten Muskeln. Verlangen erfasste sie. Es half auch nichts, die Beine fest zusammenzupressen. Das Kribbeln war nicht unangenehm, aber dennoch wünschte sie sich sehnlichst, dass jemand sie dort berührte, dass *er* sie dort berührte.

Auf dem Tisch lagen sein Handy, der Dolch und etwas, das sie nicht genau sehen konnte. Sie war noch immer barfuß und schlich leise näher, wollte ihn nicht wecken. Es handelte sich um den Lederbeutel, den er ständig bei sich trug. Was sich darin wohl befand? Mit einem Seitenblick vergewisserte sie sich, dass der Schleuser tief und fest schlief. Sie streckte ihre Hand aus und nahm den Lederbeutel vorsichtig an sich. Er war überraschend schwer.

Ein Arm schlang sich um ihre Taille, zog sie von den Füßen. Sie schrie auf und verlor das Gleichgewicht. Blitzschnell hatte Thor sich aufgerichtet und Delina auf sich gezogen. Mit vor Überraschung weit aufgerissenen Augen starrte sie ihn an.

„Was tust du da?" Seine Stimme war kehlig, noch rau vom Schlaf.

Eine feine Gänsehaut überzog ihren Körper. Er war so nah, roch so unglaublich verführerisch. Sein Arm lag besitzergreifend um ihre Mitte, hinderte sie daran, aufzustehen.

„Ich … das … ich wollte nur …", stotterte sie verlegen. Schließlich besann sie sich auf ihre Erziehung. Sie hatte ohne Erlaubnis das Eigentum ihres Homens angefasst. Betreten senkte sie den Kopf. „Es tut mir leid."

Dummerweise war ihr Blick nun auf seinen perfekt definierten Sixpack gerichtet, und erneut überschwemmte sie eine Welle des Verlangens.

Thor musste es durch das Band spüren oder ihre Erregung schlichtweg riechen. Ein dunkles Knurren entwich seiner Kehle, als er sie fester an sich zog. Delinas Kopf lag auf seiner Brust, und sie stützte sich mit der flachen Hand auf ihm ab, um sich aufzurichten. Das ließ er jedoch nicht zu, also gab sie nach.

Es fühlte sich ohnehin viel zu gut an. Verboten gut. Bewundernd ließ sie ihre Hand über seine schokoladenfarbene Haut gleiten. Nur zu deutlich spürte sie die schiere Kraft, die darunter verborgen lag.

„Es ist nicht gut, mich so zu wecken." Seine Hand umfing ihre Kehle. Er drückte nicht zu, machte ihr damit jedoch unmissverständlich deutlich, dass er die Kontrolle über die Situation hatte.

„Ich wollte dich nicht wecken." Ihre Stimme war viel zu hoch, piepsig. Sie hatte keine Angst vor Thor, er hatte ihr nie dazu Anlass gegeben. Dennoch wusste sie, dass sie eine Grenze übertreten hatte, indem sie an seine Sachen gegangen war. Er hatte jedes Recht, sie zu bestrafen. Ihre Mutter hatte ihr eingetrichtert, dankbar die Maßregelung zu ertragen. Das sei ihre Pflicht als seine Ehefrau. Er war das Familienoberhaupt, er wusste, was gut für sie war.

Seine Hand wanderte an ihrer Kehle auf und ab. Sie wartete darauf, dass er zudrückte, doch das tat er nicht. Ihr Schoß stand noch immer in Flammen, und seine Nähe trug nicht gerade dazu bei, dass ihre Erregung abflachte.

„Ich werde es nicht wieder tun", versprach sie.

„Was?"

Seine Zunge zog eine feuchte Spur von ihrem Hals bis zu ihrem Ohr.

Delina konnte nicht anders, als unruhig hin und her zu rutschen. Sie spürte, wie unter ihr seine Männlichkeit anschwoll.

„Tu das nicht!", knurrte er mit zusammengebissenen Zähnen.

Was sollte sie nicht tun? Die Hand, die auf ihrem Bauch gelegen hatte, schob sich tiefer. Delina schloss die Augen, wünschte sich nichts sehnlicher, als dass seine Finger in ihre heiße Mitte eintauchten. Stück für Stück schob er seine Hand weiter nach unten, fuhr unter ihren Slip und berührte dann ihre intime Stelle.

Ihr Körper bebte. Unter köstlichen Qualen wand sie sich auf seinem Schoß, reckte sich ihm, soweit es ihr möglich war, entgegen.

Seine Finger schoben sich in sie, tauchten ein in ihre Feuchte.

„Ja", keuchte Delina, konnte weder das Aufseufzen noch das Ausfahren der Fänge verhindern. Ihr Körper sehnte sich nach mehr. Sie stand in Flammen, und Thor war der Einzige, der sie löschen konnte.

Delina spürte, wie er sich unter ihr bewegte, und dann war seine Hand zwischen ihren Beinen fort. Sie wollte gerade protestieren, da hob er sie hoch und setzte sie auf dem Couchtisch ab. Das, was dort lag, fegte er mit einer Handbewegung vom Tisch. Erschrocken sah Delina den zu Boden fallenden Waffen hinterher. Thor dagegen schien das wenig zu stören. Er zog sie zu sich, bis sie ganz vorne an der Kante saß, und schob ihr T-Shirt hoch. Mit einer schnellen Bewegung riss er ihr den Slip vom Leib. Erschrocken hob sie den Kopf, unfähig, dagegen zu protestieren. Seine Augen glühten vor Verlangen, als er sie betrachtete und bewundernd mit dem Finger über sie strich. Delina stöhnte. Was tat er da? Durfte er sie so berühren? Durfte er sie so ansehen? Die Worte ihrer Mutter kamen ihr in den Sinn. Was ihr Homen auch immer mit ihr anstellte, sie sollte ihn gewähren lassen. Es war sein Recht. Delina war es völlig egal. Sie hätte ihn auch nicht unterbrochen, wenn es falsch gewesen wäre. Viel zu sehr genoss sie seine Liebkosungen. Berauscht von den überwältigenden Gefühlen, gab sie sich ihm willenlos hin. Seine Finger wussten genau, was sie taten. Mit jeder Berührung versetzte er ihren Körper in Entzücken. Plötzlich war da noch etwas anderes zwischen ihren Beinen. Etwas Feuchtes stieß gegen sie, ließ sie überrascht aufschnappen. Ein zweiter Schlag auf ihre entblößte

Stelle, und wieder konnte sie nur aufkeuchen. Sie begriff erst, was Thor tat, als sein Mund sich auf ihre intime Stelle legte, er zu lecken und zu saugen begann. Für einen Augenblick keimte Scham auf. So etwas durfte er nicht tun. Doch es fühlte sich einfach zu gut an, als dass sie den Willen gehabt hätte, ihn zu unterbrechen.

Sie konnte nicht anders, suchte auf geistiger Ebene nach ihm. Als ob er darauf gewartet hätte, betrat er ihren Geist, hüllte sie mit seiner Präsenz ein.

Thor. Sie musste seinen Namen aussprechen. Sein leises Lachen erklang in ihrem Kopf.

Sie schrie auf, als sie spürte, wie sich etwas Spitzes in ihr Fleisch grub. Seine Fänge. Entsetzt hielt sie inne. Er würde doch nicht …

Ich werde!, hallten seine Worte in ihrem Kopf, und dann begann er von ihr zu trinken.

Bei jedem Zug zog sich eine Welle der Erregung durch ihren Körper. Sie spürte seine Zunge, die rhythmisch gegen ihr Fleisch schlug, seine Präsenz, die in ihrem Kopf war, sie vollkommen ausfüllte. Ihre Anspannung stieg ins Unermessliche. Sie versuchte, sich an etwas festzuhalten, fand nur seinen Geist, also klammerte sie sich an ihm fest. Er hielt sie fest.

Komm für mich!

Von ihm getragen und eingehüllt, ließ Delina sich fallen. Sie zitterte am ganzen Körper, aber das war in Ordnung, denn er war da, um sie zu halten. Es dauerte einige Zeit, bis sie wieder normal denken konnte. Mit so einem Ansturm hatte sie nicht gerechnet, hatte keine Ahnung gehabt, dass es noch besser werden konnte, dass ihr so vollkommen der Boden unter den Füßen weggezogen würde.

Thors Zähne hatten sich aus ihr zurückgezogen, und er hob triumphierend grinsend den Kopf. Seine Augen glühten vor Erregung. Da wurde Delina bewusst, dass er bisher nicht auf seine Kosten gekommen war. Sie schämte sich dafür. Was war sie für eine miserable Ehefrau. Vollkommen ungeeignet.

Dreh dich um! Sein Befehl war rau, unmissverständlich.

Delina lag reglos da, noch immer die Beine weit gespreizt. Das konnte doch nicht sein Ernst sein.

Sie sah Thor dabei zu, wie er die Hose auszog und seine erigierte Männlichkeit wippend vor ihr stand.

Umdrehen!

Hastig gehorchte sie. Kaum befand sie sich auf allen Vieren, als er auch schon in sie eindrang. Er war weder zurückhaltend noch zärtlich. Mit schnellen Stößen versenkte er sich immer wieder in ihr, zog sich zurück, nur um erneut in sie zu stoßen.

Ihr war eingeschärft worden, alles über sich ergehen zu lassen, und so beschloss sie, es reglos hinzunehmen. Sie wollte eine gute Samera sein, es richtig machen. Doch bei jedem Stoß zog sich ihre Mitte lustvoll zusammen. Die Erregung kehrte zurück, heftiger als beim ersten Mal. Verlangend reckte sie sich ihm entgegen. Sie versuchte, sich zu konzentrieren, sich nicht ablenken zu lassen. Es war ihre Aufgabe, seine Bedürfnisse zu befriedigen.

Wie er es bei ihr getan hatte, streckte sie sich geistig nach ihm aus, strich über seinen Geist. Er wich ihr aus, zog sich hastig zurück. Die Mauern um seinen Kopf waren fest, undurchdringlich. Er wollte sie nicht bei sich haben. Enttäuscht zog sie sich in ihren Kopf zurück, fragte sich, welchen Fehler sie begangen haben könnte.

Wie ein angenehmer Lufthauch an einem heißen Sommertag fuhr etwas durch ihre Schilde, breitete sich in ihrem Kopf aus. Er war in ihr, umgab sie von allen Seiten und hüllte sie erneut ein. Hilflos war sie dem ausgeliefert, konnte den überwältigenden Höhepunkt nicht verhindern, der sie ein weiteres Mal mit sich riss und in endlose schwebende Sphären katapultierte.

Thor stieß noch einmal in sie, verharrte dann und fand mit einem tiefen Knurren ebenfalls Erlösung.

Sekundenlang verharrten sie so, hielten sich gegenseitig fest. Delina genoss seine Nähe, das Nachbeben. Ihr Körper war erschöpft, die Glieder schwer.

Als Thor sich aus ihr zurückzog, verspürte sie eine gähnende Leere, die ihr Angst bereitete. Sie vermisste seine Anwesenheit in ihrem Geist. Zumindest hatte sie das Rinokaband, somit war er jederzeit in greifbarer Nähe.

„Geh duschen und zieh dich an! Wir brechen auf." Er gab ihr einen sanften Klaps auf den Po.

„Wohin?", wollte sie erschrocken wissen.

„Auf die Wiese. Dort werde ich dir zeigen, was in meinem Lederbeutel ist."

Er erhob sich, beugte sich über sie und biss ihr zärtlich in die Schulter. Seine Hände umfingen ihren Bauch, strichen verlangend darüber.

„Ich sollte gehen, bevor ich auf dumme Gedanken komme", murmelte er und trat von ihr zurück.

Delina drehte sich umständlich um, musste aufpassen, nicht vom Couchtisch zu fallen und blickte Thor hinterher, der im Badezimmer verschwand.

Er hatte sie nicht bestraft.

* * *

Thor fühlte sich schuldig. Sie vertraute ihm, sie vertraute ihm vorbehaltlos, und dieses Vertrauen hatte er nicht verdient. So etwas Bezauberndes wie Delina hatte er nicht verdient. Sie war so rein, so unschuldig, und er hatte nichts Besseres zu tun, als sie Stück für Stück zu zerstören. Er verdarb sie. Es war ihm unmöglich gewesen, seine Finger von ihr zu lassen. Er wollte sie schmecken und nahm sie, ohne zu fragen. Ja, es hatte ihr gefallen, aber er wusste auch, dass er nicht aufgehört hätte, selbst wenn sie ihn darum gebeten hätte. Wenn er mit Delina zusammen war, verlor er jede Kontrolle, warf seine Prinzipien mit Leichtigkeit über Bord. Er hatte sich geschworen, sich nie zu binden, doch genau das hatte er getan. Um keinen Preis der Welt würde er diese Verbindung wieder auflösen. Sie war sein und würde es immer bleiben. Er wollte nie eine Familie haben, und doch war es das Größte für ihn, sich in Delina zu ergießen und darauf zu hoffen, dass sich ihr Leib wölbte.

Er fand das Zusammensein mit Delina äußerst angenehm. Sie saß schweigend neben ihm, ohne ihn mit nervenden Fragen zu löchern. Sie gehörte nicht zu den Frauen, die unentwegt redeten – zum Glück. Sonst würde er es mit ihr nicht aushalten. Delina hatte jedoch kein Problem, sich zurückzunehmen und zu schweigen, ohne dass es unangenehm war.

Er parkte den SUV in der Columbus Ave dort, wo er den Wagen immer zurückließ.

„Gehen wir!" Er stieg aus, umrundete das Auto, doch bis er bei Delina ankam, war sie bereits ausgestiegen. Er nahm es hin, holte stattdessen aus dem Kofferraum den Rucksack. Darin befanden sich das Geschenk und alles andere, was er brauchte.

Thor hatte das freudige Aufblitzen in ihren Augen gesehen, als er ihr mitteilte, sie würden ihr Dolchtraining fortführen. Sie hatte ihren Dolch mitgenommen, ihn aber im Auto gelassen. Normalerweise hätte er sie einfach darauf hingewiesen, aber sie würde ihn ab heute nicht mehr brauchen.

Schweigend überquerten sie die Straße und erreichten den Central Park. Es dauerte nicht lange, und sie waren an der Stelle, wo sie durchs Gebüsch auf die verborgene Lichtung schlüpften. Hoch über ihnen stand der beinahe volle Mond und sorgte für perfekte Lichtverhältnisse.

Thor hatte seine übliche Kampfmontur an. Delina trug Jeans, Sneakers und da es noch relativ warm war, ein einfarbiges dunkles T-Shirt. Schade fand er nur, dass sie ihre wundervollen Haare wieder zu diesem hässlichen Knoten gebunden hatte. Er nahm sich vor, es ihr bei Gelegenheit zu verbieten. Jetzt jedoch war es nicht die schlechteste Idee, die Haare aus dem Gesicht zu haben.

„Dolchtraining also", sagte Delina und blickte nachdenklich auf die vor ihr liegende Freifläche.

„Hast du deine Waffe dabei?", erkundigte er sich beiläufig, stellte den Rucksack auf den Boden und ging in die Hocke, um das, was er brauchte, herauszuholen.

„Sollte ich?", fragte sie keck und sah ihn mit hochgezogenen Augenbrauen an.

Er musste grinsen. Am liebsten wäre er aufgestanden, hätte sie in seine Arme gezogen und geküsst oder noch besser auf der Wiese ausgestreckt und sie genommen. Es gefiel ihm, wenn sie nicht ganz so angepasst war, wenn ihr eigener Wille durchblitzte oder wenn sie – wie jetzt – versuchte, ihn zu reizen.

„Du hast ihn im Auto liegen lassen." Er erhob sich langsam und sah sie herausfordernd an. In einem vermeintlich unbeobachteten Moment hatte sie ihn in die Seitentür gesteckt, wo er jetzt noch immer lag.

„Und nun?" Sie verschränkte die Arme vor der Brust, wartete ab.

„Habe ich ein Geschenk für dich."

Er hielt ihr das in ein Tuch eingehüllte Geschenk hin.

Überrascht blickte sie es an, wusste nichts damit anzufangen.

„Nimm es!"

Zögernd griff sie danach, hielt es vorsichtig in den Händen, als könnte das, was sich darin befand, zerbrechen.

„Pack es aus!"

Behutsam wickelte sie es aus und hielt sprachlos den Dolch und die Lederhalterung in der Hand. Ehrfürchtig strich sie über den Griff, in den winzige Edelsteine eingearbeitet waren. Die Waffe war etwas kleiner als die, mit der sie bisher umgegangen war und daher für ihre zierlichen Frauenhände perfekt. Die Lederhalterung konnte sie an einem Gürtel, aber ebenso gut am Arm oder Oberschenkel befestigen.

„Das ist …" Sie schluckte, und er sah Tränen in ihren Augenwinkeln glitzern.

Sein Herz sackte ihm in die Hose. Er hatte es geahnt. Frauen machte man mit solchen Geschenken keine Freude. Er hätte ihr besser Schmuck kaufen sollen, das gefiel ihresgleichen.

„Das ist einfach großartig", stieß Delina schließlich hervor und fiel ihm um den Hals.

Verwirrt blinzelte er und legte nur zögernd seine Arme um sie. Es fühlte sich gut an, sie festzuhalten.

„Danke." Mit ihren großen Augen, die im fahlen Mondlicht gräulich schimmerten, sah sie ihn an. „Vielen Dank."

Dabei sah sie so begehrenswert aus, dass er nicht anders konnte, als sich zu ihr hinunterzubeugen und sie zu küssen. Sie schmeckte nach Sonne und Johannisbeeren, nach Leben und Lachen und nach Zuhause. Für ein paar Augenblicke gab er sich ganz der seligen Zufriedenheit hin.

Schließlich war es Delina, die sich von ihm löste.

„Kannst du mir zeigen, wie man das Ding anlegt?" Sie klang ungeduldig und voller Vorfreude. Ihm fiel ein riesiger Felsbrocken vom Herzen. Sie freute sich über sein Geschenk. Lächelnd nickte er, nahm ihr den Ledergurt ab und kniete sich vor sie. Langsam, damit sie ihm folgen konnte, erklärte er ihr, wie sie die Scheide mit den Bändern an ihrem Oberschenkel befestigen konnte. Er zog die Schnürung fest, damit die Scheide nicht rutschte, aber nicht so fest, dass sie einschnürte.

Delina ließ den Dolch in die Halterung gleiten. Thor erhob sich, um sein Werk mit etwas Abstand zu betrachten. Es fühlte sich an, als sehe er sie zum ersten Mal, wie sie wirklich war: Eine blonde Frau in aufsehenerregender enger Jeans und mit einem Dolch am Oberschenkel. Das fahle Mondlicht schien auf ihr blondes Haar und verlieh ihr einen unheimlichen Glanz. Sie sah aus wie von einem anderen Stern. Verlangen schnürte ihm die Kehle zu. O Gott, fand er Frauen mit Waffen sexy.

Er schluckte. Einmal, zweimal. Dann hatte er sich wieder halbwegs unter Kontrolle. „Dann lass uns sehen, was du vom letzten Mal behalten hast!", forderte er sie auf und stellte sich ihr gegenüber.

Seine Samera war eine äußerst willige und geschickte Schülerin. Alles, was er ihr zeigte, saugte sie auf, verstand vieles auf Anhieb und konnte es sogleich umsetzen. Bewundernd sah er ihr dabei zu, wie sie die neuen Bewegungsabläufe vollführte, wie ihr Körper auf ihn zu schwebte. Nach einiger Zeit beendete er das Dolchtraining und zeigte ihr stattdessen seine Wurfsterne, die er in dem kleinen Lederbeutel bei sich trug. Neugierig sah sie ihm zu, wie er die kleinen Metallblättchen warf, sie zielgenau in die Rinde eines Baumes am anderen Ende der Lichtung versenkte. Diese sternförmigen Geschosse hatten äußerst spitze Ecken und waren in den Händen eines geübten Werfers eine verdammt nützliche Waffe. Er ließ Delina mit den Geschossen experimentieren. Zu ihrer und auch zu seiner Überraschung blieb der dritte Wurfstern in einem Baum stecken. Mit wachsender Begeisterung übte sie das Werfen, und Thor nahm sich vor, ihr auch noch einen Satz Wurfsterne zu kaufen.

Voller Stolz sah er ihr zu. Das war seine Samera. Nie hatte er sie anziehender gefunden als jetzt. Und sie würde immer die Seine bleiben, denn was er einmal für sich beansprucht hatte, gab er nicht mehr her.

KAPITEL 18

Sebum wäre beinahe in Itan hineingelaufen, der einfach stehen geblieben war. Die Nacht war hell. Der Mond stand hoch am Himmel, war beinahe rund.

„Bist du sicher, dass hier oben überhaupt etwas ist?" Itan blickte in das Tal, das zu seinen Füßen lag.

Sebum trat neben seinen Sohn. Unter ihnen, zwischen den Baumwipfeln verborgen, lag ein kleines Dorf, von dem aus sie aufgebrochen waren. Dort wartete auch der Rest ihrer immer größer werdenden Anhängerschar auf ihre Rückkehr. Mit zwei geländegängigen Fahrzeugen waren sie gestartet, waren hinaufgefahren, bis die Wege zu schmal wurden. Johnathon und Merten hatte er bei den Autos zurückgelassen, Itan hatte er mitgenommen. Er wusste nicht genau, was ihn hier oben erwartete. Alles schien unter einer dichten Nebeldecke zu liegen.

Einer mehr oder weniger verlässlichen Quelle nach sollten die Soyas Fredolin und Diego in den französischen Alpen gesichtet worden sein. Das war der Grund, weshalb sie nun hier waren. In den vergangenen Nächten hatten sie den Lac de Serre-Poncon abgesucht. Ergebnislos.

Zum wiederholten Male blickte Sebum Richtung Gipfel. Sie hatten noch ein gutes Stück vor sich. Er konnte den Aufenthaltsort der Soyas nicht bestimmen, daran war dieser dichte Nebel schuld, dessen Existenz ihm vollkommen schleierhaft war. Doch jedes Mal, wenn er sich auf geistiger Ebene ausstreckte, erahnte er eine Präsenz. Er musste in diesen Nebel hinein oder einfach nur dicht genug an sie heran, dann würde er sie aufspüren. Es war nur eine Frage der Zeit.

„Hier ist etwas."

Itan seufzte. „Ja, ich weiß, die Berichte der Dorfbewohner waren schon ziemlich eindeutig. Monster mit spitzen Zähnen und glühenden Augen, die sich von Blut ernähren, lassen eigentlich eindeutig auf Kruento schließen. Aber glaubst du wirklich, dass es Diego und Fredolin sind?"

Er war sich nicht ganz sicher, schätzte beide erfahrene Soyas nicht so ein, als ob sie sich den Menschen zeigen würden.

„Vielleicht sind sie schon weitergezogen?"

Sebum schüttelte den Kopf. „Sie sind hier in der Nähe. Wir suchen weiter!"

Gelangweilt zuckte Itan mit den Schultern, beugte sich jedoch anstandslos seinem Willen.

Sebum ging weiter, führte sie den steinigen Weg hinauf, dem Gipfel entgegen. Jeder hing seinen Gedanken nach.

Itan hatte sich in den letzten Wochen wirklich gemacht. Dieser unnütze Bengel war erwachsen geworden. Er stellte seine Befehle nie infrage, erfüllte alles zu seiner Zufriedenheit und – und das betrachtete er mit Sorge – dachte sogar mit. Er hatte Itan im Umgang mit seinen Männern gesehen, die inzwischen achtungsvoll zu ihm aufblickten. Itan verstand es, den Abstand zu ihnen zu wahren, sie zu motivieren, um für seine Sache zu kämpfen und gleichzeitig klare Ansagen zu machen. Versagen war für ihn keine Option, und das duldete er auch bei keinem anderen. In vielen Dingen erinnerte sein Sohn ihn an ihn selbst. Er hatte ebenso engagiert für seinen Vater gekämpft, sich zurückgehalten und gewartet, weil er wusste, dass er eines Tages seine Nachfolge antreten würde. War das ebenfalls Itans Ziel? Er konnte es noch nicht wirklich einschätzen, aber er wusste, der Junge würde ihm eines Tages gefährlich werden.

Er blieb stehen, drehte den Kopf und schnüffelte. Ein bekannter Geruch, verborgen zwischen den Düften des Waldes. Hier ganz in der Nähe musste sich einer der Soyas verstecken. Er war sich ganz sicher.

Der Weg machte eine steile Kurve, drehte sich um beinahe einhundertachtzig Grad und führte dann einige Meter über ihnen weiter. Vom Gefühl her wollte er geradeaus weiter gehen, aber dort befand sich nichts als ein kleiner Vorsprung und nackter Fels. Stirnrunzelnd betrachtete er den Weg, der eindeutig nicht in die richtige Richtung führte.

Er streckte sich auf geistiger Ebene aus, versuchte, den dichten Nebel zu durchdringen. Etwas war ganz nah. Er spürte die immer stärker werdende Präsenz. Unruhige Geister, die selbst auf der Suche waren und immer wieder hinter der Nebelwand hervorspitzten.

„Was siehst du?", wollte Itan wissen, dessen geistige Fähigkeiten bei weitem nicht so ausgereift waren wie seine. „Das ist doch nur eine Felswand, nichts Besonderes. Der Weg geht dort weiter." Itan deutete nach rechts.

Sebum schüttelte den Kopf. Der Junge irrte sich. Der Weg war lediglich eine Ablenkung, würde sie nur in die Irre führen. Sie mussten in die andere Richtung, dort, wo der Felsen sich befand. Prüfend legte er die Hand auf den Stein und schloss die Augen. Unter seiner Handfläche fühlte er den kalten rauen Fels. Nichts deutete darauf hin, dass an ihm etwas Besonderes war. Und doch, wenn er genau hinhörte, spürte er ein leichtes Vibrieren. Nicht natürlichen Ursprungs. Wie eine Kuhherde, die ins Tal getrieben wurde. Doch hier waren weit und breit keine Tiere. Er ließ seine Hand über den Felsen gleiten, folgte seiner Intuition. Dann wusste er, was zu tun war.

„Wir klettern", entschied er und wartete nicht einmal auf Itans Protest. Er sprang hoch und krallte sich in der Felswand fest. Sobald seine Füße Halt fanden, suchte er mit den Händen nach Vorsprüngen. Stück für Stück arbeitete er sich nach oben.

Unter ihm stand Itan, schien noch unschlüssig, ob er ihm folgen sollte. Doch das war Sebum egal. Er wusste, dass er auf dem richtigen Weg war.

Nach etlichen Metern erreichte er einen großen Vorsprung und zog sich daran hoch. Sonderlich tief war der Vorsprung nicht, dafür zog er sich etliche Meter in die Länge, und am Ende sah er etwas Dunkles, das im Schatten des Felsens lag. Es sah aus wie ein Eingang.

„Itan?", rief er nach unten.

„Ja?"

„Komm hoch, ich habe da etwas!"

Als sein Sohn stöhnte, musste er grinsen. Zumindest fing er keine Diskussion an, sondern begann zu klettern. Immer wieder war ein Fluchen zu hören, das ihn jedes Mal aufs Neue schmunzeln ließ. Er streckte Itan die Hand entgegen und zog ihn das letzte Stück nach oben.

„Ich hoffe, du hast wirklich etwas gefunden", maulte er und war alles andere als begeistert von der Kletterei.

„Dort."

Sebum wies auf den Eingang der Höhle.

„Was ist das?"

„Das werden wir gleich herausfinden", sagte Sebum und ging darauf zu.

Itan folgte ihm zögerlich.

Immer wieder spürte Sebum, wie ihn etwas auf geistiger Ebene berührte, doch bevor er dieses Etwas greifen konnte, war es schon wieder hinter dem dichten Nebel verschwunden. Jetzt lief er direkt darauf zu. Er hatte etwas Vergleichbares noch nie gesehen, konnte sich nicht erklären, woher diese undurchdringliche Nebelwand kam. Aber er wusste, dass sich dahinter etwas befand und dass er es in der Höhle finden würde.

Das Mondlicht reichte nicht aus, um das Innere der Höhle zu beleuchten. Selbst seine guten Augen halfen ihm nicht viel. Es war so finster, dass er sich nur mit den Händen vorantasten konnte. Immer weiter drang er in die Höhle vor, fragte sich, wie groß das Tunnelsystem sein mochte. War es wirklich ein ganzes System oder nur ein einziger Tunnel? Wohin führte er?

Dann sah er vor sich einen schwachen Lichtschein, der immer heller wurde, je näher er kam. Der Tunnel verbreitete sich, und er erreichte eine Weggabelung. Eine Fackel hing an der Wand und spendete genug Licht, um ein paar Meter weit in die abzweigenden Tunnel sehen zu können.

„Was ...?" Sprachlos stand Itan da, sah sich um. „Wo sind wir hier?

Wieder strich etwas über seinen Geist. Aber diesmal war Sebum schneller. Er griff nach der Präsenz. Ein Aufschrei! Ein Kruento. Dann noch ein weiterer, der gegen seine Schilde stieß. Reflexartig ließ Sebum die erste Präsenz los und griff nach dem Angreifer. Ein Keuchen, ein Röcheln. Diesmal würde er nicht loslassen. Egal wer das war, er hatte ihn fest im Griff. Seine Beute würde ihn zu sich führen.

Es war eine Vampirin, die sich hastig in ihr Innerstes zurückzog. Er hätte ihre Schutzwälle durchbrechen können, hätte sie zerstören können, aber diese Machtdemonstration würde ihm nichts nützen. Er würde festhalten, und sie würde ihn zu ihrem Körper führen, den Weg weisen.

Denn dort wo sie war, würden auch die anderen sein.

„Hier entlang." Er wies in eine bestimmte Richtung und marschierte los.

Itan stöhnte und folgte ihm unwillig. „Bist du dir sicher?"

Er ignorierte die Frage. Natürlich war er sicher. Zielstrebig ging er weiter. Sie kamen an drei weitere Gabelungen, doch da er nun eine Verbindung hatte, war es ein Leichtes für ihn, die Richtung zu bestimmen.

Der Tunnel verbreiterte sich, wurde zu einer großen Halle. Diese war leer, und so ging er in die nächste. Drei große Gewölbe durchschritten sie, in der letzten befanden sich Decken am Boden, und in einer Ecke waren Holzscheiben zu sehen, auf denen ein Kruento bequem sitzen konnte. Was ihn überraschte, war die Anzahl der Decken. Es mussten weit mehr Kruento hier wohnen, als er angenommen hatte.

Nicht mehr weit, dann hatte er die Vampirin erreicht. Er betrat die nächste Höhle.

„Bei allen Heiligen", stammelte Itan, als er neben ihn trat.

Sebum ließ seinen Blick über das Dutzend Vampire gleiten, die vor ihm am Boden kauerten, sich ängstlich in den Armen lagen. Er suchte die Vampirin, deren Geist er gefangen hatte, und fand sie schließlich. Sie saß ganz am Rand, einen Epheben im Arm. Der Junge war noch ganz jung, erst vor ein paar Tagen zum Kruento geworden. Er streckte sich nach ihm aus und als er ihn berührte, schrak er zusammen. Er war der Erste, den er gefangen hatte, den er aus Reflex losgelassen und der sich dann wieder hinter der schützenden Nebelwand verborgen hatte, während er seine Mutter festhielt. Diese Vampirin, die ängstlich zu Boden starrte.

Er ließ sie los. Sie stellte keine Gefahr dar. Alle die hier saßen, waren keine Gefahr, ihm in keiner Weise ebenbürtig. Unterwürfige Vampire, Frauen und vor allem Kinder.

Ein langer dürrer Vampir erhob sich aus der ersten Reihe. „Wir leben hier friedlich zusammen, haben niemandem etwas getan", erklärte er. Seine Augen huschten umher, konnten seinem Blick nicht standhalten.

Sebum schwieg, musterte ihn ausgiebig von oben bis unten. Er kannte diesen Vampir nicht, auch keinen der anderen. Was wollte der dürre Kerl von ihm? Er war ein einfacher Mori, vielleicht nicht einmal das. Er war bedeutungslos, wie alle anderen auch. Doch etwas umgab sie, hüllte sie ein. Etwas Vertrautes, das er nicht zuordnen konnte. Es rief etwas in ihm wach, das er noch nicht greifen konnte.

„Wer seid ihr?" Seine Stimme klang unnachgiebig, hart. Wegen dieser Kruento war er nicht hergekommen. Er suchte etwas anderes, jemand anderen.

„Wir haben uns keinen Namen gegeben", erklärte der schlaksige Kruento hastig.

Sebum kniff die Augen zusammen. Einen weiteren Clan auf seinem Gebiet würde er nicht dulden, und das, was sie hier taten, hatte eindeutig Clancharakter.

„Wer führt euch an? Etwa du?" Sarkastisch lachte er auf.

Eine weitere Gestalt erhob sich. Eine Frau, wie er aus dem Augenwinkel sah. Er würdigte sie keines weiteren Blickes, konzentrierte sich auf den Vampir vor ihm, der betreten den Kopf geneigt hatte.

„Nein", murmelte er. Angst schlug ihm entgegen, entwich dem Kruento aus jeder Pore.

Die Vampirin, die sich erhoben hatte, trat nach vorne und legte beschwichtigend ihre Hand auf die des Vampirs.

„Lass es gut sein, Nantwin. Das sind nicht unsere Feinde."

Ihre Schultern streckten sich, als sie noch einen Schritt nach vorne machte, direkt vor ihm stehen blieb. Er konnte nicht anders, als sie anzusehen, und sie wich seinem Blick nicht aus. Eine vage Ahnung keimte in ihm auf, als die Frau einen formvollendeten Knicks vollführte.

„Vetusta, willkommen in unserem bescheidenen Heim. Ich freue mich sehr, dich zu sehen." Sie breitete die Arme aus. „Es tut mir sehr leid, dass wir dir nicht mehr bieten können."

Da fiel es ihm wie Schuppen von den Augen. Die Vampirin vor ihm war Adéle Klein, die Samera seines Soya.

„Mi Adéle."

„Mein Homen wird bald mit den anderen Männern zurück-kehren", entschuldigte sie sich.

Fredolin Klein. Er hatte sich also nicht geirrt. Der Soya war hier.

„Wir verstecken uns hier vor dem neuen Blutfürsten", fuhr Adéle fort und kam näher. „Wir haben lange auf Unterstützung gewartet, und nun ist nicht nur irgendwer gekommen, sondern du persönlich, Vetusta."

Sebum starrte die Vampirin an. War er gekommen, um sie zu unterstützen? Nein, eigentlich nicht. Er war gekommen, um Hilfe zu erhalten. Er brauchte Männer, Krieger und keinen Haufen nutzloser Vampirinnen, Epheben und Blutkinder. Er wollte sein Reich zurückerobern, und dabei konnten ihn nur dominante Männer unterstützen. Aber zumindest war Fredolin hier, und vielleicht hatte er noch einen oder zwei brauchbare Vampire dabei.

„Wir werden auf ihn warten", entschied er.

* * *

Es fiel Thor schwer, sich zu konzentrieren. Immer wieder ver-schwammen die Buchstaben vor seinen Augen, auch wenn sein Blick starr auf das Handy in seinen Händen gerichtet war. Seine Gedanken kehrten ständig zu der wunderbaren Vampirin zurück, die neben ihm im Bett lag. Delina war nach dem Training erschöpft gewesen und da er sie an diesem Tag schon ausreichend beansprucht hatte, verzichtete er darauf, sie noch einmal zu nehmen. Ihrer zaghaften Bitte, bei ihr im Schlafzimmer zu schlafen, war er gefolgt. Er hatte sein Bett vermisst. Das wurde ihm allerdings erst klar, als er sich darauflegte. Zum Glück war es breit genug für sie beide.

Während er noch am Handy saß und einige Nachrichten beantwortete, hatte Delina sich neben ihm zusammengerollt und war eingeschlafen. Das war vor über zwei Stunden gewesen. Thor hatte schon einiges geschafft, kam nun aber nur noch schleichend vorwärts. Sehnsüchtig betrachtete er Delina. Ihr wunderschönes Gesicht mit der wohlgeformten Nase, die hohen Wangenknochen und die seidigen, blonden Haare, die auf dem Kissen ausgebreitet lagen. Sie sah aus wie ein Engel. Sein Engel.

Das Handy in seiner Hand vibrierte. Eine neue Nachricht war soeben eingegangen.

Bitte um mehr Daten, war die kurze und knappe Antwort von Leon Thomas, dem Dominus aus San Francisco. Drei Stunden Zeitverschiebung hatten zur Folge, dass es bei ihm in New York bereits Tag war, während in San Francisco die Sonne noch nicht aufgegangen war.

Mittelmäßig dominanter Vampir mit seiner Samera. Das Blutkind ist aus dem Säuglingsalter noch nicht heraus, schrieb er zurück.

Er hatte die Familie nicht mehr gesehen, seit er sie in der vergangenen Nacht in die sichere Unterkunft gebracht hatte. Heute hatte er lediglich angerufen, sich erkundigt, ob sie alles hatten, was sie brauchten. Er war davon ausgegangen, dass der Dominus von Miami Interesse an der Familie zeigte, doch der hatte vor einer Stunde endgültig abgesagt.

Wieder vibrierte das Handy.

Junge oder Mädchen?

Junge.

Er starrte auf das Display, wartete auf eine Nachricht. Wenn Leon ebenfalls absagte, wusste er nicht, wohin mit der Familie.

Ich nehme sie.

Erleichtert atmete Thor auf. Sie waren vermittelt. Alles andere war nebensächlich, darüber würden sie sich einigen.

Namen?

Er hätte es sich nie verzeihen können, ein kleines Kind zu eliminieren. Sein Blick fiel auf die schlafende Vampirin neben ihm. Sein. Seit sie da war, hatte sich sein Leben verändert. Er spürte es nur allzu deutlich. Die Vorstellung, das Schwert gegen ein wehrloses Kind zu erheben, war ihm davor schon zuwider gewesen, doch nun war es für ihn ein Ding der Unmöglichkeit geworden. Die Verantwortung als Schleuser war enorm. Er wusste, wie wichtig der Job war und es war ihm auch klar, dass es nicht nur angenehme Seiten gab. Immer wieder gab es Vampire, die er nicht vermitteln konnte.

Wenn Delina eine von ihnen gewesen wäre? Etwas zog sich schmerzhaft in seiner Brust zusammen, und er schob den

Gedanken mit Vehemenz fort. Darüber durfte er nicht nachdenken, denn sonst würde er den Verstand verlieren.

Tarleton und Aislinn Clistern, schrieb er zurück. *Das Baby heißt Cobb.*

Alles in ihm jubilierte. Er war so unendlich dankbar, dass die Zukunft der Familie gesichert war. In San Francisco würde es ihnen gut gehen. Dort standen ihnen alle Möglichkeiten offen. Eine bessere Zukunft, als es bei den Britangeln je möglich gewesen wäre.

Habe keine Zeit zu kommen. Werde Soya Durant schicken.

Thor war es egal, wer kam, um die Familie abzuholen, so lange nur jemand kam.

Uhrzeit und Treffpunkt?, schrieb er zurück.

Er wartete. Die Minuten zogen sich endlos dahin.

JFK. Ankunft morgen Nacht 2.47 Uhr.

Thor überlegte, rechnete nach, wie es zeitlich passte. Er würde eine Suite für eine Nacht in Midtown reservieren. Dann konnte der Soya mit der Familie bequem in der darauffolgenden Nacht nach San Francisco fliegen.

Die Hotelseite hatte er abgespeichert und reservierte noch schnell eine Suite. Dann öffnete er wieder das Chatfenster.

Werde zum Abholen da sein. Suite reserviert.

Lita und Berne Nox, kam zurück.

Damit war alles erledigt. Er starrte noch ein paar Minuten auf sein Handy, rief eine der letzten E-Mails auf, um sie noch einmal zu lesen. In Boston schliefen bereits alle. Es nützte nichts, dazusitzen und zu warten, dass sich jemand bei ihm meldete, denn das würde frühestens in zehn Stunden der Fall sein. Es war an der Zeit, den Tag zu beenden und eine Runde zu schlafen.

Seufzend legte er das Handy zur Seite, rutschte nach unten und bettete seinen Kopf auf das Kopfkissen. Es war ungewohnt, so dazuliegen. Neben Delina. Auch wenn er erschöpft war und sich nach Ruhe sehnte, konnte er nicht so einfach einschlafen. Vielleicht lag es auch daran, dass er für gewöhnlich nackt schlief. Erst seit Delina bei ihm war, zog er eine Jogginghose über. Genau dort wurde es eng, als er sich ins Gedächtnis rief, dass Delina in einem seiner T-Shirts schlief. Ihm gefiel das. Es machte sie nur noch begehrenswerter. Aber sie hätte auch Lumpen tragen können, es hätte nichts an seinem Verlangen geändert.

Thor drehte sich zu ihr um. Friedlich schlafend lag sie da. Es genügte ihm, sie einfach anzusehen. Damit konnte er den ganzen Tag verbringen. Schlaf wurde definitiv überbewertet.

Unfassbare Freude erfasste ihn. Sie würde hier sein – für immer. Von nun an würde er jeden Tag das Bett mit ihr teilen. Sie gehörte ihm.

* * *

Thors Laune war nicht berauschend, als er sich weit nach Mitternacht auf den Weg machte, um den Soya vom Flughafen abzuholen. Er hatte viel zu wenig geschlafen, fühlte sich zerschlagen und müde. Würde er nicht ausgerechnet heute wichtigen Besuch erwarten, hätte er seine Wohnung nicht verlassen. So jedoch riss er sich zusammen und erledigte seinen Job.

Es war anders als sonst. Er benutzte den SUV, war unauffällig mit einer Jeans und einem T-Shirt bekleidet und benutzte die normalen Besucherparkplätze des Flughafens. Er würde den Gast auch nicht auf dem Rollfeld in Empfang nehmen, sondern in der Ankunftshalle auf ihn warten. Der Soya reiste als normaler Passagier, und er würde ihn abholen und ins Park Hyatt fahren.

Während Thor in der Ankunftshalle wartete, ging ihm Delina nicht aus dem Kopf. Er überlegte, ob er richtig gehandelt hatte. Sie hatte ihn gebeten, mitkommen zu dürfen, und er hatte abgelehnt. Es war nicht so, dass er sie nicht dabeihaben wollte, aber … Doch, genau darum war es gegangen. Er wollte sie wirklich nicht dabeihaben. Aber nicht, weil er fürchtete, sie sei in Gefahr, sondern weil er nicht wollte, dass sie auf den Soya traf. Nur zu gut erinnerte er sich daran, wie Dominus Blance Delina angesehen hatte. Mit Blicken hatte er sie verschlungen, und Thor war sich sicher, wenn er nicht da gewesen wäre, hätte er seine Finger nicht von ihr lassen können. Allein die Vorstellung sorgte dafür, dass sich eine unvorstellbare Wut in ihm ausbreitete. Seine Hände ballten sich zu Fäusten und er musste einige Male ruhig durchatmen. Es kostete ihn einiges an Anstrengung, seine Fänge unter Kontrolle zu halten. Wenn es um Delina ging, reagierte er heftig. Seit sie verbunden waren, war es etwas besser geworden, dennoch sah er allein bei dem Gedanken daran, Delina noch einmal so einer Situation auszusetzen, rot. Er wollte den Soya erst einmal selbst kennenlernen, um abzuschätzen, was er für ein Vampir war. Wer wusste schon, wie Durant Argal tickte? Manche Vampire nahmen es mit dem Gefährtensein nicht ganz so genau. Thor wollte nichts riskieren.

Ein paar Dutzend Menschen strömten in die Ankunftshalle, die meisten von ihnen voll beladen mit allerhand Gepäck. Aufmerksam musterte er die Menschen, sein Gast war nicht dabei. Ein Vampir würde aus der Menge herausstechen, weil er eine gewisse Ausstrahlung hatte, anziehend auf sein Umfeld wirkte. So wie er. Auch wenn er abseits stand und sich unauffällig verhielt, entgingen ihm nicht die Blicke der Menschen. Die Frauen betrachteten ihn sehnsüchtig, zwei Stewardessen sahen immer wieder zu ihm hin und kicherten hinter vorgehaltener Hand. Die Männer blickten neidvoll auf ihn, bewunderten ihn für seinen gestählten Körper und die Anziehungskraft, die er auf das weibliche Geschlecht ausübte – gewollt oder nicht.

Die Ankommenden hatten sich zerstreut. Einige waren von Freunden und Bekannten mit großem Hallo in Empfang genommen worden. Andere waren allein davongeeilt, um mit dem Zug weiterzufahren oder sich vor dem Flughafen ein Taxi zu nehmen.

Weitere Menschen strömten herein, und dann erblickte Thor den Vampir. Er war groß, nicht ganz so groß wie er selbst, aber dennoch beeindruckend. Seine Haut war leicht gebräunt, ungewöhnlich für einen Kruento. Er trug trotz der Dunkelheit eine Sonnenbrille und einen weiten offenen Mantel. Darunter einen schwarzen Anzug und ein weißes Hemd. Er zog einen kleinen Koffer hinter sich her. Er schob seine Sonnenbrille hoch und musterte aufmerksam die Besucher der Ankunftshalle. Dann begegneten sich ihre Blicke über die Köpfe der Menschen hinweg, und sie nickten sich zu.

Der Soya war ein klassischer Schönling. Ausdrucksstarke braune Augen, eine gerade Nase und ein kantiges Kinn, dass von einem Dreitagebart überzogen war, wie es derzeit Mode war. Was ihm an dem Soya jedoch gefiel, war die Tatsache, dass seine Haare etwas zu lang waren und das Bild des perfekten Mannes zerstörten. Unter seiner Oberfläche verborgen lauerte das Raubtier. Nein, diesen Mann durfte man nicht unterschätzen.

Soya Durant kam direkt auf ihn zu.

„Schleuser", begrüßte der Soya ihn und wahrte eine gewisse Distanz. Auch er schien sich noch kein endgültiges Urteil über ihn gebildet zu haben.

Thor streckte dem Kruento die Hand entgegen. „Thor", stellte er sich vor. Sie beide trugen den Titel eines Soyas, waren damit gleichgestellt. Daher hielt er es für angebracht, ihm seinen Namen anzubieten.

„Durant", entgegnete der Vampir, und kleine Grübchen bildeten sich auf seinen Wangen, als er ihn angrinste und einschlug.

„Willkommen in New York."

„Lita. Es ist meine erste Reise", gestand der Vampir.

Die Offenheit gefiel Thor, und der Soya wurde ihm immer sympathischer.

Sie machten sich auf den Weg, verließen Seite an Seite das Flughafengebäude. Thor erkundigte sich nach ein paar Vampiren, die er in San Francisco kannte, und Durant gab bereitwillig Auskunft. Es war schön zu hören, dass die Flüchtlinge, die er an die Westküste vermittelt hatte, sich gut integriert hatten.

„Und du bist zum ersten Mal in New York?", erkundigte Thor sich beiläufig.

„Ja. Ich gehöre der Generation an, die in der Neuen Welt geboren wurde." Es war beinahe eine Entschuldigung.

„Ich auch", sagte Thor. Er wusste nicht genau, wie alt Durant war, aber schätzte, dass er ein ganzes Stück jünger war als er selbst. „Der SUV dort drüben", erklärte er schnell, um zu vermeiden, dass der Vampir weitere Fragen über seine Vergangenheit stellte, die Thor nicht beantworten wollte.

„Ich danke dir sehr für den Abholservice."

„Selbstverständlich. Es ist aber genau das, ein Abholservice."

Durant lachte – laut und befreit.

Sie erreichten den SUV und stiegen ein.

„Ich brauche keinen Babysitter. Schmeiß mich einfach vor dem Hotel raus."

„Das Hotel verfügt über einen exklusiven Begleitservice, wenn dir danach ist." Durch die Blume erklärte er seinem Gast damit, wie er an Blut und Gesellschaft herankommen konnte.

Ablehnend hob Durant die Hand. „Kein Bedarf. Meine Samera macht mich einen Kopf kürzer, wenn sie das mitbekommt – und das würde sie."

Thor ließ sich nichts anmerken. Es sollte ihm völlig egal sein, aber das war es nicht. Er war erleichtert. Der Soya war verbunden und nahm diese Verbindung sehr ernst. Damit war er keine Gefahr.

„Du bist gebunden?", vergewisserte er sich vorsichtshalber.

„Mit der wundervollsten Vampirin der Welt", entgegnete Durant überzeugt.

Thor glaubte ihm nicht, denn es war niemand wundervoller als Delina. Doch er würde dem Soya nicht widersprechen und ihn in dem Glauben lassen.

„New York ist eine ganz nette Stadt", meinte Durant und betrachtete interessiert das nächtliche Straßenleben.

„San Francisco soll auch nicht so übel sein, habe ich gehört."

Durant lachte wieder laut, und Thor beschloss, den Soya zu mögen. Er hatte das Herz am richtigen Fleck, und er war gebunden. Besser konnte es für ihn nicht laufen. Er würde ihm die Familie mit gutem Gewissen mitschicken.

„Ich freue mich, dass ihr euch entschieden habt, Tarleton mit seiner Familie aufzunehmen."

Durant zuckte mit den Schultern. „Leon hat das entschieden. Nachwuchs ist immer gut. Trotz einiger neuer Verbindungen, die geschlossen wurden, hat in den letzten zwanzig Jahren keiner Nachwuchs bekommen."

Thor musste an seinen Clan denken und stellte wieder einmal fest, wie gesegnet der Bostoner Clan doch war. Gerade in den letzten Jahren waren etliche Kinder zur Welt gekommen, und das konnte unmöglich an den Seelenverbindungen liegen, denn davon waren bisher nur zwei von vier fruchtbar gewesen. Doch der Schnitt war ganz gut. Er hoffte jedoch auch sehr, dass andere Verbindungen fruchtbar waren, denn er konnte es nach wie vor nicht abwarten, bis Delinas Bauch sich rundete und sie ihm ein Kind schenkte.

Sein schlechtes Gewissen meldete sich. Sie waren nicht im Guten auseinander gegangen. Er hatte sie ordentlich vor den Kopf gestoßen, und das tat ihm nun leid. Gerne hätte er sie jetzt an seiner Seite gehabt.

„Da sind wir." Durant verabschiedete sich, stieg aus und holte seinen Koffer von hinten, den ein Livrierter eifrig entgegennahm.

Thor war etwas abwesend, in Gedanken schon bei Delina. Deswegen war Durant bereits fast im Hotel verschwunden, als ihm einfiel, dass sie noch keine Telefonnummern getauscht hatten.

„Durant!", rief er dem Vampir hinterher und stieg eilig aus.

Für Menschen wäre seine Stimme nicht wahrnehmbar gewesen, doch der Vampir hatte ihn gehört und drehte sich fragend zu ihm um.

Schnell tauschten sie Telefonnummern, dann verschwand der Kruento im Hotel, und Thor kehrte zu seinem Auto zurück.

Er freute sich auf Delina, doch bevor er zu ihr fahren konnte, musste er noch in der sicheren Unterkunft vorbeischauen, zum einen, um neue Nahrung und Windeln für das Kind mitzubringen, zum anderen, um der Familie mitzuteilen, dass sie in weniger als vierundzwanzig Stunden mit Soya Durant in einem Flieger nach San Francisco sitzen würden.

Thor beeilte sich, denn er wollte nach Hause. Er war ein gebundener Vampir und würde die restliche Nacht mit seiner Samera genießen. Er wollte sie, aber sie mussten auch miteinander sprechen. In welcher Reihenfolge er das machen würde, ließ er offen. Es hing davon ab, wie sehr er sich unter Kontrolle halten konnte.

* * *

Delina hatte all ihren Mut zusammengefasst und Thor gefragt, ob sie heute Nacht mitkommen durfte. Er hatte ihr erklärt, dass der Vampir aus San Francisco mit einem normalen Linienflug kommen würde. Es war also vollkommen ungefährlich. Doch Thor hatte nur den Kopf geschüttelt und ihr erklärt, er könne sie nicht mitnehmen.

Schon wieder musste sie gegen die Tränen ankämpfen. Sie war kein kleines Kind mehr, das man beschützen musste. Sie konnte inzwischen relativ gut mit einem Dolch umgehen, außerdem war er bei ihr, um sie im Ernstfall zu beschützen. Er konnte nicht um ihren Schutz besorgt sein. Delina hatte eine Ahnung, warum er sie nicht bei sich haben wollte, und seine Beweggründe schmerzten sie.

Sie saß auf dem Sofa, umklammerte ein Kissen und konnte die Tränen nicht länger zurückhalten. Schnell schottete sie sich vor Thor ab. Er sollte nicht mitgekommen, dass sie weinte, und vor allem nicht, warum. Doch das Abschotten wäre nicht nötig gewesen, denn er hatte von sich aus jeglichen Kontakt auf ein Minimum beschränkt. Dabei wollte sie doch so gerne wissen, was er tat, wie es ihm ging. Sie wünschte sich, ein Teil seines Lebens zu sein. Stattdessen stieß er sie immer wieder von sich. Er war ein so wundervoller Mann, ein umsichtiger Soya und ein großartiger Liebhaber. Sie hatte noch lange nicht genug, sie wollte mehr.

Betreten senkte sie den Kopf, machte sich nicht einmal die Mühe, die Tränen fortzuwischen. Es war ohnehin keiner da, der sie so sehen konnte. Sie kam sich undankbar vor. Er hatte ihr bereits so viel gegeben, ihr unglaublich viele Freiheiten zugestanden. Er hatte ihr gezeigt, wie sie mit dem Dolch umgehen musste, hatte ihr sogar eine wundervolle Waffe geschenkt. Dieses Geschenk bedeutete ihr mehr, als sie in Worte fassen konnte, denn es war ein Zeichen seiner Wertschätzung ihr gegenüber.

Sie hatte ihn herausgefordert, hatte ausprobieren wollen, wie weit sie gehen konnte. Kein einziges Mal hatte er sie bestraft. Er hatte sie das ein oder andere Mal zurechtgewiesen, doch nie mit Kraftanwendung, nie mit Druck. Und dafür liebte sie ihn noch mehr.

Dennoch tat seine Zurückweisung weh. Nicht nur heute, sondern auch dann, wenn sie intim wurden. Sie liebte es, mit Thor zu schlafen, sich ihm hinzugeben. Seine Berührungen waren jedes Mal aufs Neue wundervoll. Gleichzeitig spürte sie jedoch, wie er sich ihr immer wieder entzog. In ihrem Kopf ging er ein und aus, doch zu ihm hatte er ihr den Zutritt untersagt. Ein einziges Mal hatte sie den Versuch gewagt und war brüsk zurückgewiesen worden. Die Vehemenz hatte sie erschreckt, und seitdem hatte sie sich nicht mehr getraut, es noch einmal zu versuchen.

Eine angenehme Melodie erklang, und Delina brauchte ein paar Wimpernschläge, bevor sie registrierte, dass es das Handy war, das Thor ihr gegeben hatte. Mit einem Satz sprang sie auf, suchte nach dem Telefon. War er es, der sie anrief? Was wollte er von ihr?

Hastig nahm sie das Handy. Auf dem Bildschirm war Sam zu sehen. Sie wusste nicht, wie sie das Gespräch annehmen konnte, doch als sie das Display berührte, ging ein Fenster auf, und Sam erschien vor ihr.

„Berne Nox", begrüßte sie Delina vergnügt. „Ich wollte mal hören, wie es dir geht und ein wenig mit dir plaudern."

Delina war perplex, wusste zuerst überhaupt nicht, was sie sagen sollte. „Lita", murmelte sie verlegen und kehrte zur Couch zurück, wo sie es sich gemütlich machte.

„Also, wie geht es dir?", wollte Sam wissen.

„Ganz gut", beeilte Delina sich zu sagen.

Doch sie hatte den Scharfsinn der ehemaligen Polizistin unterschätzt. „Was heißt *ganz gut?* Und wage es ja nicht, dich herauszureden. Ich durchschaue jede Lüge."

Hätte sie frisch getrunken, wäre sie nun rot angelaufen wie eine Tomate. So jedoch war ihr nichts anzumerken. „Es ist etwas einsam hier, aber Thor sorgt gut für mich."

Sam lachte. „Er soll nicht für dich sorgen, er sollte dich auf Händen tragen."

Delina senkte den Blick, konnte die Vampirin dabei nicht ansehen. Sie war eine Seelengefährtin. Das war nicht vergleichbar mit der Beziehung, die sie zu Thor hatte. Sam musste so sehr mit ihrem Homen verbunden sein, wie es sich Delina nicht einmal im Ansatz vorstellen konnte. So viel wollte sie nicht einmal von Thor, sie wollte nur ein kleines Stück mehr, ein klitzekleines Stück: Das Vertrauen, dass er sie in seinen Kopf hineinließ.

„Was ist los?" Sams Stimme war sanft, vertrauenerweckend.

„Ich darf mich nicht beklagen." Das Sprechen fiel Delina schwer. Ihr Hals war wie zugeschnürt, sodass sie kaum ein Wort herausbrachte.

„Das, was du mir erzählst, bleibt unter uns. Lediglich Darius wird davon erfahren, aber er weiß, dass ich ihn umbringen werde, wenn er ein Sterbenswörtchen darüber verliert."

Unwillkürlich musste Delina grinsen. Sie konnte sich nur schwer vorstellen, wie es Sam gelingen könnte, Darius, den Anführer des Clans, zu töten. Das war schlichtweg unmöglich.

„Er hat mir ein Geschenk gemacht", fing Delina an.

„Ein Geschenk?"

Stolz zog Delina den Dolch hervor, den sie stets griffbereit bei sich trug, und hielt ihn so, dass Sam den Griff der Waffe sehen konnte.

Anerkennend pfiff die Vampirin durch die Zähne. „Er hat sich ordentlich ins Zeug gelegt. Davon kann sich mein Mann aber noch eine große Scheibe abschneiden. Ich habe noch nie eine so schöne Waffe bekommen", seufzte Sam versonnen.

Delina konnte nicht anders, als zu lachen. Ihre Freundinnen in der Alten Welt wären über dieses Geschenk entsetzt gewesen. Ein Vampir hatte seiner Samera Schmuck zu schenken, sie mit Gold und Diamanten zu behängen. Je größer die Klunker, umso besser. Hier in der Neuen Welt saß sie nun mit Sam, die sie um die erlesene Waffe beneidete. Und auch sie hatte absolut kein Problem, dass Thor ihr dieses Geschenk gemacht hatte. Es war viel besser als jede Halskette, die er hätte auftreiben können. Der Dolch war wundervoll, und sie würde ihn hüten wie ihren Augapfel.

„Also an dem Geschenk kann deine Traurigkeit nicht liegen", sagte Sam. „Was ist es dann?"

Delina wurde ernst. Sie hatte niemanden hier, mit dem sie reden konnte, und nun bot Sam ihr ein offenes Ohr an. Sie konnte nicht anders, als sich der Vampirin anzuvertrauen.

„Er ist ein wundervoller Homen, ich kann mich wirklich nicht beklagen, aber ich spüre, wie er sich vor mir zurückzieht."

Sam sah sie aufmerksam an, sagte eine ganze Weile nichts.

„Ich weiß, ich habe kein Recht, mich darüber zu beklagen. Mir geht es hier wirklich gut. Dennoch …"

„… wünschst du dir, dass er sich dir öffnet", beendete Sam für sie den Satz.

Sie nickte traurig, wagte kaum den Blick zu heben.

„Wenn es einen Vampir gibt, der undurchschaubar ist, ist es Thor", sagte Sam schließlich nachdenklich. „Aber er ist einer der loyalsten Kruento, der mir je begegnet ist. Darius vertraut ihm vorbehaltlos."

„Das weiß ich."

„Ich habe euch gesehen, wie er mit dir umging, wie er dich ansah. Wenn es jemandem gelingen sollte, zu ihm durchzudringen, dann dir."

Delina stiegen abermals die Tränen in die Augen. Tapfer versuchte sie, diese wegzublinzeln. Sie wollte nicht vor Sam weinen.

„Er hatte es bisher nicht leicht in seinem Leben, und der Job als Schleuser", Sam blickte kurz in eine andere Richtung, ehe sie wieder in die Kamera sah, „hat beinahe Darius' Seele zerstört. Ich weiß nicht, wie es in Thor aussieht, aber die Arbeit wird seine Spuren bei ihm hinterlassen haben."

Delina fühlte sich so machtlos, so absolut unfähig. Sie wollte für ihn da sein, sein Leben mit ihm teilen. Sie war keine verwöhnte, einfältige Vampirin. Sie war stark und bereit, die Lasten mit ihm gemeinsam zu tragen. Sie wünschte sich nur, er möge ihr genug vertrauen.

„Es tut mir leid, dass ich dir keinen besseren Rat geben konnte."

„Du hast mir zugehört. Das hat gutgetan", sagte Delina dankbar.

„Wenn es für dich in Ordnung ist, melde ich mich regelmäßig bei dir."

Delina wurde es warm ums Herz, augenblicklich fühlte sie sich nicht mehr so allein. „Das wäre sehr schön."

„Na, du gehörst doch jetzt zum Clan", zwinkerte Sam ihr zu.

Delina musste lächeln. Das ungezwungene Gespräch war so schön, und sie konnte der Vampirin nicht genug danken.

„Grüß Etina von mir", bat sie.

„Das werde ich. Berne Nox."

„Berne Nox", erwiderte Delina den Gruß. Der Bildschirm wurde schwarz, und Delina ließ das Handy sinken. Sie saß regungslos da und dachte über das, was Sam gesagt hatte, nach.

Wie mochte es nur in Thor aussehen? Versteckte er sich deswegen so vehement von ihr? Hatte er Angst, dass sie … ja was? Sie musste einen Weg finden, dass er ihr vertraute, dass er sich ihr soweit öffnete, dass er ihr seine Geheimnisse anvertraute.

Ihre Beziehung, so wie sie jetzt war, erfüllte sie nicht genug. Sie wollte mehr, und sie war bereit, darum zu kämpfen.

KAPITEL 19

Thor blinzelte. Die Sonne, die soeben aufgegangen war, brannte in seinen übermüdeten Augen. Es hatte doch länger gedauert, als er beabsichtigt hatte. Tarleton hatte Unmengen an Fragen gehabt, und seine Samera Aislinn hatte es sich nicht nehmen lassen, ihm Cobb in die Arme zu drücken. Da saß er dann in der kleinen Wohnung auf dem winzigen Sofa mit einem schlafenden Kind und musste der Familie Rede und Antwort stehen. Zum Glück hatte er gute Nachrichten. Nicht nur, dass es ihm gelungen war, sie zu vermitteln, sondern auch, dass es nach San Francisco ging, beruhigte sein Gewissen ungemein. Gerne erzählte er die wenigen Dinge, die er über die Stadt und den dortigen Clan wusste, und vertröstete Tarleton, der nicht genug bekommen konnte, auf die nächste Nacht und auf Durant, der ihm mehr erzählen konnte als er. Kurz vor Morgengrauen hatte er sich verabschiedet und endlich auf den Weg nach Hause gemacht.

Als er die Wohnung betrat, war alles dunkel. Er war erleichtert und enttäuscht gleichermaßen. Einerseits hätte er sich gefreut, Delina noch zu sehen, andererseits konnte er ihr nicht verübeln, dass sie bereits schlafen gegangen war. Zumindest konnte er das unliebsame Gespräch auf morgen verschieben. Allerdings würde er heute bedauerlicherweise auch keinen Sex mehr haben. Delina machte ihn definitiv süchtig.

Er zog die Jacke aus, schlüpfte auf dem Weg ins Badezimmer aus den Stiefeln und der Hose. Nur noch schnell eine Dusche, um sich den Schmutz der Nacht abzuwaschen, dann konnte er ins Bett und seine müden Glieder ausstrecken. Er merkte sehr deutlich, dass er am vorangegangenen Tag zu wenig Schlaf bekommen hatte.

Zum Duschen brauchte er zwei Minuten. Er fluchte leise, als ihm auffiel, dass seine Jogginghose im Schlafzimmer lag. Egal. Nackt wie er war, ging er hinüber ins Schlafzimmer. Auch dort war es dunkel. Leise betrat er den Raum und schlich auf seine Seite des Bettes. Die Jogginghose lag auf der Kommode. Er entschied, sie zu ignorieren und kletterte kurzerhand so ins Bett. Kaum lag er und schloss die Augen, hörte er, wie Delina sich neben ihm umdrehte. Ihr wunderbarer Duft nach Sonne und Johannisbeeren schlug ihm entgegen. Gerne hätte er von ihr gekostet, über ihre Haut geleckt, um mehr von ihrem wunderbaren Geschmack zu bekommen.

„Du kommst spät."

Er erstarrte. Sie war noch wach, und ihre Stimme hörte sich keineswegs verschlafen an.

„Hast du auf mich gewartet?", krächzte er.

„Ja." Sie rutschte näher an ihn heran, legte ihren Kopf auf seine Schulter und ließ ihre Hand über seine Brust wandern.

Jetzt bereute er, dass er sich keine Hose übergezogen hatte. Sein bestes Stück wurde hart, verlangte nach mehr Aufmerksamkeit. Delina bekam davon zum Glück nichts mit, und er wagte nicht, sich auch nur einen Millimeter zu bewegen. Versonnen strich ihre Hand über seine Brust. So sehr er auch versuchte, sich zu entspannen, es gelang ihm einfach nicht. Sie war sein und zum Greifen nah. Die Müdigkeit war wie weggeblasen. Er wollte sie so sehr, dass es beinahe schmerzte.

Als er sie enger an sich ziehen wollte, rutschte sie von ihm fort. Er war irritiert, konnte ihr Verhalten nicht einordnen. War sie noch immer sauer auf ihn?

„Delina", stöhnte er frustriert. Sie wollte doch jetzt nicht mit ihm reden. Er konnte nicht reden. Seine Konzentration war nicht vorhanden, sein Fokus lag eindeutig auf einem sehr harten Körperteil.

Sie lachte und setzte sich im Bett auf. Die Decke fiel herunter, bauschte sich um ihre Hüften, und er zog scharf die Luft ein, als er ihre schönen nackten Brüste erblickte. Es war ihm nicht möglich, den Blick abzuwenden. Versonnen leckte er sich über die Lippen.

„Du hattest sicher einen sehr anstrengenden Tag."

„Hm …", brummte er, ließ ihre bei jeder Bewegung leicht wippenden Brüste nicht aus den Augen. Er wollte sie schmecken.

„Ich möchte, dass du dich entspannst."

Nach Entspannung stand es ihm gerade absolut nicht. Er wollte sie. Jetzt. Sofort. Auf allen Vieren.

Gerade als er sich aufrichten wollte, drückte sie ihn zurück. Er ließ es zu, ließ sich fallen, bis er wieder auf dem Rücken lag. Was hatte sie vor?

„Vertraust du mir?"

Thor blinzelte. Verstand die Frage nicht.

Sie beugte sich aus dem Bett, hob etwas auf und legte ihm dann schwarze Satinbänder auf die Brust. Das Material fühlte sich kalt an, aber angenehm.

„Was soll das?" Seine Stimme war rau vor Verlangen. Er begehrte Delina so sehr, dass er nicht klar denken konnte. Was auch immer sie wollte, er wäre bereit dazu, solange er sie nur bekam. Alles, was er wollte, war Delina.

Sie rutschte näher, bis sie ganz dicht neben ihm saß. „Ich möchte dich ans Bett fesseln."

Er erstarrte. Für den Bruchteil einer Sekunde stand die Welt still. Unwillkürlich musste er an die Hure mit den langen Ohrringen denken und das Gefühl der Hilflosigkeit. Das konnte er nicht, das wollte er nicht.

„Nein!" Seine Stimme versagte.

Delina wich nicht zurück, saß noch immer so dicht neben ihm, dass er ihre weiche Haut spüren konnte. „Bitte."

Sie machte ihn schwach, konnte ihn dazu bringen, dass er all seine Vorsicht über Bord warf. Stirnrunzelnd betrachtete er die Satinbänder. „Damit?", fragte er zweifelnd.

„Damit", sagte Delina bestimmt.

Er nickte kaum merklich, aber sie hatte verstanden, dass er sein Einverständnis gab. Langsam begann sie, das Band um sein rechtes Handgelenk zu binden. Er musste seinen Arm ausstrecken, und sie band das andere Ende am Bettpfosten fest.

„Was soll das bringen?" Diese Bänder zerriss er, wenn er einmal kräftig zog. Wenn ihn schon Eisenketten nicht aufhalten konnten, würde es das bisschen Stoff erst recht nicht können.

„Es geht nicht darum, dass du dich befreien könntest. Es geht darum, dass du mir vertraust", erklärte Delina und kletterte halb über ihn, um den anderen Arm festzubinden.

Ihr Oberkörper war über seinem. Er musste nur die Hand ausstrecken ... Mist. Ihre wundervollen Brüste waren in greifbarer Nähe, doch außerhalb seiner Reichweite. Er hasste ihre Spielregeln schon jetzt, denn es bedeutete, er konnte sich nicht nehmen, was er begehrte.

„Delina, ich weiß nicht ...", brummte er unzufrieden.

Sie band gerade sein linkes Bein fest, kletterte über das Bett, streckte ihm nun ihren wunderbaren Hintern entgegen und schürte sein Verlangen nur noch mehr an. Er wollte sie, er wollte sie so sehr.

Nachdem sie auch das zweite Bein fixiert hatte, begutachtete sie ihn ausgiebig. Ihm wurde warm unter ihrem glühenden Blick, und er wurde noch härter. Langsam strich sie mit den Händen über seine Brust.

„Die letzten Male haben wir ausprobiert, was dir Freude bereitet. Heute bin ich dran."

„Delina", knurrte er zwischen zusammengebissenen Zähnen. „Was soll das bringen?"

„Es geht um Vertrauen", wiederholte sie. „Ich möchte wissen, ob du mir vertraust."

„Das tu ich!" Er wurde zunehmend ungehaltener.

„Gut." Langsam strich sie von seiner Brust abwärts.

„Was heißt gut?", knurrte er. Er hatte Mühe, an sich zu halten.

„Du vertraust mir, das ist gut. Und deswegen wirst du weder deine Fesseln zerreißen, noch in meinen Kopf eindringen und mich dazu nötigen, dich loszubinden."

Er zog scharf die Luft ein, als Delina über seine erigierte Männlichkeit strich. Dieses kleine Biest. Worauf hatte er sich da nur eingelassen? Es ging nicht mehr nur um Sex, es ging um Vertrauen. Delina hatte ihn darum gebeten mitzuspielen. Verflucht. Er hasste es schon jetzt, hilflos dazuliegen, aber Delina zuliebe würde er es über sich ergehen lassen. Es schien ihr wichtig zu sein. So schwer konnte es doch nicht sein, dazuliegen und sie machen zu lassen. Er schloss die Augen, versuchte die Tatsache zu ignorieren, dass er gefesselt war. Stattdessen genoss er die süßen Empfindungen, die Delina mit ihrer Hand auslöste.

Mit einem Mal war da noch etwas anderes, etwas Feuchtes und Enges schloss sich um ihn, und er keuchte erschrocken auf. Er hob den Kopf, nicht viel, aber weit genug, dass er Delina sehen konnte. Sie hatte ihn in den Mund genommen. Das Bild, wie sie unter halb geschlossenen Lidern zu ihm aufblickte, würde sich für immer in seinem Gedächtnis einbrennen. Er stöhnte und ließ den Kopf zurück auf die Kissen sinken. Unzählige Male hatte er sich so von Frauen befriedigen lassen, aber das hier war etwas vollkommen anderes. Er musste sich beherrschen, um sich nicht augenblicklich in ihr zu ergießen. Diese Frau brachte ihn regelrecht um den Verstand.

„Delina", fauchte er. „Verdammt, hör' auf!"

Sie glitt mit ihrer flinken Zunge über seine Spitze und brachte ihn damit an den Rand der Verzweiflung. Sie lachte, ließ jedoch von ihm ab.

Langsam kam sie auf ihn zu, beugte sich über ihn und ließ sich mit einer langsamen, lasziven Bewegung auf ihm nieder. Während sie bedächtig begann, ihre Mitte an ihm zu reiben, lächelte sie ihn herausfordernd an.

„Du Miststück!", stieß er hervor.

Delina ließ sich nicht aus der Ruhe bringen und lachte leise auf. „Ich habe nicht gewusst, dass du auf Dirty Talk stehst."

Thor kämpfte gegen den Drang an, ihr an die Kehle zu gehen. Stattdessen biss er die Zähne zusammen und ließ sie mit ihrem Spielchen fortfahren.

Es gelang ihm nicht, sie innerlich auf Distanz zu halten. Verdammt, das war Delina, und er wollte endlich in ihr sein.

„Möchtest du dich nicht richtig auf mich setzen?", fragte er einschmeichelnd in der Hoffnung, mit dieser Taktik weiterzukommen.

„Vielleicht", meinte sie nur und beugte sich über ihn, sodass ihre schönen Brüste direkt vor ihm hingen, er sie jedoch nicht erreichen konnte.

„Du willst mich quälen."

Sie sah ihn direkt an, wich seinem Blick nicht aus, als sie sich erhob, mit der Hand zwischen ihre Körper griff und ihn dann langsam in sich einführte. Es war gut, dass er keinen Sauerstoff benötigte, denn ihm blieb schlicht und ergreifend die Luft weg.

Ich will dich nicht quälen, ich will dich lieben.

Ihm schwindelte. Der Ansturm auf seine Sinne war beinahe mehr, als er ertragen konnte. Er wollte sie, er wollte sie so sehr. Er spürte das Lächeln, mit dem sie sich ihm öffnete und ihn in ihren Kopf ließ. Er sonnte sich in ihrer Anwesenheit, genoss die Ruhe, die er bei ihr fand. Delina verstand es wie niemand sonst, ihm Frieden zu schenken und ihn gleichzeitig an den Rand des Wahnsinns zu treiben. Sein Körper stand in Flammen, doch er wollte nicht, dass sie aufhörte. Jedes Mal, wenn er die Augen öffnete, sah er sie, seinen blonden Engel, der ihn bis zur Besinnungslosigkeit ritt.

Sie beugte sich zu ihm herab und küsste ihn. Er liebte ihre Lippen, konnte von ihrem Geschmack nicht genug bekommen.

Ich möchte dich halten!, bat er stumm und strich über ihre Seele.

Heute nicht. Sie liebkoste ihn, umfing seinen Geist. *Heute darfst du dich fallen lassen, und ich fange dich auf.*

Er schluckte, wusste nicht, ob er so weit gehen, ob er vor ihr loslassen konnte. Er blickte Delina an, versank in ihren blaugrauen Augen. Sein Geist klammerte sich an sie wie ein Ertrinkender an ein Stück Treibgut. Delina beugte sich vor, leckte über seinen Hals und biss zu.

Das Saugen ihrer süßen Lippen auf seiner Haut brachte ihn vollends um den Verstand. Er bäumte sich auf, musste sich mit Gewalt dazu zwingen, sich nicht loszureißen. Er brüllte auf. Als sie ihn ein weiteres Mal ganz in sich aufnahm und ihre Seele ihn umfing, kam er zuckend. Sein Verstand setzte aus, und Thor versank völlig im besten Höhepunkt seines Lebens, gab sich vollkommen in Delinas Hände.

Irgendwann hatte sie aufgehört zu trinken, hatte sich auf ihm ausgestreckt und hielt ihn einfach nur fest. Er blinzelte, genoss ihren weichen Körper. Die Schwere war angenehm. Sein Kopf war vollkommen leer, und er empfand herrliche Ruhe. Egal, was Delina mit ihm gemacht hatte, es war verdammt gut, und er wollte mehr davon. Wenn das bedeutete, dass er sich regelmäßig von ihr auf ein Bett binden lassen musste, dann würde er dem mit Vergnügen nachkommen.

Lita.

Mehr konnte er nicht sagen.

Delina lächelte – er spürte es – und kuschelte sich näher an ihn. Dann fasste sie über sich, zog die Satinbänder von seinen

Handgelenken. Er schloss sie in sie Arme. Vollkommen mit sich und der Welt im Reinen, Delina in seinen Armen, schlief Thor ein.

* * *

Steif saß Christelle neben ihrem Homen im Auto. Sie wollte ihn nicht begleiten. Wenn er nach Hause kam, war es schlimm, wenn er sie jedoch mitnahm, war es auch nicht besser. Zumindest wurde nur ihr Körper in Mitleidenschaft gezogen. Während sie außer Haus waren, hatte er nie ihren Kopf malträtiert.

Verkrampft saß sie auf der Rückbank neben Kingman. Sie fühlte sich ausgebrannt und leer. Da war nichts mehr, an dem sie sich festhalten konnte. Kingman hatte ihr alles genommen: ihren Stolz, ihre Würde, ihr Leben. Sie war lediglich eine Marionette, die funktionierte, wie er es wünschte. Hätte Christelle einen Ausweg gewusst, wäre sie längst fort. Aber es gab keine Möglichkeit, ihrem Schicksal zu entrinnen.

Stumm zählte sie, um sich zu beruhigen. Kingman so dicht neben ihr, auf zu engem Raum, war schwer zu ertragen. Gleichzeitig wünschte sie sich, sie würden nie ankommen. Es war ihr egal, wohin sie heute unterwegs waren. Es war immer dasselbe. Kingman brachte sie zu seinen Kumpels. Manchmal waren andere Vampirinnen dabei, dann war es nicht ganz so schlimm. Manchmal waren auch Amicas da. Wenn sie aber allein mit den Männern war, bekam sie einiges ab. Das letzte Mal hatte sie ein gebrochenes Handgelenk und diverse Prellungen davongetragen. Einer von Kingmans Freunden hatte Freude daran gehabt, sie gegen die Wand zu schlagen.

Das Auto hielt. Sie war nicht bereit auszusteigen, würde nie bereit sein.

„Komm mit, Liebes." Seine Stimme war sanft, ein Hohn in ihren Ohren. Besitzergreifend strich er ihr über den entblößten Nacken.

Sie wollte nicht. Alles in ihr sträubte sich dagegen auszusteigen. Doch da es ohnehin umsonst wäre und sie den Unmut ihres Homen nicht noch herausfordern wollte, gehorchte sie brav.

Sie hatte keine Ahnung, wo sie sich befanden. Irgendwo in New York. Für sie sah jedes Haus gleich aus. Ein Straßenzug, ein

Haus neben dem anderen. Lediglich die Farben der hölzernen Haustüren unterschieden sich. Eine unscheinbar gekleidete Vampirin begrüßte sie im Eingangsbereich. Sie nahm Christelle den Mantel ab, die darunter ein graues Kleid trug. Es war weit geschnitten und nur unter der Brust leicht gerafft. Christelle hatte es gewählt, um möglichst unattraktiv zu wirken, obwohl sie wusste, dass es sinnlos war.

„Radim befindet sich im ersten Stock", informierte die Vampirin sie.

Kingman nickte wissend, doch Christelle stockte der Atem. Sie befanden sich in Radims Haus? Im Haus des Dominus des New Yorker Clans?

Ihr wurde schlecht. Sie war dem Dominus seit ihrer Vereinigung mit Kingman nicht mehr begegnet, und sie legte auch nicht sonderlich großen Wert darauf, noch einmal in diesen Genuss zu kommen. Er verbarg etwas Dunkles in sich, und damit wollte sie keinesfalls Bekanntschaft machen.

Christelle ließ den Blick über die Vampirin gleiten, in der Hoffnung, in dieser Hölle eine Verbündete zu finden. Sie war abgemagert, verbarg ihre knochigen Gliedmaßen unter einem weit geschnittenen Kleid, das ihr mindestens drei Nummern zu groß war. Die Haare waren unsauber nach oben gesteckt, auf Schmuck hatte sie komplett verzichtet. Ihre Hände waren ungepflegt, die Fingernägel abgekaut. Die stumpfen Augen der Vampirin zerstörten Christelles Hoffnungen auf eine Verbündete. Die Vampirin war nutzlos, sie hatte längst aufgegeben. Von ihr würde sie keine Hilfe erfahren.

Schweigend folgte Christelle ihrem Homen die Treppe hinauf, konnte sich nur an die Hoffnung klammern, dass es heute nicht so furchtbar wurde.

Sie betraten einen Raum. Es war für Christelle zur Routine geworden, sich schnell einen Überblick zu verschaffen. Vier männliche Vampire. Keine Fluchtmöglichkeit. Die Fenster hinter den goldenen Vorhängen waren vergittert, und es gab keine zweite Tür. Mist.

„Kingman", grüßte ihn der Dominus und winkte sie näher.

Ihr Homen stieß ihr einen Ellenbogen in die Seite und drängte sie vorwärts. Mechanisch ging sie. Der Dominus wies auf ein freies Sofa, und Christelle ließ sich steif darauf nieder, während ihr Homen die anwesenden Vampire begrüßte und dann neben ihr Platz nahm. Derweil ließ Christelle ihren Blick durch den Raum schweifen. Protzige Möbel im barocken Stil. Alles wirkte überladen, wie es zu der Zeit chic war. An der Wand hing ein überdimensionales Ölgemälde, das den Dominus zeigte, eingefasst in einem goldenen Rahmen. Die übrigen Wände waren mit Regalen bestückt, auf denen säuberlich aufgereiht kostbares Porzellan gestellt war – vermutlich absolut unbenutzt. Der Teppich unter ihren Füßen musste ein Vermögen gekostet haben, ebenso wie die mit Goldfäden durchzogenen Sitzkissen.

Radim saß ihnen gegenüber, hatte den Arm um seinen Ziehsohn gelegt. Für Christelle war die Art der Beziehung, die beide führten, nicht ganz greifbar. Sie waren ein Paar, aber gleichzeitig doch nicht so richtig. Vater und Sohn – wenn auch nicht blutsverwandt – und dann doch wieder Gefährten. Während Tristan ganz klar dem männlichen Geschlecht zugeneigt war, wechselte Radim die Partner, wie es ihm passte.

Die zwei anderen Vampire, die noch mit im Raum saßen, kannte Christelle vom Sehen. Adrain und Dezi, die sich häufig im Dunstkreis des Dominus aufhielten.

Adrain war ziemlich groß, geradezu dürr. An ihm schien kein Gramm Fett zu sein. Dezi war ebenfalls groß, hatte eine Glatze und schiefe Schneidezähne, die zu sehen waren, wenn er grinste, wie er es jetzt tat.

Christelle versteifte sich, als sie die Blicke der Anwesenden auf sich spürte. Sie wollte nicht hier sein, sie wollte fort von hier.

„Was hast du uns denn mitgebracht?", fragte Radim geradeheraus.

„Meine Samera. Die Vampirin, die wir auf der Straße gefunden haben. Ein Flüchtling aus der Alten Welt."

Radim legte den Kopf schief und musterte Christelle. „Und wie stellt sie sich an?"

„Na, los!", forderte ihr Homen sie auf. „Entkleide dich!"

Christelle schluckte. Ein mentaler Schlag in ihrem Kopf raubte ihr für Sekunden alle Sinne. Sie erhob sich hastig, taumelte, und begann, mit gesenktem Kopf, das Kleid auszuziehen. Darunter trug sie einen schlichten weißen BH und einen ebenso einfachen Slip.

„Lecker", kommentierte Adrain und zog an seinem Schritt, um dort etwas mehr Platz zu schaffen. „Die Kleine wollte ich schon bei ihrer Ankunft besteigen."

Radim warf dem Vampir einen strafenden Blick zu, der sofort verstummte.

Hab dich nicht so, weiter ausziehen! Mit stolzgeschwellter Brust saß Kingman da, weidete sich an den Reaktionen auf seine Samera.

Gehorsam folgte Christelle seinen Anweisungen, bevor der nächste mentale Schlag sie ereilte. Dann stand sie nackt vor den Männern.

„Sie hat noch kein Kind zur Welt gebracht, oder?", wollte Dezi wissen.

„Nein!", gab Kingman bereitwillig Auskunft. Er kannte Christelle in- und auswendig, wusste über all ihre Geheimnisse Bescheid.

„Wunderbar. Dann ist sie noch schön eng", freute sich der hagere Vampir.

Christelle stand da, ließ sich von den Männern begaffen und wartete auf weitere Anweisungen. Sehnsüchtig wünschte sie sich, dass die andere Vampirin dazustieß oder dass Radim ein paar Menschenfrauen dazuholte. Die Vampire wurden zunehmend unruhiger, rutschten auf ihren Plätzen hin und her. Doch keiner von ihnen hatte es bisher gewagt, Hand an sich selbst zu legen, wie Christelle es von den anderen Besuchen gewohnt war. Sie schienen auf etwas zu warten. Aus dem Augenwinkel sah Christelle Radim, der noch immer nachdenklich dasaß, sie jedoch aufmerksam musterte. Absolut unbeteiligt dagegen wirkte Tristan, der in sein Handy starrte und von dem Treiben um sich herum kaum Notiz nahm.

„Ich weiß nicht, ob mir heute danach ist." Radim lehnte sich zurück und betrachtete nach wie vor Christelle.

Doch Tristan hob den Kopf, warf einen raschen Blick auf Christelle, dann auf die anderen Vampire. Etwas blitzte in seinen Augen auf. „Ich hätte da eine Idee, die dir sicher gefällt." Den Rest ihres Gespräches führten sie auf geistiger Ebene fort. Zumindest vermutete Christelle dies.

Radim begann zu lächeln, dieses hämische überlegene Grinsen, das sie nichts Gutes ahnen ließ. Sie hatte dafür inzwischen einen siebten Sinn entwickelt.

„Kingman", wandte Radim sich an ihren Homen.

„Dominus."

„Inwieweit bist du bereit, uns deine Samera zur Verfügung zu stellen?"

Gemütlich lehnte Kingman sich zurück, ließ seinen Blick über Christelle schweifen.

„Bedient euch uneingeschränkt." Er machte eine einladende Handbewegung.

Tristan lehnte sich zurück, betrachtete sie mit Wohlwollen, Adrain und Dezi begannen sich zu entkleiden. Betreten senkte Christelle den Kopf. Sie wusste, was jetzt kam, und sie hasste es. Ein flehender Blick in Kingmans Richtung, und sie wusste, ihr Homen würde ihr nicht helfen. In aller Seelenruhe sah er dabei zu, wie die Vampire sie umkreisten, ihre nackten Leiber an sie drängten und sich an ihr rieben, während sie sie ungeniert anfassten.

Es war demütigend. Sie fixierte einen der Teller vor sich, konzentrierte sich auf die Blumenranke, die mit feinen Pinselstrichen aufgemalt war und den Rand zierte. Wie lange der Maler an diesem Teller wohl gesessen hatte?

Knie dich hin!, donnerte Kingman mit Nachdruck. Es war vermutlich nicht die erste Anweisung, die sie ignoriert hatte, weil sie alles um sich herum ausgeblendet hatte. Ihre Füße gaben nach, und sie fiel unsanft auf die Knie. Einer der beiden – und es war ihr vollkommen egal, welcher es war – stopfte ihr sein Geschlecht in den Mund, sodass sie würgen musste. Der andere hatte sie von hinten gepackt und stieß brutal in sie. Christelle floh, zog sich in sich zurück. Solange sie in ihrem Kopf war, konnten sie mit ihrem Körper tun, was sie wollten. Es war ihr egal.

Sie sah vor sich das tobende Meer, die Wellen, die gegen die Felswände schwappten und Schaumkronen bildeten. Es war eine dunkle Nacht. Der Himmel war wolkenverhangen, und kein Mondlicht drang zu ihr durch.

„Bringt sie her!" Radims Stimme beförderte sie in die Gegenwart. Bis dahin war es ihr ziemlich gut gelungen, alles um sich herum auszublenden.

Dezi, der hinter ihr kniete, zog sich aus ihr zurück und stieß sie Richtung Radim. Sie verlor beinahe das Gleichgewicht, konnte sich in letzter Minute fangen und rappelte sich hastig auf, bevor sie noch jemand stoßen konnte.

Vor dem Dominus blieb sie stehen. Er war auch nicht untätig geblieben, sondern hatte sich mit Tristan vergnügt. Nun griff er nach ihrem Arm, zog sie neben sich auf das Sofa. Dort, wo vorhin Tristan gesessen hatte, der jetzt aber vor dem Dominus kniete. Christelle spürte die Kraft, die Dominanz, die von Radim ausging. Er beugte sich über sie, strich an ihrem Hals entlang. Sie spürte sein Lächeln an ihrer Halsbeuge. Mit einem Ruck, drehte er sie, sodass ihr Kopf auf ihm zu liegen kam. Mit einem breiten Grinsen nickte er Adrain zu, der es sich wieder zwischen ihren Beinen gemütlich machte. Radim hob ihren Oberkörper an und biss zu. Christelle war auf die messerscharfen Zähne, die sich durch ihr Fleisch bohrten, nicht vorbereitet und schrie auf. Gleichzeitig stieß Adrain in sie. Unfähig sich zu rühren, konnte sie nichts tun, als die Männer gewähren zu lassen. Radim trank. Begehren durchflutete ihren Körper. Sie genoss jeden der brutalen Stöße, sehnte sich nach mehr, und gleichzeitig hasste sie sich für die Gefühle, die sie nicht haben wollte, gegen die sie jedoch machtlos war.

Etwas strich über ihre Seele, und sie zuckte zurück. Es war unglaublich mächtig. Sie suchte Zuflucht bei der einzigen Person, die ihr helfen konnte.

Hilf mir!, flehte sie ihren Homen an.

Doch Kingman war nicht bestrebt, ihr zu helfen. *Wenn er möchte, lass ihn!* Seine Antwort schmerzte wie Peitschenhiebe. Alles in ihr rebellierte, begehrte dagegen auf. Wieder strich Radim über ihren Geist, doch sie konnte ihn einfach nicht einlassen, sie wollte ihn nicht in ihrem Kopf haben. Es reichte, dass Kingman dort ein- und ausging, und genau das tat er in diesem Moment. Er umfing ihre Seele und brach ihre Schilde auf. Sie musste nachgeben, sich öffnen, sonst wären ihre Schutzwälle gebrochen.

Sie war wehrlos, ein offenes Buch für jeden. Die Vampire folgten der Einladung und drängten sich in ihren Geist. Radim war der Erste, gefolgt von Tristan, Adrain und Dezi. Kingman hielt sich am Rande, beobachtete die anderen. Etwas Eiskaltes berührte sie, und sie erschauderte. Zuerst dachte sie, es wäre

Radim, doch dann wurde ihr bewusst, dass es sich um Tristan handelte. Dieser schmächtige Vampir war viel gefährlicher, als sie angenommen hatte.

Wie nett, spottete Tristan, und Christelles heißgeliebte Erinnerung an das Meer zersprang in tausend kleine Stücke.

Nein! Tränen rannen ihre Wangen entlang. Sie wollte sich wehren, doch sie bekam die Männer einfach nicht aus ihrem Kopf. Sie schlichen herum wie Hyänen, zogen wahllos Erinnerungen hervor. In ihrem Kopf herrschte Chaos, und sie konnte die Bilderflut, die sich vor ihren Augen abspielte, nicht aufhalten.

Aufhören! Ihre Schreie verhallten ungehört.

Christelle hatte das Gefühl, ihr Kopf müsste platzen. Es gab keinen Ort, an den sie fliehen konnte. Sie waren überall. Tristan bombardierte sie unbarmherzig weiter mit Bildern, vermischte Erinnerungen, und Christelle wusste nicht, ob sie je wieder Ordnung in dieses Chaos brachte. Wurden Menschen auf diese Weise wahnsinnig? Mit Sicherheit.

Stumm weinte sie, zu mehr fehlte ihr die Kraft. Sie ließ alles über sich ergehen. Die Vampire, die ihren Kopf verwüsteten, Adrain, der ihren Körper schändete, und Radim, der noch immer von ihr trank und dadurch ihr Verlangen schürte.

„Was haben wir denn da?", fragte Tristan laut. Er hatte eine ganz besondere Erinnerung entdeckt.

Alles, nur die nicht!, dachte Christelle, doch sie konnte nicht mehr aufbegehren. Hoffentlich ließ er sie nicht fallen, zerstörte sie nicht. Es war das letzte Mal, dass sie ihren Vater gesehen hatte. Sie wünschte ihm eine gute Nacht.

Radim polterte durch ihren Kopf und riss Tristan die Erinnerung fort. Ein scharfer Schmerz fuhr durch ihren Kopf, und sie sah sekundenlang nur Schwärze. Sie dachte schon, sie würde ohnmächtig werden, doch dann ging die Bilderflut weiter. Unbarmherzig durchstöberte Radim ihr Gedächtnis. Die sichere Unterkunft, das rote Backsteingebäude. Der Weg von dem Punkt, wo die Vampire sie gefunden hatten, zurück zur sicheren Unterkunft.

Es schmerzte so höllisch, fühlte sich an, als ob Radim sie von innen skalpierte.

Ihr Vater, der sich von ihr verabschiedete. Der Schleuser. Die Autofahrt vom Flughafen bis zur sicheren Unterkunft. Die blonde Vampirin, die der Schleuser unter seinen Schutz gestellt hatte. In Sekundenbruchteilen blitzten sie auf, zogen sie an ihr vorbei, ohne dass sie etwas kontrollieren konnte.

Ihr Körper spannte sich an, war kurz vor einem Höhepunkt. Sie wollte nicht, wollte nicht nach Radims Spielregeln spielen.

Der Name der Straße, in der die sichere Unterkunft lag. Der Schleuser, wie er davorstand. Die Hausnummer.

Nein!

Radim drängte die anderen aus ihrem Kopf zurück. Christelle konnte nicht mehr. Ihr Körper zuckte, und sie kam, während sie das triumphierende Lachen des Dominus in ihrem Geist vernahm.

KAPITEL 20

Als Delina erwachte, lag Thor neben ihr. Er hatte besitzergreifend einen Arm um sie geschlungen. Sie musste lächeln, als sie daran dachte, wie sie sich geliebt hatten. Es war anders gewesen als die Male davor, sie hatte den Ton angegeben. Allerdings hatte Thor sich darauf eingelassen und dabei den Eindruck erweckt, dass auch er auf seine Kosten gekommen war.

Er rührte sich. Delina kuschelte sich in seine Umarmung, wollte nicht, dass er sie losließ. Thor erwachte, strich ihre Haare beiseite und küsste sie sanft im Nacken.

„Ich wünschte, ich könnte die ganze Nacht mit dir im Bett verbringen", raunte er. „Aber die Pflicht ruft. Ich habe eine Familie, die ich dem Soya übergeben muss."

Delina versteifte sich. Sie wollte so gerne dabei sein, wenn Thor die Familie überantwortete. Was würde sie dafür nur geben, nicht wieder die ganze Nacht in der Wohnung herumzusitzen und darauf zu warten, dass er endlich nach Hause kam. Es nagte an ihr, doch sie unterdrückte das Bedürfnis, ihn zu fragen. Er hatte ihre Bitte bereits am Vortag abgelehnt, und sie wollte den friedlichen Moment nicht zerstören.

„Wenn du möchtest, darfst du mich begleiten."

Sie musste sich verhört haben, hatte die Worte nur geträumt. Hastig drehte sie sich, um Thor ansehen zu können. Er grinste sie an.

„Ich darf mit?" Sie konnte es noch immer nicht fassen.

„Wenn du möchtest."

Sie konnte seinen Sinneswandel nicht begreifen. Letztendlich war es ihr egal. Vor Freude fiel sie ihm um den Hals. „Lita."

Er lachte und drückte sie an sich. „Ist ja gut, wir sollten uns nur beeilen."

Das ließ sich Delina nicht noch einmal sagen. Aus Sorge, er könne es sich noch anders überlegen, sprang sie aus dem Bett und zog sich so hektisch an, dass sie vor lauter Aufregung beinahe die Unterwäsche vergaß, wogegen Thor vermutlich nicht einmal etwas einzuwenden gehabt hätte.

Zwanzig Minuten später verließen sie gemeinsam die Wohnung. Thor hatte seine Meinung nicht geändert, er hatte lediglich darauf bestanden, dass Delina einen Rock trug, unter dem sie ihren Dolch verstecken konnte. Dieser Bitte kam sie gerne nach. Das geblümte Sommerkleid hatte sie bisher noch nicht angehabt, dazu eine Jeansjacke, die ihrem Outfit die Strenge nahm, und eine Handtasche, in die sie das Handy steckte.

Thor trug Jeans, ein einfarbiges schwarzes T-Shirt und seine Lederjacke darüber. Im Stiefel hatte er ebenso einen Dolch versteckt wie an seinem Hosenbund. Auch den Lederbeutel mit den Wurfsternen hatte er dabei. Es war seltsam, wie schnell man sich an solche Dinge gewöhnte. Der Schleuser – und den hatte sie jetzt ganz eindeutig vor sich – verließ die Wohnung nie unbewaffnet. Lediglich in Boston war er etwas nachlässig gewesen, doch hier achtete er stets darauf.

In der Tiefgarage angekommen, stiegen sie in den SUV und fuhren los.

„Wo geht es hin?" Delina versuchte ihre Nervosität zu überspielen.

„Wir werden zuerst in die Innenstadt fahren und dort Soya Durant abholen."

„Der gekommen ist, um die Familie mitzunehmen, oder?"

Er nickte.

„Wie läuft das ab? Du weißt, wer kommt und fragst dann bei irgendwelchen Clans an?"

Es interessierte Delina wirklich, wie es funktionierte. Sie konnte es sich nämlich nicht so richtig vorstellen. Es musste unglaublich komplex sein, den Überblick über alles zu behalten.

„So ähnlich."

Als er nicht weitersprach, seufzte Delina laut auf. Sie wollte ja nicht alles bis ins kleinste Detail wissen, aber ein klein wenig konkreter hätte er schon werden können. Sie hatte unzählige Fragen und wusste nicht, wo sie anfangen sollte. Wie viele Flüchtlinge kamen durchschnittlich bei ihm an? Wohin vermittelte er sie alle? Kannte er all ihre Namen, hielt er auch weiterhin Kontakt zu ihnen?

„Ich stehe mit den meisten Clans in stetigem Kontakt. Man lernt sich in diesem Job über die Jahre hinweg kennen. Inzwischen habe ich einen ganz guten Einblick in die unterschiedlichen Strukturen und kann so abschätzen, welche Flüchtlinge wohin passen. In der Regel kommt der Dominus vorbei, begutachtet die aufzunehmenden Personen und entscheidet sich dann. Hin und wieder kommt es auch vor, dass diese Aufgabe delegiert wird, wie in diesem Fall an Soya Durant."

Delina staunte. Einerseits über das, was ihr Thor verraten hatte und den Einblick, den er ihr in seine Arbeit gewährte. Zum anderen aber auch, dass er tatsächlich so viel preisgegeben hatte.

„Und wie hättest du mich untergebracht?", erkundigte Delina sich beiläufig.

„Überhaupt nicht." Er warf ihr einen kurzen Blick zu. „Vampirinnen reisen nicht allein."

Das verstand Delina sogar. Die Reise war nicht einfach gewesen, sie hatte sich noch nie so entwurzelt, so einsam gefühlt. Ohne männliche Begleitung war es furchtbar gewesen. Dennoch war sie unendlich dankbar, dass Ducin ihr die Flucht ermöglicht hatte. Es war das Beste, was ihr im Leben passiert war. Thor war das Beste, was ihr passieren konnte.

„Hat es außer mir nie eine allein reisende Vampirin gegeben?" Delina konnte das nicht so recht glauben.

Sie spürte, wie Thor sich verschloss, von ihr zurückzog und bereute sogleich ihre Frage. Dass er ihr dann doch antwortete, konnte sie ihm überhaupt nicht hoch genug anrechnen. „Vampirinnen überleben nicht lange allein. Hin und wieder gibt es mit den Flüchtlingen Zwischenfälle."

„Zwischenfälle?"

„Eine Flucht, die nicht allen gelingt, ein Angriff der New Yorker Vampire ..." Thor brach ab, aber Delina verstand auch so.

„Jedenfalls ist es nicht leicht, eine einzelne Vampirin weiterzuvermitteln."

„Wie oft warst du schon in der Situation?"

Delina spürte, wie schwer Thor die Antwort fiel.

„Drei Mal."

„Und wie oft ist es dir gelungen, die Vampirin zu vermitteln?"

Er schüttelte den Kopf, wich ihrem Blick aus. „Darius ist es einmal mit Serita gelungen."

Delina lehnte den Kopf an die Kopfstütze, sah hinaus in die Nacht und hing ihren Gedanken nach. Sie hätte nicht gedacht, dass ihre Situation unter normalen Umständen so ausweglos gewesen wäre. Das Treffen mit dem Dominus mit den langen blonden Haaren fiel ihr ein. Sie erinnerte sich nicht mehr an seinen Namen.

„Der Dominus aus der Galerie …", murmelte sie.

„Hm …", brummte Thor unwillig.

„Er hätte mich genommen, oder?"

Sie sah, wie Thors Adamsapfel auf und ab hüpfte, die Lippen fest aufeinandergepresst. „Ich hätte dich nie mit ihm mitgehen lassen."

Eine feine Gänsehaut überzog ihre Arme, breitete sich auf ihrem gesamten Körper aus. Jedes Wort, das er sagte, meinte er auch so. Delina wusste es tief in sich. Er hätte sie nicht gehen lassen. Von Anfang an hatte sie sich von ihm beschützt gefühlt.

„Er hat keine Samera gesucht. Was er wollte, findet er an jeder Ecke in einer Menschenfrau."

Er musste es nicht aussprechen, sie wusste, er sprach von einer Canicula. Auch sie war anfänglich davon ausgegangen, dass er sie dazu machen würde. Jetzt schämte sie sich für ihre Gedanken.

„Wir sind da", sagte Thor und hielt vor einem noblen Hotel.

Thor zog sein Handy heraus, wählte eine Nummer und wartete.

„Ich bin gleich unten", hörte sie eine männliche Stimme.

„Wir stehen vor der Tür."

Thor legte auf und steckte das Telefon wieder ein. Ihre Blicke begegneten sich, hielten einander fest. Thor streckte seine Hand aus und strich über ihre Wange.

* * *

Interessiert beobachtete sie den Eingang des Hotels, als ein hochgewachsener Mann mit einem auffälligen schwarzen Mantel das Hotel verließ. Die Haut war für einen Vampir ziemlich dunkel, doch die anziehende Aura und sein attraktives Äußeres verrieten ihn. Er kam geradewegs auf sie zu. Das musste der Soya sein.

„Da kommt er", sagte Delina. Vermutlich hatte Thor ihn längst entdeckt.

Der Soya kam näher, registrierte schnell, dass der Beifahrerplatz belegt war, und öffnete hinten die Tür.

„Danke fürs Abholen." Seine Stimme war warm und angenehm melodisch. Er sah sich noch einmal aufmerksam um und stieg dann ein.

„Alles okay?", erkundigte Thor sich.

„Ich habe seit gestern einen Schatten."

Delina schluckte. Einen Schatten? Was meinte er damit? Jemanden, der ihn verfolgte? Vampire aus der Alten Welt? Angehörige des New Yorker Clans?

„Ach, die Nervensäge", murmelte Thor verstimmt und fädelte sich in den Verkehr ein.

Delina drehte sich um, wollte wissen, was Thor im Spiegel gesehen hatte. Doch da war nichts Auffälliges.

„Der Kerl war ganz schön hartnäckig. Hat mit seinem Ausweis gewedelt und allerhand unangenehme Fragen gestellt", sagte Durant.

„Er verfolgt uns jetzt." Bei Thor hörte sich das an, als ob er damit gerechnet hätte.

Wieder drehte Delina sich auf ihrem Sitz um und erhaschte einen Blick auf den schwarzen Chevy, der ihnen mit etwas Abstand folgte. Thor blinkte und bog nach links ab. Der Chevy fuhr ihnen hinterher.

„Und was machen wir jetzt?" Delina wurde unruhig. Sie wusste, dass sie bei Thor in Sicherheit war, aber der Mensch konnte das Geheimnis um die Existenz ihrer Rasse lüften und großen Schaden anrichten. Thor schien die Sache Spaß zu machen, zumindest sah er so aus. Sie konnte seine Unbeschwertheit jedoch nicht teilen.

„Ich bin in solchen Dingen nicht sehr bewandert, aber in unserem Clan gibt es zwei Vampire, die ziemlich nachhaltig das Gedächtnis der Menschen beeinflussen können", sagte Durant.

Das gab es in Boston auch. Soya Pierrick, der als Aufräumer des Clans fungierte, konnte so etwas sehr gut. Allerdings war der Soya nicht in New York. Aber vielleicht konnte Thor ihn anrufen, und er konnte zu ihnen kommen.

„Hunt ist kein Problem." Vollkommen ruhig fuhr Thor weiter.

Es überraschte Delina, dass er sogar den Namen des Mannes kannte.

„Special-Agent Hunt vom FBI ist ein alter Bekannter. Er kommt mir regelmäßig auf die Schliche. Er hat sogar Darius bis nach Boston verfolgt, als er mit seiner Schleusertätigkeit aufhörte."

Fassungslos starrte Delina ihn nun an. „Und das findest du nicht besorgniserregend?" Hastig senkte sie den Blick. Sie wollte ihn nicht vor dem Soya auf dem Rücksitz bloßstellen. Es geziemte sich nicht, dass eine Samera so mit ihrem Homen sprach.

„Nein", war alles, was Thor dazu sagte.

Auch Durant schien ihr Verhalten nicht zu kümmern. Er war viel mehr damit beschäftigt, was Thor vorhatte. „Du hast einen Plan?"

„Hier in der Nähe ist eine Tiefgarage. Dorthin wird er uns folgen, und dann kümmere ich mich um ihn."

Delina schluckte und presste die Lippen zusammen, damit keine weitere Unhöflichkeit darüber kam. Die Worte ihres Homen beschäftigten sie jedoch sehr. Was bedeutete, Thor würde sich um ihn kümmern? Er würde den Menschen doch nicht umbringen? Sie konnte das Unbehagen nicht verstecken.

Etwas berührte ihren Geist, und sie zuckte ertappt zusammen. Thor musste ihren Gefühlszustand durch die Verbindung mitbekommen haben. Beruhigend strich er über sie hinweg. Wie von selbst öffnete sie sich ihm, ließ ihn in ihren Kopf.

Die Bilderflut, die auf sie einstürzte, überrumpelte sie ein wenig, und Delina brauchte einen Moment, bis sie ihre Gedanken sortieren konnte. Erst dann verstand sie die ungefilterten Erinnerungen, die Thor ihr schickte. Es war wohl schon ein paar Monate her, da war der Mensch Thor in die Quere gekommen. Er fuhr ebenso wie jetzt in einem Auto. Delina spürte seine Sorge um die zwei jungen Vampire, die hinter ihm saßen und die er vom Flughafen abgeholt hatte. Gleichzeitig wusste sie aber auch, dass es ihnen heute gut ging, dass sie nun in Dallas lebten.

Der schwarze Chevy fuhr an ihm vorbei und gab ihm ein Zeichen, dass er rechts ranfahren sollte. Thor war das überhaupt nicht recht, doch er würde unter diesen Umständen keine Verfolgungsjagd riskieren.

So hielt er am Straßenrand und wartete, bis der Special-Agent zu ihm kam und an seine Fensterscheibe klopfte.

Er ließ sie herunter. „Ist etwas nicht in Ordnung, Officer?" Wenn es möglich war, wollte er vermeiden, schon wieder im Kopf des Mannes zu wühlen. Seine Erinnerungen waren ohnehin schon vernarbt. Wenn man ausgedehnte Studien an menschlichen Objekten durchführen wollte, wie oft das menschliche Gehirn vergessen konnte, musste man sich nur den Kopf dieses Agents ansehen.

„Special-Agent Edgar Hunt, FBI", stellte er sich vor und zückte kurz seinen Ausweis.

Thor machte sich nicht einmal die Mühe, den Ausweis näher zu betrachten.

„Die Personen, die Sie mitführen, sind unter Umständen gefährlich."

„Gefährlich?" Er mimte den Unschuldigen. „Wissen Sie, dass ich Militärangehöriger bin, ebenso wie die Personen in meinem Wagen?"

„Darauf kann ich keine Rücksicht nehmen. Die Nationale Sicherheit ist gefährdet."

Thor musste laut lachen, es brach einfach aus ihm heraus. Wenn Hunt auch nur eine leise Ahnung von ihrer Welt hätte … Gerne hätte er sich noch länger mit dem FBI-Agent auseinandergesetzt, die Zeit drängte jedoch. Die beiden Vampire mussten vor Sonnenaufgang in der sicheren Unterkunft sein. Das Sonnenlicht vertrugen sie noch nicht.

Thor wechselte auf die geistige Ebene, überwand die Schranke und betrat den Kopf des Mannes. Zuerst überprüfte er das Kurzzeitgedächtnis, schnitt heikle Erinnerungen heraus. Das hatte er schon ein paar Mal gemacht, und das konnte er auch deutlich sehen. Er hatte jedoch keine Zeit, Mitleid mit dem Agent zu empfinden. Wenn er sich einfach von ihm fernhalten würde, hätte er auch keine Gedächtnislücken.

Es überraschte ihn, wie viel Hunt diesmal über die Kruento herausgefunden hatte. Man konnte sagen, was man wollte, der Kerl war nicht dumm. In aller Eile kreierte er eine alternative Erinnerung, die vielleicht nicht ganz schlüssig war, die er jedoch glauben würde, weil er keine Alternative hatte. Dann durchstöberte er das Langzeitgedächtnis. Hier war nicht viel zu tun. Dass seine Ehe gescheitert war, interessierte ihn relativ wenig. Überall fand er Erinnerungen daran, wie der Agent seine Frau im Bett mit einem anderen Mann erwischte. Er unterdrückte das aufkeimende Mitgefühl. Das waren nicht seine Probleme. Er hatte genug eigene. Es wäre auch nicht richtig, diese schmerzhafte Erinnerung zu entfernen. Die oberste Regel war, sich so wenig wie möglich in das Leben der Menschen einzumischen. Also ließ er alles so, wie es war.

Er überprüfte noch einmal, ob er alle verräterischen Spuren beseitigt hatte, und zog sich aus dem Kopf des Mannes zurück. Bevor er realisierte, was er hier tat, schnappte er sich das Notizbuch, das er in den Gedanken gesehen hatte, aus der Innentasche von Hunts Jacket.

Mit einem eindeutigen Befehl, schickte er den Agent zurück zu seinem Chevy, stieg selbst wieder ein und fuhr davor.

Erst viel später fand er die Zeit, sich das Notizbuch anzusehen. Die Vampire hatte er längst in der sicheren Wohnung untergebracht. Er selbst hatte einen Abstecher nach Manhattan gemacht und war dann nach Hause gekommen.

Ohne große Erwartungen blätterte er das Notizbuch durch und fand eine interessante Stelle über eine seltsame Begebenheit, die sich der Agent nicht erklären konnte. Es musste sich um einen Vampir aus dem New Yorker Clan handeln. Von besagter Seite machte er mit seinem Handy ein Foto und sorgte anschließend dafür, dass das Notizbuch in Flammen aufging.

Delina atmete durch. Die Erinnerung war vorbei. Dennoch war sie noch sehr präsent in ihr. Vor allem musste sie mit Thors Gefühlen klarkommen, die sie gefühlt hatte, als ob es ihre eigenen wären. Es war befremdlich, ihm so nahe zu sein, so vollkommen in ihm aufzugehen.

Lita, murmelte sie in Gedanken. Es war das erste Mal, dass er sich ihr in dieser Weise öffnete, dass er etwas von sich preisgegeben hatte.

Du musst dir keine Sorgen machen.

Und diesmal glaubte sie ihm. Thor hatte alles unter Kontrolle – wie immer. Es gab wohl keine Situation, der er nicht gewachsen war.

Sie bogen in die dunkle Einfahrt einer Tiefgarage ein. Die elektrischen Lichter erhellten das unterirdische Parkhaus nur ungenügend. Für Menschen beängstigend, für Vampire ein perfekter Ort. Nur vereinzelt standen ein paar Autos herum, von Menschen war weit und breit nichts zu sehen.

Thor hielt an. Es dauerte nicht lange, und der schwarze Chevy parkte neben ihnen.

„Dann wollen wir mal", sagte Thor und stieg aus. Er ging um den SUV herum und klopfte ungeniert an der Fensterscheibe des parkenden Chevys.

Delina konnte durch das Fenster beobachten, wie die Autotür sich öffnete und der FBI-Mann ausstieg. Sie sah das Zucken des Agents, als Thor in seinen Geist eindrang. Diesmal hatte er sich nicht die Zeit genommen, mit ihm zu plaudern. Beide standen sich gegenüber, der Agent leicht schwankend, Thor absolut regungslos, aber höchst konzentriert. Es dauerte ein paar Minuten, dann wandte Thor sich ab und kehrte zurück. Der Special-Agent stieg wieder in seinen Chevy.

„Erledigt", sagte Thor lediglich, setzte den SUV zurück und brauste Richtung Ausfahrt davon.

* * *

Thor hielt mit quietschenden Reifen vor dem roten Backsteingebäude. Sie waren spät dran. Die Sache mit Hunt hatte ihn länger aufgehalten als geplant. Er sprang aus dem Wagen und suchte die Umgebung ab. Eine unbestimmte Ahnung erfasste ihn. Er konnte es nicht näher bestimmen und nahm sich die Zeit, um sein Umfeld noch ein weiteres Mal sorgfältig abzuscannen. Weder mit den Augen noch auf geistiger Ebene fand er etwas. Vielleicht irrte er sich auch. Vielleicht spielten ihm seine Sinne einfach einen Streich. Um sicher zu gehen, sah er sich ein drittes Mal prüfend um und war sich dann ganz sicher, dass ihnen keine Gefahr drohte. In seiner Nähe befanden sich keine wahrnehmbaren Kruento. Die Familie konnte er nicht spüren, da sie sich sicher verborgen in der Wohnung befand. Aber genau so war es auch gedacht.

Der Soya und Delina waren ebenfalls ausgestiegen. Gemeinsam überquerten sie die Straße. Es war schön, seine Samera in der Nähe zu haben. Auch wenn er es ihr gegenüber nie zugeben würde, er freute sich unbeschreiblich über ihr Interesse an seinem Job. Ein Lächeln umspielte seine Lippen, als ihm erneut bewusst wurde: Sie war sein, für immer.

Sie erreichten die Eingangstür, und Thor sperrte auf. Er war schon unzählige Male hier gewesen, kannte jede einzelne Unregelmäßigkeit in diesem Treppenhaus: Die Stufe mit der gebrochenen Fliese, den verbogenen Handlauf, die Dellen in der Wand. Sie gingen in menschlicher Geschwindigkeit, auch wenn sie es eilig hatten. Auf die wenigen Augenblicke länger kam es nun auch nicht mehr an. Dann hatten sie die Wohnung erreicht. Er klopfte. Regelmäßig änderte er das Erkennungszeichen, benutzte hintereinander nie dasselbe. Thor wartete und legte den Kopf etwas schief, um besser lauschen zu können. Von innen drangen keine Geräusche zu ihm heraus. Das war seltsam. Sie mussten da sein. Die Absprache war klar gewesen, sie kämen, um sie abzuholen. Es gab für sie keinen Grund, die sichere Unterkunft auf eigene Faust zu verlassen. Hatten sie ihn nicht gehört? Er klopfte noch einmal, trat zurück und wartete darauf, dass ihm die Tür geöffnet wurde.

„Scheint niemand da zu sein", sagte der Soya und blickte nachdenklich auf die Tür.

„Sie müssen da sein." Thor holte den Schlüssel aus der Tasche und zog vorsichtshalber seinen Dolch. Schließlich konnte er nie wissen. Die Abmachung war eindeutig gewesen. So lange die Wohnung besetzt war, sperrte er nicht zu und klopfte, wenn er hineinwollte. Nur in Notfallsituationen – wie jetzt, wenn ihm keiner öffnete – benutzte er den Schlüssel.

„Ich möchte, dass du hinter mir bleibst", sagte er warnend zu Delina. „Und wenn etwas sein sollte, rennst du."

Wie erstarrt stand sie da, konnte den Blick nicht von dem Schlüssel in seiner Hand abwenden. „Hast du mich verstanden?"

Langsam nickte sie. Soya Durant hatte ebenfalls einen Dolch gezückt. Der Vampir wäre kein Soya, wenn er damit nicht umgehen könnte. Um ihn musste er sich keine Sorgen machen.

Mach dir keine Sorgen. Es ist alles gut.

Delina nickte gehorsam. Er spürte weiterhin ihr Unbehagen, ihre Angst.

Thor steckte den Schlüssel ins Schloss und drehte ihn um. Auf alles vorbereitet, stieß er die Tür auf, die krachend gegen die Wand fiel.

Es war alles ruhig. Niemand kam ihnen entgegen, nichts regte sich. Allerdings deutete auch nichts auf eine Gefahr hin. Es erinnerte ihn auf unangenehme Weise an die Situation vor einigen Tagen, als er den Mori tot aufgefunden hatte.

Auf geistiger Ebene war nichts wahrzunehmen, und auch seine Nase konnte dank der Maca-Pflanze an der Tür nichts riechen. In Situationen wie dieser wäre ein funktionierender Geruchssinn allerdings von Vorteil gewesen.

Auf der Hut vor Überraschungen betrat er den kleinen Flur. Alles blieb ruhig. Die Türen in die angrenzenden Räume waren geschlossen. Den Dolch griffbereit in der Hand, öffnete er die Tür, die ihm an nächsten war, stieß sie auf und spähte vorsichtig hinein. Es war die Küche. Sie war leer. In einem Eck sah er den Wasserkocher, daneben Milchpulver und eine benutzte Flasche. Er spürte den Soya neben sich. Wortlos schüttelte er den Kopf. Er wandte sich nach links, wartete, bis Durant ebenfalls in Stellung war und die Tür aufstieß. Dann ging alles blitzschnell. Der Geruch des New Yorker Clans hüllte ihn ein, schwappte über ihn wie eine Welle.

Lauf!, brüllte er Delina zu und stürzte dem Krieger entgegen, der mit einem Schwert bewaffnet aus dem Wohnzimmer gestürmt kam.

Thor duckte sich, wich dem Angreifer aus und wirbelte herum. Zwei weitere Vampire stürmten auf ihn zu. Er fluchte. Die New Yorker hatten die sichere Unterkunft aufgespürt. Wie war ihnen dieses Meisterstück gelungen? Seit Jahrzehnten hatten sie problemlos die mit Maca präparierte Wohnung mitten in New York verstecken können.

Der Kampf verlagerte sich ins Wohnzimmer. Mit der kurzen Waffe konnte er nur nicht so viel ausrichten. Er ärgerte sich darüber, dass sein Schwert im Kofferraum des SUV lag und er sich mit dem Dolch behelfen musste. Mit einem Angriff direkt in der Wohnung hatte er wahrlich nicht gerechnet. Er hörte ein Kind weinen. Testa. Die Familie. Sie schien auf der anderen Seite der Wohnung im Schlafzimmer zu sein. Es musste ihm gelingen, zu ihnen zu gelangen, doch momentan war der Weg versperrt. Er wich einem Schwerthieb aus, griff nach einem der Sofakissen und hielt es sich schützend über den Kopf. Mit einem lauten Ratsch wurde der Bezug durchtrennt, Federn regneten auf ihn nieder. Seine Nase kitzelte, und er musste niesen. Thor ging hinter dem Sofa in Deckung und befreite sich von den kleinen Federn, die hinter seinem Ohr hingen oder auf seiner Schulter lagen. Von der anderen Seite des Sofas bekam er nun Gesellschaft. Durant wich einem Gegner aus, warf sich auf den Boden und rollte ebenfalls hinter das Sofa.

„Wie viele?", raunte er Durant zu, um herauszufinden, ob er mit seiner Einschätzung richtig lag.

„Drei."

Thor nickte. Das war auch sein Eindruck gewesen.

„Du schnappst dir zwei, ich nehme den dritten und schlage mich ins Schlafzimmer durch."

Durant nickte zustimmend. „Auf drei."

„Eins", zählte Thor leise. „Zwei, drei."

Gleichzeitig sprangen sie hinter dem Sofa hervor. Der dritte Vampir war verschwunden. Es waren nur noch zwei zu sehen. Der eine stürzte sich auf Durant, der andere war im Flur und rannte auf Thor zu. Dieser wich geschickt aus. Es gelang ihm sogar, dem Angreifer sein Knie in den Bauch zu rammen. Überrascht keuchte der Vampir auf. Das Überraschungsmoment nutzte der Schleuser und entwaffnete den Gegner. Klirrend fiel das Schwert zu Boden. Mit einer geschmeidigen Bewegung brachte Thor nicht nur sich, sondern auch das Schwert außer Reichweite des New Yorkers.

Thor! Ein langer, spitzer Schrei fuhr durch das Band. Er zuckte zusammen. Delina. Wo war sie? Auf der einen Seite des Raumes kämpfte Durant mit einem der Angreifer.

Das Baby schrie immer noch. Wenn er sich zwischen ihr und dem Kind entscheiden musste, würde er, ohne mit der Wimper zu zucken, sie wählen.

Wo bist du?

Der dritte Vampir tauchte auf, schnitt ihm den Weg ab. Ihre Klingen kreuzten sich, was in dem engen Flur gar nicht so einfach war.

Delina! Es beunruhigte ihn, dass er keine Antwort von ihr erhielt. Gleichzeitig streckte er sich auf geistiger Ebene aus und fand sie. Sie war in der Nähe. Scheiße. Sie befand sich noch immer in der Wohnung, die nun alles andere als sicher war. Warum war sie nicht längst verschwunden? Er musste zu ihr!

Energisch griff er den Vampir an. Niemand stellte sich zwischen ihn und seine Samera. Wie besessen schlug er auf den verdammten New Yorker ein, der im ebenso schnellen Tempo parierte.

Hilf mir!

Wo bist du?

Er duckte sich unter einem Schwerthieb fort und versuchte den Gegner mit dem Dolch zu erwischen. Dabei gelang es ihm, ihn am Bein zu verletzten. Augenblicklich färbte dessen Hose sich rot. Der Vampir knurrte vernehmlich. Thor war es gelungen, ihn zu treffen, ihn zu verletzten, allerdings nicht so schwer, dass der Kampf entschieden wäre.

Im Schlafzimmer. Bei dem Baby.

Er hörte ihr Schluchzen, wollte bei ihr sein und sie in seinen Armen in Sicherheit wissen.

Kannst du fliehen?

Es gelang ihm, den Vampir zurückzudrängen. Nur wenige Schritte trennten ihn von Delina. Er musste zu ihr.

Nein!

Es gab kein Wort, dass das beschrieb, was er in diesem Augenblick fühlte.

Wer ist bei dir?

Zwei Vampire.

Thor fragte sich, woher die zwei Vampire kamen. Einer kämpfte gegen Durant, einer lag auf dem Boden im Wohnzimmer, und gegen einen weiteren kämpfte er gerade.

Spring aus dem Fenster.

Mit dem Baby?

Er wusste, sie würde das Kind nicht zurücklassen. Auch wenn das Kind nicht ihrem Clan angehörte, war es doch in Delinas Obhut. Sie würde es nicht zurücklassen.

Ich komme und hole dich da raus. Halte durch!

Er hätte beinahe einen heftigen Schlag abbekommen, weil er zu abgelenkt war. Doch Delina war in Gefahr. Er musste zu ihr. Verbissen kämpfte er gegen den Vampir. Anstatt weiter zu Delina vorzudringen, musste er zurückweichen, um seine eigene Unversehrtheit zu sichern. Ohne Kopf nützte er seiner Samera nämlich auch nichts mehr.

Thor.

Er hörte Holz splittern.

Delina. Absolute Panik überflutete ihn. So etwas hatte er noch nie zuvor erlebt. Wie besessen schlug er auf den Vampir vor sich ein. Was er durch Kopflosigkeit einbüßte, machte er mit Geschwindigkeit und Unberechenbarkeit wett.

Thor.

Er umfing Delinas Geist, wollte ihr Kraft geben und sie gleichzeitig festhalten. *Ich bin gleich bei dir.*

Nein, du …

Sie war plötzlich fort. *Delina? Delina! Delinaaaa!* Sie antwortete nicht mehr, war hinter einer undurchdringlichen Nebelwand verschwunden. Sie lebte, aber er kam nicht mehr an sie heran. Blind vor Wut stürzte er sich auf seinen Gegner. Es gelang ihm, ihn am Arm zu verletzen, der nun nutzlos an ihm herabhing. Nicht mehr in der Lage, das Schwert zu halten, sah er sich panisch um und rannte los. Glas und Holz zerbarst, als er sich aus dem Fenster stürzte.

Unter normalen Umständen hätte er den Vampir verfolgt, doch er musste zu Delina. Er rannte los, war binnen Sekunden im Schlafzimmer. Zuerst erblickte er das rot gefärbte Bett und die zwei geköpften Vampire darauf. Von ihren Köpfen fehlte jede Spur. Er schlug sich die Hand vor den Mund, fassungslos über so viel Brutalität. Wo war Delina? Als er um das Bett herum ging, lag da in eine blutverschmierte Decke gewickelt das Kind, das noch immer aus Leibeskräften schrie. Von Delina keine Spur. Nur ihr Dolch lag dort. Das Fenster war weit geöffnet. Er bückte sich, hob das Baby hoch und drückte es beruhigend gegen seine Brust, während er zum Fenster ging und hinausspähte. Von den New Yorker Vampiren war nichts zu sehen. Auch auf geistiger Ebene fand er sie nicht. Delina würde er überall aufspüren, doch sie war noch immer bewusstlos. Er musste warten, bis sie wach wurde.

Er stand am Fenster, versuchte zu verstehen, was passiert war. Das Baby weinte noch immer, und so drang er in dessen Kopf ein und schickte es schlafen. Nicht die pädagogischste Art und Weise, aber die effektivste. Binnen Sekunden schlief das Baby friedlich, sein Köpfchen an seine Brust gelehnt.

Thor konnte es nicht hassen, auch wenn er gewollt hätte. Er konnte diesem unschuldigen Wesen auch nicht die Schuld an Delinas Verschwinden geben. Sie hatte getan, was sie für richtig hielt, und er hätte nicht anders gehandelt als sie. Deshalb durfte er ihr keinen Vorwurf machen. Als er dastand und in die dunkle Nacht hinausblickte, sickerte die Erkenntnis zu ihm durch, dass die New Yorker Vampire nicht nur seine sichere Unterkunft angegriffen und die Flüchtlinge getötet hatten, sondern dass sie auch seine Samera entführt hatten.

Durant betrat das Schlafzimmer, warf einen Blick auf das Bett und fluchte laut und vernehmlich.

„Sie haben Delina.“

„Canicos“, murmelte Durant verdrossen. „Kannst du sie aufspüren?“

Thor schluckte und schüttelte den Kopf. „Im Moment nicht. Sie muss bewusstlos sein.“

„Testa! Und nun?“

Thor wusste es nicht. In seinem ganzen Leben hatte er sich noch nie so hilflos gefühlt wie in diesem Augenblick. Er war immer vorsichtig gewesen, hatte alles getan, um alle Beteiligten zu schützen. Ausgerechnet jetzt, da Delina da war, hatte er auf ganzer Linie versagt. Innerlich war er vollkommen leer. Delina aufzugeben, war keine Option. Er musste sie finden. Sie gehörte zu ihm, war sein. Er durfte sie nicht verlieren. Sie war das Kostbarste, was er in seinem Leben besaß.

KAPITEL 21

Die Wohnung war leer. Die verfluchten New Yorker Vampire waren ebenso verschwunden wie Delina. Thor hielt das schlafende Kind im Arm, das ihm auf unerklärliche Weise Trost spendete. Sie suchten noch einmal alles gründlich ab, dann verließ der Schleuser mit Durant die Wohnung. Thor klammerte sich an das Bündel in seinem Arm. Er war nicht bereit, Cobb abzulegen. Daher nahm er auf dem Rücksitz Platz, während Durant den SUV durch New York steuerte. Ihr Schweigen wurde nur von Thors Richtungsangaben unterbrochen.

Für gewöhnlich trennte der Schleuser Privates und Berufliches fein säuberlich und wäre nie auf die Idee gekommen, jemanden mit in seine Wohnung zu nehmen. Sie war sein Allerheiligstes, sein Zufluchtsort in New York. Innerlich fühlte er sich vollkommen leer. Jeder Zentimeter seines Körpers vermisste Delina. Es war ihm vollkommen egal, dass er gerade einen Flüchtling – auch wenn der Knirps noch zu klein war, um zu verstehen – und einen Clanfremden zu seiner Wohnung führte.

Ohne Delina fühlte er sich unvollständig. Wie konnten sie es nur wagen, seine Samera mitzunehmen? Überschäumende Wut brodelte in ihm, doch er war schon zu lange als Schleuser tätig, als dass er sein Innenleben zeigen würde. Nach außen war er vollkommen ruhig und beherrscht.

Dennoch war er froh, als sie die unterirdische Garage erreichten und mit dem Aufzug in seine Wohnung fuhren.

Durant würde schon klarkommen. Er ging einfach voran, schob zwei Sessel zusammen und bettete vorsichtig den Winzling hinein. Cobb schlief seelenruhig weiter. Ein trauriges Lächeln huschte über sein Gesicht. Zumindest hatten die Kruento dem Blutkind nichts angetan. Das wäre unverzeihlich gewesen.

Es war an der Zeit zu handeln. Er zückte sein Handy und wählte.

„Berne Nox. Wie geht es dem frisch verbundenen Paar?", meldete sich Virus gut gelaunt.

Thor war nicht nach Scherzen zumute. „Ist Darius auf dem Anwesen?"

Virus musste an seiner Stimme gehört haben, dass die Lage ernst war. „Ja."

„Ich brauche ihn. Sofort. Und am besten jeden verfügbaren Soya mit dazu."

Auf dem Anwesen von Darius gab es verschiedene Alarmstufen. Die erste Alarmstufe rief den Anführer in die Zentrale. Eine zweite Alarmstufe rief alle verfügbaren Soyas zusammen, und eine dritte und letzte Stufe bedeutete einen Angriff. Frauen und Kinder brachten sich in Sicherheit, während die Krieger ausschwärmten und bis zum bitteren Ende die unterirdische Festung verteidigen würden.

„Was ist passiert?", fragte Virus nach, während er im Hintergrund auf seine Tastatur einhämmerte.

„Ist Darius unterwegs?" Das untätige Herumstehen konnte er nicht länger ertragen. So begann er im Raum auf- und abzuschreiten.

Er hatte nicht die Nerven für eine Plauderstunde mit Virus. Ihm lief die Zeit davon. Sobald Delina zu Bewusstsein kam, würde er dem Band folgen. Aber ihm war klar, dass er nicht auf eigene Faust in ein Haus mit zwei oder drei Dutzend kampferprobten Kruento stürmen konnte. Er brauchte Unterstützung.

„Er sollte jeden Augenblick da sein."

Die Wut in ihm war so präsent, so mächtig. Doch jetzt musste er einen kühlen Kopf bewahren, durfte die Beherrschung nicht verlieren. Delina brauchte ihn, und für sie würde er sich zusammenreißen.

„Welche Soya sind auf dem Anwesen?" Es wäre nicht schlecht, wenn Pierrick auf direktem Weg zu ihm käme. Darius war ein begnadeter Fährtenleser, Pierrick unschlagbar, wenn es darum ging, vor den Augen der Menschen zu agieren und gleichzeitig nicht aufzufallen.

Die Antwort gab ihm Darius persönlich. „Pierrick und Arek. Was gibt es? Probleme?"

Es tat gut, die Stimme seines Anführers zu hören. „Die New Yorker Vampire haben die sichere Unterkunft überfallen und Delina entführt."

„Testa!", hörte er aus dem Hintergrund Arek fluchen.

„Wo ist sie?", wollte Darius wissen.

Thor hatte das Gefühl, dass seine Beine ihn keine Sekunde länger trugen, und so ließ er sich aufs Sofa fallen. „Ich habe keine Ahnung." Das Eingeständnis tat weh. Er hatte versagt. Er war ihr Rinoka, war dazu da, sie zu beschützen. Doch nun war sie fort, und er wusste nicht einmal, wo er sie suchen sollte.

„Aber du musst sie doch durch das Band spüren." Es war Virus.

„Nicht, wenn sie bewusstlos ist", warf Pierrick ein. Der Soya war derjenige mit der längsten Erfahrung.

„Delina lebt, ich spüre die Verbindung. Doch sie antwortet nicht. Da ist so etwas Undurchdringliches."

„Dann ist sie bewusstlos", erklärte Pierrick. „Sobald sie zu sich kommt, lichtet sich der Nebel, und du kannst sie aufspüren."

Eine eiskalte Hand griff nach seinem Herzen und drückte wie ein Schraubstock zu.

„Wir sind auf dem Weg und bringen jeden verfügbaren Krieger mit."

„Lita."

„Aber das dauert seine Zeit. Bis dahin möchte ich, dass du keine Dummheiten machst", bat Darius eindringlich, jedoch mit der Autorität des Anführers.

„Hm …", brummte er.

„Versprich es!"

Er konnte es nicht. Sobald er wusste, wo Delina war, würde er sich auf den Weg dorthin machen.

„Wir können alle nachvollziehen, wie du dich fühlst, Thor", redete Pierrick auf ihn ein. „Doch es nützt nichts, wenn du dich allein den New Yorker Vampiren stellst. Wir kommen zu dir und holen sie gemeinsam heraus. Sie ist ein Mitglied unseres Clans."

„Sie ist meine Samera." Er erstickte fast an den Worten.

„Und deswegen wirst du warten, bis wir kommen. Alles andere ist ein Selbstmordkommando."

Er schloss die Augen. Das wusste er auch. Aber wenn Delina in Gefahr war, konnte er für nichts garantieren.

„Du wartest!", entschied Darius für ihn. „Das ist ein ausdrücklicher Befehl."

Darius war ihr Anführer. Er war kein Dominus. Der Unterschied bestand darin, dass die Soyas ihm gleichberechtigt gegenüberstanden. Er hatte keinem von ihnen den Blutschwur abgenommen. Thor konnte sich dem klaren Befehl seines Anführers widersetzen. Vielleicht würde er das auch tun, ungeachtet der Konsequenzen, die es nach sich ziehen würde.

„Bringt eine Vampirin mit. Ich habe hier ein Baby", wechselte er das Thema. „Soya Durant aus San Francisco ist auch hier."

„Wird er uns unterstützen?", wollte Darius wissen.

Thor blickte auf. Der Soya stand nur ein paar Meter von ihm entfernt, an den Tresen der Küche gelehnt und musste das Gespräch mit angehört haben, denn er nickte zustimmend.

„Bis aufs Blut", sagte er und klopfte sich mit der Faust auf die Brust.

„Wir beeilen uns und sind so gut wie unterwegs", versprach Darius.

Thor hörte sich entfernende Schritte, eine Tür, die auf- und zuschlug.

„Was ist mit der Flüchtlingsfamilie?", fragte Virus. Das Computergenie war stets über alle Flüchtlinge informiert und führte darüber Buch, welchem Clan sie zugeteilt wurden.

„Sie sind tot. Nur ihr Sohn Cobb hat überlebt."

„Der Säugling?", vergewisserte Virus sich.

„Ja." Thor fühlte sich erschlagen. Er fuhr sich mit der Hand über die Augen. „Ich muss Schluss machen", murmelte er.

„In Ordnung, aber behalte dein Telefon in Reichweite, damit ich dich anrufen kann, wenn etwas ist."

Thor bestätigte dies und verabschiedete sich knapp.

Erschöpfung legte sich über ihn, doch er war nicht bereit, dem nachzugeben. Wenn Delina erwachte, wollte er da sein. Regelmäßig streckte er auf geistiger Ebene seine Sinne aus, suchte unablässig nach ihr. Doch alles, was er bisher gefunden hatte, war die deutliche Präsenz von Durant.

Delina!

Sein Ruf verhallte ungehört.

Er hatte keine Ahnung gehabt, wie sehr er sie brauchte. Wenn ihr etwas zustieß, wusste er nicht, ob er weiterleben wollte. Sie war sein Ein und Alles, eine Welt ohne sie erschien ihm trist und grau. Er musste sie einfach finden und retten. Alles andere war keine Option.

* * *

Delinas Glieder waren schwer, als wögen sie mehrere Zentner. Am schlimmsten war jedoch der pochende Schmerz in ihrem Kopf. Langsam schlug sie die Augen auf, doch da war nur Schwärze um sie herum. Sie lag einfach da, kämpfte gegen die Schwere und den Schmerz an.

Delina. Thor klang erleichtert. Sie spürte, wie er ihren Geist berührte, sie umgab. Da war so viel Wärme, so viel Vertrautes, dass sie sich augenblicklich geborgen fühlte.

Thor.

Es war egal, wo sie war. Thor war bei ihr, und deshalb musste sie sich nicht fürchten. Reglos lag sie da, denn wenn sie sich bewegte, überwältigte sie der Schmerz beinahe.

Geht es dir gut?

Sie spürte seine Besorgnis und wusste, dass es sinnlos wäre, ihn anzulügen. Er kannte sie ebenso gut wie sie sich selbst.

Ich habe Schmerzen.

Wieder umfing er sie mit Wärme und Geborgenheit. Erleichtert schloss Delina die Augen, gab sich ganz den wunderbaren Gefühlen hin.

Ich bin auf dem Weg zu dir. Halte die Augen geschlossen, es sollte gleich besser werden.

Wo war sie? Sie hatte keine Ahnung, wo sie sich befand. Das Letzte, woran sie sich erinnerte, war der Vampir, der sie überwältigt hatte. Was war mit Cobb? Angst ergriff sie.

Es geht ihm gut. Er ist in Sicherheit, beruhigte Thor sie.

Wo ist er? Sie glaubte ihm, er würde sie nicht anlügen, dennoch musste sie absolute Gewissheit haben. Die sichere Unterkunft war kein Zufluchtsort mehr.

Er ist bei uns zu Hause.

Bei seinen Worten musste sie lächeln.

Durant passt auf ihn auf.

Langsam wurden die Schmerzen besser und als sie die Augen öffnete, hatte sie nicht mehr das Gefühl, dass sich unzählige Nadelstiche in ihr Gehirn bohrten. Sie lag auf Holzdielen. Langsam setzte sie sich auf. Es war so dunkel um sie herum, dass sie nichts sehen konnte. Mit den Händen fuhr sie über das Holz, tastete sich vorwärts.

Ich habe meinen Dolch verloren.

Ich weiß. Ich habe ihn gefunden. Er wartet zu Hause auf dich.

Etwas flackerte in ihrem Kopf auf, bevor sie jedoch danach greifen und es sich näher anschauen konnte, war es bereits wieder verschwunden.

Wo bist du?, fragte sie ihn.

Ich komme und hole dich.

Sie wünschte sich nichts sehnlicher als genau das. Doch wenn die New Yorker sie verschleppt hatten, hielten sie sie bestimmt in ihrem Hauptquartier gefangen. Sie traute Thor eine Menge zu, aber selbst er konnte es nicht mit einer ganzen Horde Vampire aufnehmen.

Das darfst du nicht.

Ich möchte nur in deiner Nähe sein. So sehr ich dich auch in die Arme schließen möchte, weiß ich, dass ich auf Verstärkung warten muss. Die Bostoner sind unterwegs. Wir kommen und holen dich da raus.

Delina traten Tränen in die Augen. Sie hatte eine leise Ahnung, wie schwer es für Thor sein musste, zu wissen, wo sie war, und ihr dennoch nicht helfen zu können.

Sie musste herausfinden, wo sie war. Entschlossen richtete sie sich auf, tastete die Umgebung ab. Vielleicht fand sie einen Weg hier raus. Sie spürte etwas Raues unter den Handflächen und arbeitete sich Stück für Stück weiter vor.

Nach einiger Zeit wusste sie, dass sie sich in einem fensterlosen Raum ohne irgendwelches Mobiliar befand. Er war nahezu quadratisch. Sie entdeckte lediglich eine Eisentür, doch diese war fest verschlossen. Es gab keine Möglichkeit zu fliehen. Solange sie jedoch in Ruhe gelassen wurde, störte es sie nicht, hier auf ihre Befreiung zu warten.

Sie spürte, wie Thor sich physisch näherte. Er konnte jetzt nicht mehr so weit entfernt sein.

Wo bist du?

Sie war vollkommen orientierungslos und hätte sich ebenso gut in einer Hütte im Wald wie in einem Kellergewölbe in New York befinden können.

Ich stehe vor dem Haus, in dem du bist. Ein gutes Wohnviertel. Alles Häuser, die bewohnt sind. Er übermittelte ihr ein Bild. Die Straße lag größtenteils im Dunkeln, wurde nur von dem spärlichen Licht einiger Straßenlaternen beleuchtet. Es sah völlig friedlich aus. Die Menschen in diesen Häusern schliefen mit Sicherheit, die Kruento jedoch nicht.

Wie viele?, fragte sie nach. Sie hatte bisher nicht gewagt, sich auf geistiger Ebene auszustrecken, hatte Angst, dass sie dadurch merkten, dass sie wach war.

Viele.

Sie schluckte, konnte das Unbehagen nicht ganz loswerden. *Wie viele?* Sie musste es genau wissen.

Zwanzig, eher noch ein paar mehr.

Die Zahl raubte ihr einen Augenblick jede Hoffnung. Das waren zu viele.

Versprich mir etwas, bat sie leise.

Es dauerte einen Moment, bis sie Thors Nicken spürte. *Was?*

Was auch immer passiert, versprich mir, dass du nicht allein in dieses Haus stürmen wirst. Sie konnte den Gedanken nicht ertragen, dass ihm etwas zustieß, dass er womöglich getötet wurde.

Wieder dauerte es lange, bis sie Thors Stimme vernahm. *Das tu ich, wenn du mir auch etwas versprichst.*

Jetzt war sie an der Reihe. Sie wusste nicht, was er von ihr verlangen würde und ob sie ihm das Versprechen geben konnte. *Was soll ich dir versprechen?* Ihre Stimme war nur noch ein Flüstern.

Was auch immer passiert, sperr mich nicht aus deinen Gedanken aus. Ich will bei dir sein.

Sie hatte keine Ahnung, was die New Yorker Vampire mit ihr vorhatten. Sie konnten sie ebenso gut als Druckmittel gegen Thor nutzen und sie foltern, um herauszufinden, was sie wusste. Nein, sie wollte nicht, dass Thor mitbekam, wie es ihr ging. Er würde mit ihr leiden, und es wäre genug, wenn sie litt. Aber noch viel weniger wollte sie, dass Thor sein Leben aufs Spiel setzte und einen Rettungsversuch im Alleingang unternahm. Und das würde er, ohne mit der Wimper zu zucken.

Okay, ich versprech' es dir. Sie konnte nicht riskieren, ihn zu verlieren.

Vielleicht waren die Bostoner rechtzeitig da. Vielleicht krümmten ihr die New Yorker überhaupt kein Haar. Sie klammerte sich an die Hoffnung, wie gering sie auch sein mochte, denn alles andere war zu schrecklich, um es sich in Gedanken auszumalen. Außerdem wollte sie Thor nicht beunruhigen.

Es wird alles gut, versprach er ihr.

Delina glaubte ihm.

Da vernahm sie Schritte. Die Anwesenheit von Vampiren war klar und deutlich zu spüren. Sie kamen, um sie zu holen. Delinas Nervosität stieg. Die Hoffnung, die Bostoner würden eintreffen, bevor sich die New Yorker mit ihr auseinandersetzten, zerplatzte wie eine Seifenblase.

Sie kommen, sagte sie, obwohl sie wusste, das Thor es längst wahrgenommen haben musste.

Ich bin bei dir.

* * *

Christelle grinste zufrieden vor sich hin. Ihr war eine Aufgabe zugewiesen worden, der sie mit Freude nachkommen würde. Vor einigen Stunden waren einige Krieger zurückgekehrt und hatten eine Gefangene dabei. Sie war in den ausbruchsicheren Raum gesperrt worden. Christelle hatte sie bei ihrem Eintreffen nicht gesehen. Kingman und zwei seiner Freunde waren zu dieser Zeit mit ihr beschäftigt gewesen. Ihr tat immer noch alles weh. Deswegen war sie unglaublich froh darüber, die Gefangene herrichten zu können. Sie hatte zwar keine Ahnung, was mit ihr geplant war, aber sie lenkte die Männer von ihr ab, und mit etwas Glück würden die Vampire sie für den restlichen Tag in Ruhe lassen.

Sie befand sich bereits den ganzen Tag in Radims Haus. Kruento gingen ein und aus. Die Aufregung, die alle ergriffen hatte, war beinahe greifbar. Es lag etwas in der Luft, aber sie war nicht in der Position nachzufragen.

Jetzt jedoch waren ihr zwei Vampire zugeteilt worden, die darauf achten sollten, dass die Gefangene nicht floh. Sie folgte den beiden die Treppe in den Keller hinunter. Sie war noch nie dort unten gewesen, wusste jedoch inzwischen genug über die New Yorker Vampire, dass diese dort ihre Blutsklaven versteckten. Je weiter sie hinabstiegen, desto furchtbarer stank es. Urin und Exkremente vermischten sich mit den Ausdünstungen der Menschen. Es war einfach nur ekelhaft. Eine nackte Glühbirne baumelte von der Decke und reichte kaum aus, um die ganze Länge des düsteren Flurs zu beleuchten. Sie gingen an der ersten Tür vorbei. Dürre Hände streckten sich ihr durch Gitterstäbe entgegen.

„Nimm mich mit, bitte!", rief eine krächzende Frauenstimme.

Christelle wich den Händen aus. Inzwischen war sie zu abgestumpft, um noch Mitleid mit ihnen zu empfinden. Je brutaler die Vampire sich an den Amicas und Ambakten vergingen, desto weniger musste sie herhalten. Und es verschaffte auch ihr eine gewisse Befriedigung, die Frauen und Männer schreien zu hören. Das Aufregendste war gewesen, als sie einer Amica die Kehle zugedrückt hatten. Röchelnd lag sie da, völlig von Sinnen. Nach und nach entwich das Leben aus ihr. Kingman war es egal gewesen, er stieß einfach weiter in sie hinein, bis er seinen Höhepunkt erreichte.

„Hier!", jammerte ein Kerl, dessen knochige Finger sich um ihr Handgelenk schlossen. „Ich gebe dir Blut."

Sie schüttelte ihn ab, wollte nicht, dass diese dreckigen und stinkenden Menschen sie berührten. Erst wenn sie der Dominus brauchte, wurden sie gesäubert, ansonsten überließ man sie ihrem Schicksal. Bei dem Anblick der Blutsklaven stellte Christelle sich allerdings die Frage, in welchem Zustand die Gefangene sein mochte. Sie konnte die Vampirin waschen, frisieren und neu einkleiden, aber viel mehr würde sie nicht ausrichten können.

„Hier ist sie", erklärte der Vampir, den die anderen Jar genannt hatten. Er strich sich über seinen langen Bart und schloss die Eisentür auf. Sie hatte keine Gitter, und im Gegensatz zu den anderen war sie richtig massiv. Der Vampir musste seine ganze Kraft aufwenden, um die mehrere Zentimeter dicke Tür aufzustemmen. Kein Wunder, das aus diesem Raum kein Vampir fliehen konnte.

Christelle war gespannt auf die Gefangene und spähte an Wheaton, dem zweiten Vampir, vorbei. Zuerst sah sie nichts, nur einen leeren Raum, doch dann erblickte sie eine Person. Sie saß am Boden, hatte die Arme um ihre Beine geschlungen und hob nun schützend eine Hand, um ihre Augen abzuschirmen. Da sie sich bis eben in völliger Dunkelheit befunden hatte, musste selbst die trübe Funzel in ihren Augen brennen.

Für einen Moment erstarrte Christelle. Das war doch …

„Aufstehen!", bellte Wheaton unfreundlich, betrat den Raum und zog die Gefangene hoch. „Was für ein Leckerbissen", grinste er. Seine grünen Augen glommen vor Erregung.

„Wartet, bis ich sie gewaschen habe", schlug Christelle vor.

Wheaton zog die Gefangene an Christelle vorbei, die an der geöffneten Tür stand. „Fühl dich nur nicht so sicher", knurrte er ihr im Vorbeigehen zu. „Eines Tages bin ich an der Reihe, und ich werde mit dir nicht so handzahm umgehen wie die anderen Vampire."

Seine Drohung ließ ihre Nackenhaare zu Berge stehen. Sie wusste, dass er es tatsächlich so meinte. In den letzten Tagen hatte sie viel über den Clan herausgefunden, zum Beispiel, dass es hier an Vampirinnen mangelte. Die wenigen, die es gab, hatten alle einen Homen. Aber nur weil sie verbunden waren, lebten sie nicht monogam. Die Vampirinnen wurden nach Belieben herumgereicht, sodass alle männlichen Vampire mal zum Zug kamen. Je nach ihrer Dominanz standen sie dabei weiter oben in der Hierarchie oder weiter unten und kamen dadurch seltener zum Zug oder mussten das nehmen, was am Ende übrig blieb.

Christelle hoffte, dass dieser Tag nie kommen würde.

Sie richtete ihre Aufmerksamkeit auf die Gefangene. Tatsächlich, sie hatte sich nicht getäuscht. Die langen blonden Haare, die Größe und die blau-grauen Augen gehörten eindeutig zu der kleinen Prinzessin, die zeitgleich mit ihr angekommen war und die der Schleuser – auch welchen Gründen auch immer – unter seinen Schutz gestellt hatte. Ein zufriedenes Lächeln legte sich auf ihre Lippen. Sie stank aus jeder Pore nach dem Schleuser. Sie mochte die Beine für ihn breit gemacht haben, aber das würde ihr hier nichts nützen. Dominus Radim und seine Männer wollten mit der Prinzessin spielen. Nichts lieber als das. Sie bekam genau das, was sie verdiente. Christelle würde dafür sorgen, dass die Männer ihren Spaß mit ihr hatten, bis nicht mehr viel von ihr übrig blieb. Und diesmal war kein Schleuser da, der sie schützte, diesmal war sie auf sich allein gestellt.

Während Wheaton sie durch den Flur schleifte und Menschenhände sich gierig nach ihr ausstreckten, schloss Jar hinter Christelle die schwere Tür.

„Los, geh!", forderte Jar sie unfreundlich auf.

Christelle folgte.

Von hinten konnte sie die kleine Prinzessin beobachten. Ihre Gefangenschaft war ein besonderes Geschenk für Christelle. Sie hatte sich für etwas Besseres gehalten, aber das war sie nicht. Jetzt war Christelle in der überlegenen Position. Sie wusste, wie die Abläufe des Clans funktionierten. Die Kleine dagegen hatte absolut keine Ahnung. Sie würde dafür sorgen, dass die Kruento Gefallen an ihr fanden. Inzwischen hatte sie eine ganz genaue Vorstellung davon, was die Krieger anturnte. Christelle wollte dabei sein, zusehen, wenn die Vampire sich mit ihr abgaben. Sie würde jeden einzelnen Augenblick genießen.

„In das Gästezimmer im ersten Stock?", fragte Wheaton.

„Ja!", kam die klare Ansagen von Jar.

Das war gut. In dem Gästezimmer war Christelle schon gewesen und kannte sich dort aus. Neben einem Badezimmer gab es dort ein riesiges Bett, einen vollen Kleiderschrank und eine Frisierkommode. Christelle hatte die Vermutung, dass die Kleidung der eingesammelten Menschenfrauen dort aufbewahrt wurde. In Gedanken ging sie durch, wie sie die Vampirin herrichten würde.

Christelle war in allerbester Laune, als sie den ersten Stock erreichten. Aus dem Wohnzimmer war Gelächter zu hören. Die Stimmung musste gut sein. Die Vampire sollten ruhig vorglühen, doch der Höhepunkt der Nacht würde die Gefangene sein, dafür würde sie sorgen.

„Wir werden hier warten", verkündete Jar.

Wheaton öffnete die Zimmertür und stieß die Prinzessin hinein. Christelle folgte ihr, während sich die zwei Vampire davor postierten. Sie kannte die Räumlichkeiten. Die Fenster waren alle vergittert. Aus dem Raum kam man lediglich durch die Tür, die bewacht wurde.

„Christelle?", fragte die Gefangene leise und blickte sie erwartungsvoll an.

„Komm mit! Machen wir dich fertig für die Männer." Sie ging an ihr vorbei und öffnete die Tür zum Badezimmer. „Wenn du nicht freiwillig kommst, bitte ich Wheaton oder Jar um Hilfe."

Ein leicht panischer Gesichtsausdruck legte sich auf das Gesicht der Prinzessin, die sich nun anschickte, ihr zu folgen.

KAPITEL 22

Er würde in wenigen Minuten die letzte Bastion stürmen. In den vergangenen Wochen hatte Sebum äußerst konzentriert daran gearbeitet, seine Männer um sich zu scharen. Einige schlossen sich ihm freiwillig an, andere unterwarf er. Die Stimmung im Volk war gut. Jourdain war nicht sehr beliebt. Unter seiner Herrschaft ging es ihnen noch schlechter als zuvor, und so konnte er sich als Retter aufspielen, der sein Volk aus der Knechtschaft befreite.

Nach den Soyas Fredolin und Diego war auch Josef Dietrich, der zu den Sjüten geflohen war, mit seiner Familie und seinen Anhängern zurückgekehrt. Merten und Lev hatte er in den Stand eines Soyas erhoben. Sie waren gute Krieger und hatten ihre Treue zu ihm bewiesen. Er brauchte eine starke Truppe, auf der er seine zukünftige Regentschaft aufbauen konnte, und diese zwei gehörten dazu. Mit Soya Dioméde, den er vor drei Tagen befreit hatte, waren seine Soyas komplett. Dioméde war von Jourdains neuem Soya Gale unterworfen worden. Das hatte der nicht legitime Soya mit dem Leben bezahlen müssen.

Sebum hatte sich Jourdain – und er weigerte sich, ihn mit dem Titel eines Blutfürsten anzusprechen – bis zum Schluss aufgehoben. Er würde ihn nicht als ebenbürtig anerkennen und ihn um die Vorherrschaft in seinem Reich herausfordern. Er würde ihn einfach so unterwerfen. Der ehemalige Soya hatte ihm einst die Treue mit Blut geschworen, und diese Treue würde er am heutigen Tag einfordern. Der Zeitpunkt war gekommen, da er die Herrschaft endgültig zurückerlangen würde.

Sebum hatte beschlossen, mit einem standesgemäßen schwarzen Mercedes-Benz vorzufahren. Es sollte Jourdain an die Nacht erinnern, in der er ihn zum Soya ernannt hatte. Damals war er ebenfalls mit einem solchen Auto unterwegs gewesen. Zur Ernennung von Jourdain als Soya hatte die Familie Chevalier ein großes Fest ausgerichtet. Er als Blutfürst war der Ehrengast gewesen. Jourdain hatte ihn voll Freude auf dem herrschaftlichen Anwesen begrüßt. Die Erinnerung an jene Nacht war sehr präsent und erfüllte Sebum mit Wehmut. Nie hätte er für möglich gehalten, dass Jourdain ihn eines Tages so hintergehen würde.

Im gemächlichen Tempo näherten sie sich dem alten Herrenhaus, dem Familiensitz der Chevaliers seit Jahrhunderten. Jeder Quadratzentimeter wurde von seinen Leuten bewacht. Nicht einmal einer Maus würde es gelingen, ungesehen über die Grenze zu huschen. Doch im Gegensatz zu Jourdain würden seine Leute die Maus nicht aufhalten.

Sie passierten die Einfahrt. Friedlich lag das Herrenhaus vor ihnen. Es war seit seinem letzten Besuch renoviert worden: Neu angestrichene Fassade, moderne Fenster. Scheinwerfer strahlten die Front an und tauchten das Gebäude in helles Licht. Es sah majestätisch aus, war eines Blutfürsten würdig, musste Sebum nicht ganz neidlos anerkennen. Nur schade, dass am Ende dieser Nacht nicht mehr viel davon übrig bleiben würde.

„Vier Minuten bis zur Ankunft am Haus." Itan war mit einem Knopf im Ohr mit den anderen Vampiren verbunden. Sie hatten sich in Gruppen aufgeteilt, und Itan führte die Einheit an, die gleich das Haus stürmen würde.

Lange hatte Sebum gezögert, seinem Sohn die Leitung der Operation zu übertragen, aber wenn etwas schief ging, dann hatte er einen Sündenbock und musste sich seinen Leuten nicht erklären. Er hasste es, in dieser Lage zu sein. Wie wunderbar war die Zeit gewesen, in der er unantastbar an der Spitze seines Reiches regieren konnte. Schuld an allem war Etina, die ihn nicht nur vorführte, indem sie mit einem Neuweltler durchbrannte, sondern ihn dazu nötigte, das Festland zu verlassen. Und selbst diese Reise war umsonst gewesen, denn er hatte seinen Anspruch nicht geltend machen können. Sie hatte ihren Seelengefährten gefunden und sich mit ihm verbunden. Es war so unfassbar. Wenn er es nicht mit eigenen Augen gesehen hätte, hätte er geschworen, dass es Seelenverbindungen nicht gab, vielleicht nie gegeben hatte. Ausgerechnet Etina war eine Privilegierte. Er spürte deutlich den Verlust und auch wenn er sie nie geliebt hatte, so war sie doch ein wichtiger Teil und ein Statussymbol in seinem Leben gewesen.

„Eine Minute."

Seine Hand schloss sich um den Griff des Schwerts. Er hatte nicht vor zu kämpfen, würde den selbsternannten Vetusta auf geistiger Ebene unterwerfen. Jourdain hatte ihm den Treueschwur abgelegt, egal, was er verlangte, er musste sich beugen. Ein Lächeln legte sich auf sein Gesicht, als er die Waffe betrachtete. Nein, er brachte sie nicht zum Kämpfen mit, aber sie würde ihn dennoch triumphieren lassen. Denn es würde sein Schwert sein, mit dem sich Jourdain das Leben nehmen würde.

„Wir sind da." Itan sprach in sein Mikrofon, um die anderen zu informieren.

Gleichzeitig öffneten Vater und Sohn die Autotüren und stiegen aus. Vier weitere Fahrzeuge hielten hinter ihnen. Mit Schwertern bewaffnete Krieger sprangen heraus. Itan gab wortlos Anweisungen, teilte die Vampire auf. Dann erteilte er den Befehl, das Gebäude zu stürmen. Die Krieger rannten los. Sebum wartete. Die Männer würden ihm den Weg frei machen. Die sich im Haus aufhaltenden Vampire interessierten ihn nicht, er war nur an Jourdains Kopf und vielleicht noch den Köpfen seiner Brüder interessiert.

Itan trat neben ihn und sah mit zu, wie die Krieger im Inneren des Hauses verschwanden. Sebum ignorierte ihn. Dieser miese kleine Knilch. Anstatt Seite an Seite mit seinen Männern zu kämpfen, zog er es vor, im Hintergrund in Sicherheit zu warten. Nun, ihm sollte das recht sein. Je gespaltener das Verhältnis von Itan zu den Kriegern war, umso länger würde er seinen Sohn als seine rechte Hand dulden. Sollte er eines Tages zu mächtig werden, musste er sich von ihm trennen – Sohn hin, Sohn her. Alles, was eine Gefahr für seinen Thron darstellte, wurde aus dem Weg geräumt. Das hatte er schon immer so praktiziert, und damit würde er auch jetzt nicht aufhören.

Sebum hatte keine Lust, weiter zu warten. Das konnte er ebenso gut im Gebäude tun. So marschierte er los. Als er über die Türschwelle trat, überfluteten ihn Erinnerungen. An diese weitläufige Eingangshalle erinnerte er sich noch recht gut. Jourdain war besonders stolz auf den italienischen Marmor gewesen, der auch jetzt noch den Boden bedeckte. Lediglich die Wände waren neu gestrichen worden, und zu seiner Rechten prangte ein übergroßes Portrait von Jourdain. Das gab es damals noch nicht. Zu seiner Linken führte eine Treppe ins Obergeschoss. Er hörte das Poltern der Krieger, die sich einen Raum nach dem anderen vornahmen, das ganze Gebäude systematisch durchkämmten.

Wieder trat Itan neben ihn, wieder ignorierte er seinen Sohn. Stattdessen konzentrierte er sich auf die vertrauten Geräusche von klirrendem Metall, von Schwertklingen, die einander kreuzten. Es war wie Musik in seinen Ohren. Der Kampf musste im hinteren Teil des Hauses stattfinden, dort wo sich damals der große Saal befunden hatte. Sebum ging darauf zu. Er warf nur flüchtige Blicke in die Räume, an denen er vorbei ging, doch was er sah, gefiel ihm ausgesprochen gut. Warum hielt er eigentlich an diesem alten Château des Potestas noch immer fest? Im Grunde hasste er dieses Gemäuer, die fehlenden Annehmlichkeiten der Moderne. Hier dagegen erstrahlte alles in einem Glanz, der einem Blutfürsten durchaus angemessen war. Weder auf fließend Wasser noch auf ausreichend Elektrizität würde er hier verzichten müssen. Und von seinen Leuten, die das Anwesen ausgekundschaftet und umstellt hatten, wusste er, dass die Fläche außen herum groß genug war, um einen Menschenzwinger einzurichten. Sebum traf eine Entscheidung. Er würde dieses Haus nicht niederbrennen, er würde es zu dem seinen machen. Das hier sollte auch weiterhin das Zentrum der Macht bleiben. Es würde sein neues Zuhause werden.

Er erreichte den Saal, sah, wie Vampire verbissen gegeneinander kämpften. Er ließ seinen Blick durch den Raum schweifen, konnte jedoch weder Jourdain noch seine Brüder ausmachen.

Itan trat von hinten an ihn heran. „Wir haben das ganze Haus durchsucht. Von den Chevaliers fehlt jede Spur."

Testa! Sie waren ihm also wieder einen Schritt voraus. Doch etwas Entscheidendes hatte sich geändert. Sie waren nun auf der Flucht, konnten nicht mehr in ihr Heim zurückkehren. Früher oder später würde er Jourdain finden. Die Zeit, in der er den

Thron des Blutfürsten für sich in Anspruch genommen hatte, war vorbei. Der Krieg war zu Ende.

„Anhänger von Jourdain Chevalier", rief Sebum in all der Autorität, die er als Vetusta innehatte. Der Kampflärm verstummte, jeder wollte hören, was er zu sagen hatte. „Legt die Waffen nieder und ergebt euch! Schließt euch mir an, und ich verspreche euch Straffreiheit."

Für Sekunden breitete sich eine unheimliche Stille aus, dann kniete der erste Vampir nieder und legte seine Waffe zu Boden. Andere folgten seinem Beispiel. Keiner von ihnen widersetzte sich. Sie wussten alle, dass sie verloren hatten und für sein Angebot mehr als dankbar sein sollten.

Erhobenen Hauptes schritt er durch die Menge, bahnte sich einen Weg zu Jourdains Thron, der verdammt noch mal um einiges hübscher war als das hässliche Steinding seines Vaters. Würdevoll nahm er Platz. Applaus und Jubelrufe breiteten sich aus.

Er war zurück. Der Thron war sein.

* * *

Delina folgte der Vampirin ins Badezimmer, das weder besonders groß noch komfortabel war. Aber zu zweit hatten sie gut Platz, ohne sich auf den Füßen zu stehen.

Christelle ist hier, teilte sie Thor mit. Vielleicht finde ich in ihr eine Verbündete.

Sei vorsichtig, riet der Schleuser ihr.

„Zieh dich aus!" Christelle lehnte am Waschbecken und sah sie abwartend an.

Delina blickte an sich herab. Ihre Jeans und das T-Shirt waren ziemlich verdreckt. Die Jeansjacke war am Ärmel zerrissen, sie würde nur noch für die Tonne taugen.

„Du bist ja noch zickiger, als ich angenommen habe. Wird's bald oder soll ich einen der Männer vor der Tür dazuholen, damit sie dir behilflich sind?"

Nachdenklich blickte Delina die Vampirin an und fragte sich, wie es ihr seit ihrer letzten Begegnung ergangen war. Was hatte sie erlebt, dass sie so verbittert war? „Was haben sie dir angetan?", fragte Delina mitfühlend.

„Nichts, im Gegensatz zu dem, was sie dir antun werden." Christelle starrte sie hasserfüllt an.

Lass gut sein, Delina, hörte sie die sanfte Stimme ihres Homen.

Sie hörte auf seinen Rat und begann, sich auszuziehen. Als sie komplett entkleidet war, wusch Christelle sie. Delina hätte es auch selbst tun können, aber sie wollte nicht erneut die Konfrontation mit der Vampirin suchen.

„Lebst du hier?", erkundigte sie sich stattdessen. Sie wollte mehr über die Gegebenheiten herausfinden. Vielleicht lieferten Christelles Antworten ihr eine Möglichkeit zur Flucht.

„Ich bin ein Teil des Clans, eine Samera", erklärte die Vampirin ihr von oben herab. „Du dagegen bist nichts. Eine Gefangene."

Christelle dirigierte sie direkt vor das Waschbecken. Dann spürte sie eine Hand im Nacken, die sie nach vorne drückte. Gehorsam beugte sie sich vor, und die Vampirin begann, ihr die Haare zu waschen.

„Du stinkst bestialisch nach ihm." Angeekelt rümpfte Christelle die Nase.

„Nach wem?"

Nach mir, antwortete Thor ihr in Gedanken.

Sie schob ihn beiseite. Dass er ihr in die Unterhaltung hineinquatschte, konnte sie überhaupt nicht gebrauchen. Das verwirrte sie nur.

„Nach dem Schleuser."

Das war auch kein Wunder, denn schließlich war sie seine Samera. Ob sie Christelle das mitteilen sollte? Eigentlich müsste sie von selbst draufkommen.

Tu es nicht!

Sie verdrehte die Augen. *Ich glaube nicht, dass sie der Feind ist, rechtfertigte sie sich.*

Das muss sie auch nicht sein. Sie wird auf ihren Vorteil bedacht sein, und Wissen ist Macht. Die Vampire werden ohnehin schnell merken, dass du eine gebundene Vampirin bist – wenn sie es noch nicht wissen. Es ist doch recht offensichtlich.

„Was ist?", verlangte Christelle zu wissen, die ihr Augenrollen bemerkt haben musste.

„Nichts", log Delina.

Christelle wickelte die Haare in ein Handtuch, nahm Delina an die Hand und führte sie zurück ins Zimmer. Noch immer war sie splitterfasernackt. Es war nicht kalt, aber dennoch wünschte sie sich, etwas überziehen zu können. Vor allem behagten ihr die zwei Wachen vor der Tür nicht, die jederzeit hereinkommen konnten.

Sie beobachtete Christelle, die zum Kleiderschrank ging und sich dabei Zeit ließ, die einzelnen Kleidungsstücke unter die Lupe zu nehmen. Es dauerte nicht lange, da kam sie auf Delina zu und legte die Kleidungsstücke vor ihr auf dem Bett ab. Entsetzt betrachtete sie die Auswahl. Das konnte unmöglich Christelles Ernst sein. Der schwarze Rock war so kurz, dass er die Bezeichnung Minirock nicht verdiente. Die weiße Bluse würde zumindest drei Viertel ihrer Arme bedecken, war jedoch durchscheinend. Von Unterwäsche oder einem Top war nichts zu sehen.

„Du glaubst doch nicht, dass ich so herumlaufen werde."

Hämisch grinste Christelle sie an. „Selbstverständlich kannst du auch dein Evakostüm anbehalten. Entweder du gehst so oder ziehst die Sachen an." Dabei wies sie zuerst auf Delina und dann auf die ausgewählten Kleidungsstücke.

Zornig starrte Delina die Vampirin an, die mit verschränkten Armen vor der Brust auf ihre Entscheidung wartete. Hatte sie überhaupt eine Wahl? Lohnte es sich, sich mit Christelle anzulegen? Wütend griff sie nach dem Rock und zog ihn an. Er passte. Ihre erste Einschätzung bestätigte sich jedoch. Ihre Pobacken waren geradeso verhüllt. Sobald sie sich vorbeugte oder setzte, würde sie blankziehen. Die Bluse war auch nicht besser. Ihre dunklen Brustwarzen schimmerten durch den Stoff hindurch und überließen nichts der Fantasie. Sie warf einen flüchtigen Blick in den Spiegel.

Heilige Scheiße!, murmelte Thor in ihrem Kopf.

Mist. Indem sie sich selbst betrachtete, sah auch Thor, wie sie aussah. Sie spürte seine Wut und versuchte, ihn zu beruhigen. Er durfte nicht in dieses Haus eindringen. Das musste sie unter allen Umständen vermeiden.

Alles gut. Mich hat niemand angefasst.

Er zog sich etwas zurück. Unterschwellig spürte sie, wie das ungezähmte Tier in seinem Inneren herumstrich, doch er hatte sich unter Kontrolle.

„Setz dich!", forderte Christelle sie auf und deutete auf den kleinen Hocker vor dem Schminktisch.

Delina ließ sich auf dem Stuhl nieder. Sie kehrte dem Spiegel absichtlich den Rücken zu. Es würde Thor nur aufbringen, sie in der Bluse zu sehen, also vermied sie das besser.

„Was kannst du mir über den Clan erzählen?", fragte Delina, während Christelle begann, ihre langen blonde Haare zu kämmen. Je mehr sie von ihr erfuhr, desto mehr konnte sie sich auf das einstellen, was auf sie zukommen würde. Und je mehr Thor wusste, umso zielgerichteter würden sie das Haus stürmen können.

„Das wirst du selbst herausfinden müssen."

Sie war noch nicht bereit aufzugeben. „Wem gehört das Haus?"

„Radim."

Das ist der Dominus des New Yorker Clans! Thor wirkte aufgebracht.

Wieder drängte Delina ihn sanft zurück. Er musste sich beruhigen. Es würde ihnen beiden nichts nützen, wenn er vollkommen durchdrehte.

„Und wer ist jetzt alles hier?"

Christelle flocht schweigend eine Strähne zu Ende. Delina hatte längst begriffen, dass ihre Haare offen bleiben würden. Eine eindeutige Demütigung, aber damit konnte sie umgehen. Wenn Christelle ihr die Haare abgeschnitten hätte, hätte sie rebelliert, denn das war das Zeichen, dass ihr Rinoka ihr seinen Schutz entzogen hatte und sie für alle Männer zu haben war. Und das – da war sie sich hundertprozentig sicher – war nicht der Fall.

„Radim und seine Männer. Sie teilen gerne, und du wirst ihnen gefallen."

Sie hörte Thors vernehmliches Knurren und rechnete es ihm hoch an, dass er sich eines Kommentars enthielt.

So langsam wurde es ihr doch etwas mulmig zumute. Die aufreizende Kleidung und Christelles Andeutungen konnten eigentlich nur auf eines hindeuten. Sie schluckte. Es war unmöglich, weiter die Augen zu verschließen.

Sie werden sich doch nicht an einer gebundenen Vampirin vergreifen? Sie konnte nicht anders, als die Frage zu stellen.

Jeder Einzelne, der Hand an dich legt, wird die morgige Nacht nicht erleben.

Ihre Angst wurde von Sekunde zu Sekunde schlimmer. Sie würde nicht zulassen, dass Thor es mit allen in diesem Haus allein aufnahm. Eher würde sie die Verbindung zu ihm schließen, sich von ihm abkapseln.

Das wirst du nicht tun.

Es war ihr vollkommen egal, dass er ihre Gedanken lesen konnte.

Dann halte dich an dein Versprechen, erinnerte sie ihn.

„Fertig", verkündete Christelle und trat zurück. „Sie können dich jetzt zu den Vampiren bringen."

Stolz reckte Delina das Kinn. Sie würde nicht aufgeben, sich nicht beugen, und noch weniger würde sie sich von Christelle einschüchtern lassen. Ihr war übel, aber sie würde sich mit erhobenem Haupt dem Feind stellen.

Meine kleine Kämpferin.

Thors liebevolle Worte gaben ihr Kraft. Sie war nicht allein. Er war bei ihr.

„Ich werde es genießen, dabei zuzusehen, wie sie dich zerstören", sagte Christelle zufrieden. Dann riss sie die Tür auf. „Wir sind fertig."

Augenblicklich traten die zwei Vampire ein, nahmen Delina in ihre Mitte und führten sie davon.

* * *

Thor rutschte unruhig auf dem Fahrersitz seines Wagens herum. Untätig saß er direkt vor dem Haus, in dem Delina gerade für die Vampire hergerichtet wurde. Wenn er gekonnt, wenn auch nur der Hauch einer Chance bestanden hätte, wäre er in das Gebäude eingedrungen und hätte Delina befreit. Sein Verstand funktionierte noch soweit, dass ihm klar war, dass er das unmöglich überleben konnte. Sein Tod wäre sinnlos, wenn er Delina nicht befreien konnte, deshalb hatte er sich entschieden, nichts zu tun und auf die Bostoner Verstärkung zu warten.

Er hatte sich aus Delinas Geist zurückgezogen, wollte nicht, dass sie an seinen Gedanken teilhatte. Längst verborgene Erinnerungen waren an die Oberfläche gekommen. Er hatte Delinas Hilflosigkeit gespürt, etwas, das er nur zu gut kannte und doch vielleicht deshalb so abgrundtief hasste. Thor erinnerte sich an seine Mutter, eine schwarze füllige Frau, die in der Küche arbeitete. Er hatte sie oft begleitet, wenn sie zum Arbeiten dort war, hatte in der Küche unter dem Tisch auf dem Boden gespielt, damit der Hausherr ihn nicht entdeckte. Soya Odinkar hatte damals viel Zeit auf seinem Landsitz verbracht. Mehr als einmal hatte er als Junge dem Vampir dabei zugesehen, wie er den Dienstmädchen den Rock hochschob und sich an ihnen verging. Er respektierte den Soya, fürchtete ihn sogar ein wenig, mochte ihn jedoch nie. Als sich bei ihm Veränderungen bemerkbar machten und seine Mutter ihm seine wahre Identität offenbarte, brach für ihn eine Welt zusammen. Niemand hatte ihn gefragt, niemand scherte sich darum, wie es dem Jungen ging, am allerwenigsten sein Vater. *Vater.* Er gebrauchte das Wort nicht oft, hatte es nie ausgesprochen und vermied es selbst in Gedanken gern, wenn er an den Kruento dachte, der ihn gezeugt hatte. Die Hilflosigkeit eines Kindes, das nicht wusste, in welche Welt es gehörte, das niemanden hatte. Als es soweit war, hatte der Soya die Renovation durchgeführt. Es war das einzige Mal, dass er im Herrschaftshaus auf dem Landsitz über Nacht geblieben war. Danach war er sich selbst überlassen worden. War in der Gegend herumgestreunt und hatte seine Kräfte ausprobiert. Es war eine dunkle Zeit gewesen, an die er sich nur ungern erinnerte, und auch heute schob er die Erinnerungen beiseite, die nur ungute Gefühle in ihm auslösten. Das Herrschaftshaus hatte er nie wieder betreten, und seine erste Tat als Soya war es gewesen, dieses verhasste Gebäude niederzubrennen. Erst Dominus Ruwen hatte ihm Einhalt geboten. Man konnte über den alten Dominus sagen, was man wollte, Thor verdankte ihm viel. Er war ihm ein besserer Vater gewesen als seinen eigenen Kindern.

In seinem Geist befand sich ein Raum, in dem er die schrecklichsten Erlebnisse wegschloss. Genau dorthin verbannte Thor alles, was mit seinem Vater zu tun hatte. Die Vergangenheit war zu schmerzhaft. Er wollte sie nicht noch einmal durchleben. Zumindest wenn er wach war, konnte er sie verdrängen. Wenn er schlief, war er dagegen machtlos. Er vermutete, dass er in den nächsten Tagen schlecht schlafen und von Albträumen heimgesucht werden würde. Damit hatte er sich abgefunden. Was jedoch blieb und was er nicht fortsperren konnte, war dieses erdrückende Gefühl der Hilflosigkeit. Er hatte sich geschworen, sich nie wieder so zu fühlen. Das war der Grund, warum er sich stets von anderen fernhielt. Bis Delina in sein Leben trat, war ihm das auch ziemlich gut gelungen. Doch mit ihr wurde alles anders. Delina wurde für ihn immer wichtiger, und noch schlimmer, als diese Hilflosigkeit zu fühlen, war die Vorstellung, sie zu verlieren. Sie bedeutete ihm alles. Sie war sein Leben. Wenn er sie verlor, würde es ihn zerstören. Er liebte sie.

Völlig überrumpelt von der Erkenntnis, brauchte er einige Augenblicke, um Delinas Unbehagen wahrzunehmen. Hastig schob er seine Gedanken beiseite, versteckte sie in einem verborgenen Winkel. Er wollte sie mit der Erkenntnis seiner Liebe zu ihr nicht erdrücken. Zuerst musste er selbst darüber noch einmal nachdenken. Abschließend vergewisserte er sich, dass alle verräterischen Erinnerungen weggeschlossen waren und öffnete die Verbindung zu ihr. Delina hatte Angst. Sie wurde in einen Raum mit Vampiren geführt. Was sie sah, teilte sie mit ihm, und so konnte er sich von ihrer Umgebung ein ziemlich gutes Bild machen. Es waren viele Kruento, und er sah sich in seiner Einschätzung bestätigt, dass es sinnloser Selbstmord gewesen wäre, Delina dort allein herausholen zu wollen. Es hielt Thor jedoch nicht davon ab, einen verzweifelten Blick auf sein Handy zu werfen. Zu seinem Bedauern war keine neue Nachricht eingegangen. Darius hatte versprochen, sich zu melden, sobald sie New York erreichten. Das konnte noch etwas dauern. Bis dahin mussten er und Delina durchhalten.

Er konnte nicht viel tun, aber zumindest Delina durch das Band Zuversicht schicken. Sie war nicht allein, egal was geschah, er würde es mit ihr durchstehen.

Radim kam in Delinas Sichtfeld. Er sah keine Spur älter aus als bei seinem letzten Zusammentreffen mit dem Schleuser. Es wäre allerdings auch verdammtes Glück gewesen, wenn der Dominus zwischenzeitlich an Blutverwässerung erkrankt wäre. Radim saß in einem Sessel und ergötzte sich an dem Schauspiel. Wut auf den Kruento brodelte in Thor, doch er hatte sich unter Kontrolle. Auf der Sessellehne saß Tristan, die miese kleine Ratte. Er hatte den dürren Vampir noch nie gemocht. Er war so falsch wie eine Dreißig-Dollar-Note. Verärgert registrierte er die Blicke der Männer, die Delina lüstern betrachteten. Bevor er etwas tun konnte, was Delina dazu veranlasste, ihn auszusperren, konzentrierte er seine Aufmerksamkeit auf Radim. Dieser musterte Delina von oben bis unten. Dann spürte er, wie der Dominus

Delina auf geistiger Ebene abtastete. Unwillkürlich verstärkte er ihre Schutzschilde. Es beruhigte ihn eine wenig, dass sie voll funktionsfähig waren. Niemanden – auch nicht Radim – würde es gelingen, in Delinas Kopf einzudringen.

„Eine gebundene Vampirin", hörte Thor die unverkennbare Stimme mit dem osteuropäischen Akzent des Dominus. Er lebte nun schon so lange in der Neuen Welt und hatte es noch immer nicht geschafft, sich sprachlich anzupassen.

„So ist es", antwortete Delina und reckte das Kinn.

Er war unendlich stolz auf sie. Sie ließ sich ihre Angst nicht anmerken, sondern bot ihm die Stirn. Sein Herz ging auf vor Liebe, und mit einem Mal wusste er nicht mehr, warum er das so sorgsam vor ihr verbarg. Er wollte, dass sie es wusste, und schickte all die Liebe und Wärme, die er für sie empfand, durch das Band.

Er spürte, wie sie erstarrte, ihn ungläubig ansah und eine Träne verdrücken musste.

Testa, war alles, was sie imstande war zu sagen. Doch mehrerer Worte bedurfte es nicht. Er verstand sie auch so. Sie erwiderte seine Liebe, und das war das Wichtigste.

Radim erhob sich und kam näher. Thor stärkte Delina den Rücken, damit sie standhaft blieb und nicht zurückwich. Bemerkte er nur eine kleine Schwäche an ihr, würde Radim sich darauf stürzen wie eine Hyäne auf ein verwundetes Tier und so lange zubeißen, bis sie sich nicht mehr rührte.

„So hübsch", murmelte er und griff nach Delinas Haar.

Thor spürte ihren Widerwillen. Sch…, beruhigte er sie. Tief in sich spürte er Frieden. Er war mit sich und der Welt so im Reinen wie schon lange nicht mehr. Delina war sein, und er würde nicht von ihrer Seite weichen. Die New Yorker mochten ihren Körper besitzen, ihn schänden, doch er würde dafür sorgen, dass ihre Seele unantastbar blieb. Keinem von ihnen würde es gelingen, in Delinas Kopf vorzudringen. Nicht solange er noch am Leben war und sie durch das Rinoka-Band beschützen konnte.

„Ich hätte dich gerne einem meiner Männer als Samera gegeben", fuhr Radim schmeichelnd fort. „Vielleicht möchtest du dich uns aus freien Stücken anschließen. Lass deinen Rinoka los, und ich schenke dir eine neue Heimat."

„Ich habe bereits eine Heimat und einen Homen", entgegnete Delina scharf.

Radim umrundete sie. „Und wo ist dein Homen jetzt, wo du ihn brauchst?" Spöttisch hob er eine Augenbraue, sah sich dann gespielt interessiert um. „Sieht jemand von euch den Schleuser? Ich nicht." Er lachte laut auf, und die anderen Vampire stimmten mit ein. Radim umrundete sie weiter, hielt dann direkt vor Delina an und sah ihr in die Augen, als wüsste er genau, dass Thor ihn durch sie sehen konnte. „Komm und hole sie, sonst werden wir unseren Spaß mit ihr haben." Er streckte seine Hand aus, strich Delina damit über die Wange. „Halte mich auf, bevor ich dein Vögelchen zerstöre."

Wut packte ihn, und es hätte tatsächlich nicht viel gefehlt, dass er trotz besseren Wissens in das Haus gestürzt wäre. Seine Liebe zu ihr hielt ihn davon ab, blindlings in sein Verderben zu rennen. Radim konnte tun, was er wollte, er würde Delina nicht bekommen. Die Wut, die eben noch all sein Denken gelenkt hatte, löste sich in Luft auf. Zurück blieb die unumstößliche Gewissheit, dass Radim ihm drohen konnte, so viel er wollte. Er konnte ihren Körper zerstören, doch der würde heilen. An ihren Geist kam er jedoch nicht heran.

Radims Hand fuhr über Delinas Hals, wanderte weiter zu ihrem Nacken. Thor spürte ihren Ekel, war unendlich stolz auf seine Samera, die vollkommen ruhig blieb. Radim strich ihre Haare fort und beugte sich über sie. Übelkeit erfasste Delina. Er wollte ihr helfen, wollte ihr das Unwohlsein abnehmen. Ein scharfer Schmerz fuhr durch ihren Kopf und durch das Band zu ihm, als sich spitze Vampirzähne in ihr Fleisch bohrten. Dieser verdammte Hurensohn wagte es doch tatsächlich, von seiner Samera zu trinken. Delina klammerte sich an ihn, und er hielt sie fest. Gleichzeitig spürte er die Erregung, die durch Delinas Körper schoss, ihre Verwirrung und ihre Abscheu gegen sich selbst. Sie wollte nicht, war ihrem Leib jedoch hilflos ausgeliefert.

Nein! Er konnte nicht zulassen, dass Radim Delina auf diesem Weg brach. Er musste sie dort herausholen, und zwar auf der Stelle. Mit einem heftigen Ruck zog er Delina auf geistiger Ebene zu sich, versperrte ihr den Rückweg und schloss sie in seinem Kopf ein. Mit ihrem Körper konnten die Bastarde tun, was sie wollten, doch ihre Seele, das, was sie ausmachte, gehörte ihm.

KAPITEL 23

Übelkeit stieg in Delina auf. Verzweifelt kämpfte sie dagegen an. Sie spürte Thors Anwesenheit deutlich, wusste, dass sie nicht allein war. Das gab ihr Kraft, nicht völlig den Verstand zu verlieren. Radim war ihr so nah, sein Geruch hüllte sie ein. Sie wollte das nicht, wollte nicht, dass er sie berührte. Sein Atem strich über ihre Haut, und sie erschauderte. Er würde sie doch nicht beißen. Delina schloss die Augen, versuchte, die Anwesenheit des Dominus auszublenden. Mit den Stimmen der Vampire um sie herum war ihr das ganz gut gelungen, doch der Dominus kam ihr viel zu nah. Seine Fänge bohrten sich in ihr Fleisch. Sie wollte nicht, dass er aus ihrer Halsbeuge trank. Starr vor Schock war sie nicht fähig, sich zu bewegen, dabei wollte sie den Vampir von sich drücken. Körperlich war sie ihm unterlegen, es würde alles nichts bringen. Ihre Abschottung brach wie ein Kartenhaus in sich zusammen. Gejohle und wüste Anfeuerungsrufe hallten in ihren Ohren. Verlangen jagte durch ihre Venen, ließ ihren Körper willig werden. Nein! Sie kämpfte dagegen an, wollte es nicht zulassen. Wie von selbst schmiegte ihr Leib sich an den Dominus, verlangte nach mehr.

Nein!, schrie alles in ihr, doch gleichzeitig war sie machtlos gegen die Reaktionen ihres Körpers. Dieser Vampir hatte kein Recht dazu, von ihr zu trinken, sie in Ekstase zu versetzen. Sie wollte das alles nicht. Hilflos klammerte sie sich an Thor, suchte bei ihm Trost. Sie hatte Angst, dass er sie nun auch fallen ließ, nachdem er Radims Wirkung auf sie bemerkte. Doch anstatt sie von sich zu stoßen, umschloss er sie fest. Ohne Vorwarnung zog er an ihr, riss ihren Geist mit sich. Delina taumelte. Sie war noch nie längere Zeit außerhalb ihres Kopfes gewesen, und jetzt fühlte es sich so an, als ob sie aus ihrem Körper herausgerissen worden war. Etwas schloss sich vor ihr, wie eine große Tür, und sie konnte nicht mehr zurück.

Was ...? Wo befand sie sich? Ängstlich sah sie sich um.

Es ist alles gut. Du bist in Sicherheit. Thor umfing sie, hielt sie fest. Sie ließ es zu, genoss seine Nähe. Bei ihm hatte sie immer Schutz gefunden.

Wo bin ich?, fragte sie vorsichtig.

Bei mir.

Neugierig blickte Delina sich um. Sie war noch nie in Thors Kopf gewesen. Das hatte er ihr immer verwehrt, selbst als sie intim geworden waren, hatte er sie nicht hineingelassen. Alles um sie herum wirkte seltsam fremd, aber dennoch vertraut. Lediglich der verschlossene Rückweg beunruhigte sie ein wenig. Er hatte sie hier gefangen, sie von ihrem Körper abgetrennt.

Nein! Wieder liebkoste er ihren Geist. *Du bist hier in Sicherheit. Ich lasse nicht zu, dass du mitbekommst, was sie mit dir anstellen.*

Sie war gerührt, wusste, dass er das nur zu ihrem Schutz tat. Delina drängte sich näher an ihn. Das verzweifelte Schluchzen konnte sie jedoch nicht unterdrücken.

Ich kann nicht hierbleiben. Du hast mich von meinem Körper abgeschnitten, ich fühle mich so unvollständig.

Du wirst bleiben, bis die Verstärkung eintrifft und ich dich aus diesem Haus herausholen kann. Er drückte sie fest. *Halte durch, es wird nicht ewig dauern.*

Delina war hin- und hergerissen. Sie war froh, bei ihm zu sein, aber gleichzeitig fühlte sie sich auch unendlich verloren. Sie musste sich ablenken und sah sich hilflos um. Das war also Thor.

Fühl dich wie zu Hause, lud er sie ein. *Sieh dich um.*

Seine Einladung bedeutete ihr viel. *Danke,* murmelte sie mit tränenerstickter Stimme.

Es war viel verwinkelter als bei ihr, wo alles geradlinig angeordnet war. Ihr waren klare Strukturen und Übersichtlichkeit wichtig. In Thors Gedankenwelt dagegen herrschte Chaos. Es gab unzählige kleine Räume, deren Türen offenstanden und mindestens so viele uneinsehbare Winkel. Es war ein einziges Labyrinth. Ohne Ziel streifte Delina die Gänge entlang und wusste nicht, ob sie je zurückfinden würde. Aber das war nicht so wichtig, denn Thor folgte ihr und würde sie wieder zurückbringen. Andächtig strich sie über einzelne Erinnerungen, die sie fand, und Bilder flammten auf. Eine rundliche, hochgewachsene Frau, die ihn gütig anlächelte. Ihre Hautfarbe war noch eine Spur dunkler als Thors. Ihre Haare waren ergraut, doch ihre beinah schwarzen Augen wirkten äußerst lebendig. Das musste Thors Mutter gewesen sein. Die Nase, der Schwung der Augenbrauen, das alles sah sie, wenn sie den Mann betrachtete, den sie liebte. Ein weiteres Bild zog an ihr vorbei. Ein dominanter Vampir mit saphirblauen Augen. Für einen Moment vermutete sie, dass er Thors Vater war, doch dann schwirrte Ruwen Wesleys Name durch die Luft, und sie erkannte ihren Irrtum. Sie war diesem Vampir nie begegnet, kannte ihn nur aus Erzählungen. Ruwen Wesley war eine Legende, selbst auf ihrem Kontinent. Er war der erste Vampir, der in die neue Welt aufbrach, der Erste, der auf dem neuen Kontinent sesshaft wurde und einen Clan gründete. Er wurde der erste Dominus. Sie spürte den Respekt, aber auch die Dankbarkeit, die Thor für diesen Vampir empfunden hatte. Er war ihm wichtig gewesen.

Andächtig ging sie weiter, tauchte immer wieder in Erinnerungen von Thor ab. Er ließ sie gewähren und hielt sich im Hintergrund, während sie mehr und mehr über ihn lernte. Sie war dabei, als seine Mutter starb, spürte, wie einsam und verloren der Ephebe war. Sie sah, wie er in den Stand eines Soyas erhoben wurde und seinem Dominus den Blutschwur leistete. Sie erblickte Sam in seinen Erinnerungen und Darius, wie sie sich verbanden, das erste Seelengefährtenpaar. Thors Zwiespalt schlug ihr entgegen. Er freute sich für die beiden, doch gleichzeitig konnte er den Neid, der von ihm Besitz ergriffen hatte und der heute noch immer präsent war, nicht ganz abschütteln. Sie konnte es ihm nicht verübeln, dass auch er sich nach bedingungsloser Liebe, nach einer Seelengefährtin, verzehrte. Es schmerzte, aber sie wollte nicht zu viel hineininterpretieren. Er hatte sich für sie entschieden, und das sollte ihr genug sein.

Eilig ging sie weiter. Dann fand sie sich in seinem Innersten wieder, berührte ehrfürchtig die Stelle, in der ihr Rinokaband aus ihm entsprang. Sie war überrascht, wie tief sie in ihm verwurzelt war, welch großen Raum sie in seiner Seele einnahm. Es war unmöglich, all die Liebe und Gefühle, die Delina für Thor empfand, in Worte zu fassen. Schweigend umfing er sie, und sie hielten sich einfach fest.

Delina hatte keine Ahnung, wie lange sie so beieinanderstanden, sich aneinanderklammerten. Irgendwann hatte sie genug und löste sich von ihm.

Führst du mich zurück?, fragte sie schüchtern. Tatsächlich hatte sie keinen blassen Schimmer, welcher Weg der richtige war. Von hier aus gab es unzählige Abzweigungen, die alle in eine andere Richtung führten.

Natürlich. Er lächelte sanft, griff nach ihr, und gemeinsam gingen sie los.

Sie nahmen einen anderen Weg als den, auf dem sie hergekommen waren. Immer wieder stolperte Delina über eine Erinnerung. Puzzleteil für Puzzleteil setzte sie zusammen, und so langsam vervollständigte sich das Bild, das sie von Thor hatte. Es fiel Delina nun so viel leichter, ihn zu verstehen, und ihr Respekt vor ihm wuchs stetig. Je mehr sie an seinem Leben teilhaben, je mehr sie ihn kennenlernen durfte, umso klarer wurde ihr, wie zerrissen er doch innerlich war. Er war dominant, trotz einer menschlichen Mutter. Warum er das als Makel sah, verstand sie immer besser, auch wenn sie seine Ansicht nicht teilen konnte. Er war in eine Zeit hineingeboren worden, in der die schwarze Bevölkerung versklavt gewesen war. Am eigenen Leib hatte er erfahren, was es bedeutete, unfrei zu sein. Mit dem Tag seiner Renovation änderte sich dieser Zustand, doch die Erinnerung verfolgte ihn bis heute.

Sie waren schon ziemlich weit gegangen, mussten bald wieder ihren Ausgangspunkt erreichen, da fiel Delina eine Tür auf. Bisher waren alle Räume offen gewesen, doch diese Tür war verschlossen.

Was ist dahinter?, fragte Delina.

Sie spürte Thors Zögern und wollte schon weitergehen, da trat er auf die Tür zu und öffnete diese für sie.

Delina wagte nicht einzutreten. *Bist du sicher, dass ich mir das ansehen darf?*

Er nickte.

Mutig betrat sie den Raum und wurde augenblicklich von einer Bilderflut erschlagen. In Sekundenbruchteilen stürzte alles auf sie ein, begrub sie unter sich. Sie hatte nach Thor gegriffen, hielt sich an ihm fest, und mit einem Mal verstand sie, warum er so war, wie er war, was ihn zu dem Mann hatte werden lassen, den sie heute vor sich hatte.

* * *

Thor hatte sich Delina geöffnet, war bereit gewesen, ihr alles von sich zu zeigen. Er hatte ihre Liebe gespürt. In dem Vertrauen darauf, dass sie auch bei ihm bleiben würde, wenn sie wüsste, wie kaputt und innerlich zerstört er doch war, hatte er sie eingelassen und war auch bereit gewesen, sie in seine Abgründe blicken zu lassen. Es hatte ihn nicht wenig Überwindung gekostet, Delina seine dunkelsten Geheimnisse zu offenbaren. Doch als sie den Raum betrat, hilfesuchend nach ihm griff und er mit hineingezogen wurde, in seine grausige Vergangenheit, war es beinahe zu viel gewesen. Er hatte die Erinnerungen mit Absicht hier begraben, hatte sie nicht sehen wollen. Mit aller Heftigkeit durchlebte er sie nun ein weiteres Mal. Die Ablehnung seines Vaters, der ihm ins Gesicht sagte, dass er die dunkelhäutige Brut nicht anerkennen würde und er nur auf Geheiß seines Dominus die Renovation durchführen würde. Der Tod seiner Mutter, die ihn hilflos und verzweifelt zurückließ. Der Ausschluss aus dem Kreis seiner Mitsklaven, weil er anders war. Jede einzelne Szene musste er wieder durchleben und als ob das noch nicht genug wäre, waren da all die Menschen, die er getötet hatte, all die Vampire, denen er keine Zuflucht bieten konnte. Ein ums andere Mal bohrte sich sein Schwert in ihre Leiber, trennte Köpfe ab. Er schrie, doch seine Lungen füllten sich nicht mit Sauerstoff, und sein Schrei verhallte ungehört. Delina war da, umfing ihn, hielt ihn fest. Tränen liefen über sein Gesicht. Zum ersten Mal beweinte er diese Erinnerungen. Es war so schmerzhaft, dass er dachte, innerlich zerreißen zu müssen. Doch Delina wich ihm nicht von der Seite. Ihre Nähe war Balsam für seine Seele, sie war sein Anker. Er klammerte sich mit allem, was er hatte, an ihr fest, und sie hielt ihn wie ein Baby. Sie hatte alles gesehen, kannte ihn wie niemand sonst. Und dennoch war sie nicht fortgelaufen, sondern war an seiner Seite geblieben. Er hatte es nicht zu hoffen gewagt. Jede Szene, die vor seinen Augen vorbeiglitt, verschwand aus dem Raum, kehrte an ihren ursprünglichen Platz zurück.

Schließlich war die Kammer leer. Nur Delinas Geist und seiner waren dort. Es war vorbei, und Thor konnte befreit aufatmen.

Da sah er, dass auch Delina geweint hatte. Sie hatte ihre Tränen mit ihm geteilt, hatte um ihn geweint.

Ist alles in Ordnung mit dir?, wollte er wissen. Ein schlechtes Gewissen plagte ihn.

Ja, flüsterte Delina und schmiegte sich an ihn.

Das Band, das sie miteinander verbunden hatte, hatte sich verändert und strahlte nun in leuchtendem Weiß, unschuldig und rein. Für einen Moment verschmolzen ihre Seelen und wurden eins, ehe sie sich wieder trennten. Als Delina mit großen Augen zu ihm aufblickte, erkannte er in ihr seine Seelengefährtin. Niemand konnte ihre Verbindung trennen, sie waren auf ewig einander zugehörig. Würde einer von ihnen sterben, würde der andere folgen.

Auch Delina war die Veränderung aufgefallen. Ungläubig sah sie ihn an.

Ist das …?

Ja, Alla.

Er zog sie an sich. Nie würde er sie mehr loslassen. Er wollte alles mit ihr teilen: seine Freude, sein Leid, sein ganzes Leben.

Ein Pochen an seinem Ohr ließ seinen Körper zusammenzucken.

Ich muss …, murmelte er und kehrte auf die körperliche Ebene zurück. Delina war noch immer in seinem Geist, und es fühlte sich einfach wundervoll an. Dennoch musste er wissen, was um ihn herum geschah.

Er saß in seinem Auto, doch als er nun zur Seite blickte, spähten saphirblaue Augen zum Fenster hinein. Die Verstärkung aus Boston war eingetroffen. Hastig warf er einen Blick auf sein Handy. Bereits vor einer halben Stunde hatte Darius ihm eine Nachricht geschrieben. Er hatte mit Delina jegliches Zeitgefühl verloren. Sie befand sich nun schon seit über drei Stunden in seinem Kopf. Doch nun war sein Anführer da und hatte seine Leute mitgebracht. Seine Freunde. Gemeinsam würden sie Delina befreien, und er konnte seine Samera bald wieder in die Arme schließen.

Thor öffnete die Wagentür und stieg aus.

„Hast du eine Runde geschlafen?", erkundigte sich Darius stirnrunzelnd und musterte ihn aufmerksam.

„Nein", antwortete er ehrlich.

„Testa." Ein breites Grinsen legte sich auf das Gesicht des Anführers, als er Thor in eine Umarmung zog. „Eine weitere Seelenverbindung."

Thor war etwas verblüfft, dass es ihm so deutlich anzusehen war. „Danke", murmelte er verlegen.

Pierrick schloss sich an und zog ihn ebenfalls in eine Umarmung.

„Scheiße, Mann", murmelte Arek, ehe auch er ihn umarmte. „Bei Gelegenheit musst du mir verraten, wie du das angestellt hast."

Thor wusste, wie Arek sich fühlte. Er hatte es so oft am eigenen Leib erfahren. Zuerst bei Darius, dann bei Jendrael, Pierrick und schließlich Rastus. Er hatte immer das Gefühl gehabt, vom Schicksal übergangen worden zu sein, weil er dazu nicht berechtigt war. Jetzt wusste er es besser, jetzt gehörte er zum Kreis der Privilegierten. Auch wenn er immer noch nicht wusste, womit er das verdient hatte. Er war und blieb ein Bastard, dennoch liebte ihn die wunderschönste Vampirin auf diesem Planeten bedingungslos – einfach so.

Du bist es wert, geliebt zu werden, denn du bist ein ganz wundervoller Mann.

Für einen Moment hatte er vergessen, dass Delina noch immer in ihm war.

„Ich fürchte, das kann ich dir nicht beantworten", erklärte er Arek.

Die restlichen Krieger umringten ihn, beließen es bei Glückwünschen, was ihm ganz recht war. Sie hatten einige der Ekklesia-Krieger mitgebracht. Er zählte acht Mann, dazu die drei Soyas.

„Wir sollten uns beeilen und Delina herausholen." Er spürte, wie Delina – jetzt da er nicht mehr ganz bei ihr sein konnte – zurück in ihren Körper wollte, es ihr schwerfiel, ruhig zu bleiben. Thor hielt die Schranken aufrecht, verhinderte, dass ihr die Rückkehr gelang. Es wäre vermutlich ganz hilfreich gewesen, wenn sie sich im Haus umsehen könnte, doch er hatte keine Ahnung, in welcher Situation sich ihr Körper befand, und ehe er das wusste, würde er kein Risiko eingehen.

„Hast du einen Plan?", wollte Darius wissen.

Etwas ratlos zuckte Thor mit den Schultern. Darüber hatte er sich noch keine Gedanken gemacht. Er war davon ausgegangen, einfach hineinzustürmen. Bisher war ihm nicht aufgefallen, wie naiv und dumm diese Idee doch war.

„Ich kann euch aufzeichnen, was ich über die Räumlichkeiten weiß."

„Das ist doch ganz hilfreich", stimmte Arek zu.

Thor ging zum Kofferraum, holte dort Zettel und Stift und kehrte zur Motorhaube zurück. Er begann, die Anordnung der Zimmer aufzumalen, die er mit Delinas Augen gesehen hatte. Was von außen ersichtlich war, ergänzte er.

„Hast du dir das Haus von allen Seiten angeschaut?", fragte Darius eher beiläufig.

Er schämte sich fast ein wenig, als er betreten den Kopf schüttelte. Er war so mit Delina beschäftigt gewesen, dass er daran einfach nicht gedacht hatte. Ein dummer Anfängerfehler, der bereits den Ekklesia-Kriegern in der ersten Woche eingetrichtert wurde.

„Dann drehen wir noch schnell eine Runde." Darius nickte Arek zu. Gemeinsam liefen sie los. Es dauerte auch nur ein paar Minuten, ehe sie wieder zurückkehrten.

„Kann ich?" Wortlos drückte Thor Arek den Stift in die Hand. Der Soya ergänzte die Zeichnung um ein paar weitere Details.

„Folgender Vorschlag", begann Arek und erläuterte seine Strategie.

* * *

Während Arek den Schlachtplan ausführte und die Soyas und auch die Krieger ihm schweigend zuhörten, dachte Darius über den Schleuser nach. Es hatte ihn ziemlich überrascht, als er feststellte, dass Thor in Delina seine Seelengefährtin gefunden hatte. Jetzt ergab aber alles plötzlich einen Sinn. Deshalb hatte Thor unter keinen Umständen seine Finger von der hübschen Vampirin lassen können. Und deshalb hatte er sich so aufgeführt, sobald jemand in ihre Nähe kam. Er hätte schon viel früher darauf kommen können, dass mehr dahinterstecken musste als schlichtes Verlangen. Natürlich hatte er das Knistern gespürt, das war keinem verborgen geblieben. Wie tief die Verbundenheit jedoch ging, damit hatte wohl niemand gerechnet. Umso mehr freute er sich jetzt für den Soya. Thor hatte dieses Glück mehr als verdient.

Jeder mochte Respekt vor der Arbeit des Schleusers haben, doch was es wirklich bedeutete, diesen Job auszuführen, verstanden nur wenige. Er selbst war beinahe daran zerbrochen. Es hätte nicht viel gefehlt, und seine dunkle Seite hätte die Kontrolle in seinem Leben übernommen. Nur seiner Alla hatte er es zu verdanken, dass dem nicht so war. Schon seit ein paar Monaten betrachtete er Thor mit großer Sorge. Der Soya hatte sich immer mehr zurückgezogen, hatte sich schließlich kaum noch in Boston blicken lassen. Er kannte Thor schon ziemlich lange. Er war bereits vor seiner Geburt bei seinem Vater ein- und ausgegangen. Seit er jedoch als Schleuser arbeitete, hatte er sich verändert, und Darius hatte sich bei jedem der spärlichen Besuche gefragt, wann sie ihn verlieren würden. Es war ihm als gute Idee erschienen, ihm Delina als Aufgabe zu übertragen. Er brauchte eine Samera, die ihm vielleicht Kinder schenkte und seinem Leben einen Sinn gab. Dass daraus jedoch eine Seelenverbindung wurde ... fassungslos schüttelte er den Kopf.

„Darius, was meinst du?"

Verwirrt blinzelte er und blickte Arek etwas ratlos an.

„Du mit vier Mann durch den Vordereingang?", wiederholte Arek leicht genervt.

„Und ich gehe mit", erklärte Thor in einem Ton, der keinen Widerspruch duldete.

„Ich hätte dich lieber auf der Rückseite", sagte Arek ehrlich.

Nachdenklich betrachtete Darius die Hauszeichnung. Ihm gefiel es nicht, dass Thor überhaupt ins Haus ging, weder von vorne noch von hinten. Eigentlich sollte er das Haus überhaupt nicht betreten, zumindest bis sie wussten, in welchem Zustand Delina sich befand. Schließlich war er ihr Seelengefährte und niemand – nicht einmal er – könnte einen rasenden Thor aufhalten. Das mussten sie unter allen Umständen vermeiden. Vorsichtshalber nahm er Blickkontakt zu Pierrick auf. Dieser wusste ebenso gut wie er, wie ein Seelengefährte tickte. Der Soya schien zu verstehen. Mit nachdenklicher Miene stand er schweigend da.

„Ich möchte da sein, von wo aus ich am schnellsten zu Delina komme", erklärte Thor leidenschaftlich.

Darius starrte Pierrick an. Er hatte keine Lösung parat. Wie sollte er Thor erklären, dass er weder mit ihm vorne noch von hinten das Haus stürmen konnte.

„Anführer?" Wenn Arek ihn so nannte, erwartete er eine Entscheidung.

„Dann gehen wir beide über das Dach", schaltete Pierrick sich ein.

„Über das Dach?" Verblüfft runzelte Thor die Stirn, und auch Arek war maßlos überrascht.

„Ich gehe über das Dach ins Haus. Wenn du den schnellsten Weg nehmen möchtest, dann geh mit mir."

Darius begriff, worauf Pierrick hinauswollte. Die Idee war brillant. Wenn er Thor das verkaufen konnte, könnten sie ungestört das Haus von beiden Seiten einnehmen, während Pierrick den Schleuser ablenkte.

„Die anderen werden von beiden Seiten angreifen und die Vampire beschäftigen, während du und ich über das Dachluken-fenster ins Haus einsteigen. Von oben werden sie nicht mit einem Angriff rechnen." Pierrick tippte mit dem Finger auf die Zeichnung, die Stelle, an der sich das Fenster im Dachboden befand.

Thor schien über die Möglichkeit nachzugrübeln, ebenso Arek. Darius hielt sich bewusst im Hintergrund, wartete ab.

„Mir erscheint Pierricks Plan durchaus sinnvoll", entschied Arek schließlich.

„Machen wir es so", stimmte auch Thor zu. „Ich gehe mit Pierrick über das Dach."

Darius nickte zustimmend, und es war beschlossene Sache. Sie hatten keine Zeit mehr zu verlieren. Binnen Minuten hatten sie die Headsets verteilt und waren auf ihren Posten – zumindest Arek, der von hinten stürmen würde, und er. Darius gab das Zeichen, und sie griffen an. Pierrick war über das In-Ear-Monitoring nicht zu erreichen, hatte es vermutlich ausgeschaltet. Darius grinste vor sich hin, als sie die Tür eintraten. Das Überraschungsmoment lag auf ihrer Seite. Die Kruento hatten nicht mit einem Angriff gerechnet.

Darius übertrug Nairen das Kommando an der Front. Der Krieger war jung, hatte sich in den letzten Monaten aber zu einem hervorragenden Anführer entwickelt. Er konnte ihm vorbehaltlos vertrauen und traute ihm diese verantwortungsvolle Aufgabe zu. So konnte er sich nämlich ungestört absetzen. Aus Thors Erzählung wusste er, dass sich Delina zuletzt im ersten Stock befunden hatte. Dorthin war er nun unterwegs. Aus der Entfernung waren Kampfgeräusche zu hören. Arek hatte als erster angegriffen. Die verfügbaren Kruento waren zuerst zur Hintertür gerannt. Alle anderen waren kurz darauf zur Vordertür beordert worden.

Das Treppenhaus und die Gänge lagen verwaist da. Kein einziger Vampir kam ihm entgegen. Er beeilte sich, stieß jede Tür auf. Die Hälfte des Flures hatte er bereits hinter sich gebracht und noch immer keine Spur von Delina entdeckt. Wenn er sie nicht schnell fand, war Thor noch vor ihm bei ihr. Pierrick würde den Schleuser nicht lange hinhalten können. Er war schließlich einer ihrer besten Krieger und nicht dumm. Das Einzige, worauf sie momentan bauen konnten, war, dass Thor in seiner Sorge um Delina nicht ganz so zurechnungsfähig war.

Darius stieß die nächste Tür auf, ließ seinen Blick über den Raum schweifen. Am Boden lag eine Person. Eilig ging er auf sie zu, zog die Tür hinter sich zu. Es war Delina, und seine Vermutung bestätigte sich. Sie hatten die richtige Entscheidung getroffen. Wenn Thor seine Seelengefährtin so vorfand, würde nichts und niemand ihn mehr aufhalten können.

Er ging neben ihr auf die Knie. Sie war nicht ansprechbar, und er konnte nicht ausmachen, ob es daran lag, dass ihr Körper in Starre verfallen war oder ihr Geist sich bei Thor aufhielt. Sie war splitterfasernackt, die Haut leichenblass. Überall waren Bissspuren und blaue Flecke zu sehen. Die Kruento waren alles andere als sorgfältig mit ihr umgegangen. Das linke Beim lag seltsam verdreht, sah gebrochen aus. Darius sah sich suchend um, während er sich erhob. Er ging zum Fenster und zog an dem schweren Vorhang. Dieser gab nach und fiel herab. Notdürftig breitete er den Stoff über Delina aus, bedeckte ihren geschundenen Körper. Nur ihr Gesicht war noch zu sehen. Auch hier zierte ein dunkelblauer Bluterguss die Wange und das rechte Auge. Die Lippe war aufgeplatzt. Er beugte sich über sie und lauschte. Schwach und flach war ihr Atem zu hören, setzte hin und wieder aus. Wichtig war ihm nur, dass sie atmete, alles andere würde wieder heilen. Sie brauchte jedoch unbedingt Blut, und zwar schleunigst.

„Delina!" Thor war da.

Er war keine Sekunde zu früh fertig geworden. Erleichtert schloss er die Augen und atmete kurz durch.

„Ich hoffe, du hast genug Blut", sagte er und wandte sich langsam zu den beiden Soyas um. Er nickte Pierrick kaum merklich zu, der den Schleuser am Arm gepackt hatte und ihn daran hinderte, auf den Körper seiner Samera zuzustürzen.

„Ich habe Blut", beeilte Thor sich zu sagen. Noch während er auf sie zurannte, krempelte er bereits das Hemd hoch. Er ließ sich neben ihrem Kopf nieder, biss sich ins Handgelenk und drückte ihr die blutende Wunde an die Lippen. Vorsichtig hob er ihren Kopf und bettete sie auf seinem Schoß, damit sie trinken konnte.

Darius zupfte unauffällig den Vorhang über ihrer entblößten Schulter zurecht. Dann gab es für ihn nichts mehr zu tun. Er wollte den intimen Moment des Paares nicht länger stören. So erhob er sich langsam und verließ den Raum. Pierrick wartete bereits im Flur auf ihn.

„Danke", sagte er an den Soya gewandt.

„Ist okay. War sie übel zugerichtet?"

Darius nickte. „Kein schöner Anblick, aber ihre Wunden werden heilen. Wie hast du ihn aufgehalten?"

„Ach", er grinste breit. „Ich hatte dummerweise das In-Ear-Monitoring ausgeschaltet, und so haben wir das Startsignal verpasst."

Darius klopfte ihm anerkennend auf die Schulter.

„Die Zimmer bis hinten haben wir alle abgesucht."

Die andere Seite hatte er in Augenschein genommen. Es ärgerte ihn, dass Radim anscheinend wieder die Flucht gelungen war. Tristan vermutlich ebenso. Die beiden hatten wirklich ein Händchen dafür, sich gekonnt aus der Affäre zu ziehen.

„Warst du da drin?", fragte Darius und deutete auf die Tür direkt gegenüber. Als der Soya den Kopf schüttelte, öffnete er die

Tür. Eine Vampirin ohne Kopf lag dort. Er ließ die Tür wieder zufallen, war nur froh, dass es nicht Delina war.

„Ich bleibe hier und halte Wache", erklärte Pierrick.

Darius nahm das Angebot gerne an. Es war gut, wenn jemand von ihnen in der Nähe war. Aber er musste sehen, wie es dem Rest erging. „Ich bin unten. Wenn etwas ist, melde dich."

Gerne hätte er Radim in die Finger bekommen, aber er vermutete, dass der Dominus längst verschwunden war. Dennoch war es ihnen gelungen, ihn empfindlich zu treffen. Sie hatten ihm sein Haus, das Zentrum des New Yorker Clans, genommen. Zumindest das verschaffte ihm eine gewisse Genugtuung.

KAPITEL 24

Thor lauerte mit Pierrick auf dem Dach, das Schwert griffbereit in der Hand. Es kam ihm wie eine Ewigkeit vor, hier oben zu sitzen und zu warten.

So viel Zeit konnten die Krieger unmöglich benötigen, um in Stellung zu gehen. Da es ihm komisch erschien, fragte er nach, doch Pierrick schüttelte nur mit dem Kopf.

„Ich habe noch kein Zeichen bekommen. Bewahre Ruhe, es kann jeden Moment losgehen."

Damit hatte er sich zufriedengegeben.

Ich komme und hole dich!, versprach er Delina.

Das weiß ich. Er spürte ihre Unruhe, den Drang, in ihren Körper zurückzukehren.

Die Sekunden wurden Minuten, und es fühlte sich wie eine Ewigkeit an.

„Es ist mir vollkommen egal, ob die Krieger in Stellung sind oder nicht, ich werde jetzt hineingehen", verkündete er schließlich. Thor hatte die Nase voll, er wollte nicht mehr länger warten. Entweder der Soya begleitete ihn, oder er ging allein. Jede Minute war kostbar und wenn diese verlorene Zeit darüber entschied, ob Delina überlebte, würde er sich das nie verzeihen. Er verstand es einfach nicht. Was konnte so lange dauern?

„Testa", murmelte Pierrick, und Thor sah den Aufräumer fragend an.

Er hatte seine Hand gehoben und befühlte sein In-Ear-Monitoring. „Ich glaube, es funktioniert nicht."

Thor verdrehte die Augen. Er konnte nicht begreifen, warum Pierrick das nicht schon früher aufgefallen war. Wenn jemand gründlich und gewissenhaft war, dann der Aufräumer.

„Los!", drängte er nun zum Aufbruch.

Pierrick nickte, und sie gingen in Stellung. Ihr Plan funktionierte reibungslos. Sie stiegen in das Dachlukenfenster ein. Alles verlief nach Plan – außer, dass sie schlicht und ergreifend zu viel Zeit verloren hatten und die Krieger schon längst angegriffen hatten. So lautlos die Kruento vor dem Haus agierten, so unverkennbar waren im Haus die Kampfgeräusche zu hören. Sogar bis unter das Dach drangen die aufgeregten Rufe und das Metallklirren vor.

Unbehelligt erreichten die beiden Soyas den ersten Stock. Die New Yorker Vampire waren alle im Erdgeschoss mit dem Überraschungsangriff beschäftigt. Ein langer Flur erstreckte sich vor ihnen. Hier musste Delina sein. Zu beiden Seiten befanden sich Türen, eine sah aus wie die andere.

Delina in seinem Geist wurde immer unruhiger, sie spürte, dass ihr Körper ganz in der Nähe war. Doch ehe er sich nicht vergewissert hatte, in welchem Zustand er war, konnte er sie nicht zurückkehren lassen.

Warte noch. Ich habe dich bald gefunden, vertröstete er sie.

Er stieß die Türen rechts und links auf, sah hinein auf der Suche nach seiner Samera. Mit jedem Raum, den er leer vorfand, wuchs seine Besorgnis. Wo war Delina?

Sie war es schließlich, die ihn beruhigte. *Ich bin hier ganz in der Nähe. Lass mich gehen. Hier ist doch niemand.*

Diesen Wunsch konnte er ihr nicht erfüllen, so sehr er es auch wollte. Er musste ganz sicher sein, dass sie nicht länger in Gefahr war.

Die Hälfte des Flurs hatten sie bereits zurückgelegt, als Thor eine weitere Tür öffnete und Darius erblickte, der sich über eine Gestalt beugte. Der Anführer hatte ein Schwert in der Hand, und zuerst dachte Thor, er hätte sich eines Feindes entledigt. Dann sah er, dass keine Blutspuren an der Waffe waren und ihm die blonden Haare äußerst bekannt vorkamen. Ihm blieb beinahe das Herz stehen, als ihm klar wurde, dass es sich um Delina handelte. Er hatte sie gefunden. Auch wenn sie ihn nicht hören konnte, rief er ihren Namen.

Pierrick hielt ihn auf. Der Drang, zu Delina zu stürzen, sie an sich zu reißen, überwältigte ihn beinahe. Ihr Gesicht war blass, viel zu blass und als Darius ihm bestätigte, dass sie Blut benötige, zögerte er keine Sekunde. Der Aufräumer ließ ihn los, und noch während er auf Delina zurannte, biss er sich ins Handgelenk. Sobald er sich neben ihr niederließ, gab er ihr zu trinken. Mit aller Sorgfalt, die er aufbringen konnte, bettete er ihren Kopf auf seinen Oberschenkeln. Tränen traten ihm in die Augen, so unendlich erleichtert war er.

Bitte, Thor, es wird Zeit.

Er wollte sie nicht loslassen, sie nicht aus seinem Kopf gehen lassen, aber er wusste, dass sie recht hatte. Sie war nicht länger in Gefahr, er war bei ihr und konnte sie schützen. Widerwillig gab er nach, löste die Schranke in seinem Kopf auf. Delina entwischte ihm, war plötzlich fort. Doch von der befürchteten Leere war nichts zu spüren, denn sie blieb dennoch da. Diese tiefe Verbundenheit, die sie miteinander teilten, blieb auch weiterhin bestehen. Er tastete nach ihr, vergewisserte sich, dass es ihr gut ging.

Alles in Ordnung bei dir? Er strich vorsichtig über ihren Geist.

Ja. Sie klang atemlos.

Besorgt blickte er auf sie hinab. Der nicht zu übersehende Bluterguss an ihrem Auge hatte sich noch eine Spur dunkler verfärbt, eine normale Reaktion auf das Blut, das er ihr gab. Es würde noch etwas dauern, aber dann würden all ihre Wunden heilen. Den Schmerz, den sie nun fühlte, konnte er ihr nicht nehmen, doch er würde bei ihr bleiben, bis er aufhörte.

„Ich bin so froh, dich halten zu dürfen", sagte er leise zu ihr.

Sie waren allein. Darius und Pierrick hatten sich zurückgezogen, ihnen ihre Privatsphäre gelassen. Er wusste, dass sie Zeit hatten, soviel sie brauchten. Darius' markante Präsenz war aus seiner unmittelbaren Umgebung verschwunden, doch Pierrick war in ihrer Nähe geblieben. Wenn etwas Unvorhergesehenes passierte, würde er sie warnen und ihnen den Rücken freihalten.

Zärtlich strich er Delina ein paar Strähnen aus der Stirn, genoss es, sie berühren zu können. Wie sehr er diese Frau doch liebte. Er konnte noch immer kaum glauben, dass sie ihm so viel bedeutete.

In diesem Augenblick hoben sich ihre Lider, und sie blickte ihn mit ihren wundervollen Augen an. Er konnte sich nicht entscheiden, ob sie blau-graue oder grau-blaue Augen hatte und beschloss, dass es nicht wichtig war. Glücklich lächelte er sie an. Sie hob die Hände, ergriff seinen Arm und verbiss sich in seinem Handgelenk. Sie musste ziemlich viel Blut verloren haben, so gierig, wie sie trank. Delina konnte haben, so viel sie brauchte. Er würde ihr, wenn nötig, alles geben, was er hatte. Ohne mit der Wimper zu zucken, würde er sein Leben für sie lassen.

Ich mag es, wenn du mich so ansiehst, aber deine Gedanken gefallen mir ganz und gar nicht. Er hörte den sanften Spott in ihrer Stimme, der ihren Worten die Schärfe nahm.

Er war glücklich, einfach so.

Schließlich hatte Delina genug getrunken. Die Wunde verschloss sie mit ihrem Speichel, und die Blutspuren leckte sie ab. Den Rest erledigte seine Wundheilung. Als sie seinen Arm losließ, waren die Bissmale verschwunden. Thor hielt sie noch immer fest und strich ihr behutsam über den Kopf.

„Ich brauch etwas zum Anziehen", bat sie leise und richtete sich auf. Er half ihr dabei, auch wenn es ihm nicht gefiel, dass er sie nicht mehr festhalten konnte.

Etwas umständlich erhob Delina sich, wickelte ihren Körper in den unförmigen hässlichen Stoff, der einst ein Vorhang gewesen sein musste. An allen Fenstern hing so ein hässlicher Stofffetzen, nur an einem fehlte er.

„Wo sind deine Kleider?"

Ratlos sah Delina sich um und zuckte schließlich mit den Schultern. „Ich weiß es nicht", sagte sie. „Aber im Raum gegenüber gibt es einen großen Kleiderschrank, da werde ich sicher etwas finden."

Er hatte den Raum durch ihre Augen gesehen. Dort hatte Christelle sie hergerichtet. Er hoffte, dass sich in diesem Schrank auch etwas Brauchbares fand, denn mit so einem Rock würde er Delina nicht vor die Tür lassen.

„Besorgen wir dir etwas zum Anziehen", entschied er.

Thor öffnete die Tür und vergewisserte sich, dass ihnen keine Gefahr drohte. Das Schwert hielt er einsatzbereit. Als er jedoch nur Pierrick erblickte, der ein paar Meter entfernt stand, ließ er die Waffe langsam sinken. Pierrick nickte ihnen zu und sagte ihnen damit, dass hier niemand außer ihnen war.

„Kein schöner Anblick, aber es droht keine Gefahr", warnte er Thor, als dieser im Begriff war, den Raum gegenüber zu betreten.

Vorsichtig öffnete er die Tür und sah hinein. Am Boden lag ein kopfloser Körper. Auch ohne Kopf wusste er sofort, wer da vor ihm lag. Dieses unförmige Kleid hatte er durch Delinas Augen gesehen. Diese stand neben ihm und erstarrte, als sie die kopflose Vampirin erblickte. „Christelle." Erschrocken hielt sie inne. Natürlich hatte sie die Vampirin erkannt.

Thor schob Delina an der Leiche vorbei und deutete auf den Kleiderschrank. „Schau nach, was du findest, dann können wir hier verschwinden."

Während Delina den üppig ausgestatteten Kleiderschrank durchsuchte, sah er sich unauffällig nach dem Kopf der Vampirin um. Er war nicht zu finden. Dem Schleuser fehlte es an Mitleid für die enthauptete Vampirin. Sein erster Eindruck, dass sie ein verzogenes, nur auf ihren Vorteil bedachtes Miststück war, hatte sich bestätigt, und nach dem, was sie Delina angetan hatte, sollte sie froh sein, dass jemand Thor zuvorgekommen war.

„Sie konnte nicht anders", sagte Delina sanft und legte ihre Hand auf seinen Arm.

Ertappt zuckte er zusammen. Sie sollte nicht an seinen dunklen Gedanken teilhaben, aber er war nicht dazu in der Lage gewesen, sie zu verstecken. Er wollte mit ihr nicht darüber diskutieren, ob Christelle unschuldig war oder nicht.

„Bist du fertig?" Es konnte ihm plötzlich nicht schnell genug gehen, das Haus zu verlassen.

Delina trat einen Schritt zurück, damit er sie mustern konnte. Die schwarzen Leggings waren hauteng und je nachdem, wie sie sich bewegte, funkelten sie. Sie betonte ihre unglaublich langen und schlanken Beine und auch wenn jeder Zentimeter ihrer Haut bedeckt war, ergriff ihn Verlangen. Das Oberteil, das sie sich ausgesucht hatte, ein mehrere Nummern zu großer Männerpullover, entschärfte die aufreizende Hose jedoch. Er verhüllte nicht nur ihre Kurven, sondern reichte weit über ihren Po. Die klobigen Turnschuhe passten nicht wirklich zu Delina, aber bis nach Hause würde sie damit auf jeden Fall kommen.

Zufrieden nickte er ihr Outfit ab. „Lass uns gehen!", sagte er mit einem letzten Blick auf die kopflose Leiche und führte Delina aus dem Zimmer.

* * *

Delina war alles um sie herum egal. Sie ließ sich von Thor durch das Treppenhaus und die Eingangshalle aus dem Haus führen. Den Ekklesia-Kriegern war es gelungen, etliche New Yorker Vampire zu überwältigen. Aber Delina fühlte sich zu kraftlos, um darüber Freude zu empfinden.

„Wie sieht es aus?", fragte Thor den Anführer, der gemeinsam mit ihnen vor das Haus trat. Der Tag brach an, aber es war noch dunkel. Große Regenwolken ließen keinen einzigen Sonnenstrahl zu, und der Wind blies ungewöhnlich kalt. Die Stimmung passte zu Delinas Gemütszustand.

„Ein verletzter Krieger, drei Tote auf der Gegenseite. Sieben Vampire haben wir dingfest machen können."

„Was habt ihr mit ihnen vor?"

„Ich werde sie direkt nach Boston schicken. Dort haben wir genug Platz und Ruhe, um sie zu verhören. Nairen übernimmt das Kommando."

Delina war zu müde, um sich dafür zu interessieren. Ihr Körper fühlte sich seltsam fremd an. Was mit ihrer Hülle passiert war, versteckte sich hinter einer gewaltigen Erinnerungslücke. Als ihr Geist während der Heilung zurückgekehrt war, hatte sie die Bisswunden gespürt, ebenso die diversen Blutergüsse und das gebrochene Bein. Sie wollte nicht wissen, was sie ihr angetan hatten, und sie würde es auch nie ergründen können, weil ihre Seele nicht anwesend gewesen war. Sie beschloss, nicht weiter darüber nachzugrübeln.

O celle mi?, fragte Thor.

Es war das zweite Mal, dass er sie mit diesem Kosewort ansprach, und es gefiel ihr.

Ich brauche etwas Zeit für mich. Ich muss erst wieder mit mir klarkommen.

Er nickte und zog sich zurück.

Sie beide wussten, dass sie miteinander verbunden blieben, aber so war jeder mit seinen Gedanken für sich. Das Gefühl, fremd in sich zu sein, konnte sie nicht ganz abschütteln.

Nieselregen setzte ein. Thor öffnete ihr die Tür, sodass Delina auf den Rücksitz des SUVs klettern konnte. Die Autotür hinter ihr schlug zu. Durch die mit Tropfen benetzte Fensterscheibe sah Delina einen schwarzen Kleinbus vorfahren. Die Ekklesia-Krieger brachten die Gefangenen heraus und stiegen mit ihnen ein. Insgesamt acht Vampire zählte Delina. Ein weiterer Sprinter, diesmal in Weiß und mit dem Logo einer Autovermietung, hielt an. Weitere Ekklesia-Krieger und New Yorker Vampire verließen das Haus und stiegen dort ein.

Die Fahrertür des SUVs wurde geöffnet, und Thor setzte sich. Er hatte sich die Kapuze über den Kopf gezogen und streifte sie nun ab. Seine Lederjacke war nass.

„Ich fahre dich nach Hause, dann kannst du dich erst einmal in Ruhe ausschlafen."

„Danke", murmelte Delina. Selbst dieses eine Wort zu sprechen, fiel ihr vor Müdigkeit schwer.

Thor wollte gerade losfahren, als es an seine Fensterscheibe klopfte. Er ließ das Fenster herunter.

„Kann ich bei euch mitfahren, und können wir noch einen Abstecher zur Unterkunft machen? Ich würde die Wohnung gerne mit eigenen Augen sehen", sagte Darius.

Thor zögerte und Delina wusste, dass er das ihretwegen tat.

Es ist okay, sagte sie, obwohl es in ihrem Inneren ganz anders aussah. Die Aussicht, sich dem Ort zu nähern, an dem man sie entführt hatte, gefiel ihr überhaupt nicht. Aber sie wollte nicht klein beigeben, sich nicht auf Dauer von ihrer Angst beherrschen lassen.

„Steig ein!"

Darius nickte und umrundete das Auto, um auf der Beifahrerseite einzusteigen. Thor ließ das Fenster wieder hochfahren, und als der Anführer die Tür schloss, fuhr er los.

Delina legte den Kopf gegen das Fenster, genoss die Kühle, die ihr versicherte, dass sie sich in ihrem Körper befand, dass sie alles spüren konnte, was um sie herum geschah. Sie war zu müde, um dem Gespräch der Männer zu folgen. Ihre Stimmen mischten sich mit den monotonen Fahrgeräuschen des SUV und des Verkehrs. Delina fielen die Augen zu, und sie nickte ein.

Als der Wagen hielt, war Delina mit einem Mal wieder hellwach. Die Müdigkeit war verschwunden, dafür beherrschte sie nun ein anderes Gefühl. Das Unwohlsein wuchs an, und Panik machte sich in ihr breit. Ängstlich betrachtete sie das rote Backsteingebäude.

„Du kannst hier warten, wir sind gleich wieder da", schlug Thor vor.

Der Vorschlag hatte seinen Reiz. Sie konnte hier unten in Sicherheit warten und nie wieder diese furchtbaren vier Wände betreten. Aber dann würde sie sich auch immer davor fürchten, und das wollte Delina nicht. Sie würde an Thors Seite bleiben, und mit Darius, einem weiteren erfahrenen Krieger in ihrer Nähe, konnte ihr nichts passieren. Sie musste sich ihren Ängsten stellen, je früher, desto besser.

„Ich begleite euch", entschied Delina und stieg aus.

Thor wartete auf sie und ergriff ihre Hand. „Bist du dir wirklich sicher?"

„Ja."

Sie konnte den Stolz ihres Homen in seinen Augen lesen. Er drückte ihre Hand, und sie betraten das Haus. Darius folgte ihnen.

„Wann kommen die nächsten Flüchtlinge?", erkundigte sich Darius.

Thor schaltete augenblicklich um, und Delina konnte spüren, wie sie plötzlich den kompromisslosen Schleuser neben sich hatte. „Für Ende nächster Woche haben die Goten zwei junge Vampire angekündigt."

„Schaffst du es bis dahin, eine neue Unterkunft zu finden?"

„Das, oder ich sage ihnen ab. Ich hätte mich gleich darum kümmern sollen, nachdem Christelle verschwunden ist. Durch sie kannten sie das Versteck."

Delina drückte seine Hand. „Du kannst nichts dafür." Er sollte sich keine Vorwürfe machen, nicht ihretwegen.

„Ich hätte es wissen müssen, das ist mein Job", brummte er und wich ihrem Blick aus.

„Dein Job ist es, die Flüchtlinge hier in Empfang zu nehmen, nicht allein einen Clankrieg gegen Radim zu führen. Es ist eine Sache, Vampire aufzugreifen. Mit dem Angriff auf diese Wohnung ist er eindeutig zu weit gegangen." Darius war vollkommen in seinem Element. „Delina ist ein Mitglied unseres Clans. Ihre Entführung hat den Bogen überspannt. Ab jetzt herrscht Krieg, und wenn ich Radim in die Finger bekomme, kann er diesmal nicht auf Gnade hoffen."

Sie waren im dritten Stock angekommen und standen nun vor der Holztür. Von außen sah alles aus wie immer. Keiner, der hier vorbeiging, konnte ahnen, was sich dahinter zugetragen hatte.

Delina kämpfte gegen die aufsteigende Panik an, die sie lähmte. Sie klammerte sich an Thor fest.

„Du musst das nicht tun", sagte er zu ihr.

Entschieden schüttelte sie den Kopf. „Doch, das muss ich."

Darius öffnete die Wohnungstür. Sie war nicht verschlossen. Es gab keinen Grund mehr, sie abzuschließen.

Delina atmete tief durch und folgte dem Anführer gemeinsam mit ihrem Homen, der ihre Hand hielt und ihr dadurch Mut gab. Tapfer versuchte sie, ihre zitternden Beine zu überspielen. Als sie die Einrichtung sah, rutschte ihr das Herz in die Hose. Vom Wohnzimmer waren nur Trümmer übriggeblieben. Das abgenutzte Sofa existierte nur noch zur Hälfte und taugte höchstens noch für die Schrottpresse. Die Holzmöbel lagen in Einzelteilen auf dem Boden verstreut. In der Küche sah es etwas besser aus, dort hatte anscheinend kein Kampf stattgefunden. Der Spiegel, der den winzigen Flur optisch etwas größer machen sollte, war zerbrochen. Unzählige kleine Splitter lagen auf dem Boden. Darius öffnete die Schlafzimmertür und blieb auf der Türschwelle stehen.

„Testa!"

Sie versuchte, an ihm vorbeizuspähen, doch der breitschultrige Vampir versperrte ihr die Sicht. Thor ließ sie los und eilte zur Tür, um nachzusehen, was den Anführer dazu veranlasste zu fluchen. Als dann auch noch der Schleuser wie erstarrt auf der Türschwelle stehen blieb, wollte Delina endlich wissen, was los war. Sie zerrte an Thors Arm, drängte sich zwischen den hochgewachsenen Vampiren hindurch und erstarrte nun ebenfalls.

Thors Arm, der sich schützend um sie legte, war ihr Halt. Dankbar ließ sie sich an seinen großen, kräftigen Körper ziehen, der sie beschützen würde. Schweigend standen sie da, sahen auf das Bett.

Bereits bei ihrem letzten Aufenthalt hier hatte sie die beiden ermordeten Vampire vorgefunden. In ihrer Mitte hatte das weinende Baby gelegen, das nach seinen Eltern schrie. Delina hatte es nicht ignorieren können, hatte das Kind in den Arm genommen und war so den New Yorkern in die Falle getappt. Sie wusste, dass Cobb in Sicherheit war. Soya Durant passte in Thors Wohnung auf ihn auf. Doch nun lag etwas anderes zwischen den beiden Toten. Etwas, das Delina sehr wohl kannte. Christelles Kopf starrte sie mit blutunterlaufenen, weit aufgerissenen Augen an. Ihre dunklen Haare waren strähnig und verfilzt. Unter dem abgetrennten Kopf lag ein Zettel mit Blut geschrieben: *Hier wirst du den Kopf deiner Seelengefährtin finden, Schleuser.*

Das Schreiben trug keine Unterschrift, doch auch so wussten sie alle, wer diesen Brief verfasst hatte.

Ein durchdringender Schrei drang an ihr Ohr. Er wollte einfach nicht abebben. Dann merkte Delina, dass sie es war, die schrie.

Thor hob sie hoch und verließ mit ihr die Wohnung. Weinend barg sie ihr Gesicht an der Schulter ihres Homen. Sie wollte Stärke zeigen, doch flößte ihr die Drohung des New Yorker Dominus höllische Angst ein.

Das lasse ich nicht zu, Delina!, versprach er ihr.

Sie spürte die unverhohlene Wut, die in ihm brodelte, aber auch die Ruhe und Entschlossenheit, die er ausstrahlte. Sie vertraute darauf, dass Thor sie beschützte, aber er konnte doch nicht immer und überall bei ihr sein. Er hatte hier Aufgaben zu erledigen. Die Angst setzte sich in jeder Pore fest, und Delina konnte noch so sehr dagegen ankämpfen, sie war chancenlos.

Thor setzte sie abermals auf die Rückbank. Er beugte sich über sie, küsste sie auf den Scheitel. Eine Welle der Ruhe überflutete sie. Delina kämpfte dagegen an, wollte sich nicht von der verführerischen Stille einlullen lassen. Sie war in die neue Welt geflüchtet, um in Sicherheit zu sein, doch diese Sicherheit war trügerisch gewesen. Hier war ihr Leben mindestens ebenso in Gefahr wie in der Alten Welt, und im Gegensatz zu dort hatte sie hier eine ganze Menge zu verlieren.

Sanft streichelte Thor ihre Wange, liebkoste ihre Schläfe. Sie war so müde, so furchtbar müde und wollte nur noch schlafen. Gegen ihren Willen fielen ihr die Augen zu, und sie sank in einen traumlosen unruhigen Schlaf.

* * *

Thors Finger umklammerten das Lenkrad. Er brauchte jetzt etwas zum Festhalten. Die Stadt war erwacht, der Berufsverkehr hatte eingesetzt. Das war gut, denn so musste er sich auf den Straßenverkehr konzentrieren und hatte keine Zeit, über Radim nachzudenken.

Allein beim Namen des New Yorker Dominus kam ihm die Galle hoch.

„Delina kann nicht in New York bleiben."

Das brauchte ihm Darius nicht zu sagen, das wusste er auch so. Aber er wollte hier nicht weg, wollte den Mistkerl jagen, der es wagte, seine Alla zu bedrohen.

„Nächste Woche kommen Flüchtlinge an, und ich habe keine sichere Unterkunft. Wenn du Ersatz für mich hast, liebend gern." Er wusste, dass er Darius gegenüber ungerecht war. Es gab niemanden, dem man diese Situation hier zumuten konnte.

„New York ist Kriegsgebiet", erklärte der Anführer. „Wir müssen in Ruhe überlegen, wen wir eine Zeitlang entbehren können."

Verächtlich schnaubte Thor. Er war nicht bereit, von hier fortzugehen, nicht bevor er Radim gefunden hatte. Die Drohung war zwar gegen ihren ganzen Clan gerichtet, doch er nahm sie persönlich. Der New Yorker Dominus sollte es nur wagen, ihm unter die Augen zu treten.

Die Autofahrt dauerte eine halbe Ewigkeit. Sie brauchten doppelt so lange wie sonst. Für gewöhnlich fuhr er die Strecke nicht am Tag, noch viel weniger zu Berufsverkehrszeiten. Als sie endlich seine Tiefgarage erreichten, war er erleichtert. Delina lag auf der Rückbank und schlief. Für sie war es eindeutig zu viel gewesen, und er gab seinem Anführer recht, dass sie nicht hierbleiben konnte. Es gefiel ihm überhaupt nicht, aber vielleicht konnte er sie mit den Soyas zurück nach Boston schicken. Sein Herz wurde schwer. Er wollte sie nicht gehen lassen, nicht so viele Kilometer zwischen sich und seiner Samera wissen.

„Sam ist übrigens auch mitgekommen", erwähnte Darius beiläufig, als Thor die schlafende Delina auf seine Arme hob und sie zum Aufzug trug.

Sam war sicher für Cobb mitgekommen. Das arme kleine Würmchen, das nun niemanden mehr auf der Welt hatte. Ob

Durant es mitnehmen würde? Doch was sollte der Clan in San Francisco mit einem Blutkind anfangen, noch dazu einem so kleinen? Was er brauchte, war eine Familie. Thor blickte auf die schlafende Frau in seinen Armen und fragte sich unwillkürlich, ob sie sich Kinder wünschte. Er wollte eine Familie mit ihr gründen, am liebsten sofort. Das war zwar absurd, doch der Wunsch war so übermächtig in ihm, dass er ihn einfach nicht loswurde. Zuerst musste sich Delina ausschlafen, dann konnten sie über die Zukunft sprechen, und Darius und die anderen Soyas hatten da auch noch ein Wörtchen mitzureden.

Sie betraten Thors Wohnung. Der intensive Duft des Bostoner Clans hing in der Luft. Außer Sam waren auch die Soyas Arek und Pierrick hier. Sie saßen mit Durant im Wohnzimmer zusammen und unterhielten sich. Sam hatte das glucksende Baby auf dem Arm. Sie mussten miteinander reden, beratschlagen, wie es weiterging, doch zuvor wollte er Delina hinlegen. Er hatte sie schlafen geschickt, und es würde noch eine Weile dauern, ehe sie erwachte. Während Darius sich zu den anderen gesellte, betrat Thor das Schlafzimmer. Der Raum hatte einst ihm allein gehört, nun lagen überall Delinas Sachen herum. Ihre Hose über dem Stuhl, eine Haarbürste auf dem Sideboard und der Dolch, den er ihr geschenkt hatte, auf dem Nachtschrank neben dem Bett. Sie hatte von seiner Wohnung ebenso Besitz ergriffen wie von seinem Leben. Er hatte nie gewollt, dass ihm jemand so wichtig wurde, hatte sich geschworen, es nie zuzulassen, jemanden so sehr zu lieben. Diesen Schwur hatte er gebrochen, doch er bereute es nicht einmal. Delina war es wert, das Risiko, tief verletzt zu werden, einzugehen.

Vorsichtig legte er sie auf dem Bett ab. Sie rollte sich zur Seite und kuschelte sich in die Kissen. Lächelnd betrachtete er sie und strich ihr fürsorglich eine Strähne aus dem Gesicht.

„Es wird alles gut, o celle mi", versprach er ihr, beugte sich zu ihr hinab und küsste sie auf die Wange.

Es war an der Zeit, sie alleinzulassen und mit den Soyas zu reden.

Als er in den Wohnbereich kam, verstummten die Gespräche. Darius wartete darauf, dass sich Thor setzte.

„Wir haben schon eine Runde über die Situation diskutiert. Arek hat sich bereit erklärt, vorübergehend mit zehn Mann hier einen Stützpunkt zu betreuen."

Freudlos lachte Thor auf. „Und du denkst, elf Mann genügen, um die New Yorker in die Knie zu zwingen?"

„Nein!", entgegnete Arek ruhig. „Aber sie genügen, um die Arbeit des Schleusers abzusichern und dich zu unterstützen."

„Ich kann gut auf mich allein aufpassen." Er wollte die Hilfe des Clans nicht. Er war der Schleuser, und er machte einen guten Job. Schon immer hatte er allein gearbeitet, und das würde er auch weiterhin tun.

„Delina kann nicht hierbleiben", erklärte Darius in diesem Moment.

Thor presste die Lippen fest aufeinander.

„Sie braucht dich, du kannst sie jetzt nicht allein lassen", beschwor der Anführer ihn.

„Ich kann hier nicht fort. Nicht jetzt." Finster starrte er Darius an.

„Hör mal", begann Pierrick. „Wir haben uns überlegt, Bethou zu fragen, ob er für ein paar Wochen als Schleuser einspringen kann."

Bethou war Thors Vorgänger, der nach Boston zurückkehren wollte, weil seine Samera Nachwuchs erwartet hatte. Das Kind war jedoch gestorben. Der Mori war in Boston geblieben, weil Thor zwischenzeitlich den Job als Schleuser übernommen hatte. Es gefiel Thor überhaupt nicht, seine Arbeit zurückzulassen und sie einem anderen zu übertragen. Aber jetzt erschloss sich ihm der Vorschlag mit dem Kriegerstützpunkt.

„Ich denke darüber nach", versprach Thor wenig begeistert.

Sirenen waren in der Ferne zu hören, schwer abzuschätzen, aus welcher Richtung sie kamen. Durch die heruntergelassenen Rollläden drangen die Außengeräusche sehr gedämpft herein.

„Du musst auch an Delina denken." Sam, die bisher geschwiegen und sich im Hintergrund gehalten hatte, sah ihn ernst an.

Thor wandte sich ab. Es war alles gesagt, und er hatte keine Lust, noch länger darüber zu diskutieren. Zuerst musste er darüber nachdenken, dann konnte er eine Entscheidung treffen.

Vielleicht würde er noch einmal mit Delina sprechen, nur um zu wissen, wie sie darüber dachte.

Das Geheule der Sirenen schwoll an.

Verdammt. Ihm war Delinas Meinung ungeheuer wichtig und auch, wenn er es nie zugeben würde, würde er sich ihrem Willen beugen.

„Scheint etwas Größeres passiert zu sein", mutmaßte Durant.

Die Sirenen waren Thor vollkommen egal. Er hatte Wichtigeres zu tun, als sich über Notfälle der Menschen Gedanken zu machen. In New York waren ständig Sirenen zu hören, auch wenn er zugeben musste, dass die Lautstärke und damit die Anzahl der Heulsirenen in diesem Fall enorm war.

„Testa", murmelte Arek und starrte auf sein Handy. „Wie lautet die Adresse der sicheren Unterkunft?"

Automatisch nannte ihm Thor die Anschrift.

„Das Gebäude ist soeben eingestürzt. Die Feuerwehr mutmaßt eine Gasexplosion im Keller. Mehrere Personen sollen verschüttet sein. Die Bergung hat bereits begonnen."

Mit einem Mal interessierte er sich doch sehr für Sirenen und die Probleme der Menschen, denn mit einem Mal betrafen sie auch ihn.

Darius sprang auf. „Ich fürchte, das ist kein Zufall. Wir müssen sofort dorthin."

„Die Leichen der Flüchtlinge liegen noch dort", sprach Durant das aus, was sie alle wussten.

Pierrick übernahm das Kommando. „Sam, du bleibst bei Cobb und Delina. Den Rest brauche ich. Darius, du fährst direkt in die zuständige Polizeizentrale. Ich brauche dringend einen Mann dort. Durant, Arek und Thor, ihr kommt mit mir. Zwei Leute müssen die Leichen beseitigen, einer muss mir die Leute schicken."

Es gefiel Thor nicht, Delina allein zu lassen. Aber er wusste, dass er nun gebraucht wurde, und hier bei Sam war sie in Sicherheit. Sie erhoben sich gleichzeitig. Gut, dass er seine Waffen noch nicht abgelegt hatte. Im Vorbeigehen griff er nach seiner Jacke.

„Pass auf Delina auf", bat er die Samera seines Anführers.

Die Vampirin nickte.

Thor betrat den Aufzug, und die Türen schlossen sich vor ihm.

KAPITEL 25

Unruhig wälzte Delina sich im Bett hin und her. Um sie herum war alles dunkel, doch es roch vertraut. Das war ihr Zimmer, ihr Bett. Sie tastete nach dem Schalter der kleinen Lampe neben dem Bett. Angenehm gedämmtes Licht erhellte den Raum. Verschlafen setzte Delina sich auf. Sie fühlte sich, als hätte sie hundert Jahre geschlafen, dabei konnten es nur wenige Stunden gewesen sein.

Ohne es verhindern zu können, streckte sie sich auf geistiger Ebene nach Thor aus.

Ich musste nochmal los. Aber Sam ist bei dir, sagte er sanft.

Ist etwas passiert?

Mach dir keine Sorgen. Ich bin bald zurück. Sie vertraute ihm, auch wenn sie traurig war, dass er nicht da war. Aber Sam war hier, und sie freute sich darauf, ein paar Worte mit ihr zu wechseln.

Als Delina aufstand, fiel ihr Blick auf den Dolch, der auf der Kommode lag. Sie nahm die Waffe in die Hand, drehte sie hin und her. Thor hatte ihr versprochen, dass sie hier auf sie wartete, und er hatte sein Versprechen gehalten. Gedankenverloren legte sie die Waffe zurück, holte sich aus dem Schrank frische Kleidung. Eine Dusche würde ihr guttun.

Als sie jedoch das Schlafzimmer verließ, sah sie Sam am Boden sitzen, die mit einem glucksenden Cobb spielte.

„Ausgeschlafen?", fragte Sam gut gelaunt.

„Es geht", gestand Delina. Sie legte die frische Kleidung zur Seite und ging in die Hocke. „Na, mein Kleiner. Kennst du mich noch?"

Der Junge lachte sie an und streckte ihr seine winzigen Händchen entgegen. Sie ergriff eine Hand und schüttelte sie leicht. „Du bist so ein süßer Knopf."

„Ja", stimmte Sam zu. „Und er braucht dringend eine Familie."

Delina seufzte und zog sich zurück. Hoffentlich fanden sie eine gute Familie für den kleinen Kerl. Er war so putzig, dass die Frauen bestimmt Schlange stehen würden, um Cobb eine Mutter zu sein. Inklusive sie. Doch sie wusste nicht, wie Thor zum Thema Familienplanung stand, und gegen seinen Willen würde sie das Baby nicht nehmen, auch wenn sie es sich noch so sehr wünschte.

„Ich gehe schnell duschen."

„Mach das, wir warten hier auf dich."

Hastig erhob Delina sich und verschwand hinter der Badezimmertür. In Rekordzeit hatte sie sich ausgezogen und abgeduscht. Nur mit den Haaren ließ sie sich besonders viel Zeit. Ihre Kopfhaut schmerzte, und sie mutmaßte, dass man ordentlich an ihren Haaren gezogen hatte. Es war ein Segen, dass sie sich nicht erinnern konnte.

Als sie fertig war, eine Jeans und ein T-Shirt übergezogen und die Haare trockengeföhnt hatte, kehrte sie zu Sam und Cobb zurück, die noch immer auf dem Boden spielten.

Delina setzte sich zu ihnen. Sam hatte ein Stück Papier zusammengeknüllt und benutzte es als Ball. Cobb war ganz verzückt und rollte den provisorischen Ball unkoordiniert hin und her.

„Wie geht es dir?", erkundigte Sam sich.

Wenn es jemand anderes gewesen wäre, hätte sie vielleicht behauptet, es ginge ihr gut. Doch ihr gegenüber saß Sam, die Vampirin, die sie als Freundin bezeichnete.

„Die Wunden sind verheilt. Ich weiß nicht, was sie mit mir angestellt haben. Die ganze Zeit war ich in Thors Kopf."

Überrascht zog Sam eine Augenbraue nach oben. „Ich habe nicht gewusst, dass das möglich ist."

„Ich auch nicht, aber es hat funktioniert."

„Und du kannst dich an überhaupt nichts erinnern?"

Delina schüttelte den Kopf. „Nein, nichts."

„Das ist gut."

Delina wusste, sie sollte der Vampirin zustimmen, doch sie konnte nicht anders, als zu zögern.

Sam war eine aufmerksame Beobachterin. „Aber?", hakte sie sofort nach.

Ertappt blickte Delina zu Boden. „Ich sollte mich nicht beklagen. Ich bin privilegiert, habe meinen Seelengefährten gefunden."

Sam lächelte sie aufmunternd an. „Seelengefährte zu sein ist etwas Wundervolles, aber manchmal ist es auch ein Fluch. Die neidvollen Blicke der anderen, das ständige Hinterfragen, warum es einen selbst und niemand anderen getroffen hat."

Delina fand sich in Sams Beschreibung wieder. Jedes Wort entsprach der Wahrheit.

„Warum ausgerechnet wir? Warum im Bostoner Clan? Und warum treten die Seelengefährten seit ein paar Jahren so gehäuft auf?"

Auf keine dieser Fragen hatte Delina eine Antwort, und so konnte sie nur hilflos mit den Schultern zucken.

„Also was ist los mit dir?", kehrte Sam zum ursprünglichen Thema zurück.

„Seit ich wieder in meinem Körper bin, fühle ich mich so … fremd." Sie hatte es laut ausgesprochen. Mit einem Mal wurde das, was sie die ganze Zeit schon gespürt hatte, realer. Tränen traten ihr in die Augen. „Ich kenne alles in meinem Kopf, jede Erinnerung ist mir vertraut, aber dennoch fühlt sich alles so leblos an, als ob ich durch fremde Gedanken spazieren würde."

Sam legte ihr tröstend eine Hand auf den Rücken. „Ich habe keine Ahnung, warum das so ist, aber ich bin mir ganz sicher, das gibt sich wieder. So eine Nacht, wie du sie erlebt hast, geht nicht spurlos an einem vorüber. Aber die Zeit heilt alle Wunden. Du wirst sehen."

Cobb krabbelte zu ihr, kuschelte sich in ihren Arm. Delina hielt sich an dem Kind fest, vergrub ihre Nase in seinem seidigen Haar. Wenn sie an ihn dachte, wurde es ihr ganz warm ums Herz. Sie erinnerte sich daran, wie sie dieses kleine Wesen zwischen seinen toten Eltern im Bett gefunden hatte. Wie sie nichts anderes tun konnte, als ihn in den Arm zu nehmen. Sie dachte an die Situation im Schlafzimmer. Die Erinnerung war präsent, ebenso die schmerzhaften Gefühle.

„Er wird bald Hunger bekommen. Würdest du ihm eine Flasche machen?"

Delina wischte die Tränen fort und nickte. Mit dem Kind im Arm erhob sie sich, ging in die Küche und setzte Wasser auf. Milchpulver stand neben einem sauberen Fläschchen bereit.

Geräuschvoll öffneten sich die Aufzugtüren. Sam und Delina waren gleichermaßen überrascht und warfen sich verdutzte Blicke zu. Waren die Männer bereits zurückgekehrt?

„Guten Abend, Ladies."

Delinas Magen verkrampfte sich, als sie den Besucher erblickte. Schützend umschlang sie das Kind und wich zurück, bis sie in ihrem Rücken die Küchenzeile spürte.

Wie um alles in der Welt kam Radim in diese Wohnung? Woher wusste er, wo sich die Unterkunft des Schleusers befand? Und noch viel wichtiger: Was wollte er hier? Die letzte Frage konnte Delina beantworten. Er war hier, um seine Drohung wahrzumachen. Er wollte ihren Kopf.

Sam sprang auf, hechtete zum Wohnzimmertisch und ergriff ihr Schwert. Schützend stellte sie sich zwischen Radim und Delina mit dem Kind.

„Wie kommst du hierher?", schrie sie den Dominus des New Yorker Clans an.

Radim lachte, warf seinen Kopf in den Nacken. Er war ebenfalls bewaffnet und zog in aller Seelenruhe sein Schwert.

„Ich habe gehofft, dass der Schleuser zu eurer Flüchtlingswohnung zurückkehren würde, und habe dort auf ihn gewartet. Es war ein Leichtes, einen Peilsender an seinem Auto anzubringen." Er breitete die Arme aus. „Das Signal hat mich direkt hergeführt."

„Bist du für die Explosion verantwortlich?", wollte Sam wissen.

Delina verstand nicht ganz. Welche Explosion? War das der Grund, warum Thor und die anderen Soyas fortmussten?

„Aber sicher doch. Du musst zugeben, die Idee war brillant. Die Entdeckung unserer Rasse hätte jeden Vampir aus seinem Nest hervorgelockt. Es darf nicht an die Öffentlichkeit dringen, dass es Kruento gibt. Ein paar kopflose Leichen in einem eingestürzten Haus, deren DNA der menschlichen zwar ähnlich ist, aber sich doch eindeutig unterscheidet. So eine Katastrophe." Er lachte laut.

Delina erschauderte. Der Dominus war nicht dumm, und gerade das machte ihn so gefährlich. Hilfesuchend sah sie sich

nach einer Waffe um, doch ihr Dolch lag noch immer im Schlafzimmer.

„Du wirst nicht an mir vorbeikommen", erklärte Sam unbeirrt.

„Das werden wir sehen."

Radim schoss auf Sam zu, die sich mutig dem Dominus in den
Weg stellte und seinen Schlag parierte.

Delina wusste, dass sie handeln musste. Sie durfte sich nicht
der Panik hingeben, die nur darauf wartete, von ihr Besitz zu
ergreifen. Es hing nicht nur ihr Leben davon ab, sondern auch
Thors. Er war ihr Seelengefährte, und ohne sie würde er nicht
weiterleben können.

Delina? Er war in ihrem Kopf, hatte gespürt, dass bei ihr etwas
nicht in Ordnung war.

Radim ist hier, stammelte sie. Entsetzen machte sich in ihr
breit.

Halte durch, ich bin auf dem Weg.

* * *

Thor hatte immer angenommen, er beherrsche es ganz gut,
Menschen zu beeinflussen. Doch Pierrick belehrte ihn eines
Besseren. In atemberaubender Geschwindigkeit machte er ihnen
den Weg frei, sodass sie ungehindert in das weiträumig
abgesperrte Gebiet fahren konnten. Einige hundert Meter vor
dem eingestürzten Haus war allerdings auch für sie Endstation.
Diverse Einsatzfahrzeuge von Feuerwehr, Polizei und Kranken-
wagen versperrten ein Weiterkommen.

„Soll ich die Bombe mitnehmen?", fragte Thor.

Er hatte hinten im Kofferraum eine kleine Aerosolbombe.
Wenn sie nicht zu den Leichen kamen, konnten sie diese damit
vernichten.

„Warte noch. Vielleicht wurden sie bereits geborgen. Außerdem müssen wir sicherstellen, dass keine lebenden Menschen
mehr in dem Gebäude sind."

Sie stiegen aus.

Thor musste über die Worte von Pierrick grinsen, denn als
Gebäude konnte das, was vor ihnen lag, kaum noch bezeichnet
werden. Von dem roten Backsteinhaus war nicht viel übrig,
lediglich ein großer Schutthaufen. Allerdings hatte auch das

Nachbargebäude einiges abbekommen. Riesige Löcher prangten in der Hauswand und gewährten einen Blick in die dortigen Wohnungen.

„Ich fürchte, das mit lebenden Menschen hat sich erübrigt", murmelte Durant, während er seinen Blick über die Szenerie gleiten ließ.

Wenn er jetzt allein gewesen wäre, hätte er sich einen Feuerwehrmann geschnappt und wäre in seine Arbeitskleidung geschlüpft. Dann hätte er versucht, möglichst unauffällig möglichst viel herauszufinden. Doch sie waren zu viert, und Pierrick hatte das Kommando. So folgte Thor schweigend dem Soya, der zielstrebig auf das provisorische Zelt zumarschierte, das als Kommandozentrale diente. Unauffälligkeit und Zurückhaltung sah anders aus, aber es war nicht die erste brenzlige Situation, die der Aufräumer meisterte, und deshalb hatte Thor vollstes Vertrauen zu ihm.

„Sie können hier nicht durch!", erklärte ein Officer und versperrte ihnen den Weg.

„Ich möchte den sprechen, der hier das Sagen hat", erklärte Pierrick ruhig.

Der Officer schüttelte den Kopf. „Ich fürchte, das ist nicht möglich."

Diese Antwort war nicht zufriedenstellend. Der Soya starrte den Officer an, bis dieser tief durchatmete und zur Seite wich.

„Danke", murmelte Pierrick, als er sich an ihm vorbeischob.

Sie betraten das Zelt. Eine ganze Reihe hochrangiger Männer, die mit diversen unterschiedlichen Auszeichnungen an ihren Uniformen und Mützen geschmückt waren, standen zusammen und starrten auf einen kleinen Tisch in ihrer Mitte.

„DIA", sagte Pierrick. „Wer von Ihnen hat das Sagen?"

Schweigen breitete sich aus, bis ein breit gebauter Feuerwehrmann vortrat. „Was will die Defense Intelligence Agency hier?"

Ein kleines Lächeln huschte über Thors Gesicht, als der Aufräumer auf den Feuerwehrmann zutrat. Das konnte interessant werden, denn mit Sicherheit mochte dieser Chief bei seiner Einheit etwas zu sagen haben, jedoch trug er nicht die Gesamtverantwortung.

„Das darf ich Ihnen leider nicht mitteilen, dafür reicht Ihre militärische Sicherheitsstufe nicht aus", stellte Pierrick überheblich fest.

Dem Menschen war anzusehen, dass ihm die Antwort nicht gefiel. Er verschränkte die Arme vor der Brust und starrte Pierrick finster an.

Thor ließ seinen Blick über die Menschen schweifen, überlegte, wer von ihnen der Ranghöchste sein mochte.

Schließlich trat der Dickste und Kleinste von ihnen vor. Er trug keine Uniform und wirkte mit seinem Hemd und den hochgerollten Ärmeln vollkommen fehl am Platz.

„Ich."

Alle Augen waren auf den untersetzten Mann gerichtet.

„Mit wem habe ich das Vergnügen?"

„Daniel Kelly, Office of Emergency Management."

Das also war der Hauptverantwortliche vom New Yorker Katastrophenschutz.

„Und Sie?"

Pierrick überging die Frage, drängte sich am Feuerwehrchief vorbei, um die Pläne auf dem Tisch in ihrer Mitte in Augenschein zu nehmen. „Ist das das eingestürzte Gebäude?"

„Sie können hier nicht einfach so hereinspazieren", protestierte der Katastrophenschutzmensch.

„Also Kelly, hören Sie zu!" Pierrick baute sich vor ihm auf. Die dominante Präsenz eines mächtigen Vampirs umgab ihn. Thor wusste, dass diese Aura nicht nur auf ihre Rasse Auswirkungen hatte, sondern dass die Menschen noch viel anfälliger dafür waren. Der Aufräumer würde die Menschen in die Knie zwingen. Er selbst hatte diese Taktik schon etliche Male angewandt.

„Möchten Sie, dass ich mit Ihrem Vorgesetzten spreche?"

Kelly senkte den Kopf. „Nein." Es war ihm anzusehen, wie sehr ihm die Situation gegen den Strich ging, aber er konnte nicht anders, musste sich dem Stärkeren beugen. Menschen waren so schwach, so leicht zu manipulieren, ohne dass sie es mitbekamen. Neidlos musste er jedoch anerkennen, dass Pierrick ein Meister darin war.

„Wie kann ich helfen?" Der Widerstand der Menschen war gebrochen, auch wenn der Feuerwehrchief so aussah, als würde er sich am liebsten die Zunge abbeißen.

„Ich möchte wissen, was Sie bereits haben."

„Die Polizei spricht mit den Augenzeugen." Er wies dabei auf den ranghohen Polizisten, der direkt neben Thor stand.

„Arek?", wandte der Aufräumer sich an den anderen Soya, der sofort verstand.

„Gewiss. Wo finde ich die Augenzeugen?"

„Sergeant?" Der Uniformierte nickte und begleitete Arek hinaus, um ihn zu den Augenzeugen zu führen.

Thor und Durant traten näher, konnten nun auch einen Blick auf das Tablet werfen, das auf dem Tisch lag und auf dem die Grundrisse des Gebäudes aufgezeichnet waren.

„Spezialisten suchen mit Wärmebildkameras alles ab. Wir kommen allerdings nur bis zu einer gewissen Tiefe."

„Haben Sie bisher etwas gefunden?", fragte Durant.

Kelly schüttelte den Kopf, worauf hin sich Thor und Pierrick vielsagende Blicke zu warfen. Es wäre wohl doch nicht so verkehrt gewesen, die Bombe gleich mitzunehmen. Die Überreste durch Feuer zu vernichten, war viel einfacher, als sie zu bergen und ungesehen fortzuschaffen.

„Wir schauen uns vor Ort um", sagte Thor und verließ gemeinsam mit Durant das Zelt, während Pierrick im Zelt blieb.

„Glaubst du wirklich, die finden hier noch etwas?", fragte Durant skeptisch, als sie vor dem Zelt standen und ihre Blicke über die Szenerie gleiten ließen. Ziemlich weit hinten, am anderen Ende des eingestürzten Hauses, waren Spezialeinheiten unterwegs, die den Boden absuchten. Ein zweites Team hockte zwischen den Trümmern und ließ eine Schlauchkamera zwischen den Steinen verschwinden, während sie die aufgezeichneten Bilder auf einem Laptop verfolgten.

Menschliche Körper waren so zerbrechlich und wenn er so den Schutthaufen betrachtete, konnte das niemand überlebt haben. Blieb zu hoffen, dass die meisten Bewohner nicht zu Hause gewesen waren. Er musste an die ältere Dame denken, die einen Stock unter der sicheren Unterkunft gewohnt hatte und es an manchen Tagen kaum noch die Treppe hochgeschafft hatte.

„Ich glaube, wir haben hier etwas!", rief einer von der Spezialeinheit und hob seine Hand. Sofort eilten Helfer herbei, und auch Thor gesellte sich zu ihnen. Sie waren auf einen Hohlraum gestoßen. Körperteile wurden sichtbar. Der Arm einer Frau und ein dunkler Männerschopf.

„Unsere Zielobjekte?", fragte Durant, der neben Pierrick aufgetaucht war.

„Gut möglich."

Thor sah sich um. Es war unmöglich, die Leichen hier ungesehen zu bergen. „Ich bin kurz am Auto und hole die Bombe", informierte er Durant. „Kannst du zwischenzeitlich die Leute fortschaffen?"

„Ich werde es versuchen."

Thor machte sich auf den Weg zum Auto, um dort die Aerosolbombe zu holen. Es war so viel los, überall Einsatzkräfte, die herumliefen, dass er überhaupt nicht auffiel. Er erreichte das geparkte Auto und holte aus dem Kofferraum den Sprengsatz hervor. Er war nicht sonderlich groß, so dass er ihn unter seiner Lederjacke verstecken konnte.

Als er zurückkehrte, hatte Durant bereits ganze Arbeit geleistet. Die Stelle, die vor wenigen Minuten noch von allen umringt gewesen war, lag nun verlassen da. Nur Durant wartete auf ihn.

„Wie hast du sie von hier fortbekommen?", fragte er, während er sich bückte und einen Stein zur Seite schob, damit er die Bombe ungehindert hinunterlassen konnte.

„Sie haben etwas Wichtigeres gefunden." Breit grinste er ihn an. „Allerdings hat Pierrick etwas nachgeholfen, sonst hätte ich sie nicht so weit fort bekommen."

Jetzt wo er es sagte, entdeckte er tatsächlich den Aufräumer, der mit Kelly und dem Chief an der neuen Fundstelle stand, nun aber zu ihnen herüberschaute und nickte.

Thor ließ die Bombe unbemerkt in das Loch fallen. Es ging blitzschnell. Dann erhob er sich und nickte Durant zu. Sie hatten zwei Minuten, um aus dem näheren Umkreis zu verschwinden, und das taten sie auch. Sie hatten das Kommandozelt noch nicht erreicht, als der Boden unter ihnen vibrierte. Die Erschütterung war deutlich wahrzunehmen, und der Schutzhaufen sackte noch einmal in sich zusammen.

„Sofort weg hier!", brüllte Kelly, und die Helfer schickten sich an, vom Schutthaufen herunterzuklettern.

„Das war gute Arbeit", sagte Pierrick, der jetzt von hinten an sie herantrat.

„Danke. Können wir jetzt gehen?" Delina erwachte, und er wäre gerne bei ihr. Alles in ihm sehnte sich danach, bei ihr zu sein und sie in die Arme schließen zu können.

Pierrick schüttelte den Kopf. „Wir werden dennoch bleiben, bis alle geborgen wurden. Wir müssen sicher gehen, dass es wirklich keine Leichenteile mehr gibt."

Thor gefiel die Aussicht nicht, die nächsten Stunden hier zu verbringen, doch gleichzeitig wusste er, dass Pierricks Entscheidung vernünftig war.

Also teilte er Delina bedauernd mit, dass er nochmal fortmusste. Ihre Besorgnis schwappte zu ihm über, und er beeilte sich, sie zu beruhigen und ihr zu versprechen, bald bei ihr zu sein.

Es war schön, trotz der Entfernung durch das Band mit ihr in Verbindung bleiben zu können. Er liebte sie so sehr, dass er es nicht in Worte fassen konnte, und daher machte es ihn umso glücklicher, dass sie wusste, wie er empfand.

Die Feuerwehrleute begannen mit dem Katastrophenschutz nun, den Schutt von oben her abzutragen. Es würde noch länger dauern.

Die Kruento zogen sich etwas zurück, hielten sich im Schatten des Zeltes auf. So bekamen sie mit, wenn etwas geschah, und hatten gleichzeitig einen guten Beobachtungsposten.

Wenn Thor sich nicht so nach Delina sehnen würde, hätte er die Situation genießen können. Sie standen da, unterhielten sich über belanglose Dinge und sahen den Menschen zu, die erstaunlich schnell und effektiv arbeiteten.

Völlig unvorbereitet traf ihn frostige Kälte, die von Delina kam. Da stimmte etwas nicht.

Delina?, fragte er erschrocken.

Radim ist hier.

Das war unmöglich! Das konnte einfach nicht sein! Delina war in seiner Wohnung, sie war doch in Sicherheit.

Nichts hielt ihn mehr hier. Durant und Pierrick konnten sich allein um die Leichen kümmern. Für ihn gab es Wichtigeres zu tun. Er musste zu Delina, und zwar auf der Stelle.

Halte durch, ich bin auf dem Weg.

So schnell er konnte, bahnte er sich einen Weg durch die Menge, musste sich dem menschlichen Tempo anpassen, um nicht aufzufallen. Nur noch wenige Meter trennten ihn von seinem Wagen.

Sein Handy vibrierte. Darius war dran.

„Sam und Delina sind in Gefahr", kam der Anführer sofort auf den Punkt.

„Ich bin bereits auf dem Weg." Keiner von ihnen hielt sich mit Höflichkeiten auf.

„Ich brauche fünfzehn Minuten."

Thor hatte den SUV erreicht. „Ich werde in zehn da sein."

Er legte auf, startete den Motor und legte den Rückwärtsgang ein, wendete und brauste in Richtung seiner Wohnung los.

* * *

Delina wusste nicht, was sie tun sollte. Mit weit aufgerissenen Augen sah sie zu, wie Sam verbissen gegen Radim kämpfte. Thor war auf dem Weg zu ihr, doch sie konnte nicht so lange warten. Mit dem Kind auf dem Arm war sie kämpferisch keine große Hilfe, und mit einem Schwert konnte sie nicht umgehen. Sie hatte außerdem keine Waffe bei sich, denn ihr Dolch lag noch immer im Schlafzimmer auf der Kommode. Dort musste sie hin. Sie starrte die Küchenzeile vor sich an, als würden dadurch alle Schubladen aufspringen. Doch leider taten sie das nicht. In der Schublade befanden sich die Schlüssel. Sie musste es riskieren, musste an sie herankommen. Den normalen Weg versperrten die Kämpfenden. Beschützend legte sie ihre freie Hand auf Cobbs Kopf, um das Baby zu stützen, während sie nach vorne gebeugt zur Küchenzeile schlich.

Es musste ihr gelingen, an den Schlüssel heranzukommen. Sie kauerte hinter der Küchenzeile, als ein Schwert gefährlich nahe über ihren Kopf sauste. Hastig zog sie die Küchenschublade auf, tastete nach dem Schlüsselbund. Ihre Finger schlossen sich darum. Ohne die Schublade wieder zu schließen, kroch sie rückwärts, was mit Cobb im Arm ziemlich schwierig war. Das Kind wurde unruhiger, was es schwieriger machte, ihn zu halten. Wenn sie das Baby zurückließe, wäre sie viel schneller, aber das war keine Option. Sie würde den kleinen Mann nicht noch einmal im Stich lassen. Wer wusste schon, was Radim mit ihm anstellte?

Hinter sich spürte sie die Wand, sie konnte nicht weiter zurück. Ihr Blick fiel auf die geschlossene Schlafzimmertür. Sie sah zu den Kämpfenden, die vollkommen mit sich beschäftigt waren und nichts um sich herum wahrzunehmen schienen. Konnte sie Sam einfach so zurücklassen?

Sie kommt schon klar. Mach, dass du verschwindest! Der Befehl war klar und deutlich.

Delina zögerte. Es gefiel ihr nicht.

Wann bist du da?

Ich brauche noch ein paar Minuten. Verschwinde! Sofort! Seine Worte hallten mit Nachdruck durch ihren Kopf.

Cobb wehrte sich, wollte sich von ihr losmachen. Sie hatte ihn wohl zu fest an sich gedrückt. Es war ihr egal. Sie würde ihn nicht zurücklassen. Das Kind an ihre Brust gepresst, rannte sie los, erreichte das Schlafzimmer und sperrte hinter sich die Tür zu. Die einfache Holztür würde Radim im Zweifelsfall nicht aufhalten, aber ihr ein paar Sekunden mehr verschaffen. Auf dem Sideboard lag ihr Dolch. Sie griff danach und fühlte sich schon ein wenig sicherer. Sie hielt kurz inne, verschnaufte etwas. Beruhigend strich sie Cobb über das Haar.

„Es wird alles gut, mein Kleiner", versprach sie ihm, konnte aber die Zuversicht, die sie aussprach, selbst nicht spüren.

Bist du schon fort?

Thors Worte katapultierten sie in die Realität zurück. Sie stemmte sich mit dem Rücken gegen den Kleiderschrank und schob so das schwere Möbelstück zur Seite.

Fast.

Mit zitternden Fingern versuchte sie, den magnetkodierten Schlüssel ins Schloss zu stecken. Die Kampfgeräusche in der Wohnung waren verstummt. Wer mochte gewonnen haben? Schritte näherten sich ihr, brachten einen Duft mit, den sie nie in ihrem Leben vergessen würde. Radims Geruch hatte sich tief in ihr Gedächtnis eingebrannt. Sie hatte die Antwort. Hoffentlich war Sam noch am Leben und würde durchhalten, bis Verstärkung eintraf.

Endlich gelang es ihr, die Tür zu entriegeln. Mit einem leisen Rattern sprang die Tür auf. Im selben Augenblick zerbarst hinter ihr die Holztür. Delina zuckte zusammen, und der Schlüssel entglitt ihr. Sie hatte keine Zeit, sich zu bücken und ihn aufzuheben. Radim war da. Sie musste hier fort, und die einzige Chance, ihm zu entkommen, war der Tunnel. Sie hatte keine Ahnung, wohin er sie führte. Ohne sich umzublicken, rannte Delina los, so schnell sie konnte. Radim durfte sie nicht erwischen. Sie musste am Leben bleiben. Für sich und für Thor. Er wäre ohne sie nicht mehr lebensfähig. Für einen Augenblick war sie wütend auf das Band, das sie so untrennbar mit ihrem Homen verband. Aber nein, sie wollte es nicht anders haben, würde es nicht eintauschen. Ihre Flucht musste gelingen, alles andere stand nicht zur Diskussion.

Cobb weinte in ihren Armen. Zumindest hatte er aufgehört zu strampeln, so konnte sie ihn besser festhalten. Er tat ihr unendlich leid, aber den Luxus, auf das Kind Rücksicht zu nehmen, konnte sie sich nicht leisten.

Im Tunnel war es stockfinster. Sie wurde immer langsamer, tastete sich vorwärts und hoffte inständig, dass der Dominus ebenfalls Probleme haben würde, ihr zu folgen.

Wohin führte der Tunnel? Was erwartete sie dort? Thor hatte von einem Auto gesprochen, aber das würde ihr nichts nützen. Sie hatte den Schlüsselbund fallen gelassen, und daran war der Autoschlüssel befestigt gewesen. Ob ein Ersatzschlüssel existierte?

Der Tunnel erschien Delina endlos, doch schließlich weitete er sich. Von irgendwoher drang ein wenig Licht herein, nicht viel, aber genug, um sehen zu können. Sie befand sich in einer quadratischen Halle. Ein unauffälliges schwarzes Auto stand dort, die Motorhaube zeigte Richtung Garagentor. Die Fahrertür stand offen.

Sie warf einen Blick über die Schulter. Radim war noch nicht zu sehen. Vielleicht fand sie einen Ersatzschlüssel. Mit dem Kind im Arm stieg sie ein, suchte die Tür und die Mittelkonsole ab. Kein Schlüssel. Wie sie das Tor aufbekam, wusste sie ebenso wenig. Sie war hier gefangen, kam nicht fort. Es war an der Zeit, eine Entscheidung zu treffen.

„Du musst jetzt ganz still sein", flüsterte sie Cobb zu. Dann legte sie das Baby auf den Beifahrersitz. Ihre Hand schloss sich um den Griff des Dolches. Sie kamen hier nicht fort, aber sie würde auch nicht kampflos aufgeben.

Entschlossen stieg Delina aus, schloss leise die Autotür und versteckte sich neben dem Eingang des Tunnels, sodass Radim sie nicht sofort sehen würde, wenn er kam.

Bis zum Äußersten angespannt, verharrte sie reglos, wagte kaum zu atmen. Die Sekunden strichen dahin, fühlten sich wie Stunden an.

Du bist verrückt. Thors aufgebrachte Stimme erklang in ihrem Kopf. Er hatte ziemlich lange gebraucht, bis er begriff, was sie vorhatte.

Das ist meine einzige Chance.

Renn!

Ich kann Cobb nicht zurücklassen.

Thor fluchte ausgiebig.

Dann drängte Delina ihn aus ihrem Kopf zurück. Radim war ganz nahe. Sie spürte bereits seine Präsenz, roch seinen durchdringenden Duft.

Er betrat die Halle, blieb stehen und sah sich um. Das war der Moment, auf den Delina gewartet hatte. Sie sprang ihn von hinten an, stürzte sich mit gezogener Waffe auf ihn. Blitzschnell drehte er sich um, holte mit der linken Hand aus und schleuderte sie quer durch den Raum. Bevor sie quer über den Steinboden rutschte und mit dem Rücken gegen das Auto donnerte, gelang es ihr, Radim eine Schnittwunde am Arm zuzufügen. Ihr Nacken schmerzte, doch sie ignorierte es, beeilte sich aufzustehen und die Waffe schützend vor sich zu halten.

Radim hatte Blut am Arm. Die Wunde war jedoch nicht sehr tief und hatte sich bereits wieder geschlossen. Mit erhobenem Schwert kam er auf sie zu, baute sich vor ihr auf und blickte hochmütig auf sie herab.

„Und du glaubst, du kannst mich aufhalten? Mit diesem Zahnstocker? Weißt du überhaupt damit umzugehen?", verspottete er sie.

Delina ließ sich von ihm nicht einschüchtern. „Finde es heraus!", forderte sie ihn auf.

Mit einem Dolch hatte sie gegen ein Langschwert tatsächlich schlechte Karten. Ihre einzige Chance bestand darin, auf Zeit zu spielen.

Wo bist du?

Am Ende des Tunnels.

Halte durch. Ich bin auf dem Weg zu dir.

Erleichterung durchflutete sie. Thor würde kommen und sie retten. Sie musste nur lange genug durchhalten, und das würde sie schaffen.

Radim kam näher, das Schwert drohend vor sich haltend. Delina ließ ihn nicht aus den Augen und als er angriff, duckte sie sich fort. So erwischte er lediglich das Auto. Mit gezücktem Dolch stürzte Delina auf ihn zu, doch wieder wehrte er sie ab, drückte einfach ihre Hand fort. Wut bemächtigte sich ihrer, übernahm die Kontrolle in ihrem Körper, und sie reagierte einfach nur instinktiv. Ihre ausgefahrenen Fänge vergruben sich in Radims Unterarm. Es ging nicht um Nahrungsaufnahme, es ging darum zu überleben, und ihre spitzen Reißzähne waren durchaus als Waffe geeignet. Fest biss sie zu und riss ein ordentliches Stück Fleisch heraus. Ihr Mund füllte sich mit Blut. Es schmeckte seltsam schal, wenn auch mächtig. Angewidert spie sie auf den Boden.

Radim brüllte vor Schmerz, hielt sich den Arm, während Delina sich selbst in Sicherheit und außer Reichweite von Radims Schwert bringen konnte.

„Du Miststück!" Seine Augen leuchteten bedrohlich. Er schäumte über vor blinder Raserei.

Er stürzte abermals auf sie zu. Diesmal konnte Delina nicht schnell genug reagieren. Der kalte Stahl bohrte sich in ihren Bauch. Ein überwältigender Schmerz explodierte in ihr. Sie war unfähig, sich zu bewegen, war vollkommen erstarrt. Sie schmeckte Blut und spürte, wie ihre Sinne schwanden. Verzweifelt kämpfte sie dagegen an. Das konnte es nicht gewesen sein, das durfte so nicht enden.

Delina! Thors Stimme war ruhig, völlig beherrscht. *Bleib wach!*

Sie klammerte sich an ihren Angreifer, starrte Radim in die Augen. Ihre Umgebung verschwamm, und dann sank sie in sich zusammen, während Dunkelheit sie umhüllte.

KAPITEL 26

Thor wurde ganz flau im Magen. Er durfte Delina nicht verlieren. Nur noch wenige Meter lagen vor ihm, dann würde er die Halle erreichen. Völlig ungefiltert brach ein brutaler Schmerz über ihn herein. Er schwankte, rannte dabei gegen die Wand. Erst jetzt wurde ihm bewusst, dass er Delinas Schmerz fühlte. Er hielt inne und sammelte sich.

Delina! Alles was er an Autorität hatte, legte er in diese Worte, wollte Delina zwingen, ihm zuzuhören und seinem Befehl zu folgen. *Bleib wach!*

Er spürte, wie sie ihm entglitt, und konnte doch nichts dagegen tun.

Das Schwert so fest umklammert, dass seine Knöchel heller hervortraten, rannte er weiter. Endlich erreichte er die Halle. Es war der Augenblick, in dem Delina in sich zusammensackte und bewusstlos am Boden liegen blieb.

„Du Bastard!", brüllte er Radim an und stürzte sich auf den Dominus. Dieser zog sein Schwert aus Delinas Körper, schnellte herum und parierte den Schlag. Die Wut, die in ihm brodelte, führte Thors Schwertarm, mit voller Wucht hieb er auf den Dominus ein, der zwar jeden Angriff abwehren konnte, jedoch immer weiter zurückgedrängt wurde.

„Ich bringe dich um!", schrie Thor und verfehlte den Kopf des Dominus nur um Millimeter.

„Das werden wir sehen", höhnte Radim, doch der überhebliche Ton, den der New Yorker Dominus so gerne zur Schau stellte, fehlte.

Thor merkte, wie er seinen linken Arm schonte, ihn immer fortdrehte. Delina musste ihn dort erwischt haben. Als er einen Blick darauf erhaschen konnte, vermutete er, dass es sich um eine ordentliche Bisswunde handelte. Er war stolz auf seine Samera, die nicht aufgegeben hatte, sondern bis zuletzt tapfer durchgehalten hatte. Der Schleuser war ein geübter Kämpfer und hatte genug Erfahrung, um die Schwächen seines Gegners gezielt auszunutzen. Immer wieder zielte er auf den verletzten Arm, sodass Radim nicht anders konnte, als zu reagieren, wie Thor es wollte. Sein Schwert streifte die Schulter des Dominus, riss das Hemd auf. Ein weiterer Hieb verletzte ihn am Bein. Thor spielte seine Überlegenheit aus und schlug in schneller Abfolge auf Radim ein, bis dessen Schwert klirrend zu Boden fiel. Mit dem Fuß stieß er es außer Reichweite. Der Kampf war entschieden, sein Gegner lag entwaffnet vor ihm. Er hatte triumphiert. Jetzt musste er diesem überheblichen Arschloch nur noch den Todesstoß versetzen.

Grinsend lag Radim auf dem Boden, starrte zu ihm herauf. Blut quoll aus seinem Mund hervor. In seinem Gesicht lag keine Furcht, keine Angst vor dem Tod.

„Tick, tack." Der Dominus lachte laut.

Thor begriff sofort, drehte sich um und rannte zu Delina. Hier unten befand sich eine Bombe, die jeden Moment hochgehen konnte. Er musste Delina und das Baby herausschaffen. Sofort. Umständlich hob er die schwer verletzte Vampirin hoch, die noch immer ohne Bewusstsein war. Er hätte sie gerne so getragen, doch er musste auch das Kind mitnehmen. Delina würde es ihm nie verzeihen, wenn er Cobb zurückließ. So warf er sich den leblosen Körper über die Schulter und hoffte, dass er Delina dadurch nicht noch mehr Schmerzen zufügte. Mit der freien Hand zog er die Autotür auf. Das Baby strampelte und schrie, als ob sein Leben davon abhing. Er holte es aus dem Auto. Delina über der Schulter, Cobb und das Schwert in den Händen, rannte er durch den Tunnel zurück. Er kam nicht allzu schnell vorwärts, sonst wäre Delina zu oft gegen die Tunnelwand gedonnert. Die Anstrengung verlangte seinen müden Muskeln alles ab. Keuchend sah er bereits das Ende des Tunnels, die rettende Tür, da spürte er die Detonation hinter sich. Die Wände und der Boden um ihn herum bebten, stürzten hinter ihm ein. Mit einem rettenden Sprung warf er sich der Tür entgegen, drehte sich dabei, damit sowohl Delina als auch Cobb auf ihn fielen. Er sah zu, wie der Tunnel restlos in sich zusammenstürzte. Sie hatten es geschafft. Erleichtert ließ er den Kopf sinken. Cobb hatte aufgehört zu brüllen, krallte seine kleinen Finger in Thors Schulter. Delina regte sich nicht.

Arek war plötzlich neben ihm. Er hatte keine Ahnung, wo der Soya herkam. Er ließ sich von ihm das Baby abnehmen, damit er sich um Delina kümmern konnte. Bevor er ihr Blut gab, musste er die Verletzung begutachten. Er riss an ihrem T-Shirt, entblößte ihren Bauch und ließ seine Finger über die Wunde gleiten. Teilweise hatte sie sich schon wieder geschlossen. Das war gut. Er biss sich ins Handgelenk und gab Delina zu trinken. Viel konnte er nicht geben. Auch er musste bald wieder trinken. Sobald sie sich regte, zog er seinen Arm zurück.

„Delina?" Er strich über ihren Kopf, wartete darauf, dass sie das Bewusstsein wiedererlangte. Dann schlug sie die Augen auf und blickte ihn an.

„Wo bin ich?", fragte sie verwirrt.

„In Sicherheit." Er war so froh, dass sie beide überlebt hatten.

„Wo ist Cobb?" Delina richtete sich auf.

„Er lebt, es geht ihm gut. Er ist nebenan bei Arek."

Thor konnte seine Erleichterung darüber, dass Delina lebte und Radims Angriff halbwegs unbeschadet überstanden hatte, kaum fassen. Nie hätte er sich verzeihen können, wenn ihr etwas zugestoßen wäre. Erleichtert zog er sie in seine Arme, wollte sie nie mehr loslassen. Sie gehörte zu ihm – für immer.

„Es ist vorbei", murmelte er.

Er spürte Delinas Erleichterung, sah die Tränen in ihren Augenwinkeln. Er wollte nicht, dass sie weinte. Das machte ihn so hilflos. Dennoch konnte er nichts dagegen tun, als dicke Tränen über ihre Wangen kullerten.

„Es ist alles gut. Ich werde nicht mehr von deiner Seite weichen, bis wir in Boston sind."

„Und Radim?", wollte Delina ängstlich wissen.

„Du hast dich so tapfer geschlagen. Ich bin so stolz auf dich." Das war er wirklich.

„Dann lebt er also noch?", mutmaßte Delina.

Thor konnte es weder bestätigen noch dementieren. Er war mit der Rettung seiner Samera und des Kindes beschäftigt gewesen.

Die Explosion hätte den Dominus mit Sicherheit in tausend Stücke gerissen, doch er musste davon ausgehen, dass Radim die Flucht gelungen war, bevor die Bombe hochging.

„Das ist egal. Er wird dir nichts mehr tun können", versprach er ihr.

Delina erstarrte in seinen Armen. „Was ist mit Sam?", flüsterte sie besorgt und versuchte, sich aufzurichten.

Wenn es nach ihm ginge, blieb sie noch eine Weile in seinen Armen liegen. Ihr Körper brauchte Zeit zum Heilen, und er wollte nicht, dass sie Schmerzen hatte. Doch Delina war eigensinnig und entzog sich ihm. Unbeholfen versuchte sie aufzustehen. Also erhob er sich schnell und war ihr behilflich.

„Ich gehe davon aus, dass sie bei Darius im Wohnzimmer ist." Nachdem er seinen Anführer in der Nähe spürte, jedoch keine unbezähmbare Wut bei ihm ankam, mutmaßte er, dass es auch bei Sam glimpflich ausgegangen war und es ihr den Umständen entsprechend ging.

Sie gingen hinüber in den angrenzenden Wohnbereich. Arek befand sich mit Cobb in der Küche, gab dem Kind die Flasche. Sam, etwas blass, aber ansonsten in Ordnung, saß auf einem Sessel, Darius auf der Lehne neben ihr.

Als die Vampirin sie erblickte, breitete sich ein erleichtertes Lächeln auf ihrem Gesicht aus.

„Ich bin froh, dass es euch gut geht." Sie ließ sich von ihrem Homen beim Aufstehen stützen.

Delina mache sich von ihm los, lief Sam entgegen. Die beiden Frauen umarmten sich. Thor wusste, dass die beiden Frauen sich gut verstanden, doch die letzten Ereignisse hatten sie zusammengeschweißt wie Schwestern.

Er hatte erst jetzt Gelegenheit, sich in seiner Wohnung umzusehen, die aussah, als wäre ein Wirbelsturm hindurchgefegt. Zerbrochene Stühle, Löcher in der Wand, die Tür zum Badezimmer war vollständig aus den Angeln gerissen worden. Er hätte wütend darüber sein sollen, verspürte jedoch nur Erleichterung darüber, dass sie alle noch am Leben waren. Die Dinge in dieser Wohnung konnte man ersetzen, Delina zu verlieren wäre dagegen das Ende seiner Existenz gewesen.

„Wir sollten uns auf den Weg nach Boston machen", mahnte Darius.

Er stimmte dem Anführer von ganzem Herzen zu. Es wurde Zeit, dass sie nach Hause zurückkehrten, in die Sicherheit ihres Clans.

* * *

Delina und Thor waren umgehend zurück nach Boston gefahren. Ausgehungert hatten sie einen kurzen Stopp im *fiftyfive* eingelegt und waren dann in Thors Haus gefahren, wo sie völlig erschöpft ins Bett fielen.

Stunden später erwachte Delina allein, und augenblicklich fühlte sie sich unwohl in Thors Zimmer. Wie selbstverständlich hatte er sie zu seinem Bett geführt, und sie waren eng aneinander-gekuschelt eingeschlafen. Sie war seine Samera, hatte jedes Recht dazu, hier zu sein, und doch war es ungewohnt. Sie stand auf, zog sich an und machte sich auf die Suche nach Thor. Wie sie erwartet hatte, fand sie ihn auf dem Dachboden, wo er trainierte. Als er sie kommen sah, unterbrach er seine Übung, griff nach seinem Handtuch, das er sich über die Schulter warf und kam lächelnd auf sie zu.

Delina starrte ihn an. In ihrer Magengegend flatterten Schmetterlinge, und in etwas tieferen Regionen stellte sich ein sehnendes Brennen ein. Wie unglaublich gut ihr Schleuser doch aussah. Er trug nur eine schwarze Trainingshose, der Oberkörper war frei und bot einen wunderbaren Blick auf seine gut trainierten Bauchmuskeln. Kein Gramm Fett war an diesem Mann. Die schokoladenfarbene Haut zog sie ebenso an wie seine maskuline und dominante Ausstrahlung. Sie liebte alles an ihm. Sie liebte ihn mit Leib und Seele.

Er zog sie an sich und küsste sie.

„Hast du gut geschlafen?"

„Ja." Delina kuschelte sich an ihn, genoss seine Wärme. Sie fühlte sich ausgeruht, hätte jedoch nichts dagegen einzuwenden, wenn er sie zurück ins Bett tragen würde.

Er musste ihre Gedanken erspürt haben, denn er küsste sie auf die Stirn. „Jetzt nicht, wir haben nicht viel Zeit. Wir müssen los."

„Wohin?"

„Der Ekklesia-Rat trifft sich."

„Dann warte ich hier", beschloss Delina. Sie wollte Thor nicht behindern, ihm nicht im Weg stehen.

„Ich sagte, *wir* müssen los. Du gehörst jetzt auch mit dazu. Wie alle anderen Sameras wirst auch du an der Sitzung teilnehmen."

Mit großen Augen blickte Delina ihn an. Es dauerte, bis das Gesagte in ihr Bewusstsein drang und sie des Ausmaßes dessen, was das bedeutete, bewusst wurde.

„Ich soll mit zur Sitzung?", flüsterte sie ungläubig.

Thor lachte, zog sie an sich und küsste sie auf die Schläfe. „Aber sicher doch." Er legte ihr einen Arm um die Schulter und führte sie die Treppe hinunter. „Ich gehe davon aus, dass du daran interessiert bist, wie es mit Cobb weiter geht."

Das war sie, keine Frage. „Wo ist er jetzt?"

„Momentan ist er bei Etina, aber die unterirdische Festung ist nicht unbedingt der beste Ort, um ein Kind großzuziehen."

„Das heißt, er darf bleiben?"

„In Boston? Ja. Wir überlassen kein wehrloses Blutkind seinem Schicksal."

Delinas Herz machte einen Sprung vor Freude. Sie hatte den kleinen Kerl wirklich liebgewonnen. Wenn er in Boston bliebe, könnte sie ihn vielleicht hin und wieder besuchen, ihn aufwachsen sehen. Der Wunsch, ihn zu sich zu holen, eine Mutter für das Kind zu sein, war wieder da, doch sie wagte nicht, es laut auszusprechen.

Sie waren vor der Schlafzimmertür angekommen. Thor drehte sich zu ihr um und sah sie lange an.

Ahnte er, was in ihr vorging?

Noch immer schweigend ergriff er ihre Hände. „Wir haben bisher nie über Familie gesprochen", begann er zögernd.

Delina schluckte. Familie war ein Begriff, mit dem Thor nicht unbedingt gute Dinge verband, und darüber zu sprechen, musste ihm unheimlich schwerfallen.

„Ich weiß nicht, ob ich ein guter Vater sein kann. Meine eigenen Erfahrungen waren nicht sonderlich gut. Aber wenn du möchtest, können wir es mit Cobb versuchen."

Fassungslos blickte sie zu ihm auf, war sich nicht sicher, ob sie das alles nur geträumt hatte. Hatte er sie wirklich gerade gefragt, ob sie das Blutkind adoptieren wollten?

„Bist du dir sicher?", stammelte sie.

Etwas hilflos zuckte er mit den Schultern und sah dabei beinahe verzweifelt aus. Sie konnte nur im Ansatz erahnen, was dieser Schritt für ihn bedeutete.

„Ich wollte dich nicht unter Druck setzen", entschuldigte er sich bei ihr. Er musste ihr Zögern missverstanden haben.

„Nein!", rief sie und fiel ihm um den Hals. „Ich liebe dich und will mit dir eine Familie gründen. Am liebsten sofort. Und du wirst ein wundervoller Vater sein." Die Worte sprudelten einfach so aus ihr heraus. „Deine Sorge ist völlig unbegründet, du wirst schon sehen. Wir müssen aber das Haus renovieren und …"

Seine Lippen legten sich auf ihre, unterbrachen ihren Redeschwall. Delina vergaß, was sie sagen wollte. Sie liebte ihn, und er liebte sie, und sie würden eine Familie werden. Mehr war nicht wichtig. Eng umschlungen standen sie da, küssten sich innig und wollten einander überhaupt nicht mehr loslassen.

Schließlich war es Thor, der sich von ihr löste. „Lass mich noch schnell etwas Vernünftiges überziehen, und dann müssen wir los, damit wir nicht zu spät zur Ekklesia-Sitzung kommen."

Sie ließ ihn los, aber nur, damit er sich fertig machen konnte.

* * *

Eine halbe Stunde später erreichten sie das Anwesen des Anführers. Als sie ankamen, war die Tiefgarage bereits gut gefüllt. Die anderen Soyas waren vor ihnen eingetroffen. Dennoch fanden sie ein freies Plätzchen und machten sich mit dem Aufzug auf den Weg in die Tiefe.

Es fühlte sich an, wie nach Hause zu kommen. Sie war hier nicht mehr fremd, sie gehörte dazu. Das Haus war ein Teil ihres Clans, ein Teil ihrer Heimat. Auch wenn sie noch keinen gänzlichen Überblick über jeden der unterirdischen Gänge hatte, hätte sie doch den Weg zum Besprechungsraum auch allein gefunden.

Sie waren die Letzten, die eintrafen, und als Thor hinter ihr die Tür schloss, wurde ihr einmal mehr bewusst, dass sie nicht nur ein Mitglied des Bostoner Clans war, sondern dass ihr als Samera eines Soyas Sonderrechte zuteilwurden. Sie durfte – wie auch die anderen Frauen – an der Ekklesia-Sitzung teilnehmen. Neben Darius saß Sam, die zwar nach den jüngsten Ereignissen noch etwas mitgenommen wirkte, aber ansonsten gut aussah. Direkt neben ihr saß ihre Schwester Arnika mit ihrem Seelengefährten, dem Diplomaten. Der Aufräumer hatte Isada mitgebracht, und dahinter befand sich Etina, die Cobb im Arm hielt. Delina machte sich von Thor los, um das Baby zu begrüßen, das freudig seine Ärmchen nach ihr ausstreckte. Etina überreichte ihr das Kind.

„Ich bin so froh, dass es dir gut geht", erzählte sie dem Kind, das ihr mit seinen kleinen Händen ins Gesicht patschte.

„Können wir?", fragte Darius, und alle schickten sich an, ihre Plätze einzunehmen.

Delina wollte Cobb an Etina zurückgeben, aber diese schüttelte abwehrend den Kopf. „Behalte ihn ruhig, ich bin dankbar über eine Verschnaufpause."

„So schlimm?", erkundigte sich Delina besorgt.

Etina winkte ab. „Nicht so wild, aber ich bin einfach zu alt, mir die Tage um die Ohren zu hauen."

Delina lachte, freute sich jedoch darüber, das Kind im Arm halten zu dürfen. Vielleicht sogar für immer, aber das traute sie sich noch nicht zu hoffen. Noch war kein Beschluss gefasst und auch, wenn sie Thors Zuversicht spürte, konnte der Rat immer noch anders entscheiden.

Cobb legte sein Köpfchen an ihre Schulter und schloss die Augen. Delina nahm neben Thor auf einem der Metallstühle um den kreisrunden Tisch Platz. Sie war aufgeregt und auch ein kleines bisschen nervös, doch Thor schickte ihr über das Band eine Portion Gelassenheit. Sie nickte ihm zu und spürte, wie sich eine innere Ruhe in ihr ausbreitete. Als ob ihr Gemütszustand auch auf das Baby abfärben konnte, hatte Cobb die Augen geschlossen und war bereits eingeschlafen.

Die Tür öffnete sich ein weiteres Mal, und Soya Lucio huschte mit einer gemurmelten Entschuldigung herein.

„Setz dich!", bat Darius. „Wir wollen anfangen." Er wartete, bis Lucio endlich Platz genommen hatte, dann begann der Anführer mit dem ersten Punkt. „Radim ist nun endgültig zu einem Problem geworden. Er hat es nicht nur gewagt, uns anzugreifen, sondern mehrfach versucht, Mitglieder unseres Clans umzubringen."

„Ich habe schon damals gesagt, wir dürfen das nicht so auf uns sitzen lassen. Ein für alle Mal müssen wir den New Yorkern zeigen, wer hier das Sagen hat", ereiferte Lucio sich.

Bilder strömten auf Delina ein, und sie brauchte einen Moment, bis sie verstand, dass Thor seine Erinnerung mit ihr teilte. Nach dem Tod des Dominus formte sich der Rat, in ähnlicher Zusammensetzung, wie er noch immer Bestand hatte. Lediglich Rosario war nicht dabei, dafür sein älterer Bruder Gregorio. Radim hatte ihre Schwäche ausgenutzt und den Clan herausgefordert. Delina sah den ausweglosen Kampf, spürte Thors Verzweiflung. Dann sah sie einen langhaarigen Vampir, einen Clanlosen, der beherzt eingriff und an der Seite der Bostoner die Gegner in die Flucht schlug.

„Das waren andere Zeiten. Wir als Rat waren noch nicht etabliert. Jeder von uns musste seinen Platz erst finden", sagte Jendrael und warf über den Tisch hinweg Lucio einen finsteren Blick zu.

„Darum geht es nicht!", erklärte Darius bestimmt.

Delina bekam eine vage Ahnung davon, wie Darius früher gewesen sein musste und wie weit der Soya in die Rolle des Anführers hineingewachsen war.

„Eine direkte Kriegserklärung wird viele Opfer fordern und wenn wir sie unterwerfen, wird jemand Radims Platz einnehmen müssen", gab Pierrick zu bedenken.

„Wir können keinen führerlosen Clan gebrauchen", pflichtete Arek bei. „Nicht in New York, das ist so nah bei uns, dass wir unweigerlich die Folgen mittragen müssten."

„Jeder von euch hätte das Zeug, als Dominus einen Clan anzuführen. Freiwillige vor." Abwartend blickte Darius in die Runde, doch niemand gab ein Zeichen. Außer den Soyas waren auch Cathal und Rastus anwesend, für die die Position als Dominus durchaus einen Karrieresprung bedeuten konnte. Doch wer würde es schon auf sich nehmen, einen so in die Irre geleiteten Clan zurechtzustutzen und neu aufzubauen?

„Also kein direkter Angriff?", fragte Pierrick herausfordernd.

„Ich bin dennoch dafür", entgegnete Lucio.

Die beiden Soyas starrten sich an.

„Möchtest du die Chance ergreifen und Dominus werden, Lucio?", provozierte der Aufräumer den Soya.

„Sollte ich je das Bedürfnis haben, werde ich es dir mitteilen."

Delina spürte, wie Thor sich verkrampfte, wie er an sich halten musste, um Lucio nicht anzugehen. Beruhigend legte sie ihre Hand auf seine.

„Wir haben einen Alternativvorschlag", sagte Darius und zog damit die Aufmerksamkeit aller wieder auf sich.

„Wer ist wir?", wollte Arnika wissen.

„Ich und Darius", klinkte Arek sich in die Unterhaltung mit ein. „Rastus ist inzwischen gut eingearbeitet, sodass ich ihm die Ausbildung der Krieger für einige Zeit allein überlassen kann. Ich werde mit einem Trupp nach New York gehen und dort den Schleuser unterstützen." Der blonde Soya suchte den Blickkontakt zu Thor, der ihm unmerklich zunickte. „Thor hat sich entschieden, vorübergehend in Boston zu bleiben, aber Bethou hat sich bereit erklärt, ihn als Schleuser zu vertreten."

Lucio lehnte sich breit grinsend zurück. „Ein Schleuser-Krieger-Duo. Das gefällt mir."

Wieder spürte Delina die unterschwellige Feindseligkeit, die ihr Seelengefährte Lucio gegenüber verspürte.

„Wann werdet ihr aufbrechen?", fragte Jendrael.

„Ich brauche mindestens zwei Wochen für die Vorbereitung. Außerdem müssen wir uns erst nach einer neuen sicheren Unterkunft umsehen, und die Schleuserwohnung ist derzeit auch …", er suchte nach den richtigen Worten, „… renovierungsbedürftig."

Sam konnte sich ein leises Lachen nicht verkneifen und schlug sich schnell eine Hand vor den Mund.

„Ich finde, der Vorschlag hört sich äußerst sinnvoll an", sagte Prosper.

„Also, ich fasse zusammen", meinte Darius. „In zwei Wochen wird Arek mit einigen Kriegern und Bethou als Schleuser nach New York gehen. Wir werden den dortigen Clan in seine Schranken weisen, Radim jedoch nicht absägen, da wir keinen Ersatz für ihn haben."

Auch ohne, dass der Anführer noch mehr dazu sagen musste, hoben alle Soyas die Hand und stimmten für den Vorschlag.

„Des Weiteren müssen wir über den Verbleib von Cobb abstimmen." Darius wies auf das Baby, das friedlich auf Delinas Arm schlief. „Das Blutkind hat beide Eltern verloren. Thor und

Delina haben sich bereiterklärt, dass Kind bei sich aufzunehmen und es zu erziehen, als wäre es ihr eigenes."

Überraschtes Gemurmel, doch niemand erhob die Stimme dagegen.

„Bitte", mahnte Darius und rief die Anwesenden zur Ordnung.

„Ich stimme dafür", sagte Jendrael und hob die Hand. Die anderen Soyas folgen seinem Beispiel und so konnte ein weiterer einstimmiger Beschluss gefasst werden.

Läuft das immer so friedlich ab?, wunderte Delina sich und bemerkte zu spät, dass sie Thor die Frage gestellt hatte.

Mit Sicherheit nicht.

Sie blickten sich an.

Herzlichen Glückwunsch. Du bist soeben Mutter geworden.

Delina sah auf das schlafende Kind, und ihr wurde ganz warm ums Herz.

Und du bist Vater geworden.

Es fühlte sich richtig an. Delina verspürte weder Angst noch Sorge, sie und Thor könnten der Aufgabe nicht gewachsen sein. Und wenn das doch einmal der Fall war, konnte sie auf Unterstützung bauen. Es gab so viele Frauen im Clan, die sie liebend gerne unterstützen würden, allen voran die hier anwesenden Sameras.

„Herzlichen Dank euch beiden, dass ihr euch der verantwortungsvollen Aufgabe annehmt."

Delina freute sich über die aufrichtigen Worte des Anführers. Thor ergriff ihre Hand und drückte sie sanft.

„Lita", bedankte er sich.

Darius wandte sich dem nächsten Thema zu, doch Delina hörte nicht mehr zu. Sie war in Gedanken bereits dabei, das Haus zu renovieren und für Cobb ein Kinderzimmer einzurichten. Er sollte ihr altes Zimmer bekommen, denn es lag direkt neben dem Schlafzimmer.

* * *

Delina hatte ihn gefragt, ob der Rat immer so harmonisch abstimmte und einer Meinung war. Das war jedoch vor dem letzten Punkt gewesen. Zwei geschlagene Stunden hatten sie über drei Epheben diskutiert, die aus der Reihe getanzt waren und dabei dem Clan empfindlichen Schaden zugefügt hatten. Jetzt musste über das Strafmaß verhandelt werden. Es war eine zähe Diskussion, und letztendlich wurde entschieden, dass Rastus sie unter seine Fittiche nehmen würde. Ob der Rat nochmal eine Strafe verhängen würde, blieb offen.

Der Morgen graute bereits, als Thor und Delina nach Hause gekommen waren, denn sie hatten noch einen Zwischenstopp in einem Kinderfachgeschäft einlegen müssen. Delina hatte von Arnika eine Telefonnummer bekommen und sofort einen Termin vereinbart. Sie bestand darauf, dass Cobb ein Bett brauchte. Für die außergewöhnlichen Öffnungszeiten hatte Thor verdammt tief in die Tasche greifen müssen, aber solange es Delina glücklich machte, hätte er auch den vierfachen Preis gezahlt. Nach ihrer Rückkehr hatte er also in Delinas altem Zimmer das Bettchen aufgebaut.

Während er duschen gewesen war und nun im Bett sitzend auf Delina wartete, war seine Samera mit Cobb beschäftigt. Gelangweilt scrollte er durch die Nachrichten seines Handys, wägte ab, worauf er noch heute reagieren müsste. Doch die meisten Mitteilungen waren belanglos, nichts war so dringend, dass er sich augenblicklich um Antwort bemühen musste.

Die Tür öffnete sich, und Delina trat herein.

„Er schläft jetzt." Sie lächelte stolz. Er freute sich mit ihr, doch noch mehr gefiel ihm ihr Anblick und das Wissen, dass sie den Tag für sich hatten. In ihrem seidenen Nachthemd sah sie äußerst sexy aus. Er breitete die Arme aus und wartete darauf, dass sie zu ihm kam. Delina war die Seine und gehörte für immer zu ihm.

„Komm zu mir!", forderte er sie auf.

In diesem Moment klingelte sein Handy. Er verwünschte das blöde Ding und wollte den Anruf wegdrücken. Als er jedoch den Namen des Anrufers sah, runzelte er die Stirn. Wenn Ducin anrief – noch dazu um diese Uhrzeit – musste etwas verdammt wichtig sein.

„Ducin?", meldete er sich.

„Nein, hier ist Mikkel", antwortete ihm eine männliche Stimme in gebrochenem Englisch.

Thor kannte Mikkel nicht persönlich, hatte von Ducin jedoch schon viel über die rechte Hand des Soyas gehört. Was veranlasste Mikkel, ihn anzurufen?

„Was gibt es?", erkundigte er sich freundlich, aber distanziert.

„Wir hatten hier ein paar Probleme. Ein Paket ist zu dir unterwegs. Ankunft in acht Stunden am Newark Airport."

Thor setzte sich so schnell auf, dass Delina ihm einen erschrockenen Blick zuwarf.

„Das geht nicht!" Was fiel dem Vampir ein, ihn einfach anzurufen und dann auch noch die Frechheit zu besitzen, ihm mitzuteilen, dass Flüchtlinge unterwegs waren? Das ging nicht so einfach. Flüchtlinge bedeuteten eine gewisse Absprache, sonst konnte er sie nicht vermitteln. Wusste Ducin davon? Vielleicht hatte der Vampir eigenmächtig gehandelt? Es war unterm Strich egal. Er war nicht in New York, und er hatte auch keine Unterkunft, wo er Flüchtlinge unterbringen konnte. Es war nicht sein Problem.

„Der Vogel ist bereits in der Luft."

Thor sprang aus seinem Bett.

„Testa!", schimpfte er. „So geht das nicht! Gib mir Ducin! Sofort!"

„Das ist leider nicht möglich."

Thor stutzte. Das war überhaupt nicht Ducins Art. Der Soya ging stets gewissenhaft vor, hatte jeden Flug vorher mit ihm abgesprochen. Warum sollte er nun seinem normalen Vorgehen so zuwider handeln? Es sei denn …

„Ein Päckchen, sagst du?" Ihm schwante nichts Gutes.

„*Ein wichtiges* Päckchen."

Die Betonung war eindeutig. Das durfte nicht wahr sein. Er schloss die Augen.

„Ich mache mich sofort auf den Weg, um ihn abzuholen."

„Danke." Mikkel legte auf.

Widersprüchliche Gefühle tobten in ihm. Er hatte das Bedürfnis, Delina vor Erleichterung in die Arme zu ziehen und gleichzeitig vor Wut auf einen Boxsack einzuschlagen. Er entschied sich weder für das eine noch für das andere. In Gedanken ging er bereits die nächsten Schritte durch. So eine verdammte Scheiße!

„Was ist passiert?", wollte Delina wissen.

Er hatte keine Zeit, er musste sich beeilen. Hastig sprang er aus dem Bett, zerrte seine Hose vom Stuhl und stieg hinein. Um diese Uhrzeit würde er drei Stunden zum Flughafen brauchen, wenn er sich beeilte, wäre er sogar ein wenig früher da. Auf das Militär-fahrzeug und seine Verkleidung würde er diesmal verzichten. Rein. Raus. Fertig. Er brauchte nur genug Waffen und eine Unterkunft. Verdammt! Vielleicht ein Hotel? Es war nicht seine bevorzugte Alternative, aber für …

Eine Hand legte sich auf seine Schulter, und er wandte sich zu Delina um. Ihre Berührungen erdeten ihn, brachten ihn in das Hier und Jetzt zurück.

„Was ist los?"

„Ich muss sofort nach New York."

Maßlose Verwunderung spiegelte sich in Delinas Blick. „Aber Bethou wird dich doch als Schleuser vertreten."

Er legte seine Hand an Delinas Wange. „Ducin ist auf dem Weg nach New York. Ich habe keine Ahnung, was geschehen ist. Er ist ein Freund, und er ist auf der Flucht. Ducin hat uns so oft geholfen, jetzt sind wir an der Reihe, ihm zu helfen."

Delinas Augen weiteten sich. „Er musste fliehen? Warum? Was ist passiert?"

Er zuckte mit den Schultern, darauf hatte er selbst keine Antwort.

„Ich hoffe, du verstehst, warum ich sofort losmuss."

Sie nickte.

Er setzte sich auf das Bett und schnürte die Stiefel.

„Kann ich etwas für dich tun?", erkundigte sie sich.

Ein Lächeln stahl sich auf sein Gesicht. Das war seine Samera, seine Seelengefährtin, seine o celle mi. Sie war das kostbarste Geschenk, das er in seinem Leben erhalten hatte.

„Nein." Er stand auf, zog sie in seine Arme und küsste sie zum Abschied. „Kümmere dich gut um Cobb. Ich weiß nicht, wie lange ich fort sein werde, aber ich werde so schnell wie möglich zurückkommen."

Seine Lippen legten sich noch einmal auf ihren Mund, und er sog ihren wundervollen Duft ein. Schon jetzt vermisste er sie. Dann verließ er das Zimmer und machte sich auf den Weg nach New York, um dort einen Freund in Empfang zu nehmen.

ENDE

GLOSSAR

Alla ist in der alten Vampirsprache die Seelengefährtin. Die *eine* Vampirin, für die nicht nur das Herz brennt, sondern nach der sich auch die Seele verzehrt.

Unter der **Alten Welt** verstehen die Vampire das heutige Europa. Dort, woher die Kruento ursprünglich stammen.

Ancillas sind alleinstehende Vampirinnen, die keinen männlichen Vampir haben, der für sie sorgt und ihr Rinoka ist. Aus diesem Grund geben sie sich der Prostitution hin und bekommen dafür als Bezahlung einen Rinoka. Dies wird in den meisten Clans als gesellschaftlich vertretbar angesehen.

Ambakt ist die männliche Form einer Amica. Meist ein junger Mann, der von einem Vampir oder einer Vampirin als Blutwirt benutzt wird. Durch seine Sucht nach Vampirsex ist er den

Vampiren vollkommen hörig. Ambakten leben höchstens einige Jahre. Irgendwann können sie den ständigen Blutverlust nicht mehr ausgleichen und sterben schließlich. Die Abhängigkeit bleibt bis zum Tod bestehen.

Amica ist ein Freudenmädchen. Meist eine junge Frau, die von einem Vampir als Blutwirtin benutzt wird. Durch ihre Sucht nach Vampirsex ist sie dem Vampir vollkommen hörig. Amicas leben maximal einige Jahre. Irgendwann können sie den ständigen Blutverlust nicht mehr ausgleichen und sterben schließlich. Die Abhängigkeit bleibt bis zum Tod bestehen.

Berne Nox ist in der alten Vampirsprache eine Begrüßung und bedeutet übersetzt *angenehme Nacht.*

In der Alten Welt sind die Vampire in Clans organisiert. In Europa gibt es sieben Gebiete, die jeweils einem Blutfürsten unterstehen. Er herrscht über seine Untergebenen wie in der Neuen Welt ein Dominus. Im Gegensatz zu einem Dominus wird der Posten des Blutfürsten in der Regel in der Familie weitergegeben. Der Blutfürst stammt immer aus den Reihen der Innoka.

Vampire bezeichnen ihre Kinder als **Blutkinder**. Es gibt die Unterscheidung von Blutjungen und Blutmädchen. Mit Einsetzen der Renovation verwandelt sich das Blutkind in einen Vampir.

Bekommt ein Vampir zu viel Blut, verfällt er in einen **Blutrausch**. Dann kann er nicht mehr aufhören, Blut zu trinken. In der Regel kümmern sich die Vampire des eigenen Clans darum. Je nachdem, wie schwer der Blutrausch ist, kann er ausgehungert werden. Ist eine gewisse Grenze überschritten, bleibt nur noch, den Vampir zu töten.

Der **Blutschwur** bezeichnet eine rituelle Handlung, bei der der Untergebene seinem Herrn die Treue schwört. Ein geleisteter Blutschwur kann nur durch den Herrn rückgängig gemacht werden, indem er die Verbindung löst. Durch das vergossene Blut wird eine geistige Verbindung geschaffen, durch die der Herr dem Untergeordneten seinen Willen aufzwingen kann. Dies funktioniert allerdings nur, wenn Sichtkontakt besteht. Will ein Untergebener den Schwur aufheben, kann er nur fliehen oder auf den Tod des Herrn hoffen.

Blutverwässerung ist eine der wenigen Krankheiten, die ein Vampir fürchten muss. Gegen Ende ihres Lebens erkranken die meisten Vampire daran. Die Vampirdrüse stellt langsam ihre Arbeit ein. Das zugeführte Blut kann nicht mehr optimal verwertet werden. Der Körper beginnt, ungewöhnlich schnell zu altern. Meist tritt die Krankheit in Begleitung von Ausfall der Haare, Zähne und Fingernägel auf.

Da menschliches Blut allein nicht reicht, um einen Vampir am Leben zu erhalten, führt diese Krankheit zum Tod.

Blutwirte sind Menschen, die sich freiwillig oder unfreiwillig Vampiren als Nahrungsquelle zur Verfügung stellen.

Britangeln ist ein Fürstentum der Kruento in der Alten Welt. Es umfasst die heutigen Gebiete von Irland, England, Wales, Nordirland und Schottland. Derzeit ist Llywelyn Llanilltud der Blutfürst der Britangeln.

Canico bedeutet in der alten Vampirsprache *räudiger Hund*. Es wird als Beschimpfung verwendet.

Canicula ist die Bezeichnung für eine *Hure*, ein *Miststück*. Meist wird das Wort als Schimpfwort benutzt.

Demanda mi Samera stammt aus der alten Vampirsprache und bedeutet *Ich erwähle dich zu meiner Samera.*

In der Neuen Welt sind die Vampire in Clans organisiert. Jedem Clan steht ein **Dominus** vor. Dieser ist gleichzeitig der dominanteste Vampir. Dominus wird sowohl als Anrede als auch als Titel benutzt.

Die **Ekklesia-Krieger** sind speziell ausgebildete Krieger, die für den Ekklesia-Rat arbeiten und in den Straßen von Boston für die Sicherheit der Vampire sorgen.

Der **Ekklesia-Rat** ist in Boston der Zusammenschluss der dortigen Soyas, die als Rat ihren Clan anführen und keinen Dominus haben, wie es in den Clans der Neuen Welt üblich ist. Auch wenn dem Rat ein Anführer vorsteht, werden alle Entscheidungen demokratisch getroffen.

El me lu sangius al to, (hier wird der Name eingesetzt), **misu ab** gehört zu den rituellen Worte in der alten Vampirsprache und bedeutet sinngemäß übersetzt *Bei meinem Blut schwöre ich, (Name), dir meine Treue auf Ewig.* Diese Worte sind Teil des Blutschwurs.

Ephebe wird ein Vampir bis zu seinem hundertsten Geburtstag genannt. In dieser Zeit wird er von seinem Clan als Jugendlicher angesehen. Gerade die männlichen Vampire entwickeln in dieser Zeit ihre Dominanz und lernen ihre Kräfte und den Blutdurst zu kontrollieren.

Franken ist ein Fürstentum der Kruento in der Alten Welt. Es umfasst Frankreich und einen Teil von Deutschland. Derzeit ist Adalwin Potestas der Blutfürst der Franken und herrscht von seinem Château de Potestas im Elsass über das Gebiet.

Homen ist in der alten Vampirsprache der *Ehemann*.

Inimicus ist die Bezeichnung, die die Vampire für *Homo neanderthalensis* benutzen. Sie sind die direkten Nachkommen einer sich parallel entwickelnden Rasse zu den *Homo sapiens*. Sie sind extrem stark und kommen mit ihrer Schnelligkeit und Wendigkeit auch gegen Vampire an. Im Alter von etwa vierzig Jahren sehnen sie sich danach, für Nachwuchs zu sorgen. Kurz darauf beginnen sie, langsam verrückt zu werden und begehen Selbstmord.

Als **Innoka** werden in der Alten Welt die reinblütigeren Vampire bezeichnet. Die Innoka bestehen aus den Herrscherfamilien, dem Vampiradel. Das Wichtigste für sie ist die Reinheit der Blutlinie. Menschliches Blut verwässert und schwächt die Vampire, und damit würde auch ein Machtverlust einhergehen. Darum muss dies unter allen Umständen vermieden werden.

Vampire bezeichnen ihre Rasse selbst als **Kruento**. Sie sind lebendige Wesen, die sich parallel zu den Menschen entwickelt haben, und sich von Menschenblut ernähren. Um sich zu nähren, müssen sie ihre Blutwirte nicht töten.
Sie sind unempfindlich gegenüber Kreuzen, Knoblauch, Weihwasser und in der Regel auch Sonnenlicht. Kurz nach der Renovation kann Sonnenlicht zu schlimmen Verbrennungen führen, mit dem Alter wird der Vampir jedoch immer unempfindlicher.

Da sie geschärfte Sinne haben, können sie sich schneller bewegen, besser hören, riechen, schmecken und sehen als Menschen. Jeden Vampir umgibt etwas, das Menschen als anziehend empfinden.

Die ersten hundert Jahre werden die männlichen Vampire als Jugendliche angesehen. Sie müssen erst lernen, ihr Bedürfnis nach Blut zu kontrollieren und entwickeln in dieser Zeit auch die Stärke ihrer Dominanz.

Weibliche Vampire lernen nie, sich komplett unter Kontrolle zu halten. Darum müssen sie sich immer einem männlichen Vampir unterordnen.

Lita ist ein Wort aus der alten Vampirsprache und bedeutet *danke*.

Loka mimare ist ein Satz in der alten Vampirsprache und bedeutet sinngemäß übersetzt *Deiner Bitte wird stattgegeben*.

Die Maca-Pflanze kommt aus den peruanischen Anden und wird dort seit 2000 Jahren angebaut. Ihre Eigenschaft den Geruchssinn der Vampire zu täuschen, ohne dass sie es großartig merken, macht sie in der Vampirwelt zu einer kostbaren Waffe.

Mi ist die Anrede und der Titel einer Vampirin aus der höheren Gesellschaft, also dem Vampiradel.

Mina ist die Anrede und der Titel eines Blutkindes aus der höheren Gesellschaft, also dem Vampiradel.

Mori ist die Anrede und der Titel eines männlichen Vampirs, der einer Familie vorsteht, die nicht dem Vampiradel angehört.

Unter der **Neuen Welt** verstehen die Vampire die später besiedelten Gebiete. Allen voran die Vereinigten Staaten, aber auch Mexiko und Kanada. Die Vampire gelangten damals mit den ersten Siedlern in die neuen Gebiete und formierten sich auch dort zu Clans.

No mimare ist ein Satz in der alten Vampirsprache und bedeutet sinngemäß übersetzt *Ich gebe deiner Bitte statt.*

O celle mi bedeutet in der alten Vampirsprache *Mein Augapfel.* Es wird als Kosewort benutzt.

Renovation ist die zweite Geburt. Sie findet in der Regel zwischen dem fünfundzwanzigsten und dreißigsten Lebensjahr statt. Wenn der Körper beginnt, menschliche Nahrung nicht mehr zu behalten, braucht das Blutkind Vampirblut, das es von seinem Renovator bekommt.
Wie stark, und bei Blutjungen auch, wie dominant der Vampir wird, hängt nicht nur von den Eltern, sondern auch zu einem

Drittel von der Stärke und Dominanz des Renovators ab. Leider ist die Sterblichkeit bei der Renovation immer noch sehr hoch. Es überleben mehr Blutjungen die Verwandlung, Blutmädchen sterben häufiger.

Durch das Blut des Renovators (der immer männlich sein muss, weibliche Vampire können keine Renovation durchführen) beginnt die Vampirdrüse zu wachsen, die von nun an den Hormonhaushalt des Vampirs steuert.

Rinoka ist ein männlicher Vampir, der eine Vampirin unter seinen Schutz stellt und sie davor bewahrt, in einen Blutrausch zu fallen. Eine Vampirin findet in ihrem Partner auch ihren Rinoka. Ungebundene weibliche Vampire sind häufig dem Familienoberhaupt unterstellt.

Durch ein geistiges Band, das die bewusste Zustimmung beider Vampire voraussetzt, kann der Rinoka der Vampirin seinen Willen aufzwingen. Dieses Band kann jederzeit von einem der beiden getrennt werden und löst sich automatisch auf, wenn einer der beiden stirbt.

Riu ab omare ist ein Satz in der alten Vampirsprache und bedeutet sinngemäß übersetzt *Ich bitte um Asyl.*

Riu ab summo di Mori ist ein Satz in der alten Vampirsprache und bedeutet sinngemäß übersetzt *Ich bitte darum, deinen Moris hinzugefügt zu werden.*

Riu ab (Name) Samera letare ist ein Satz in der alten Vampirsprache und bedeutet sinngemäß übersetzt *Ich bitte darum (Name) zu meiner Ehefrau machen zu dürfen.*

Samera ist in der alten Vampirsprache die Ehefrau, eine gebundene Vampirin. Damit hat sie in der Vampirgesellschaft einen anderen Stand als eine unverheiratete Frau.

Der **Schleuser** ist sowohl Titel als auch Berufsbezeichnung. Er ist der Vampir, der in New York die Flüchtlinge, Vampire, die aus der Alten Welt ankommen, in Empfang nimmt und dafür sorgt, dass sie in den dafür vorgesehenen Clans aufgenommen werden.

Selu di midoare gehört zu den rituellen Sätzen in der alten Vampirsprache. Er bedeutet *Ich fordere dich zu einem Kampf auf Leben und Tod heraus* und wird dann benutzt, wenn ein Vampir anstatt einen Clan anzugreifen stellvertretend den Dominus herausfordert. Der Gewinner dieses Kampfes wir als neuer Dominus akzeptiert.

Sjüten ist ein Fürstentum der Kruento in der Alten Welt. Es umfasst einen Teil des heutigen Deutschlands und die Länder Schweden, Dänemark, Finnland und Norwegen. Vetusta Haldor Salverson regiert das Fürstentum von Fredrikstad aus.

Sono Samera letare ist ein Satz in der alten Vampirsprache und bedeutet sinngemäß übersetzt *Ich nehme dich zu meiner Ehefrau.*

Sono Homen letar ist ein Satz in der alten Vampirsprache und bedeutet sinngemäß übersetzt *Ich nehme dich zu meinem Ehemann.*

Soya wird in der Alten Welt das Oberhaupt der adeligen Familien genannt. Die Clans der Neuen Welt haben diese Bezeichnung übernommen. Auch hier trägt der Familienvorstand der obersten Schicht den Titel Soya. Als Adelige bezeichnen sie sich nicht.

Testa wird als Schimpfwort benutzt. Es bedeutet im Lateinischen *Scherbe.* Man kann es in unserem Sprachgebrauch mit *Scheiße* oder *Mist* gleichsetzen.

Als **Verlorene** werden Kinder bezeichnet, die wenigstens einen vampirischen Elternteil haben, aber nicht in der Gemeinschaft der Vampire groß werden.
In der Regel sterben die Verlorenen bei der Renovation, weil sie nichts von ihrem Erbe wissen und daher auch kein Vampirblut bekommen.

Der Blutfürst in der Alten Welt trägt den Titel **Vetusta**. Er ist gleichzeitig der dominanteste Vampir seines Clans. Vetusta wird sowohl als Anrede, als auch als Titel benutzt.

Vollia stammt aus der alten Vampirsprache und wird zum Fluchen benutzt. Es kann mit unserem deutschen *Scheiße* oder *Verflucht* gleichgesetzt werden.

Woma el mimare?, ist eine Frage in der alten Vampirsprache und bedeutet sinngemäß übersetzt *Wer will ihrer Bitte stattgeben?*

LESEPROBE

Cheetah Manor

Das Erbe

PROLOG

„Er hat *was*?" Völlig entgeistert starrte Darren Morgan seinen Anwalt, Vertrauten und besten Freund an.

„Brain war verheiratet." Ethans Stimme klang ruhig, aber Darren nahm das leichte Beben darin wahr. „Eine Deutsche."

„Das ist nicht möglich."

„Wie es scheint, schon."

Darren schüttelte ungläubig den Kopf. Sein Bruder hatte sich nie groß für das andere Geschlecht interessiert, aber er musste zugeben, dass ihr letztes Treffen schon ein paar Jahre her war. „Was ist das für eine Frau?"

Ethan blätterte in den Unterlagen, die er mitgebracht hatte. „Dr. Sarah Beck. Sie arbeitet in der Notaufnahme in München. Klinikum Schwabing. Im selben Krankenhaus war dein Bruder als Facharzt tätig."

Darren hob eine Augenbraue. Immer noch war ihm völlig unbegreiflich, wie es Brain gelungen war, seinen Aufenthaltsort so lange zu verschleiern. Dass er seit Jahren in Deutschland lebte, war ihm bekannt, denn schließlich floss regelmäßig Geld dorthin. Von Brains Medizinstudium wusste er ebenfalls, auch wenn er sich seinen Bruder nicht als praktizierenden Arzt vorstellen konnte. Aber heiraten? Brain war kein Familienmensch, er war immer ein Außenseiter gewesen. Nun sollte er tatsächlich der Erste von ihnen sein, der den Bund fürs Leben geschlossen hatte.

Was mochte das für eine Frau sein, der es gelungen war, seinem Bruder Ketten anzulegen?

„Kann man das Erbe anfechten?"

Ethan schüttelte bedauernd den Kopf. „Ich vermute, damit werden wir sowohl vor den deutschen als auch vor den amerikanischen Gerichten kaum eine Chance haben."

Darren presste die Lippen fest zusammen und ballte die Hände zu Fäusten. Das durfte einfach nicht wahr sein.

„Ich werde die Frau aufsuchen, der zwanzig Prozent *meiner* Plantage gehören sollen. Unsere Familie hat zu hart für Cheetah Manor gearbeitet, als dass ich tatenlos zusehe, wie ein deutsches Modepüppchen alles kaputtmacht." Darren erhob sich und umrundete seinen Schreibtisch. Mit langen Schritten durchquerte er den Raum, bis Ethan ihm den Weg zur Tür versperrte.

„Du kannst unmöglich weg! Die Erntezeit hat begonnen. Cheetah Manor und das Dorf brauchen dich."

Darren funkelte seinen Freund zornig an. Ihm fiel jedoch keine Erwiderung ein, denn er musste sich eingestehen, dass Ethan recht hatte.

„Ich werde nach Deutschland fliegen", verkündete sein Freund in diesem Moment. „Als dein Anwalt kann ich dich problemlos in allen Belangen vertreten."

Darren nickte verhalten. Es missfiel ihm, Ethan ziehen zu lassen, aber er wusste, dass sein Platz in dieser schweren Zeit hier war – auf Cheetah Manor. Er konnte Ethan vorbehaltlos vertrauen.

„Geh und finde heraus, was für eine Frau das ist und wie viel sie für ihre Anteile an der Plantage verlangt. Ich möchte nicht, dass auch nur ein Prozent in fremde Hände fällt. Wir sind ein Familienunternehmen und das werden wir bleiben."

„Ich werde mein Möglichstes tun, auch wenn ich nicht glaube, dass sie eine Verzichtserklärung unterschreiben wird", versprach Ethan.

Mit einem Kopfnicken entließ Darren seinen Freund, tigerte zurück zum Schreibtisch und ließ sich in den Sessel fallen. Für einen Whiskey war es noch zu früh. Er musste gleich los auf die Felder und dafür brauchte er einen klaren Kopf. Die Erntezeit war immer stressig, und auch wenn er es nicht mehr nötig hatte, selbst Hand anzulegen, schaute er doch regelmäßig vorbei.

Die Unruhe, die ihn ergriffen hatte, ließ sich einfach nicht abschütteln. *Sie* hatten Brain gefunden? Darren schloss für einen Moment die Augen und ließ das Gefühl des Verlusts in sich zu, ehe er es sorgfältig im hintersten Winkel seines Selbst verbarg. Er konnte es sich nicht leisten, um Brain zu trauern, er musste dafür sorgen, dass diese Frau seine Familie nicht ruinierte. Und er musste die Leute im Dorf beschwichtigen.

Darren erhob sich, warf noch einen bedauernden Blick auf den Schrank, in dem sich der Whiskey befand, und griff nach seinem Hut, ehe er sich auf den Weg zu den Feldern machte.

KAPITEL 1

Das Wochenende war stressig gewesen. Sarah hatte in der Notaufnahme Dienst und dabei keine ruhige Minute gehabt. Aber das war gut so. Die Arbeit lenkte sie wenigstens ab, und so redete sie sich ein, dass alles wie immer war. Ihr graute davor, in das stille Haus zurückzukehren und zu wissen, dass Alex tot war. Noch immer konnte sie es nicht fassen. Seit sie denken konnte, war er immer da gewesen. Nachdem ihre Mutter gestorben war, hatten sie zumindest einander gehabt. Sie hatten es immer geschafft – irgendwie. Ihr Bruder hatte als Rettungssanitäter gearbeitet und dadurch nicht nur ihr Leben, sondern auch ihre Ausbildung finanziert. Dann trat Brain in Alex' Leben. Sarah mochte den blonden jungen Arzt auf Anhieb. Er kam genau zur richtigen Zeit, griff ihnen finanziell unter die Arme und bezahlte das dringend benötigte Dach. So war es selbstverständlich, dass Brain zu ihnen zog. Sarah bewohnte zwei Zimmer im oberen Stockwerk, Alex und Brain im Erdgeschoss. Küche, Ess- und Wohnbereich teilten sie sich. Ohnehin hatten sie viel gemeinsam gemacht.

Sarah parkte das Auto und stieg aus. Mechanisch holte sie die Einkäufe aus dem Kofferraum und angelte nach dem Schlüssel. Es war still, als sie das Haus betrat. Und doch wirkte es so, als würden Alex und Brain jeden Moment zurückkehren. Sarah musste sich einfach nur vorstellen, dass sie im Krankenhaus waren oder auf einem ihrer vielen Streifzüge in den Bergen. Eine leise

Stimme redete ihr ein, dass sie sich den Trugbildern hingeben konnte, doch sie wusste es besser. Routiniert räumte sie die Einkäufe in den Kühlschrank. Es fühlte sich noch immer unwirklich an zu wissen, dass sie hier nun allein wohnte. In der Ferne ertönte das Martinshorn eines Krankenwagens und ihr gefiel die Vorstellung, dass Alex dort mitfuhr.

Da sie keine Lust hatte zu kochen und es ihr ohnehin an Appetit fehlte, griff sie nach einem Joghurt und setzte sich aufs Sofa. Hier fühlte sie sich Alex näher als oben in ihren Zimmern. Die Leere und Einsamkeit erdrückten sie. Sarah hielt die Stille einfach nicht mehr aus. Kurzerhand schaltete sie den Fernseher ein und zappte sich durch das spätnachmittägliche Programm.

Das Klingeln an der Tür schreckte sie auf. Verwundert schaltete Sarah den Fernseher stumm, um nachzuschauen, wer dort war.

„Ja, bitte?", meldete sie sich über die Türsprechanlage.

„Mrs. Beck? Mein Name ist Ethan Washington aus Louisiana." Der Südstaatenakzent, den sie bei Brain so gemocht hatte, war nicht zu überhören.

War er ein Bekannter von Brain? Ein Freund? Familie? Sarah schluckte. „Brain ist nicht da", erklärte sie heiser. Sie wusste nicht, wie sie dem Mann sagen sollte, dass Brain nie wieder zurückkommen würde.

„Das weiß ich. Ich bin wegen Ihnen gekommen."

„Wegen mir?", fragte sie verwundert.

„Sie sind doch Sarah Beck, die Ehefrau von Brain Morgan?"

Sie seufzte. „Ja", gab sie schließlich Auskunft. In ihrem Kopf drehte sich alles. Sarah mochte es nicht, wenn man von ihr als Brains Ehefrau sprach. Das war sie schließlich nur auf dem Papier gewesen. Vor drei Jahren, nach Brains Ausbildung zum Facharzt, hätte er wieder zurück in die Staaten gehen müssen. Er wollte das nicht, obwohl Alex sogar mitgegangen wäre. Sarah hätte es nicht ertragen, ihren Bruder zu verlieren, und so kam die Idee auf, dass sie und Brain heirateten. Einen homosexuellen Lebenspartner hätte Brains konservative Familie nicht gutgeheißen, eine angehende Ärztin dagegen schien akzeptabel. Es war keine große Sache gewesen. Sie gingen zum Standesamt, unterschrieben die

Urkunde und besuchten anschließend ein nobles Restaurant. Sarah hatte sich entschieden, ihren Namen zu behalten, und so änderte sich nichts – außer dass sie in eine andere Steuerklasse fiel und beim Ausfüllen von Formularen *verheiratet* angeben musste. Hin und wieder legte Brain ihr einige Papiere zum Unterschreiben vor, was sie, ohne zu lesen, tat. Brain und Alex hatten sich um die finanziellen Belange gekümmert, während sich Sarah voll und ganz auf ihr zweites Staatsexamen konzentriert hatte, das sie dann auch mit Bravour bestanden hatte.

„Mrs. Beck, wäre es vielleicht möglich, dass Sie mich kurz hineinbitten?", holte sie die Stimme des Fremden zurück in die Gegenwart.

„Natürlich", murmelte Sarah und drückte den Summer.

Sie war neugierig, wer den Weg aus Louisiana auf sich genommen hatte, um mit ihr zu sprechen. Von Brains Familie hatte sie bisher niemanden kennengelernt. Brain war ohnehin sehr schweigsam gewesen, wenn es um sein Leben in den Staaten ging.

Erstaunt sah sie den Mann an, der nun vor ihr stand. Ethan Washington war Afroamerikaner, die Haut so dunkel wie Schokolade. Seine Augen und die helleren Lippen stachen hervor. Er war groß, überragte sie locker um einen Kopf. Sein Alter konnte sie schwer schätzen, aber viel älter als Ende dreißig konnte er nicht sein. Er trug einen perfekt sitzenden Anzug und kam mit geschmeidigen Schritten auf sie zu.

Sarah musste sich zwingen, nicht zurückzuweichen.

„Ethan Washington, Anwalt der Familie Morgan", stellte er sich mit einem festen Händedruck vor.

Sarah glaubte für einen Moment, ihr Herz würde stehen bleiben. Warum schickte Brains Familie einen Anwalt? Sie hatte nichts getan und wollte auch nichts von ihnen.

„Bitte folgen Sie mir", bat sie und drehte sich schnell um, damit er ihre Unsicherheit nicht bemerkte. Sie deutete auf den Esstisch, an dem Brain, Alex und sie so oft zusammen gegessen hatten. „Bitte." Sie machte eine einladende Handbewegung Richtung Tisch und eilte dann zum Fernseher hinüber, um diesen auszuschalten. Den angefangenen Joghurt stellte sie auf den Küchentresen.

Mit zwei Gläsern und einer Wasserkaraffe ging sie zum Tisch und setzte sich.

„Möchten Sie etwas trinken?", fragte sie angespannt. Noch immer konnte sie sich nicht erklären, was dieser Anwalt von ihr wollte. Brain hatte ziemlich viel Geld in die Renovierung dieses Hauses gesteckt. Wollte Brains Familie das Geld zurückfordern?

„Nein, danke", sagte der Anwalt, holte einige Schriftstücke aus seiner Aktentasche und breitete sie vor sich auf dem Tisch aus.

„Zuerst möchte ich Ihnen mein Beileid aussprechen über den Verlust Ihres Mannes."

Abwesend nickte Sarah. Sie hatte Brain nicht geliebt, er war ein Freund gewesen und es tat weh, dass er nicht mehr da war. Die Leere, die ihr Bruder in ihrem Herzen hinterlassen hatte, war ein viel tieferer Schmerz.

„Danke", murmelte sie und hoffte, ihre Unsicherheit kaschieren zu können.

„Darf ich Sie bitten, mir einen Ausweis zu zeigen, damit ich sicher sein kann, dass Sie wirklich Brains Witwe sind?"

Das alles hörte sich so fremd an, so vollkommen absurd.

„Ich bin nicht sicher, ob das nötig ist …", murmelte Sarah, holte tief Luft und unterbrach sich dann. Was, wenn er wirklich Geld von ihr zurückforderte? Natürlich hatte sie in den letzten zwei Jahren eine kleine Menge an Erspartem zur Seite legen können, aber das würde kaum genügen, um das zu begleichen, was Brain in das Haus gesteckt hatte.

„Ich bestehe darauf, Mrs. Beck."

Sarah presste die Lippen aufeinander, erhob sich und holte aus ihrem Geldbeutel die Ausweiskarte.

„Ich weiß nicht genau, was Sie von mir wollen. Ich hatte nie Kontakt zu Brains Familie. Wenn Sie möchten, packe ich Ihnen gerne Brains persönliche Sachen zusammen und Sie können sie mitnehmen." Es war ein letzter verzweifelter Versuch, den Anwalt möglichst schnell loszuwerden.

Ethan Washington sah sie einen Augenblick verwundert an. Dann verschloss sich seine Miene. „Ich bin ein langjähriger

Freund der Familie. Ich habe Brain länger gekannt als Sie." Bitterkeit schwang in seiner Stimme mit.

Sarahs Hals zog sich zusammen, als sie an den Moment dachte, als zwei Polizeibeamte vor der Tür gestanden und um Einlass gebeten hatten. Sie wusste sofort, dass etwas geschehen war. Als sie ihr dann von dem Tod ihres Bruders und Brains erzählten, geriet Sarahs Welt vollkommen aus den Fugen. Sie war hart im Nehmen und durch ihre Arbeit in der Notaufnahme viel gewohnt. Doch die Bilder der zerschmetterten Körper der beiden Männer hatten sich tief in ihr Gedächtnis eingebrannt. Unter Tränen hatte sie Alex' und Brains Identität bestätigt.

„Für die Familie ist es schlimm genug, dass er ums Leben kam. Keiner von ihnen hat Interesse daran, Sie näher kennenzulernen."

Seine Worte versetzten ihr einen Stich. Auch sie wollte Brains Familie nicht sehen, aber es so ungeschönt gesagt zu bekommen, tat trotzdem weh.

„Wir können das Ganze ziemlich flott hinter uns bringen. Ich brauche nur eine Unterschrift, dass Sie auf das Erbe, das Ihnen als Witwe zusteht, verzichten."

„Ich will kein Erbe", stieß sie wütend hervor. Was bildete sich dieser Anwalt eigentlich ein? „Wenn ich Ihnen diesen Wisch unterschreibe, verschwinden Sie und Brains Familie für immer aus meinem Leben?"

„Selbstverständlich."

Sarah griff nach dem Kugelschreiber, den ihr der Anwalt reichte. Er blätterte eines der Dokumente auf und hielt es ihr hin. Sie setzte den Stift an und zögerte. Was war mit ihrem Elternhaus? Das Einzige, was ihre Mutter ihr hinterlassen hatte?

„Was geschieht mit diesem Haus hier?", wollte Sarah wissen.

„Wie meinen Sie das?"

„Es gehört seit Jahren meiner Familie. Brain hat die letzten Reparaturen finanziert. Ich möchte es nicht verlieren. Es ist alles, was von meiner Familie geblieben ist."

„Ich denke, das dürfte kein Problem sein", erklärte ihr der Anwalt. „Ich kenne natürlich die Rechtslage hier in Deutschland nicht, kann Ihnen aber versichern, dass die Familie Morgan keinen Anspruch auf dieses Grundstück geltend machen würde."

Sarah legte den Stift zur Seite, lehnte sich zurück und verschränkte die Arme vor der Brust. „Sie denken? Es tut mir leid, aber das ist mir zu wenig."

Der Anwalt seufzte, zog die Papiere zu sich heran und machte eine handschriftliche Notiz.

„Sehen Sie, ich habe es ergänzt." Er schob ihr das Dokument zu.

Unsicher betrachtete Sarah den handschriftlichen Abschnitt. War dieser tatsächlich rechtskräftig? Sie konnte es sich nicht leisten, das Haus zu verlieren. Eine Mietwohnung in Krankenhausnähe überstieg ihre finanziellen Mittel. Davon abgesehen hingen so viele Erinnerungen an diesem Haus.

„Ich werde einen deutschen Anwalt hinzuziehen", sagte sie entschieden.

Ihr Gegenüber kniff die Augen zusammen und musterte sie. „Selbstverständlich", murmelte er. Das Lächeln auf seinen Lippen war nicht echt, als er ihr zunickte. „Das ist natürlich Ihr gutes Recht." Er zog eine Visitenkarte aus der Tasche und reichte sie ihr. „Hinten steht die Telefonnummer meines Hotels. Sie können mich dort zu jeder Tages- und Nachtzeit erreichen. Am Freitag werde ich zurückfliegen. Es wäre gut, wenn ich bis dahin die Unterlagen hätte."

Sarah starrte auf die Visitenkarte.

Der Anwalt erhob sich und Sarah machte Anstalten, es ihm gleichzutun. „Machen Sie sich keine Umstände. Ich finde allein hinaus."

Die Tür fiel ins Schloss, und Sarah war wieder allein. Noch immer saß sie da und konnte den Blick nicht von der Visitenkarte wenden. Es musste aufhören. Wieso konnte sie nicht einfach nur die Augen öffnen und aufwachen? Sie wollte, dass Alex und Brain zurückkamen. Tränen liefen ihr über die Wangen und sie erkannte nur noch verschwommen die Umrisse der Karte. Zorn ergriff sie. Wut auf Alex, der einfach gegangen war und sie vollkommen allein zurückgelassen hatte. Warum war das Leben so grausam zu ihr? Warum nur hatten die beiden abstürzen müssen?

Sie waren so oft in den Bergen unterwegs gewesen, hatten sich in der Wildnis ausgekannt.

Mit dem Ärmel wischte sie sich über die tränennassen Augen und schniefte noch ein paarmal, ehe sie sich zusammenriss. Entschlossen griff sie zum Telefon und rief ihre Freundin Emily an, die als Assistentin der Geschäftsleitung im Klinikum tätig war.

„Sarah, schön, dass du dich meldest", begrüßte die Freundin sie.

„Emily." Sarah seufzte. „Ich brauche deine Hilfe. Kannst du mir einen guten Anwalt empfehlen?"

„Einen Anwalt?", wiederholte ihre Freundin erschrocken.

„Nach dem Tod von Brain und Alex muss ich ein paar Dinge klären", gab Sarah vage Auskunft. Dass sie mit Brain verheiratet war, war kein Geheimnis. Wie ihre seltsame Ehe jedoch zustande gekommen war, wussten nur wenige. Emily war eine davon.

„Natürlich." Blätterrascheln war am anderen Ende der Leitung zu hören. „Ich schicke dir die Kontaktdaten der Kanzlei, mit der das Klinikum zusammenarbeitet. Die haben für alle Bereiche eine Fachabteilung."

„Vielen Dank, Emily."

„Kann ich dir sonst noch irgendwie helfen?"

Sarah blickte sich in der leeren Wohnung um. Das Herz wurde ihr schwer. „Nein, vermutlich nicht. Mit dem Rest muss ich allein klarkommen."

„Du weißt, wenn ich etwas für dich tun kann …" Emily musste den Satz nicht vollenden.

„Ja, danke. Bis die Tage."

„Bis bald."

Sarah legte auf, wartete nicht, bis Emily ihr die versprochenen Kontaktdaten zusandte, sondern eilte in das Nebenzimmer, das Alex und Brain als Büro genutzt hatten. Die Ordner waren fein säuberlich beschriftet, und Sarah zog jene, die ihr wichtig erschienen, heraus. Sie setzte sich an den Schreibtisch und begann sie durchzublättern.

Sarah begriff nur die Hälfte von dem, was dort stand. Nach drei Stunden gab sie entnervt auf. Wenn sie die Zahlen richtig deutete, konnte sie sich dieses Haus in München absolut nicht

leisten. Bisher hatte Brain immer eine großzügige Summe beige-
steuert, und wenn diese wegfiel, musste sie das Haus verkaufen.

Frustriert klappte sie den Ordner zu und ging zurück in den
Wohnbereich. Die Papiere für ihre Verzichtserklärung lagen noch
immer auf dem Tisch, daneben ihr Handy. Entschlossen griff sie
danach. Sie hoffte inständig, dass ihr der von Emily empfohlene
Anwalt helfen konnte, das Chaos zu sortieren. Sie musste dieses
Haus behalten und hoffte, dass der Anwalt ihr sagen konnte, wie.

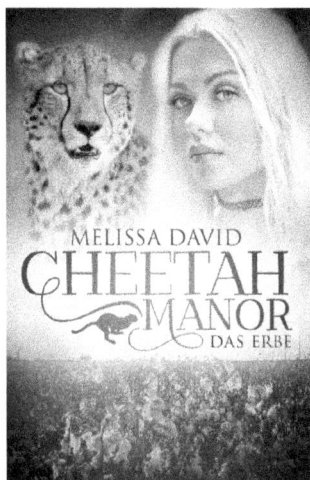

MELISSA DAVID

CHEETAH
MANOR
DAS ERBE

Du möchtest wissen, wie es weitergeht?
Das E-Book gibt es bei Amazon.
Das Taschenbuch ist unter ISBN 978-1520-50778-1 ebenfalls bei
Amazon erhältlich.

Kruento – Verloren

von

Melissa David

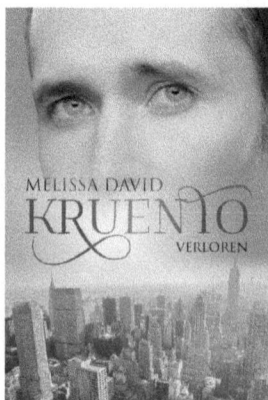

Boston der 30er Jahre: Der Vampir Ismael Collister hat den Entschluss gefasst, sein Leben zu ändern und endlich sesshaft zu werden. Grund für den Sinneswandel ist Ava, eine junge Frau, die er gerne heiraten möchte. Doch wird ihr Vater ihnen seinen Segen geben? Oder ist Ismael ein ganz anders Leben bestimmt als an Avas Seite?

Diese Kurzgeschichte und weitere Bonusmaterialen gibt es für alle Newsletterabonnenten.
Du möchtest dich regelmäßig über Neuigkeiten, Neuerscheinungen und Gewinnspiele informieren lassen? Dann melde dich jetzt unter www.mel-david.de/newsletter an.

Kruento – Reihe

Jahrhunderte alte Machtstrukturen bröckeln.
Legenden von Seelenverbindungen werden plötzlich Realität.
Kann der Bostoner Vampirclan in dieser neuen Welt bestehen?

BISHER ERSCHIENEN

www.mel-david.de

Kruento - Verloren (Kurzgeschichte - über den Newsletter)
Kruento - Heimatlos (Novelle)
Kruento - Der Anführer (Band 1)
Kruento - Der Diplomat (Band 2)
Kruento - Der Aufräumer (Band 3)
Kruento - Der Krieger (Band 4)
Kruento - Der Schleuser (Band 5)

Mehr unter www.mel-david.de

Lightning Source UK Ltd.
Milton Keynes UK
UKHW010635210521
384122UK00001B/171

9 783748 133704